여주인공의 오빠를 지키는 방법

킨 장편소설

초판 1쇄 찍은 날 | 2020년 9월 2일
초판 2쇄 펴낸 날 | 2021년 2월 26일

지은이 | 킨
발행인 | 이진수
펴낸이 | 황현수

펴낸곳 | 주식회사 카카오페이지
등록번호 | 제2015-000037호
등록일자 | 2010년 8월 16일
주소 | 경기도 성남시 분당구 판교역로 221 6(일부)층

제작·감수 | KW북스
E-mail | cl_production@kwbooks.co.kr

ISBN 979-11-6509-415-7 04810
       979-11-6509-412-6 (set)

여주인공의
오빠를
지키는 방법

·◆· III ·◆·

킨 장편소설

Contents

15장

위그드라실에서 만나요

위그드라실은 벌써 초여름에 가까운 날씨였다. 중립 지역 내에서도 남부 쪽에 근접한 위치여서 그런지, 낮 동안 주변을 감싸는 공기의 기온이 제법 후덥지근했다.

오르카는 마차의 시트에 늘어져 창밖의 광경을 심드렁하게 바라보았다. 세계수 모양의 석조 기둥이 시야에 비치는 것을 보니 이제 정말 목적지에 다다른 모양이었다.

휘페리온에서 위그드라실까지 이동하는 과정은 아주 지루하기 짝이 없었다. 얼마 전까지의 오르카였다면 당연히 소유 중인 마물을 타고 이동했을 것이다. 하지만 휘페리온의 수장은 또다시 오르카가 사고를 칠 것이 우려되었는지, 아예 출발할 때부터 그에게 단단히 엄포를 놓아 행렬에 묶어 두었다.

그래서 오르카는 팔자에도 없던 단체 생활을 하며 따분함에 몸서리칠 수밖에 없었다. 게다가 얼마 전의 일로 보유 중인 마물을 대거 잃은 뒤라, 타고 이동할 만한 마물이 마땅치 않기도 했다.

그 순간, 액체도 고체도 아닌 얇은 막을 통과한 것 같은 기이한 감각이 온몸을 스쳐 지나갔다.

"이 느낌은 언제 겪어도 참 불쾌하단 말이야."

오르카는 반쯤 누워 있던 몸을 비스듬히 일으키며 투덜거렸다. 지금 막 위그드라실의 주술진을 지나친 참인 듯했다.

그러다 돌연 마차가 멈추었다. 잠깐 바퀴가 돌부리에라도 걸렸나 싶었으나 조금 더 시간이 지나도 마차는 움직이지 않았다.

오르카는 눈썹을 슬그머니 치켜세우며 다시 창밖을 내다보았다.

"뭐야, 아그리체잖아."

곧 그의 시야에 그리 멀지 않은 곳에 위치한 아그리체의 마차가 비쳐 들었다.

위그드라실로 들어서는 길목에서 하필 두 가문이 맞닥뜨린 것은 상당히 공교로운 일이었다.

넓은 공터에 도달하기 전인 입구 부분이라, 두 무리의 행렬이 동시에 움직일 만큼 포장된 도로가 넓지 않다는 것도 유감이었다.

게다가 그 두 가문이 서로에게 입장할 순번을 양보하라며 아웅다웅하기 시작한 것도 꽤나 골치 아픈 일이었다.

"뭘 꾸물거리고 있지? 빨리 마차를 뒤로 물리지 않고."

"왜 우리가 차례를 양보해야 마땅하다는 식으로 말하는 거냐?"

휘페리온의 사람들과 아그리체의 사람들은 팽팽히 맞섰다. 그놈의 자존심이 뭔지, 그들은 서로 마차를 뒤로 빼라며 상대방의 양보를 종용하고 있었다. 그러다 휘페리온 쪽에서 들으란 듯이 비아냥거렸다.

"뭘 당연한 걸 묻고 있어. 몰락했다가 겨우 되살아난 아그리체 주제에."

그 순간 일시에 가시를 세운 고슴도치처럼, 아그리체의 무리를 뒤덮은 기운이 순식간에 사나워졌다.

"무슨 일이야?"

일촉즉발의 순간, 기이한 무게감을 가진 음성이 그들의 사이로 내려앉았다. 아그리체의 사람들이 그 목소리를 듣고 하나둘씩 길을 텄다. 그 사이로 모습을 드러낸 것은 검은 머리칼과 푸른 눈동자를 가진 남자였다.

그는 지난겨울 새로운 수장이 된 제레미 아그리체였다. 그의 무감한 눈동자가 맞은편에 있는 이들을 한 차례 훑었다. 시선이 닿는 순간 휘페리온의 사람들은 저도 모르게 몸을 움찔했다.

란트의 뒤를 이어 아그리체의 새로운 수장이 되었다고 하더니. 자리가 사람을 만든다는 소리가 맞는지, 제레미 아그리체의 분위기가 지난 화합회 때와 상당히 많이 달라졌다.

키도 한결 커진 탓에, 지금 이 자리에 있는 사람들 중에서 제레미보다 시야가 높은 사람은 아무도 없었다. 그래서인지 단지 시선을 한번 미끄러뜨린 것뿐인데도 저절로 제레미가 다른 사람들을 깔아보는 것 같은 모양새가 연출되었다.

휘페리온의 도발에 당장에라도 자리를 박차고 덤벼들 것 같던 아그리체의 사람들도 그가 등장하고 난 뒤부터 이상할 정도로 온순해졌다. 그들은 제레미에게 조금 전까지 있었던 상황을 설명했다. 그것을 듣고 제레미가 한 차례 낮게 혀를 찼다.

"이런 하찮은 일로 열 내지 마라."

자신의 가솔을 타이르는 제레미를 보고 휘페리온의 사람들은 기세등등해졌다. 하지만 뒤이어 제레미에게서 흘러나온 것은 비릿한 냉소였다.

"이까짓 꼴사나운 방식으로 상대를 기선 제압할 수 있다고 믿는 얼간이도 아니잖나."

그 말에 휘페리온은 발끈했다.

"뭐라고……!"

지금 제레미의 말은 명백히 그들을 저격해 조롱하고 있는 것이었다. 바보가 아닌 이상 그 사실을 모를 수는 없었다.

"듀란, 그쯤하고 들어오죠?"

그때, 가까이에 있던 휘페리온 마차의 창문이 열렸다. 그 사이로 모습을 드러낸 것은 휘페리온의 후계자인 오르카였다.

"수장님이나 나도 가만히 있는데 왜 쓸데없이 나서서 잡음을 일으키실까."

그는 아그리체와 입장 순서를 두고 다투던 휘페리온의 사람들 중 가장 앞쪽에 있는 남자를 향해 말했다. 오르카의 고운 얼굴에는 미소가 어려 있었으나 눈빛만큼은 싸늘했다.

사실 오르카는 지금의 상황 때문에 마차에서 보내는 지겨운 시간이 길어져 짜증이 나 있었다. 경고를 받은 휘페리온의 사람들도 결국은 그쯤하고 물러날 수밖에 없었다.

아그리체와 휘페리온은 각자의 마차로 돌아갔다. 하지만 그들은 여전히 서로를 날 선 눈으로 노려보고 있었다.

"좆같은 새끼들이 겁대가리 없이."

휘페리온의 무리를 등지고 걷는 제레미의 입가에 비틀린 미소가 걸렸다. 그는 조금 전에 보았던 얼굴들을 기억해 두었다. 은혜라면 또 몰라도, 원한이라면 반드시 몇 배로 되갚아 주어야만 성이 차는 족속들이 바로 아그리체였다. 비록 가문의 상황 때문에 한동안 얌전히 지내고 있기는 했지만, 계속 저런 식으로 거슬리게 군다면 이쪽에서도 후회하게 만들어 줄 셈이었다.

"다들, 아그리체에서 내가 말한 거 명심해."

마차에 오르기 전, 제레미는 아그리체의 사람들에게 다시금 단단히 주지시켰다. 그렇지 않아도 위그드라실로 출발하기 전, 그들에게 한 차례 경고와 당부의 말을 새겨 주었던 참이었다.

선득한 눈빛을 받은 이들이 흠칫했다. 이미 여러 차례 제레미에게 깨진 경험이 있었기에 그들은 서둘러 고개를 끄덕이며 알겠다고 대답했다.

개중에 반발심을 느끼는 사람은 더 이상 없어 보였다. 번번이 압도적인 차이로 박살이 났던지라, 이미 완전히 기가 꺾여 더 이상 제레미를 쉽게 보는 사람이 없어졌기 때문이다. 역시 아그리체에서 가장 신속 정확하게 서열을 정리하는 방법은 약육강식의 체계에 따르는 것이었다.

그렇게 그들은 우여곡절 끝에 위그드라실에 입성했다.

먼저 안으로 들어선 휘페리온의 행렬이 한발 일찍 짐을 풀었다.

"어휴, 답답해서 죽는 줄 알았네."

오르카는 정신적 피로를 느끼며 자신의 방을 찾아 건물 안으로 들어섰다. 익숙지 않은 마차 여행이 답답하기로는 판도라도 마찬가지였다. 그녀도 쉬기 위해 건물 안으로 들어서려다가 막 마차에서 내려서는 제레미를 발견했다.

그 직후 판도라는 흠칫해 얼른 고개를 돌렸다. 지난겨울 아그리체가 몰락했다는 소식을 듣고 혹시 쓸 만한 마물이 있나 싶어 기웃거렸을 때 하필 그곳에서 맞닥뜨렸던 사람이 바로 제레미였던 것이다. 이번에 위그드라실에 오면 만날지도 모른다고 생각은 했지만…….

어쩌면 워낙 순식간에 일어난 일이었으니 저 남자는 그녀를 기억하지 못할지도 몰랐다. 게다가 위그드라실에서는 마물과의 교감도 어려워졌기 때문에 그때 타고 도망쳤던 튜로베를 꺼낼 수도 없었다. 그러니 그가 그녀의 정체를 알아차릴 가능성은 좀 더 낮아졌다.

물론 휘페리온 특유의 푸른 머리카락을 보였던 것이 마음에 걸리기는 한데……. 그냥 그때 아그리체를 털려고 시도했던 것이 판도라는 사실만 정확히 모르면 일단은 괜찮았다.

판도라는 혹시 제레미가 자신의 얼굴을 발견할까 싶어 얼른 건물 안으로 향했다.

"뭐야, 분위기가 왜 이렇게 어수선해?"

한편 제레미는 마차에서 내려서자마자 산만한 공기를 느끼고 미간을 찌푸렸다.

위그드라실에는 가스토르 가문이 가장 먼저 도착해 있었다. 그런데 그들 중 일부는 각자의 방에 있지 않고 바깥에 나와 화원 쪽을 힐끔거리며 얼쩡거리고 있었다. 위그드라실의 사용인들도 마찬가지였다.

왜 저렇게 똥 마려운 강아지들처럼 굴지?

그 모습이 어딘가 기묘해서 제레미도 덩달아 시선을 옆으로 미끄러뜨렸다. 사람들이 작게 수군거리는 소리가 그의 귓가에 흘러든 것은 바로 그 순간이었다.

"……!"

소란스러운 틈에서도 '그 이름'은 너무나 선명하게 제레미의 귀에 아로새겨졌다. 잠깐 자리에 못 박힌 듯이 굳어 있던 제레미의 다리가 마침내 떼어졌다.

그는 어째서인지 차마 화원에 가까이 다가갈 엄두는 내지 못하고 그저 주위에서 기웃거리기만 하는 사람들을 헤쳐 지나갔다.

위그드라실 안에는 벌써 장미가 피어 있었다. 화원의 입구에 가까워질수록 숨이 막힐 정도로 그윽한 향기가 폐부 깊숙이까지 들어찼다. 어지러울 정도로 강렬한 장미 향에 점차 숨이 가빠졌다.

아니, 아니다.

지금 제레미의 호흡이 점점 흐트러지고 있는 것은 그런 이유 때문이 아니었다. 언젠가부터 그의 심장은 사정없이 쿵쾅거리며 뛰고 있었고, 느리게 이어지던 그의 걸음은 이제 거의 달리는 것처럼 빨라져 있었다. 시야에 선명한 붉은빛과 초록빛이 뒤섞여 어지럽게 이지러졌다.

그러다 마침내 두 눈을 찔러 든 광경에 제레미가 훅 숨을 들이켰다.

쏴아아. 낮게 불어온 바람에 만개한 장미가 잘게 흔들렸다.

그 여인은, 꽃들의 한가운데에 놓인 의자에 그림처럼 앉아 있었다. 부드럽게 흘러내린 금색 머리카락이 햇빛을 받아 빛 무리를 그리며 환하게 반짝였다. 인기척을 느끼고 천천히 미끄러진 눈동자는 옆에서 피어난 장미처럼 붉었다.

한순간 숨을 쉬는 것을 잊을 정도로…….

제레미에게는 그저 그녀가 있다는 이유만으로도 아찔할 만큼 황홀한 장면이었다. 굳게 다물린 제레미의 입술이 파르르 떨렸다.

혹시 꿈은 아닐까?

제레미는 저도 모르게 그녀의 이름을 부르며 앞으로 걸음을 내디뎠다.

"사나 누나…….."

사박.

그러나 곧 제레미는 자리에 우뚝 멈추어 섰다. 무의식중에 앞으로 뻗어지려던 그의 손은 어느덧 피가 맺힐 정도로 꽉 쥐어져 있었다.

……안 된다. 어쩌면 록사나는 여기에 그를 보러 온 것이 아닐지도 몰랐다. 그러니 이 이상 그가 알은척하는 것을 바라지 않을 수도 있다.

혹시……. 혹시 지금 섣불리 다가갔다가, 또 눈앞에서 흔적도 없이 사라지기라도 하면…….

"제레미."

하지만 제레미의 머릿속을 어지럽게 떠다니던 두려움과 불안 섞인 생각은 다음 순간 흔적도 없이 증발해 자취를 감추고 말았다. 제레미의 눈앞에 있던 사람이 나지막한 목소리로 그의 이름을 부른 한순간의 일이었다.

제레미는 우두커니 서서 시야에 비치는 얼굴을 멍하니 바라보았다. 분명 이보다 더 아름다운 광경은 없으리라 생각했는데, 록사나의 얼굴에 그동안 제레미가 미치도록 그리워했던 부드러운 미소가 어리는 순간 그것이 멍청한 생각이었음을 깨달았다.

"늦었구나. 기다렸는데."

귓가에 고이는 음성이 믿을 수 없을 정도로 달콤했다. 록사나가 여전히 굳어 있는 제레미를 향해 손을 내밀었다.

"이리 가까이 와, 내 동생."

제레미의 눈가가 순식간에 발갛게 달아올랐다.

"누나……."

그는 미처 형언할 수 없는 기분에 휩싸여 휘청거리는 걸음을 옮겼다. 꼭 망망대해에서 오랫동안 길을 잃고 헤매다가 마침내 부표를 발견한 사람처럼, 제레미의 몸짓에는 그런 절박함과 맹목적인 감정이 깃들어 있었다.

그리하여 마침내 눈앞에 환영처럼 존재하던 사람과 손이 맞닿았을 때.

"사나 누나. 누나……."

제레미는 어찌할 수 없이 완전히 무너져 내렸다. 그는 아그리체에서 그랬던 것처럼 록사나의 앞에 주저 없이 무릎을 꿇고 앉아 그녀의 치맛자락에 얼굴을 파묻었다.

"제레미, 보고 싶었어."

다정한 손길이 그의 머리와 뺨을 쓸었다. 귓가에 번지는 속삭임도 가슴이 먹먹해지도록 따스하고 부드러웠다.

"제레미……."

이것이 꿈이라면 영원히 깨고 싶지 않았다. 이대로 영영 시간이 멈추어 버려도 좋을 것 같았다.

"울지 마."

록사나가 그렇게 말했을 때에서야 제레미는 자신이 볼썽사납게 울고 있다는 사실을 깨달았다. 밑으로 후두둑 떨어져 내리는 눈물방울을 가느다란 손가락이 훔쳐냈다.

오랜만에 만나는 록사나 앞에서 이렇게 꼴사나운 모습을 보이고 싶지 않았지만……. 그럼에도 자꾸만 시야를 가리며 흘러나오는 것을 막을 수가 없었다.

결국 제레미는 그 후로도 한참을 더 록사나의 치마에 얼굴을 묻고 울었다. 그를 위로하듯이 등을 쓰다듬는 손길이 이대로 영원히 벗어나고 싶지 않을 정도로 따뜻하고 다정했다.

설마 제레미가 울기까지 할 줄은 몰랐기 때문에 조금 놀랐다. 제레미는 환각을 보았던 열다섯 살의 마지막 월례 평가 때에도 내게 위로받고 눈시울을 발갛게 붉혔을지언정 끝끝내 눈물을 흘리지는 않았다. 그런데 지금 그는 스스로도 제어할 수 없는 것처럼 아무 말도 하지 못하고 내 앞에서 하염없이 눈물방울만 떨구고 있었다.

제레미에게 있어 내가 작지 않은 존재라는 사실은 예전부터 이미 충분히 인지하고 있었다. 그런데 막상 그가 이렇게 내 앞에서 약한 모습을 보이며 우는 것을 보니…….

나는 제레미의 떨림이 잦아들 때까지 그의 등을 다독여 주었다.

그러는 동안 누군가 화원의 입구에 발을 들였다. 힐끔 시선을 움직여 얼굴을 확인하니 오랜만에 보는 류자크 가스토르였다. 만개한 장미처럼 붉은 그의 머리카락이 바람에 잘게 흩날렸다.

그는 제레미와 나를 발견한 뒤 일순간 멈칫했다. 나는 조용히 손을 들어 입술에 검지를 가져다 댔다. 제레미는 아직 진정이 되지 않은 상태라 누군가 화원에 들어섰다는 사실을 눈치채지 못한 것 같았다.

다행히 내 행동의 의미를 알아차린 류자크가 기척을 죽이고 소리 없이 뒷걸음질 쳐 화원을 빠져나갔다. 그 후로 다시 내 눈에 띄는 사람은 없었다.

시간이 조금 더 흘러 마침내 제레미의 울음도 멈추었다.

"누나, 내가…… 지금 운 게 아니라. 그게, 그러니까."

그는 뒤늦게 정신을 차리고 어쩔 줄을 몰라했다. 하지만 이제 와서 울지 않았다고 잡아떼기에는 너무 많이 늦은 감이 있었다. 제레미가 얼굴을 묻고 있던 내 치맛자락은 이미 축축이 젖은 상태였다. 제레미는 나한테 엉망이 된 모습을 보이기 민망한지, 고개를 돌리고 뒤늦게 얼굴을 수습했다.

"제레미. 잠깐만 여기 있어."

그동안 어떻게 지냈는지 이야기를 나누고 싶었지만 아무래도 지금은 그럴 만한 상황이 아닌 것 같았다. 게다가 지금 상태로 화원을 벗어난다면 밖에서 마주치는 사람마다 제레미가 울었다는 사실을 눈치채고도 남았다. 그래서 나는 위그드라실에 있는 사용인에게 눈의 부기를 가라앉힐 만한 것을 준비시킬 생각으로 자리에서 일어났다.

"어디 가?"

그런데 제레미가 흠칫하며 곧바로 내 손목을 붙들었다. 나를 올려다보는 제레미의 얼굴에는 아직도 조금 전까지 울었던 흔적이 남아 있었다.

그는 조금 전까지 그것을 내게 감추었던 사실조차 잊은 듯이 고개를 들고 불안히 나를 응시했다. 나는 그런 제레미를 내려다보다가 그에게 붙잡히지 않은 다른 손을 들어 까만 머리카락을 쓰다듬었다.

"화원 입구까지만 잠깐 나갔다 올 거야. 사용인에게 차가운 물수건이라도 가져오게 하려고 그래."

"난 그런 거 필요 없어."

제레미가 칼같이 말했다. 어떻게든 나를 보내고 싶지 않아 그러는 게 여실히 보였다. 하지만 지금 당장은 괜찮다고 말해도, 정말 이대로 다른 사람들 앞에 선다면 제레미는 두고두고 땅을 치며 후회할 것이 분명했다.

"5분이면 돼. 금방 올게."

나는 그를 달래듯이 말했다. 그러자 제레미가 물끄러미 나를 쳐다보았다.

"정말 다시 올 거지……?"

"당연하지."

나는 그가 불안해하는 것을 알고 주저 없이 대답해 주었다. 내 확답을 듣고서도 제레미는 나를 붙잡은 손을 풀지 않고 미적거렸다. 그래도 곧 그는 입술을 깨물며 내 손목을 놓아주었다. 나는 제레미를 일으켜 내가 앉았던 의자에 앉힌 뒤 걸음을 옮겼다.

화원의 입구에는 류자크 가스토르가 있었다. 그는 다시금 나를 보고 눈매를 움찔 뜬 뒤 무심하게 고개를 돌렸다. 하지만 주변을 살펴보니 아무래도 이제껏 그가 다른 사람들이 화원에 들어오는 것을 막아 주고 있었던 듯했다.

게다가 류자크의 옆에는 사용인까지 대기하고 있었다. 그의 손에 들린 것은 애초에 내가 준비시키려 했던 것과 동일했다.

내가 화원의 입구로 나오자 사용인이 손에 들린 쟁반을 내게 넘겨 주었다. 나는 류자크를 향해 인사했다.

"호의에 감사드려요."

"아닙니다."

그는 여전히 무뚝뚝했다. 누가 보면 나와는 말도 섞기 싫어한다고 느낄지도 몰랐다. 물론 나는 이것이 그의 원래 성격임을 알고 있었지만.

안에서 제레미가 나를 기다리고 있어서 나도 더 이상 긴말을 하지 않고 자리를 비켰다. 그런 내 등 뒤로 얼핏 짧은 시선이 닿는 것 같았다.

다시 화원의 안쪽으로 들어갔을 때, 제레미는 아까보다 한결 멀끔한 외양으로 나를 기다리고 있었다. 그는 척 봐도 안절부절못하며 몸을 들썩이고 있다가, 내가 다시 나타나자 대번에 얼굴을 환하게 밝혔다. 그 모습이 마치 오매불망 주인을 기다리고 있던 강아지 같았다.

퉁퉁 부어 있던 제레미의 눈이 처음 상태 그대로는 아니어도 얼추 비슷한 정도로 회복되었을 때쯤 우리는 함께 화원을 벗어났다.

바깥에 서 있는 류자크를 보자마자 제레미가 금세 표정에 무게감을 드리우고 눈에 힘을 주었다. 물론 아무리 근엄한 척해 봤자 제레미의 손은 길가에 내놓은 아이처럼 내 손을 꽉 붙잡고 있었고, 또 류자크는 이미 제레미의 우는 모습을 본 뒤였다.

하지만 굳이 이 시점에 그런 말을 해서 제레미를 부끄럽게 만들고 싶지는 않았다. 고맙게도 류자크 역시 그저 한 차례 슬쩍 눈살을 찌푸려 보인 뒤 우리에게 무관심한 태도로 발길을 돌렸다.

"헉, 진짜 록사나잖아?"

"다른 놈들이 수군거리던 얘기가 진짜였네."

조금 더 걷자 오랜만에 보는 다른 아그리체의 사람들도 몇 명 눈에 띄었다. 그들은 먼저 위그드라실에 도착해 있던 다른 가문의 사람들에게서 내 이야기를 듣고 와 본 듯했다.

하지만 나는 그들이 더 가까이 다가와 제레미의 붉어진 눈을 발견하기 전에 미리 막아야 할 필요성을 느꼈다. 일단 제레미가 이렇게 운 건 나 때문이기도 하니까 책임감을 느끼기도 했고.

그래서 나는 류자크에게 그랬던 것처럼 손가락을 들어 입술에 가져다 댄 뒤, 웅성거리는 사람들을 향해 속삭이는 어투로 말했다.

"미안. 인사는 나중에."

오랜만에 써 보는 방법이었지만 여전히 효과는 쓸 만했다. 다가오던 사람들의 걸음이 우뚝 멈추어졌다.

나는 제레미의 손을 붙잡고 멍하니 고개를 끄덕이는 사람들 사이를 지나쳐 갔다. 제레미도 얌전히 나를 따라와서, 우리는 금방 숙소에 들어설 수 있었다.

그 후 제레미는 창밖에 해가 저물 때까지 내 방에 머물다 갔다. 그와 이렇게 함께 있으니 꼭 아그리체에 있을 때로 다시 돌아간 것 같아서 나도 감회가 새로웠다.

오랜만에 보는 제레미는 키뿐 아니라 전체적인 골격이 지난겨울에 비해 확연히 커졌다. 하지만 살은 조금 빠진 것 같아서 마음이 편치 않았다.

안쓰러운 마음에 전보다 말라서 두드러지게 드러난 턱선과 뺨을 손으로 쓸자 제레미가 또 눈시울을 붉혔다. 그래도 이번에는 눈을 부릅뜨며 눈물을 참아 내서 아까와 같은 상황은 되지 않을 수 있었다.

제레미는 눈앞에 있는 내가 당장에라도 사라질까 봐 두려운 듯이 좀처럼 내 손을 놓지 않았다. 그런 제레미를 보니 위그드라실에 일찍 걸음하길 잘했다는 생각이 들었다.

나는 카시스와 이야기했던 대로 중간에 그들과 합류하지 않고 따로 위그드라실에 들어왔다. 사실 예정보다 이른 도착이기는 했다. 어머니가 있는 거처에서 길게 머물지 않고 그곳을 일찍 떠났기 때문이다.

"……."

오랜만에 기나긴 이야기를 나누다가 이윽고 제레미가 아쉬움을 남긴 채 내 방을 나서고 난 뒤, 나는 테라스에 나와 바깥을 내다보았다.

지금의 내 방은 지난번 화합회 때 머물던 방과 동일했다. 이곳에서는 위그드라실의 정문 쪽이 훤히 들여다보였다.

투둑. 툭…….

문득 시야에 기다란 사선이 그어졌다. 어쩐지 아까부터 하늘이 흐린 것 같더니, 한두 방울씩 비가 떨어지기 시작했다.

붉은 석양까지 완전히 기울어 어둠이 찾아온 위그드라실 안에 건물에서 새어 나온 불빛이 노랗게 고였다. 바깥에 있던 몇몇 사람이 서둘러 건물 안으로 뛰어 들어오는 모습이 보였다. 그들마저 모두 사라지자 주변이 좀 더 조용해졌다.

페델리안은 아직 위그드라실에 도착하지 않았다. 베르티움도 마찬가지였다. 예상했던 것처럼 정말 그들이 도중에 만났을지 궁금했다. 또, 그밖에 다른 일은 없는 것인지 염려되기도 했다.

무엇보다도 내 마음에 걸리는 것은…….

투두둑. 쏴아아…….

빗줄기가 조금 더 거세졌다. 이제는 테라스 안으로까지 빗물이 들이치고 있었다. 그에 내 몸도 조금씩 젖어 들기 시작했다.

똑똑. 때마침 방문을 두드리는 소리가 들렸다. 저녁 연회의 준비를 도와주러 온 사람들일 것이다. 생각만으로 해결되는 것은 아무것도 없었다. 그러니 나도 여기에서 내 나름대로 일을 하는 편이 나을 것이다.

나는 몸을 돌려 테라스에서 벗어났다. 그때까지도 빗소리는 웅성거리는 소음처럼 등 뒤로 시끄럽게 울려 퍼지고 있었다.

"누나, 나 왔어."

준비를 마쳤을 무렵, 제레미가 다시 내 방을 찾아왔다. 나는 오늘 저녁 연회에 그와 함께 참석하기로 했다. 아까 제레미가 아쉬워하면서도 얌전히 내 방을 떠났던 이유였다.

"잠깐, 제레미. 타이가 삐뚤어졌잖아."

제레미 역시 완벽히 예장한 상태였다. 그렇기 때문에 그 속에 두드러진 결점이 더욱 눈에 띄었다. 나는 직접 손을 뻗어 제레미의 옷차림을 다시 정돈해 주었다.

그러자 그의 입꼬리가 잘게 들썩거렸다. 내 손길을 받으려고 일부러 타이의 모양을 망가뜨려 놓았던 것이 눈에 훤히 보였다. 다시 보니 머리카락도 가운데 부분이 어딘가 부자연스럽게 헝클어져 있어서 그 것도 손으로 정리해 주었다.

노골적인 어리광이었지만 이것도 오랜만이라 그런지 내심 반가운 기분이 들었다. 게다가 제레미와 다시 만나면 전과 달리 조금은 서먹할지도 모른다고 생각했는데, 이렇게 나를 예전과 같은 태도로 거리감 없이 대해 줘서 마음이 편해지기도 했다.

그렇게 나는 제레미의 에스코트를 받아 연회장으로 향했다. 아직 도착하지 않은 가문들이 있었기 때문에 정식 연회는 아니었다. 그래서 각 가문의 수장들은 자리해 있지 않았다. 아그리체의 젊은 수장인 제레미만이 예외였다.

연회장에 들어서자마자 곳곳에서 찌를 듯한 시선이 느껴졌다. 그중에는 익숙한 얼굴도 속해 있었다. 휘페리온의 오르카와 판도라였다. 그들은 이미 내 정체를 유추하고 있었던 듯, 제레미와 함께 들어온 나를 보고도 놀라지 않았다. 다만 그들은 내가 페델리안과 동행하지 않은 것을 의외라고 여기는 것 같았다.

판도라는 페델리안에서의 일 때문인지 슬쩍 고개를 돌려 내 시선을 피했고, 오르카는 어딘가 오묘한 미소를 지은 채로 나를 쳐다보았다.

낮에 마주쳤던 류자크를 포함해 다른 가스토르의 사람들은 거의 눈에 띄지 않았다. 평소 모임에 참석하지 않던 오르카나 판도라까지 모두 데려온 휘페리온과 달리, 가스토르의 이번 친목회 참석률은 매우 저조한 편이었다. 다들 그것을 의아하게 여기는 눈치였다.

나는 연회장 안을 한번 훑어 대략의 상황을 파악한 뒤 다시 정면으로 고개를 돌렸다.

"누나, 여기에 앉아."

제레미가 의자를 빼서 나를 앉힌 곳은 아그리체의 사람들이 모여 있는 테이블이었다. 누가 봐도 우리를 위해 일부러 남겨 놓은 듯한 상석 자리였다.

아까부터 제레미와 나를 쳐다보던 시선에는 아그리체의 사람들 것도 포함되어 있었다. 하지만 그들은 입이 간지러운 얼굴을 하고 있으면서도 제레미와 내게 간단한 인사를 건넸을 뿐, 먼저 다른 말을 더 꺼내지는 않았다. 그러면서 하나같이 티 나지 않게 제레미의 눈치를 살살 살피는 모습을 보아 하니 아무래도 내가 없는 사이에 그가 무어라 단단히 엄포를 놓은 것 같았다.

아까부터 나를 대하는 그들의 태도로 미루어 짐작했을 때, 지난겨울의 일에 내가 연루되어 있다는 사실은 여전히 아무도 모르는 듯했다. 아마 그 당시에 내가 표면적으로 나선 적이 없었기 때문일 것이다.

일단 나도 지금은 앞으로 나서지 않고 좀 더 주위의 분위기를 살피기로 했다.

연회장에서 제레미는 참으로 살뜰하게도 나를 챙겼다.

"누나, 여기 내가 잘라 놨어. 그거 이리 주고 대신 이거 먹어."

"누나, 물이 너무 차가우면 따뜻한 걸로 가져오라고 할까?"

"누나, 음악이 너무 커서 시끄럽지 않아? 내가 좀 줄이라고 할게."

"누나, 뭐 더 필요한 거 없어?"

"누나……."

"사나 누나……."

그런데 그 챙김이 다소 과했다. 아까부터 계속 옆에서 제레미가 부르는 '누나' 소리가 두 귀에 메아리처럼 맴도는 것 같았다.

"괜찮아, 제레미. 나는 그만 신경 쓰고 너도 어서 먹어."

그러면서 정작 자신은 먹지 않고 내가 먹는 것만 봐도 배부르다는 듯이 도무지 내게서 시선을 떼지 않았다.

그러던 중, 우리의 맞은편에 앉아 있던 이복형제 중 한 명이 더 이상은 호기심을 못 참겠다는 듯이 입을 열었다.

"저, 나 궁금한 게 있는데. 록사나 누나하고 제레미 형, 역시 그동안 연락하고 지냈던……."

"할 얘기 있으면 나중에 해. 지금 사나 누나 식사 중이잖아. 식사할 때 누가 옆에서 자꾸 성가시게 말을 걸면 소화가 잘될까, 안 될까? 아무리 네 머리가 나빠도 그 정도는 스스로 판단할 수 있지 않을까? 애초에 그 정도 생각도 못 하는 머리라면 어깨 위에 굳이 달고 있을 필요가 있을까? 그리고 불과 한 시간 전에 주의를 준 것도 기억을 못 해서 이렇게 나한테 긴말을 하게 만드는 너를 보면 내가 짜증이 날까, 안 날까?"

"어, 미, 미안……."

하지만 서릿발 날리는 제레미의 반응에 그는 금방 바람 빠진 풍선처럼 쭈그러들었다.

제레미는 이렇게 중간에 다른 누군가가 그와 나 사이에 끼어들려고 할 때마다 찬바람이 쌩쌩 몰아치게 차단했다.

"누나. 애들이 자꾸 힐끔거려서 신경 쓰이지? 다 눈 깔라고 할까?"

하지만 또 나를 대할 때는 홀랑 양가죽을 뒤집어쓰고 입안의 혀처럼 어찌나 곰살맞게 구는지 몰랐다.

우리 테이블에 있던 아그리체의 사람들은 이제 거의 체할 것 같은 표정을 짓고 있었다. 하지만 그러면서도 그들은 누구 한 사람 제레미에게 불만을 표출하지 않았다. 나는 이 흥미로운 구도를 보고 눈을 슬쩍 가늘게 떴다.

그러던 어느 순간, 식기를 들고 있던 내 손이 움찔 잘게 떨렸다. 위그드라실에 도착해 미리 풀어 두었던 독나비가 무언가를 감지하고 내게 알려 왔다.

"누나, 왜 그래?"

그 작은 반응조차 기민하게 포착한 제레미가 조심스럽게 내 얼굴을 살피기 시작했다. 나는 말 없이 연회장의 입구에 시선을 고정했다. 그러자 제레미도 나를 따라 눈길을 돌렸다.

짧은 시간이 지난 후, 마침내 내 시야에 어둠보다 검은 형체가 비쳐 들었다.

달그락. 옆에 있던 제레미도 나와 같은 것을 발견한 것 같았다. 별안간 그의 손에 들린 식기와 접시가 부딪치는 소리가 고막을 찔러 들

었다. 덩달아 고개를 돌린 내 옆자리의 이복형제에게서 새된 음성이
터져 나왔다.

"앗, 데온?"

우르릉…… 쾅!

날카로운 천둥소리가 고막에 꽂혔다. 밖에서는 어느덧 폭우가 내리
는 모양이었다. 쏟아지는 비를 고스란히 맞고 온 듯, 시야에 비치는
사람의 옷은 온통 축축하게 젖어 있었다. 그의 옷자락에서 떨어진 물
기가 눈부신 대리석 바닥을 점점이 물들였다.

연회장의 입구에 돌연 나타난 남자는 이 반짝이는 공간과 조금도
어울리지 않는 차림새와 분위기를 온몸에 두르고 있었다. 향긋한 꽃
과 감미로운 음악이 어울리는 이곳에서 그는 꼭 홀로 도드라진 새까
만 얼룩처럼 느껴졌다.

이제 아그리체의 테이블에 앉아 있던 사람들 중 연회장의 입구를
주시하지 않는 이는 없었다. 주변에 순식간에 침묵이 내려앉았다.

웅성.

반면, 다른 가문의 테이블에는 이제까지와 확연히 다른 소음이 고
여 귓전을 때렸다. 아그리체의 동요를 알아차린 다른 테이블의 사람
들이 하나둘씩 의문을 품은 시선을 움직였다. 그들은 연회장의 입구
에 서 있는 이질적인 존재를 알아차리고 입술을 벙긋거렸다.

분명 데온이 있는 곳과 지금 내가 앉아 있는 곳의 거리는 그리 가
깝지 않았다. 하지만 확실히 눈이 마주쳤다고 느꼈다. 지금껏 언제나
그래 왔듯이.

나는 차게 식은 눈으로 먼발치에 있는 그를 바라보았다.

그래……. 네가 올 줄 알고 있었어.

어머니의 입에서 낯익다 못해 내 두 귀에 낙인처럼 아로새겨진 그 이름을 들었을 때부터, 줄곧. 아니, 사실은 아그리체를 벗어났을 때부터 단 한시도 이 순간을 예감하지 않은 적이 없었다.

데온 아그리체 역시 시선 끝에서 내게 속삭이는 것 같았다.

'나도, 네가 나를 기다리고 있을 줄 알았다'고.

더없이 건조하고 시린 음성이 뱀처럼 기어 와 내 귀를 휘감는 느낌이 들었다.

정말이지…… 여전히 지겹고 시시하기 짝이 없었다.

데온 아그리체와 나를 둘러싼 이야기는.

드륵.

나는 천천히 자리에서 일어났다.

"누나."

옆에서 제레미가 나를 붙잡았다. 그는 더없이 날카롭게 갈린 눈으로 데온을 보고 있다가 내게 시선을 돌렸다. 나를 올려다보는 눈빛이 마치 가지 말라고 말하는 것 같았다. 본래도 제레미는 데온을 싫어했다. 하지만 지금은 유독 그에게 큰 거부감을 느끼는 것 같았다.

그럴 만도 했다. 연회장의 입구에 서 있는 데온은 한눈에 보기에도 심상치 않은 기운을 흘리고 있었으니까. 하지만 지금 그가 기다리는 사람은 나였다. 데온은 내가 직접 이 두 다리를 움직여 그에게 다가가기를 기다리고 있었다.

만약 내가 지금 이 자리에서 꼼짝도 하지 않는다면 데온이 직접 이 안으로 들어올 것이다. 그건 내게도 꽤나 성가신 일이 될 것이 분명했다.

하지만 그런 이유 때문이 아니더라도 나는 데온을 만나야 했다.

"괜찮아. 다녀올게."

"그럼 나도 같이 가."

"아니."

나는 동행을 요구하는 제레미를 두고 혼자 자리에서 발길을 뗐다.

"지금 가는 건 나 혼자야."

자세한 정황은 몰라도 무언가 자신들이 끼어들 상황은 아니라고 느꼈는지, 아그리체의 사람들은 입을 다물고 나와 제레미를 쳐다보았다.

나는 그들을 향해 온화한 목소리로 속삭여 인사했다.

"그럼 모두들 즐거운 만찬 시간 보내기를."

입구에 서 있던 사람은 어느새 시야에서 사라진 뒤였다. 나는 바닥에 길게 깔린 붉은 융단을 밟고, 그의 빈자리에 길게 녹아 붙은 그림자를 향해 걸었다.

쏴아아······. 연회장의 입구에 가까워질수록 음악 소리 대신 어렴풋한 빗소리가 귓가에 잘게 울렸다.

나는 그 아득한 소리에 이끌려 걸음을 옮겼다.

바닥에 남겨진 젖은 발자국을 따라 걷자 금방 데온이 내 눈앞에 모습을 드러냈다. 그는 연회장과 어느 정도 거리가 떨어져 있는 인적 없는 회랑에 서 있었다.

창살처럼 쏟아지는 빗줄기가 하얀 소음을 만들었다. 나는 잠깐 멈추어 서서 수채화처럼 녹아든 밤 풍경을 배경으로 하고 선 데온을 바라보았다.

불빛과 어둠이 반씩 고인 밤의 경계에서, 나를 강렬히 응시하고 있는 붉은 눈동자가 선득하리만치 뚜렷하게 보였다.

또각.

나는 잠깐 멈추었던 걸음을 다시 뗐다. 데온은 내가 그를 향해 다가오는 것을 서늘하게 지켜보고 있었다.

"꼴이 이게 뭐야."

하지만 그와 나 사이의 거리가 좀 더 좁혀지고, 불시에 뻗은 내 손이 그의 뺨에 닿은 순간.

"이렇게 흠뻑 젖어서는."

데온의 표면에도 미처 숨기지 못한 동요가 드러났다. 제레미만큼이나 오랜만에 보는 데온이었지만 그는 지난겨울 보았을 때의 모습 그대로였다.

어쩌면 단순히 그냥 내가 그렇게 느끼는 것뿐인지도 모르지만…….

어찌 되었거나, 그래서 계절이 한 번 순환할 동안의 공백이 그와 나 사이에 아예 없었던 것처럼 느껴졌다.

데온의 반듯한 턱선을 타고 빗물이 미끄러져 떨어졌다. 나는 그의 눈을 정면에서 마주 보았다.

"가여운 데온."

그러면서 여전히 부드러운 손길로 그의 얼굴을 쓸며 덧붙여 속삭였다.

"누가 당신을 반겨 준다고 이렇게 급히 달려온 거야? 어쩜 사람이 아직도 이렇게까지 미련하고 멍청하지?"

독을 바른 가시를 품고 싸늘히 웃어 보이자 데온의 눈이 일순간 크게 일렁였다. 거대한 불길이 나를 집어삼킬 것처럼 넘실거렸다.

아그리체에서의 마지막 날에 란트의 집무실에서 함께 보냈던 기묘한 시간은 모조리 잊은 양, 그를 대하는 내 태도는 전과 마찬가지로 신랄했다.

하지만 데온은 그저 익숙하다는 듯이 반응했다. 이내 그의 손이 내 손목을 부러뜨릴 것처럼 강하게 틀어잡았다.

"너."

곧이어 악물린 그의 입술에서 씹어 뱉는 것 같은 음성이 새어 나왔다.

"지금껏 카시스 페넬리안과 함께 있었다지?"

"그런데?"

나는 담담히 반문했다. 그러자 데온이 입매를 비틀어 조소했다.

"부정도 안 하는군."

"당신이 뭐라고 내가 그걸 숨겨야 해."

맞닿은 사람에게서 전해져 오는 불길이 한결 더 거세어졌다.

그래, 데온과 나는 차라리 이런 게 익숙했다. 아그리체에서의 마지막 날, 어쩌면 무언가가 변할지도 모른다고 잠깐이나마 생각했던 게 우스운 착각이었다.

생각해 보면 늘 그랬다. 함께 있을 때, 데온과 나는 언젠가 반드시 곪아서 썩을 것이 예정된, 악취를 풍기는 종기가 되는 것 같았다.

그러니 아무리 긴 시간이 흘러도 그와 내 관계가 변할 리는 없었다. 오히려 시간이 가면 갈수록 지금처럼 서로에게 맞닿은 부분부터 부패해 삭아 없어지고 말 것이 틀림없었다.

"뭐야, 그 얼굴. 혹시 지금 화가 난 건가?"

나는 고개를 비스듬히 기울이며 그를 향해 시리게 미소 지었다.

"네가 늦은 걸 가지고 누구를 탓해?"

게다가 지금 분노 중인 것은 데온만이 아니었다. 베르티움에서 아실의 껍데기를 입은 닉스를 보았을 때부터 부풀어가던 증오가 데온을 마주한 순간 기다렸다는 듯이 터져 나갔다.

"설마 내가 당신을 반겨 줄 거라고 생각하지는 않았을 테고. 심지어 그날 란트 아그리체를 죽인 것도 다른 사람이라고 하던데."

결국은 이런 것이다. 나는 내 삶의 목적이기라도 한 것처럼 앞으로도 끊임없이 이 사람을 상처 입히고, 그에게 나로 인한 흉터가 새겨지는 모습을 보면서 웃을 것이다.

"정말 쓸모가 없네, 당신."

카시스는 내게 말했다. 그날, 아그리체에서 모든 것이 내가 원하는 대로 되었노라고. 그 결과 데온 아그리체는 지금 이렇게 내 앞에서 내 눈을 마주하고 서 있다. 만약 내가 정말 이 사람이 살아 있기를 바란 것이라면, 그건 분명 그런 이유 때문일 것이다.

그가 란트 아그리체에게 치명상을 입히고 마찬가지로 크게 다쳐 한동안 사경을 헤맸다는 이야기를 어머니에게 전해 들었다. 데온이 충분히 그럴 수 있음에도 어머니를 죽이지 않았던 것도 알고 있다.

하지만 그래서? 그에게 고마워하기라도 하란 말인가? 아니면 그에게 동정심을 품기라도 하라고?

웃기는 소리.

아실의 몸을 가진 그 인형. 그 끔찍한 것이 태어나는 데 일조한 게 지금 내 눈앞에 있는 남자인데.

"그래서, 그날 나 대신 란트 아그리체를 죽인 게 카시스 페델리안이라 그를 선택했다고?"

하지만 놀랍게도……. 두 귀에 그 이름이 스며든 순간, 속에서 거칠게 난동을 피우던 살의가 서서히 가라앉기 시작했다. 나는 천천히 깊게 숨을 들이마셨다.

"아니."

그제야 뜨겁게 끓던 가슴이 차게 식어 가는 것 같았다.

"도대체 무슨 착각을 하는 거야? 카시스가 당신 따위의 대용품이라는 듯이 말하지 마."

손목을 옥쥔 힘이 이루 말할 수 없을 정도로 강해졌다. 내가 그의 손을 뿌리치기 직전, 데온의 입가에 조각난 미소가 걸렸다.

"알고 있나? 네 몸에서 얼마 전에 만났던 그 자식의 불쾌한 냄새가 진동을 해."

한순간 멈칫한 사이, 데온이 내 목을 과격하게 움켜잡았다. 그의 거대한 손이 단숨에 내 목줄기를 꺾어 버릴 것처럼 조여 왔다.

나는 눈 한 번 깜빡이지 않고 마주한 얼굴을 직시했다. 붉은 눈동자 안에서 거칠게 휘몰아치는 온갖 감정이 내 눈에 들여다보였다.

잠시 후, 누구를 향하는지 모를 비웃음 어린 냉소가 눈앞에서 피어올랐다.

"정말 웃기는군."

나직한 읊조림이 귀에 울린 직후, 내 목을 거세게 조르고 있던 악력이 약해졌다.

이번에는 내가 팔을 들어 그의 뺨을 내려쳤다. 철썩, 가열 찬 파공음 속에 날카로운 시선이 교차했다.

"그만 내 눈앞에서 사라져. 꼴도 보기 싫으니까."

나는 데온을 향해 싸늘히 말한 뒤 돌아섰다. 그 언젠가 비 오는 날 아그리체에서 그랬던 것처럼 데온을 등진 채 걸었다. 옆에서 시끄럽게 쏟아지는 비가 지금 이 자리에 있는 모든 것을 휩쓸어 버렸으면 좋겠다는 생각을 하면서.

--+ 🦋 +--

카시스와 데온이 만났다.

어쩌면 그럴 가능성도 있다고 생각하긴 했지만, 막상 데온의 입으로 그 이야기를 들으니 어쩔 수 없이 동요하게 되었다.

물론 나는 설령 데온과 맞닥뜨렸다 해도 카시스가 무사하리라고 믿었다. 그래도 마음 한편이 묵직한 것은 어찌할 도리가 없었다. 하지만 다행히 내 신경이 더 예민해지기 전에 페델리안이 위그드라실에 도착했다.

어젯밤까지 폭우가 쏟아졌던 것이 꿈인 것처럼 맑게 갠 날씨였다. 나는 내 방에 있는 테라스에 나와 혼자 시간을 보내는 중이었다. 제레미가 들렀다 간 것을 제외하고도 몇 차례 손님이 찾아왔지만 방에 없는 척하고 모두 돌려보냈다.

그러던 중 페델리안의 행렬이 위그드라실에 들어서는 것을 목격했다. 얼마간의 시간이 지나 마침내 땅을 밟고 내려서는 카시스를 확인하고 나서야 비로소 마음이 완전히 편안해졌다.

일부러 눈에 잘 띄는 테라스에 나와 있었기 때문에 그 역시 나를 어렵지 않게 발견한 것 같았다. 다음 순간 카시스가 나를 향해 작게 고개를 저었다. 그것을 보고 나는 움찔 눈매를 찌푸렸다.

……그렇구나.

베르티움은 페델리안의 행렬을 방문하지 않았다. 어째서일까? 분명 단테라면 위그드라실에 들어오기 전에 닉스를 노릴 것이라 생각했는데. 혹시 우리가 판단을 잘못한 것일까? 아니면 다른 변수가 있었나? 분쟁이 없었다면 그로 인한 피해도 뒤따르지 않았을 테니 그건 그것대로 나쁘지 않은 일이긴 했지만.

페넬리안의 마차 안에서 포대에 둘둘 말린 짐 덩이 같은 것이 하나 실려 운반되는 것이 보였다. 아마 저것이 닉스일 것이다.

그것 말고도 데온을 만났던 일에 대해 카시스에게 들어 보고 싶었지만……. 지금은 그럴 상황이 아니었다.

카시스는 페넬리안의 모두가 건물 안으로 들어서고, 다른 사람이 그를 재촉할 때까지 계속 같은 자리에 서서 나를 보고 있었다.

아무래도 내가 시야에서 사라지기 전까지는 계속 저렇게 움직이지 않을 것 같은 느낌이라, 결국은 하는 수 없이 내가 먼저 자리를 털고 일어나고 말았다.

그리고 얼마간의 시간이 지나 다시 테라스에 나가 보았을 때 카시스는 없었다. 그래서 나도 안심하고 다시 안으로 들어갈 수 있었다.

페넬리안이 위그드라실에 들어온 이후, 각 가문의 수장들이 비밀리에 소집되었다. 이유는 역시 베르티움의 인형술 때문이었다.

내가 미리 언질해 준 게 있었기 때문에 제레미는 그리 놀라지 않은 것 같았다. 하지만 그래도 생리적인 거부감은 어쩔 수 없는지, 그는 회의실에서 돌아오자마자 내 방을 찾아와 잔뜩 구겨진 얼굴로 열변을 토했다.

"그 베르티움 인형, 직접 보니까 더 개소름이야. 원래 베르티움의 인형은 다 그렇게 진짜 인간처럼 만들어지는 거야? 아니면 그게 아실 시체라서 유독 더 그렇게 느껴지는 건가? 하여튼 존나 징그러워."

어제 오랜만에 만나 이야기를 나누었을 때, 제레미와 나는 서로의 안부를 물으며 그동안 각자에게 있었던 일에 대해서도 말했다. 하지만 아무래도 내가 지금까지 카시스와 함께 페델리안에 머물렀다는 말은 제레미 앞에서 아직 솔직히 꺼내기 어려웠다.

물론 나라고 해서 가벼운 마음으로 그곳에서 지내던 건 절대 아니었지만, 그래도 위그드라실에 도착해 나를 보자마자 눈물짓는 제레미를 보았기 때문인지 망설임이 생겼다.

그래서 일단은 베르티움에 초대받아 아실의 인형을 만난 이야기만 대략적으로 전해 두었다. 위그드라실의 회의 결과를 알려 주러 때마침 베르티움에 방문한 카시스가 아실의 인형인 닉스를 회수해 보관하고 있다가 데려온 것이라는 설명도 덧붙였다.

"누나는 괜찮아?"

마침내 제레미가 내게 조심스럽게 물었다.

"괜찮아. 그건 아실이 아니니까."

나는 망설이지 않고 담담히 대꾸했다.

제레미에게 들어 보니 일단 오늘은 각 가문의 수장들이 닉스의 존재를 확인하는 선에서 이야기를 마쳤다고 한다.

닉스는 위그드라실의 어딘가에 갇혔다고 들었다.

베르티움의 인형술도 위그드라실의 주술진에서 자유로울 수는 없었기 때문에, 사실 이 안에 들어왔을 때 닉스가 망가질 우려가 있기도 했다. 하지만 다행히 베르티움의 주술이 새겨진 그의 심장이 파손돼 멈추는 일은 없었다. 잘은 모르겠지만 마물이나 소환수를 부리는 것과는 원리가 달라서 그런지, 주술진에 영향을 받는 정도에도 차이가 있는 모양이었다.

다만 여러 신체 기능 및 인지 능력이 저하되기는 한 듯, 닉스는 줄 곧 넋이라도 빠진 것처럼 기운 없이 축 늘어져 있었다.

나는 그 모습을 미리 심어 둔 독나비를 통해 확인하고, 혹시 모를 상황에 대비해 앞으로 그를 유심히 살펴봐야겠다고 생각했다.

수장들은 일단 입막음을 약속하고 자리를 파했다고 한다. 그건 당 연한 결론이었다. 무엇보다 아직 베르티움이 위그드라실에 도착하지 도 않았고, 또 기본적으로 이번 모임의 가장 큰 취지는 '친목회'였다.

그런데 벌써부터 닉스에 대해 떠들어 대면 가문들 간의 친목이 형 성되기는커녕 오히려 분위기가 어수선해지기만 할 것이 분명했다.

나도 이번 친목회에서 신경 써야 할 것이 닉스뿐만인 것은 아니어 서, 곧 그의 생각을 미뤄 두고 자리에서 일어났다.

오늘은 어제보다 한결 성대한 연회가 기다리고 있었다. 나는 제레 미와 함께 연회장으로 향했다.

어제와 마찬가지로 오늘도 각 가문의 사람들은 서로 어울리지 않 고 따로 낮 시간을 보냈다. 아마 연회장 안의 풍경도 그리 다르지는 않을 것이다.

역시 홀에 들어서자마자 섞이지 않는 물과 기름처럼 무리 지어 있 는 각 가문의 사람들이 보였다. 특히 아그리체는 은은하게 곤두선 기 운을 흘려보내고 있었다. 지난겨울에 있었던 일을 모르는 사람은 지 금 이곳에 아무도 없었기 때문에, 다른 가문의 사람들은 저마다 머리 를 맞대고 수군거리며 아그리체와 페넬리안을 주시하고 있었다.

아그리체가 틈틈이 날 선 눈빛을 보내고 있는 대상에는 휘페리온도 포함되어 있었다. 따로 알아볼 필요도 없이, 위그드라실의 입구에서 있었던 마찰이 원인인 듯했다.

독나비를 통해 본 것도 있었고, 그게 아니더라도 사람들 사이에 이미 소문이 났기 때문에 나도 그 일을 알고 있었다. 각 가문의 수장들이라도 나선다면 분위기가 조금 달라질 테지만, 그들도 일단 지금은 가만히 상황을 지켜보고 있을 뿐이었다.

제레미와 나를 발견한 아그리체 사람들의 표정이 환해졌다. 그들은 꼭 다른 구역의 짐승들과 영역 싸움을 벌이다가 뒤늦게 온 지원군을 발견한 맹수들처럼 우리를 격하게 반겼다.

아그리체의 사람들 사이에 데온은 없었다. 나는 고개를 돌려 페넬리안 쪽을 응시했다. 카시스는 이미 나를 보고 있었다. 옆에서 실비아도 나를 향해 눈을 반짝이는 것이 보였다.

나는 잠깐 내리깐 시선으로 주위를 둘러보았다. 그런 뒤 제레미에게서 손을 빼냈다. 이미 얘기한 바가 있었기 때문에 제레미는 조용히 내 손을 놔주었다.

하지만 곁에 있던 아그리체의 사람들은 따로 떨어지는 우리를 보고 의아한 시선을 보냈다. 나는 그들을 향해 미소 지었다.

"이번 위그드라실의 모임은 다섯 가문 간의 친목을 위한 것이니 취지에 맞는 일을 해야지."

그런 뒤 나는 자리에서 발길을 돌렸다. 긴 치맛자락이 물결처럼 내 발목을 감쌌다. 구두 굽이 대리석 바닥에 부딪혀 내는 소리가 연회장 안에 작게 울려 퍼졌다.

별안간 내 걸음이 향하는 곳이 어디인지 확인한 사람들의 눈이 휘둥그렇게 떠졌다. 곳곳에서 후욱 숨을 들이켜는 소리가 들려왔다.

하지만 나는 오직 내 앞에 있는 한 사람만 보고 흔들림 없이 걸음을 내디뎠다.

"카시스 페넬리안."

그리고 마침내 가까이에서 마주하게 된 사람을 올려다보며 그의 이름을 불렀다. 샹들리에의 불빛을 받은 카시스의 금색 눈동자가 다른 때보다 깊게 반짝이고 있었다. 나는 천천히 팔을 들어 올려 그의 앞에 손을 내밀었다.

"오늘, 내 손을 잡을 수 있는 기회를 드리지요."

사실상의 에스코트 요청이었다. 그 순간 연회장 안에 벌떼 같은 소음이 일어났다.

지난겨울 아그리체를 직접 공격했던 것은 다름 아닌 카시스 페넬리안이었다. 그것은 3년 전 그에게 먼저 행해졌던 아그리체의 극악무도한 짓에 대한 보복이었고, 그 보복이 성공하며 현재 아그리체와 페넬리안의 관계는 최악으로 치닫게 되었다 해도 좋았다.

그런데 아그리체의 소속인 내가 이렇게 먼저 그를 선택해 에스코트를 요청했으니 모두가 경악할 만도 했다. 게다가 내 태도는 조금도 움츠러들거나 주저하는 기색조차 없이 심히 당당하기 짝이 없었다.

만약 내가 움직이지 않았다면 카시스가 먼저 내게 왔을 것이다. 비단 그와 내 관계 때문만이 아니더라도, 페넬리안 측도 이런 경직된 분위기를 언제까지나 지속할 생각은 없을 테니까.

이제 사람들은 숨을 죽인 채 카시스의 반응을 기다리고 있었다. 그 수많은 시선 속에서 마침내 카시스가 입매를 얕게 끌어당기며 손을 들어 정중히 내 손을 감쌌다. 이어서 나직한 목소리가 조용한 연회장에 울렸다.

"더없는 영광입니다, 록사나 아그리체 양."

손등을 덮은 얇은 장갑 위로 곧 뜨거운 입술이 낙인찍혔다.

"더없는 영광입니다, 록사나 아그리체 양."

카시스의 수락이 떨어지자마자 연회장 안에 더욱 거대한 소란이 일어났다.

카시스는 록사나의 손을 붙잡아 예를 갖추어 손등에 입을 맞추었다. 그런 뒤 두 사람은 손을 맞잡은 채로 함께 움직였다. 그 일련의 과정이 물 흐르듯이 자연스러웠다.

"뭐야?"

여러 가문들 중에서도 특히나 가장 놀란 것은 바로 아그리체였다.

"이게 어떻게 된 거야?"

"왜 록사나가 페넬리안한테 에스코트 신청을 해?"

하지만 그들의 혼란 섞인 웅성거림은 제레미가 얼음장 같은 목소리로 읊조리는 순간 단박에 사그라졌다.

"다들 다물어. 너희가 분위기 파악 못 하고 계속 투견장의 개떼들처럼 구니까 사나 누나가 나선 거잖아."

그러자 그들도 제각기 마음에 걸리는 부분이 있는지, 일단은 조용히 입을 다물었다.

하지만 사실은 그렇게 말하는 제레미의 속도 그리 평온하지만은 않았다. 지금 당장에라도 카시스 페넬리안과 록사나의 맞잡은 손을 떼어놓고 싶어서 몸이 근질거렸다. 그래도 더 이상 충동적인 감정에 휩쓸려 철없이 굴 생각은 없었다.

어제, 제레미와 록사나 두 사람은 실로 오랜만에 재회해 함께 기나

긴 대화를 나누었다. 그러다 록사나가 낮은 숨결을 내쉬며 그의 손을 붙잡았을 때.

"그동안 고생 많았겠구나, 내 동생."

그 한마디에, 제레미는 이제 다른 건 다 어떻게 되어도 상관없다고 느꼈다. 물론 애초에 그는 록사나를 원망해 본 적 따위, 추호도 없었지만⋯⋯.

그동안 마음속에 알게 모르게 잔재했던 녹슨 감정들이 그 순간 모조리 사르륵 녹아 없어지는 것 같았다.

"누나, 내가⋯⋯."

제레미는 록사나의 손을 더욱 꽉 움켜쥐며 말했다.

"내가 더 잘할게."

그러니 버리지 말아 달라는 의미를 담아, 그는 록사나를 간절히 쳐다보았다. 다시 버림받지 않으려면 어떻게 해야 할까. 그녀에게 좀 더 쓸모 있는 사람이 되면 되지 않을까. 한평생 록사나를 위해 헌신하다가 죽을 수 있으면 더 바랄 게 없을 것 같다고, 제레미는 진심으로 그렇게 생각했다.

그리하여 그녀가 이대로 그를 계속 옆에 있을 수 있게만 해 준다면.

"넌 지금도 충분히 잘하고 있어."

록사나는 그런 그를 한참 동안이나 물끄러미 쳐다보다가, 제레미가 또 한 번 불안감에 휩싸일 무렵 입을 열었다.

"그리고 제레미. 더 이상 날 위해 굳이 무언가를 해 주려 노력하지 않아도 돼."

그 말에 심장이 덜컹 내려앉는 것 같았다. 록사나는 표정 변화가 없는 얼굴로 제레미를 응시하고 있었다.

혹시 더 이상은 그가 필요 없다는 뜻일까? 그래서 더는 아무것도 하지 않아도 된다는 의미일까?

"우리 이제 그러지 말자."

하지만 록사나는 제레미의 손에 더 깊게 온도를 포개 오며 그를 향해 나지막하게 속삭였다.

"그런 걸로 가치가 결정지어지는 삶이 얼마나 공허해지는지, 너와 나는 잘 알고 있잖니. 그러니 우리, 이제 서로한테는 그러지 말자."
"누나……."
"네가 내게 아무것도 해 줄 수 없게 돼도 괜찮아."

그리고 이어진 말에 제레미는 저도 모르게 숨을 멈추고 말았다.

"그래도 넌 변함없이 내 소중한 동생이고, 난 절대 널 버리지 않을 거야."

록사나는 그런 그를 보며 물에 번진 물감처럼 설핏 흐리게 미소 지었다.

"그날, 그런 식으로 떠나서 미안해. 이제는 그러지 않을게."

마지막으로 록사나가 속삭인 말은 제레미의 심장 위에까지 깊숙이 아로새겨졌다.

"제레미. 내가 이 아그리체에서 행복해지길 마음 깊이 진심으로 바라는 건 어머니와 네가 유일해."

그때, 제레미는 살아오는 동안의 그 어떤 순간보다도 손에 잡힐 듯이 선명한 록사나의 진심을 봤다고 생각했다.

그건 제레미에게 있어 밤하늘에 수놓아진 별처럼 몹시도 찬연하게 반짝이고, 또 화원 가득 풍기는 꽃향기보다도 아주 감미롭고 달콤한 것이었다.

원래도 제레미는 록사나의 청이라면 무엇이든 이루어 줄 수 있었다.

그러니…… 이번에도 역시, 그녀의 뜻이 그렇다면.

게다가 꼭 그런 이유가 아니더라도, 이번 일은 아그리체에게 필요한 일이기도 했다. 그러니 만약 록사나가 이 자리에 없었다면 제레미가 나섰을 것이 분명하다.

그렇다면 더더욱 여기서 록사나를 지지하지 않을 이유가 없었다.

"마음은 알지만 일단 지금 여기선 다들 사고 치지 말고 얌전히 있어. 나도 언제까지고 마냥 쭈그러져 있으라는 건 아니니까."

뜻밖에도 다독이듯이 말하는 제레미의 태도에, 경직된 아그리체의 분위기가 한결 이완되었다. 제레미는 이복형제들을 뒤로하고 자리에서 발길을 뗐다.

그가 향한 곳은 실비아 페델리안이 있는 곳이었다.

아까부터 연회장의 한편에 서서 조용히 상황을 지켜보던 오르카가 마침내 큭, 웃음을 터트렸다.

"아, 위그드라실에 오기를 잘했어."

이제 고작 친목회의 이튿날일 뿐인데, 벌써부터 이렇게 재미있다니.

"그래, 재미있다니 다행이구나……."

오르카 옆에 있던 판도라가 떨떠름하게 중얼거렸다. 즐거워하는 오르카와 달리 판도라는 아까부터 제레미 아그리체의 눈을 피하느라 상당한 번거로움을 느끼던 참이었다. 그나마 지금은 그가 실비아 페델리안과 함께 다른 곳으로 가 버려서 마음이 놓였다. 판도라는 그냥 적당히 구석에 있다가 빠져나가야겠다고 생각했다.

그런데 그런 그녀의 마음도 모르고, 돌연 오르카가 덥석 판도라의 어깨에 팔을 둘렀다.

"그럼 우리도 갈까, 누이?"

"가긴 어딜 가?"

"이제 슬슬 움직이는 사람들이 생겼는데, 우리만 뒤처질 수는 없잖아."

판도라가 얼굴을 구기든 말든, 오르카는 혼자서 어울릴 상대를 물색하기 시작했다.

"어디 보자. 안면이 있는 실비아 양은 이미 흑의 수장이 선수를 쳤고. 어라. 저기, 적의 수장 옆에 있는 사람, 누이 취향일 것 같은데? 어디 한번 가까이 가서 볼까?"

"가려면 너 혼자 가."

"에헤이, 나 수줍음 많은 거 누이도 알면서. 그리고 누이도 한번 자세히 봐 봐. 진짜 딱 누이 취향이라니까?"

"네가 내 남자 취향을 어떻게 알아?"

"그냥 키우는 마물들 보면?"

그렇게 오르카는 판도라를 끌고 류자크 가스토르가 있는 곳을 향해 움직이기 시작했다. 물론 판도라의 의사는 안중에도 없었다.

위그드라실에서의 둘째 날.

연회의 본격적인 시작이었다.

곳곳에서 집요하리만치 조밀한 시선이 날아들었다. 록사나와 카시스는 그 시선들을 여과 없이 받으며 연회장을 가로질렀다.

슬쩍 고개를 돌려 떠나온 자리를 확인하자, 어느덧 마주 보고 서 있는 제레미와 실비아의 모습이 눈에 들어왔다.

그것이 퍽 의외여서 록사나는 조금 놀랐다. 하지만 그를 필두로 다른 사람들 역시 타 가문과 조금씩 섞여 어울리기 시작했다.

연회장 안의 테이블 구성은 어제와 확연히 달랐다. 어제의 저녁 만찬 때는 기다란 테이블을 일렬로 놓아 각 가문의 사람들이 무리 지어 자리 잡기 편했다면, 오늘은 동그스름한 작은 테이블을 홀 안에 듬성 듬성 배치해 최대 네다섯 명의 인원만 한자리에 모일 수 있게 공간을 구성했다.

카시스와 록사나는 그중 한 곳으로 이동했다. 카시스의 에스코트를 받은 록사나가 먼저 의자에 착석하고, 그 후 카시스가 그녀의 맞은편에 자리를 잡았다.

"위그드라실까지 오시는 길은 평안하셨습니까?"

카시스가 먼저 록사나에게 물었다. 여전히 주위에 듣는 귀와 보는 눈들이 많았기 때문에 그들은 평소와 다른 말투로 대화를 이어 갔다. 일정한 거리감을 둔 태도와 표정, 그리고 어디까지나 예의상의 인사인 것 같은 화법이었다.

하지만 그녀를 향하는 눈빛에서 온기가 느껴지는 것은 분명 착각이 아니리라.

"염려해 주신 덕분에 편안했습니다. 청의 귀공자께서도 순조로운 여정이 되셨는지요?"

"다른 때보다 긴 일정이 될 것 같아 우려하는 마음도 있었습니다만, 처음 예상보다 순탄했습니다."

위그드라실까지 향하는 길에 서로에게 다른 문제는 없었는지 확인하는 물음이었다.

차분하게 이어진 카시스의 대답을 듣고 록사나는 아까 테라스에 있을 때 그가 보냈던 신호가 생각했던 그대로의 의미임을 확인했다.

'역시 베르티움과는 조우하지 않았구나.'

그때, 식사 시중을 드는 이들이 두 사람이 앉은 테이블에 와서 식기와 물 잔을 내려놓기 시작했다.

"오늘 낮에 위그드라실에 도착했을 때, 방의 테라스에 나와 계신 아그리체 양을 우연히 보았습니다."

그들에게 무심히 짧은 시선을 던졌던 카시스가 이내 다시금 록사나를 향해 입을 열었다.

"간밤에 내리던 폭우가 그쳐 잠시 바람을 쐬러 나왔었지요."

"위그드라실에는 일찍 도착하셨나 보군요."

"페델리안보다 거의 이틀 정도 빨랐던 셈이네요."

카시스는 록사나가 위그드라실에 언제 도착했는지 궁금한 모양이었다. 록사나는 막 옆에서 내려놓은 물 잔에 손을 뻗으며 대답해 주었다.

카시스는 그 모습을 잠깐 가만히 지켜보다가, 이내 고개를 옆으로 비스듬히 기울이며 다시 한번 천천히 입술을 뗐다.

"그리웠던 가족분과는 만나 보셨는지요."

그 순간 물 잔을 들어 올리던 록사나의 손이 멈칫했다.

그리웠던 가족.

제레미를 지칭하는 것일까?

아니면…….

록사나는 잠시 말을 고르며 맞은편에 앉은 카시스의 눈을 조용히 들여다보았다.

"그리웠던 이도, 그렇지 않은 이도 만나 보았습니다."

진주를 깎아 만든 것 같은 하얀 손가락이 유리잔을 느리게 훑었다.

"그중 한 명은 페델리안과 먼저 우연히 마주쳤던 듯하던데……. 혹시 그가 결례를 범하지는 않았을지 염려되는군요."

그렇지 않아도 데온과 카시스가 만났던 것은 알고 있었다. 게다가 데온은 얼마 전까지 록사나와 카시스가 함께 있었다는 사실에 좋은 반응을 보이지 않았다. 그래서 혹여나 그가 카시스를 비롯한 페델리안의 사람들에게 피해를 입히지는 않았을지 걱정이 되었다.

특히 어제 보았던 데온의 태도를 생각하면, 최소한 카시스와는 직접 맞붙었다 해도 전혀 이상하지 않았다. 일단 겉으로 보기에 카시스에게 이렇다 할 외상은 없어 보이기는 했지만……. 어쩌면 그의 치유력으로 이미 회복된 것일지도 모를 노릇이었다.

물론 카시스가 쉽게 당했을 것이라 생각하지는 않았다. 그러나 아그리체의 특성상 데온은 암습에 능했다. 그런 상황에서 더군다나 카시스는 제 손으로 지켜 내야 할 사람들까지 있었으니, 상처 하나 없이 데온을 쫓아 보내는 것이 녹록지 않았을지도 몰랐다.

록사나는 그런 우려를 품고 카시스를 보았다. 카시스는 그녀의 그런 마음을 꿰뚫어 본 것 같았다.

"글쎄요……."

이윽고 카시스의 단정한 입술에서, 그 반듯함과는 어딘가 거리가 먼 느낌을 풍기는 음성이 새어 나왔다.

"지금 말씀하신 의미의 결례라면, 오히려 제가 끼친 것은 아닐지 모르겠습니다만."

뜻밖의 말에, 유리잔 위를 배회하던 록사나의 손길이 우뚝 멈추어졌다. 카시스에게 못 박힌 그녀의 붉은 눈은 깜짝 놀란 것처럼 조금 크게 떠져 있었다.

……지금 뭐라고? 결례를 끼친 게 데온이 아니라 카시스라고?

그럼 설마 카시스가 먼저 데온을 공격해서 피해라도 입혔다는 의미인가?

게다가 지금 같은 카시스의 반응은 처음이라 뭔가 낯설면서도 신선한 면이 있었다.

"그러신가요……?"

어쩐지 얼떨떨한 마음에 말끝을 흐리며 반문하자 그것을 어떻게 받아들였는지, 카시스가 록사나를 주시하던 시선을 미세하게 가라앉혔다.

"피하기 어려운 상황이긴 했으나 거기에 제 의지가 아예 없었다 하면 거짓일 테니. 혹 이 일로 저를 책문하셔도 이해하겠습니다."

록사나는 순간적으로 말문이 막히는 것을 느끼며 카시스의 얼굴을 마주 보았다. 샹들리에의 불빛 아래에서 그의 얼굴은 다른 때보다 한결 청아하게 빛나고 있었다.

차마 거기에 대고 무어라 자그마한 군소리라도 할 마음이 들지 않았다. 지금 한 말과 달리 카시스의 얼굴에 지난 일을 반성하는 듯한 기미라고는 조금도 엿보이지 않는데도 그랬다.

어쩐지 카시스의 의외의 일면을 본 느낌이었다.

"그럴 리가요."

왠지 표정 관리가 안 될 것 같은 기분이라 록사나는 괜히 헛기침을 하는 척 손을 들어 입가를 가렸다.

"설령 어떤 결례를 저지르셨다 해도 제가 당신을 책하는 일은 없을 테지요."

그 말을 들은 카시스가 진의를 헤아리듯이 록사나의 얼굴을 물끄러미 쳐다보았다. 그러다 이내 그녀가 진심이라는 것을 확신했는지, 그의 입가에 여트막한 미소가 떠올랐다.

"기쁘군요. 그렇게 말씀해 주시니 안심이 됩니다."

록사나를 응시하는 눈빛 역시 한결 부드러워져 있었다. 그 안에서 불어오는 산들거리는 온풍이 록사나의 가슴에도 번지는 것 같았다. 하지만 곧이어 다시금 카시스의 입술에서 흘러나온 말에…….

"그러고 보니 페델리안에서부터 동행했던 일행 중에 뜻밖의 불청객을 보고 놀란 이가 있었습니다."

다시 한번 록사나의 손이 멈칫했다. 카시스와 함께 페델리안에서부터 동행했던 일행. 만약 페델리안 소속의 사람이라면 카시스가 굳이 이런 수식어를 사용해 지칭했을 리 없었다. 그렇다면 남은 것은 단 한 명뿐이었다.

시선이 마주친 순간, 카시스가 고개를 작게 끄덕였다.

"지금 생각하시는 자가 맞습니다."

록사나의 머릿속에 경고의 의미를 담은 붉은 불이 켜졌다. 데온과 닉스가 만났다. 어제 데온에게서 그런 낌새는 조금도 느끼지 못했는데. 하지만 두 사람이 만났다는 사실 자체보다 덧붙여진 카시스의 말이 더 놀라웠다.

"과거에 일면식이 있는 사이였는지 둘 다 서로를 알아보고 동요하더군요."

순간 주위의 소음이 일시에 잦아들었다. 지금 막 들은 나지막한 음성이 잘게 조각나 귓가에 어지럽게 웅성거리는 것 같았다. 그래서인지 그 의미를 똑바로 파악할 수가 없었다. 가까스로 그 뜻을 인식하고 난 이후에는 홍수처럼 불어난 의문이 록사나를 뒤덮었다.

"아그리체 양."

그러다 문득 앞에서 들려온 단단한 음성에 그녀는 퍼뜩 정신을 차렸다. 어느새 비껴 있던 시선을 다시 똑바로 움직이자, 흔들림 없이 곧은 금색 눈동자가 그녀를 똑바로 직시하고 있는 것이 보였다.

카시스가 조심스럽게 록사나의 상태를 살피고 있었다. 잠깐 어수선하던 록사나의 마음도 서서히 차분하게 가라앉기 시작했다.

"그렇군요……. 워낙 뜻밖의 일인지라 조금 놀랐습니다."

마침내 그녀의 입술에서 새어 나온 목소리는 평소의 평정심을 완전히 유지하고 있는 상태였다. 록사나는 카시스를 향해 작게 미소 지어 보이기까지 했다. 그것을 보고 카시스도 안심했다.

"흥미롭네요. 그들이 서로를 알아보았다니. 혹시 기회가 된다면 다음에 이와 관련한 이야기를 좀 더 들어 보고 싶군요."

"제가 도움이 된다면, 언제라도 기꺼이."

그렇게 말하며 두 사람은 짧은 시선을 교환했다. 멀지 않은 곳에서 잔잔한 음악 소리가 들려왔다. 어느덧 주위에는 두런두런한 말소리가 이어지고 있었다. 흐르는 시간과 함께 연회도 점차 무르익어 가고 있었다.

"……."

그 시각, 데온은 묶여 있는 '아실'을 내려다보고 있었다.

아버지인 란트의 명을 받아 그의 손으로 직접 심장을 꿰뚫어 죽였던 이복형제.

출입구에는 몇 겹이나 중첩된 잠금장치가 있었지만 그것을 해제하는 것은 데온에게 있어 그리 어려운 일이 아니었다. 차라리 주술을 이용한 장치였다면 까다로웠을 것이다. 그러나 비무장 지대인 위그드라실 안에서는 누구도 주술의 사용이 자유롭지 않았다.

아래에서는 이미 연회가 한창일 터였다. 하지만 데온은 거기에 참석하지 않고 정적만이 감도는 방 안에 서 있었다.

얼마 전 페넬리안의 무리 속에서 한 번 마주쳤던 '아실'은 현재 위그드라실의 구석진 방에 갇혀 있었다. 지금은 의식이 없는 상태인지 들려오는 호흡이 아주 깊고 느렸다.

지금 데온이 보고 있는 그는 베르티움이 만든 인형이었다. 확실히 살아 있는 사람의 것이라 할 수 없는 이 특이한 기운도 그렇고, 카시스 페넬리안 역시 그를 베르티움의 인형이라 추정한 데온의 말에 부정하지 않았다.

카시스 페넬리안은, 이 인형이 '진짜 아실이기도 하다'고 말했다. 그것은 지금 이 순간까지도 데온에게 의문으로 남아 있는 말이었다.

자세한 내막은 모르나, 이 인형을 비밀리에 데려와 이렇게 남들의 눈을 피해 위그드라실에 가두어 놓은 것을 보면, 이와 연관된 일은 그리 가볍지 않은 사안일 것이 분명했다.

카시스 페넬리안.

아실을 떠올리게 하는 인형.

그 연결고리인 베르티움.

그리고 그곳에 족적을 남긴 록사나.

하면 그녀 역시 지금 데온의 눈앞에 있는 이것의 존재를 알고 있을까? 분명 그럴 것이란 생각이 들었다.

"아실을 죽일 때 어떤 생각을 했니?"

문득 일전에 들었던 시에라의 목소리가 빗물처럼 귓가에 번졌다.

"란트를 죽이려 했을 때는 어떤 감정을 느꼈지?"
"만약 네 눈앞에서 마리아 님이 죽는다면 어떨까?"

그때 당시에 그에게서 조금의 감흥도 이끌어 내지 못했던 말이 이제 와서 머릿속에 떠오른 이유는 무엇일까.

"넌 란트가 만들어 낸 괴물이야."

온기 한 점 없는 차가운 붉은 눈동자 안에 고요히 잠들어 있는 아름다운 소년의 모습이 비쳐 들었다.

"나는 그런 너를 끔찍이 증오하고 경멸해."

갉작갉작.
정체를 알 수 없는 무언가가 데온의 발끝에서부터 불쾌한 감각을 남기며 기어올랐다. 마침내 묵직하게 늘어져 있던 그의 손이 눈앞에 있는 소년을 향해 뻗어졌다.

처음에 그것은 형체 없는 검은 안개였다.
하지만 모래바람처럼 떠밀려 와 한 덩어리로 뭉친 그것은 어느새 커다란 검은 그림자가 되었다. 그림자에서 유일하게 색채를 가진 피 같은 붉은 눈이 미동 없이 닉스를 응시했다.

끝을 알 수 없는 무거운 침묵에 그대로 질식할 것만 같았다. 눈앞에 조용히 도사리고 서서 소리 없이 그를 주시하는 시선에 절로 모골이 송연해졌다.

닉스는 거미줄에 걸린 벌레라도 된 것처럼 손가락 하나 까딱하지 못한 채 붉은 눈을 마주했다. 마침내 새까만 그림자의 손이 그를 향해 뻗어졌다.

푸욱!

"헉……!"

가슴 한복판에 섬뜩한 통증이 파고드는 순간 닉스는 깊은숨을 토해 내며 눈을 떴다. 그는 저도 모르게 곧바로 심장부를 더듬거렸다.

하지만 그곳에는 아무런 외상도 없었다. 그저 늘 일정한 박동을 유지하던 그의 심장이 오늘따라 요란하리만치 크게 쿵쾅거리며 뛰고 있을 뿐이었다.

"인형도 악몽을 꾸는 모양이지?"

바로 그때, 고요한 목소리가 어둠을 가르며 귓가를 스쳐 지나갔다. 닉스는 그 음성을 쫓아 반사적으로 고개를 돌렸다.

어느새 밤이 깊었는지, 깜깜한 방 안에 어스름한 달빛이 스미고 있었다. 언젠가부터 방 안에 존재했던 누군가의 몸에도 시린 달빛이 쏟아졌다.

조금 전 닉스에게 말을 건넨 사람은 다름 아닌 록사나였다. 파티라도 즐기다 왔는지, 그녀는 화려하게 치장한 모습을 하고 있었다.

"악몽?"

방금 전 들었던 말을 무심코 상기한 닉스가 저도 모르게 반문했다.

"내가 지금 꿈을 꿨다고?"

"그걸 나한테 물어봤자."

록사나가 고개를 삐뚤게 기울이자 그녀의 귀에 걸려 있던 귀걸이가 달빛을 받아 반짝였다. 그러다 문득 닉스는 지금의 상황이 어딘가 이상하다는 사실을 눈치챘다.

"잠깐, 그런데 너……."

어째서 록사나가 여기에 있는 것일까? 게다가 이렇게 그녀와 얼굴을 마주하는 것은 페넬리안의 지하 감옥에서 이후로 처음이었다.

그날 이후 지금 그가 갇혀 있는 이곳 위그드라실까지 이동하는 동안, 록사나는 내내 머리카락 한 올 보이지 않았다. 그런데 그녀는 지금 굉장히 자연스럽게 그의 눈앞에 나타나 말을 걸고 있었다.

퍼뜩, 닉스는 페넬리안에서 록사나가 했던 말을 떠올리고 지금의 상황에서 위화감을 느꼈다.

"너, 날 속였지?"

지금까지는 다른 것에 정신이 팔려 미처 생각해 내지 못했던 일이었다. 하지만 록사나의 얼굴을 보는 순간 뒤늦은 깨달음이 머릿속을 스쳐 지나갔다.

다음 순간 닉스의 얼굴이 종잇장처럼 구겨졌다.

"베르티움으로 보내 준다더니 얘기가 다르잖아! 들어 보니 여긴 위그드라실이라고 하던데! 게다가 베르티움의 인형술에 대한 청문회 얘기는 또 뭐야? 애초에 노엘이 날 버렸다는 것도 역시 거짓말 아니야?"

록사나는 도끼눈을 뜨는 닉스를 보며 성가심을 느꼈다. 확실히 위그드라실의 주술진에 영향을 받는 듯 전보다 기운도 없고 말할 때마다 숨이 차 보이긴 했지만 그래도 아직은 살 만한 모양이었다.

역시 베르티움에서 먼저 공격해 오지 않은 게 조금 아쉬워졌다. 겸

사겸사 베르티움의 인체 실험에 대한 신랄한 증언을 닉스의 입으로 들을 수 있으면 이번 일을 마무리 짓는 것이 빨라지겠다고 생각하기도 했지만, 어디까지나 일차적인 목적은 닉스가 주인에 대한 배신감에 치를 떨며 괴로워하는 것 그 자체였다.

록사나는 이 인형에게 살아서 느낄 수 있는 다양한 절망과 고통을 안겨 주고 싶었다. 베르티움에서 아실의 탈을 뒤집어쓴 닉스의 교활함에 홀려 주저했던 단 한 순간. 기껏해야 1초 남짓밖에 되지 않는 그 망설임의 순간을, 록사나는 아직도 도저히 용납할 수 없었다.

그때만큼은 눈앞에 있던 닉스를 완전한 아실처럼 느꼈기 때문에 더더욱.

록사나는 뒤늦게 분개하는 닉스를 물끄러미 쳐다보다가 작게 입술을 뗐다.

"너, 데온을 만났다지?"

그 순간 닉스의 움직임이 멎었다. 시끄럽게 나불거리던 입도 곧장 다물어졌고, 눈의 깜빡임조차 굳은 듯이 사라졌다. 그는 록사나가 대답 없이 말을 돌렸다는 사실조차 깨닫지 못한 것 같았다.

"혹시 그 남자도 여기에 있어?"

불길한 직감이 스멀스멀 척추를 기어올랐다. 닉스는 무의식중에 긴장하며 목소리를 작게 죽였다. 땀을 흘릴 수 없는 몸임에도 닉스는 등줄기로 식은땀이 흐르는 것 같은 서늘한 감각을 느꼈다.

"너, 그가 누구인지 알아?"

"이 몸의 원주인을 죽인 사람이잖아."

닉스는 불안히 주변을 훑으며 대꾸했다. 그에 록사나는 잠깐 침묵하다가 이내 닉스에게 다시 물었다.

"네가 그를 본 건 이번이 처음이었을 텐데, 어떻게 그런 걸 알지? 데온이 네게 그런 말을 하던가?"

"아니, 그냥……."

닉스는 그 당시 느꼈던 끔찍한 기분을 상기하며 얼굴을 일그러뜨렸다.

"그냥 보자마자 알 수 있었어."

다시 생각해 보아도 참으로 거지 같은 느낌이었다. 지금도 그 남자를 생각하면 온몸의 털끝이 쭈뼛 곤두서는 것 같았다.

찰그락. 닉스는 손을 들어 괜스레 콧잔등을 매만졌다. 그 움직임을 따라 그의 몸에 붙은 쇠사슬에서 거슬리는 소리가 났다. 그런 닉스의 행동에 잠깐 록사나의 눈길이 머물렀다.

문득 닉스는 데온을 만났던 밤, 충격에 허덕이고 있던 그의 몸에 밀려들었던 청량한 기운을 떠올렸다. 실비아 페델리안의 손이 닿는 동안 믿을 수 없을 정도의 안온함이 온몸에 번졌던 기억이 났다. 그것을 상기하자 지금도 서서히 마음이 안정되기 시작했다.

록사나가 다시 입을 연 것은 그때였다.

"여기에 있어, 그 사람."

작게 벌어진 입술 사이로 내뱉어진 소리에 닉스는 흠칫했다.

"방금 전까지 네 앞에 서 있었지."

이어진 말에는 심장이 철렁 내려앉는 기분을 느껴야만 했다. 하지만 곧 그는 이를 드러내며 록사나에게 으르렁거렸다.

"거짓말하지 마. 또 속이려는 걸 내가 모를까 봐?"

"글쎄, 거짓말일까 아닐까."

록사나는 애매한 말을 남긴 뒤 자리에서 몸을 일으켰다.

"이 방, 잠금장치가 영 별로더라. 손만 대도 간단히 열리던데."

하지만 문가로 걸어가는 동안 그녀가 덧붙인 목소리는 어디까지나 들으란 듯이 읊조려진 것이었다.

"그러니 그 사람도 쉽게 들어올 수 있었던 거겠지."

"너……!"

등 뒤에서 닉스가 약이 올라 이를 가는 소리를 들으며 록사나는 방을 나섰다.

닉스가 있는 방에서 빠져나온 록사나는 다시 문고리에 있는 잠금장치들을 원상태로 되돌려 놨다. 이 정도는 아그리체에서 밥 먹듯이 해 왔던 일 중에 하나였기 때문에 그리 어렵지도 않았다.

마침내 마지막 잠금장치를 채우고 손을 내린 록사나의 눈빛은 차게 가라앉아 있었다. 조금 전 닉스에게 한 말은 거짓말이 아니었다. 분명 데온이 이 안에 들어갔다가 나왔다. 록사나는 독나비의 신호로 그것을 알고 먼저 연회장에서 빠져나왔다.

하지만 그녀가 왔을 때 이미 데온은 사라진 뒤였다. 이후 그가 어디로 갔는지는 알지 못했다. 위그드라실 안에서 록사나가 부릴 수 있는 나비는 미리 꺼내서 숨겨 온 단 몇 마리뿐이었고, 그마저도 능력을 제대로 끌어낼 수는 없었기 때문이다.

그래서 고작해야 닉스를 가둬 놓은 방에 심어 둔 나비를 통해 데온의 침입 소식을 알게 된 것이 전부였다. 한창 연회 도중이라 근처를 어슬렁거리는 사람이 없었던 것과, 견고한 잠금장치를 믿고 문 앞을 지키는 사람을 따로 두지 않은 경비대의 안일함이 데온과 록사나의 출입을 허용했다.

다시 만나게 된 닉스는 고작 며칠 만에 제법 초췌해진 얼굴이었다. 카시스의 말처럼 정말 그는 데온의 존재를 알아본 모양이었다.

아실의 육체에 남아 있던 반사 작용 같은 것이라 보아야 할까? 아니면 뇌에 남아 있던 기억의 잔상인가. 쉽게 설명하기 어려운 일이었지만, 닉스의 그 반응은 진짜였다.

아실의 얼굴을 한 채 데온의 이름에 불안해하는 그 몰골이 속을 뒤틀리게 해서, 록사나는 공연히 닉스에게 불편한 심기를 표출하고 말았다. 게다가 닉스를 보러 왔던 데온의 행동 역시 록사나의 신경을 긁었다.

이 두 사람이 만나는 것은 미처 상정해 두지 못했던 상황인 만큼 은근히 신경이 예민하게 곤두섰다. 더군다나 데온과 닉스만이 문제가 아니라, 이제는 위그드라실 안에서 데온과 카시스가 마주치는 일까지 염두에 두어야 했다.

복도의 유리창에 비친 록사나의 붉은 눈이 차게 빛났다. 그녀는 아까 연회장에서 보았던 카시스를 떠올리며 마음을 가라앉히려 노력했다.

……좀 더 오래 같이 있고 싶었는데. 지금 다시 연회장 안으로 들어가도 모양만 이상해지겠지.

첫날부터 카시스와 단둘이 연회장을 일찍 빠져나오는 것은 너무 노골적인 그림이라, 아까 밖으로 나선 것은 록사나뿐이었다. 어쩔 수 없는 일이라는 것을 알면서도 아쉬움이 스몄다. 위그드라실에 오기 전까지는 당연하다는 듯이 종일 붙어서 함께 시간을 보냈기에 더욱 그랬다.

하지만…….

역시 지금은 우선해야 할 다른 일들이 있었으니까.

록사나는 사라진 데온의 위치를 파악하기 위해 다른 사람들이 연회장에 몰려 있는 틈을 타서 나비 한 마리를 어둠 속에 날려 보냈다.

다음 날 오후 2시경.

위그드라실의 장미 화원에는 어제와 다른 생기가 감돌고 있었다. 어제의 저녁 연회 때 이후로 분위기가 풀어진 다섯 가문의 사람들 중 일부가 밖으로 나와 함께 다과 시간을 가지며 대화의 장을 펼치고 있었기 때문이다.

"안녕하세요, 페델리안 양."

"또 뵙네요, 흑의 수장님."

제레미와 실비아도 거기에 속해 있었다. 제레미가 먼저 예의를 차려 인사를 건네자, 실비아도 웃으며 거기에 화답했다.

반짝이는 긴 은발을 곱게 늘어뜨리고, 페델리안을 상징하는 푸른 드레스와 머리 장식으로 치장한 실비아는 위그드라실에 모인 사람들 중에서도 눈에 띄게 아름다웠다.

지금 화원에서 열린 다과 모임에는 비슷한 나이대로 보이는 젊은 세대들이 주로 자리한 참이었다. 그래서 실비아에게 호감을 보이며 접근하는 사람도 많았다. 하물며 조금 전까지만 해도 실비아의 곁에는 그녀의 오빠인 카시스 페델리안까지 자리하고 있었다. 그래서 그들의 주변에는 사람이 끊이지 않았다.

그러다 카시스가 잠시 자리를 비우고, 주위에 머물던 사람들도 때마침 떠났을 때, 누군가 그녀에게 인사를 건네며 맞은편에 앉았다.

그것이 바로 제레미였다. 어제도 연회 시간을 함께 보내서 그런지 두 사람 사이에는 비교적 어색함이 덜했다. 미소 짓는 실비아를 보며 제레미도 입꼬리를 끌어 올렸다.

하지만 지금 그의 머릿속에 떠오른 생각은 다소 불손했다.

'역시 청의 개새끼랑 존나 닮았네.'

그래서인지 이렇게 가만히 쳐다보고만 있어도 절로 빈정이 상했다. 하지만 제레미는 더 이상 예전처럼 속마음을 가감 없이 노골적으로 표출하는 한심한 짓거리를 벌이지는 않았다.

페델리안과 이렇게 거리를 좁히는 것이 록사나의 의지라면, 제레미 역시 아무리 비위가 상해도 꾹 참고 그녀의 뜻에 따를 각오가 되어 있었다.

"어젯밤에는 편안한 시간 보내셨는지요."

"덕분에 기분 좋은 밤이었어요."

가문을 상징하는 검은 색상의 예복을 날렵한 몸에 걸치고 의자에 느슨히 기대앉은 제레미는 한 마리의 흑표범 같았다. 록사나 앞에서는 그야말로 순해 빠지다 못해 흐물흐물 녹아난 얼굴을 하는 그였지만, 다른 사람 앞에서는 이야기가 달랐다.

게다가 칠흑같이 새까만 머리카락 아래로 드러난 짙은 눈매나 이따금 입가에 그리는 비스듬한 미소가 특히 매력적이라, 제레미를 힐끔거리며 쳐다보는 사람도 상당수 있었다.

그래서 겉으로 보기에 실비아와 제레미는 아주 잘 어울리는 한 쌍이었다. 더군다나 제레미의 의상은 그의 눈동자 색과 맞춰 푸른색으로 장식이 되어 있어 청의 가문인 실비아와 더욱 그림같이 잘 어울려 보였다.

"그런데…… 록사나 님은 같이 오지 않으셨네요? 오늘 다과 모임에는 참석하지 않으시나요?"

"네. 누님은 오늘 방에서 쉬겠다고 하셨습니다."

제레미의 말에 실비아는 무척이나 아쉬운 낯빛을 해 보였다. 그것을 눈에 담고 제레미는 설핏 눈살을 찌푸렸다. 아쉬운 것은 제레미도 마찬가지였지만 왜 실비아가 이런 반응을 보이는지에 대해서는 의문이었다. 그는 아직 두 사람 사이에 앞선 교류가 있었던 사실을 몰랐으니 당연한 일이었다.

그러고 보면 어제저녁 연회 때도 실비아는 제레미의 앞에서 은근히 록사나에 대한 질문을 많이 했다.

'뭐, 사나 누나에게 반하지 않는 사람이 세상에 있을 리 없으니 당연하긴 하지.'

마침내 제레미는 혼자 그렇게 납득한 뒤 입매를 느슨히 했다. 중증의 누나 사랑을 자랑하는 제레미는 록사나를 머릿속에 떠올리는 것만으로도 기분이 한결 나아진 것을 느꼈다.

"흑의 수장님은 록사나 님과 가장 가까운 형제시죠?"

그러다 귓가를 간질인 실비아의 물음에 제레미는 일순간 멈칫했다. 물음이라고는 하지만, 실비아의 어투는 그저 이미 알고 있는 사실을 확인하려 하는 느낌에 가까웠다.

갑자기 짜증스럽던 실비아 페넬리안이 나름대로 괜찮게 느껴지기 시작했다. 제레미는 위로 치솟는 입꼬리를 꿈틀거리며 대답했다.

"아, 역시 티가 나나 보군요. 맞습니다. 누님이 이 세상에서 유일하게 아끼는 동생이 바로 저지요."

자부심이 넘치다 못해 어딘가 거들먹거리는 것처럼도 느껴지는 발언이었다. 특히 '유일하게' 부분에는 강세까지 두었다.

당연히 제레미는 자신이 록사나에게 이렇게 소중한 존재라는 사실을 사방팔방으로 자랑하고 싶은 마음이었다. 특히 이번에 재회했을 때 록사나가 그의 손을 붙잡고 말해 주었던 내용은 몇 번을 되새겨 떠올려도 늘 새롭게 가슴을 벅차오르게 했다.

아마 그 달콤한 순간을 혼자 독차지하고 싶은 마음만 아니었다면, 지나가다 마주친 사람마다 전부 붙잡고 그의 이 감동적인 마음을 만천하에 전도하고도 남았을 것이다.

하지만 바로 그 순간 실비아는 제레미의 심정에 동화되는 것이 아니라, 저도 모르게 눈썹을 꿈틀거리고 말았다.

어, 뭐지……? 왠지 지금 좀 약이 오르는 기분이 드는 것 같은데. 게다가 알게 모르게 질투도 좀 나는 것 같았다.

나이가 같기도 하고, 또 록사나와 사이가 좋은 동생인 듯해서 실비아도 이번 친목회 때 제레미 아그리체와 좀 친해져 볼까 싶은 마음이 있었다.

실제로 어제저녁 연회 때 함께 이야기를 나누어 보니, 제레미는 말상대로 상당히 괜찮은 편이었다. 게다가 무엇보다도, 그는 실비아가 떡밥을 던지는 족족 그것을 날름 물어 록사나에 대한 이야기를 술술 해 주었다.

그 모습이 재미있기도 하고 또 나름대로 귀엽게 보이기도 해서 호감이 좀 있었는데……. 그런데 갑자기 그런 마음이 절반 정도 사그라 졌다.

'나도…… 나도 록사나 언니가 언니라고 부르라고 했는데!'

게다가 실비아는 위그드라실에 온 이후로 기회가 없어 록사나와 아직 제대로 된 인사를 나누지 못했다. 그래서 가뜩이나 아쉬운 마당에 제레미가 이렇게 자랑까지 해대니 약이 오를 수밖에 없었다.

하지만 실비아는 애써 그런 마음을 감추고 호호 웃었다.

"어제 연회장에서 두 분이 함께 손을 붙잡고 들어올 때부터 그럴 줄 알았어요."

제레미는 언제 실비아를 보며 비위가 상했었냐는 듯이 금세 기분이 좋아졌다.

이 여자, 이제 보니 눈치가 꽤 있잖아? 다시 보니까 카시스 페델리안하고 그렇게 많이 닮지도 않은 것 않은데.

제레미는 실비아에 대한 평가를 상향 조정했다. 하지만 이어지는 그녀의 말에 수직 곡선을 그리던 호감도는 순식간에 다시 바닥으로 곤두박질쳤다.

"그런데 수장님은 아무리 봐도 록사나 님과 별로 닮지는 않으셨네요."

실비아가 전혀 악의 없어 보이는 얼굴로 호호 웃으며 말했다.

"그냥 보면 남매인 줄도 모르겠어요. 그런 소리 많이 들으시죠?"

빠직. 그 순간 제레미의 이마에 희미하게 핏대가 섰다.

갑자기 록사나와 놀랄 정도로 닮았던 아실의 인형이 눈앞에 어른거리면서 더욱 불유쾌한 기분이 들었다.

솔직히 실비아의 말마따나 제레미는 겉보기에 록사나와 그렇게 비슷한 외모가 아니었다. 둘 다 란트보다는 모친을 닮은 탓이었다. 그는 짜증스러운 마음을 삼키며 퉁명스러운 어조로 우겼다.

"아닌데요. 아그리체뿐만이 아니라 이 세상 모든 사람을 통틀어서 제가 누님을 가장 많이 닮았습니다만."

"어머, 그건 정말 아닌 것 같은데."

실비아가 다시금 해사하게 웃으며 제레미의 말을 부정했다. 제레미는 성미대로 테이블을 뒤엎고 싶은 충동을 느끼며 애써 인내심을 끌어 올렸다. 그래도 한동안 성격을 꾹꾹 눌러 참으며 살았던 보람이 있는지, 제법 빨리 평정을 되찾을 수 있었다.

"뭐, 그래도 제가 누님이 유일하게 아끼는 동생인 건 변하지 않으니까요."

그래, 외모 따위가 무슨 상관이랴. 자신은 록사나가 직접 인정한 그녀의 동생인데.

"그러고 보니 페넬리안 양은 형제가 오빠 한 명뿐이시군요."

그렇게 생각하자 잠깐 잃었던 여유가 되돌아오는 것 같았다. 제레미는 의자의 등받이에 좀 더 깊숙이 몸을 기대며 느른히 입꼬리를 끌어 올렸다.

"전 형도 누님도, 동생들도 다 있지만 역시 다른 형제가 백 명 있어도 누님 한 명 있는 것만 못하던데 말이죠. 평생 이런 감정을 느껴 보지 못할 사람들을 생각하면 정말 가엾고 애잔해서……."

그러다 문득 제레미가 무언가를 깨달았다는 듯이 '아!' 하고 소리 냈다.

"그러고 보니 페넬리안 양도 손위 누이가 있는 기분이 어떤지 이제껏 단 한 번도! 느껴 보신 적이 없겠네요. 저런, 전 태어났을 때부터 누님이 계셨던지라 그게 어떤 기분일지 상상도 되지 않는군요. 뭐, 제가 죽을 때까지 알지 못할 기분이고, 또 경험해 보고 싶은 마음도 없으니 딱히 궁금하진 않습니다만."

제레미의 입가에 비죽 얄미운 미소가 떠올랐다.

빠직. 이번에는 옴팡지게 쥐어진 실비아의 주먹에 핏줄이 도드라졌다.

제레미와 실비아의 시선이 허공에서 맞부딪쳤다.

"언니는 없지만…… 제게는 그만큼 좋은 오빠가 있답니다."

"아, 예. 페델리안 양께는 좋은 오빠가 있고, 제게는 좋은 누님이 계시죠."

제레미도 실비아의 말에 선선히 수긍하며 고개를 끄덕였다. 하지만 실비아를 향한 그의 눈빛이 말하고 있었다.

'안 부럽거든?'

두 사람은 반사적으로 서로를 보며 미소 지었다.

"후후."

"하하."

하지만 그들의 입에서 흘러나온 웃음소리는 어딘가 음산했고, 또 어째서인지 두 사람 사이에서 번개가 내리꽂히는 것 같은 착시가 일어났다.

'재수 없는 남자.'

'재수 없는 여자.'

실비아와 제레미는 동시에 생각했다.

'얘랑은 안 맞는다.'

하지만 겉으로는 제법 친밀해 보이는 미소를 지으며 제레미와 실비아는 테이블 위에 놓인 찻잔을 나란히 들어 올려 반쯤 식은 차를 마셨다.

잠시 대화가 단절되고, 둘 사이에 삭막한 바람이 불었다.

"두 사람, 무슨 얘기를 그렇게 재밌게 해요?"

옆에서 제삼자의 목소리가 들려온 것은 바로 그때였다. 두 사람에게 다가온 것은 구불거리는 붉은 머리와 녹색 눈을 가진, 상당히 귀여운 외양의 소녀였다.

그녀는 제레미의 이복 여동생인 샬럿이었다. 갑자기 나타나 웃으며 건넨 샬럿의 말을 듣고 제레미는 눈살을 찌푸렸다. 재미있기는 개뿔.

샬럿에게 눈깔이 삐었냐고 묻고 싶었다. 그러다 돌연 제레미가 표정을 차게 식혔다.

"샬럿, 너⋯⋯."

그래도 실비아 앞이라 제레미는 나름대로 상냥한 목소리를 흉내 내서, 그러나 그 안에 경고를 담아 샬럿에게 말했다.

"낄 데 안 낄 데 구분 좀 하지?"

"왜 그래, 어차피 다 같이 친해지자고 만든 자리잖아?"

하지만 샬럿은 가볍게 제레미의 말을 흘려 넘겼다. 그런 뒤 그녀는 실비아를 향해 무해하게 방긋 웃어 보였다.

"안녕하세요, 페넬리안 양. 만나서 반가워요."

"저도 반가워요. 아그리체 소속이신가요?"

"네, 제 이름은 샬럿이에요."

실비아도 웃으며 마주 인사했다. 하지만 이제까지와 달리 그녀의 미소에는 선을 그은 느낌이 있었다. 샬럿에게 건네는 말도 상냥하기는 했으나 어디까지나 형식상의 인사말에 가까웠다.

아무리 기본적으로 밝고 친근한 성격의 실비아라고 해도, 모든 아그리체의 사람들에게 호감을 느끼지는 않았다. 물론 자리가 자리인 만큼 그들을 노골적으로 배척하지도 않겠지만 3년 전 오빠인 카시스와 아그리체 사이에 있었던 일을 잊을 정도로 속이 없지는 않았다.

록사나가 아그리체의 사람임에도 첫 만남부터 거의 무조건적인 호의를 느꼈던 것은 역시 그녀가 카시스를 도와준 사람이었기 때문이다. 그 밖에 다른 아그리체의 사람들에게는 실비아도 껄끄러운 감정이 남아 있었다.

제레미가 예외인 것은 어디까지나 록사나와 가까운 사람이어서 그런 것뿐이었다. 제레미도 실비아의 태도에서 미묘한 차이를 느끼고 그녀를 쳐다보았다.

그러는 동안 뻔뻔하게도 샬럿은 제레미의 옆자리에 아예 엉덩이를 붙이고 앉기까지 했다. 제레미가 당장 꺼지라는 의미를 담아 테이블 밑으로 그녀의 발을 걷어찼으나 샬럿은 다리를 들어 공격을 피했다.

"가까이에서 보니, 페넬리안 양은 오빠인 청의 귀공자를 참 많이 닮은 것 같네요."

"그래요?"

샬럿의 말에 그녀의 속을 짐작한 제레미는 그만 저도 모르게 욕설을 내뱉을 뻔하고 말았다.

시발, 이게 미쳤나? 진짜 입맛 떨어지게.

그러고 보니 샬럿은 3년 전 카시스 페넬리안이 아그리체에 있을 때도 그를 장난감으로 삼고 싶어 안달이 나 있었다. 제레미도 느꼈듯이 실비아는 오빠인 카시스 페넬리안을 닮았다. 그러니 카시스가 샬럿의 취향이었던 것처럼, 당연히 실비아도 그럴 수밖에 없었다.

물론 아무리 대가리가 안 돌아가는 멍청이라 해도 위그드라실에서 페넬리안의 공주에게 해를 끼치는 미친 짓을 할 리는 없었지만.

게다가 샬럿은 능력이 딸려서 눈치채지 못한 것 같았지만, 지금 주변에는 보이지 않게 실비아를 지키고 있는 페넬리안의 수하가 한둘이 아니었다. 그러니 혹여나 샬럿이 허튼 마음을 먹었다 해도 그녀의 뜻대로 될 리가 없었다.

하지만 그렇게 생각하면서도 제레미의 눈초리는 점점 싸늘해졌다. 그동안 얌전히 지내기에 이번에 이복형제들을 족칠 때 나름대로 많이 봐줬더니 아무래도 덜 처맞아서 이렇게 거슬리게 구는 모양이다.

이러다 만에 하나의 경우로 샬럿이 록사나의 심기를 조금이나마 거스르는 일이 생기기 전에 그녀를 따로 재교육해야 할 필요성을 느꼈다.

제레미가 그렇게 차게 식은 눈으로 보는 동안, 샬럿은 자신의 앞날도 모르고 계속 실비아에게 작업을 걸고 있었다.

"혹시 괜찮으면 제레미 오빠는 두고 저랑 같이 좀 더 얘기를……."

"어머나, 샬럿. 너도 여기에 있었구나."

그러나 달짝지근한 목소리가 귀에 감기는 순간, 샬럿의 몸이 흠칫 굳어졌다. 어깨 위에 사뿐히 내려앉은 손길은 깃털처럼 가벼웠으나 그녀는 목에 칼끝이 겨누어진 것 같은 섬뜩함을 느꼈다.

"사나 누나!"

옆에 있던 제레미가 샬럿의 뒤로 다가와 선 사람의 얼굴을 먼저 확인하고 반색했다.

끼기긱, 당장에라도 삐걱거리는 소리를 낼 듯한 부자연스러운 움직임으로 샬럿이 고개를 돌렸다. 그러자 시야에 들어온 것은 못 본 새더욱 아름다워진 것 같은 그녀의 이복 언니였다.

"록사나 언니……."

시선이 마주친 순간, 록사나의 얼굴에 봄볕 같은 미소가 녹아들었다.

"안녕. 이렇게 얼굴을 보는 건 오랜만이네. 반가워라."

천천히 기울어지는 고개를 따라 록사나의 긴 금발이 샬럿의 어깨 위에까지 흘러내렸다. 하지만 샬럿은 살갗에 차가운 뱀의 비늘이라도 닿은 것처럼 몸을 더욱 딱딱하게 경직시켰다.

"그런데 무슨 대화를 그렇게 즐겁게 나누는 중이었니?"

샬럿의 어깨에 얹혀 있던 섬섬옥수가 느리게 움직여 그녀의 목 근처로까지 미끄러졌다. 목덜미를 기어가는 손길에 샬럿의 몸이 긴장으로 바짝 곧추세워졌다.

마침내 목의 급소에 닿은 손끝에 지그시 힘이 들어가는 것과 동시에 록사나가 한결 더 짙게 미소 지으며 느린 어조로 속삭였다.

"내가 들어도 되는 이야기일까? 응, 샬럿?"

아래로 내리깔린 록사나의 장밋빛 눈동자에 일순간 섬광이 번뜩인 것 같았다. 그 순간 샬럿은 온몸에 오소소 소름이 돋는 것을 느끼고 말았다. 그녀는 더 이상 견디지 못하고 자리에서 벌떡 일어났다.

"나, 난 갑자기 다른 볼일이 생각나서 이만!"

샬럿은 긴 머리카락을 휘날리며 후다닥 도망쳤다.

'이게 뭐야! 오늘 모임에는 참석을 안 하는 줄 알았더니!'

어릴 때 같으면 '카시스 페넬리안과 실비아 페넬리안을 둘 다 독차지하려는 거냐'며 록사나에게 대들었겠지만 지금 그녀에게 그럴 용기는 없었다. 예전에 록사나의 독나비에게 잡아먹힐 뻔했던 이후로 샬럿의 뇌리에는 록사나에 대한 공포가 똑똑히 각인되어 있었다.

샬럿은 뒤 한 번 돌아보지 않고 꽁지가 빠져라 달려 록사나의 시선에서 벗어났다.

"저런. 샬럿이 급한 볼일을 깜박했던 모양이네."

록사나가 샬럿의 뒷모습을 지켜보며 나른히 읊조렸다. 장미 화원에 나타난 그녀는 단숨에 모두의 시선을 받고 있었다.

록사나도 제레미처럼 가문의 상징색인 검은 드레스를 입고 있었다. 자칫 어둡고 칙칙해 보이기 쉬운 검은 드레스가 록사나에게서는 아주 우아하고 세련되어 보였다. 백옥처럼 희고 매끄러운 피부와 화사한 금발, 그리고 붉은 눈동자가 한결 도드라져 강렬한 인상을 주었다.

"누나, 오늘은 방에서 쉰다더니."

제레미가 얼른 자리에서 일어나 록사나에게 의자를 빼 주었다. 하지만 그는 곧 그것이 조금 전까지 샬럿이 앉아 있던 의자란 사실을 깨닫고, 오물을 치워 버리듯이 뒤쪽으로 대충 내동댕이쳤다. 그런 뒤 자연스럽게 새 의자를 옮겨 왔다.

조금 전까지 신경을 긁고 있던 샬럿은 이미 그의 관심 밖으로 밀려난 뒤였다. 물론 조만간 그녀를 아그리체 식으로 재교육시켜 줄 예정인 것은 변하지 않았다.

"여독이 덜 풀렸는지 조금 피곤했는데 지금은 괜찮아졌어."

록사나는 제레미에게 웃으며 대답한 뒤, 실비아를 보며 물었다.

"페델리안 양. 혹시 실례가 아니라면 합석해도 될까요?"

당연히 실비아는 기다렸다는 듯이 얼른 고개를 끄덕여 허락했다. 그녀의 뺨은 어느새 발갛게 상기되어 있기까지 했다.

"그럼요! 어서 앉으세요."

록사나는 우아한 움직임으로 제레미가 빼 준 의자에 자리를 잡았다.

"샬럿이 아직 어려서 페델리안 양을 난처하게 만들지는 않았을지 모르겠네요."

록사나가 앉자마자 장미 화원 안에 항시 대기하고 있던 사용인이 얼른 다가와 그녀 앞에 다과를 준비하기 시작했다.

"아니에요. 그저 인사를 나누었을 뿐인걸요."

"그렇다면 다행이지만."

록사나는 고개까지 저어 가며 부정하는 실비아를 향해 빙긋이 웃었다. 그저 가만히 무표정한 얼굴을 하고만 있어도 찬탄을 금하지 못할 미인이 붉은 입술에 미소를 매달기까지 하자 주변에 있던 사람들이 저도 모르게 숨을 들이켰다.

실비아 역시 지금까지 다른 사람을 대할 때와는 달리, 빨갛게 달아오른 뺨으로 입을 우물거리다가 조심스럽게 물었다.

"그 샬럿이라는 분, 혹시 친한 동생분인가요?"

"하, 무슨 말씀을. 절대 아닙니다."

조금 전 샬럿이라고 하는 소녀를 대할 때 록사나의 태도가 친근한 듯 아닌 듯 어딘가 애매하게 느껴졌던 것이 기억나 확인차 물었으나 대답은 제레미에게서 튀어나왔다.

그는 괜스레 큼큼 헛기침을 하며 목소리를 가다듬은 뒤 말을 이었다.

"앞서 말씀드렸다시피 누님이 아끼는 동생은, 크흠. 오직 저 하나뿐이라서요."

"……."

록사나는 그런 제레미를 잠깐 말없이 바라보았다. 제레미는 뿌듯함과 수줍음이 뒤섞인 얼굴을 감추지 못하고 있었다.

도대체 조금 전까지 실비아와 무슨 대화를 나누고 있었던 것인지 궁금해졌으나 저 얼굴을 보면 굳이 듣지 않아도 알 수 있을 것 같았다.

반면 실비아는 묘하게 짜증스러운 눈으로 제레미를 보다가 다시금 록사나와 시선이 마주친 순간 거짓말처럼 해사한 얼굴로 되돌아갔다.

록사나는 미소 지으며 짤막하게 말했다.

"아그리체의 사람들은 개인주의적인 성향이 짙어 가족 간에도 교류가 적지요."

단지 그것뿐이었지만 실비아는 알아서 의미를 해석했다.

아, 그럼 아까 그 샬럿이라는 소녀도 그렇고, 다른 아그리체 사람들하고는 굳이 필요 이상으로 친해질 필요가 없겠구나. 앗, 잠깐. 그럼 정말 제레미 아그리체가 잘난 척하면서 한 말이 사실인 건가?

그런 생각에 실비아는 표정 관리를 하는 데 난항을 겪기 시작했다.

그사이 록사나는 실비아의 뒤쪽으로 시선을 힐끗 비꼈다. 얼마 전부터 그녀가 새로이 관심을 두고 있는 사람이 멀리서 시야에 담겼다. 다른 테이블에서 쟌느와 함께 이야기를 나누고 있는 적의 수장 바드리사 가스토르였다.

일전의 화합회 때도 짧게나마 인사를 나눈 적이 있는 적의 수장은 대쪽 같은 느낌을 풍기는 여인이었다. 생김새는 류자크 가스토르의 여성화 버전이라 하면 얼추 맞아떨어질까.

지금 이곳에 모여 있는 사람들을 얼추 살펴보니 역시 오늘도 가스토르의 사람들은 거의 밖에 나와 있지 않았다. 그나마 한두 명 찾아볼 수 있는 사람들도 표정이 미묘하게 경직되어 있거나 낯빛이 어두웠다. 조금만 눈치가 있는 사람이라면 가스토르에 어떤 우환이 있다는 사실을 어렵지 않게 알아차릴 수 있을 것이 분명했다.

록사나는 위그드라실에 오기 전에 이미 조사를 끝마쳤다. 그래서 지금 저들이 숨기고 있는 것이 아그리체에서 이용할 수 있는 가스토르의 치명적인 약점이 되리라는 사실을 알았다.

그때, 날카로운 기운을 담은 바드리사의 눈길이 록사나와 제레미가 있는 쪽으로 움직였다. 록사나는 바드리사에게 닿았던 시선을 자연스럽게 비끼며 손에 들고 있던 찻잔을 입가로 기울였다.

"아 참. 그러고 보니 위그드라실에 들어올 때 휘페리온과 아그리체 사이에 잡음이 좀 있었다고 들었는데 무슨 일이었던 건가요?"

"아, 그거요."

역시 바드리사가 지금 다과 모임에 나온 이유도 아그리체의 동태를 확인하기 위해서인 것이 분명했다. 록사나는 이어지는 제레미와 실비아의 대화를 흘러들으며 조용히 차를 마셨다.

장미 화원을 벗어난 카시스는 닉스가 갇혀 있는 방으로 향했다. 오늘 문 앞에서 보초를 맡은 것은 페델리안이었고, 그래서 안에서의 일을 누구보다 빨리 전해 들을 수 있었다.

"한동안 얌전하더니, 왜 또 소란이지?"

이윽고 마주하게 된 닉스 앞에서 카시스는 서늘한 목소리를 흘려보냈다.

닉스는 그새 더 파리해진 몰골이었다. 인형에게도 혈색이라는 것이 있는지 몰랐지만, 이렇게 보니 안색이 전보다 확연히 창백해 보이는 것 같기도 했다.

카시스가 오기 전에 벌써 몇 번이나 같은 문답을 주고받았던 닉스가 답답하다는 듯이 얼굴을 일그러뜨렸다.

"몇 번을 말해? 내가 이유 없이 그런 게 아니라, 방금 '그 남자'가 이 안으로 들어왔었다니까……!"

카시스의 시선이 문가에 서 있는 수하에게 옮겨붙었다. 그러자 카시스의 눈길을 받은 남자가 단호히 고개를 저어 보였다.

"제가 보초를 선 동안 안으로 출입한 자는 없었습니다."

"역시 헛것을 보았나 보군."

그럴 줄 알았다는 듯이 카시스가 말했다. 그 냉정한 반응에 닉스는 억울함을 느끼며 보초를 서던 수하를 향해 소리쳤다.

"당신, 솔직히 말해! 보초를 서는 동안 딴짓거리를 했던 거 아니야? 그래서 누가 안으로 들어오는 것도 몰랐던 거 아니냐고!"

"말조심해라, 인형. 페넬리안의 가신으로서 그 이름에 누를 끼칠 만한 짓을 한 적 없다."

모욕감을 느낀 수하에게서 서슬 퍼런 눈빛을 받은 닉스가 일순간 눈매를 꿈틀거렸다. 사실은 그 역시 자신이 환영을 보았을 확률이 크다는 사실을 내심 알고 있었다.

"젠장. 그 망할 계집이 어제 그딴 헛소리만 안 했어도……."

닉스는 어제 보았던 록사나가 괜한 소리를 지껄여 이렇게 된 것이라 생각하며 낮게 욕설을 내뱉었다.

"이 안에 데온 아그리체가 들어왔었다고, 어제 그녀가 네게 이야기하던가?"

그때, 닉스의 작은 중얼거림을 들은 카시스가 그를 돌아보며 물었다.

"그래. 처음에는 뻔한 거짓말이라고 생각했는데, 왠지 점점 빈말이 아닌 것 같아서……."

"그렇군."

카시스는 닉스의 말을 끊고 잠깐 방 안을 살펴보았다. 육안으로 드러나는 이질감은 역시 없었다. 이 안에 있을 것이라 추정되는 록사나의 독나비도 눈에 띄지 않았다. 그저 카시스에게 낯설지 않은 록사나의 기운만이 희미하게 느껴질 뿐이었다.

말없이 무언가를 생각하던 카시스가 다시금 시선을 닉스에게 고정했다.

"원한다면 방을 옮겨 주지."

"정말이야?"

"계속 이런 식으로 헛것을 보고 난동을 피워 대면 귀찮아질 테니."

덧붙여진 카시스의 비소조차 듣지 못한 듯이 닉스는 반색했다. 카시스는 정말 닉스를 데리고 지금의 방을 나와 같은 층에 있는 다른 방에 그를 가두었다. 데온 아그리체가 침입했을지도 모르는 방에서 벗어나자 닉스의 불안한 마음도 조금은 가라앉았다.

함께 온 페넬리안의 수하가 족쇄에 연결된 사슬을 방 안에 고정하는 동안 닉스는 아까보다 확연히 밝게 갠 얼굴로 주변을 살폈다.

카시스도 문가에 서서 한 차례 방을 훑어보았다. 이 방에 록사나의 독나비는 없었다. 그것을 확인한 뒤 카시스는 눈앞에 있는 인형에게 시선을 내렸다.

할 일을 끝마친 페넬리안의 수하가 카시스에게 눈짓을 받고 먼저 방을 나섰다.

철컹. 등 뒤에서 문이 닫히는 소리가 들렸다.

"이제 좀 마음이 놓이나?"

닉스는 단지 방을 바꾼 것만으로도 안심한 듯이 한결 편안해진 낯빛을 하고 있었다.

"아까보다는."

그러다 그는 좀 전까지 흥분했던 것이 떠올라 뒤늦게 민망해졌는지, 다시금 공연히 날을 세웠다.

"애초에 밖에서 보초를 잘 섰으면 이런 일이 없잖아. 어제도 그 여자가 제멋대로 내 방을 들락거리지를 않나, 거기에 더해 별 말 같지도 않은 소리를 지껄이지를 않나."

카시스는 그런 그를 가만히 쳐다보다가 이내 한자리에 못 박혀 있던 다리를 움직였다.

"너는 데온 아그리체만 두려운가 보군."

"뭐?"

묘하게 육감을 건드리는 나직한 읊조림에, 방의 구석에 자리를 잡던 닉스가 고개를 들었다. 어느새 성큼 거리를 좁히고 다가온 카시스가 몸을 숙여 족쇄를 찬 닉스의 손목 윗부분을 움켜잡은 것은 바로 그다음 순간이었다.

으드득!

"악……!"

뒤이어 무언가가 으스러지는 소리와 함께 찢을 듯한 비명이 조용한 방 안에 울려 퍼졌다. 닉스는 부러진 제 손목을 움켜쥐고 있는 카시스를 당장 떼어 내려 했으나, 바닥에 내리눌린 채로 고정된 그의 손은 꼼짝도 하지 않았다.

"당장, 놔……!"

오히려 카시스는 쇠사슬 소리를 내며 날아드는 닉스의 다른 쪽 손까지 붙잡아 같은 일을 한 번 더 반복했다.

"베르티움의 인형."

온몸으로 고통을 호소하는 닉스를 보면서도 카시스의 얼굴에는 일말의 감흥도 떠오르지 않았다.

"나는 네가 몹시 마음에 들지 않아."

닉스 위로 바윗덩어리 같이 떨어져 내린 목소리는 얼핏 무미건조하게 느껴질 정도로 침착하고 차분하여, 그 안에 감정이 완전히 배제된 것처럼 느껴지기까지 했다.

"나는, 그녀에게 조금이라도 해가 될 만한 것은 세상에 무엇 하나 남겨 두고 싶지 않다고 생각하고 있어."

하지만 다음 순간 신음하며 고개를 들어 정면에서 마주한 카시스의 눈동자에…… 닉스는 온몸의 솜털까지 바싹 곤두서는 것 같은 기분을 느끼고야 말았다.

"그리고 내가 그녀의 눈앞에서 흔적도 없이 치워 버리고 싶은 것에는 너 역시 포함되어 있지."

카시스가 덜렁거리는 손목에 지그시 힘을 가하자 다시금 귓가에 닉스의 따가운 비명이 울렸다. 카시스는 그런 닉스를 향해 나지막하게 '조용' 하고 속삭인 뒤 이번에는 맞닿은 부위에 다른 힘을 흘려보냈다. 그의 손안에서 나뭇가지처럼 무참히 부러졌던 손목이 빠른 속도로 치료되기 시작했다.

"하지만 내가 눈에 거슬리는 것들을 마음 가는 대로 죽여 없애지 않는 건……."

그러는 동안에도 잔잔한 속삭임은 계속 이어졌다.

"그런 내 행동이 반대로 그녀를 상처 입히는 것은 아닐까 하는 두려움이 남아 있기 때문이야."

부러졌던 손목이 놀라울 정도로 말끔히 치유되었는데도, 닉스는 여전히 카시스의 손에 붙들린 채 옴짝달싹 못 했다.

닉스와 마찬가지로 바닥에 닿을 정도로 무릎을 굽히고 몸을 숙인 남자가 어째서인지 너무 거대하게 느껴져서 숨이 막혔다.

등 뒤에 굶주린 짐승이 입을 쩍 벌리고 있어 만약 조금이라도 몸을 움직인다면 목줄기에 닿은 날카로운 이빨이 일 초도 망설이지 않고 기다렸다는 듯이 당장에 살을 뚫고 들어올 것만 같았다.

"달리 말하면, 지금 네가 이렇게 내 앞에서 살아 숨 쉴 수 있는 건 오직 록사나 때문이라는 의미다."

아드득!

지금 막 치료를 마친 것이 무색하게도 이번에는 한층 더 강력한 힘이 접촉한 닉스의 손목을 타고 그의 어깨까지 휘감아 올라갔다. 무형의 힘이 지나가는 자리마다 어김없이 뼈와 살이 제 본모습을 잃고 수십, 수백 조각으로 무참히 박살이 났다.

"……!"

이번에는 닉스의 입에서 제대로 된 비명조차 토해져 나오지 못했다.

"으, 흐으, 아……."

"그런데 내가 봤을 때 넌."

카시스는 어마어마한 통증에 결국 상체를 고꾸라뜨리고 만 닉스를 차게 얼어붙은 눈으로 내려다보며 말했다.

"이런 순간에조차 내게서 널 지켜주고 있는 사람에 대한 예우가 한참 부족한 것 같군."

만약 닉스가 땀과 눈물을 흘릴 수 있었다면, 지금쯤 물에 빠졌다 나온 사람처럼 온몸이 흠뻑 젖어 있을 것이 분명했다.

"목숨을 구명 받는 입장이면 그에 걸맞게, 좀 더 정중한 마음가짐과 태도를 뼛속 깊이 새겨 둬야 하지 않겠나, 베르티움의 인형."

결국은 록사나를 대하는 닉스의 태도가 마음에 들지 않아 지금의 상황에 이르게 된 것이었다.

물론 단지 그 이유 때문만은 아니고, 닉스의 존재 자체가 카시스의 심사를 뒤틀리게 만들기도 했다. 닉스는 베르티움에서부터 카시스의 살의를 불러일으키는 대상이었다.

거기에 더해 페넬리안의 지하 감옥에 있을 때 그랬던 것처럼, 지금도 록사나를 향한 건방진 말본새와 행동이 심히 거슬렸다.

카시스는 다시금 닉스에게 치유의 기운을 불어넣었다.

"지금까지는 이렇게 너와 단둘이 대화를 나눌 시간이 없었지."

그러나 이것이 끝이 아님을 직감했기에, 닉스는 안도하기는커녕 오히려 온몸에 소름이 끼치는 듯한 감각을 느낄 뿐이었다.

"하지만 유감스럽게도……."

이른 새벽의 겨울 숲처럼 시리고도 차분한 음성이 바싹 긴장한 닉스의 귀에 꽂혀 들었다.

"지금의 너와 내게는 시간이 충분히 많군."

그 순간 닉스는 등골이 서늘해지는 것을 느끼며 달싹이는 입술 사이로 헐떡이는 숨을 내뱉고 말았다. 또 한 번 살갗을 파고든 얼음장 같은 한기가 혈관 깊숙이까지 구석구석 스며들었다.

카시스의 말대로 그 후 이어진 시간은 이대로 영원히 끝이라고는 없을 것처럼, 닉스에게 있어 가혹할 정도로 길고도 길었다.

백의 휘페리온 가문 소속인 듀란은 복도를 걷다가 누군가를 발견하고 걸음을 늦추었다.

"뭐야, 그렇게 단장하고 어딜 가? 연회 시간이 앞당겨졌다는 소식은 못 들었는데?"

듀란의 시야에 닿은 것은 그의 오촌 형제인 제롬이었다. 어째서인지 그는 연회에라도 참석하는 것처럼 한껏 옷차림에 신경 쓴 채 어딘가로 향하고 있었다. 듀란을 발견한 남자도 곧 그에게 알은 척을 하며 다가왔다.

"화원에 가 보려고."

화원이라면 지금쯤 다과회가 열리고 있을 장소였다.

"거긴 왜? 아깐 귀찮아서 안 간다더니."

"지금 록사나 아그리체가 와 있다고 해서."

고막을 파고드는 이름에 듀란은 저도 모르게 귀를 쫑긋 세웠다.

"같이 갈래?"

제롬이 눈치 빠르게 권유하는 말에 듀란은 괜히 얼마간 고민하는 척하다가 이내 어쩔 수 없다는 듯이 수락했다.

"그래, 뭐. 어차피 지금은 할 일도 없으니까."

하지만 사실은 그 역시도 혹하는 마음이 있었다. 그도 그럴 것이, 다른 여자도 아니고 록사나 아그리체가 아닌가.

듀란이 그녀를 처음 본 것은 재작년 화합회 때였다. 아그리체는 5가문 중에서도 성향이 폐쇄적이라, 성년이 되지 않은 사람은 이런 모임에 참석하지 않았다. 그래서 듀란이 록사나 아그리체를 처음 본 것도 그녀가 갓 성년이 되던 해의 일이었다.

그 당시의 기억은 바로 어제의 일인 것처럼 아직도 선명히 그의 머릿속에 각인되어 있었다. 샹들리에의 불빛이 반짝이는 연회장 안에 제 이복 오빠의 손을 붙잡고 들어온 록사나 아그리체의 존재는 가히 충격적이라 할 만했다. 세상 모든 아름다움에 대한 정의를 단숨에 박살 내 버리는 것 같은 그 놀라운 미모라니.

당시 그 자리에 있던 사람들 모두가 같은 감상을 느꼈을 것이라고 듀란은 확신할 수 있었다.

"그런데 뭘 이렇게 힘을 줘서 꾸몄어? 설마 다가가서 말이라도 걸어 볼 셈이야?"

"말이야 당연히 걸어 보고 싶지. 눈이 마주치면 바로 입이 굳어 버려서 문제지만."

그들뿐만이 아니라 록사나 아그리체에게 차마 말도 걸지 못하고 주위만 맴돌며 애를 태우는 남자들이 위그드라실 안에 수두룩했다.

보는 이의 혼을 절로 빼놓는 비현실적으로 아름다운 미모 때문이기도 했지만, 그녀에게는 어쩐지 가까이 접근하기 어려운 묘한 분위기가 있었다.

그러다 문득 듀란의 머릿속에 어제저녁의 일이 떠올랐다. 연회장 안에서 손을 맞잡고 함께 홀을 가로지르던 카시스 페넬리안과 록사나 아그리체.

위그드라실에 최초로 모습을 드러냈던 이래로, 록사나 아그리체가 누군가에게 먼저 다가가 손을 내민 것은 이번이 처음이었다.

하필 아그리체와 페넬리안의 조합이라 자칫 아그리체에서 먼저 숙이고 들어간 모습처럼 보일 수도 있었지만, 어제의 장면을 보고 그렇게 생각하는 사람은 아무도 없었다.

듀란은 지난 화합회 때, 록사나 아그리체의 입술에 한 번이라도 키스할 수 있다면 기꺼이 그 앞에 무릎이라도 꿇을 수 있을 것 같다고 몇몇 남자들이 농담과 진담을 섞어 말하는 것을 들은 적이 있었다.

그때는 눈살을 찌푸리며 자리를 옮겼지만 내심은 거기에 동의하는 자신이 있었다.

"참석률이 낮을 줄 알았는데 어째 안쪽이 시끄럽네?"

제롬의 말처럼 장미 화원에 가까워질수록 그 안쪽에서 활기찬 소음이 밀려 나오는 것이 느껴졌다.

"너처럼 소식을 듣고 와서 괜히 어슬렁거리는 놈들이 늘어난 걸 수도 있지."

그러다 문득 듀란이 혼잣말처럼 덧붙였다.

"청의 귀공자도 있으려나."

"없으면 좋겠는데. 솔직히 우리 같은 놈들은 옆에 나란히 있으면 괜히 비교되는 것 같아서 별로 같은 공간에 있고 싶지 않……."

툭. 그때, 막 화원의 초입부에 들어선 듀란의 어깨에 무언가가 부딪쳤다.

"뭐야?"

듀란은 미간을 좁히며 고개를 돌렸다. 그와 부딪친 사람은 키가 꽹장히 커서 얼굴을 확인하려면 목을 꺾어 올려다보아야만 했다. 일단 거기에서부터 듀란은 기분이 잡치는 것을 느꼈다. 게다가 고개를 들어 확인한 남자가 흑발과 적안을 가지고 있어 더욱 신경질이 났다.

또 아그리체인가. 위그드라실에 들어설 때부터 말귀를 못 알아먹고 길을 막아서 거슬리게 하더니.

"이봐. 사람을 쳤으면 사과를 해야 할 게……."

하지만 듀란은 다음 순간 소리 없이 미끄러져 그의 얼굴에 박힌 선득한 시선에 말을 잇지 못하고 말았다.

"이런 곳에 있었군, 자네."

등 뒤로 들려온 목소리에 데온이 써늘히 고개를 돌렸다.

인적 없는 건물 뒤쪽. 그곳에 혼자 그림자처럼 머물러 있던 데온에게 다가온 것은 백의 수장인 히아킨 휘페리온이었다.

힐끗 시선을 움직이자 백발이 반쯤 섞인 연청색 머리카락을 가진 호리호리한 몸집의 남자가 시야에 들어왔다. 눈이 마주친 순간 그가 옅게 주름진 눈매를 접어 웃었다.

"오랜만이군. 이렇게 가까이에서 보는 건 란트가 살아 있을 때 이후로 처음인 것 같은데."

퍽 살가운 말투였다. 위그드라실의 모임에서도 그렇고, 또 가문 간의 거래를 위해 따로 모인 자리에서도 종종 얼굴을 본 적이 있었기 때문에 그런 태도가 이상한 것은 아니었다.

물론 데온은 누구에게나 통용되는 시린 태도로 무감하게 고개를 돌렸을 뿐이었다. 그러나 히아킨은 거기에 연연하지 않는 듯, 오히려 데온에게 더욱 가까이 다가왔다.

"자네는 여전히 조용한 곳을 좋아하는 모양이야. 그래도 이렇게 다섯 가문이 한자리에 모이는 건 좀처럼 없는 일인데 가서 다른 젊은이들과 어울리지 않고."

데온은 히아킨의 말이 들리지 않는 것처럼 반응했다. 그러나 백의 수장은 아랑곳하지 않는 눈치였다.

"마침 지금 중앙 화원 쪽에서 다과회가 열렸던데 관심 없나? 아까 언뜻 보고 오니, 이번에 새로 흑의 수장이 된 자네 남동생과 그 절세가인인 여동생도 거기에 있는 듯하던데."

그 순간 데온의 눈매가 움찔 미동했다. 지금 귓가에 스친 이름은 히아킨이 옆에 다가와 선 이후 처음으로 데온의 시선을 이끌어 냈다. 그런 데온의 반응을 어떻게 받아들였는지, 히아킨이 여우처럼 눈을 갸름하게 접어 웃었다.

"사실 자네의 이복동생인 제레미 아그리체가 위그드라실의 회의 자리에 나타나 가문을 잇겠다고 말했을 때는 좀 놀랐다네."

"……."

"난 자네가 수장이 될 줄 알았거든."

데온은 엷은 웃음을 띤 검은 눈동자를 보며 침묵했다.

"지난겨울의 하극상은 그것을 위해서가 아니었던가?"

백의 수장의 입에서 지난겨울 아그리체에서 있었던 일이 일부나마 흘러나온 것은 그리 놀랄 만한 일은 아니었다. 아그리체가 유달리 그런 방면에 특출하기는 했지만 다른 가문들에도 제각각 정보책이라 할 만한 것이 있었으니까.

다시금 무반응하게 고개를 돌리는 데온을 보고 히아킨이 허허 웃었다.

"예나 지금이나 자네는 여전히 말이 없구먼."

그리고 히아킨 휘페리온은 지나치게 말이 많았다.

"뭐. 나도 수장이나 후계자가 아닌 자네에게는 딱히 볼일이 없으니까."

데온이 하도 반응을 보이지 않자 히아킨도 흥미를 잃은 모양이었다. 이제 그만 이 영양가 없는 혼자만의 대화를 끝마칠 생각인지, 백의 수장 히아킨이 데온에게 아까와 반대되는 의미의 인사를 건네 왔다.

"그럼 나중에 또 보도록 하지."

그러고 나서 발소리가 멀어졌다. 그렇게 거슬리는 소음이 서서히 잦아들다가 이내 완전히 사라졌을 무렵, 데온도 자리에 못 박혀 있던 걸음을 뗐다.

목적지는 따로 없었다. 그 자신이 어디로 움직이고 있는지 딱히 의식하지 않은 상태로 데온은 발길을 옮겼다. 하지만 잠시 후 데온이 깨달았을 때, 그가 서 있는 곳은 다과회가 열리고 있는 중앙 화원의 입구였다.

멀지 않은 곳에서 실려 온 장미 향기가 코끝에 휘감긴 순간, 데온의 몸이 우뚝 멈추어졌다. 곧이어 거친 살기가 사방으로 뻗어져 나왔다.

……지금 화원에는 왜 왔지? 이 안으로 들어가서 누구를 찾을 생각이었나?

주먹 쥔 데온의 손에 점점 더 거센 힘이 들어갔다. 손등의 핏줄과 뼈마디가 울퉁불퉁하게 불거져 나왔다. 손바닥을 깊게 파고든 손톱이 살점을 그대로 뜯어 버리고도 남을 것 같았다.

"누가 당신을 반겨 준다고 이렇게 급히 달려온 거야? 어쩜 사람이 아직도 이렇게까지 미련하고 멍청하지?"

"네가 늦은 걸 가지고 누구를 탓해?"

그런 말을 들은 것으로도 모자랐던가? 마치 본능에 각인되기라도 한 것처럼 이렇게 또 무의식중에 그 뒷모습을 쫓고 말다니. 이래서야 진짜 목줄을 달고 주인의 뒤를 졸졸 따라다니는 개새끼 같지 않은가.

데온은 속에서 들끓는 파괴적인 충동을 주체하지 못해 이를 악문 뒤 장미 향기 가득한 화원에서 뒤돌아섰다. 그러다 그는 화원의 입구에서 휘페리온의 버러지들과 마주쳤다.

"꺼져. 죽고 싶지 않으면."

듣기만 해도 등골을 오싹거리게 만드는 낮은 음성에, 두 남자는 저도 모르게 한 발짝 뒤로 물러났다.

그들은 지금 데온이 얼마나 큰 자비를 베풀어 경고한 것인지 모를 것이다. 지금 그의 기분은 밑바닥까지 떨어져 있는 상태였다. 위그드라실에서 록사나를 만난 뒤부터. 아니, 그보다 전에 카시스 페넬리안을 만났을 때부터.

좀 더 거슬러 올라가자면 베르티움에서 록사나의 소재지에 대해 알게 되었을 때……. 그도 아니면 시에라와 마지막 대화를 나누었던 순간부터 줄곧 데온은 속을 갉작이는 불쾌한 기분을 느끼고 있었다. 꼭 발끝에서부터 보이지 않는 벌레가 기어오르는 느낌이었다.

"누구…… 한테 지금 꺼지라 마라야?"

데온에게 먼저 시비를 걸었던 듀란이 발개진 얼굴로 다시 나섰다. 조금 전에 위협을 느끼고 저도 모르게 뒷걸음질 쳤던 것에 굴욕감을 느낀 모양이었다.

"그, 그만둬, 듀란. 그냥 가자."

"가만히 있어 봐. 지금 이놈이 뭐라고 건방지게 떠들어 댔는지 너도 들었잖아?"

……시끄러운 날벌레. 차라리 그냥 죽여 버릴까?

경고는 이미 했다. 그럼에도 이렇게 시끄럽게 짖어 댄다는 것은 이미 죽을 각오를 했다는 의미일 것이다. 생각은 길지 않았고, 데온의 손은 늘 그랬듯 빨랐다.

"허억!"

억센 손이 맥이 펄떡이는 목줄기를 단번에 움켜쥐었다. 이대로 손가락 끝에 조금 더 힘을 주면 별수 없이 숨이 끊어질 것이 분명했다.

"무슨, 당장 이 손 놓지 못…… 컥!"

옆에서 짖어 대는 다른 한 놈에게도 나머지 손을 뻗어 단번에 목을 틀어쥐었다. 손안에서 버둥거리는 사람을 싸늘히 내려다보며 데온은 생각했다. 지금 눈앞에 있는 놈들의 턱을 으깨 버린 뒤 팔다리를 차례로 뜯어 죽이면 어떻게 될까.

위그드라실에는 단번에 파란이 일 것이 분명했다. 그렇게 되면, 지금 이 화원의 안쪽에 있는 사람은 어떤 얼굴을 할까.

록사나는 지난겨울과 달리 더 이상 아그리체를 파멸시킬 마음이 없는 것 같았다. 위그드라실에 아그리체의 성을 달고 스스로 몸을 들인 것에 이어, 란트의 다음으로 수장이 된 제레미와 함께 움직이는 것을 보면 알 수 있었다.

하면 마찬가지로 아그리체의 성을 달고 있는 그가 아귀처럼 날뛰며 이 안에서 살인을 저지른다면?

오래전 휘페리온의 누군가가 마물을 이용해 위그드라실에서 대량 학살을 저질렀던 것처럼 데온 역시 그렇게 이 안에 있는 사람들을 모조리 죽여 버리면 어떨까?

현재의 위그드라실을 지칭하는 비무장 중립 지대라는 말은 허울만 그럴듯한 헛소리일 뿐이었다. 사람을 죽이는 데 꼭 창이나 칼 같은 무기를 쓸 필요는 없었으니까.

그래……. 지금처럼 손만 뻗으면 당장에 죽일 수 있는 사람이 지천에 깔려 있지 않은가?

그렇게 데온의 손에 더욱 강한 악력이 주어지기 시작했을 때, 지금 이 위그드라실에 있는 누구보다도 그의 살의를 들끓게 하는 사람의 음성이 귀를 뚫고 들어왔다.

"데온 아그리체."

충동적으로 힘을 가했던 손이 조금이나마 느슨해졌다. 첨예한 시선이 소리가 들려온 방향으로 움직였다. 역시 그곳에는 데온이 누구보다도 강렬히 죽이고 싶어 하는 대상인 카시스 페델리안이 서 있었다.

"정말 구제불능이군. 때와 장소를 가리지 않고 이렇게 답 없이 설치다니."

카시스의 서늘한 시선이 데온의 손에 잡혀 있는 두 사람을 스쳐 지나갔다.

휘페리온 출신의 방계. 둘 다 산소 결핍으로 잠시 의식을 잃은 듯하지만 아직 숨은 붙어 있었다.

카시스는 조금 전 닉스의 방에서 나온 참이었다. 닉스에게는 영겁보다도 긴 시간이었지만, 실제로는 그리 오랜 시간이 소요되지 않았다. 베르티움의 인형은 생각보다도 엄살이 심해 조금만 고통을 가해도 당장에 숨이 넘어갈 것처럼 굴다가 금방 기절했다.

카시스에게도 남의 고통을 즐기는 취미는 없었으므로 그의 기분은 썩 유쾌하지도 개운하지도 못했다. 그 후 카시스는 아까 실비아를 두고 온 장미 화원으로 다시 이동했다. 이미 성인이 된 동생이었지만 카시스의 입장에서는 언제까지나 어린 것만 같아서 실비아를 혼자 두기에는 마음이 다소 편치 못했다.

그러나 카시스는 장미 화원 안에 들어서기 전, 그의 걸음을 붙드는 누군가를 발견하고 말았다. 바로 지금 눈앞에 있는 데온 아그리체였다.

데온 역시 제 눈앞에 나타난 사람을 차게 벼려진 눈으로 응시했다.

"이놈들 대신 죽고 싶어서 제 발로 기어왔나, 카시스 페넬리안."

"지금까지의 경솔한 행동으로도 모자라서 이 이상 난동을 부릴 참인가?"

지금 이곳은 위그드라실이었다. 지난번처럼 두 사람이 맞닥뜨린 장소가 바깥이었다면 응해 주었을지도 모르나, 적어도 지금은 데온 아그리체와 어울려 줄 마음이 없었다.

하지만 카시스 역시 데온과 마주한 순간 본능적으로 온몸의 감각이 거칠게 곤두서는 것은 별개의 일이었다.

"시발, 지금 이게 무슨 상황이야?"

때마침 불어온 바람에 화원의 안쪽에서부터 실려 날아든 짙은 장미 향기가 허공을 부유했다.

귓가를 파고든 음성에 고개를 돌리자, 흔들리는 장미 덤불을 배경으로 서 있는 두 사람의 모습이 시야에 비쳤다. 데온이 한 짓을 확인한 제레미의 입에서 다시 한번 짓씹는 듯한 욕설이 내뱉어졌다. 그러나 먼저 이곳에 있던 두 남자의 시선이 향한 곳은 제레미 아그리체가 아니었다.

그림 속에서 막 튀어나온 것처럼 붉은 장미꽃들 사이에 조용히 서 있는 여인. 제레미와 함께 나타난 록사나는 눈앞의 광경을 아무 말 없이 한 차례 훑었다. 그녀의 아름다운 얼굴에는 아무런 감정적 동요도 떠오르지 않았다.

그러다 마침내 꽃잎처럼 붉은 입술이 작게 벌어졌다.

"데온."

그 사이로 흘러나온 이름에 카시스의 손끝이 일순간 잘게 미동했다. 데온도 록사나가 그의 이름을 부른 순간, 몸이 저절로 반응하는 것을 숨기지 못했다.

"일을 크게 만들지 마."

고요하게 느껴질 정도로 정적인 음성이었다. 그러나 그 영향력만큼은 작지 않았다. 록사나의 것과 닮은 데온의 붉은 눈동자가 차갑게 가라앉았다.

그렇게 한동안 시선을 마주하다가, 이윽고 데온이 움직였다. 손마디에서 느리게 힘을 풀자 그에게 붙들려 있던 사람들이 잔디 위로 떨어졌다. 데온은 조금 전까지만 해도 살의를 느꼈던 이들에게 완전히 흥미를 잃은 것처럼 그들에게 시선 한 자락 두지 않았다.

뒤이어 데온을 죽일 듯이 노려보던 제레미가 자리에서 걸음을 옮겼다. 제레미는 쓰러진 남자들을 양쪽 팔에 하나씩 짊어졌다. 그리고 나서 혹시 모를 누군가와의 만남을 피해 길이 아닌 덤불 속으로 그림자처럼 사라졌다.

숨이 막힐 정도로 그윽한 꽃향기 속에 세 사람이 남았다. 록사나의 시선이 카시스에게 닿았다.

"잠깐 자리를 비켜주겠어?"

카시스는 속에서 시끄럽게 들썩이는 감정을 애써 갈무리했다. 그런 뒤, 록사나의 말대로 먼저 자리에서 발길을 뗐다. 화원 안쪽으로 사라지는 카시스의 뒷모습에 데온의 시선이 틀어박혔다.

"뒤를 따라가지 않아도 되는 건가? 네가 퍽 귀애하는 애완견일 텐데."

노골적인 조롱에도 록사나는 눈매 한 번 찌푸리지 않았다.

"당신, 이렇게 거슬리는 짓만 할 거라면 뭐 하러 위그드라실에 왔지?"

나지막한 목소리가 귓가를 가로질렀다.

"이럴 거면 차라리 그날 그냥 죽지 그랬어?"

어조만큼은 평탄했으나 그 안에 담긴 내용은 언제나 그래 왔듯이 날카로웠다.

데온은 잠깐 말없이 그런 록사나를 바라보았다. 그러다 다시금 입술을 뗄 때 무정한 목소리를 흘려보냈다.

"그런 건 네 어머니에게 물어봐. 그날 날 살린 게 그 여자니까."

록사나를 상처 입히고 싶다는 욕망이 데온으로 하여금 시에라의

일을 입에 담게 만들었다. 데온이 알고 있는 록사나라면, 다른 누구
도 아닌 자신의 어머니가 그의 목숨을 구했다는 사실을 쉬이 용납할
수 있을 리 없었다.

하지만 록사나에게서는 일말의 흔들림도 감지되지 않았다. 오히려
다음 순간 붉은 입술이 가느다란 호선을 그렸다. 그 사이로 한숨 같
은 웃음이 새어 나왔다.

"당신, 꼭 관심받고 싶어서 안달 난 어린애 같네."

검은 치맛자락이 푸른 잔디 위에 작게 물결쳤다. 데온에게 한 발짝
가까이 다가온 록사나가 속삭였다.

"하지만 어쩌지?"

그리고 잇따른 말에, 데온의 눈이 그 어느 때보다도 극명하게 시린
빛을 발했다.

"데온. 이제 난 당신이 필요 없어."

조금 전 다른 사람의 목을 졸랐던 손이 록사나의 팔을 아플 정도
로 세게 옭아맸다.

"다시 말해 봐."

음절이 뚝뚝 끊어지는 것처럼 느껴질 만큼 느릿하고 무거운 음성이
붉은 장미 사이로 떨어졌다. 록사나는 그것을 뿌리치지도 않고 그저
마주한 얼굴을 가만히 응시할 뿐이었다.

"신기하네. 당신 속이 예전보다 더 훤히 들여다보이는 것 같아."

물 흐르듯이 미끄러진 고운 손이 데온의 가슴팍에 내려앉았다.

"지금 이 안은 분노로 가득 차 있지. 지금껏 그래왔듯 눈앞에 있는
날 죽이고 싶어 안달이 난 눈빛이야."

가냘플 정도로 약한 손길이었다. 하지만 데온은 심장이라도 뜯어

잡힌 것처럼 꼼짝도 하지 못했다.

"……그걸 아는 사람치고는 여전히 목숨이 여러 개라도 되는 것처럼 겁 없이 행동하는데."

록사나의 입술에 한결 짙은 미소가 피어올랐다.

"당신은 나를 못 죽여."

향기로운 속삭임이 등 뒤로 흔들리는 장미의 가시처럼 예리하게 데온의 가슴을 뚫고 들어왔다.

"하지만 나는 내 아들을 죽인 네가 내 딸을 위해서는 죽을 수도 있다는 걸 아니까."

그 순간, 시에라에게 들었던 말이 또다시 부상해 록사나의 목소리 위로 얇게 덮어 씌워졌다.

"그렇다고 지금 여기서 분풀이하듯이 다른 사람을 대신 죽일 수도 없지. 내가 허락하지 않는 이상은."

발끝에서부터 서서히 데온의 몸을 훑고 올라가던 영문 모를 불쾌감이 비로소 심장까지 도달했다.

"예전에는 내키는 대로 누구든 주저 없이 죽여 왔던 당신이 지금 저 사람들을 고이 살려서 보낸 것만 봐도 정답은 너무 쉽잖아."

가슴 한복판에 고여 기분 나쁘게 질척이는 감정을 록사나의 손끝이 지그시 내리눌렀다.

"한 가닥 얇은 끈으로 겨우 유지되고 있는 당신과 내 관계가……."

록사나는 몸을 움직여 그때까지도 그녀의 팔을 움켜쥐고 있는 데온의 손을 쉽게 떼어 냈다.

"그때야말로 완전히 끝난다는 걸 누구보다도 당신이 잘 알고 있을 거야."

눈앞에서 번지는 미소가 한순간 시야가 아득해질 정도로 아름다웠다.

"이런 걸 상상하지 못했다고는 말하지 마. 원하지도 않던 내 손에 직접 목줄을 쥐여 준 건 당신이잖아."

데온은 가만히 서서 시리게 미소 짓는 록사나의 얼굴을 바라보았다.

"하지만 애석하게도 나는 그 목줄을 놓아줄 생각도, 그렇다 해서 당신에게 먹이를 줄 생각도 없으니."

그러나 애초에 그녀의 손에서 빠져나가기를 거부한 것은 데온 아그리체였다. 그리하여 그때로부터 지금까지 그는 이 끝없는 굶주림을 달랠 길을 찾지도 못한 채, 나날이 증식하는 허기와 갈증에 허덕이고 있었다.

언제 온기 어린 손길로 그의 심장을 뛰게 했냐는 듯이 순식간에 차게 얼어붙은 록사나가 데온에게서 물러났다.

"당신의 쓸모는 이미 다했어. 그러니 이대로 아무것도 하지 말고, 내 눈에 띄지 않는 곳에 얌전히 있어."

피처럼 붉은 음성이 데온의 귀에 무참히 내리꽂혔다.

"그게 내 마지막 명령이야, 데온 아그리체."

그의 존재를 송두리째 부정하는 잔혹한 선고였다.

제레미는 누구의 눈에도 띄지 않고 기절한 두 사람을 방까지 운반하는 데 성공했다. 아그리체에서 아득바득 갈고닦은 기술이 아니었다면 불가능했을 일이라, 그는 태어나서 처음으로 아그리체에서의 노고가 모조리 헛짓은 아니었다고 생각하며 스스로의 성취를 자화자찬했다.

물론 저녁에 깨어난 휘페리온의 두 사람은 낮에 화원에서 있었던 일을 아그리체에 항의했다. 하지만 그들의 주장과 달리 두 사람의 몸에서는 아무런 외상도 발견되지 않았다. 목에 남겨져 있던 붉은 손자국도 어느새 흔적도 없이 사라진 뒤였다. 아무도 몰랐지만 그것은 데온의 행동으로 곤란해질지도 모를 아그리체, 더 정확히 말하면 록사나를 위해 카시스가 한 일이었다.

그런 이유로 두 사람의 말을 입증할 다른 증거나 목격자도 나오지 않은 데다, 또 위그드라실에 입장할 때부터 두 가문 사이에 마찰이 있었던 것도 모두가 알고 있었기 때문에 결국 그 일은 유야무야 넘어갔다.

제레미는 애꿎은 시비를 당해 몹시 억울한 척, 다른 사람들 앞에서 훌륭히 시치미를 뗐다.

"데온, 그 미친 새끼."

그렇게 골치 아픈 일을 해결하고 돌아오는 길에, 그는 한순간 간담을 서늘하게 만들었던 데온을 향해 욕설을 연발했다.

"정신 나간 놈인 건 진작 알고 있었지만 여기에서까지 이딴 미친 짓거리를 하고 앉았어?"

당장에라도 그를 찾아가 면상을 갈아엎지 않고서는 성에 차지 않을 것 같았다.

그러나 데온은 그새 땅으로 꺼지기라도 했는지, 화원에서 만난 이후부터 위그드라실을 아무리 뒤져도 머리카락 한 올 보이지 않았다.

그래서 제레미는 기분이 몹시도 더러웠다. 록사나라도 만나러 갈까 싶었으나 때마침 먼저 손을 봐 주어야 할 얼굴이 떠올랐다. 그러고 보니 낮의 다과 모임 때 샬럿을 친히 재교육해 줘야겠다고 다짐한 참이었다.

제레미는 한동안 사용하지 않아 간질간질한 주먹을 쥐었다 폈다 하며 샬럿의 방으로 향했다.

저녁 늦은 시각, 록사나는 누군가를 만나러 가는 중이었다. 조용한 복도에 작은 발소리가 울려 퍼졌다. 마침내 그녀의 걸음이 멈춘 곳에서 굳게 닫혀 있던 문이 열렸다. 마치 록사나가 온 것을 눈으로 보지 않고도 알고 있었던 것처럼 자연스러운 흐름이었다. 문틈으로 나온 손이 그녀를 안으로 끌어당겼다.

탁. 등 뒤에서 울리는 문이 닫히는 소리가 선명했다. 록사나를 끌어당긴 사람은 아주 가까운 거리에 있었다. 그래서인지 익숙해질 대로 익숙해진 청량한 향기가 지척에서 코끝을 간질였다. 고개를 들자마자 그녀를 내려다보고 있는 금색 눈동자와 시선이 마주쳤다.

록사나는 그의 이름을 소리 내 불렀다.

"카시스……."

하지만 뒤이어 고개를 숙인 카시스에게 곧바로 입술을 막혀 그 이상 말을 잇지는 못했다.

미처 내뱉지 못한 목소리와 함께 숨까지 빼앗겼다. 록사나는 저도 모르게 반사적으로 뒤로 물러나려 했다. 하지만 등 뒤에는 이미 딱딱한 벽이 버티고 있었다.

록사나는 카시스와 이야기를 나누기 위해 찾아온 것이었다. 미리 나비를 보내 놓은 탓에 카시스도 그녀가 올 것을 예상했던 것 같았다.

"잠깐. 카시스……."

하지만 카시스는 록사나가 입술을 떼고 무언가를 말하려 할 때마다 틈을 주지 않고 달라붙어 왔다. 게다가 어느새 허리를 감싼 단단한 팔이 그녀를 끌어당겨, 빈틈없을 정도로 몸이 바싹 밀착되었다.

강제하는 듯한 거친 움직임은 아니었다. 그의 행동은 언제든 록사나의 거부를 허용할 여지가 남아 있는 것처럼 느껴졌다.

그럼에도 이번 입맞춤은 다른 때보다 더욱 집요하게 그녀를 몰아붙이는 구석이 있었다. 이렇게 한 마디 이상을 허락하지 않고 지독하게 입술을 겹쳐 오는 것만 봐도 알 수 있었다.

말로써 표현할 자유를 박탈당했기 때문에 카시스를 떼어 내려면 행동으로 의사를 표시해야만 했다. 아마 록사나가 손을 들어 그를 밀어낸다면 카시스는 억지 부리지 않고 쉽게 물러날 것이 분명했다. 지금껏 그녀를 존중해 왔던 것처럼.

하지만 록사나는 맞닿은 몸을 떼어 내는 대신 마주한 얼굴에 손을 가져다 댔다.

깃털 같은 손길이 뺨에 닿자 카시스가 일순간 멈칫했다. 록사나는 천천히 손을 움직여 카시스의 얼굴을 매만졌다. 카시스가 왜 이런 반응을 보이는지 록사나도 이유를 모르지 않았다. 그래서 그냥 지금은 이렇게 그를 쓰다듬어 주고 싶었다.

닿아 있는 몸에서 전해지던 들썩이는 기운이 순풍을 맞은 배처럼 서서히 잠잠해지기 시작했다. 마치 록사나의 손길이 열쇠이기라도 했던 것처럼 바짝 맞물려 있던 입술이 느리게 떼어졌다.

고요한 금색 눈동자와 다시금 지척에서 시선이 마주쳤다. 이번에는 록사나가 먼저 입술을 겹쳤다. 조금 전보다 녹녹하고 부드러운, 봄비 같은 입맞춤이 이어졌다.

다시 입술이 떨어진 뒤, 카시스가 나지막하게 그녀의 이름을 불렀다.

"록사나."

"응."

지체 없이 돌아온 대답에 카시스가 고른 숨을 내쉬었다. 손끝에 닿은 온기와 가까이에서 얽히는 시선, 그리고 귓가에 울리는 목소리에 소란스럽던 마음이 단숨에 제자리를 찾았다.

록사나는 이제 진정된 카시스가 낮의 일에 대해 물어 올 것이라 생각했다. 그가 자리를 비킨 이후 데온 아그리체와 무슨 이야기를 나누었는지.

"나는⋯⋯."

하지만 뒤이어 카시스의 입에서 흘러나온 것은 그녀의 예상과 조금 다른 내용이었다.

"데온 아그리체가 네게 함부로 구는 게 싫어."

카시스는 일순간 잘게 떨린 록사나의 손을 감싸 쥐었다.

"그놈이 네 몸에 상처를 내는 것도 끔찍하게 싫고."

3년 전 아그리체에 있을 때부터 줄곧 그랬다.

"그놈 때문에 네 마음이 다치는 건 더 용납할 수 없이 화가 나."

카시스는 예전부터 록사나가 자신의 아픔을 소홀히 여기는 것이 마음 쓰였다. 록사나 스스로는 깨닫지 못하는 것 같았지만, 그녀는 지나칠 정도로 자신의 고통에 무딘 경향이 있었다. 그것을 인지할 때마다, 카시스는 때때로 록사나를 이렇게 만든 사람들을 모조리 파괴해 버리고 싶은 충동에 시달렸다.

란트 아그리체는 이미 그의 손에 죽었고, 데온 아그리체는 아직도 록사나의 옆에 끈질기게 남아 있었다.

마음 같아서는 데온 아그리체가 앞으로 영영 록사나에게 손가락 하나 대지 못하게 만들고 싶었다. 그럼에도 카시스가 따가울 정도로 강렬한 살의를 억눌러 참으며 그를 죽이지 않는 이유는 간단했다.

……데온 아그리체가 록사나의 영역에 속한 사람이기 때문에. 정말 인정하고 싶지는 않았지만.

"누구든 너를 상처 입히게 허락하지 마."

카시스는 맞잡은 손에 입술을 묻으며 말했다. 록사나가 스스로를 좀 더 소중히 여기면 좋겠다는 생각이 들었다.

데온 아그리체처럼 존재 자체로 그녀를 흠집 내고 아프게 하는 사람이 아니라 그녀를 진심으로 웃음 짓게 만드는 사람들에게 둘러싸여, 그런 다정한 일상에 익숙해지기를 바랐다.

록사나는 무어라 대답해야 할지 몰라 눈앞에 있는 사람을 말없이 바라보았다. 예전부터 카시스와 함께 있을 때면 이런 형언하기 어려운 기분이 드는 순간이 종종 있었다.

잠시 후 록사나가 닫혀 있던 입술을 열었다.

"만약 당신 말처럼 나를 상처 입힐 수 있는 사람을 내가 선택할 수 있다면……."

여전히 무슨 말을 해야 할지 알 수 없었기 때문에 그냥 카시스를 보며 지금 막 가슴에 떠오른 생각을 밖으로 꺼냈다.

"당신한테는 상처받아도 좋을 거야."

분명 그가 주는 것이라면 아픔조차도 감미로울 테니까.

그러자 카시스가 예상치 못했던 소리를 들은 사람처럼 잠깐 허를 찔린 표정을 지었다. 조금 전의 록사나가 그랬듯이 그 역시 쉽게 할 말을 고르지 못하고 침묵하며 시선을 맞댔다.

그러다 이내 카시스가 다소 억눌린 음성을 내뱉었다.

"아니, 나라도 허락하지 마."

동시에 열띤 입술이 다시 록사나의 위로 떨어져 내렸다. 맞닿은 입술에서 달콤한 꿀 냄새가 나는 것 같았다.

그들이 이렇게 밀접하게 접촉하는 것은 상당히 오랜만이었다. 그래서인지 이렇게 닿아 있어도 부족함을 느끼는 건 두 사람 다 마찬가지였다.

결국 어쩔 수 없이, 그들은 필요한 대화를 잠시 미루기로 했다.

다시 시작된 키스가 끝날 때까지만.

베르티움의 공기는 불길하게 느껴질 정도로 무겁고 조용했다.

"안 돼……. 이것도 아니야……."

어딘가 불안정하고 위태로운 느낌을 풍기는 갈라진 음성이 녹진한 공기 속에 녹아들었다. 평소에 인형들을 만들 때마다 사용하던 넓은 방의 한가운데에서, 노엘 베르티움은 바싹 메마른 입술을 달싹였다.

"또 실패했어. 어째서……."

그는 끊임없이 무언가를 중얼거리며 눈앞의 미동 없는 육신을 망연히 내려다보았다.

노엘의 몰골은 불과 열흘 정도 사이에 놀라울 정도로 망가져 있었다. 눈 밑은 한참 동안이나 잠을 이루지 못한 것처럼 거뭇했고, 얼굴 또

한 끼니를 오래 거른 것처럼 윤기 없이 말라 버석거렸다.

무엇보다도 노엘의 반질한 눈동자에는 광기처럼도 느껴지는 섬뜩한 빛이 어려 있어, 얼마 전까지의 천진한 모습은 찾아볼 수가 없었다.

이 모든 변화는 베르티움에서 노엘이 유일하게 곁에 두던 사람인 단테가 죽으면서 시작되었다.

록사나와 닉스가 사라진 이후 노엘은 눈물로 밤을 지새우다가 곤한 잠에 빠져들었다. 그러다 눈을 떠 단테를 찾았을 때, 어째서인지 그는 노엘의 부름에 응하지 않았다.

인형을 불러 단테를 찾게 한 노엘은 복도에서 싸늘한 시신이 되어 있는 그를 발견했다.

처음에는 도저히 믿을 수가 없었다. 하지만 단테의 숨이 끊어진 것은 부정할 수 없는 사실이었다.

노엘은 단테가 이렇게 될 때까지 잠든 그를 깨우지 않은 멍청한 인형을 모조리 때려 부쉈다.

그런 뒤 노엘은 생각을 해 보았다.

단테는 한바탕 큰 마찰이 있었던 뒤에 성문을 단단히 봉쇄하고 바삐 움직이고 있었다. 그러던 중에 이렇게 시체로 발견되었으니 후원에 있던 사람들이 보복성으로 단테를 죽인 것이라 생각되었다. 그것 말고는 단테가 이렇게 갑자기 죽은 이유가 도저히 설명되지 않았다.

그래서 후원으로 가서 아무나 몇 명을 끌어내 고문하자 결국 그들은 후원에 있는 사람 중 한 명을 범인으로 지목했다. 물론 실제로 단테를 죽인 사람은 지금 위그드라실에 있는 데온이었으니, 베르티움에 진짜 범인이 있을 리 없었다. 사실상 후원의 사람들은 고통을 이기지 못해 거짓으로 아무나 희생양으로 내세운 것뿐이었다.

하지만 노엘이 그것을 알 리 만무했다.

결국 노엘은 고문당한 이들이 흐느끼며 범인으로 지목한 사람을 고통스럽게 죽였다. 그런 뒤에야 노엘은 비로소 단테가 정말 죽었다는 사실을 실감했다.

그는 다시 본관으로 돌아와 침대에 옮겨 놨던 단테의 시신을 끌어안고 이틀 동안 밤낮없이 울었다. 단테는 노엘이 태어났을 때부터 지금까지 줄곧 그의 곁에 있던 유일한 사람이었다.

그렇게 한참을 울다가, 노엘은 마침내 단테를 인형술로 살리기로 마음먹었다. 그러나 아무리 애를 써도 진짜 사람의 육체에는 주술이 깃들지 않았다.

노엘이 이 방법을 성공했던 것은 아주 오래전에 단 한 번, 그것도 어디까지나 요행으로 일어났던 일이었다.

"어떡하지…… . 도대체 어떻게 해야…… ."

그렇게 노엘이 또다시 혼잣말을 중얼거리며 고민에 빠져 있을 때, 손님이 찾아왔다. 그들은 아직 친목회에 참석하지 않은 베르티움을 독촉하기 위해 위그드라실에서 온 사람들이었다.

그때서야 노엘은 단테의 죽음 이후 그가 한동안 잊고 있던 존재를 머릿속에 떠올렸다.

"닉스…… ."

불현듯 뇌리를 스쳐 지나간 생각에 노엘은 멍하니 중얼거렸다.

그래…… .

지금까지 그가 단테에게 행했던 방법들은 모두 무참히 실패했다. 그렇다면 아예 처음부터 주술이 완성되어 있는 심장을 단테에게 이식하면 어떨까?

"닉스…… 위그드라실……."

그 순간 초점이 흐리던 노엘의 눈동자에 광채가 돌아왔다.

"그래……. 지금 바로 가야겠어."

그리하여 노엘은 위그드라실로 향했다. 단테의 시신을 일으켜 세울 닉스의 심장을 손에 넣기 위해서.

16장

덫과 올가미

똑똑.

"어머니. 류자크입니다."

문을 두드리자 곧 안에서 들어오라는 수락이 떨어졌다.

류자크는 조용히 문을 열고 안으로 들어섰다. 곧이어 시야에 비치는 광경에 그의 눈매가 작게 찌푸려졌다.

"요즘 들어 약주가 과하십니다."

류자크는 바드리사에게 다가가 술병을 기울이는 그녀의 손을 저지했다.

"괜찮다. 이건 지금 마신 게 아니라 어제 나온 빈 병이야."

그러나 류자크는 꼼짝도 하지 않아서 결국은 바드리사가 그에게 져주었다.

"그래, 네 말이 맞다. 여긴 위그드라실이니 품행을 더욱 조심해야지."

테이블 위에는 이미 빈 술병 몇 개가 앞서 자리를 차지하고 있었다.

바드리사는 평소 절제가 뛰어나기로 유명했다. 그러나 최근 들어서는 이렇게 남모를 근심에 젖어 혼자서 술을 마실 때가 늘어났다.

"이제는 이렇게 혼자 술을 몇 병이나 비워도 도통 취하지를 않는구나."

바드리사는 맞은편에 자리를 잡고 앉는 류자크를 보며 의자에 깊숙이 몸을 기댔다.

가스토르에서도 한동안 계속 표정이 어두웠던 바드리사였지만, 위그드라실에 발을 들이고 나서부터는 더욱 기분이 좋지 않아 보였다. 그러다 이내 무엇을 생각했는지, 그녀의 입술 사이로 잘은 웃음이 내뱉어졌다.

"가만 보면 술과 마약은 꽤 닮은 구석이 있어. 입에 달지 않아도 기분은 달라진다는 것. 한번 거기에 맛이 들리면 의지만으로는 끊어내기 쉽지 않다는 것도. 그러니 어쩌면 나도 남 말할 처지가 아니었을지도 모르겠구나."

하지만 그것은 유쾌한 감정이라고는 조금도 담겨 있지 않은 냉소였다.

바드리사의 말을 듣자, 가스토르를 떠나기 직전에 보았던 남자의 이지를 잃은 시뻘건 눈이 다시금 떠올랐다.

"조금도 비슷하지 않습니다."

류자크는 바드리사의 말을 단호히 부정했다. 그러자 그녀의 시선이 물끄러미 그의 얼굴에 머물렀다. 이윽고 바드리사가 느리게 눈을 감았다 뜨며 혼잣말 같은 나지막한 음성을 흘려보냈다.

"내 평생에 그토록 경멸하던 검은 양의 손을 이제 와서 필요로 할 때가 올 줄은 상상도 못 했다."

류자크는 그녀를 번민하게 하는 것이 무엇인지 알았다. 그는 자조적으로 읊조리는 어머니의 얼굴을 굳은 눈빛으로 바라보았다.

위그드라실에 들어온 이후부터 바드리사는 줄곧 아그리체에 촉각을 곤두세우고 있었다. 그녀가 그동안 가문의 치부를 혼자 끌어안고 철저히 비밀에 부쳤기에 류자크가 그 사실을 알게 된 지는 얼마 되지 않았다.

"어머니, 차라리……."

류자크는 다분히 충동적으로 입을 열었다. 하지만 결국은 말을 끝맺지 못하고 다시 입을 굳게 다물고 말았다.

지금 가스토르를 뿌리부터 곪게 만들고 또 바드리사를 괴롭게 하는 사람을 차라리 그냥 잘라내 버리면 안 되겠느냐는 말은, 다른 누구도 아닌 어머니의 앞에서 차마 할 소리가 아니었다. 하여 말을 삼키는 동안 속에서부터 희미한 거북함과 구역질이 치미는 것 같았다.

"류자크."

그런 류자크를 말없이 응시하던 바드리사가 입을 열었다.

"너는 내 자식들 중에 나를 가장 많이 닮았지. 그러니 지금 네가 어떤 마음인지 짐작하는 것도 그리 어렵지는 않아."

류자크는 어머니의 목소리가 여느 때처럼 담담하고 곧아서 안심이 되는 한편, 뒤로 이어진 그녀의 말에는 입안이 써지는 것을 느껴야만 했다.

"내 부족함으로 네게도 짐을 지워 주는 것 같아 미안하게 생각한다."

"아닙니다, 어머니."

"후에 네가 이 자리에 앉게 되면 나처럼은 하지 말거라."

"……."

무슨 말을 하면 좋을지 알 수가 없어 류자크는 침묵했다. 그러다 이내 그는 조금 전 구석에 치워 두었던 병을 들어 바드리사의 앞에 놓인 잔에 술을 따랐다.

"약주가 과하다 하지 않았더냐?"

"한 잔 정도는 괜찮을 듯합니다."

두 사람 다 여전히 무뚝뚝한 어투와 표정이었지만 그런 서로가 익숙한 만큼 지금 상대방의 속마음을 짐작하는 것도 어렵지 않았다. 그렇게 모자는 한자리에 마주 앉아 차례로 술잔을 비웠다.

류자크는 문득 속이 답답해 어두운 창밖으로 시선을 던졌다. 원래 이 방에서는 붉은 꽃이 피어난 화원이 한눈에 내려다보였으나, 지금은 사위가 깜깜하여 아무것도 눈에 들어오지 않았다.

조금 전 바드리사와 이야기하는 동안 경멸하는 사람을 다시금 떠올리고 만 탓일까. 마치 반작용처럼, 성화 속의 한 장면인 양 아득하리만치 아름다웠던 장미 화원 속 남매의 모습이 또 한 번 시야에 어른거렸다.

류자크는 위그드라실에 들어와서 줄곧 혼자 번민해 왔듯이, 이런 감정을 누구에게 향해야 좋을지 알 수 없는 기분이 되어 버렸다.

이제 그에게 있어 아그리체가 혐오와 원망의 대상인 것은 분명한데, 그동안 위그드라실에서 남몰래 지켜본 아그리체의 남매들은 죄와는 거리가 먼 무구한 존재인 것처럼 느껴졌다. 그들은 가스토르는 물론이고, 다른 가문에도 위해를 끼치려는 어떤 수상한 행동도 보이지 않았다.

사실은 그때 장미 화원에서 류자크가 두 사람에게 접근했던 것은 뚜렷한 목적이 있어서였다. 하지만 사실 그들을 만나도 무어라 말을 꺼내야 할지 알 수 없어 마음속에 망설임이 남아 있었기 때문에, 상황이 여의치 않아 그들에게 끝내 다가가지 못했던 것이 차라리 다행으로 여겨지기도 했다.

그러니 결국은 의미 없는 기억이었다.

류자크는 이상할 정도로 망막에 또렷이 새겨진 그 광경을 눈을 감아 지워 버렸다.

록사나는 불 꺼진 어두운 방에 앉아 위그드라실 곳곳에 풀었던 나비를 하나씩 불러들였다.

위그드라실에서 친목회가 열린 지 어느덧 일주일이 지났다. 중간에 다른 변수가 없을 경우, 친목회는 거의 한 달 정도로 일정을 잡고 있었다.

베르티움에 보냈던 파발이 위그드라실 측으로 보내온 전서에 의하면, 앞으로 사나흘 정도 후에는 노엘 베르티움이 도착할 예정이라고 한다.

그리고…….

데온 아그리체.

지난번 화원에서의 만남 이후로 록사나가 그를 다시 본 적은 없었다. 하지만 그의 존재감만큼은 눈에 보이지 않는 지금도 여전히 손에 잡힐 것처럼 선명했다. 언제나 그래왔듯이, 그건 달갑지 않은 기분이었다.

달그락.

그때, 밑에서 번진 작은 소리가 록사나의 상념을 깨뜨렸다. 테이블 위에 놓인 물건이 무심코 움직인 손가락에 끌려 달그락거리는 소리를 냈다.

그것은 엄지손톱만 한 크기의 작은 돌멩이들이었다. 물론 평범한 돌은 아니었고, 그 표면에는 주술이 새겨져 있었다.

"……."

록사나의 눈동자가 약간 어둡게 침잠했다. 누구에게도 말하지 않았지만, 사실 록사나가 위그드라실에 들어오기 전에 들렀다 온 곳은 시에라가 있는 저택만이 아니었다. 그녀는 중립 구역과 맞닿은 가장 가까운 아그리체의 영역, 그중에서도 한 마물 서식지에 다녀왔다.

이 돌도 바로 그곳에서 가져왔다. 이것은 마물을 포획하기 쉽게 한 자리에 불러 모으는 기능을 가지고 있었고, 그래서 저택의 마물 사육장을 채울 때마다 사용하던 것이었다.

그러나 록사나가 가져온 것은 아직 마지막 획을 긋지 않은 미완성의 주술석이었기 때문에 입구에서의 검문에는 걸리지 않았다.

어차피 지금 여기서 주술을 완성시킨다 해도 위그드라실 안에서는 효과가 없을 테니 당장은 쓸모가 무용하기도 했다. 그러나 입구 밖에 서라면 충분한 쓰임이 있을 테니.

다만 록사나는 이것을 사용할지 말지 아직 확실한 결정을 내리지 않고 있었다. 며칠 전 밤에 카시스와 만난 뒤부터는 어쩔 수 없이 더 껄끄러운 마음이 생겨났다.

그녀는 주술석을 만지작거리면서 이번에는 가스토르의 숙소에 심어둔 나비와 시각을 공유했다. 이번 친목회에 참석한 가스토르의 사람들 중 일부는 하루의 대부분을 숙소에 틀어박혀 보내고 있었다.

그나마 숙소에 사람이 가장 많이 비는 때는 오후 5시에서 7시 사이로 다소의 유동성이 있는 편이었다.

'만약 실행하게 되면 이때가 적기겠지.'

록사나가 현재 생각 중인 계획은 두 가지였다. 이쪽도 아직 최종적으로 마음을 정하지 않은 건 마찬가지였지만 오래 고민할 시간은 없었다.

록사나는 가스토르의 몇 사람이 방에서 수상한 움직임을 보이는 것을 관찰하다가 테이블 위의 물건을 치우고 자리에서 일어났다.

그리고 잠시 후, 연회장으로 향하는 복도에서 얼마 전부터 기다리고 있던 사람과 마주쳤다.

"록사나, 오랜만이네."

"그리젤다."

그녀는 여느 때와 같은 얼굴로 웃고 있었다. 그 모습이나 어투가 꼭 어제 만났다 헤어진 사람처럼 여상했다.

"언제 왔어?"

"나흘 전쯤에."

"그런데 이제야 아는 척을 하는 거야? 서운하네."

그리젤다의 말에 록사나가 고개를 슬쩍 기울이며 입술 끝을 느른 히 들어 올렸다. 어차피 록사나 쪽에서도 그리젤다가 위그드라실에 들어온 것을 알면서 먼저 찾지 않았으니 진심은 아니었다. 그리젤다도 그걸 알고 있었다.

"재미있는 구경이 많아서 지루한 줄도 몰랐지 뭐야. 특히 록사나, 널 보는 게 제일 재미있었어."

그리젤다가 웃으면서 손을 뻗어 록사나의 머리카락을 매만졌다.

"그동안 기회가 안 돼서 너랑 내가 같이 위그드라실에 왔던 적은 없 었잖아? 그런데 이렇게 재미있을 줄 알았으면 진작 폰타인이든 데온 이든 치워 버리고 내가 화합회에 참석할걸."

그리젤다의 말처럼 지금까지는 기회가 되지 않아 두 사람이 함께 위그드라실의 화합회에 동행할 일이 없었다.

"과연 아그리체에서도 제일 난폭한 두 짐승에게 간단히 목줄을 채 운 사람다워."

노래하듯이 이어지는 말에 붉은 눈이 설핏 가늘게 좁혀졌다.

"하긴. 그 카시스 페델리안도 길들였으니 더 말할 것도 없지만."

그렇지 않아도 록사나는 그와 관련해 그리젤다에게 듣고 싶은 말이 있던 참이었다. 베르티움에서 있었던 일도 그렇고, 또 그때 페넬리안으로 돌아오던 길에 이시도르가 그녀에게 무언가를 말하려 했던 것도 아직 잊지 않고 있었다.

"참, 그러고 보니 그 인형은 어떻게 됐어? 지금 위그드라실에 있는 건 맞는 건 같은데 어디에 가둬놨는지 찾지를 못하겠네. 주술을 못 쓰면 이게 불편하다니까. 내가 페넬리안보다 늦게 도착해서 직접 보지 못한 게 아쉽다."

록사나는 여전히 그녀의 머리카락 사이에서 놀고 있는 그리젤다의 손을 잡았다. 그런 뒤 조금 전보다 한결 더 짙게 미소 지으며 속삭였다.

"그리젤다. 그 전에 나한테 설명할 게 있지 않아?"

위그드라실에 마련된 여러 방 중 하나에서는 위험한 놀이가 한창 진행되고 있는 중이었다.

"아, 잠깐만. 이 카드 아닌데! 나 잘못 냈어!"

"와, 병신 아니야, 이거? 눈깔은 장식으로 달고 다니나."

"꺄하하, 진짜 웃긴다. 거의 다 이긴 거였는데 이런 식으로도 말아먹네."

커튼까지 모조리 쳐져 빛이 차단된 밀폐된 방 안에 희미한 불길이 일렁였다. 이곳은 평범한 휴게실이었지만 아그리체의 남매들이 자리를 잡은 뒤부터 빠르게 그들의 색채로 물들어갔다.

그들은 친목회가 시작되었을 때부터 좀이 쑤셔서 죽을 맛이었다. 아그리체의 새로운 우두머리가 된 제레미도 위그드라실에 있는 동안

처신을 똑바로 하라며 이미 단단히 엄포를 놓은 뒤였다.

그래서 할 짓이 없던 그들은 줄곧 머릿속에 의문으로 남아 있던 부분에 대해 저들끼리 머리를 맞대고 상의해 보았다. 일전에 아그리체에 있을 때 다른 이복형제가 '데온이 수장이었더라면 좋았을 것'이라며 입을 잘못 놀려서 피떡이 되게 처맞은 적이 있었지 않았던가?

그런 만큼 처음에는 위그드라실에서 마주친 데온과 제레미가 수장 자리를 놓고 피 튀기는 서열전이라도 벌이지 않을까 하고 기대했다. 하지만 그런 일은 생기지 않았다.

얼마 전에 제레미가 잔뜩 열 받은 얼굴로 데온을 찾은 일이 있었으나 그는 어디로 사라졌는지 머리카락 한 올 찾아볼 수 없었다.

록사나와 청의 귀공자 카시스 페델리안의 관계도 궁금증을 자아내기는 마찬가지였다. 그는 3년 전에 아그리체에서 록사나의 장난감이었고, 그 당시에 분명 록사나의 손에 죽었다고 알려져 있었으니까.

하지만 카시스 페델리안은 태연히 살아 돌아와서 직접 그들의 아버지인 란트 아그리체에게 복수하기까지 했다. 그런데 그 복수의 대상에 록사나가 없는 것이 또 희한했다. 분명 겉으로 알려진 것 이상의 다른 내막이 더 있는 듯한데…….

하지만 지금껏 베일 속에 감춰져 있던 진실이 이제 와서 저절로 눈앞에 드러날 리는 없었다. 그러다 보니 아그리체 사람들의 성향상 또 금방 성가셔져서, 어차피 내 일도 아닌데 아무려면 어떤가 하는 생각이 들기 시작했다. 그렇게 원점으로 돌아가자 사교 모임 따위에 참석하는 것 외에는 할 일이 또 아무것도 없어졌다.

그래서 그들은 매우 건전한 방식으로 시간을 때울 방법을 찾아냈다.

"그러지 말고 한 번만 물러 줘!"

"무르긴 뭘 물러, 새꺄. 판돈 걸었으면 끝이지."

물론 그것은 아그리체 사람들 기준에서의 건전한 방법이었다. 다른 가문의 사람들이 여가 시간을 보낼 때 사용한 뒤 휴게실에 두고 간 카드를 빌려 그들이 시작한 것은 바로 도박이었다.

중립 구역의 유흥가에는 아그리체에서 비밀리에 운영 중인 도박장이 몇 개 있었다. 그래서 어릴 때부터 가업을 잇도록 교육받는 아그리체의 사람들에게 있어 도박은 전혀 낯설지 않은 것이었다.

그럼 여기서 문제.

도박을 하다가 거하게 망할 것 같은 예감이 들 때는 어떻게 해야 할까?

정답.

판을 엎고 튄다.

퍼억!

자리에 앉아 있던 사람들 중 가장 열세에 몰려 있던 이복형제가 곁눈질로 주위를 살피다가 이내 발을 들어서 테이블을 차올렸다.

"어머, 애 더러운 짓 하는 것 좀 봐."

하지만 작전은 실패했다. 게임에 참가했던 다른 이복형제들이 수상한 낌새를 눈치채고 곧바로 움직였기 때문이다. 한 명은 반대쪽에서 얼른 다시 테이블을 차올려 균형을 맞췄고, 그 틈에 다른 두 명은 흩날리는 카드들과 테이블보를 타고 미끄러지는 다기들을 순식간에 낚아채 원래 있던 자리에 그대로 원상 복귀시켰다. 바닥에 떨어지는 꽃병도 얼른 다리를 뻗어 발등으로 받아내 깨지는 것을 막아 냈다.

"아, 제기랄!"

그와 동시에 발칙한 짓을 저지르려 한 이복형제의 뒷덜미를 낚아채 테이블 위에 머리를 처박는 것도 잊지 않았다.

"야, 가뜩이나 요즘 우리 돈 쪼들리는 거 모르냐? 여기서 뭐 때려 부수면 다 아그리체로 청구돼."

"그냥 제레미한테 다 일러 버려. 극형에 처해 버리게."

옆에서 구경하던 형제들이 킬킬거리며 너도나도 농담을 던져 댔다.

"이제부터 네 수집품 21호는 내 거다."

"아, 그건 진짜 안 돼! 나도 정말 어렵게 구한 거라고!"

"이건 패자 주제에 말이 많아. 그럼 대신 네 손모가지나 박제하게 내놓든가."

푸욱! 빈말이 아니라는 것을 알려 주듯이, 조금 전 케이크를 먹는 데 이용했던 포크가 손가락 사이에 꽂혔다.

"나이프가 아니라 깔끔하게는 절단이 안 되겠지만 손목 하나쯤은 이걸로도 충분히 해체할 수 있다고."

얼핏 살벌하게 들리긴 했으나 그들 사이에서는 평소에도 흔하게 주고받는 친애의 대화나 마찬가지였다. 도박판이 얼추 마무리될 시점이 되자 방 안에는 다시 나른한 공기가 흐르기 시작했다.

"그거 뭐야? 향 괜찮네."

"그쪽 테이블에 새 거 있어. 불 나눠 줘?"

"아니, 네 거 잠깐 줘 봐. 맛만 한번 봐 보게."

몇몇 남매들이 장초를 나눠 피웠다. 나른한 손길에서 불이 옮겨질 때마다 음영 진 얼굴이 뿌연 연기와 뒤섞인 주홍빛으로 물들었다.

장소가 위그드라실인만큼 불법적인 물품을 반입해 온 것은 아니었다. 어디까지나 이것은 위그드라실 측에서 손님용으로 마련해 놨던 평범한 향 담배일 뿐이었다.

하지만 그것을 피우는 사람들의 분위기가 평범하지 않았던 탓에, 단지 담배를 나누어 무는 가벼운 행위에서도 위험한 느낌이 물씬 풍겼다.

벌컥!

바로 그때, 전조도 없이 갑자기 문이 열렸다. 열린 문틈으로 모습을 드러낸 것은 휘페리온의 사람들이었다.

"뭐야, 이거."

"여기 왜 이렇게 깜깜……."

어둠에 파묻혀 있던 십여 쌍의 눈이 동시에 미끄러졌다. 그것을 마주한 사람들이 헉 소리를 내며 주춤거렸다. 꼭 위험한 야생동물, 혹은 마물의 서식지에 실수로 몸을 들인 것 같은 긴장감이 순간적으로 온몸을 휘감았다.

그때, 안쪽에서 느른한 음성이 울렸다.

"누구야?"

"휘페리온."

"아아."

저들끼리 문답하는 소리를 듣고 휘페리온의 사람들은 정신을 차렸다. 이제 보니 은은한 불빛에 비친 얼굴들은 그들의 눈에도 익숙했다.

"뭐야, 죄다 아그리체잖아?"

"누가 이렇게 시끄럽게 구나 했더니."

그들은 허락도 없이 방 안으로 들어왔다. 그러고는 건들거리며 시비조로 말을 툭툭 내뱉었다.

오순도순 다정한 시간을 보내고 있던 아그리체의 사람들도 덩달아 표정을 싸늘히 식혔다.

"지금부터 이 방은 우리가 사용할 거라 비켜 줘야겠는데."

"우리가 왜? 먼저 휴게실을 사용하고 있던 건 아그리체인데."

"아그리체가 오기 전에 먼저 이곳에 자리를 잡았던 건 휘페리온이다."

"우리가 왔을 때는 이미 방이 비어 있었어."

"볼일이 생겨 잠깐 밖에 다녀왔을 뿐인데 그사이에 냉큼 방을 가로채다니. 역시 비열하고 약아 빠진 아그리체답군."

남매들은 잠깐 시선을 주고받았다. 현재 이곳에 있는 것은 휘페리온의 잔챙이 셋. 제레미의 명령이 있었기에 여기서 폭력적인 방법을 사용해 소란을 피울 수는 없었다.

그렇다면…….

"흐음. 그러지 말고, 그쪽도 이리 와서 판에 끼는 건 어떠실지? 마침 카드놀이를 하던 중이었거든."

조금만 데리고 놀아 볼까. 묘하게 닮은 남매들의 눈빛 속에 농익은 악의가 배어들었다.

"어차피 자리도 남겠다, 그렇지 않아도 피차 남아도는 게 시간이니까. 어때?"

"뭔 헛소리……. 잠깐, 그러고 보니 그 카드도 우리 거잖아? 전부 다 놔두고 꺼져!"

당연히 휘페리온의 사람들은 얼굴을 구기며 거부감을 표출했다. 바로 그 순간, 시야에 선명한 비웃음이 찔러 들었다.

"나 참. 질까 봐 무섭다는 소리를 길게도 돌려 하네. 이래서 입만산 찌질이들이란."

"뭐?"

"이럴 줄 알았어. 원래 머리에 허세만 들어찬 것들이 쥐뿔도 없으면서 요란한 법이지."

"뭐라고? 너희 지금 말 다 했어?"

꼭 기다렸다는 듯이 휘페리온을 향한 노골적인 조롱과 야유가 이어졌다.

"하도 센 척하기에 뭐라도 있는 줄 알았더니, 완전 웃겨. 지금도 눈부라리는 것 좀 봐. 무서워서 지리겠다, 야."

"아, 됐어. 그냥 보내주자. 저렇게 허세에 찌들어서 사방팔방 큰소리는 다 치고 다녔는데 별것 아닌 게임이라고는 해도 우리한테 지면 쪽팔리기야 하겠지."

"그래, 저 겁쟁이들이 자기들 수장한테 쪼르르 달려가서 엉엉 울면서 이르기라도 하면 어쩔 거야?"

"진짜 시시하네. 이래서 토끼들은 안 된다니까."

유치한 도발이었지만 원래 이런 것이 잘 먹힐 때도 있는 법이었다. 자신들을 꼬리 말고 달아나는 개 취급하는 소리를 듣고 휘페리온의 사람들은 눈을 까뒤집었다.

"이것들……! 너희 지금 뭐라고 지껄였어?!"

"우와, 또 센 척한다."

잔뜩 분개해 험악한 움직임으로 다가오는 사람들을 향해 아그리체 남매들이 또 야유했다.

"자신 있으면 어디 한번 앉아 보시든가?"

"그래, 거기 자리 좀 내줘. 모처럼 재미있는 구경 할 수 있을 것 같은데."

애초에 그들이 제안한 카드놀이 따위에 끼려고 다가간 건 아니었건만, 휘페리온 사람들은 갑자기 마련된 자리에 엉겁결에 엉덩이를 붙이고 말았다.

"우린 판돈 안 걸린 시시한 내기는 안 하는데 어떻게 할래? 뭐, 이런 자리에서 돈을 거는 것도 정 없긴 하니까 그냥 깔끔하게 이긴 쪽이 진 쪽에게 원하는 걸 하나 요구하는 걸로 할까?"

뜻하지 않게 진행되는 이야기에 다른 휘페리온들은 주춤했다. 하지만 가장 다혈질인데다 벌써 두 차례나 아그리체와 마찰이 있었던 듀란은 도발에 넘어가 이마에 핏대를 세우며 소리쳤다.

"하, 그 말 후회하게 만들어 주지! 우리가 이기면 지금 이 자리에 있는 너희들 모두가 시건방지게 입을 놀린 걸 무릎 꿇고 사과하게 만들어 주겠어!"

"그래? 정말 그걸로 할 거야?"

"그래! 왜, 이제 와서 걱정되나 보지?"

"아니."

넌지시 건넨 물음에 확답이 돌아온 순간, 아그리체의 남매들이 일제히 입술을 찢어 웃었다. 왠지 소름 끼치는 광경이라 그것을 마주한 휘페리온들은 저도 모르게 파드득 몸을 떨고 말았다.

하지만 이어서 귓가에 꽂힌 스산한 음성만큼 등줄기를 오싹해지게 만들지는 않았다.

"그럼 너네는 손톱 걸어."

"뭐, 뭐라고……?"

"우리가 이기면, 너희 손톱 하나씩 뽑아 갈 거야."

콱! 그 말이 농담이 아님을 입증이라도 하듯이, 테이블에 잘 갈린 나이프가 꽂혔다.

"사실은 손가락을 가져가고 싶지만 그건 너무 티가 나니까. 하지만 손톱이라면 눈에 띄지도 않을 테고."

"여긴 쓸 만한 기구가 없어서 그냥 칼로 후벼 파야겠네. 작업은 나한테 맡겨줘. 최대한의 고통을 맛보도록 아주 천천히 뽑아내야지."

눈앞에 있는 건 분명 편지 봉투를 자를 때나 쓰는 페이퍼 나이프였는데, 반짝이는 날붙이의 표면이 어째서인지 위험할 정도로 날카로워 보였다.

"손톱이라니, 무슨 웃기지도 않은 저급한 농담을……."

"농담이라니. 너희는 지금 이게 농담으로 들려?"

상상도 못 한 발상에 저의를 의심했으나 아그리체의 남매들은 무슨 헛소리냐는 듯이 무섭게 정색했다. 얼이 빠진 먹잇감들을 향해 악마들이 사늘하게 눈을 빛냈다.

"우리가 비열하고 사악한 아그리체인 걸 누구보다 잘 알고 있던 게 휘페리온 아니었던가?"

"야, 판 돌려."

그렇게 해서 처음부터 승자가 정해져 있던 게임이 시작되었다.

"말도 안 돼……!"

"도대체 뭐가 말도 안 된다는 건지."

그로부터 한 시간 후, 아그리체의 사람들이 비웃음을 날리면서 손에 남은 카드를 테이블 위에 흩뿌렸다.

"내 말이. 규칙도 다 그쪽에서 정했고, 자리 배치와 순번도 제비뽑기였고, 어디까지나 정정당당한 승부였구먼. 안 그래?"

"휘페리온은 결과에 승복하는 겸허한 마음씨가 부족한 모양이야.

하여간, 우리 아그리체처럼 정직하고 청렴결백한 데가 없다니까."

"너무 그러지 마. 아까부터 납득을 못 하겠다고 해서 벌써 아홉 판이나 했는데 전부 다 졌으니 현실 부정을 할 만도 하지."

뻔뻔할 만큼 태연자약한 말에 휘페리온의 세 사람은 바드득 이를 갈았다.

이건 사기였다······! 이 간악한 아그리체의 놈들이 무언가 치사한 수작질을 벌인 것이 분명했다.

분명 심증은 그렇게 굳어 있는데, 도대체 어떤 더러운 수를 쓴 것인지 아무리 눈을 씻고 찾아봐도 도무지 알 수가 없었다.

"어쨌든 우리가 또 이겼네."

"그런데 아직도 저렇게 끈질기게 인정을 못 하겠다고 하니."

그리고 저들끼리 시끄럽게 떠들던 아그리체의 남매들이 약속이라도 한 듯이 한꺼번에 번들거리는 눈동자를 미끄러뜨린 순간. 아까 처음 휴게실 문을 열었을 때와 같은 섬뜩한 느낌이 순식간에 등줄기를 뒤덮었다.

"어디 보자. 내기에 걸 수 있는 손톱이 이제 하나 남았던가?"

"그럼 마지막으로 한 판만 더 할까? 판돈은 다음 판이 끝나면 한꺼번에 지불하는 걸로 하고."

사악, 사악.

내기를 시작했을 때부터 한쪽에서 나이프를 날카롭게 갈고 있던 아그리체의 여자가 콧노래를 흥얼거리며 잠깐 멈추었던 손을 다시 움직이기 시작했다. 그 서슬 퍼런 소리가 강박적으로 고막을 할퀴었다.

"역시 그게 낫겠지?"

"응, 지금 손톱을 다 뽑아 가면 피투성이가 돼서 카드놀이를 더 못하잖아."

그러다 서서히 팽창하던 숨 막히는 긴장감과 압박감이 일시에 폭발했다.

콰앙!

"웃기지 마! 비열한 아그리체와의 승부를 누가 인정할 줄 알고……!"

파바박……!

듀란이 테이블을 내리치며 자리에서 벌떡 일어난 순간, 앞에서 득달같이 날아온 무언가가 그의 살갗을 베고 지나갔다. 따끔한 감각이 스쳐 지나간 느낌에 듀란은 반사적으로 굳었다.

"듀, 듀란!"

듀란이 약간 얼이 빠져서 고개를 숙이자, 도대체 언제 던졌는지 모를 카드들이 테이블 위에 놓인 그의 손가락 사이사이에 예리하게 박혀 들어 있는 게 보였다.

날카로운 표면에 스쳐 찢어진 피부에서 핏방울이 흘렀다. 믿을 수 없게도, 그 붉은 실선이 그어진 위치는 열 손가락 중 아홉 개, 그중에서도 정확히 손톱 뿌리가 시작되는 지점이었다.

푸욱!

잘 갈린 나이프가 아까처럼 식탁 한복판에 둔탁한 소음을 내며 꽂혔다.

"마지막 한 판 더 할 거면 앉고, 아니면."

듀란은 황망하게 고개를 들었다. 그러자 굴속의 야생짐승 떼처럼 살기 어린 안광을 내는 십여 쌍의 눈이 기다렸다는 듯이 그를 꿰뚫었다.

"우리가 받기로 한 손톱 아홉 개. 지금 당장 내놔."

뒷목이 쭈뼛거릴 정도로 음산한 목소리가 무자비하게 두 귀를 후벼 판 순간, 휘페리온의 사람들은 체면조차 잊고 황급히 자리를 박차고 말았다.

"으, 으악……!"

쿠당탕!

아그리체의 남매들은 괴성을 지르면서 앞다투어 방을 빠져나가는 그들을 붙잡지 않았다. 몇 명은 어이가 없다는 듯이 혀를 찼고, 몇 명은 배를 잡고 폭소했다.

"참나, 고작 이 정도로 줄행랑칠 거면서 그렇게 겁대가리 없이 설쳤단 말이야? 별 꼴같잖은 것들이."

"아하하! 야, 저거 봐! 꽁지에 불붙은 망아지 새끼들처럼 똥줄 빠지게 도망가는 꼴 좀 봐!"

휘페리온 놈들이 고까운 건 사실이었지만, 아그리체의 남매들도 진짜 손톱을 뽑을 마음까지는 없었다. 그들은 추하게 달아난 패배자들을 신나게 조롱하면서 승리를 만끽했다.

"하하…… 하……."

하지만 희열은 짧았다. 잠시 후 휴게실 안에 부자연스러운 정적이 내려앉았다.

"……그런데 이거 제레미한테 걸리면 우리 뒈지는 거 아니야?"

삽시간에 주변의 온도가 뚝 떨어졌다.

"커흠, 왜? 진짜 손톱을 뽑은 것도 아니잖아. 애초에 우리 식대로 사지 한 짝 정도를 건 것도 아니고."

"맞아. 그냥 까부는 뱁새들을 좀 겁준 것뿐인데."

"혹시 저 쫄보들이 진짜 자기네들 수장한테 고자질하는 건 아니겠지?"

남매들은 잠시 서로를 번갈아 쳐다보았다. 불현듯 마주한 눈동자가 강렬하게 번뜩였다. 그들은 먹잇감을 눈앞에 둔 새떼들처럼 소란스럽게 푸드닥거리기 시작했다.

"내가 뱁새들 감시 맡을래, 내가!"

"아니야, 내가!"

"시발, 다 꺼져! 내가 가질 거야!"

아그리체에서 새로운 장난감이 생길 때마다 으레 있어 왔던 소란스러운 광경이 위그드라실에서도 펼쳐졌다.

"비켜, 비켜! 뱁새들은 내가 차지할…… 헉!"

그러나 그들은 반쯤 열린 문밖으로 뛰쳐나가자마자 깜짝 놀라 움직임을 멈추고 말았다.

그냥 가만히 서 있는 것만으로도 넘치는 존재감을 발하는 남자가 휴게실에서 튕겨 나온 그들을 보고 눈을 설핏 가늘게 좁혔다.

황금빛 눈이 조금 전 휘페리온의 사람들이 줄행랑친 뒤쪽으로 힐끗 향했다가, 아그리체의 남매들에게 다시 미끄러졌다.

단지 그 사소한 움직임만으로도 아그리체의 남매들은 몸을 움찔 떨었다.

팔랑. 그때 록사나의 나비가 휴게실 문가에 소리 없이 나타났다. 카시스에게 주의를 빼앗긴 아그리체의 남매들은 머리 위로 나타난 나비를 알아차리지 못했지만 카시스는 그것을 바로 눈에 담았다.

저벅.

이윽고 카시스의 걸음이 앞으로 한 발짝 옮겨졌다. 아그리체의 사람들이 반사적으로 흠칫했다. 개중에는 청의 귀공자 카시스 페델리안에게 평소 호승심을 가지고 있던 사람도 있었지만, 막상 이렇게 그와 정면에서 얼굴을 마주하자 저도 모르게 주춤거리며 뒷걸음질 치게 되었다.

어릴 때부터 예리하게 갈고닦아진 육감이 뒷덜미를 바짝 곤두서게 했다. 지금 눈앞에 있는 사람이 그들보다 압도적인 우위에 있는 강자라는 사실을 본능적으로 알 수 있었다.

"하하…….. 방이 답답해서 환기 좀 하려고 했는데, 생각해 보니 창문을 열면 되겠다."

"그래. 복도에 담배 냄새 배겠다. 빨리 문 닫자."

"얼른 들어와, 얼른! 우리 아직 할 얘기도 남아 있었잖아."

무엇보다도 조금 전 휘페리온과의 일도 있었는데, 여기서 페델리안과도 소동을 일으킨다면 그때는 정말 제레미에게 죽을 테니.

그래, 그러니 우리는 절대 페델리안에게 쫀 게 아니다! 이건 단지 작전상의 후퇴일 뿐이야.

아그리체의 이복남매들은 어색한 말투로 상황을 정리한 뒤 얼른 사사삭 뒷걸음질 쳐 휴게실 문을 쿵 닫고 들어갔다.

철컥! 혹여 카시스가 안으로 들어올까 문을 단단히 걸어 잠그는 것도 잊지 않았다.

이후 복도에 울리던 발소리가 마침내 그들이 들어간 휴게실에까지 이르렀다. 하지만 카시스는 그저 무표정한 얼굴로 문을 한번 쳐다본 뒤 그대로 그 앞을 지나쳐 갔다.

조금 전에 본 나비가 휴게실을 지나쳐 걷는 카시스를 뒤따라왔다. 카시스가 고개를 돌려 응시하자 그것은 주변을 날아다니다가 가까이 다가와 날개로 그의 뺨을 간질였다.

"아그리체의 일이니 내가 간섭할 생각은 없어."

조금 전 아연실색해 달아난 휘페리온의 모습을 생각했을 때, 아그리체의 남매들이 뭔가 허튼 짓거리를 하려던 게 분명했다. 하지만 록사나의 나비가 그들에게 붙어 있었으니 카시스가 나설 일이 아니었다.

만약 아그리체에서 천지 분간 못 하고 날뛴다면 록사나가 알아서 제지할 터였고, 그게 아니라면 그것이 록사나의 의지라는 뜻일 테니. 물론 데온 아그리체만큼은 그래도 경계를 늦출 수 없었지만 나머지 아그리체는 카시스가 관여할 영역이 아니었다.

카시스는 손을 들어 자신의 뺨에 날개를 부비고 있는 나비를 손가락으로 스치듯이 쓰다듬었다.

"난 신경 쓸 것 없으니까 원래 있던 자리로 돌아가. 록사나에게 내가 보고 싶어 한다고 전해 주고."

부드러운 손길을 받은 나비가 애교를 부리듯이 이번에는 카시스의 손가락에 붙어 팔랑이다가, 잠시 후 자리를 떠났다.

카시스도 다시 앞을 보고 목적지를 향해 걷기 시작했다. 그러다 그는 위그드라실에서 남몰래 주목하고 있는 다른 요주의 대상 중 하나와 마주쳤다.

"이야, 이게 누구십니까. 내 마음의 친우, 청의 귀공자!"

따분한 얼굴로 복도를 걷던 오르카가 카시스를 발견하고 짐짓 반갑게 외치며 다가왔다. 카시스의 눈에 한순간 날카로운 광채가 스쳐 지나갔다. 그러나 잠시 후 가까이에서 마주한 두 사람의 얼굴은 평소처럼 여상했다.

"백의 마수사. 또 이야기꾼 역할을 하고 온 모양이군."

"하하, 저를 원하는 분들이 위그드라실 안에 좀 많아야 말이지요. 인기인의 숙명이라고나 할까요."

카시스의 예상대로 오르카는 위그드라실의 건물 안에서 열린 다른 소모임에 참석했던 참이었다.

마수사로서 여러 지역을 돌아다녔던 오르카의 무용담은 위그드라실에서 상당히 인기가 좋았다. 오늘도 그는 물 만난 고기처럼 사람들의 중심에서 한 차례 화려한 입담을 자랑한 뒤 홀을 나섰다. 하지만 그 직후 오르카의 낯은 완전히 신색을 달리했다.

'쳇. 안에서 이런 광대놀음이나 할 게 아니라 밖에 나가 마수 사냥을 할 수 있으면 좋으련만.'

그러다 위그드라실의 입구에서 회수당한 장신구들이 생각나 갑자기 신경질이 좀 났다.

사실 위그드라실에 있는 주술진은 다른 누구보다도 휘페리온의 사람들을 강력히 제어하는 주술이었다. 물론 그 망할 선조가 있던 과거부터 지금까지, 후손인 그들이 마냥 손 놓고 있기만 했던 건 아니긴 한데…….

아까 멀리서 보았던 록사나 아그리체를 떠올린 순간, 오르카의 눈에 남모를 흉계를 꾸미는 듯한 음험한 빛이 스쳐 지나갔다.

위그드라실에 와서 오르카는 일부러 록사나에게 접근하지 않고 있었다. 하지만 그렇다 해서 정말 관심이 사라진 건 아니었다.

"그나저나 청의 귀공자. 혹시 지금 회의실에 가는 중이었나요?"

지금도 겉보기와 달리 오르카의 속에는 날카로운 비수가 박힌 채였다. 아무래도 얼마 전 페델리안의 경계에서 그의 마물들을 모조리 증발시킨 주범이 바로 지금 눈앞에 있는 사람인 것 같은데, 심증만 있고 물증이 없었다. 하지만 마땅한 증거도 없이 따지기에 카시스 페델리안은 쉬운 상대가 아니었다.

속내를 감추고 웃으며 건넨 오르카의 말에 카시스가 고개를 작게 끄덕였다.

"방향을 보니 목적지가 같은 듯한데."

"예, 저도 회의실에 가는 길이었지요. 이런 일은 귀찮지만 일단은 후계자인지라 별수 없이."

오르카가 머리를 긁적였다.

잠시 후 각 가문의 수장들과 후계자들이 한자리에 모여 회의 시간을 가질 예정이었다. 목적지가 동일했기 때문에 결국 카시스와 오르카는 복도의 중간에 있던 길로 들어서 나란히 걷게 되었다.

잠시 후 이번에는 카시스가 먼저 입을 열었다.

"이번 친목회에 불참할지도 모른다고 생각했는데 의외로군."

그의 입에서 지나가듯이 내뱉어진 말에 오르카는 미세하게 눈매를 꿈틀거렸다.

"호오, 왜 그런 생각을 하셨을까요?"

괜한 생각인지 모르겠으나 어쩐지 카시스의 말이 페넬리안에서 오르카가 습격받은 사건을 암시하는 것처럼 느껴졌다.

"원래 이런 모임을 싫어하는 것 아니었나?"

"아하, 그런 의미였군요. 뭐, 그건 그렇지요."

하지만 이어진 카시스의 반응은 덤덤했고, 그의 얼굴에서도 아무런 수상한 점을 발견해 낼 수 없었다. 오르카는 작게 입매를 비틀다가 입술을 뗐다.

"그래도 전 미인을 좋아해서 이번 친목회에 참석한 것에 충분한 보람을 느끼고 있습니다."

어딘가 미묘하게 느껴지는 그 말에 카시스의 시선이 옆으로 미끄러졌다.

"위그드라실이 이렇게 아름다운 꽃밭인 줄 알았으면 진작 자주 방문했을 텐데 말이죠."

그런 카시스를 보며 오르카는 얼굴에 한결 진한 미소를 덧그렸다.

"물론 그중에 가장 아름다운 건 얼마 전까지 페넬리안 안에 머물던 나비겠지만……. 지금은 새장 밖으로 빠져나왔으니, 혹여 새로운 주인에게 날아가 앉지 않도록 각별히 주의하셔야겠습니다."

바보가 아닌 이상 오르카의 말에 내포된 의미가 무엇인지 모를 수 없었다. 풋내 나는 도발이었다. 대응할 가치도 없는.

카시스는 표정만큼이나 태연한 음성을 밖으로 내보냈다.

"어디로 날아가서 앉을지는 온전히 나비의 마음에 달린 일 아니겠나. 애초에 자신을 소유물 취급하는 자를 선택할 것 같지도 않지만."

"……."

카시스의 뼈 있는 말에 오르카가 눈썹을 꿈틀거렸다.

그는 속으로 음산하게 생각했다.

'스스로 내 손에 들어오지 않는다면 강제로 포획할 수밖에 없겠지.'

그러는 동안 목적지인 회의장에 다다랐다.

"백의 마수사."

카시스가 앞서 문을 밀어젖히며 나직한 목소리를 흘렸다.

"이건 노파심에 하는 말이지만……."

그리고 이어지는 말을 듣고 오르카는 더 이상 평정을 유지할 수 없게 되었다.

"앞으로는 마물 사냥을 나설 때 기척 제거 주술과 기척 감지 주술을 동시에 사용하는 것이 낫지 않을까 싶은데."

멈칫. 오르카는 발끝부터 싸늘하게 피가 식는 기분을 느끼며 문 앞에 멈추어 서고 말았다.

"물론 주술석에 지나치게 의존하는 것 자체가 그리 좋은 방법이 아니긴 하지만."

끼이익. 묵직한 문을 밀치자 이음새에서 날카로운 마찰음이 가늘게 울렸다.

"그런 기본적인 숙지조차 덜 되어 있는 것을 보니 마수사로서의 위명이 허언은 아닐까 싶어지는군."

귀에 번진 카시스의 목소리는 심히 평온했지만 그것을 듣는 오르카의 마음은 그럴 수 없었다. 오르카는 굳은 다리를 멈추고 우뚝 서서 시야에 비친 등을 바라보았다.

"그 말은……."

이내 그의 마른 입술이 딱딱하게 움직여졌다.

"청의 귀공자, 진짜 당신이 그날 나를……."

카시스가 오르카를 뒤돌아보았다. 그의 얼굴은 여전히 고요하고 차분했다. 하지만 바로 그 순간 카시스에게서 퍼져 나온 위압적인 기운이 단숨에 오르카를 집어삼켰다. 얼마 전 페델리안의 숲에서 그를 덮쳤던 거대한 검은 그림자의 잔상이 그 위로 겹쳐졌다.

뒤이어 카시스의 얼굴에 덧입혀진 초승달 같은 미소는 한겨울의 빈 가지처럼 몹시도 차갑게 메말라 있어, 오르카의 등줄기를 오싹거리게 만들었다.

"위그드라실에 있는 동안 모쪼록 즐거운 시간 보냈으면 좋겠군, 오르카 휘페리온."

그날 밤, 예상 밖의 장소에서 예상 밖의 만남이 이루어졌다.

"안녕하십니까."

"안녕하세요."

도서실에서 마주친 류자크와 실비아가 어색하게 인사했다.

류자크는 잠깐 주저하다가 실비아에게서 적당히 떨어진 곳에 자리를 잡았다. 그러고 나서야 책장에서 책이라도 하나 꺼내 왔어야 했나, 하는 생각이 들었다.

하지만 실비아도 그저 창밖을 보며 앉아 있을 뿐, 딱히 책을 보는 건 아닌 것 같았다. 그래서 류자크는 그냥 의자에 등을 기대고 몸을 이완시켰다.

"그동안 도서실을 꾸준히 방문한 사람이 한 명 있다고 아까 청소하던 사용인에게 들었는데, 그게 적의 후계자님이셨군요."

잠시 후, 귓가를 스치는 가느다란 목소리에 류자크의 시선이 옮겨졌다. 실비아가 어느새 창가에서 눈길을 떼고 그를 쳐다보고 있었다.

그녀는 류자크가 도서실을 이용하는 것을 의외라고 생각하는 듯했다. 어디를 봐도 류자크에게는 무술 연무장 같은 곳이 잘 어울렸으니 그럴 만도 했다.

사실 이런 외진 곳에서 실비아를 만난 것은 류자크로서도 뜻밖이었다.

"혼자 있을 수 있는 조용한 곳을 찾다 보니 발길이 닿았습니다."

"묵고 있는 개인실이 있잖아요?"

"방문하는 사람들이 종종 있어서."

그러자 실비아도 그에 동의하며 고개를 끄덕였다. 하긴, 실비아가 이곳을 찾은 이유도 별반 다르지 않았다.

뒤이어 귀에 울린 목소리에 류자크는 드물게도 당혹감을 느꼈다.

"실은 문을 열고 들어오시자마자 저를 보고 인상을 찌푸리셔서 같은 자리에 있기 싫으신 줄 알았어요."

"제가 그랬습니까?"

"네. 사실은 오늘만이 아니라 볼 때마다 그러셨지요."

실비아는 상당히 직설적인 화법을 구사했다. 류자크는 일순간 말문이 막히는 것을 느끼며 살짝 굳어졌다. 그러다 이내 위그드라실 안에서의 자신의 행동을 돌아보고 지금까지와 다른 의미로 얼굴을 굳혔다.

"그저 여성분을 어떻게 대해야 좋을지 몰라 서먹함에 무심코 나온 반응일 뿐, 결례를 저지를 생각은 아니었습니다. 기분이 상하셨다면 죄송합니다."

"아니…… 괜찮아요."

뜻밖의 진지한 사과에 이번에는 실비아가 조금 당황했다. 두 사람 사이에는 아까와 같은 서먹한 공기가 잠깐 감돌았다. 그것을 이기지 못해 이번에는 류자크가 먼저 입을 열었다.

"시간이 늦었는데 그만 돌아가 보지 않으셔도 괜찮습니까?"

말하고 나서야 자신의 말이 실비아를 쫓아내려 하는 것처럼 들릴 수도 있다는 사실을 깨달았다. 말주변이 없는 스스로가 마음에 들지 않는 순간이었다.

하지만 다행히도 실비아는 류자크의 말을 곡해해 듣지 않은 것 같았다.

"그렇지 않아도 제가 늦어지면 오빠가 데리러 올 거예요."

"가족 간의 사이가 좋으시군요."

전부터 페델리안의 남매를 볼 때마다 느낀 것이었다. 류자크의 말을 듣고 실비아가 약간 머쓱한 듯이 웃었다.

"저를 좀 과보호하는 경향이 있거든요. 아버지도 그렇고."

물론 그 이유가 뭔지는 알고 있었다. 특히 카시스는 아그리체에서 온 사람들 중 남모르게 주의를 기울이는 대상이 따로 있는 것 같았다.

거기에 더해 실비아 자체의 문제도 있었다. 실비아는 처음 사나흘을 제외하고 다른 사교 모임에 참석하지 않고 있었다. 가족들도 이전의 활발함을 잃은 실비아를 보고 부자연스러움을 느껴 신경 쓰는 듯했다.

실비아는 어쩐지 요즘 페델리안에만 있을 때는 몰랐던 겉도는 느낌 같은 것이 들었다. 특히 특정 인물을 볼 때면 유독 그랬는데, 그것이 바로 제레미 아그리체였다.

더 정확히 말하면······.

자신과 얼굴을 맞대며 약간 유치하게 각자의 누나와 오빠 자랑을 하던 제레미가 다른 어른들과 알아듣기 어려운 이야기를 나누는 것을 보았을 때.

또 언제 실비아와 풀어진 모습으로 농담 따먹기나 했냐는 듯이 한껏 격식을 차리고 수장들과의 회의에 참석하러 가는 그를 목격했을 때.

그럴 때면 실비아는 자신과 동갑인 제레미 아그리체가 갑자기 어른인 것처럼 느껴져 거리감이 들었다. 그런 마음이 점점 커지자 아예 모임에 참석하는 것 자체를 피하게 되었다.

그러나 그것을 다른 사람들한테 뭐라고 설명하란 말인가. 사실 실비아는 자신이 이런 생각을 하는 것조차 유치한 어린애 같다고 생각했다.

"하나뿐인 여동생이고 딸이라 그런 것이 아니겠습니까."

"그럴까요. 하지만 오히려 어머니는 안 그러시는데요?"

"그건……. 그저 개인의 성격 차가 아닐지."

"그러고 보니 류자크 님의 어머니인 바드리사 님은 가스토르의 첫 여성 수장님이시죠? 정말 멋진 것 같아요."

실비아가 덧붙인 말을 듣고 류자크의 얼굴이 확연히 부드러워졌다.

"저도 그렇게 생각합니다."

"류자크 님은 아버지보다 어머니를 닮으신 편인가요? 지난 화합회 때도 그렇고, 이번에도 바드리사 님밖에 보지 못했지만 외모나 성격 이 상당히 비슷해 보여요."

하지만 곧이어 실비아의 물음 뒤로 뇌리를 스쳐 지나간 사람의 모 습에, 류자크의 눈빛은 순식간에 차게 식었다.

"예. 저는 아버지를 닮지 않았습니다."

유독 단호한 어조로 흘러나온 대답을 듣고 실비아는 멈칫했다. 류 자크는 그것을 보고 애써 표정을 피려 노력했다.

류자크의 반응에서 뭔가 섣불리 건드릴 수 없는 사정이 있는 것이 느껴졌기 때문에 실비아는 더 묻지 않고 화제를 돌렸다.

류자크도 언제 예민하게 반응했냐는 듯이 이후로는 태연히 실비아 와의 대화를 이어 갔다. 하지만 무릎 위에 놓인 그의 주먹에는 줄곧 아플 정도로 강한 힘이 들어가 있었다.

누구도 예상치 못했던 사건이 가스토르에 일어난 건 바로 그다음 날이었다.

"들어요. 취향을 몰라서 제가 좋아하는 차로 내오게 했어요."

"네, 차향이 좋네요."

다음 날, 판도라와 록사나는 테이블에 마주 보고 앉아 함께 찻잔을 들어 올렸다.

판도라는 지금의 상황을 꽤 어색해하는 것 같았다. 그건 록사나도 마찬가지였다. 위그드라실에 머무는 동안 얼굴을 보기 어렵던 판도라가 이렇게 직접 만남을 청해 온 것은 그녀에게도 갑작스러운 일이었다.

"저, 선뜻 시간을 내주셔서 고마워요."

"천만에요."

짧은 침묵 뒤에 판도라가 먼저 운을 띄워 대화의 문을 열었다. 결의까지 서린 얼굴을 보니, 역시 록사나에게 따로 하고 싶은 말이 있었던 듯했다.

처음에 망설이던 것이 무색하게도 판도라는 오래 뜸을 들이지 않고 바로 본론으로 들어갔다.

"다름이 아니라, 제가 아그리체 양을 따로 만나고자 한 것은……."

록사나는 이어서 귓가에 흘러든 말에 순간 저도 모르게 멈칫했다.

"페델리안에서의 일을 사과하고 싶어서요."

록사나의 시선을 받은 판도라가 테이블 위에 찻잔을 내려놓았다. 그러고 나서 한결 진지한 얼굴로 말을 이었다.

"그때는 제가 확실히 무례했어요. 초면인데도 다짜고짜 그렇게 실례되는 말을 한 데다 위협까지 가했으니."

"……."

"게다가 애초에 전 환영받지 못한 불청객인 입장이었고, 아그리체 양은 페넬리안의 정식 손님이었죠. 그 당시에는 제가 잠깐 미쳤었는지, 어리석은 충동이 앞서 깊게 생각하지 못했지만 여러모로 부끄러운 언행이었어요."

판도라에게서 이렇게 사과를 듣자 록사나는 조금 난처한 마음이 들었다.

"페넬리안과 아그리체, 두 가문 모두에 큰 결례를 끼쳤고요. 그런 부분까지 모두 포함해서 미안합니다."

생각해 보면 판도라는 페넬리안에 있을 때에도 오르카의 만행을 수습하기 위해 혼자 열심이었다. 그때 독나비를 통해 본 만찬회에서 헛소리만 늘어놓던 오르카 대신 결례를 사과하던 판도라의 모습도 떠올랐다.

"실은 그때 페넬리안을 떠나기 전부터 줄곧 사과하고 싶었는데 사정이 여의치 않아서 그러지 못했어요."

판도라는 록사나의 생각보다 경우를 알고 책임감이 있는 사람인 것 같았다. 지금 이러는 이유가 휘페리온의 이름에 누를 끼치지 않기 위해서이든, 아니면 그녀의 말대로 순수하게 스스로의 실수를 반성하는 의미이든 간에…….

"휘페리온 양."

마침내 록사나가 입을 열자 판도라가 약간 긴장된 표정을 지었다. 록사나는 잠깐 입을 다물었다가 이내 할 말을 정리한 뒤 다시금 입술을 뗐다.

"그때 충동에 앞서 행동한 건 나도 마찬가지였지요."

비록 마물을 꺼낸 건 판도라가 먼저였지만, 어쨌든 그 전후로 과격하게 행동한 건 록사나도 똑같았다. 그러니 판도라와 있었던 지난 일은 여기서 끝맺는 것이 좋다고 생각되었다.

"당신의 마물을 그런 식으로 해친 건 나도 과했어요. 미안하게 생각해요."

"아니에요. 아그리체 양은 충분히 할 만한 일을 한 건데요."

판도라는 혹시 사과를 해도 록사나가 싸늘하게 반응할 수도 있다고 생각한 듯, 적잖이 안심한 눈빛을 보였다. 그러다 판도라가 조금 전처럼 또 한 번 머뭇거리며 덧붙였다.

"그리고 저, 음. 이제는 더 이상 그때와 같은 마음으로 청의 귀공자에게 접근할 생각이 없으니까요. 그 부분에 대해서도 더는 신경 쓰지 않으셔도 돼요."

아니, 그건 이미 신경 쓰고 있지 않았는데.

"그때는 정말 제가 뭘 잘못 먹었는지 제정신이 아니어서……. 물론 이제 와서 이런 변명을 하는 것도 웃기지만요. 어찌 되었든 간에 지금은 전혀 두 분 사이에 끼어들 마음이 없다고 말씀드리고 싶었어요."

"네, 저는 더 이상 신경 쓰지 않으니 휘페리온 양도 개의치 마세요."

판도라는 아까보다 확연히 편안해진 얼굴로 차를 마셨다. 의외로 그녀는 뒤끝이 없는 성격인 듯했다.

"일전에 만났을 때만 해도 휘페리온 양이 사촌분과 많이 닮았다고 생각했는데……."

록사나는 문득 지금 생각한 것을 입 밖에 냈다.

"지금 보니 별로 그렇지 않은 것 같네요."

오르카와 달리 차라리 판도라는 겉과 속이 동일한 유형의 사람인 것 같았다. 조금 곤란했다. 생각보다 판도라 휘페리온이 마음에 들 것 같아서.

그런데 록사나의 말을 들은 판도라의 반응이 다소 묘했다. 그녀는 믿을 수 없는 말을 들은 사람처럼 눈을 부릅떴다. 그 시선이 조금 부담스러워져서 록사나는 다시 말했다.

"물론 저는 두 분에 대해 잘 모르니 이런 말은 실례일지도 모르겠네요."

"아니, 아니요……!"

그러나 판도라가 깜짝 놀랄 정도로 격렬하게 부정해 왔다.

"실례라니, 전혀 그렇지 않아요. 아그리체 양은 사람을 보는 눈이 정말 뛰어나시군요. 맞아요, 오르카와 저는 정말 조금도 닮지 않았지요."

……둘이 사이가 좋은 줄 알았는데 아니었나.

판도라는 오르카와 닮지 않았다는 말이 상당히 반가운 모양이었다. 록사나를 보는 그녀의 눈동자에는 이제 명백한 호감마저 담겨 있었다.

록사나의 시선이 살짝 가라앉았다. 위그드라실에 있는 동안 혹시 필요해지면 조금만 이용할까 했는데 그냥 관둘까…….

분명 다루기는 쉬울 테지만, 꼭 이 사람을 곤란하게 만들어야 할 필요는 없으니까. 록사나는 그렇게 결정하고 판도라와 처음 예정에 없던 소소한 잡담을 조금 더 나누었다.

그러던 어느 순간, 갑자기 문밖이 소란스러워졌다.

"……지금 옆……."

"피해야……."

"어디……."

처음에는 웅성거리는 소리의 내용을 명확히 인식할 수 없었다.

"……불이야! 다들 피해요!"

하지만 곧이어 찢어질 듯한 외침이 고막을 파고들었다.

"뭐, 불?!"

판도라가 놀라 몸을 들썩였다. 먼저 자리에서 일어난 록사나가 방문을 열었다. 그러자 기다렸다는 듯이 한결 시끄러운 소리가 귓전을 때렸다. 마찬가지로 갑작스러운 상황에 놀라 복도로 뛰쳐나온 사람들이 지나가는 사람을 붙잡고 묻는 말이 들렸다.

"뭐야, 무슨 일이야? 어디서 불났어요?"

"가스토르 숙소 쪽에서 불이 났대요!"

그 얘기를 듣고 당황한 몇 사람이 우왕좌왕했다.

"가스토르 숙소라면 바로 옆 건물이잖아요? 혹시 여기까지 불이 번진 걸까요?"

록사나를 뒤따라 허둥지둥 뛰어나온 판도라도 두 눈을 휘둥그렇게 떴다. 복도의 끝부분을 응시하는 록사나의 눈동자가 점차 가라앉았다.

"그러게요. 이렇게 갑자기 불이라니……."

"일단 우리도 얼른 피해요!"

판도라가 서둘러 록사나의 팔을 잡아끌었다. 록사나는 그녀에게 순순히 끌려가면서 조금 전부터 공유하고 있던 독나비의 시각을 더 확대했다.

가스토르가 머무는 숙소 건물의 3층에서부터 불이 번지고 있었다. 숙소 안에 있던 사람들이 화마 속에서 급히 탈출하는 모습이 독나비의 눈을 통해 보였다.

가스토르의 몇 명은 아직까지도 대피하지 않고 불길이 번지기 시작한 방 안에 남아 있었다. 개중에는 이 다급한 상황에서도 방에 있는 짐 속에 무언가를 쑤셔 넣거나 오히려 꺼내 나오려 애쓰는 기묘한 행동을 취하는 사람도 있었다.

"안에 아직 나오지 못한 사람들이 있어요!"

"빨리 불을 꺼야 돼!"

"여기 누가 좀 도와줘요!"

건물 밖으로 빠져나오자 활활 타오르고 있는 가스토르 쪽 숙소의 모습이 한눈에 들어왔다. 록사나는 판도라의 뒤에서 그 광경을 기묘하게 고요하고 차가운 눈으로 바라보았다.

"상황이 어떤가! 안에 있던 사람들은?"

마침 숙소 밖에 있던 류자크 가스토르가 소리치며 뛰어왔다.

"아직 못 나온 사람도 있어요!"

"지금 막 페델리안에서 사람들을 구출하러 안으로 들어갔습니다!"

그때 쟌느와 함께 막 숙소 밖으로 나온 실비아가 깜짝 놀라 물었다.

"설마 저희 오빠도 들어갔어요?"

"네, 제일 먼저 앞장서 가셨습니다!"

류자크도 대번에 불타는 건물 안으로 뛰어들었다. 그를 따라 몇 명이 더 안으로 들어갔다. 앞에서 오가는 소리가 록사나의 귀에도 가감 없이 들어왔다.

"괘, 괜찮을 거예요. 청의 귀공자도, 다른 사람도 다 무사할 테니 걱정하지……."

옆에서 판도라가 록사나를 안심시키려는 듯이 말했다. 하지만 록사나의 귀에는 아무 소리도 들어오지 않았다. 그녀는 입술을 꽉 다물고 다시 독나비와의 연결을 활성화했다.

록사나가 들은 소식처럼 카시스는 불타는 건물 안에 들어가 있었다. 숙소의 화재 소식을 누구보다 빠르게 접한 페넬리안이 가장 먼저 인명 구조를 위해 움직일 수 있었다.

"난 위층으로 올라갈 테니 너희는 지금 소리가 들린 쪽으로 가봐!"

"알겠습니다!"

불은 위에서부터 번지는 중이었다. 카시스는 수하들에게 비교적 화마가 약한 곳을 수색하게 한 뒤 계단을 올랐다.

생명의 기운이 희미하게 감지되는 곳으로 향하자 방 안에서 연기를 마시고 기절한 사람이 발견되었다. 카시스는 곧바로 다가가 그를 어깨에 둘러메다가, 주변에 흩어지듯이 떨어져 있는 이상한 것들을 발견했다. 그의 얼굴이 순간 굳어졌다.

"이건……."

살랑.

그때 붉은 나비 한 마리가 카시스의 눈앞에 나타났다. 그것은 꼭 카시스에게 따라오라는 듯이 앞장서 움직였다.

'록사나.'

그 날갯짓을 응시하는 눈에 날카로운 빛이 스쳤다. 그렇지 않아도 가스토르 숙소 안에 들어서자마자 곳곳에 밴 익숙한 독나비의 기운이 그의 감각을 건드리던 참이었다. 다른 곳보다 유독 이 안에 집중되어 있는 나비들에 기이한 느낌이 들었다.

그러나 가시지 않은 의문에 대한 생각은 나중에 해도 되었다. 카시스는 의식을 잃은 사람을 데리고 나비의 뒤를 따라갔다.

"이게 무슨 일이야! 안에 있던 사람들은? 다 대피한 건가?"

"아직입니다! 지금 다른 사람들이 안으로 들어갔습니다!"

수장들은 그맘때쯤 한꺼번에 나타났다. 한자리에 모여 있다가 소식을 듣고 부리나케 달려온 모양이었다. 그들은 불타고 있는 건물을 보고 아연실색했다.

"누나!"

제레미가 록사나를 부르며 다가왔다. 하지만 그녀가 무언가를 하고 있다는 걸 알고 눈치 빠르게 입을 다물었다.

"저기 나온다!"

잠시 후 건물 안에 들어갔던 사람들이 하나둘씩 밖으로 모습을 드러냈다. 카시스도 의식을 잃은 사람을 둘러업고 나왔다. 바드리사가 서둘러 부상자들을 살폈다.

"다들 무사한 게야?"

"화상을 입은 사람은 있지만 다행히 정도가 심각하지는 않은 것 같습니다!"

위그드라실 내에 있던 의원과 의무실의 사람들이 부상자들을 급히 살핀 뒤 말했다. 그래도 화재로 인한 사망자는 없었다.

얼어붙어 있던 바드리사의 얼굴에 급격한 안도감이 번졌다. 류자크도 다리와 손에 화상을 입기는 했으나 중상은 아니었다. 류자크는 다른 부상자들과 함께 치료를 받으러 잠시 옆쪽으로 자리를 비웠다.

"수, 수장님……."

그렇게 모두가 마음을 놓았을 때, 가장 마지막에 부축을 받고 나온 부상자 중 한 명이 바드리사를 불러 무어라 귀엣말했다. 그것을 들은 바드리사의 낯빛이 확 바뀌었다.

"뭐? 그게 무슨……!"

곧 주위 시선 의식하고 입을 다물긴 했으나 그녀는 대경한 듯 얼굴색을 변화시켰다.

"오빠! 괜찮아? 다친 데 없어?"

"괜찮아. 아무렇지도 않아."

다른 쪽에서는 실비아가 카시스에게 달려가 상태를 물었다. 리셸과 쟌느도 카시스와 함께 안으로 들어갔던 페델리안의 사람들을 살폈다. 일단 겉보기에 그들도 크게 다친 곳은 없는 것 같았다.

카시스의 시선이 곧장 록사나에게 닿았다. 하지만 그 사이에 끼어든 다른 사람들 때문에 결국 눈을 마주한 건 한순간이었다.

그러던 중, 마침내 불이 완전히 진압되었다. 곧 화마가 휩쓸고 간 자리에 다른 위험 요소는 없나 확인할 겸, 건물 내부를 정리할 사람들이 안으로 들어갈 예정이었다.

"아직 들어가시면 안 됩니다."

"불은 벌써 아까 꺼졌는데 왜 안 된다는 건가?"

"그래도 아직 위험합니다. 확인 작업 후에……."

잠시 후 앞쪽에서 실랑이가 벌어졌다.

바드리사는 건물로의 출입을 막는 사람들을 앞에 두고 잇새에 힘을 주었다.

가스토르는 이번 일로 숙소를 옮길 수밖에 없게 되었다. 화재의 이유는 아직 불명이었고, 옆 건물들에는 불이 옮겨붙지 않아 다른 가문에는 피해가 전혀 없었다.

"사람들 말이 맞습니다, 바드리사 수장님. 혹 기반이 약해진 바닥이나 천장이 무너질 수도 있으니 확인 후 신중히 움직이시지요."

그때, 막 바드리사 옆으로 다가온 제레미가 말했다.

"흑의 수장, 자네……!"

어째서인지, 바드리사의 매서운 눈길이 그에게 틀어박혔다. 제레미의 눈썹이 슬쩍 치켜 올라갔다. 하지만 바드리사는 제레미에게 다른 말을 더 하지는 않고 입술을 꽉 다물었다.

"흑의 수장 말대로 하게나. 가스토르에는 부상자들도 있으니 새로운 숙소에 짐을 옮기는 건 우리 쪽에서도 사람을 보내 돕겠네."

다른 수장들까지 나서서 거들자 더 할 말이 없어졌다. 바드리사의 눈에 초조한 빛이 드리워졌다.

그 모습을 주시하던 록사나가 사람들 뒤쪽으로 소리 없이 몸을 빼냈다. 기척을 죽이고 움직였기에 누구도 록사나의 존재를 쉽게 인식하지 못했다.

잠시 후, 군중들과 조금 떨어진 곳에 서 있는 이복 여동생이 록사나의 눈에 띄었다. 록사나는 다가가 그녀의 팔을 붙잡았다.

"뭐야, 감히 어떤 놈이 함부로 내 팔을…… 헉! 로, 록사나 언니?"

불쾌함을 표하며 뒤돌아본 샬럿이 경기라도 할 것처럼 소스라쳤다. 얼마 전 제레미에게 재교육 받은 일까지 있던 터라, 샬럿은 지진이 난 것처럼 두 눈을 흔들며 말을 더듬거렸다.

"왜, 왜, 나 또 왜? 나 아무 짓도 안 했……."

"샬럿. 지금 너한테 시킬 일이 있어."

이어진 속삭임에 샬럿의 눈이 크게 떠졌다.

"당장 가스토르 숙소에 들어가서……."

록사나는 그녀에게 해야 할 일을 짤막하게 설명했다. 그런 뒤 샬럿의 등을 가볍게 밀었다.

"5분이면 충분하겠지. 가 봐."

샬럿은 궁금한 게 더 있는 눈치였지만 그래도 일단 록사나의 말을 따라 잽싸게 움직였다.

록사나가 원래 있던 자리로 다시 돌아왔을 때는, 불탄 건물의 입구 안으로 사람들이 하나둘씩 막 들어서고 있었다.

바드리사가 결국 불안감을 떨치지 못해 앞으로 나섰다.

"잠깐. 잠깐 기다리게……!"

그녀의 팔에 가벼운 손길이 내려앉은 것은 바로 그때였다.

"괜찮아요, 수장님."

뒤이어 마음을 달래는 듯한 속삭임이 귓가를 스쳤다. 무심코 고개를 돌리자 시야에 들어온 것은 흑의 수장과 곧잘 붙어 있던 그의 아름다운 누이였다.

차분한 낯을 한 록사나가 바드리사의 눈을 곧게 응시하며 그녀의 귀에만 들릴 정도의 작은 목소리로 다시금 속삭였다.

"걱정하시는 일은 없을 거예요. 그러니 자연스럽게 행동하세요."

순간 바드리사의 눈매가 움찔 떨렸다. 그녀는 형언하기 어려운 눈빛으로 록사나를 주시했다. 어느새 그녀의 옆으로 다가와 선 제레미도 바드리사를 향해 작게 고개를 끄덕여 보였다.

굳어진 바드리사의 얼굴은 변함이 없었다. 하지만 이내 딱딱하게 곧추세워져 있던 그녀의 몸에서 서서히 힘이 빠져나갔다.

그사이 사람들이 건물 안으로 완전히 들어섰다.

"생각보다 상태가 양호합니다! 안으로 들어오셔도 괜찮습니다!"

바드리사가 마음 졸이던 것이 무색하게도 가스토르의 숙소 건물 내

부를 확인하고 짐을 옮기는 일은 탈 없이 이루어졌다.

바드리사의 눈에 혼란이 스몄다. 화재의 원인은 가스토르의 사람 중 한 명의 실수인 것으로 밝혀졌다. 창문을 열어놓고 잠깐 방을 비운 사이, 탁자에 올려두었던 촛대의 불이 바람 때문에 뒤집힌 테이블보로 옮겨붙은 것이 이유였다.

하필 저녁 연회 전후로 대부분의 사람들이 자리를 비운 참이라 발견이 늦었던 점에서는 불운이라 할 수 있었고, 그 탓에 큰 부상자가 없었던 것은 천운이라 할 수 있었다.

"소가주님, 잠시."

그때 이시도르가 카시스에게 찾아왔다. 그가 카시스의 귀에 대고 소리 낮추어 무언가를 보고했다.

순간 카시스의 눈매가 날카롭게 굳어졌다. 그는 록사나에게 시선을 미끄러뜨렸다. 하지만 곧 아무것도 내색하지 않고 다시 눈길을 되돌렸다.

잠시 후 수장과 후계자들을 제외하고, 자리에 모여 있던 사람들이 하나둘씩 흩어지기 시작했다. 록사나도 그사이에 섞여 먼저 방으로 향했다.

"말한 대로 처리했어."

록사나가 문을 열었을 때, 샬럿은 이미 그녀가 내린 임무를 완수하고 돌아와 있었다.

"언니 말처럼 방에 다 보이게 널려 있는 게 많지는 않았는데, 사람들이 생각보다 빨리 들어와서 마지막에 좀 아슬아슬했어. 그래서 하나는 거기 못 숨기고 내가 가지고 나왔는데 괜찮아?"

샬럿이 눈치를 보며 말했으나 록사나는 두말하지 않고 손을 내밀었다.

"내놔."

"여기."

샬럿은 가스토르의 숙소에서 주워 온 것을 냉큼 록사나에게 건넸다. 샬럿도 아는 물건이었기 때문에 입이 근질거렸지만 상대가 록사나라 참았다. 그냥 한시라도 빨리 일을 마무리 짓고 이 독사 소굴 같은 방을 빠져나가고 싶었다.

하지만 록사나는 손을 거두지 않고 또 한 번 말했다.

"내놔."

"뭐, 또 뭘?"

영문을 알 수 없어 묻는 샬럿에게 록사나의 싸늘한 시선이 틀어박혔다.

"네가 지금 허락도 없이 마음대로 쓰고 있는 내 물건."

"그게 무슨, 히익……!"

한 박자 늦게 말뜻을 이해한 샬럿이 기겁했다.

제레미가 한창 위그드라실과 아그리체를 오가며 바쁘던 겨울에 그녀는 이복형제들과 함께 저택의 빈방을 턴 적이 있었다. 하지만 맹세코 록사나의 방은 건드리지 않았는데!

물론 록사나에게 탐나는 물건이 많은 건 사실이었다. 특히 록사나가 그리젤다와 합작해 만든 다용도 장신구는 형제들 전체가 눈독을 들이고 있는 것이었다. 하지만 록사나가 무섭기도 했고, 특히 제레미가 서열 정리를 끝마친 뒤에는 그를 건드리기 싫어서라도 록사나의 방에 기웃거릴 형제들이 없었다.

그런데 지금 샬럿이 착용하고 있는 물건 중에 록사나의 것이 섞여 있다니? 그냥 형제들이 비슷하게 따라 만든 것 중에 하나가 아니었다는 말인가?

그럼 혹시 록사나의 방에서 소지품을 몰래 훔쳐온 간 큰 놈이 이후에 감당이 안 될 것 같아 다른 방에 숨겼거나, 아니면 일부러 자신에게 떠넘겼을 가능성도 있었다.

　"오, 오해하지 마……!"

　샬럿은 정신이 혼미해져서 황급히 해명했다.

　"난 정말 언니 방 안 뒤졌어! 나, 나는 지금 내가 하고 있는 것 중에 언니 물건이 있는 줄도 몰랐단 말이야! 진짜야, 내 오른손도 걸 수 있어!"

　그 후 그녀는 허겁지겁 몸에 하고 있던 물건들을 풀어 록사나에게 건넸다.

　"이 중에 뭐가 언니 건데? 이 마비 침 귀걸이? 아니면 강삭 반지? 폭약 목걸이? 그냥 다른 것도 언니 다 가져! 전부 줄게!"

　샬럿은 거의 옷까지 벗어 넘길 것처럼 야단법석을 떨었다. 지금 이곳은 위그드라실이었기에, 주술이 깃든 정말 귀한 물건은 가지고 있지 않았다. 샬럿의 입장에서는 그나마 다행인 일이었다.

　"쉿. 진정해, 샬럿."

　그러던 어느 순간, 보드라운 손길이 그녀의 뺨을 감쌌다.

　"물론 네가 일부러 훔쳤을 거라고 생각하진 않으니까."

　"미, 믿어 주는 거야?"

　"그럼. 평소에 아무리 네 손이 빠르다고는 해도……. 내 물건이 남의 손 타는 걸 내가 얼마나 싫어하는지 누구보다도 잘 알고 있을 텐데, 그런 네가 설마 일부러 그랬을 리가."

　록사나의 표정이나 말씨는 여느 때처럼 나긋했지만 샬럿은 귀신이라도 앞에 둔 사람처럼 자꾸만 몸을 움찔거렸다. 그러다 백옥 같은 손가락이 느릿하게 뺨을 훑고 지나간 순간, 샬럿이 훅 숨을 들이켰다.

"네가 있는 층의 복도 끝 방. 거기에도 내 물건이 있는 걸 봤어."

어느새 록사나의 옆에는 나비들이 몇 마리 떠올라 날개를 팔랑이고 있었다. 그 사이로 차가운 붉은 눈이 섬뜩한 빛을 발했다.

"그것도 지금 당장 가서 가져와."

샬럿은 록사나의 명령이 떨어지자마자 방을 뛰쳐나갔다.

"헉, 허억……."

서늘한 붉은 눈동자가 눈앞에서 사라지자 그제야 숨통이 좀 트였다.

역시 록사나는 무서웠다. 더군다나 위그드라실 안에서도 독나비를 부리다니? 만의 하나라도 뒤에서 몰래 다른 꿍꿍이속을 갖고 딴짓이라도 했으면 정말 망할 뻔했다.

그녀는 몸을 부르르 떨며 서둘러 록사나의 방에서 더 멀어졌다.

'잠깐, 그나저나 복도 끝 방이라고?'

그러다 퍼뜩 조금 전 들은 말을 곱씹은 샬럿의 눈에 불똥이 튀었다. 그 방이라면, 그녀와 사이가 별로 좋지 않은 이복형제가 사용하는 곳이었다. 샬럿은 씩씩거리면서 감히 자신을 엿 먹이려 한 사람을 족치러 달려갔다.

[여기까지 그걸 가져오다니, 미친 것이냐!]

[저희도…… 그러고 싶어서 그런 게…….]

바드리사가 부상을 입은 식솔들 몇을 무섭게 훈계하는 소리가 들렸다.

록사나는 약간 쑤시는 이마를 짚으며 독나비와의 연결을 끊어냈다.

모든 것이 록사나가 생각한 상황과 다르지 않았다.

가스토르 숙소에 불을 내는 것은 원래 그녀가 계획했던 일이었다. 하지만 록사나의 눈빛은 한겨울 저녁놀 스민 붉은 눈밭처럼 시리디 시렸다.

가스토르의 숙소에 불이 났을 때, 록사나 앞에는 두 가지 선택지가 있었다. 가스토르의 비밀을 다른 사람들 앞에 드러내는 것과 감추어 주는 것.

각각의 경우에 취할 수 있는 이점은 달랐고, 처음에 그녀가 선택하려던 것은 단연코 전자였다. 하지만 막상 불타는 건물을 앞에 두자 속이 뒤틀렸다. 분명 시야에 비친 광경은 위그드라실에 들어오기 전부터 머릿속에 그려오던 것과 똑같은데, 괴이하게도 이루 말할 수 없이 기분이 불쾌해졌다.

그래서 결국 록사나가 실행한 것은 당초의 계획과 다른 선택지였다.

붉은 눈동자가 옆으로 힐끗 미끄러졌다. 탁자 위에는 아까 샬럿에게 가장 먼저 건네받은 가스토르의 물건이 놓여 있었다.

똑똑.

"누나!"

그때 제레미가 도착했다. 출입을 허락하자 곧 그가 방 안에 들어왔다.

"가스토르 숙소에 난 불, 누나가 한 일이야?"

제레미는 문을 꽉 닫고 들어와 록사나에게 물었다. 느낌상 그런 것 같기는 한데, 오늘 생긴 일을 미리 언질 받지 못한 탓에 아까부터 확인하고 싶던 참이었다.

하지만 가까이에서 록사나의 눈을 마주한 순간, 제레미는 왠지 말실수를 한 것 같은 느낌에 멈칫할 수밖에 없었다.

"어어……."

그는 눈치 빠르게 얼른 화제를 돌렸다.

"아 참, 그리고 보니 아까 샬럿한테 뭐 시킨 거 맞지? 걔가 제대로 처리했어? 혹시 거슬리게 군 거 있으면 내가……."

록사나는 제레미의 말을 들으며 저도 모르게 팔걸이를 움켜쥐고 있던 손에 힘을 풀었다. 그것으로 잠깐 흘러나왔던 감정을 갈무리하고 제레미에게 옆자리를 내주었다.

"제레미, 이리 와서 앉아 봐. 할 말이 있으니까."

제레미는 냉큼 와서 록사나의 옆에 앉았다. 록사나는 그런 그를 마주 보며 입을 열었다.

류자크는 새로 옮긴 숙소를 둘러본 뒤 바드리사에게 향했다.

"새 숙소에 다른 이상은 없는 듯합니다."

"그래, 수고했다."

바드리사는 이번 화재 사고로 신경이 예민하게 곤두선 눈치였다. 조금 전 부상자들에게 분노하던 그녀의 모습을 보고 류자크도 아까부터 바드리사가 이상한 태도를 보이던 이유가 뭔지 알 수 있었다.

그나마 다른 가문들에 부끄러운 꼴을 보이지는 않아 다행이긴 했지만, 류자크 역시 마음이 편치 않은 것은 마찬가지였다.

"아까 일……. 혹시 아그리체와 연관된 걸까요?"

"……."

그가 조금 머뭇거리다가 꺼낸 질문은 이중적인 의미를 품고 있었다.

바드리사의 마음은 류자크보다 더 복잡했다. 아까 만났던 아그리체 남매의 말을 떠올리자 머릿속이 더 혼란해졌다.

애초에 바드리사는 아그리체가 화재와 연관된 것이 아닌지 의심하고 있었다. 하필 친목회 중 가스토르의 숙소에만 불이 나다니, 시기가 너무도 공교로웠다. 물론 증거 같은 건 어디에도 없었지만, 이미 아그리체에 대한 경계심이 극에 달한 바드리사에게는 다른 범인이 있을 것이란 생각이 들지 않았다.

하지만 만약 그렇다면, 아까 그들의 태도는 어떻게 된 것일까? 아무것도 걱정하지 말라고 오히려 그녀를 안심시켜 주다니.

게다가 식솔들의 말에 따르면 분명 방 한복판에 널려 있어야 했을 물건이 어째서인지 나중에 확인했을 때는 짐 속에 꽁꽁 감추어져 있었다. 가스토르의 모두가 의아해하는 것을 보면, 다른 누군가가 손을 쓴 것이 분명했다.

"글쎄……. 뭔가를 알고 있는 건 확실하다고밖에."

바드리사는 다시금 번뇌에 휩싸였다.

"일단 지금은 밤이 늦었으니 내일 다시 얘기하자. 그만 가서 쉬어라, 류자크."

"알겠습니다. 피곤하실 테니 어머니도 일찍 쉬십시오."

류자크는 바드리사에게 인사한 뒤 몸을 돌렸다.

툭.

그런데 잠시 후 류자크가 바드리사의 방문을 열었을 때, 발밑으로 무언가가 떨어져 내렸다. 문틈에 껴 있던 것은 얇은 봉투였다. 안에 뭔가가 들어 있는지, 그것을 집어 들자 안에서 잘그락거리는 소리가 났다.

복도를 살폈으나 눈에 들어오는 사람은 아무도 없었다. 누군가 방 쪽으로 접근하는 기척도 전혀 느끼지 못했기에 류자크는 얼굴을 굳혔다. 이내 주워 든 봉투의 표면을 확인하고는 더더욱.

"무슨 일이냐?"

"······어머니."

뒤돌아 다시 문을 닫고 방으로 들어선 류자크가 바드리사에게 봉투를 건넸다. 그리고 이어진 말에 바드리사의 눈에 섬광이 스쳐 지나갔다.

"아그리체의 암호가 찍힌 서신입니다."

다음 날, 제레미는 소태 씹은 얼굴을 하고 회의장을 빠져나왔다.

맑고 화창한 오후, 오늘도 각 가문의 수장과 후계자들이 모인 위그드라실의 회의실에서는 생산성 있는 진지한 논의가 오갔다.

위험천만했던 어제의 화재 사건도 있었으니 잘하면 오늘은 회의가 취소될 수도 있겠다고 생각했는데. 하지만 제레미의 기대는 무참히 박살 나 버렸다.

고리타분한 수장들은 오늘도 한자리에 모여 각 가문 간의 물자 거래와 경계 구역 방비 등에 대해 이야기를 나누었다. 여름철에 있을 대규모 마물 토벌에 대한 안건도 나와서 각 가문에서 참가할 사람들을 미리 차출해야 했다.

이 자리에 있는 사람들은 같은 말도 굳이 어렵게 사용하는 쓸모없는 재주가 있는 것 같았다. 그래도 표정만큼은 전보다 확실히 섬세하게 조절할 수 있게 되어서, 이제 제레미는 이해하지 못한 대화가 눈앞에서 오가도 전부 알아듣는 척 거만한 얼굴을 할 수 있게 되었다.

물론 실속은 별로 없는 수확이었다.

"흑의 수장은 아직 이런 자리가 낯설 텐데도 벌써부터 꽤 적응한 것처럼 보이는군."

그렇게 회의장을 빠져나와 얼마간 걸었을 때, 누군가가 제레미를 불러 왔다. 뒤돌아보자 두 눈에 비친 것은 위로 틀어 올린 붉은 머리칼과 보라색 눈동자를 가진 여인, 적의 가스토르의 수장인 바드리사였다.

그녀의 뒤에는 아들인 류자크가 호위처럼 서 있었다. 그동안 바드리사는 제레미가 함께 있는 자리마다 그를 없는 사람처럼 무시하거나 언제나 탐탁지 않은 눈으로 쳐다보곤 했다.

듣기로는 리셸 페델리안만큼은 아니어도 란트 아그리체와 사이가 별로 좋지 않았다고 한다. 그래서 사실 처음에 제레미는 가스토르가 아그리체의 복권을 반대할 줄 알았다.

하지만 의외로 바드리사는 제레미를 위시하여 아그리체를 다시 일으키는 쪽에 손을 들었다. 그리고 이제 제레미는 그 이유가 무엇인지 얼추 짐작할 수 있었다.

"제 적응력이 원래 좀 뛰어납니다."

그의 뻔뻔한 대답에 류자크가 눈살을 슬쩍 찌푸렸다. 바드리사도 눈매를 약간 가늘게 좁혔다.

"그래. 뛰어난 적응력도 가문을 이끄는 자에게 필요한 덕목 중 하나지."

바드리사는 청년의 치기를 이해한다는 듯이 제레미의 말을 무던하게 넘겼다.

"혹시 다른 일정이 없다면 함께 차를 들지 않겠나."

예리한 빛이 희미하게 녹아든 푸른 눈동자가 눈앞에 있는 사람들을 한 차례 스쳤다.

가스토르의 두 사람 역시 속을 들여다볼 수 없는 얼굴을 한 채 제레미를 마주하고 있었다.

곧 제레미의 입가에 짙은 미소가 떠올랐다.

"초대해 주신다면 기꺼이 응하도록 하지요."

"록사나."

카시스는 꽃 덤불 앞에 서 있는 사람에게 다가갔다. 그림자에 짙게 물든 붉은 눈이 부름을 따라 카시스에게 조용히 미끄러졌다.

막 회의를 끝마친 시각. 애초에 약속했던 대로 두 사람은 온실 앞에서 만났다.

사실은 화재 사고가 있던 어제저녁 록사나에게 바로 만남을 청했으나 거절당했다. 그 이유를 짐작하는 건 어렵지 않았기 때문에 카시스는 마침내 마주한 록사나의 눈을 가만히 들여다보았다.

"아직 나한테 화가 많이 난 건가?"

여지없이 사늘한 시선이 닿아 왔다. 그래도 록사나는 에스코트를 위해 앞으로 내밀어진 카시스의 손을 거부하지는 않았다. 카시스가 그런 그녀를 달래듯이 맞잡은 손을 좀 더 가까이 끌어당겼다.

"미안, 화내지 마."

그때에서야 록사나가 입을 열었다.

"내가 왜 화났는지는 알고 말하는 거야?"

"알아. 입장이 반대였으면 나도 마찬가지였을 테니까."

그래도 지금은 이렇게 눈을 맞대고 이야기하는 것을 보면, 록사나의 기분이 어제보다는 많이 풀어진 모양이었다.

"내가 불이 난 가스토르 숙소에 들어간 것 때문이겠지."

록사나는 맞잡은 손을 통해 익숙한 기운이 흘러들어오는 것을 느끼고 눈매를 움찔했다.

"나도 어제 그 안에서 나비를 봤을 때부터, 혹시 나 때문에 괜히 무리하게 만든 건 아닐지 계속 걱정이 되더군."

"……."

"그래도 이렇게 얼굴을 보니 이제 좀 마음이 놓여."

록사나에게서 겉으로 드러나는 징후는 없어 그나마 안심이 되었지만, 위그드라실 안에서 독나비를 움직여 길을 안내하는 게 결코 쉬운 일은 아니었을 테니까.

카시스도 위그드라실의 주술진에 영향을 받는 탓에 밖에서처럼 힘을 사용할 수는 없었으나, 그래도 이 정도만으로도 효과는 있을 터였다.

"진짜 걱정하게 만든 사람이 누구인데."

록사나의 얼굴에 드리운 찬기가 아까보다 한결 누그러졌다. 힐난하듯이 흘린 말도 이미 투정에 가까웠다.

"이제 안 그럴게. 그러니까 화 풀어. 응?"

카시스도 그걸 알고 고개를 슬며시 옆으로 기울이며 록사나를 쳐다보았다. 록사나는 그런 그를 한 번 밉지 않게 흘겨본 뒤 맞잡은 손을 잡아끌었다.

두 사람은 온실을 향해 걸었다. 그런 그들의 모습을 목격한 사람도 많았다.

이번 친목회 때 두 사람이 이런 식으로 함께 있는 모습을 보인 것은 처음이 아니라, 위그드라실에는 카시스와 록사나를 둘러싼 소문이 서서히 번져 들고 있었다.

대충 두 사람이 이번 친목회 동안 서로에게 호감을 품고 서서히 친분을 쌓아 가는 중이라거나, 아그리체와 페델리안이 혹시 결혼을 통한 화해와 새로운 동맹을 모색하는 것이 아니냐는 내용이었다.

카시스와 록사나도 소문을 들었지만 그것이 퍼져 나가는 걸 달리 막지는 않았다. 애초에 어느 정도는 의도했던 부분이니 당연했다.

"그런데 당신, 그리젤다하고 언제부터 연락을 주고받고 있었어?"

어느 정도 온실의 깊은 곳으로 들어갔을 때 록사나가 지나가듯이 말했다. 카시스의 시선이 힐끗 그녀의 얼굴로 떨어졌다.

주위에 그들의 말을 엿듣는 귀는 없었다. 그래서 지금 눈을 마주한 사람 외에 다른 것을 의식할 필요는 없었다.

"내가 그리젤다를 만나서 들은 얘기가 좀 있거든."

초록 덩굴이 머리 위에 지붕을 만들고 가슴팍까지 자라난 이름 모를 노란 꽃이 시야에 물드는 곳에 두 사람은 걸음을 멈추었다.

이미 그리젤다를 만나 이야기를 들은 뒤였기 때문에 록사나도 대강의 내막은 알고 있었다. 하지만 카시스의 입으로 직접 듣고 싶었다.

카시스는 불현듯 이틀 전의 일을 떠올렸다.

'……혹시 그날 휴게실 앞을 지날 때 나비가 다가와서 얼굴을 쓰다듬어 준 게 아니었나.'

어쩌면 그리젤다의 일을 알게 된 록사나가 가까이에 있는 나비를 보내 그를 때린 것일지도 모른다는 생각이 살짝 들기 시작했다.

"연락을 주고받았다는 건 적절한 말이 아니군."

그러나 이런 순간이 올 것이라 어느 정도 예상했던 바가 있었기 때문에, 카시스는 갑작스러운 물음에도 차분하게 설명했다.

"양쪽에서 일방적으로 상대의 정보를 탐색해 행적을 파악하고 있었을 뿐이니까. 어째서인지 그쪽에서 먼저 소식을 전달해 준 적도 있었지만……. 딱 한 번뿐이었어."

"그게 언제인데?"

뒤이은 물음에 카시스가 록사나의 눈을 잠깐 말없이 정면에서 들여다보다가 답했다.

"지난겨울, 위그드라실에서 다시 만나기 직전에."

카시스의 말을 듣고 록사나는 침묵했다.

그때 그리젤다가 카시스에게 전달할 만한 정보라면, 란트가 죽은 날의 계획에 대한 것밖에 없었다.

이제 아귀가 맞아떨어졌다. 물론 록사나도 페넬리안의 동향을 살핀 뒤 최적의 시점을 가늠해 행동을 개시한 건 맞지만, 그렇다 해도 카시스는 신기할 정도로 그녀가 원하는 때 움직였다.

록사나의 눈동자에 얇은 한기가 서렸다. 그리젤다가 상당히 깜찍한 짓을 하지 않았나. 그녀의 체스 말이어야 할 사람이 감히 제 마음대로 움직이다니.

게다가 그녀의 눈을 피해 그런 게 가능했다는 것은…….

'내가 생각보다 그리젤다를 신뢰하고 있었던가. 나도 모르게 감시를 늦출 정도로.'

물론 그리젤다가 움직인 방향은 결과적으로 록사나에게 도움이 되는 쪽이었지만 그렇다 해도 기분은 나아지지 않았다.

"그리젤다와 이시도르가 만난 적도 있다고 하던데. 베르티움에 그리젤다가 올 건 어떻게 알았던 거야? 나한테 온 서신을 추적했어? 아니면 아그리체를 나온 이후에도 계속 행적을 파악하고 있었던 건가."

이어진 록사나의 질문에 카시스의 얼굴 위로 미약한 곤혹감이 스쳐 지나갔다. 사실상의 긍정이었다. 사실 카시스가 록사나에게 알리고 싶지 않았던 건 이쪽이었다.

록사나 몰래 그녀의 주변인들에 대한 조사를 지속해 왔던 것.

"내가 지금까지 말하지 않아서 화가 난 건가."

"아니야, 그냥 확인해 두고 싶었던 거지 이걸로 화나지는 않았어."

하지만 록사나의 얼굴은 여전히 차가웠다. 솔직히 록사나가 지금 불쾌감을 느끼는 부분은 카시스에게서 비롯된 것이 아니었지만, 그는 그녀의 말을 좀 다르게 받아들였다.

"그럼 내가 네 자매를 이용했다는 사실에 기분이 상했어?"

그 순간 록사나는 멈칫했다. 그녀는 그리젤다의 제멋대로인 행동에 불쾌함을 느끼고 있었는데 카시스는 오히려 자신이 그리젤다를 이용한 것이라고 말하고 있었다. 그 말을 듣자 우습게도 기분이 다소 나아졌다.

"이상하게 들리겠지만 지금 기분이 좀 좋아진 것 같아."

그래서 말하자 카시스가 영문을 모르겠다는 듯이 미묘한 표정을 지었다. 록사나는 얕게 숨을 내쉰 뒤 다시 입술을 뗐다.

"내가 은연중에 아그리체에 대한 화제를 피해 왔으니 당신이 말을 꺼내지 못한 게 당연해. 그리고 나 역시 당신에게 설명하지 못한 것들이 있었고."

그러니 카시스를 탓할 일은 아니었다. 또 주변 사람에 대해 암암리에 조사하는 것 정도야……. 록사나도 하는 일이었다.

무엇보다 카시스가 그리젤다를 이용했다고 해도 전혀 아무렇지 않았다. 그녀와는 자매의 정 같은 끈끈한 유대로 엮인 관계가 아니었다.

게다가, 카시스에게 비밀이 얼마나 있든지 간에 록사나만큼 많을 리는 없었으니까.

"전혀 화 안 났어. 나한테 그럴 자격은 없지."

카시스는 시야에 비친 희미한 미소에 일순간 멈칫했다.

"누나!"

그가 막 무어라 말하려 입을 연 순간, 록사나를 부르는 목소리가 온실의 입구 쪽에서 울려 퍼졌다. 주위에 웃자란 온갖 식물들이 시야를 가리고 있었기에 온실에 들어선 사람의 모습이 눈에 보이지는 않았다. 하지만 그녀를 이렇게 부르며 찾아올 사람은 애초에 단 한 사람밖에 없었다.

잠깐 소리가 들려온 방향으로 고개를 돌렸던 록사나가 다시금 카시스에게 시선을 움직였다.

"아쉽지만 지금은……."

"가야 할 시간이군."

반갑지 않은 방해꾼에 카시스는 미간을 미미하게 찌푸렸다. 하지만 곧 그는 하는 수 없다는 듯이 입매를 풀며 록사나에게 인사했다.

"짧지만 즐거운 시간이었습니다, 록사나 양. 그럼 다음에 또."

옆에 있던 꽃을 한 송이 꺾어 록사나에게 건넨 카시스가 이어서 그녀의 손등에 입을 맞추었다.

"사나 누나……!"

소리가 좀 더 가까워졌다. 아무래도 제레미는 지금 이곳에 록사나와 카시스가 같이 있다는 사실을 모르고 온 것 같았다.

"먼저 갈게."

"이따 봐."

록사나는 웃으며 카시스가 건네준 꽃에 키스를 돌려준 뒤 먼저 자리에서 걸음을 옮겼다.

"제레미."

"누나! 사나 누나! 계속 찾았는데!"

"그랬어? 그런데 왠지 기분이 좋아 보이네."

"응, 내가 방금 누구 만나고 왔는지 알아?"

록사나와 제레미 아그리체가 나누는 대화가 멀리서 은은하게 들려왔다. 제레미의 목소리만 들어도 그의 뒤에서 좌우로 정신없이 흔들리는 꼬리가 눈에 보이는 것 같았다. 조금 전까지 카시스와 함께 있던 사람을 가로채 간 방해꾼 주제에 지나치게 밝은 음성이기도 했다.

카시스는 작아지는 소리를 들으며 역시 제레미 아그리체는 좋아할수가 없다고 어렴풋이 생각했다. 그래도 또 다른 아그리체보다는 나았지만.

"……."

카시스의 얼굴이 록사나의 앞에 있을 때와는 비교조차 되지 않을 정도로 차갑게 물들었다.

카시스는 얼마 전부터 이시도르에게 데온 아그리체의 감시를 맡기고 있었다. 하여 어제 가스토르의 숙소에 화재 사고가 일어났을 때 데온 아그리체가 홀연히 종적을 감추었다는 사실을 전해 들었다. 비록 그 외에는 다른 어떤 물증이나 목격자도 없었지만.

게다가 역시 가스토르 숙소에서 그가 발견한 물건과 록사나의 나비는…….

카시스는 록사나와 제레미가 떠나간 온실의 입구 쪽을 가라앉은 시선으로 좇다가 이내 자리에서 걸음을 뗐다.

"누나 말대로였어. 오늘 회의 후에 가스토르에서 우리한테 먼저 접근해 올 거라고 했었잖아."

온실을 빠져나오는 길에 제레미가 내 귀에만 들릴 정도의 작은 목소리로 속닥거렸다. 조금 전까지만 해도 신이 나서 크게 나를 부르며 달려왔던 것과 달리 조심스럽게 소리를 낮춘 음성이었다.

"그리고 어제 누나가 해준 다른 말도 맞았어."

그래도 혹시나 다른 누군가가 우리의 대화를 들을 수도 있다는 사실을 잊진 않은 모양이었다.

"누나는 가스토르가 우리 고객님인 거 언제부터 알았어?"

나를 올려다보는 제레미의 눈동자에는 미처 감추지 못한 호기심이 담겨 있었다. 나는 그런 그를 보며 어쩔 수 없이 작게 웃고 말았다.

"방에 가서 이야기하자."

빨리 이야기하고 싶어 애가 달았는지, 제레미의 걸음이 빨라졌다. 그러다 문득 제레미가 내 손에 들린 꽃을 발견하고 물었다.

"어? 그런데 그 꽃은 뭐야? 온실에 있던 거야?"

나는 꽃향기를 맡으며 눈꼬리를 살짝 휘었다.

"응. 방에 가면 화병에 꽂아 둘 거야."

어제 화재 사고가 있을 때부터 내내 마음이 가라앉아 있었는데, 지금 카시스를 보고 나니 그래도 기분이 좀 나아졌다.

"그 꽃이 마음에 들어? 그럼 내가……."

"이 한 송이면 충분하니까 온실에 있는 꽃을 더 꺾어 올 생각은 하지 말고."

"어, 응……."

역시 온실의 꽃을 털어서 나한테 선물할 생각이었는지, 제레미가 움찔하며 말을 어물거렸다. 눈빛을 보아 하니 만약 내가 지금 말리지 않았으면 이것과 종류가 같은 모든 꽃을 모조리 꺾어다가 내 방에 옮겨 두고도 남았을 것 같았다.

"그보다 너한테 있었던 일이 궁금해. 어서 방으로 가자, 제레미."

"응!"

약간 실망한 눈치이던 제레미가 내 말에 물 먹은 잔디처럼 금방 파릇파릇해져서 눈을 빛냈다. 우리는 온실을 빠져나와 숙소가 있는 건물로 향했다.

방에 도착해 그를 소파로 안내했다. 자리를 잡자마자 제레미가 기다렸다는 듯이 입을 열었다.

"그쪽에서 따로 말은 안 했지만 내 느낌상 우리 고객 중에서도 상당한 우량 고객이었던 것 같던데. 하기야 어제 가스토르 숙소에서 나온 물건 보면, 안 그럴 수가 없긴 하겠더라만."

그의 말을 듣고 입꼬리를 살짝 들어 올렸다.

"가스토르에서 아그리체와 거래한 품목이 뭔지에 대해서도 직접적으로 말이 오갔어?"

"아니, 아직도 몸을 사리는 건지, 말을 분명하게 안 하고 이리저리 빙빙 돌리더라고."

역시 신중한 성격답게 바드리사는 먼저 제레미를 떠보려 했나 보다. 제레미는 바드리사 가스토르와 오갔던 대화를 나한테 줄줄이 설명했다.

"지금까지 가스토르의 이름이 표면적으로 드러나지 않았던 걸 보면 상당히 치밀하게 정체를 숨기고 있었던 것 같은데……. 듣자 하니 겨울부터 우리랑 거래가 끊겼었나 봐. 뭐, 아버지 죽고 나서부터는 아무도 암거래에 손 안 댔으니까."

제레미는 일단 내가 말한 대로 '가문의 중차대한 일을 이렇게 대충 논의할 수는 없으니 다음에 다시 약속을 잡자'고 한 뒤 방을 빠져나왔다고 했다.

직접 보지는 않았지만 제레미가 어떻게 허세를 부렸을지 익히 상상이 갔다. 그러니 지금쯤 가스토르에서는 더 애가 달아 있을 게 분명했다.

그때, 제레미가 문득 생각났다는 듯이 말했다.

"가스토르가 아그리체 복권에 찬성한 것도 그래서 맞지? 거래하고 싶은 게 아그리체에서만 취급하는 거라서."

혼자서도 동요하지 않고 가스토르를 침착하게 상대한 데 이어 여기까지 혼자 추측해 내다니, 제레미로서는 굉장히 많이 분발한 것이라고 할 수 있었다.

"혼자 그 정도까지 생각하다니 정말 똑똑하구나, 내 동생."

그래서 칭찬을 아끼지 않자 제레미의 얼굴이 헤벌쭉해졌다. 밖에서는 확실히 표정 관리를 더 잘하게 된 것 같은데, 그 반작용인지 내 앞에서는 예전보다 반응이 솔직해진 것 같았다.

"누나는 어떻게 안 거야? 겨울 이후에 거래가 중지된 곳이 많아서 난 바로 떠오르는 데가 없던데. 더군다나 이름도 숨기고 있었잖아?"

제레미가 호기심 어린 눈을 빛내며 내게 물었다.

"처음엔 나도 우연이었어. 겨울에 폰타인을 주시하다가 알게 된 거 거든."

"폰타인? 아, 혹시 그 새끼가 맡았던 일인가."

내 입에서 나온 뜻밖의 이름에 제레미는 의문을 표하다가 금방 알 겠다는 듯이 반응했다.

"하여간 존나 웃기네. 다들 앞에서는 깨끗한 척하더니만."

그 말처럼, 다른 가문들 역시 아그리체와 크고 작은 연결 고리를 가 지고 있었다.

하늘을 우러러 정말 아그리체와 조금의 접점도 없었던 것은 란트와 완전한 대립 관계였던 페넬리안 정도일까.

베르티움은 말할 것도 없고, 휘페리온 역시 마물 때문에 아그리체 에 불법에 가까운 물자 공급을 받고 있었다. 또 지금껏 표면적으로 페 넬리안처럼 아그리체와 아무런 연관도 없는 듯하던 가스토르도 실상 은 이름을 숨긴 채 물밑에서 조용히 움직이고 있었다.

아그리체가 예전부터 온갖 더러운 짓을 일삼으면서도 지금까지 존 속해 활개를 칠 수 있었던 이유였다.

적의 수장은 신중한 성격으로 알려져 있지만 아마 실제로도 지금 보이는 것처럼 여유로운 상태는 아닐 것이다. 위그드라실에서 종종 아 그리체 쪽의 추이를 살피던 것만 봐도 알 수 있었다. 그들이 아그리체 에 바라는 것은 그만큼 절박한 것이었기 때문이다.

본래 계획대로라면 지난겨울 아그리체는 사라졌어야 했다. 하지만 결국 아그리체는 오늘날까지도 이렇게 남아 있었고, 란트가 죽은 이후에도 그가 뿌려 놓은 것들은 완전히 사라지지 않았다.

아그리체는 완전히 공중분해되지 않고 다시 그 명맥을 잇기로 결정되었다. 그렇다면 주변과 어느 정도 새로이 균형을 맞출 필요가 있었다.

"제레미. 지금부터 내가 알고 있는 걸 전부 설명해 줄게."

원래는 내가 직접 바드리사 가스토르와 대면할 계획이었다. 하지만 위그드라실에 와서 생각을 바꾸었다.

"그리고 이번 일을 어떻게 해결할지 너와 상의했으면 해."

그 순간, 예상치 못한 말을 들은 것처럼 제레미가 멈칫했다.

"상의라니, 나하고 말이야……?"

"응. 네 의견을 듣고 싶어."

지금까지는 내가 일방적으로 지시를 내리면 제레미가 그것을 따르는 형태였다. 우리 둘 모두 그것을 당연하게 여겨 왔다. 제레미도 그것에 단 한 번도 의문을 표한 적이 없었다.

그러니 이런 내 말이 낯설 만도 했다. 하지만 제레미는 내가 없는 동안 혼자서 아그리체를 잘 이끌어 왔다. 가족인 나는 옆에서 동생의 성장을 응원해야 마땅했고, 예전보다 자란 제레미의 모습이 기쁘게 느껴지기도 했다.

"나도 내 생각을 너한테 말해 줄 테니까……."

내 눈에야 언제까지나 마냥 어려 보이는 동생이었지만, 이제 더 이상 제레미가 내 그늘을 필요로 하는 어린아이가 아니라는 사실을 인정해야 했다.

"같이 결정하자."

그래서 말하자 제레미의 얼굴에 당혹감이 어리다가 곧 불이 밝혀진 것처럼 낯빛이 서서히 환해졌다. 꼭 10년 전으로 돌아간 것처럼 어린아이같이 들뜬 표정이라 나는 그를 보며 조금 웃고 말았다.

그날 밤, 나는 내 방에 찾아온 아그리체의 이복남매들을 맞이했다.

"아, 제레미가 여기에 있다고 들어서 왔는데……."

"들어와."

그때 나는 제레미가 가져다준 꽃들을 화병에 정리하고 있던 중이었다. 내가 분명 말렸는데도 결국 제레미는 온실에 있는 것과 같은 꽃들을 한 아름이나 꺾어 와 내게 안겨 주었다. 제레미의 표정이 얼마나 뿌듯해 보였는지 모른다.

나는 고개를 절레절레 저으면서도 꽃을 사용인에게 맡기지 않고 직접 내 손으로 화병에 꽂아 넣었다.

"무슨 일이야? 할 말 있으면 나중에 하지, 왜 굳이 이 늦은 시간에 여기까지 찾아온 거야?"

맞은편에서 그 모습을 흐뭇하게 바라보던 제레미는 다른 이복형제들이 방 안에 들어왔을 때부터 언짢음을 드러냈다.

"제레미. 그래도 수장인 네게 하고 싶은 말이 있어서 찾아온 건데 좀 더 따뜻하게 맞아 줘."

나는 찬기를 폴폴 날리는 제레미에게 가서 그의 뺨을 가볍게 쓸었다. 나붓한 손길이 닿는 순간 제레미의 기세가 확 꺾여 들었다.

"그래. 날 찾아온 이유가 뭐라고?"

이복형제들을 향한 목소리도 한결 상냥해져 있었다. 손바닥 뒤집듯이 금방 태도를 변화시키는 제레미를 보고 형제들이 떨떠름한 표정을 지었다.

"휘페리온하고 있었던 일을 말해야 할 것 같아서. 휴게실에서……."

나는 그들의 대화를 들으며 테이블 위에 있는 꽃을 집어 올렸다.

"뭐?"

잠시 후 이야기를 들은 제레미의 입에서 황당해하는 반문이 새어 나왔다. 아그리체의 사람들이 이곳에 온 이유는 휘페리온과의 내기 도박 사건을 그에게 보고하기 위해서였다.

나도 독나비를 통해 본 장면을 떠올렸다. 이후에 저들끼리 머리를 맞대고 숙덕거리더니, 결국은 제레미에게 일단 사실을 알리는 쪽으로 결론이 난 모양이었다.

제레미는 이복형제들이 벌인 일을 골치 아프게 여기는 것 같았다.

"야, 너희들……."

"휘페리온과 그새 많이 친해진 모양이구나."

나는 제레미가 짜증을 표출하기 전에 입을 열었다. 조용히 앉아 꽃을 정리하던 내가 말하자 제레미와 다른 이복형제들이 나를 쳐다보았다.

나는 고개를 들어 그들을 보고 미소 지었다.

"그러니까 요는, 휘페리온의 사람들과 사이좋게 카드놀이를 했다는 거잖아."

물론 실제 사실은 그것과 조금 달랐지만 말이다.

"휘페리온과 있었던 일들로 다들 마음이 상했을 텐데, 그래도 이렇게 앞서 친분을 다지려는 시도를 하다니 기특하네."

아그리체 사람들에게는 분명 공포 정치가 가장 효과적일 테지만,

원래 모든 일에는 당근과 채찍을 번갈아 사용해야 좋은 법이었다.

게다가 그 일을 숨기지도 않고 이렇게 바로 와서 제레미에게 고하다니. 나름대로 갸륵하지 않은가?

"그렇지 않아도 제레미가 나한테 너희들 칭찬을 많이 하던데."

그래서 말을 꺼내자 제레미가 곧바로 미간을 좁히며 반박했다.

"누나, 내가 언제……."

"몇 번이나 말했으면서 모르는 척하는 거야? 그렇게 쑥스러워할 필요 없어, 제레미."

"쑥……."

내가 웃으며 내뱉은 말에 제레미가 한순간 말문이 막힌 얼굴을 했다. 귀를 의심하는 표정을 짓고 있는 건 다른 아그리체의 사람들도 마찬가지였다.

그들은 어안이 벙벙한 얼굴로 반문했다.

"칭찬이라니, 무슨?"

"하나를 말하면 열을 깨우쳐서, 따로 세세하게 주의를 주지 않아도 다들 기대 이상으로 처신을 잘한다고 하던걸."

멈칫. 그러자 제레미를 찾아오기 전까지만 해도 휘페리온을 어떻게 골려줄지 수상한 작당을 했던 형제들이 어색하게 입매를 굳혔다.

"특히 위그드라실에서는 휘페리온과의 마찰도 몇 번 있었는데 다들 의젓하게 대처했잖아."

싹둑. 나는 가위를 들어 화병 속의 꽃들 중 옆으로 삐져나온 줄기 하나를 잘라냈다.

"솔직히 우리가 이런 곤란한 처지에 놓이게 된 건 전부 아버지 때문이잖니."

테이블 위로 팔락이며 떨어져 내리는 이파리에 몇몇 시선이 닿았다.

"살아생전에도 우리를 그저 쓸 만한 도박 패 중 하나, 혹은 언제든 이용하고 버릴 수 있는 소모품으로만 여기더니."

연이은 가위질 소리가 내 목소리에 섞여 적막한 방 안에 울렸다.

"그런데 아버지가 죽은 지금까지도 이렇게 그의 부속물로 취급받아 발목을 잡힐 줄이야……."

나는 손을 멈추고 혼잣말처럼 덧붙였다.

"정말 죽어서까지도 도움을 안 주는 사람이야."

"맞아. 아버지가 싸지른 일들 때문에 지금 이게 무슨 꼴이야?"

내 생각을 읽어 냈는지 제레미가 눈치 빠르게 장단을 맞춰 왔다.

"시발, 하여간 그 인간은 옛날부터 마음에 안 들었어. 툭하면 사람을 처벌의 방에 가두지를 않나, 폐기 처분시킨다고 협박하지를 않나. 가문을 위한 임무니 뭐니 하면서 쉴 틈도 없이 밖으로 내돌려서 사람 뼛골까지 빨아먹고는 쥐뿔 해준 것도 없고."

하지만 그렇다 해서 그가 마음에도 없던 소리를 지어낸 건 아니었다. 지금 제레미가 말한 내용은 아그리체의 사람들이라면 누구나 내심 품고 있을 불만이었다.

"솔직히 그 인간이 시키는 일들도 존나 하기 싫었는데 그럼 또 명령 불복종이니 뭐니 하면서 개지랄을 떨 걸 뻔히 아니까 더러워도 별수 없이 한 적도 많았지."

"맞아……! 나도 그랬어."

그동안 차곡차곡 쌓여 왔을 것이 분명한 억울한 마음을 자극하자 아그리체의 다른 이복남매들도 벌떼같이 들고 일어났다.

"미친 새끼, 우리를 자기 노예처럼 부려 먹었지."

"역시 그 인간, 죽기 전에 좀 더 괴롭혀 줬어야 하는데."

"난 지난가을에 임무에서 실수 좀 했다고 보름이나 북쪽 숲으로 내돌려졌잖아. 그때 생각하면 아직도 개 열 받아."

나는 화병 속의 꽃을 매만지며 그것을 가만히 듣다가 그들에게 동조했다.

"덕분에 상황이 애매하게 됐어. 우리 형제들은 아버지와 다른데 다들 우리를 오해하고 있잖아."

자고로 무리에 공공의 적이 생기면 그들끼리의 결속은 더욱 단단해지는 법이었다.

"솔직히 우린 그 사람처럼 이렇게 비난받을 만큼 질 나쁜 잘못을 저지른 것도 없고, 앞으로도 할 일이 없을 텐데 말이야."

"그래, 왜 우리가 그 인간이 저지른 일 때문에 이렇게 피해를 입어야 하냐고."

이미 죽고 없는 란트를 표적으로 삼자 애초에 아버지를 향한 애정 따위는 눈곱만큼도 갖고 있지 않았던 형제들이 우르르 달려들어 내가 던진 떡밥을 물기 시작했다.

나는 지난겨울 이 손으로 직접 아그리체를 위기에 몰아넣은 것도 없던 일인 것처럼 모든 책임을 란트에게 떠넘겼다.

"이제는 아버지와 어머니들도 없이 우리들끼리만 남았으니 서로 의지하며 하나로 뭉쳐야 하지 않겠니."

배고픈 이리들이 눈앞의 먹음직스러운 토끼 떼를 보고 제멋대로 날뛰지 않도록 중간에서 길을 제시해 줄 필요가 있었다. 하지만 겁을 줄 만큼만 아주 살짝 가지고 노는 정도라면 괜찮을 테니…….

나는 눈꼬리를 접어 가늘게 웃었다.

"먼저 우리에게 다가온 건 휘페리온이니, 우리도 조금쯤은 어울려 줘도 괜찮겠지."

조금 전과는 종류가 달라진 내 미소를 보고 이복형제들이 눈빛을 변화시켰다.

사실 휘페리온은 그동안 아그리체의 흉을 보는 모습이 꽤 자주 독 나비의 눈에 포착되었던 가문이었다. 그 비방의 대상이 아그리체 자체라면 나도 상관없었지만, 거기에는 새로운 수장인 제레미에 대한 원색적인 욕설과 무시도 포함되어 있었다. 그리고 그건 내 기분을 상당히 언짢게 만들었다.

"물론, 어디까지나 '친목'을 다지기 위한 목적일 때의 이야기지만."

영악한 아그리체의 사람들이니만큼 내 말이 무슨 의미인지 알아들었을 것이라 사료되었다.

"정도를 모르고 날뛴 자의 끝이 어떤지는, 죽은 아버지를 보면 알 수 있을 테니."

나는 손을 뻗어 화병 안에 있는 꽃 하나를 맨손으로 꺾었다. 그리고 달콤하게 퍼지는 향기를 맡으며 아그리체의 격언을 속삭였다.

"모든 것은 빛 뒤에서. 어떤 경우에라도 그걸 잊지 마."

팔락. 곧 내 손을 떠난 탐스러운 꽃송이가 테이블 밑으로 소리 없이 떨어져 내렸다.

그리고 그 이튿날. 마침내 모두의 기다림 속에서 노엘 베르티움이 위그드라실에 도착했다.

노엘 베르티움은 지난번 위그드라실의 화합회에 참석했을 때와 상당히 다른 모습이었다. 그때에 비해 확연히 야윈 몸도 그렇고, 무엇보다도 낯빛이 몹시 좋지 않았다.

그 밖에도 위화감이 하나 더 있었다. 항상 노엘 베르티움의 옆을 지키고 있던 단테가 보이지 않았다.

'닉스……. 닉스를 찾아야 돼.'

숙소로 안내하는 사용인을 따라 비척거리며 걷는 동안에도 노엘 베르티움은 멍한 상태였다. 베르티움에서 위그드라실까지 이동하는 내내 잠을 거의 자지 못한 탓이었다. 그의 머릿속에는 단 한 가지 생각만이 가득했다.

회랑에서 누군가를 보기 전까지는 계속 그랬다.

또각.

맞은편에서 작은 발소리와 함께 나타난 것은 노엘이 알고 있는 여인이었다. 새하얀 회랑에 눈부신 햇살을 맞으며 등장한 그녀는 베르티움에서 보았을 때와 마찬가지로 여전히 두 눈이 아릴 만치 아름다웠다.

"루, 루나……!"

걸음을 멈춘 노엘의 입에서 작은 부름이 새어 나왔다. 록사나도 멈춰 선 채 그런 노엘을 응시했다.

"날 그따위 이름으로 부르지 말라고 했을 텐데."

그러나 꽃의 여신이 현신한 것처럼 보이는 록사나의 본질은 오히려 겨울의 여신에 가까웠다. 서리 낀 음성에 노엘이 움찔하며 입을 벌렸다.

하지만 그 안에서 흘러나오는 말은 없었다.

"루나?"

그때, 어디선가 들려온 제삼자의 의문 어린 음성이 두 사람 사이를 가로질렀다.

모습을 드러낸 것은 류자크 가스토르였다. 그는 때마침 이 길을 지나가다가 조금 전 노엘이 록사나를 불렀던 이름을 들은 듯이 의구심을 표했다.

하지만 노엘은 오직 록사나만 눈에 보이는 것처럼 류자크에게는 시선 한 자락 주지 않았다.

"노엘 베르티움."

카시스도 노엘의 도착 소식을 듣고 류자크와 거의 동시에 나타났다.

"아직 노독이 덜 풀린 건가? 걸음이 불편해 보이는데, 숙소까지 내가 동행하겠다."

사정을 모르는 사람이 보면 마중을 나온 것으로 보일 터였으나 실제로는 연행이나 마찬가지였다.

노엘의 팔을 붙잡은 카시스가 록사나와 류자크를 한 차례 시선으로 스쳤다. 하지만 그는 별다른 말 없이 록사나를 향해 고개를 작게 끄덕여 보인 뒤 걸음을 옮겼다.

의외로 노엘은 베르티움에서와 달리 자신을 향한 외압에 저항하지 않았다. 그는 또 생각이 다른 데 빠진 사람처럼 멍한 얼굴을 하고 비틀거리며 카시스를 따라갔다.

록사나의 서늘한 시선이 그런 노엘의 뒷모습을 스쳤다. 마찬가지로 잠깐 두 사람의 떠나는 모습을 보던 류자크 가스토르가 록사나에게 다가갔다.

"황의 수장이 왔으니 곧 청문회가 열리겠군요."

그 역시 어머니인 바드리사에게 베르티움의 인형에 대한 이야기를 언질 받은 듯했다.

"그렇겠지요."

류자크가 다섯 걸음 정도 떨어진 곳에 멈추어 선 상태로 록사나에게 시선을 고정시켰다. 그녀를 볼 때면 늘 반사적으로 얼굴을 굳혔던 류자크지만 오늘은 그러지 않았다.

"곧 적과 흑의 만남이 있을 거라고 들었습니다."

어쩐 일로 먼저 다가오나 했더니 이 이야기를 꺼내려 그런 모양이다. 적의 수장인 바드리사와 흑의 수장인 제레미가 지난 화제로 더 심도 깊은 이야기를 나누기 위해 조용히 만나기로 한 것을 의미하는 것이었다.

"가스토르의 후계자께서도 동석하시나요?"

록사나는 이미 가스토르의 결정을 전해 들은 뒤였으나 모르는 양 물었다.

"아닙니다. 그 자리에는 가문의 정상들만 참석하기로 논의가 끝났습니다."

"그런가요. 동석하는 것이 좋으리라 여겨지는데."

그 순간 류자크가 멈칫했다. 지나가듯이 흘린 권고였으나, 그의 귀에 스친 말에는 분명 다른 의미가 내포된 것처럼 느껴졌다.

"그날, 테이블 위에서 가스토르의 후계자로서 당신이 알아 둬야 할 이야기가 오갈지도 모르지요."

사실 아그리체의 입장에서는 그 자리에 류자크가 있든 없든 달리 상관없는 일이었다. 그런고로 이것은 록사나의 호의였다. 물론 그 안에 오롯한 호의만 존재하느냐고 묻는다면, 그건 아니었지만.

가스토르의 후계자인 류자크도 일의 전말을 알아두는 것이 곧 가문을 이끌 그에게 도움이 되리라는 생각 한편으로, 그러는 쪽이 앞으로의 아그리체에 더 유리하리라는 판단이 그 안에 내재되어 있었다.

"그럼 다시 생각해 보시길. 아그리체는 가스토르의 동석자 수가 변해도 괘념치 않습니다."

록사나는 자신을 바라보는 류자크를 뒤로하고 자리를 떠났다. 새하얀 바닥에 내리쬐어 반사되는 햇빛이 눈이 부셨다.

류자크는 바드리사와 함께 복도를 걸었다.

앞서 있는 그녀의 뒷모습에 미미하게 가라앉은 눈길이 닿았다. 이 길의 끝에는 지난번에 이어 다시 한번 마련된 아그리체와의 만남이 준비되어 있었다.

"류자크. 누누이 말했지만 협상 자리에는 나만 있어도 된다."

바드리사는 또다시 류자크에게 결정을 번복할 것을 권했다. 평온한 음성이었지만 그 안에는 기묘한 거리감이 맺혀 있었다.

줄에 알알이 꿰인 구슬처럼, 회랑에서 만났던 록사나 아그리체의 모습이 기억 위에 덧씌워졌다. 그녀가 했던 말 역시도.

록사나는 두 가문의 협상 자리에서 오고 갈 이야기가 무엇인지 이미 알고 있는 것 같았다. 그것은 극비였지만, 페델리안의 남매처럼 아그리체의 남매 역시 상당히 돈독한 오누이 같았으니 수장인 제레미가 제 누이와 가문의 중대사를 함께 의논하는 것도 충분히 이해 가능한 범주였다.

하지만 그렇게 생각하면서도 류자크의 이마에는 깊게 팬 굴곡이 새겨지고 있었다.

스스로도 의외라고 생각했지만……. 록사나 아그리체가 가스토르의 치부를 알고 있다는 사실은 류자크로 하여금 미온한 수치심을 느끼게 했다.

류자크는 입술을 떼 바드리사의 말에 답했다.

"어머니의 뒤를 이을 후계자로서 마땅히 저도 이 자리에 참석해야 한다고 생각합니다."

바드리사는 잠시 말이 없었다.

"네 뜻이 확고하다면 나도 더는 막지 않으마."

결국 그녀는 아들의 의사를 존중했다. 그들은 아그리체와의 만남이 예정된 방으로 향했다.

"오셨습니까."

"먼저 와 있었군."

제레미 아그리체가 먼저 도착해 있었다. 그는 방 안으로 들어서는 바드리사와 류자크를 보고 자리에서 일어났다. 그리고 두 사람이 착석한 뒤에 다시 의자에 앉았다.

그는 함께 온 류자크의 존재를 신경 쓰지 않는 것 같았다. 조금 전에 사용인이 다녀갔는지, 테이블 위에는 따끈한 김이 피어오르는 찻잔이 세 개 놓여 있었다. 그러나 그것을 들어 입가에 가져다 댄 것은 제레미가 유일했다.

"오늘은 차를 드시지 않습니까? 향이 무척 좋은데요."

그의 권유에도 바드리사와 류자크는 미동조차 하지 않았다. 움직임 없이 조용한 시선만을 보내고 있는 두 사람을 보고 제레미가 고개를 슬쩍 기울였다. 덧붙여진 그의 말을 듣고 류자크가 입매를 굳혔다.

"오늘 자리를 마련한 것은 아그리체이지만 차 안에 이상한 것을 넣지는 않았습니다."

바드리사는 아무 말 없이 차가운 유리막이 낀 것 같은 눈으로 새파랗게 어린 흑의 수장을 응시했다.

곧 그녀가 내뱉은 말은 단 한마디뿐이었다.

"맹랑하군."

"가스토르의 입장에서는 경계할 수도 있을 듯하여 말씀드렸습니다. 마음을 좀 더 편히 가지셨으면 해서."

엷게 웃어 보인 제레미가 손에 들고 있던 찻잔을 내려놓았다. 그 여유가 어디에서 나오는 것인지 알 만해서 바드리사는 속이 싸늘하게 식는 것을 느꼈다.

지난번에도 제레미 아그리체는 지금과 같은 의뭉스러운 태도로 그녀를 자극했었다.

"나는 말을 에둘러 하는 것을 싫어하네."

나직한 음성이 테이블 위를 가로질렀다.

"쓸데없이 뜸을 들여 비효율적인 시간 낭비를 하는 것도 그다지 좋아하지 않지. 그럼에도 지난번 만남 때 핵심에서 겉도는 이야기만 꺼내는 데 그친 것은 어째서라고 생각하나."

바드리사의 물음에 제레미는 담담하게 대꾸했다.

"제 반응을 떠보신 게 아닙니까?"

"물론 그 이유도 없지는 않지만."

그러나 바드리사는 누구를 향하는 것인지 모를 서늘한 미소를 입가에 그리며 읊조렸다.

"그저 허세를 부리고 싶었던 것뿐이야."

그 신랄한 어조에 옆에 있던 류자크가 움찔했다. 바드리사의 가감 없는 솔직한 말에 오히려 그가 굴욕감을 느끼는 것 같았다.

눈가에 잔 떨림이 일고 무릎 위에 얹어 놓았던 손이 어떤 의지를 담아 꿈틀거렸지만 류자크는 제 안에 휘몰아치기 시작하는 감정을 가라앉혔다.

바드리사는 그런 류자크를 앞서 다독이지 않았다. 애초에 이 자리에 오기로 결정한 것은 류자크였다. 그렇다면 지금 이곳에서 어떤 이야기가 오가든 온전히 그 혼자서 감내해야만 했다.

"하지만 지난 만남 이후 또 한 번 절감했네. 아쉬운 것은 아그리체가 아닌 가스토르지."

그래서 바드리사는 다만 오늘의 협상 상대인 제레미를 향해 묵묵히 말을 이을 뿐이었다.

그러나 과연 이것을 협상이라 할 수 있는가. 처음부터 저울추는 명백히 한쪽으로 기울어져 있는 것을.

"그러니 오늘은 단도직입적으로 묻지. 자네에게 가스토르에 대한 존중이 남았다면 지난번 같은 태도를 취하지는 않으리라 믿네."

"물론, 저는 언제나 가스토르를 존중합니다."

제레미가 바드리사를 향해 흠잡을 바 없이 정중한 태도로 말했다. 그러나 가스토르에게 있어 지금 들은 말은 일종의 조롱으로도 느껴졌다. 그녀는 더 이상의 체면치레를 던져 버리고 직설적으로 물었다.

"아그리체에서 언제부터 알고 있었지?"

"처음 의심한 것은 지난겨울입니다."

"어디까지 알고 있는가?"

"가스토르에서……"

제레미는 서두르지 않고 차분히 말을 골랐다.

"아그리체에서만 품종을 개량해 생산하는 중독성 강한 마약을 대량으로 구입하셨더군요."

침묵이 짙은 안개처럼 서렸다. 과연 그것은 수장인 바드리사의 인생에, 그리고 가스토르의 역사에 다시없을 쓰디쓴 치부이자 오점이었다.

아까부터 지그시 악물고 있던 류자크의 턱이 더욱 단단히 조여들었다. 제레미는 그런 그를 힐끗 쳐다본 뒤 다시 바드리사를 향해 말했다.

"지난겨울 그 거래를 책임졌던 것은 제 형제들이었습니다. 알아보니 가스토르에서 철저하게 가명과 대리인을 사용하셨던데."

바드리사의 눈매가 가늘어졌다.

"란트 아그리체도 알고 있었던 건가."

"아버지는 모르셨습니다."

제레미는 고개를 저었다.

"가스토르와 직접 계약한 형제는 중립 구역의 도박장에서 만난 어떤 남자와 우연히 거래를 트게 되었다고 했지요. 그 역시도 상대가 가스토르라는 사실은 몰랐습니다."

지난겨울의 화합회가 열리기 전의 일이었다. 그때 폰타인이 마약과 관련한 큰 거래를 성사시켰다. 그래서 그것을 기특하게 여긴 란트가 그에게 통솔을 맡긴 적이 있었다. 그 임무에는 데온도 함께였다.

"하긴. 알았다면 란트 아그리체, 그치가 가만히 있었을 리 없지."

바드리사의 싸늘한 발언대로였다. 그녀의 말처럼, 만약 살아생전 란트가 이 사실을 알았다면 가스토르의 목줄을 쥘 수 있는 기회를 그냥 놓쳤을 리가 없었다.

마약 산업은 아그리체에서 예전부터 상당히 공을 들이던 것이었고, 특히 가스토르에 들어간 것은 일부러 중독성을 몇 배는 강화시키는 쪽으로 개량한 것이었다.

무엇보다도, 그것은 아그리체에서만 유일하게 생산이 가능했기에 다른 어떤 마약보다도 치명적이라 할 수 있었다.

"한데 그대는 어떻게 알게 되었지?"

"가스토르에서 상당히 주도면밀하게 일을 진행하셨습니다. 거래하는 경로를 상당히 복잡하게 꼬아 놔서 꼬리를 잡기도 어렵더군요."

하지만 어디에나 틈은 있게 마련이었고, 록사나는 그 틈을 충분히 잡아낼 수 있는 사람이었다.

"다만, 지난겨울 두 가문이 접선했을 때 중간에 웬 훼방꾼이 나타나 마약을 빼돌리려 한 적이 있었지요. 그 당시에는 마약을 훔치려는 쥐새끼인 줄 알았습니다만."

결국 그 쥐새끼들은 데온의 손에 모조리 처리되었다. 란트는 큰 손실을 막은 데온을 극찬했다. 그 일로 폰타인은 자신의 공이 모조리 데온에게 갔다며 분개했었고 말이다.

그러나 그때 데온은 위화감을 느꼈고, 그에게 자세한 경위를 들은 록사나도 마찬가지였다.

"하지만 그 침입자의 움직임이 거래 물품을 훔쳐서 가져가려는 게 아니라 꼭 그 자리에서 없애려 하는 것 같아서 뭔가 이상했다고 하더군요."

바드리사의 얼굴을 줄곧 응시하고 있었으나 그녀에게서 드러나는 이렇다 할 감정 변화는 없었다.

"사실은 그들 역시 가스토르였던 것이지요?"

"……."

"그리고 제 소견으로는……."

그래도 제레미는 꿋꿋이 말을 이었다.

"가스토르 내에 마약 밀매에 손댄 자와 그것을 막으려는 자가 양립하고 있던 것이 아닐까 하는데."

그렇다면 바드리사는 분명 마약의 반입을 막으려는 쪽이었을 터였다.

바드리사 가스토르의 성품은 제레미도 익히 아는 바였다. 물론 지난 화합회 때 류자크가 좀 재수 없다고 생각한 적도 있었고, 가스토르 특유의 딱딱한 기사도 같은 것과 생리적으로 맞지 않는다고 느낀 적도 있었지만…….

그래도 기본적으로 그들은 도의를 알았고, 특히 이번 대의 수장인 바드리사는 꼭 리셀 페델리안을 여성화시켜 놓은 것처럼 성품이 올곧았다.

그런 바드리사가 사욕을 위해 마약을 밀매하려 할 리는 없다고 생각되었다.

"어쨌든, 가스토르에서 구입해 간 양을 보면 약에 손댄 사람의 수가 상당한 것 같던데 심려가 크시겠습니다."

"뭔가 착오가 있는 것 같은데, 흑의 수장."

그때, 지금까지 조용히 그들의 대화를 듣고만 있던 류자크가 입을 열었다.

"말해 두지만, 약에 손을 댄 것은 단 몇 사람뿐이야. 그러니 가스토르 전체를 싸잡아 생각하지 말았으면 좋겠군."

하지만 제레미는 거기에 수긍하지 않고 바드리사에게 반문했다.

"정말 그렇습니까, 수장님?"

류자크의 눈썹이 부정적인 감정을 이기지 못해 산을 그리며 휘어졌다. 그러나 마침내 바드리사가 한동안 굳게 다물고 있던 입술을 뗀 순간, 류자크는 귀를 의심할 수밖에 없었다.

"그대의 말이 전부 맞다."

"어머니?"

그리고 이어진 충격적인 말에 그는 경악했다.

"현재 가스토르의 절반가량이 아그리체에서 만든 그 빌어먹을 마약에 중독되어 있는 상태다."

분명 류자크는 마약에 손을 댄 것이 그의 부친을 포함한 몇 명뿐이라고 알고 있었다. 사실상 류자크에게는 거의 없느니만 못한 아버지였다. 그가 중립 구역의 도박장에서 처음 마약에 손을 댄 후 다른 식솔들 몇에게까지 약을 퍼트렸다는 사실을 알게 되었을 때부터는 더더욱 그랬다.

그런데…… 그런데 이미 가문의 절반가량이나 마약에 중독된 상태라고?

바드리사는 충격에 젖은 아들의 얼굴을 외면했다. 이래서 아그리체와의 협상 자리에 그를 데려오고 싶지 않았다.

하지만 류자크는 강경했고, 미래의 가스토르를 이끌어야 할 후계자로서 그 역시 이번 일의 심각성을 알아야 한다는 점에는 바드리사도 동의했다.

여기까지 와서 진실을 숨겨 봤자 도움이 될 것도 없었다. 이미 아그리체는 모든 것을 다 알고 있는 듯했고, 어차피 협상의 막바지에 이르게 되면 가스토르는 별수 없이 밑바닥을 전부 드러내게 될 터였다.

바드리사의 시선이 닿지 않는 곳에서 이미 가스토르는 차근히 늪에 빠져 가고 있었다.

일의 심각성을 알게 된 지난겨울, 바드리사는 남편이 아그리체와 대량으로 마약을 거래할 계획인 것을 알고 급하게 휘하의 심복들을 보냈다. 하지만 결국 그들은 목적을 이루지 못했고, 남편이 그 후 마약을 어디에 숨겼는지도 발견하지 못했다.

그러나 뜻밖에도 얼마 후 아그리체가 무너져, 저절로 마약 공급이 끊기게 되었다. 때마침 가스토르에 마약이 숨겨진 위치도 발견해 바드리사가 그것을 전부 수거했다.

그때는 다행이라고 생각했으나 진정한 공포는 그 후에 찾아왔다. 그녀의 남편이 가스토르에 들여온 아그리체의 마약은 강력한 환각 작용을 동반한 것으로, 약을 끊게 되면 광기와도 비슷한 폭력성과 정신 착란 등을 부작용으로 동반했다.

실제로 그런 증상을 보일 때면, 그 모습을 차마 사람의 몰골이라 할 수 없을 지경이었다. 차라리 중독 반응보다 그 금단 증상이 더 두려울 정도였으니.

처음에는 단호하게 마약을 근절하려 했던 바드리사의 심중에 망설임이 생겨난 것도 그래서였다.

제레미에게는 가문 내의 중독자가 절반가량이라고 했지만 실제로는 그 이상으로, 이미 가스토르의 근간이 뒤흔들릴 정도가 되었다.

개중에는 중독 반응으로 제정신이 아니던 사람이 수통에 약을 살포해 원치 않았는데도 마약에 중독된 사람들도 있었다.

때마침 류자크는 겨우내 가스토르의 땅에 연쇄적으로 일어난 산사태 문제로, 후계자로서의 공무를 위해 가문을 비워야 했다. 그래서 그 당시 가스토르를 뒤덮었던 그 지옥도 같은 참상의 현장을 목격하지 못했다.

자식을 둔 어머니의 마음으로, 바드리사는 그것 하나만큼은 다행이라고 생각했다.

결국 그녀가 어떤 마음으로 제 식솔들에게 다시 마약을 내주었는지, 누구도 감히 헤아릴 수 없을 것이었다.

그래서 바드리사는 암담한 심정으로 아그리체의 몰락을 막는 데 손을 들었다. 이대로 아그리체가 무너지면 가스토르에서 필요한 마약은 생산이 불가능해질 테니까.

그러니 란트 아그리체가 이런 그녀를 지하에서 본다면 얼마나 기뻐하며 날뛸 것인가. 살아생전 그토록 아그리체를 멸시하더니, 이제는 그들 없이는 존속에 위기를 겪을 입장이라니.

"가스토르는 아그리체와의 거래를 원하네."

이 말을 자신의 입으로 내뱉는 것은 뼈를 깎는 수모였다.

"아그리체에서는 대가로 무엇을 원하나?"

바드리사는 이번 친목회의 참석자로 마약에 손대지 않은 식솔들만 추려서 데려왔다.

하지만 실상은 그 안에도 중독자가 있었다. 그들이 위그드라실에까지 그 빌어먹을 약을 가져올 것은 바드리사도 예상치 못한 일이었다.

가스토르의 숙소에 불이 난 날, 그들의 방에 있었을 것이 분명한 약 중 하나가 아그리체의 비밀 거래 신호가 적힌 봉투에 담겨 바드리사의 방에 도착했다.

그때, 바드리사는 아그리체가 모든 사실을 알고 있다는 것을 확신했다. 그리고 그들이 일부러 가스토르의 치부를 감추어 주었다는 사실도.

하면 어째서일까?

설령 그 화재를 고의로 유발한 것이 아그리체라 하더라도 가스토르에서는 별수 없었다. 여기서 마약의 존재가 드러나 이판사판으로 아그리체의 만행을 폭로한다 해도 결국은 제 살 깎아먹기뿐이 되지 않았다.

어쨌건 그건 이미 죽음으로 형벌을 받은 란트가 한 짓이었으니 현 수장인 제레미 아그리체는 모른다고 잡아떼면 그만인 일이었다. 무엇보다도, 혹시 그러다 속이 뒤틀린 아그리체가 앞으로의 거래를 거부하기라도 한다면 곤란해지는 것은 가스토르였다.

그러다 지난번 만남에서 제레미 아그리체의 태도를 보고 깨달은 게 있었다.

마약 건을 빌미로 목줄을 쥐고 가스토르를 저들 입맛대로 좌지우지할 셈이라면, 확실히 다른 가문들에는 사실을 숨겨 간섭할 여지를 주지 않는 편이 나을 테니까.

그래, 본래 그런 것이 썩어 빠진 아그리체의 습성이 아니던가. 그러니 역시, 아그리체에서 그들의 치부를 감싸준 것이 결코 좋은 의미일 리 없었다.

제레미는 바드리사의 서릿발 날리는 얼굴을 잠깐 말없이 응시했다. 록사나는 가스토르에 악감정을 가지고 있지 않았고, 오히려 바드리사 가스토르에게는 호의를 품고 있는 편이라고 말했다.

제레미가 보기에도 확실히 그녀만 한 사람은 그리 흔치 않았다. 그래서 제레미와 록사나는 함께 결정을 내렸다.

"적의 수장께서 처음부터 저를 마뜩잖게 여기셨다는 것을 압니다."

작게 벌어진 제레미의 입술에서 나지막한 음성이 흘러나왔다.

"아그리체 자체에 대한 반감 때문이라는 것을 충분히 이해하고 있고, 저 역시 그 아그리체의 사람임을 부정하지는 않습니다."

칼자루를 쥔 쪽이 아그리체라고 생각하기 때문인지, 바드리사는 제레미의 긴말을 막지 않고 잠자코 들어 주었다. 그러나 잇따라 고막을 파고든 음성에 그녀는 희미하게 눈매를 떨고 말았다.

"다만 아그리체가 무너지기 직전, 수장이었던 란트 아그리체가 자식들에 의해 이미 실각되었다는 사실을 알고 계십니까?"

지금 제레미와 거래를 진행하고 있는 모습만 봐도 알 수 있듯이, 애초에 가스토르는 뒷공작 같은 것과는 거리가 멀었다. 그래서 지금 제레미가 말하는 아그리체의 내부 사정도 처음 듣는 것이었다.

더군다나 그 란트 아그리체가 하극상을 당했다니, 믿기 어려운 일이었다.

"저희는 분명 아그리체에서 나고 자란 아버지의 자식들이지만, 지금의 아그리체를 유지하고 있는 저희 남매들과 아버지 사이에는 예전부터 상당한 이념적 차이가 있었지요."

제레미는 계속해서 차분하게 말을 이었다. 마음에도 없고, 또 어울리지도 않는 말을 하려니 영 몸이 간지러웠지만 이 정도의 포장은 필요한 일이었다.

"제가 아그리체를 지키기 위해 다른 수장들 앞에서 머리를 조아렸던 일을 기억하실 겁니다."

그리고 이어진 말은 바드리사의 목소리를 높이게 만들기 충분했다.

"그렇게까지 했던 이유는 저희 남매들 나름대로의 신념을 지키기 위해서였습니다."

"신념이라고?"

제레미가 읊은 단어가 어쩐지 몹시도 낯설게 느껴져서 그녀는 저도 모르게 반문하고 말았다.

이런 말을 할 것이라 단 한 번도 상상하지 못했던 대상의 입에서 흘러나온 소리이기 때문일까? 다른 누가 이와 같은 말을 해도 지금처럼 놀랍지는 않을 것 같았다.

바드리사의 반응에도 아랑곳하지 않고 제레미는 목소리에 한층 더 힘을 실었다.

"저와 다른 남매들은, 지금까지와 다른 아그리체를 만들어 나가기를 바랍니다."

바드리사는 해괴한 것을 보는 눈빛으로 제레미를 쳐다보았다. 그것은 옆에 있던 류자크 역시 마찬가지였다.

류자크는 미처 예상치 못했던 가문의 진실로 충격을 받고 있다가 제레미의 입에서 흘러나오는 뜻밖의 말을 듣고 무어라 형언할 수 없는 표정을 짓고 말았다.

"이제부터 저희가 걷는 길은 아버지가 걸었던 길과는 완전히 다를 겁니다."

그러나 제레미의 얼굴은 진지했고, 그의 말에도 부정할 수 없는 진정성이 어려 있었다. 바드리사는 그것을 꿰뚫어 보고 말문이 막히는 것을 느꼈다.

"가스토르의 일 역시 아그리체에서 뿌린 일이니 아그리체에서 거두는 것이 마땅하다고 생각합니다."

그녀의 눈앞에 있는 청년의 얼굴이 아까보다 조금 더 두 눈에 선명히 들어오는 것 같았다.

바드리사가 경멸했던 란트 아그리체와 같은 검은 머리카락을 가진 새파랗게 젊은 수장. 그러나 그의 두 눈은 란트와 완전히 다른 청명한 빛을 띠고 있었다.

"그래서 저희가 제안하고자 하는 것은……."

지금 그녀가 듣고 있는 내용 역시 상대가 란트 아그리체였다면 상상도 하지 못했을 것이었다.

"마약이 아닌 그 해독약을 가스토르와 거래했으면 한다는 것입니다."

그래서 제레미가 그녀의 눈을 들여다보며 제안하는 순간, 바드리사는 심장이 철렁 내려앉는 것을 느끼고 말았다.

"해독약이 있단 말인가?"

이런 자리에서 감정을 내비치는 것이 제 밑천을 온전히 드러내는 일임을 알면서도 류자크는 급하게 되물을 수밖에 없었다. 류자크가 그러지 않았다면 바드리사가 같은 반응을 보였을 것이 분명했다.

"외부에는 철저히 비밀에 부치고 있지만 본래 아그리체에서 개량해 상용화한 모든 약에는 해독제가 있습니다. 애당초 만일의 사태에 대비해 동시 실험을 진행하기 때문이죠."

그런 뒤 제레미가 다소 흐릿한 표정을 지어 보였다.

"지난번에 보였던 제 불분명한 태도는 죄송하게 생각합니다. 겨울의 일로 아그리체 내부의 모든 것이 상당히 많이 망가진 터라, 아직 살아 있던 약초의 모종을 새로 옮겨 심은 지 얼마 지나지 않았거든요. 그래서 필요한 만큼의 해독약을 재생산해 낼 수 있을지 최종적인 확인이 필요했습니다."

지난번 바드리사와 류자크가 언짢게 여겼던 제레미의 태도는 이미 하나도 중요하지 않았다.

"그리고 얼마 전 아그리체에 보냈던 사람을 통해 마지막으로 확인해 본 결과, 지금 이 자리에서 확답을 드릴 수 있게 되었습니다."

맹세컨대, 지금껏 상상조차 해 본 적이 없는 방향 전환이었다. 그래서 지금 눈앞에 있는 사람에게서 들은 말이 굉장히 비현실적으로 느껴졌다.

이 협상 테이블에 앉아 협상 대상자를 마주할 때만 해도 바드리사는 치가 떨릴 정도의 수치심과 자괴감에 제 속을 갉아먹어 가고 있었다.

애당초 그런 비인도적인 마약을 만든 아그리체에도 이가 갈리기는 했으나 그것을 반입해 온 것은 어디까지나 가스토르의 의지였다.

그래서 바드리사는 아그리체를 경멸하고 증오하기는 하되, 그들에게 모든 책임을 전가하지는 못했다.

그런데 지금 그녀의 속에 비쳐든 한 줄기 빛이, 이번에는 반대로 그런 부정적인 마음을 서서히 몰아내기 시작하고 있었다. 새로운 가능성을 아주 잠깐 엿본 것만으로도 속에서부터 무언가가 울컥 치솟아서 목을 조이는 기분이 들었다.

"아그리체에서 왜 가스토르에 그런 제안을 하지?"

하지만 바드리사는 소란스러운 속마음과 달리 동요 한 점 없는 날카로운 눈으로 제레미를 응시했다.

이자의 말을 믿어도 되는 것인가? 혹시 거짓말을 해 가스토르를 우롱하려는 것은 아닌가? 아니면 다른 꿍꿍이가 있거나.

그래, 역시 새로운 함정일지도 모른다.

그러나 제레미는 바드리사의 의심을 마주하고도 한 점의 흔들림도 없는 확고한 음성으로 주저 없이 답했다.

"지금 당신의 앞에 앉아 있는 제가, 란트 아그리체가 아니기 때문입니다."

고요하게 느껴질 정도로 낮고 차분한 젊은 청년의 짤막한 말은, 상대방을 설득하기 위해 다른 그 어떤 달콤한 미사여구를 가져다 바른 것보다 오히려 더 강하게 심장을 두드렸다.

"또, 지금의 아그리체는 아버지가 살아 계실 적의 아그리체가 아니기 때문입니다."

조금 전 그가 선언한 것과 일관된 의미의 말이었다. 그것이 만약 거짓이라면 어차피 조만간 뻔히 드러날 사실이었다.

게다가 지금 마주한 푸른 눈은 어디까지나 투명한 진실을 이야기하고 있는 것으로 보였다.

그럼 혹시……. 그때 가스토르의 숙소에 있던 마약을 감추어준 것도 다른 검은 속내가 있어서가 아니었나?

바드리사는 무어라 설명할 수 없는 기분으로 맞은편에 앉은 사람을 바라보았다.

그녀는 눈앞에 있는 자를 아직 완전히 신뢰하지 않았다. 하지만 만약 정말 이 젊은 흑의 수장의 말이 진실일 가능성이 있다면…….

그것에 믿음을 걸어 보고 싶은 것이 당연했다.

얼마간의 시간이 지났을까.

한참 동안 침묵한 채 미동 없는 시선만을 보내던 바드리사의 입이 마침내 천천히 벌어졌다.

"아그리체에서 가스토르에 원하는 것은 무엇인가?"

아까 제레미에게 물었던 것과 같은 말이되, 실상 그 안에 담긴 본질은 조금도 같지 않았다. 지금은 정말 가슴에서 우러나와 아그리체에서 해독약 교환에 요구하는 것이 무엇이든 기꺼이 지불하고 싶은 마음에 꺼낸 말이었으니까.

하지만 놀랍게도 아그리체에서는 가스토르에 아무것도 요구하지 않았다.

"아그리체는 가스토르에게 대가를 바라지 않습니다. 그저……."

제레미는 지금까지와 다른 눈으로 자신을 응시하는 가스토르의 두 사람을 보며 록사나에게서 배운 자애로운 미소를 얼굴에 그려 넣었다.

"이것으로 흑과 적은 지금까지와 다른 새로운 관계를 형성해 나갈 수 있는 기회를 얻게 되겠지요."

록사나는 테이블 위에 놓인 잘 익은 과일을 내려다보았다. 조금 전 방에 들렀던 사용인이 오늘 아침 위그드라실의 주방에 희귀한 과일이 들어왔으니 맛을 보라며 주고 간 것이었다.

'제레미는 잘하고 있을까?'

록사나는 잠깐 생각하다가 곧 가슴 밑바닥에 희미하게 깔린 염려를 털어 버렸다. 제레미는 잘하고 있을 것이다.

앞으로 뻗어진 가느다란 손가락이 붉은 과실을 접시 위에서 느리게 굴리기 시작했다.

록사나가 위그드라실에 와서 하려는 일은 어떤 의미로 과일을 따는 것과 비슷했다. 성급한 마음에 설익은 과실을 따는 것은 소용이 없었다. 그 떫고 시큼한 맛에 결국 한 입도 먹지 못하고 뱉어낼 것이 분명했으니.

그런 의미로, 가스토르와의 만남은 지금이 가장 좋은 시기라 할 수 있었다.

분명 가스토르는 최악의 최악을 상정하고 있었을 것이다. 그러다 갑작스럽게 상상조차 하지 못했던 최선의 해결책이 하늘에서 뚝 떨어져 내렸을 때, 그 놀라움과 벅찬 감정은 얼마나 클 것인가. 진창에 처박혀 절망하고 있던 가스토르를 구원해 줄 유일한 동아줄이 눈앞에 나타난 것이나 마찬가지이니.

뜻밖의 안도감에 사로잡혀 애초에 그 원인이 어디에 있어 오늘에 이르게 된 것인지도 더 이상 중요하지 않게 되고야 말리라.

아그리체는 이 일로 가스토르에 빚을 지울 생각이 없었지만, 그것이 정말 겉으로 드러난 표면 그대로의 의미는 아니었다.

바드리사와 류자크는 한 번 입은 은혜를 결코 잊지 않을 사람이었으니, 결과적으로 지금 당장 그들에게서 대가를 받아내는 것보다 훨씬 큰 이득을 아그리체에 안겨줄 터였다.

아그리체의 미래를 위해 새로운 동맹을 구축해야 한다면 가스토르가 최상의 선택이었다.

베르티움은 이미 닉스의 문제가 있었으니 제외였고, 휘페리온은 속에 독을 품은 구렁이를 백 마리쯤 숨겨 두고 있을 것 같은 작자들이라 깊은 관계를 맺기에 적합하지 못했다.

그런 면에서 가스토르는 페넬리안을 제외하고 가장 신뢰할 수 있을 만한 가문이었다. 특히 수장인 바드리사는 란트를 거들떠보지도 않을 정도로 성품이 곧았고, 그 후계자인 류자크 역시 그녀를 빼닮았으니.

그동안 지켜본 류자크라면 그가 수장이 되어서도 장기적인 유대 관계를 유지할 수 있으리라 여겨졌다.

그런 심지 곧은 가스토르에서 누구도 예상치 못했던 홍역을 치르게 된 것은 록사나도 유감스럽게 생각했다.

과실을 움직이던 록사나의 손이 멈추었다.

처음에는 가스토르의 숙소에 불을 내, 그들의 비밀을 위그드라실에서 모두에게 공개하려 했다. 하여 가스토르의 입지를 불리하게 만들 속셈이었다.

가스토르에게 개인적인 악감정은 없었지만 그러는 편이 현 상황에서 아그리체가 가장 최대의 이득을 취할 수 있는 방법이라 생각되었기 때문이다.

하지만 결국은 마음을 바꾸었다.

록사나가 다시 아그리체의 이름으로 위그드라실에 온 데에는 복잡한 마음이 작용했다.

지난겨울 제 손으로 아그리체를 무너뜨릴 때만 해도 두 번 다시는 그곳을 돌아보고 싶지 않았다. 하지만 아그리체에 남은 제레미의 존재를 확인한 데 이어, 베르티움에서 그녀의 오빠인 아실의 거죽을 뒤집어쓴 닉스를 본 순간.

록사나는 그녀가 등지고 떠나온 아그리체가 더 이상 과거의 잔해로만 남은 것이 아니라, 그 어느 때보다 선명한 미래의 선택지가 되어 또다시 눈앞에 나타났다는 사실을 깨달았다.

무엇보다도 란트 아그리체는 죽어서까지 기어이 록사나 앞에 제 흔적을 남겨 놓았고, 그것은 정말이지 이루 말할 수 없을 정도로 더러운 기분이었다.

그때 록사나는 마음을 정했다. 그녀의 첫 시작점인 아그리체로 다시 한번 돌아가기로. 그리고 란트의 첫 시작점이기도 할 그들의 아그리체에서, 그가 새겨 놓은 흔적을 이 손으로 하나씩 지워 없애 주고야 말리라고.

그리하여 종국에는 란트가 만들었던 그의 왕국, 옛 아그리체의 모습을 세상 어디에서도 찾아볼 수 없도록.

물론 록사나는 자신이 티 한 점 없이 결백한 인간이라고 생각하지는 않았다. 언제나 정의로운 방식으로 살아가겠다는 지키기 어려운 다짐을 하려는 것도 아니었다.

그러나 적어도 아무 죄도 짓지 않은 선량한 사람을 일부러 진흙탕으로 빠트린 뒤 상대의 간절함을 무기로 삼아 원하는 것을 부당하게 갈취해 가고 싶지는 않았다.

그래서 록사나와 제레미는 가스토르를 협박하는 것이 아니라, 서로에게 우호적인 새로운 동맹 관계를 형성해 나가기로 함께 결정했다.

물론…… 그래도 이왕이면 조금쯤 유리한 위치를 점하는 게 낫다고 생각하긴 했지만.

록사나는 얼마 전의 불타는 건물을 다시금 떠올렸다. 그러자 그때처럼 또 기분이 차갑게 가라앉았다.

사실, 가스토르의 숙소에 불을 낸 건 록사나가 아니었다. 그와 같은 일련의 계획을 세웠던 건 부정하지 않으나, 최종적으로 실행에 옮기기에 앞서 그녀는 망설였다.

그러나 일은 발생했다.

우연이라기에는 시기가 너무나 공교로웠고, 예전부터 이런 순간에 꼭 떠오르곤 하던 사람이 이번에도 어김없이 록사나의 마음속에 제 존재를 아로새겼다.

아그리체에서부터 그녀를 쫓던 붉은 눈이 지금도 어딘가에서 그녀를 응시하고 있는 것 같았다. 그러나 커튼까지 전부 쳐져 밀폐된 방 안에는 그녀 혼자밖에 없었다. 결국 록사나를 보고 있는 것은 맞은편 벽에 걸린 거울 속의 또 다른 그녀뿐이었다.

록사나는 그림자 속에 맺힌 붉은 눈을 마주했다.

만약 그날 가스토르의 숙소에 불이 나지 않았다면 결국 제 손으로 같은 일을 했을까?

거울에 비친 눈동자에 답이 있었다.

'……결국은 나도 아직 아그리체인 거지.'

수단과 방법을 가리지 않고 이용할 수 있는 것은 최대한 이용한다. 그로 인해 무고한 사람이 피해를 입어도 상관없다.

마음 한편으로 그런 생각을 하는 자신이 있다는 것을 부정할 수 없었다.

위그드라실에 오기 전부터 록사나의 머릿속에 들어 있던 설계도도 지극히 아그리체다운 것이었다.

지금, 휘페리온을 겨냥한 덫을 두고 또 고민하고 있는 것처럼.

짓뭉개진 과일에서 나온 물이 백옥 같은 손과 테이블을 적시며 카펫 위로 떨어져 내렸다. 역시 붉은 눈은 누구의 것이라 해도 보기가 싫었다.

록사나는 거울 속의 얼굴에서 시선을 돌리며 자리에서 일어났다.

그날 별이 떠오르기 시작한 밤에, 록사나는 위그드라실을 빠져나 갔다. 살육 나비에게 먹이를 주기 위해서였다.

카시스도 록사나와 동행하고자 했으나, 독나비를 거둔 동안 혹시 모를 문제가 발생하지 않도록 위그드라실 안을 대신 잘 살펴 달라는 부탁에 그러지 못했다.

카시스는 록사나를 보낸 뒤 혼자 성탑 위에 올랐다.

휘이이.

그곳에서는 위그드라실 내부뿐 아니라 바깥의 풍경도 일부 내려다보였다.

조금 전, 록사나를 몰래 뒤따라가려 하는 오르카 휘페리온을 발견해 막아 내고 온 참이었다.

카시스와 맞닥뜨린 오르카는 조금 버티다가 결국 그냥 산책을 나온 것뿐이었다고 변명하며 불만스러운 얼굴을 하고 방으로 돌아갔다. 이후 그의 숙소 주변에 페넬리안의 감시인이 더 추가된 것은 너무도 당연한 일이었다.

카시스는 먼 어둠을 덧그리듯이 바라보았다. 그러다 잠시 후, 이시도르와 올린이 카시스를 찾아왔다. 이시도르가 먼저 그의 앞에 부복해 보고했다.

"방금 감시 대상이 위그드라실을 빠져나갔습니다."

순간 카시스의 눈에 예기가 스쳐 지나갔다. 하필 지금 데온 아그리체가 위그드라실 밖으로 나갔다면 그 목적지가 어디일지 너무나 뻔했다. 지난번 화원에서의 만남 이후에도 늘 이런 식으로 록사나의 뒤를 그림자처럼 쫓던 남자였으므로.

카시스의 턱이 단단하게 조여들었다. 지금 당장 자리를 박차고 위그드라실을 나서고 싶었다. 하지만 카시스는 곧 충동을 억누르고 몸에서 흘러나오는 기운을 갈무리했다.

"수고했다. 오늘은 그만 가서 쉬도록."

이시도르가 고개를 숙여 보인 뒤 조용히 물러났다. 다음은 올린의 차례였다.

"실비아 아가씨는 조금 전에 잠자리에 드셨습니다. 요즘은 다른 가문과 교류하는 일이 확연히 줄어 따로 보고드릴 만한 내용은 없습니다. 경계 대상과의 접촉도 없었고, 우려하실 만한 다른 위험도 보이지 않았습니다."

위그드라실에 들어왔을 때부터 올린을 포함한 몇몇이 실비아를 호위하고 있었다. 데온 아그리체를 비롯한 외부의 위험 요소로부터 실비아를 보호하는 것이 임무였다.

"요즘 실비아가 사람들과 어울리지도 않고 기운이 없어 보이던데. 혹시 다른 문제가 있는 건 아닌지 살펴보도록 해."

"맡겨 주십시오."

그렇게 이시도르와 올린을 돌려보낸 뒤 카시스도 성탑을 내려갔다. 록사나가 돌아오기 전까지는 잠이 오지 않을 듯했다. 그래서 경비를 설 겸 위그드라실 안을 더 둘러보기로 하고 걸음을 옮겼다.

카시스의 눈에 휘청거리며 움직이는 하얀 형체가 들어온 것은 그러던 어느 순간이었다.

카시스는 비틀비틀한 걸음걸이로 회랑을 따라 걷고 있는 남자를 발견하고 그에게 다가갔다.

"노엘 베르티움."

카시스가 부르는데도 노엘은 듣지 못한 것처럼 멍하니 걸음을 옮겼다. 노엘의 감시를 맡고 있던 페넬리안의 수하가 그의 뒤에서 난처한 기색을 보였다.

노엘 베르티움은 위그드라실에 온 이후 내내 방에만 틀어박혀 있었다. 비록 인형에 대한 청문회가 예정되어 있긴 했지만 아직 그의 처우에 강제는 없는 상태였다. 하지만 그는 며칠 동안 물 한 모금 입에 대지 않는 눈치였다.

카시스는 수하에게 작게 손짓해 보인 뒤 노엘을 따라 걸었다.

"노엘 베르티움. 왜 이 늦은 시간에 혼자 밖에 나와 떠돌고 있는 거지?"

카시스의 물음에도 노엘은 계속 멍하니 걸음을 옮기기만 할 뿐, 아무런 대답도 하지 않았다.

카시스는 눈살을 찌푸렸다. 처음에는 혹시 한밤중에 몰래 닉스를 찾아 접촉할 생각인가 싶었으나 아무래도 그런 목적성을 가지고 움직인 건 아닌 듯했다. 가까이에서 본 노엘 베르티움은 왠지 좀 제정신이 아닌 것처럼 보였다.

"항상 옆에 두던 그 단테라는 심복은 왜 같이 오지 않았나?"

또 한 차례 질문을 던지자 노엘이 처음으로 반응을 보였다.

"단테……."

비틀비틀 이어지던 노엘의 걸음이 불시에 멈추어졌다. 줄곧 초점 없이 흐리던 눈에도 서서히 물살이 그려지기 시작했다.

그것을 정면에서 마주한 순간 카시스는 얼굴을 굳혔다.

"없어. 단테는…… 이제……."

의미가 상당히 모호한 말이었다. 그러나 그 순간, 어떤 기묘한 직감이 카시스의 뒷덜미를 예리하게 스쳐 지나갔다.

"닉스. 닉스를 봐야 하는데."

노엘은 또 우왕좌왕하는 모습으로 주위를 두리번거리면서 닉스를 찾았다.

"닉스…… 만나야 해. 그래야 단테가……."

"……."

"단테……."

그러다 조금 전에 자신이 한 말도 잊은 것처럼, 노엘이 불현듯 의문을 표했다.

"어……? 그러고 보니 단테는 왜 안 보이지……?"

잠시 멈추었던 노엘의 걸음이 다시 이어졌다. 그는 이제 목 놓아 단테를 불러 찾기 시작했다.

"단테……? 단테……! 단테, 어디 있어?"

뜻 모를 불안과 혼란으로 가득 찬 기이한 모습이었다.

"단테……."

그러다 이윽고 노엘이 다리에서 힘이 풀린 듯이 자리에 풀썩 주저앉았다. 이후에도 무언가를 찾듯이 망연히 허공을 헤매던 노엘의 눈에 서서히 눈물이 들어차기 시작했다. 혼탁하던 그의 눈에도 초점이 잡히며 점차 또렷한 빛이 돌아왔다.

노엘은 꼭 꿈에서 깬 사람처럼 허망하게 넋 놓고 앉아 굵은 눈물을 뚝뚝 떨어뜨렸다.

"다…… 단테, 없어. 정말 이제…… 단테 없어……?"

그렇게 코와 눈을 발갛게 물들이며 울먹이던 노엘이 종국에는 아예 목 놓아 울기 시작했다. 옆에 있는 카시스와 그의 수하에 대해서는 완전히 잊은 것 같았다.

카시스는 체면도 수치심도 모르는 사람처럼 온몸으로 울고 있는 노엘을 차갑게 경직된 얼굴로 응시했다.

"뭐야?"

그때 카시스의 뒤쪽에서 가느다란 음성이 날아들었다.

시선을 돌리자 시야에 들어온 것은 오늘 밤 내내 카시스가 기다리고 있던 사람이었다. 검은 망토를 뒤집어쓴 록사나가 자리에 가만히 서서 바닥에 주저앉은 노엘을 응시하고 있었다.

노엘은 정신없이 우느라 새로 온 사람의 존재를 알아차리지 못한 기색이었다.

"이제 왔군. 기다리고 있었는데."

카시스가 몸을 움직여 록사나의 시야를 가렸다. 그런 그에게 시선이 옮겨붙었다.

"노엘 베르티움을 데려가."

옆에 있던 수하에게 명령한 카시스가 록사나에게 다가갔다. 힐끗 눈길을 미끄러뜨렸지만 데온 아그리체의 모습은 어디에도 보이지 않았다.

"우리도 들어가지."

카시스는 록사나의 손을 잡아끌었다.

록사나는 아직도 울고 있는 노엘을 쳐다보다가 카시스를 따라 자리에서 걸음을 뗐다.

"내내 밖에 있었던 거야? 늦을지도 모르니까 먼저 들어가라고 그랬잖아."

"오는 걸 보고 자려고 기다렸어."

그냥 한밤중에 몰래 닉스를 찾으러 나왔다가 카시스에 의해 좌절당해 저러고 있겠거니 싶었는지, 록사나는 노엘에 대해 더 묻지 않았다.

카시스도 조금 전에 노엘에게서 들은 내용을 굳이 록사나에게 말하지 않았다. 하지만 그의 머릿속에는 데온 아그리체의 이름이 선명히 못 박혀 있었다.

페델리안을 떠나기 전, 베르티움의 동향을 살피러 보냈던 심복의 보고서에 마지막으로 적혀 있던 사람.

조금 전부터 카시스를 휘감고 있던 어떤 직감이 노엘의 울음소리를 듣는 동안 그 몸집을 점점 더 크게 불렸다.

만약 그 느낌이 틀리지 않았다면…….

데온 아그리체.

지금 노엘을 이렇게 절망하게 만든 사람은 그일 것이라는 강렬한 예감이 들었다.

17장

배반, 혹은 해방의 징조

데온 아그리체는 인적 없는 후원에 있었다. 땅거미 지기 시작한 하늘에 짙은 주황색 물살이 번졌다.

후원에는 록사나의 침대 머리맡에 놓인 화병 안의 것과 비슷한 꽃이 피어 있었다. 동일한 종류는 아니었지만 외양만큼은 매우 흡사했다. 평소 같으면 시선 한 번 주지 않았을 꽃 덤불이 데온의 눈길을 붙잡은 것은 그런 이유였다.

얼핏 무심해 보이는 데온의 얼굴은 실상 더할 나위 없이 냉랭하게 결빙된 상태였다.

그러다 문득, 붉은 기척이 시선 끝에 감겨들었다.

콰악!

조금 전까지만 해도 눈앞에서 고아하게 피어 있던 꽃이 그의 손안에서 엉망으로 바스러졌다. 잠시 후 한껏 힘을 주었던 손을 펴자 꽃과 함께 짓뭉개진 나비의 잔해가 시야에 드러났다. 그러나 그것은 록사나의 독나비가 아니라 보통의 평범한 나비였다.

록사나는 실로 담대했다. 그녀는 화원에서의 만남 이후 데온을 따로 감시하지도 않았다. 그를 그런 식으로 자신에게서 떨어뜨려 놓고도, 혹시나 허튼짓을 하지는 않을지 두렵지도 않은 모양이었다.

그것은 분명 록사나가 알고 있기 때문일 것이다. 데온이 이미 길들여진 개라는 사실을.

그러니 데온이 보이지 않는 곳에서 그녀의 뒤를 쫓고 있음을 알면서도 한 자락의 시선조차 그에게 허용하지 않는 것일 터다. 지난밤 록사나가 위그드라실을 떠나 마물 서식지로 향하는 것을 알고 뒤따랐을 때처럼.

한순간, 감정이 담겨 있지 않던 메마른 입술이 양옆으로 찢어지며 그 위에 서리 찬 미소가 피어났다.

록사나는 이미 한 번 그녀의 손으로 부쉈던 아그리체를 어떤 의미로든 다시 책임지기 위해 돌아왔다. 록사나가 사실 아그리체를 혐오해 그 테두리 안에 있는 모든 것을 부정하고자 한다는 사실을 데온은 알았다. 지금껏 그녀의 뒤를 그토록 집요하게 쫓아왔던 그가 어찌 모를 수 있을까.

하지만 모순이었다.

그러는 록사나 역시 결국은 아그리체였으므로.

위그드라실에 들어와 록사나를 지켜보는 동안, 그녀의 의중은 데온의 손에 당장에라도 잡힐 것처럼 선명하게 드러나 보였다.

제아무리 맑은 청을 닮고 싶어 그것을 흉내 내도 결국 그 본질은 다른 그 어떤 빛깔로도 물들지 않을 흑.

결국은 록사나 역시 아그리체의 방식이 가장 합리적이라는 것을 차마 부정하지는 못하는 것이리라.

"데온. 이제 난 당신이 필요 없어."

"당신의 쓸모는 이미 다했어. 그러니 이대로 아무것도 하지 말고, 내 눈에

띄지 않는 곳에 얌전히 있어."

"그게 내 마지막 명령이야, 데온 아그리체."

그의 영혼을 옭아맨 말이 불현듯 또 한 번 뇌리에 떠올랐다. 그러자 그것을 극렬히 부정하고자 하는 욕망이 다시금 흉포하게 심장을 들쑤셨다.

"데온 아그리체."

바로 그때, 데온의 정제되지 않은 감정을 누구보다 가장 거칠게 끌어내는 대상 중 하나가 눈앞에 나타났다. 깨진 빛이 점멸하는 것 같은 붉은 눈이 표적을 관통하듯이 움직였다.

시야에 박힌 것은 석양에 물든 은빛 머리칼을 바람에 흩날리고 있는 남자였다.

카시스 페델리안을 보는 순간, 데온의 안에서 한시도 사라진 적 없는 살의가 빗발치기 시작했다.

마찬가지로 빙해처럼 단단히 얼어붙은 카시스의 눈동자가 데온에게 꽂혀 들었다.

"역시 네가 한 짓인가?"

차가운 물음이 데온의 고막을 긁어내렸다. 눈앞의 대적자에게 당장 달려들어 이 자리를 피로 물들일 수도 있었지만 데온은 그렇게 하지 않았다.

대신 그는 서늘한 목소리로 반문했다.

"무엇을?"

"베르티움의 심복을 없앤 것. 그리고 얼마 전 가스토르의 숙소에 불을 낸 것."

데온의 얼굴에는 한 조각 변화도 떠오르지 않아 그의 표정을 통해서는 원하는 바를 알아낼 수 없었다. 그러다 마침내 느리게 벌어진 데온의 입술에서 새어 나온 말이 가시덩굴처럼 카시스의 귀를 휘감았다.

"질문의 상대가 잘못된 것 아닌가? 록사나에게 가서 물어보지 그러나?"

낮은 음성에는 비틀린 조롱이 스며 있었다. 데온을 마주한 황금빛 눈에 한순간 날카로운 빛이 명멸했다.

"말을 돌리지 마라. 지금 이 상황에 네놈의 입에서 록사나의 이름이 나올 여지가 조금이라도 있다고 생각하나?"

"록사나가 한 일이 아니라고 꽤나 확신하나 보군."

"그녀가 한 일이 아니니까."

이번에는 데온의 얼굴에 예기가 어렸다. 기실 카시스는 현상의 본질을 제대로 꿰뚫어 보고 있었다. 하지만 그의 흔들림 없는 눈빛을 마주하는 동안, 데온의 속은 서서히 뒤틀리기 시작했다.

"그래. 록사나가 직접 한 일은 아니지. 하지만 그녀가 원한 일이었다고 하면?"

그에 카시스가 얼음장처럼 차가운 냉소를 베어 물었다.

"어디까지 개소리를 지껄일 셈인지 궁금해지는데. 난 그리 한가하지 않다, 데온 아그리체."

데온은 카시스를 얼마간 서늘한 눈으로 말없이 응시했다. 그러다 무엇을 확신했는지, 이윽고 데온의 입술이 날카로운 호선을 그렸다.

"역시 록사나에게 필요한 건 나야. 네놈 따위가 아니라."

카시스의 표정에 버석거리는 균열이 생겼다.

"그녀에 대해 가장 잘 아는 것도 나고, 그녀의 옆에 있을 자격이 있는 것도 나지."

그리고 마침내 데온이 당초에 카시스가 물었던 내용에 답한 순간.

"그래, 내가 한 일이다. 록사나를 위해서."

카시스의 몸에서 일렁이던 기세가 변했다.

화악!

다음 순간 공기 중에 은은히 흐르던 꽃향기가 한결 짙게 코끝을 찔러 들었다. 녹아내리는 것 같은 붉은 노을이 데온의 시야에 넘쳐흐를 듯이 가득 들어찼다.

황혼 녘에 반쯤 먹힌 카시스의 얼굴이 그 색채와는 전혀 다른 얼음 결정 같은 온도를 머금은 채 데온을 내려다보고 있었다.

"록사나를 위해서라고?"

단숨에 틀어잡힌 멱살에 목이 조였다. 데온은 카시스에 의해 메다꽂히다시피 거칠게 밀쳐져 꽃 덤불 위에 몸을 짓눌리고 있었다. 소란을 못 이겨 떨어진 이파리와 꽃잎이 진한 향기를 머금은 채 일순간 부상했다가 곧 바람에 잘게 흩날렸다.

"그딴 헛소리를 지금 감히 네 입으로 지껄이는 건가?"

조각난 유리의 단면처럼 날카롭고 거친 눈빛이 농밀한 공기에 뒤섞여 쏟아져 내렸다. 데온은 무감하리만치 시린 눈으로 그것을 마주했다.

"도대체 뭐가 록사나를 위해서란 말이냐?"

미동 없이 늘어져 있던 데온의 손이 들어 올려진 것은 다음 순간이었다. 그러나 그는 당장에라도 잡아 빼 버리고 싶은 카시스의 심장 대신 그의 몸에 붙어 있던 다른 것을 움켜쥐었다.

파삭!

막 날아가려 하던 붉은 나비 한 마리가 데온의 손안에서 가차 없이 으스러졌다. 그것은 조금 전 데온이 보았던 것과 달리 확실한 록사나의 독나비였다.

데온은 그것이 꼭 일종의 영역 표시 같다고 생각했다. 그렇기 때문에 카시스 페넬리안을 따라온 독나비를 보고 어찌할 수 없이 속이 끓어올랐다.

"지금 이런 반응을 보인다는 것부터가 네가 록사나의 옆에 있을 자격이 없다는 증거다, 카시스 페넬리안. 넌 록사나를 이해하지 못해."

스산한 북풍이 몰아치는 것 같은 얼굴에 싸늘한 비틀림이 박혔다.

"하지만, 그래. 네게도 선택권은 있으니."

데온의 손에 거칠게 틀어잡힌 나비가 마침내 완전히 으스러져 먼지처럼 흩날렸다.

"내가 한 일을 아는 사람은 네가 유일하다. 그러니 페넬리안답게 지금 위그드라실에서 그 사실을 밝힐 텐가?"

데온의 물음에 카시스가 시리게 읊조렸다.

"그렇다 하면 다른 사람들 앞에서 쉽사리 인정하기라도 할 것처럼 말하는군."

실제로 데온이 한 일에 대한 증거는 어디에도 없었다. 그러나 데온은 한 점의 미동조차 없는 눈으로 카시스를 직시하며 말했다.

"내가 한 일을 부정할 생각은 없다. 네가 지금 저 안에 들어가서 내가 한 일을 밝힌다 해도 말리지 않아. 다만 그렇게 되면……."

그리고 이어진 그의 말은 여지없이 카시스의 속을 거칠게 긁어내렸다.

"아그리체를 다시 짊어지고 가기로 결정한 록사나에게 퍽 곤란한 일이 되겠군."

네가 그런 짓을 할 수 있겠느냐는 듯이 데온의 입꼬리가 가늘게 들렸다.

"아니면 이대로 묵인할 텐가?"

그는 계속해서 뱀처럼 속살거렸다.

"네가 록사나와 함께한다는 것은 한평생 그런 번민과 동반해야 한다는 의미다."

데온의 얼굴에 서서히 날카로운 조소가 번져 나갔다.

"록사나는 누구보다 아그리체다운 아그리체지. 아마 록사나도 그 사실을 부정하지는 못할 거야."

카시스 페델리안은 록사나 아그리체가 어디에 뿌리를 내리고 있는지 모르고 있다.

"그런 그녀와 함께하는 일이 과연 네게 쉬울까?"

아마 지금쯤 서로에 대해 모든 것을 다 알고 있다고 착각하고 있을 수는 있겠지. 하지만 과연 그 본질마저 온전히 이해하고 있다고 할 수 있을까?

"너와 우리는 결국 살아가는 물이 다르다."

아니. 그럴 리가.

"록사나의 독이 서서히 네 숨통을 조이고 심장까지 파고들어서……."

데온은 그렇지 않을 것이라 확신했다.

"종국에는 너를 죽이는 날이 반드시 찾아올 것이다."

마치 예언이라도 하듯이, 데온은 한 점의 흔들림도 없는 목소리로 그렇게 말했다.

"그리고 난 그날을 퍽 기대하고 있지."

그러니 그는 때를 기다릴 것이다. 마침내 피할 수 없는 그날이 도래해, 종국에는 록사나가 어쩔 수 없이 제 손으로 카시스 페델리안을 죽이고야 말게 되는 날을.

그때에도 록사나는 새하얀 눈물을 흘릴까?

그녀의 손으로 제 오빠인 아실의 환영을 죽였을 때처럼.

그런 생각을 하면, 늘 공허했던 데온의 심장에 스스로조차 정체를 알 수 없는 뻐근한 감정이 물살처럼 들어차는 것 같았다.

카시스는 얼어붙은 얼굴로 데온을 내려다보았다. 아까보다 한결 진해진 붉은 태양 빛이 뺨을 타고 흘러내렸다.

"그게 네 방식이로군."

마침내 굳게 다물려 있던 카시스의 입술이 천천히 벌어졌다.

"결국, 너는 어떻게든 네가 있는 밑바닥까지 그녀를 끌고 들어가고 싶은 거지."

데온은 그 말에 부정하지 않았다.

"안타깝게도 네 바람은 이루어지지 않아."

카시스는 살갗이 아릴 정도의 한기가 몰아치는 눈빛으로 눈앞에 있는 사람을 찍어 눌렀다.

"너는 대단한 착각을 하고 있군. 애초에 너와 록사나를 한데 묶을 수 있다고 생각하나? 그녀와 너는 조금도 같지 않다."

데온의 멱살을 쥔 카시스의 손에 한결 거센 힘이 들어갔다.

"록사나를 위해서라는 말로 네가 한 일을 정당화하며 자위하지 마."

그리고 다음 순간 고막을 파고든 말에, 매끄럽게 얼어 있던 데온의 얼굴에 처음으로 금이 갔다.

"그래서, 록사나가 단 한 번이라도 너를 보고 진심으로 기뻐하며 웃은 적이 있던가?"

카시스의 말은 데온의 심장을 놀랍도록 깊숙이 찌르고 들어왔다.

"데온 아그리체. 도대체 너는 왜 그런 식으로밖에 살지 못하는 거지?"

카시스는 지금 당장 눈앞에 있는 남자를 이 세상에 흔적도 없이 지워 버리고 싶은 욕망을 온 힘을 다해 억눌러 참았다.

"네 말처럼 그렇게 무엇이든 부수고 없애는 것만이 정말 록사나를 위해 네가 할 수 있는 유일한 일이라면, 오히려 그것을 수치스럽게 여겨야지. 넌 그게 꽤나 자랑스러운가 보군?"

죽이고 싶지만 죽일 수 없다. 그녀에게 감히 시선조차 닿지 못하게 떼어 놓고 싶지만 그럴 수 없다.

지금 시선을 맞대고 있는 두 사람 모두의 심중을 차지한 공통된 모순이었다.

"데온 아그리체, 록사나는 너를 원하지 않아."

이내 카시스는 데온에게 시선을 정면으로 맞대며 차디찬 눈빛과 달리 고요하게까지 느껴지는 담담한 음성으로 말했다.

"하지만……. 그래. 설령 정말 네 망상 어린 말처럼 록사나가 스스로 네가 있는 어둠으로 가기를 원한다 해도."

어디까지나 만에 하나의 가정이었고, 그것은 결코 현실에서 벌어지지 않을 일이었다.

그렇기에 무의미한 말이기도 했다.

하지만 카시스는 설령 그것이 그의 앞에 놓일 불변의 미래라 해도 추호의 망설임 없이 말할 수 있었다.

"기꺼이 그 손을 잡고 나락까지 함께 걸어 들어갈 수 있는 사람이 너뿐이라고 자만하지 마라."

카시스는 싸늘하게 내리깐 시선으로 데온을 꿰뚫어 보다가 마침내 손을 놓았다. 그리고 더는 시선조차 둘 가치가 없다는 듯, 한 번도 뒤

돌아보지 않고 그대로 자리를 떠났다.

멀어지는 사람과 남겨진 사람, 둘 모두의 위에 질척한 붉은빛이 아낌없이 내리부었다.

파삭.

데온은 어느새 또 으스러지게 움켜쥐고 있던 손에서 힘을 풀었다. 그 사이로 본래의 형체가 남지 않은 짓이겨진 꽃잎이 잔디의 녹색 물결 위로 진물처럼 추락했다.

"데온. 이제 난 당신이 필요 없어."

"데온 아그리체, 록사나는 너를 원하지 않아."

조금 전 들은 카시스 페델리안의 말이 록사나의 목소리와 뒤섞여 속을 할퀴어 내렸다. 데온은 그 말을 죽어도 인정할 수 없었다.

록사나에게는 데온이 필요했다. 록사나가 원하는 것을 그녀의 품에 안겨줄 수 있는 사람은 다른 누구도 아닌 데온이었다.

오직 그것만이 지금의 데온을 살게 하는 이유였다.

그러니 만약 록사나가 끝내 부정한다면, 무슨 수를 써서라도 직접 쓸모를 입증하고야 말리라. 하여 종국에는 그녀의 입으로 데온에게 한 말을 직접 번복할 수밖에 없도록.

허공 너머를 응시하는 붉은 눈동자가 더없이 차갑고 명료했다. 데온은 불길한 그림자를 등 뒤에 드리운 채 인적 없는 후원을 빠져나갔다.

"헉!"

닉스는 급히 숨을 들이켜며 잠에서 깨어났다. 눈을 떠 보니 여전히 좁은 방 안이었다. 매일같이 반복되었던 밤 때문인지, 지금 그가 아직 꿈속에 있는지 아닌지 자못 헷갈렸다.

닉스는 잠깐 초점 없는 눈을 깜빡이며 가만히 누워 있다가 옆으로 몸을 굴렸다. 언젠가부터 여러 가지 꿈들을 번갈아 가며 꾸고 있었지만 그래도 이번에는 심장을 꿰뚫리는 꿈이 아니었다. 그래서 지금은 꼴사납게 숨을 헐떡이며 가슴께를 더듬거리지 않아도 되었다.

"윽."

하지만 닉스는 다른 이유로 몸을 작게 경련했다. 어쩐지 온몸이 아린 느낌이었다. 청의 귀공자와의 일도 있었지만 사실 이렇게 몸 상태가 나빠진 것은 베르티움에서 큰 부상을 입은 뒤부터였다. 아무래도 그때 이미 육체에 치명적인 결함이 생긴 듯했다.

철컹.

그러다 문득 고막을 파고든 소리에 닉스는 손목을 감싸고 있는 차가운 쇳덩이를 내려다보았다.

불현듯 요즘 밤마다 그를 찾아오는 이상한 꿈이 떠올랐다.

꿈이란 원래 그런 것인가.

분명 자신에게 실재했던 일이 아닌데도, 꿈속에서 본 장면들이 꼭 본래 그가 가지고 있던 기억이기라도 한 것 같은 착각이 일어날 때가 종종 있었다.

요즘 꾸었던 꿈 중 하나에서 그는 이런 것을 해제해 본 적이 있었다. 꿈에서의 닉스는 직접 자신의 손목에 수갑을 차고, 이것의 잠금 장치를 해제하는 방법을 누군가에게 가르쳐 주고 있었다. 그것은 닉스가 아는 사람과 몹시도 닮은 금발 적안의 어린 소녀였다.

"젠장……. 내가 미쳐 가고 있는 건가?"

어쩐지 아주 더러운 기분이 들었다. 지금 그가 느끼고 있는 이 산란한 기분을 뭐라고 정의해야 할지 알 수가 없었다.

다시금 사지가 욱신거렸다. 오늘은 머리도 조금 아픈 것 같다. 이럴 때 위그드라실 밖에서 실비아 페넬리안이 손을 댔을 때의 느낌을 떠올리면 그래도 증상이 조금은 완화되는 것 같았다. 그래서 닉스는 눈을 감고 애써 그때의 기억을 되살렸다.

닉스 역시 노엘이 위그드라실에 도착했다는 소식을 전해 들었다. 페넬리안의 피도 눈물도 없는 심복들과 달리 그래도 다른 가문 소속의 보초들은 닉스에 대한 동정심을 조금쯤은 갖고 있는 것 같았다. 인형이라 해도 일단 겉으로 보기에 사람과 다를 것은 거의 없었기 때문에 쉽게 연민을 품은 것인지도 몰랐다.

노엘이 위그드라실에 있다고 생각하자 어쩐지 초조한 마음이 생겨났다. 이렇게 방구석에 처박혀 가만히 있을 것이 아니라 무언가라도 해야 할 것 같은 생각에 조급해졌다. 정작 그 '무언가'가 뭔지도 모르면서도.

철그럭.

닉스는 무의식중에 손목을 더듬었다. 워낙에 생생했던 꿈이라 그런지 지금도 왠지 이것을 제 손으로 풀 수 있을 것 같은 느낌이 들었다.

이후 정말 손을 움직여 본 것은 닉스에게 별다른 의미는 없는 일이었다.

철컹. 찰그랑!

하지만 곧이어 바닥에 무언가가 떨어지는 둔탁한 소리가 울리며 손이 자유로워진 순간, 닉스는 화들짝 놀라 정신을 차리고 말았다.

"뭐, 뭐야?"

얼마나 당황했던지 말까지 더듬었다. 지금 그의 발치에 떨어진 것은 분명 조금 전까지만 해도 그의 손목을 옥죄고 있던 쇳덩어리였다.

잠깐 멍하니 서 있던 닉스가 잠시 후 입술을 꾹 깨문 뒤 무언가를 확인하려는 것처럼 다시 한번 손을 움직였다.

철컹!

이번에는 발목에 있던 족쇄를 해제했다. 닉스가 사지의 자유를 되찾은 것은 순식간의 일이었다.

하지만 기쁨이나 해방감과는 거리가 먼 감정에 젖은 닉스의 얼굴은 다소 창백하게 질려 있었다.

잠깐 그답지 않은 모습으로 주춤거리며 어쩔 줄 몰라 하던 닉스가 곧 지금 자신이 처한 상황을 깨달은 듯이 퍼뜩 고개를 들었다.

그를 묶어 놓고 있던 족쇄는 이미 풀어졌고, 지금 이 방 안에는 그를 감시하는 사람이 아무도 없었다.

닉스의 시선이 문으로 향했다. 저 밖으로 나가면 필히 보초와 실랑이를 벌여야 할 것이다.

그렇다면 다른 방법은……. 뒤이어 그의 푸른 눈동자가 고정된 곳은 철창으로 막힌 창문이었다. 그는 저 철창을 소리 없이 제거하는 방법도 꿈을 통해 알고 있었다.

아그리체의 남매들 중 한 명으로, 올해 봄부터 열여덟 살이 된 지젤은 남몰래 덤불 속에 들어가 주변을 뒤지고 있었다.

그녀는 휘페리온과의 도박 자리에서 카드를 날려 그들에게 겁준 장본인이기도 했다. 하지만 곧 그녀는 아무런 수확도 얻지 못하고 손을 털 수밖에 없었다.

'이상하네. 건물 옆쪽의 길에 독초가 있다고 해서 와 봤는데.'

혹시 이 길이 아닌가? 그것을 발견한 이복형제도 산책을 하다가 우연히 보았다고 했으니, 어쩌면 다른 산책로일 가능성도 있었다.

'그걸로 휘페리온을 골려주려고 했는데, 아무래도 다른 데를 찾아봐야겠어.'

그렇게 그녀가 이대로 장소를 옮기는 것을 고려하고 있던 찰나였다.

휘익! 풀썩!

별안간 갑자기 옆쪽에서 무언가가 휙 떨어져 내리는 느낌이 들었다. 의문을 품고 고개를 돌린 지젤의 눈에 들어온 것은 바닥에 날렵하게 착지한 자세로 주저앉아 있는 어떤 소년이었다.

햇빛에 반사된 금발이 유독 환하게 반짝였다. 그녀가 시선을 움직인 것과 거의 동시에 소년도 고개를 들었다.

"어?"

그 순간 지젤은 저도 모르게 입을 벌리고 말았다.

누군가와 닮았다.

경황이 없어 그 누군가가 누구인지는 곧바로 떠오르지 않았다.

다만 지금 보고 있는 얼굴이 어쩐지 낯이 익다고 생각하다가…… 소년이 자리를 박차고 앞으로 달려나가는 순간 머릿속에 부유하는 기시감의 정체를 깨달았다.

이복 언니 록사나와 상당히 닮은 얼굴이었다. 옛 기억을 더욱 깊숙이 파헤치자, 록사나 위로 덧씌워지는 또 다른 얼굴이 있었다.

오래전 과거에 사라진 사람. 하지만 록사나와 나이가 크게 차이 나지 않던 아그리체의 아이들이라면 누구나 그를 기억하고 있을 터였다.

유년 시절, 저택 내에서 우연히 마주치기라도 할 때면 늘 웃는 낯으로 먼저 다가와 사탕 따위를 손에 쥐여 주곤 하던 별종.

아그리체에 어울리지 않게 티 없이 맑고 선량한 미소를 가지고 있던 소년.

꼭 천사같이 아름다워, 특히 록사나와 함께 나란히 서 있을 때면 그 아그리체가 천국이라도 된 것처럼 느껴지게 만들던…….

그러나 아버지 란트에 의해 폐기 처분 선고를 받고 데온의 손에 죽은 이복형제.

"아실……?"

마침내 듣는 이 없는 혼잣말이 소년의 빈자리에 멍하니 울려 퍼졌다.

"거기 서!"

닉스 뒤로 금방 추격자가 따라붙었다. 철창을 뜯고 창문으로 뛰어내릴 때 소리를 완전히 감추지 못해 그의 탈출 사실을 곧바로 알아차린 모양이었다.

닉스는 도주에 더 박차를 가했다. 노엘과 합류해야 했다는 생각이 뒤늦게 들었으나 이미 그가 있는 건물에서 멀어진 뒤였다.

하지만 일단 먼저 이곳을 뜨고 나면 노엘, 단테와는 나중에 기회를 봐서 위그드라실 밖에서 만날 수 있을 것이다.

그러나 기실 닉스가 지금 노엘을 찾지 않는 이유는 그것뿐만이 아니었다. 그는 노엘과 베르티움에 대한 까닭 모를 거부감을 느끼고 있었다.

그것은 페넬리안에서부터 그에게 간교하게 속살거렸던 록사나 때문이기도 했고, 위그드라실에 들어오면서부터 꾸게 된 꿈들 때문이기도 했다.

닉스는 그의 뒷덜미를 잡아당기는 것 같은 잡념들을 애써 떨쳐 버리고, 추격자들을 따돌리기 위해 옆에 솟은 우거진 초목 속으로 들어갔다.

"어머, 뭐야!"

"갑자기 어디서 튀어나온⋯⋯!"

그런데 어째 길을 잘못 든 것 같았다. 안쪽의 탁 트인 공간에는 사람들이 스무 명가량 모여 있었다. 팔자 좋게 차를 마시며 담소라도 나누고 있던 모양이다.

쾅! 덜컹! 와장창⋯⋯!

"꺅!"

"앗, 뜨거!"

사람들을 둘러 피해 갈 여유가 없어서 닉스는 그대로 지면을 박차고 테이블 위로 뛰어올랐다. 그 반동으로 찻잔과 접시들이 몇 개 바닥으로 떨어져 깨졌다. 정원은 그로 인해 금방 아수라장이 되었다.

"잠깐, 저 사람⋯⋯!"

그때, 닉스의 얼굴을 본 아그리체의 사람 중 몇 명이 멈칫했다. 그러나 아그리체에서 다른 반응이 나오기도 전에 괴한의 정체를 아는 사람이 나타났다.

"닉스!"

실비아는 테이블 위를 초토화시키며 이동하는 닉스를 보고 저도 모르게 그의 이름을 소리 내 불렀다.

그녀는 오랜만에 바깥의 모임에 참석한 참이었다. 그런데 지금 이 자리에 있어서는 안 될 사람이 갑자기 눈앞에 나타났다.

소란 속에서도 자신의 이름을 부르는 소리를 들었는지, 테이블 사이를 빠르게 넘어 움직이던 닉스가 고개를 돌렸다. 실비아를 시야에 담은 찰나의 순간 닉스의 눈매가 움찔 떨렸다.

"베르티움의 인형!"

하지만 곧바로 뒤에서 그를 쫓는 추격자가 나타났기에 오래 뜸 들일 겨를은 없었다. 닉스는 본능적으로 자신에게 가장 유리한 상황을 점할 방법을 찾아 몸을 움직였다.

정원 입구에서 자리를 지키고 있던 페델리안의 심복들도 상황을 보고 급히 달려오고 있었다. 가장 먼저 목적하던 대상에게 닿은 것은 닉스였다.

그는 실비아를 잡아당겨 허리를 낚아채다시피 붙들고 자리를 박찼다. 그 순간 닉스를 쫓던 자들과 페델리안의 심복들이 동시에 움직임을 멈추었다.

닉스의 생각대로 일단 페델리안의 공주를 붙잡는 데 성공하자 다른 이들은 그에게 쉽게 접근하지 못했다. 행여나 닉스가 실비아를 다치게 만들기라도 할까 긴장한 기색이 얼굴에 역력했다.

닉스는 그들과 대치한 상태로 실비아의 목을 둘러 감싼 팔에 힘을 주었다. 실비아도 자신이 인질로 잡힌 상황에 당황했는지 붙들린 몸을 바싹 굳히고 있었다.

급박한 상황임에도 닉스는 어쩐지 그것이 조금 신경 쓰였다. 어찌 보면 은혜를 원수로 갚고 있는 셈이 아닌가?

그러나 언제부터 닉스에게 그런 도덕적인 양심이 있었단 말인가. 그럼에도 마음이 편치 않은 것은 여전해서 닉스는 괜히 실비아를 더 거칠게 잡아끌었다.

하지만 정작 그녀의 귀에 대고 속삭인 말은 행동과 달랐다.

"여길 벗어날 때까지만 가만히 있어. 그럼 다치게는 하지 않을 테니까……."

휘익! 퍽!

"헉……!"

하지만 바로 다음 순간 닉스는 어떤 힘에 의해 순식간에 몸의 급소세 군데를 연달아 가격당했다. 의식을 잃을 정도로 강한 힘은 아니었지만 정확한 지점을 노려 타격이 작지 않았다. 닉스가 불시의 기습에 저도 모르게 실비아를 잡은 팔을 느슨히 했다.

퍼억!

그사이에 닉스에게서 완전히 몸을 빼낸 실비아가 팔꿈치로 닉스의 콧잔등을 가차 없이 쳐올렸다. 그러는 바람에 그는 비틀거리며 뒤로 주춤 물러나고 말았다.

"크윽, 너……."

고개를 숙이자 잔디 위로 후두둑 피가 떨어졌다. 이번에도 굉장히 정확도가 높은 가격이었고, 실비아의 행동에는 망설임이 없었다. 닉스로서는 미처 생각지 못했던 당황스러운 일이었다.

"지금이다! 잡아!"

그가 방심한 사이 기회를 놓치지 않고 페델리안의 심복들이 달려들었다. 그들은 얼른 실비아를 안전하게 보호하고 닉스를 공격했다. 그를 쫓아온 추격자들도 거기에 가세했다.

양쪽에서 달려드는 사람들에게서 완전히 벗어나는 것은 사실상 불가능해 보였으나 닉스는 상상 이상으로 굉장히 민첩했다.

물 흐르는 듯한 동작으로 자신을 향한 공격들을 모두 피해낸 닉스가 재빨리 반격을 꾀했다. 그 예사롭지 않은 일련의 움직임을 본 아그리체의 사람들이 어째서인지 동요했다.

콰앙!

그때, 돌연 닉스의 옆쪽으로 테이블이 날아들었다. 닉스가 반사적으로 팔을 올려 그것을 막아내는 동안 다른 사람들이 곧장 닉스를 덮쳤다.

닉스는 그들을 뿌리치기 위해 움직였다. 하지만 잇따라 누군가에게 턱을 걷어차여 골이 뒤흔들리는 느낌을 받으며 휘청이고 말았다.

퍼억!

그 후 강한 악력이 뒷덜미를 눌러 그를 바닥에 메다꽂다시피 처박았다. 신음하는 닉스의 머리 위로 차가운 목소리가 떨어져 내렸다.

"아직도 이렇게 발악할 힘이 남아 있었다니, 놀랍군."

그 얼음장 같은 음성을 듣고 닉스가 몸을 바짝 경직시켰다.

"역시 그때 내가 널 지나치게 많이 봐줬던 모양이지?"

카시스 페델리안의 목소리를 듣는 순간, 얼마 전 그로 인해 겪었던 몸서리쳐지는 격통이 다시금 온몸에 각인되는 듯했다. 닉스는 천적을 눈앞에 둔 짐승처럼 파르르 몸을 떨었다.

"실비아, 다친 곳은?"

"어, 없어."

먼저 실비아의 안위를 확인한 카시스가 정원에 있던 사람들이 웅성거리는 소리를 듣고 인상을 찌푸렸다.

"도대체 저 사람은 누구지?"

"세상에, 지금 분명 페넬리안 양을 붙잡아 가려고 했던 거 맞죠?"

"저런 사람은 그동안 본 적이 없었는데, 혹시 외부에서 온 침입자인가?"

이런 식으로 닉스의 존재가 사람들의 앞에 드러나게 되다니. 당초의 예정과 다른 일이었다.

"이게 웬 소란이지?"

시끄러운 소리를 듣고 뒤늦게 찾아온 다른 사람들도 소란에 가세했다. 거기에는 리셀 페넬리안과 히아킨 휘페리온, 그리고 오르카 휘페리온도 속해 있었다.

두 수장도 금세 상황을 파악하고 골치 아픈 표정을 지었다.

"아, 이게 바로 그 소문의 인형입니까?"

오르카만이 흥미 어린 눈을 빛내며 가벼운 반응을 보이고 있었다. 휘페리온의 수장인 히아킨이 눈살을 찌푸리며 눈치를 주었으나 오르카는 그저 카시스에게 제압당해 짓눌린 닉스를 호기심 어린 눈빛으로 관찰할 뿐이었다.

그러다 정원에 서 있는 사람들을 가르고 누군가가 나타났다.

"무슨 일인가요? 다과회가 있다고 들었는데 왜 다들 서 계시는 거죠?"

낭랑한 목소리가 울리는 순간, 당연한 수순처럼 그 자리에 있던 사람들의 눈길이 일제히 그녀에게 모여들었다.

군중들 앞으로 모습을 드러낸 것은 록사나였다. 변함없이 무결한 아름다움이 사람들의 시선을 단번에 사로잡았다.

카시스는 옆에 있는 사람들과는 조금 다른 의미로 록사나의 얼굴을 약간 가라앉은 눈으로 응시하다가 입술을 뗐다.

"베르티움의 인형이 방금 탈출을 시도했다가 붙잡혔습니다."

그제야 카시스와 그의 밑에 깔린 닉스를 발견한 듯, 록사나가 훅 숨을 들이켰다.

"그럴 수가……. 혹시 다친 사람은 없나요?"

"일단은 없는 듯합니다만."

카시스는 그녀의 물음에 짧게 대답한 뒤 몸을 움직여 제압하고 있던 닉스를 일으켜 세웠다. 그때 흥미로운 눈으로 상황을 관망하고 있던 오르카가 옆에서 끼어들었다.

"뭐, 요행히 부상자는 없는 듯하지만 인질이 될 뻔했던 사람은 있지요."

당시의 상황을 목격한 사람들의 시선이 일제히 실비아에게 날아가 박혔다.

"시도로만 그쳐서 참 다행이지 않습니까, 페넬리안 양?"

오르카가 실비아를 돌아보며 빙긋 웃었다. 카시스의 서늘한 시선이 공연히 앞으로 나선 오르카에게 닿았다.

갑자기 이목이 집중된 실비아가 당황하다가 록사나의 눈빛을 받고 얼른 고개를 저어 자신의 무사함을 피력했다.

"저는 괜찮아요. 다친 곳도 없고 멀쩡하니까요."

그럼에도 록사나의 얼굴은 좀처럼 밝아지지 않았다.

사실 록사나는 겉보기와 달리 지금 심기가 매우 불편한 상태였다. 그 이유는 당연히 데온과 닉스 때문이었다. 바로 직전에 카시스와 데온이 만난 일로 록사나의 신경은 날카롭게 곤두선 상태였다.

도중에 데온 때문에 나비와의 연결이 끊겨서 두 사람이 무슨 이야기를 더 나누었는지는 확인하지 못했지만, 이전까지 들은 내용만으로도 마음이 산란해지기는 충분했다.

그런데 닉스까지 건방지게 방에서 제멋대로 탈출하다니. 더군다나 그것만으로도 모자라 닉스는 실비아를 인질로 삼으려 하기까지 했다.

록사나는 나비를 통해 닉스가 방에서 탈출하는 장면을 두 눈으로 직접 보았다. 그 수법이 아그리체와 상당히 비슷해 보인 것은 단순한 착각일까. 그때의 광경을 다시금 떠올려 생각하는 동안 록사나의 마음도 점차 차갑게 가라앉아 갔다.

어수선한 공기가 사방에서 밀려드는 것이 느껴졌다. 사람들은 모두 닉스에 대해 숙덕이며 떠드는 중이었다. 직전에 추격자들이 지칭한 '베르티움의 인형'이 뭔지에 대해 수런거리는 데 이어, 개중에는 저 정체 모를 괴한의 얼굴이 누군가와 닮은 것 같지 않으냐고 귓속말하는 사람들도 있었다.

닉스의 돌발 행동으로 기분이 몹시도 저조해졌으나 이미 벌어진 일은 어쩔 수 없었다.

록사나의 얼굴에 미안함과 자책감이 뒤섞인 표정이 떠올랐다. 일부러 만들어 보인 얼굴이었지만 일부는 진심이기도 했다. 록사나는 격식을 갖춘 자세로 고개를 작게 숙여 보인 뒤 모여 있는 사람들에게 말했다.

"지금 일어난 불민한 일에 대한 일부 책임은 아그리체에도 있으니, 가문의 일원으로서 피해를 입은 분들께 죄송한 마음을 전합니다."

사정을 아는 사람들은 침묵했고, 모르는 사람들은 왜 록사나가 이런 행동을 보이는지 몰라 의아해했다. 록사나는 닉스에게 직접적으로 피해를 입었던 실비아에게도 따로 사과했다.

"끔찍한 일을 겪게 해서 정말 미안해요, 실비아 양."

"그, 그러지 마세요! 전 정말 아무렇지 않은걸요."

실비아가 고개 숙인 록사나를 보고 발을 동동 구르며 어떻게 좀 해 보라는 듯이 리셀과 카시스를 쳐다보았다.

"사과하지 마십시오, 아그리체 양. 지금 이 인형이 벌인 일로 당신이 책임을 느낄 필요는 조금도 없습니다."

사람들의 호기심과 의문 어린 시선을 뒤로한 채 카시스가 입을 연 것은 그때였다.

"베르티움에서 만든 이 인형의 현 소유주는 어디까지나 노엘 베르티움이 아닙니까."

그 순간 주위에 있던 사람들이 또 조금 시끄러워졌다. 이후 덧붙여진 카시스의 말을 듣고는 더욱 그랬다.

"베르티움에서 만든 저 인형이 죽은 당신 오빠의 시신을 입고 있는 것도, 현재의 아그리체가 의도한 일이 아니니."

사람들은 지금 자신들이 들은 말이 무엇인지 귀를 의심했다. 무언가 엄청난 말이 청의 귀공자의 입에서 나왔는데, 그것을 쉬이 이해할 수가 없었다.

"그러니 당신도 피해자나 마찬가지입니다. 다른 가문의 대표들도 지금 일어난 일로 아그리체를 탓하지 않을 테니 안심하십시오."

곁에 있던 수장들도 카시스의 말을 막거나 구태여 무어라 반박하지 않았다.

어차피 베르티움의 청문회가 목전이었다. 또 오늘 이런 식으로 닉스의 모습이 드러난 이상 어차피 다른 사람들에게도 인형에 관한 일을 설명해야 했다.

그 혼란스러운 아우성 속에서 록사나의 눈길이 옆으로 움직였다. 그녀의 시선은 아직도 코에서 피를 흘리고 있는 닉스에게 가서 멎었다.

바로 그 순간이었다. 그 자체로 더없이 가련하고 미려한 아름다움을 풍겨내고 있던 여인의 얼굴에 보는 이의 애간장을 다 녹이게 만드는 애처로운 감정이 번져 든 것은.

그 모습을 목격한 사람들은 숨이 턱 막히는 기분을 느끼며 저도 모르게 입을 벌리고 말았다. 닉스도 그런 록사나와 시선이 마주치는 순간 흠칫 놀라 카시스에게서 벗어나기 위해 몸을 비틀던 것을 멈추었다.

몇 번인가 붉은 입술을 작게 달싹이던 록사나가 결국 그 사이로 실낱같은 목소리를 내뱉었다.

"……혹시 그를 데려가기 전에 피를 닦아줘도 될까요?"

카시스가 일순간 눈동자를 굳혔다가 곧 작게 고개를 끄덕였다. 그에 록사나가 자리에서 걸음을 뗐다. 그녀는 닉스에게 다가가 천천히 손을 뻗었다.

당장에라도 팔을 들어서 그것을 맞잡아줘야 할 것처럼 아주 연약한 몸짓이라, 닉스는 그 모습을 멍하니 쳐다보았다. 지금까지 그녀가 닉스에게 보였던 냉혹한 모습조차 단숨에 잊혔다. 어째서인지 지금 이 손에 닿으면, 그의 중요한 부분이 완전히 변할 것만 같은 이상한 예감이 들었다.

그러다 마침내 서글픈 빛을 띤 록사나의 입에서 가냘프게 새어 나온 이름을 듣고.

"……아실."

닉스는 벼락에라도 맞은 것처럼 얼어붙었다. 아까부터 기이하게 술렁이고 있던 아그리체의 사람들도 그에 못지않게 동요해 수군거렸다. 소스라치게 놀란 닉스가 반사적으로 눈앞에 내밀어진 하얀 손을 매몰차게 쳐냈다.

철썩!

닉스를 압박하고 있는 카시스의 손길에 순간적으로 더 강한 힘이 더해졌다.

"누나!"

그 기묘한 긴장감을 깨트린 것은 제레미였다. 그는 록사나를 향해 검은 머리카락을 마구 휘날리며 달려오고 있었다. 그런 제레미의 뒤를 이어 바드리사와 류자크, 그리고 쟌느도 정원에 들어서는 중이었다. 공교롭게도 제레미는 조금 전에 닉스가 록사나의 손을 거칠게 쳐내는 장면을 본 모양이었다.

"너……! 누나한테 감히 이게 무슨 짓이야?"

황급히 록사나의 곁으로 다가온 제레미가 얼른 그녀를 보호하듯이 감싸며 넋을 놓고 서 있는 닉스를 향해 으르렁거렸다.

"네가 아실의 몸을 가지고 있으면 다야? 그래 봤자 가짜인 주제에……! 그런데 네까짓 게 지금 감히 누나를 공격해?"

그 기세가 오죽 사납던지, 가만히 두면 당장에라도 닉스에게 달려들어 그의 얼굴을 후려치고도 남을 것 같았다.

"진정하게, 흑의 수장."

히아킨 휘페리온이 제레미를 말렸다. 그래도 제레미는 아직 분노가 삭여지지 않는지 닉스에게 형형한 눈빛을 쏘아 보냈다.

"베르티움의 인형이 왜 여기에 있는 겁니까?"

"그건 보초를 서던 이에게 물어야 할 듯하네. 지금은 자리가 좀 그러니 다른 곳에 가서 경위를 알아보도록 하지."

리셸에 이어, 잠시 상황을 살피던 바드리사도 거들었다.

"내 생각에도 그게 좋을 것 같군. 자네의 누이도 많이 놀란 듯하니 일단 지금은 마음을 진정시켜주는 게 좋을 듯하네만."

결국 제레미도 어쩔 수 없다는 듯이 수긍하며 록사나를 돌아보았다.

"누나 괜찮아?"

"괜찮아."

록사나를 향한 그의 표정에는 걱정이 가득했다. 록사나는 그런 제레미의 손을 좀 더 세게 그러쥐며 대답했다.

그러나 애써 담담하게 내뱉는 음성과 달리 음영 진 눈동자에는 여린 빛이 가득해, 사실은 그녀가 지금 닉스와 마주한 일로 적지 않은 심적 타격을 받았다는 것을 유추할 수 있었다.

"누나, 방으로 들어가자. 안색이 창백해."

제레미는 눈치 있게 옆에서 록사나를 위로했다.

"아니야. 나보다는 큰일을 겪을 뻔한 실비아 양이 걱정이지."

록사나의 염려 어린 눈빛이 다시금 자신을 향하자 실비아가 얼른 고개를 저었다. 제레미도 아그리체의 수장으로서 실비아의 안부를 확인했다.

"그러고 보니 저 베르티움의 인형 때문에 큰일을 겪을 뻔하셨다지요? 괜찮으십니까, 페넬리안 양?"

"네, 정말 괜찮아요. 걱정해 주셔서 고마워요."

카시스가 그만 상황을 정리하기 위해 덧붙였다.

"아그리체 양도, 그리고 실비아도 그만 방으로 들어가 안정을 취하는 편이 좋을 것 같습니다."

카시스와 록사나의 눈길이 일순간 마주쳤다. 나누고 싶은 이야기가 있었지만 지금은 때가 아니었다.

록사나가 먼저 시선을 내리깔았다.

"그럼 먼저 실례하겠어요."

이런 상황에서 그녀를 붙잡을 사람은 아무도 없었다. 사정을 정확히 모르는 사람들도 조금 전까지 들은 내용을 주워 모아 저들끼리 나름대로 추론한 것들을 소곤거렸다.

닉스는 이미 다른 심복들에게 붙들려 이송되는 중이었다. 그는 어째서인지 멍해져서 전투 의지를 완전히 잃은 것처럼 행동하고 있었다.

록사나와 제레미가 먼저 몸을 돌리자 아그리체의 사람들이 우르르 그 뒤를 따랐다. 각 가문의 수장들도 자신의 식솔들을 이끌고 움직였다.

실비아는 멀어지는 닉스의 뒷모습을 바라보았다. 그가 있던 자리는 피로 작게 얼룩져 있었다.

"여길 벗어날 때까지만 가만히 있어. 그럼 다치게는 하지 않을 테니까……."

문득 아까 귓가에 속삭여졌던 목소리가 떠올라 기분이 이상해졌다. 행동은 다소 거칠었지만 어쩐지 닉스는 정말 진심으로 실비아를 위협하려던 것은 아닌 듯했다.

물론 그래도 그녀는 반사적으로 닉스를 공격하고 말았고, 그건 어쩔 수 없는 일이었다고 생각했지만……. 그래도 괜스레 마음이 조금 무겁고 복잡해졌다.

"실비아."

카시스가 실비아에게 다가간 것은 그때였다. 하필 닉스에 대해 생각하고 있던 참이라 실비아는 도둑이 제 발 저린 격으로 깜짝 놀라고 말았다.

"베르티움의 인형 때문에 많이 놀랐을 텐데 괜찮아? 정말 다친 곳은 없는 거지?"

하지만 카시스는 역시 자상한 오빠답게 다시금 실비아의 몸 상태를 걱정해 물었을 뿐이었다.

"으응, 괜찮아."

그는 대답하는 실비아의 얼굴을 살피듯이 잠깐 물끄러미 응시했다. 그러다 정말 그녀가 괜찮다는 것을 확인한 후, 카시스가 다시 입을 열었다.

"조금 전에는 잘했어, 실비아."

"으응?"

실비아의 어깨에 다독이는 듯한 손길이 내려앉았다. 뜻밖의 칭찬에 실비아는 멈칫했다. 카시스는 대견하다는 듯이 고개를 끄덕이며 말을 이었다.

"다른 사람들과 혼자 떨어져서 무섭고 놀랐을 텐데, 당황하지도 않고 아주 용감하게 행동했어. 더군다나 배운 걸 실전에서 사용한 게 처음인데도 그렇게 정확히 급소를 공격하다니. 갑작스러운 상황에서도 그렇게 침착하게 대응하는 건 아무나 할 수 있는 일이 아니지."

사실 실비아가 위그드라실에 와서 혼자 자신의 삶을 돌아보며 회의감을 느낀 것과 달리, 그녀도 그동안 페넬리안에서 마냥 온실 속의 화초처럼 보호만 받으며 한가히 지내온 것은 아니었다.

애초에 가족들이 그녀를 다소 과보호했던 이유가 이유이니만큼, 만약의 상황에 대비해 호신술을 비롯하여 각종 무술 등도 상당히 여러 종류를 배웠다고 자부할 수 있었다.

물론 지금까지는 그런 것들을 실전에서 써먹을 일이 전혀 없었다. 그 때문에 이런 식으로 불시에 기습당해 거기에 대처하는 것도 처음 있는 일이었다.

그래서 조금 전에도 멍청히 있다가 닉스에게 붙들린 것에 약간 의기소침해져 있었는데……. 그런데 카시스는 그런 그녀에게 오히려 칭찬을 해주었다.

실비아가 알고 있는 그녀의 오빠는 절대 빈말을 하지 않았다. 그렇다면 지금 그가 하고 있는 말은 진짜 카시스의 진심이라는 의미였다.

실비아의 얼굴에 환한 생기가 피어나기 시작했다. 그녀는 눈을 반짝이며 재차 카시스에게 확인했다.

"나 진짜 잘했어?"

"그럼. 만약 다른 사람이 너 대신 그런 상황에 처했다고 해도 분명 더 잘 해내지는 못했을 거야."

"카시스 말이 맞다."

어느새 다가온 리셸과 쟌느도 실비아의 등을 다독이며 긍정했다.

"네가 베르티움의 인형을 직접 상대했다니, 놀랍구나. 나도 네 나이때 그렇게 의연히 대처하지는 못했던 것 같은데 아주 훌륭하다."

"그래, 실비아. 소식을 듣고 놀라서 달려왔는데, 네가 그 인형을 제압했다지? 대단하구나."

요즘 딸의 기분이 계속 가라앉아 있었다는 것을 알기에 일부러 더 힘껏 기운을 북돋아 주었다.

그 효과는 상당히 커서, 실비아는 그들의 아낌없는 칭찬을 듣고 한동안 우울했던 것이 아예 없던 일인 것처럼 다시금 밝게 웃을 수 있게 되었다.

록사나는 정원을 빠져나오며 서서히 표정을 차게 굳혔다. 제레미가 록사나와 그의 뒤를 따라오는 아그리체의 사람들을 돌아보며 말했다.

"할 말 있으면 하든가, 아니면 눈에 안 보이는 데로 가든가."

그러자 입이 간지러워 죽겠다는 얼굴을 하고 있던 그들이 냉큼 입을 벌렸다.

"아까 본 사람이 아실이라는 게 무슨 말이야?"

"아실은 벌써 오래전에 죽었잖아?"

"아까 그게 베르티움의 인형이라는 건 또 무슨 소리고."

록사나와 제레미는 잠깐 시선을 맞댔다. 의견을 구하는 듯한 제레미의 눈빛에 록사나가 고개를 끄덕였다. 어차피 조금 전 정원에서의 일도 있었고, 이제는 그들에게도 닉스에 대해 알려주어야 할 때가 되었다. 아마 다른 가문의 수장들도 지금쯤 아까 있었던 일을 가솔들에게 설명하고 있을 것이다.

"안으로 들어가자. 말해줄 테니까."

정원에 있던 이들뿐 아니라 다른 방에 있던 이복형제들도 전부 불러 모았다. 그런 뒤 베르티움의 인형에 대한 설명을 간략하게 해 주었다.

"정말 그게 아실의 시체라고?"

"그럼 그동안 폐기 처분 당한 놈들이 전부 관짝에 실려서 베르티움에 보내졌단 말이야?"

"아버지 미친 거 아냐?"

"아니, 무슨 시체까지 재활용을 하고 지랄이람."

그동안 아그리체에서 보고 자란 것이 있으니 새삼스럽게 란트에게 배신감을 느낄 일은 아니었다. 그러나 얼마 전부터 란트에 대한 적개심을 은근히 축적하고 있던 남매들은 이 새로운 소식에 질겁했다.

죽은 이복형제들의 시체를 베르티움에 보내 정체도 알 수 없는 실험에 사용하게 했다니, 꺼림칙함을 느낄 수밖에 없었다.

다만 개중에는 베르티움의 인형술에 관심을 보이는 놈들도 있었다. 그중에서도 특히 사상이 건전치 못한 놈들은 베르티움의 인형술을 배워서 자신의 죽은 장난감과 박제품을 살아 움직이게 만들고 싶다는 헛소리를 지껄이기도 했다.

"시발, 뒈질래? 뚫린 입이라고 막 지껄이지? 영영 아무 말도 못 하게 만들어 줘?"

물론 그들은 제레미가 희번덕 스산한 눈빛을 빛내자 곧바로 입에 풀칠을 한 것처럼 찌그러졌다. 록사나는 기회를 놓치지 않고 사상 개선이 필요해 보이는 이복형제들을 눈여겨봐 두었다.

그러던 록사나가 이내 천천히 입술을 뗐다.

"베르티움의 인형술이 그렇게 궁금하다면 지금이라도 노엘 베르티움의 방에 가 보지 그래?"

나른한 음성이 어수선하던 방 안에 내리깔렸다. 몸을 기대고 있던 의자의 팔걸이 위에 놓인 록사나의 손이 작게 움직였다. 긴 손톱이 툭툭 팔걸이를 두드리는 소리가 나직한 목소리 위로 덧씌워졌다.

"원한다면 너희에게 인형술을 직접 체험시켜 달라고 황의 수장에게 내가 말해 줄 수도 있어."

곧이어 록사나의 얼굴에 한기가 뚝뚝 떨어져 내리는 것 같은 냉소가 걸렸다.

"그렇게 굳이 제2, 제3의 아실이 되고 싶다면야."

성에 낀 아름다운 미소를 보고 그 자리에 있던 모두가 일순간 움찔거렸다.

"직접 살아 움직이는 시체가 되어 보는 것만큼 인형술에 대해 깊이 탐구할 수 있는 좋은 방법은 없다고 생각하는데, 다들 거기에 동의하지 않니?"

너무 다정해서 오히려 오싹한 느낌이 들게 만드는 음성이었다.

아그리체의 사람들은 잠시 잊고 있던 사실을 떠올렸다. 아그리체에서 나고 자란 사람들이라면 상위의 포식자에게서 풍기는 기운을 누구보다 예민하게 감지하게 마련이었고, 그것은 지금 록사나에게서 흘러나오는 기운과도 동일했다.

록사나는 죽은 란트의 총애를 받을 만큼 뛰어난 능력을 입증받은 딸이었다. 그리고 데온의 뒤를 이어 월례 평가 때마다 2위의 자리를 굳건히 지켜 왔던 그들의 이복 누이이기도 했다.

멋모르는 사람들은 록사나의 압도적인 아름다움에 눈이 멀어 착각하기 쉬웠지만 그녀 역시 누구보다 비정한 아그리체였다.

그래서 예전부터도 록사나에게 섣불리 덤비던 것은 샬럿 정도밖에 없었다. 물론 그녀도 어느 순간부터는 록사나의 눈치를 보기 급급했고 말이다. 지금도 형제들 사이에 끼어 있던 샬럿이 괜스레 뜨끔하여 록사나의 눈에 띄지 않게 슬쩍 몸을 감추었다.

록사나가 심기 불편함을 가감 없이 드러내며 한기를 풍기는 데 이어, 제레미까지 그녀의 심사를 뒤틀리게 한 장본인들을 당장에라도 오독오독 씹어 먹을 것처럼 노려보자 다른 이복남매들은 그야말로 죽을 맛이었다.

그들은 베르티움의 인형술에 호의적인 발언을 내뱉은 이복형제들에게 스산한 시선을 보냈다. 제레미가 수장이 되고 나서 한동안 살얼음판을 걷는 것 같던 아그리체의 분위기가 요즘 들어 그래도 록사나덕분에 좀 살 만해져서 좋았는데 이런 식으로 초를 치다니?

물론 누구보다 아그리체다운 록사나가 아까 정원에서 보였던 것처럼 죽은 오빠의 육신을 가진 인형을 정말 애틋하게 여기고 있을 리는없다고 생각했다.

하지만 가뜩이나 폐기 처분 당해 수치스럽게 죽은 동복 오빠의 시신이 타 가문에까지 넘어가 실험체로 쓰이는 굴욕을 또 한 번 당했다고 생각하면, 동생 된 입장에서 충분히 자존심이 상해 분노할 수도있는 일이었다.

아그리체의 사람들은 그렇게 아그리체의 사고방식대로 록사나의 심경을 이해했다. 그리고 이 자리가 파하고 나면 눈치 없는 소리를 지껄여 자신들의 평안을 깨트릴 위기에 처하게 만든 이복형제들을 필히그들의 손으로 재교육시켜 줘야겠다고 결심했다.

그렇게 음산한 시선을 받은 형제들은 저마다 까닭 모를 섬뜩함을느끼며 몸을 움츠렸다.

"제레미. 사실 너한테 아직 하지 못했던 말이 있어."

록사나는 형제들을 돌려보내고 제레미와 단둘이 남은 자리에서 말문을 열었다. 그동안 시기적절한 때가 아니라 생각해 꺼내지 않았던이야기로, 그녀가 아그리체를 떠나 페넬리안에서 보냈던 시간과 카시스와의 관계에 대한 내용이었다.

"지난겨울에 내가 아그리체를 나갔을 때부터 위그드라실에 오기전까지의 이야기야."

"누나."

그런데 제레미가 나직한 음성으로 록사나의 말을 가로막았다.

"여기서 우리가 오랜만에 만났을 때 내가 했던 말 기억해?"

물론 기억하고 있었다. 하지만 애초에 대답을 원하고 던진 물음은 아닌 듯, 제레미는 록사나의 반응을 기다리지 않고 계속 말을 이었다.

"누나가 이렇게 다시 내 앞에 나타나 줬으니까, 이제 다른 건 다 상관없다고 했었잖아. 그거, 지금도 그래. 그러니까 누나는……."

심해처럼 깊은 제레미의 푸른색 눈이 록사나를 곧게 직시하고 있었다.

"원하는 건 뭐든 해도 돼."

어쩐지…… 그녀가 말하려는 것을 이미 알고 있는 듯한 눈빛이었다. 눈치를 보아 하니, 그동안 위그드라실 내에서 록사나가 페넬리안에 보였던 우호적인 모습을 단순히 전략적인 행동으로만 여기지는 않았던 모양이었다.

하지만 설마 이런 말까지 들을 줄은 몰랐던지라 록사나는 마주한 동생의 얼굴을 물끄러미 바라볼 수밖에 없었다.

"그러니까 그런 얼굴 하지 말고 웃어, 누나. 응?"

제레미가 그런 그녀의 손을 먼저 붙잡으며 웃었다. 그 얼굴을 보고 록사나는 생경한 느낌에 젖을 수밖에 없었다.

애들은 정말 빨리 크는구나.

위그드라실에 와서 제레미를 보며 몇 번이나 느낀 감상이기는 했지만 이번에는 그 어느 때보다 선연히 와닿았다. 록사나는 그 변화가 신기하고 반가우면서도, 다른 한편으로는 조금 아쉽고 서운하기도 한 복잡한 감정을 느꼈다.

하지만 결국은 록사나도 별수 없이 제레미를 따라 웃고 말았다.

위그드라실 안에 새로운 파란이 불어닥쳤다. 그 원인은 단연코 베르티움의 인형이었다.

각 가문의 수장들에게서 이야기를 전해 들은 사람들은 벌떼처럼 시끌벅적해졌다. 몇몇 사람은 연회 자리에 참석한 록사나에게 조심스럽게 다가와 심심한 위로의 말을 전했다. 거기에는 류자크 가스토르와 판도라 휘페리온도 껴 있었다.

류자크는 아그리체와의 이야기가 생각지도 못하게 긍정적으로 풀려 록사나에게도 벽을 한 겹 허문 것 같은 느낌이었다. 굳은 얼굴로 다가와 어색하게나마 괜찮냐는 물음을 건넨 것만 봐도 알 수 있었다.

판도라는 지난 만남 이후 그녀를 한결 가깝게 느끼는 듯, 연민 가득한 눈으로 심려가 크겠다며 위로했다.

"그런데 휘페리온 양. 전부터 느꼈던 건데, 역시 저희 어디에서 만난 적이 있지 않았나요?"

하지만 여느 때처럼 록사나의 곁을 지키고 있던 제레미가 불쑥 던진 질문에, 그녀는 갑자기 급한 볼일이 생각났다며 황급히 사라졌다.

그 후 카시스와 실비아가 연회장으로 내려왔다.

"안색이 아까보다 한결 좋아지신 것 같군요. 몸은 좀 괜찮으십니까?"

"염려해 주신 덕분에요."

"다행입니다."

카시스와 록사나는 쏟아지는 시선을 받으며 안부 인사를 나누었다.

"실비아 양은 좀 어떠신가요? 아까 큰일을 겪으셨는데."

"아까도 말씀드렸다시피 저는 멀쩡하답니다. 지금도 몹시 배가 고플 뿐이에요."

제레미와 실비아까지 합해서 네 사람은 결국 같은 자리에 앉아 연회 시간을 보냈다. 사람들은 그런 그들을 보며 쉬지 않고 낮의 일을 속닥거렸다. 연회에 참석하지 않은 사람들도 모두 같은 화제에 대해 이야기하고 있었다.

"남매라 그런가, 둘이 되게 닮았던데."

오르카는 자칭 탐구심 넘치는 지식인답게 록사나를 닮았던 인형에 게 관심이 많았다.

"그래? 난 그렇게 많이 닮진 않은 것 같던데."

행여나 제레미가 자신을 기억해 낼까 싶어 곧장 연회장을 빠져나온 직후 오르카를 만난 판도라가 그의 말에 반박했다.

"그 인형은 느낌이 왠지 좀 거북해."

오르카도 거기에는 동의했다.

"눈알이 한 짝 없는 애꾸라 그런가? 하긴, 아무리 고와 봤자 시체니까 느낌이 좀 찝찌름한 걸 수도 있어."

오르카의 신랄한 말에 판도라가 눈살을 찌푸렸다. 그러다 문득 그녀는 창가에 앉은 오르카에게 슬쩍 시선을 미끄러뜨려 그의 얼굴을 살펴보았다.

"그보다 너, 혹시 요즘 이상한 생각 하고 있는 건 아니지?"

"무슨 이상한 생각?"

오르카가 무슨 뜬금없는 소리냐는 듯이 판도라를 쳐다보았다. 사실 판도라도 이렇다 할 확신이 있어 꺼낸 말은 아니었기 때문에 그냥 찜찜한 표정을 지을 뿐, 자신의 물음에 대한 다른 설명을 더 덧붙이지는 못했다.

"그냥 요즘 널 보면 느낌이 뭔가 쎄해."

그런 판도라를 향해 오르카가 억울함을 토로했다.

"누이는 날 너무 막 나가는 인간으로 보는 경향이 있어. 내가 위그
드라실에서 얼마나 신사답게 행동하고 있는지 누이가 제일 잘 알잖아?"

오르카의 말처럼 판도라는 수장의 명령으로 그를 지켜보고 있었다.
과연 그 주장대로 오르카는 위그드라실에 와서 내내 얌전했다. 독
나비의 주인인 록사나에게도 한 번도 먼저 접근하지 않아서 놀라울
정도였다. 그걸 보면 확실히 판도라의 우려는 모조리 기우인 듯했다.

"뭐, 그렇다면 됐고."

한편 오르카는 내심 판도라의 눈치가 제법 쓸 만하다고 생각하는
중이었다. 물론 그런 이야기를 스스로 입 밖에 내서 굳이 자신이 수
상하다는 사실을 알려 줄 마음은 없었다.

오르카는 가느다란 미소를 베어 물고 다시 창밖을 바라보았다. 역
시 판도라는 바깥에서부터 밀려 들어오는 이 들썩이는 공기가 느껴지
지 않는 모양이었다.

'흐응.'

오르카는 모처럼 기분 좋은 긴장감을 느끼며 입안에서 혀를 굴렸
다. 마치 태풍의 핵 한가운데에 들어와 있는 기분이었다. 당장에라도
저 소리 없이 소용돌이치는 기류 속에 몸을 묻고 싶었다.

하지만 오르카는 마수사였다. 그가 원하는 것은 단 한 번의 기회.
쓸데없이 감이 좋은 카시스 페델리안에게 주시당하고 있는 입장에서
는 특히나 섣불리 움직이지 않는 것이 좋았다.

그리하여 그가 고대하는 최적의 순간을 놓치지 않고 손에 움켜쥘

수만 있다면 기다림의 시간 정도야 얼마든지 인내할 수 있었다. 오르카는 그렇게 생각하며 여유롭게 창밖의 노을을 감상했다.

조만간 아름다운 나비를 그의 손아귀에 움켜쥘 날을 상상하자 저절로 콧노래가 새어 나왔다.

"웬일이야? 한동안 따로 만날 일은 없을 거라고 생각했는데."

연회장을 빠져나온 록사나는 먼저 자리를 떠난 카시스를 만나기 위해 움직였다. 그런 그녀의 눈앞에 그리젤다가 나타났다.

"매정하기도 해라. 아직도 나한테 마음이 안 풀렸어? 네 동의 없이 내 멋대로 행동한 건 미안하다니까."

하지만 연이은 사과에도 록사나의 반응은 싸늘했다. 그것을 보고 그리젤다가 다시금 반성하는 척하며 말했다.

"정말이야. 앞으로 이런 일은 또 없을 거야. 그러니까 네 다른 개처럼 버리지는 말아 줄래? 역시 난 네 옆이 제일 재미있단 말이야."

그리젤다도 아그리체의 핏줄답게 속에 검은 뱀을 한 마리 키우고 있었다. 록사나에게 호의를 품은 만큼 독니를 드러내지는 않았지만, 기다란 혀를 날름거리며 이어질 그녀의 반응을 기대하고 있는 것이 느껴졌다.

그리젤다는 아그리체에 있을 때부터 이런 식으로 록사나를 자극해, 그 대가로 돌아오는 냉랭한 반응을 즐기는 이상한 취미를 가지고 있었다.

록사나는 그리젤다를 잠깐 서늘히 쳐다보다가 입을 열었다.

"그리젤다. 난 당신을 꽤 좋아하는 편이야."

붉은 입술에서 흘러나온 단조로운 음성이 폭탄이라도 되는 것처럼 그리젤다가 굳었다. 그녀는 불시에 들은 뜻밖의 말에 적잖은 타격을 받은 것 같았다.

"갑자기 뭐야?"

마침내 그리젤다가 소름이 돋는다는 듯이 반응했다. 록사나를 향한 눈빛이 꼭 뭘 잘못 먹거나, 혹은 죽을 날을 목전에 두고 갑자기 변한 사람을 보는 듯했다.

록사나는 체한 얼굴을 한 그리젤다를 향해 계속 말을 이었다.

"당신은 상당히 유능하고, 정도를 알아서 날 귀찮게 만들지도 않지."

칭찬이라면 칭찬인 말이었다. 하지만 잇따라 록사나가 차게 미소하며 덧붙인 말을 듣고 그리젤다는 의심과 달리 다행히 그녀가 정상이라는 사실을 깨달았다.

"그런데 위그드라실 안에 들어와서 가뜩이나 무능해진 언니가 이렇게 한 치 앞도 모르고 선까지 넘어 버리면 내 기분이 어떨까? 난 지금까지 쓸모없고 거슬리기까지 한 사람을 곁에 둔 역사가 없는데."

여전한 독설에 그리젤다는 차라리 안심했다. 조금 전의 첫마디처럼 말랑말랑하고 간질간질한 말은 록사나와 그녀 사이에 조금도 어울리지 않는 것이었다.

그리젤다도 다시 여유를 되찾고 볼멘 어투로 투덜거렸다.

"진짜 너무하네. 여기 와서 주술 좀 못 쓴다고 그렇게 구박하기야? 예전부터 알고는 있었지만 나한테 너무 쌀쌀맞다, 너. 제레미한테 하는 거랑 너무 다르잖아."

"마음에도 없는 소리 관둬. 당신도 나한테 가족 취급을 받길 바라는 건 아닐 텐데."

맞는 말이기는 했다. 록사나에게 이제 와서 언니 대접을 받는 것은 생각만 해도 소름이 끼칠 뿐이었다.

그러다 불현듯 드는 생각에 그리젤다는 혼잣말처럼 중얼거렸다.

"아실도 아직 살아 있었다면 너처럼 재미있는 인간으로 자랐을까? 갑자기 좀 아쉽네."

"……."

"참, 너 아까 연기 잘하더라. 눈빛이 하도 절절해서 베르티움에서 네가 그 인형에게 데었던 일을 몰랐으면 나도 좀 속아 넘어갈 뻔했어. 이름이 닉스였던가. 분명 넌 오히려 그 인형을 최대한 고통스럽게 죽이고 싶어 하는 쪽일 텐데."

그리젤다가 표정 변화 없는 록사나의 얼굴을 빤히 보며 장난스럽게 고개를 기울였다. 이후 그녀가 덧붙인 말에 록사나의 눈매가 희미하게 움직였다.

"그보다 검은 개 한 마리가 조금 전에 네 방에서 뭔가를 가지고 나가더라. 그동안 주인이 배를 너무 굶긴 탓인가?"

그것이 흥겨운 일이라도 되는 것처럼 노래하듯이 속삭인 그리젤다가 록사나를 먼저 지나쳐 복도를 걸어갔다.

"그러다 탈이라도 나기 전에 목줄 한번 당겨 주는 게 좋지 않겠어?"

록사나는 멀어지는 발소리를 듣다가 그리젤다와 반대 방향으로 움직였다. 록사나의 얼굴은 차갑게 식어 있었다.

카시스는 사람들이 잘 가지 않는 북쪽 정원에 있었다. 그 한구석에 놓인 긴 의자에 앉은 그의 얼굴에 은은한 불빛이 드리워졌다.

다가오는 익숙한 인기척을 느꼈지만 카시스는 바로 고개를 돌리지 않았다. 입안에 고인 말들을 아직 완전히 정리하지 못했기 때문이었다.

잠시 후 달콤한 향기가 코를 간질였다. 가녀린 팔이 뒤에서부터 감겨 와 카시스를 살며시 끌어안았다. 긴 머리채가 그의 어깨 위로 폭포수처럼 흘러내리는 것과 동시에 정면을 향하고 있던 얼굴이 옆으로 살짝 틀어졌다.

"돌아보지 마."

그러나 다음 순간 귓가에 자그마하게 속삭여진 말이 이어지려던 카시스의 움직임을 막았다.

"지금은 싫어."

짧은 침묵 속에 희미한 풀벌레 소리가 스몄다. 나지막한 목소리가 다시 그 위로 덧입혀졌다.

"왜?"

"내 얼굴, 지금 당신한테 보이고 싶지 않아서."

귓가를 스치는 목소리는 실바람처럼 옅고 잔잔했다. 그러나 록사나는 고집스럽게 카시스를 끌어안은 팔을 놓지 않았다.

"록사나."

그런 그녀에게 카시스는 언제나처럼 곧은 음성을 흘려보냈다.

"난 보고 싶어."

꼭 그녀의 마음에 있는 갈등을 알기라도 하는 것처럼……. 어떤 경우에라도 그녀를 지탱해줄 듯이, 그 나지막한 목소리에 흔들림이라고는 조금도 없었다.

록사나가 얼굴을 기댄 카시스의 어깨와 목덜미 위로 얕은 숨결이 바스러졌다. 잠시 후, 그녀에게서 작은 속삭임이 이어졌다.

"난 가끔, 당신이 이럴 때마다 내 밑바닥까지 전부 다 보여줘도 괜찮을 것 같은 기분이 들어."

그 후 덧붙여지는 말에 카시스의 입술이 다시 벌어졌다.

"하지만 반대로 어떻게든 당신한테만큼은 감추고 싶어서 도망치고 싶은 기분이 들기도 해."

"록사나……."

"오늘은 아무 말도 하지 말아줘."

록사나는 카시스를 끌어안은 팔에 좀 더 힘을 주며 그에게 더 깊이 얼굴을 기댔다.

"그냥 조금만……. 조금만 이대로 있어."

맞닿은 몸에 스미는 온기가 오늘따라 희미하게 느껴졌다. 카시스의 잇새에 지그시 힘이 들어갔다.

결국, 그는 마음속의 충동을 억지로 다시 밟아 넣었다. 그리고 록사나가 바라는 대로 한동안 아무 말 없이 체온을 나누었다.

얼마 후 여운을 남기며 사라진 은은한 향기 속에서 마침내 뒤돌아봤을 때, 그곳에 이미 록사나는 없었다.

다음 날 오전, 각 가문의 수장과 그 가솔들이 대회의장에 모였다. 그들은 저마다 얼굴을 맞대고 잠시 후에 있을 청문회에 대해 수런거리고 있었다.

"어제 그 인형 봤어요?"

"아니요. 들어 보니 난리도 아니었다고 하던데."

"저도 그동안 말로만 들었지, 베르티움의 인형을 직접 본 건 처음이라 신기……."

그때, 아그리체의 사람들이 회의장의 문을 열고 안으로 들어왔다. 선두에 있는 것은 수장인 제레미와 그의 누이 록사나였다.

제레미가 제 누이의 손을 잡고 그녀를 정중히 에스코트했다. 그들은 오늘도 검은 옷을 입고 있었다.

친목회 동안 가문의 상징색이 들어간 의상이나 장식을 몸에 걸치는 것은 보편적인 일이었다. 그래서 제레미와 록사나를 포함해 아그리체의 사람들이 검은색 옷을 입은 모습도 이미 수없이 보아 온 뒤였다.

"저기 좀 봐요……."

하지만 어제 들은 이야기 때문인지 오늘은 평소와는 조금 다른 감상이 들었다.

"지금까지는 한 번도 그런 식으로 생각해 본 적 없었는데……. 어쩐지 꼭 상복 같은 느낌이네요."

"그렇군요. 저렇게 다 같이 무리 지어 있는 건 처음 봐서 그런가."

"다들 웃음기 없는 얼굴을 하고 있어서 더 그렇게 보이는 것 같기도 하고요."

조용히 뒷자리로 가서 앉는 다른 식솔들과 달리 록사나는 수장인 제레미의 바로 옆에 자리 잡았다. 오늘 청문회에서 주요 참고인으로 진술할 예정이기 때문이었다.

어제의 일을 기억하는 모두가 록사나의 얼굴에 시선을 집중했다. 보기만 해도 심장이 저릿해질 정도로 처량한 빛깔을 띠었던 얼굴에는 더 이상 어제와 같은 감정이 깃들어 있지 않았다.

오늘의 그녀는 대회의장의 문을 열고 들어왔을 때부터 줄곧 차분한 분위기를 풍기고 있었다.

옆에서 제레미가 그녀에게 무어라 귓속말했다. 그러자 록사나가 시선을 살짝 내리깔았다. 우아한 곡선을 그리는 긴 속눈썹이 날갯짓하듯이 움직이자 그 아래에 있는 붉은 눈동자에 금방 음영이 졌다.

이어서 록사나가 입술 끝을 살며시 들어 제레미를 향해 희미하게 웃어 보였다. 수심 깃든 미인의 얼굴은 그 자체로 파급력이 엄청났다. 어제의 정원에서도 그랬지만, 그녀에게 저런 아련한 표정을 짓게 만든 사람은 그것이 누구라도 엄벌에 처하게 해야 할 것만 같았다.

잠시 후, 아직 대회의장에 도착하지 않았던 가문의 사람들과 수장들도 하나둘씩 모습을 드러내기 시작했다. 카시스 페넬리안은 거의 마지막에 안으로 들어섰다. 다른 페넬리안의 사람들이 이미 도착해 자리 잡고 있던 것에 비하면 늦은 편이었다.

록사나의 자리는 문에서 정면으로 보이는 위치였기 때문에 곧바로 그와 시선이 마주쳤다.

제레미와 함께 착석한 직후, 나는 대회의장 안을 한 번 둘러보았다. 문을 열고 실내로 들어서자마자 엄중한 분위기가 느껴졌다.

대회의장은 평소에 개방되지 않는 곳이다 보니 이 안에 들어오는 것은 나도 처음이었다. 우리가 안으로 들어가자마자 미리 도착해 있던 사람들이 속닥거리던 것을 멈추고 시선을 보내왔다.

검은 옷을 맞춰 입은 아그리체의 사람들이 이렇게 한꺼번에 모여 있으면 시각적인 효과가 작지 않을 것이다. 게다가 제레미가 교육을 단단히 시켰는지 이복형제들도 표정 관리를 꽤 잘하고 있었다.

그때, 대회의장의 문을 열고 들어올 때부터 그 누구보다 진중한 표정을 짓고 있던 제레미가 슬쩍 고개를 기울여 나한테 귓속말을 했다.

"누나, 이 과자 지금 먹어도 되는 거야?"

그가 눈짓으로 가리킨 것은 자리마다 놓인 한입 크기의 비스킷과 음료였다. 청문회 동안 배가 출출해지면 간단히 먹으라고 사용인들이 준비해 놓은 것이었다.

"배고파?"

"늦게 일어나서 아침을 못 먹었어."

저런. 마음 같아서는 내 것까지 먹으라고 건네주고 싶었지만…….

나는 제레미와 진지한 대화를 나누는 척 시선을 내리깔고 그의 이야기를 듣다가 아련하게 미소 지으며 말했다.

"지금은 참아."

내 단호한 대답에 제레미의 눈썹이 축 처졌다. 하지만 그 역시도 지금은 과자나 주워 먹고 있을 시점은 아니라고 생각했는지, 곧 미련이 남은 눈길을 들어 올리고 다시금 표정에 무게감을 드리우기 시작했다.

나는 시선을 슬쩍 문 쪽으로 옮겼다.

"그보다 검은 개 한 마리가 조금 전에 네 방에서 뭔가를 가지고 나가더라. 그동안 주인이 배를 너무 굶긴 탓인가?"

그러다 어제 그리젤다에게서 들은 말이 떠올랐다.

"그러다 탈이라도 나기 전에 목줄 한번 당겨 주는 게 좋지 않겠어?"

연쇄적인 반응으로, 그 전에 들었던 카시스와 데온의 대화 내용도 꼬리를 물고 이어졌다.

"역시 네가 한 짓인가?"
"무엇을?"
"베르티움의 심복을 없앤 것. 그리고 얼마 전 가스토르의 숙소에 불을 낸 것."

기억을 곱씹을수록 가슴이 차갑게 얼어갔다.

그렇게 다른 상념에 빠져 있는 동안 대회의장 안에 있던 빈자리가 하나둘씩 채워져 가기 시작했다.

마침내 카시스도 안으로 들어섰다. 잠깐 허공에서 시선이 마주쳤다. 이번에도 내가 먼저 그에게서 시선을 비꼈다.

"니, 닉스는?"

약속된 시간이 되어 대회의장의 문이 닫히기 직전, 노엘 베르티움이 부축당하는 건지 끌려오는 건지 모를 형태로 모습을 드러냈다.

"닉스는 어디에 있어?"

그는 대회의장 안으로 들어오면서도 닉스를 찾았다. 나는 설핏 눈매를 찡그렸다. 베르티움에 있을 때도 닉스에게 집착하는 모습을 보이기는 했지만 저 정도는 아니었는데.

최근에 보았을 때도 노엘은 굉장히 불안정한 모습이었다. 역시 어제 카시스와 데온의 대화에 나온 베르티움의 심복은 단테를 말하는 걸까. 하면 예상과 달리 위그드라실에 오기 전, 베르티움에서 닉스를 되찾기 위해 페넬리안의 행렬을 습격하지 않은 것도 그런 이유 때문이었을지 모르겠다.

그러다 문득 노엘이 나를 발견하고 반가운 표정을 지었다. 전에 나한테 면박을 들은 것도 기억하지 못하는 모양이다. 나를 보고 저렇게까지 환한 얼굴을 하는 걸 보면.

"루나!"

게다가 그따위 이름으로 부르지 말라고 분명 말했는데 그것도 벌써 잊은 건지.

하지만 지금은 오히려 기대했던 바였다. 나를 발견한 뒤 알은척하길 바라고 일부러 잘 보이는 자리에 앉았던 거니까.

"루나, 닉스, 닉스 어디에 있어? 회의장에 오면 볼 수 있다고 했는데, 어디에 숨겼어?"

위그드라실에 온 후 노엘이 간혹 닉스를 불러 찾으며 방을 빠져나올 때가 있어서 그의 곁을 지키는 감시인이 몇 번인가 막은 적이 있다고 했다.

노엘은 어제 정원에서의 난동을 뒤늦게 전해 듣고 난 뒤에도 닉스를 만나야 한다며 소란을 떨었다고 들었다.

"루나?"

"루나라니?"

"아그리체 양한테 한 말 같은데……."

노엘의 말을 들은 사람들이 속닥거렸다.

"노엘 베르티움. 그만 자리에 착석하는 게 좋겠군."

수장들이 눈살을 찌푸리며 말했다. 하지만 노엘은 내 앞에서 요지 부동이었다.

"……황의 수장."

결국 제레미가 인내심의 한계를 맞은 듯이 입을 열었다.

"설마 그 루나라는 게, 내 누님을 지칭하는 건가?"

노엘은 무엇이 문제인지도 모르는 듯이 멍청히 제레미를 쳐다보았다.

"감히……."

그 순간 제레미의 눈에서 불똥이 튀었다.

"감히 누님을 인형 취급하면서 멋대로 이름까지 바꿔 불러? 내 누님을 어디까지 모욕할 셈이지!"

제레미는 아주 잘하고 있었다. 다만 정원에서 그랬던 것처럼, 그의 분노는 연기인지 실제인지 다소 헷갈리는 구석이 있었다.

그에 맞추어 뒤에서 웅성거리는 소리가 더 커졌다. 위그드라실 안에 만연한 소문 탓에, 노엘 베르티움이 아실에 이어 나까지 인형으로 삼으려 했다는 이야기도 사람들 사이에 한 차례 퍼진 뒤였다.

물론 그 소문은 아그리체 측에서 퍼트렸다. 당연히 전부 그런 말을 믿는 건 아니었을 테지만, 지금 노엘 베르티움의 모습을 보고 이상함을 느끼지 않는 사람은 없는 것 같았다.

얼마 전 회랑에서 노엘 베르티움이 나를 '루나'라고 부르는 것을 가까이에서 들은 적이 있던 류자크 가스토르의 얼굴도 딱딱하게 굳어 있었다. 그는 이제야 그 이름이 의미하는 바를 깨닫고 경악한 눈치였다.

"노엘 베르티움."

다시금 수장들이 엄중한 목소리로 노엘을 불렀다. 옆에 있는 심복들에게 명령해 그를 끌고 가 자리에 앉힐 수도 있었지만 누구도 그렇게는 하지 않았다. 끝까지 그에게 가문의 수장에 걸맞은 대우를 해

줄 생각인 것이다. 나는 내심 비소했다.

그때, 조용히 상황을 살피던 카시스가 입을 열어 시린 음성을 흘려보냈다.

"이렇게 시간을 끌 바엔 지금 바로 베르티움의 인형을 데려오는 편이 낫지 않겠습니까."

아무래도 닉스를 보기 전에는 노엘이 제 발로 움직이지 않을 것 같은 분위기라 수장들도 동의했다. 그 말을 들은 노엘도 잠잠해졌다.

철그럭.

그리하여 얼마간의 시간이 지난 후 어제 정원을 쑥대밭으로 만들었던 닉스가 대회의장에 당도했다.

"닉스……!"

닉스의 손목과 발목에는 이제 마물용 구속구가 채워져 있었다. 어제 그가 직접 수갑과 족쇄를 해제하고 도주한 것이 분명했기 때문에 종류를 바꾼 것이었다.

노엘은 닉스를 보자마자 그에게 달려들 듯이 자리를 박찼다.

"노……."

닉스 역시 노엘을 보고 움찔하며 입술을 뗐다가 곧 주춤 뒤로 물러났다. 그도 그럴 것이, 닉스를 절절하게 불러 찾는 노엘의 눈동자에는 기묘한 광기가 박혀 있었다.

나도 가까이에서 그것을 보고 무의식중에 손끝을 움찔거릴 정도였으니, 노엘을 정면에서 마주한 닉스가 뒷걸음질 치고 만 것도 당연하다고 생각되었다.

위험함을 감지한 경비원들이 노엘을 막아섰다.

"저리, 비켜……! 닉스!"

노엘 베르티움은 눈까지 시뻘게져서 닉스를 향해 손을 뻗었다. 거기에 닉스마저 위협을 느끼는지, 그는 혼란스러운 눈으로 노엘을 보며 몸을 움츠렸다.

"황의 수장! 그만 진정하지 못하겠나?"

참다못한 히아킨 휘페리온이 더 이상 봐주기 힘들다는 듯이 책상을 내려치며 외쳤다. 리셸과 바드리사도 차갑게 굳은 얼굴로 노엘의 행태를 바라보고 있었다.

"진짜 뭐 저런 신박한 병신이……."

옆에서 제레미가 기막히다는 듯이 나한테만 들릴 정도의 크기로 작게 중얼거리는 소리가 들렸다.

"이대로는 진행이 안 되겠군. 인형을 치우게."

"그래, 차라리 그게 낫겠어. 거기, 어서 인형을 데리고 나가라."

결국 리셸과 바드리사의 입에서 닉스를 눈앞에서 치우라는 명령이 떨어졌다.

"닉스! 닉스를 또 어디로 숨기려는 거야! 닉스는 내 인형이야, 내 거라고!"

하지만 노엘은 이제 눈에 뵈는 것이 없는지, 악까지 쓰며 고래고래 고함을 질러 댔다. 이성이라고는 눈곱만큼도 남아 있지 않아 보이는 그 광폭한 모습에 압도되어 모두들 할 말을 잃고 말았다.

"당장, 닉스를, 이리, 내놔……!"

결국 자리에서 일어난 카시스가 노엘 베르티움의 급소를 쳐서 그를 기절시키고 난 뒤에야 대회의장 안의 소란이 잠재워졌다.

"의무실로 데려가도록."

그렇게 닉스와 노엘이 모두 문밖으로 모습을 감추었다.

"허. 별꼴을 다 보겠군."

히아킨 휘페리온이 고개를 절레절레 저으며 읊조렸다. 바드리사는 사람을 불러 노엘과 닉스를 지켜보게 시켰고, 리셸은 카시스에게 물었다.

"황의 수장이 이전에도 이런 모습을 보인 적이 있었던가?"

"위그드라실에 도착했을 때부터 다소 불안정한 상태이기는 했지만 이런 식으로 이성을 완전히 잃은 모습을 보이는 것은 처음입니다."

제레미가 그 말을 듣고 작게 쯧, 혀를 찼다. 그러다 문득 그는 퍼뜩 깨달은 듯이 나를 돌아보며 또다시 연기를 펼쳤다.

"누나, 놀라지 않았어? 가뜩이나 몸도 약한데. 자, 여기 물이라도 마셔."

언제부터 내가 병약해졌는지는 모르겠지만⋯⋯. 나도 그냥 가슴을 쓸어내리는 시늉을 하며 얌전히 제레미가 준 물 잔을 받아 들었다.

실은 단테가 죽었다는 소식을 들었을 때부터 마음 한편으로는 조금 아깝게 생각하고 있었다. 노엘 베르티움은 심복인 단테에게 상상 이상으로 의지하고 있었던 것이 분명했다. 그러니 만약 위그드라실 안에서 환상나비를 사용할 수 있었다면 노엘에게 죽은 단테의 환영이라도 보여 줘 그를 더욱 불안정하게 만들 수 있었을 텐데.

하지만 이제 보니 따로 그럴 필요가 없는 것 같아서 아쉬움이 덜어졌다. 그리고 이런 생각을 한 나 스스로에게도 냉소가 지어졌다.

카시스를 보니 그는 무슨 생각을 하는지 모를 표정 없는 얼굴을 하고 다시 자리로 돌아가고 있었다. 애초에 카시스에게 내 본성을 숨기고 마냥 착한 척하고 싶었던 건 아니지만⋯⋯. 그래도 이럴 때면 그에게 사람의 마음을 읽는 능력이 없어 다행이라는 생각이 들었다.

"당사자가 없긴 하지만 그래도 일의 경위에 대해 들어 보지 않을 수 없겠군."

수장들이 산만한 분위기를 다시 다잡으며 운을 떼었다. 지금에 와서 노엘이 없다고 자리를 파할 수도 없고, 아까에 비해 대회의장 안의 분위기가 심각해지기도 해서 일단 이번 일에 관련된 사람들의 말이라도 듣기로 한 것이었다.

"페넬리안의 후계자에게 먼저 이야기를 들어 보도록 하지."

가장 처음 카시스에게 발언권이 주어졌다. 표면적으로 베르티움의 인형에 대해 수장들에게 가장 처음 알린 것이 그였으니 당연하다면 당연했다.

"평소 위그드라실에서 회의가 열릴 때마다 베르티움이 자주 불참했던 것을 기억하실 겁니다."

카시스가 차분한 어조로 말문을 열었다. 그에 수장들이 고개를 끄덕여 긍정했다.

"그래. 그래서 회의 결과를 전달받을 사자가 대신 위그드라실에 방문하곤 했었지."

뒤에 앉아 있던 다른 사람들도 저들끼리 수군거리는 것을 멈추고 카시스의 말에 집중하기 시작했다.

"올봄에 열린 회의에서도 마찬가지였습니다. 그런데 먼 길을 달려오느라 기력이 쇠하였는지 베르티움에서 온 사자가 회랑 앞에 의식을 잃고 쓰러져 있더군요."

카시스는 의외로 천연덕스럽게 거짓말을 잘했다. 쓰러져 있는 베르티움의 사자를 카시스가 발견한 것이 아니라 일부러 그를 기절시킨 것이란 사실을 나도 나중에 이시도르에게 귀띔으로 들어서 알고 있었는데 말이다.

"하여 휴식을 취하게 하는 것이 좋을 것 같아 그를 사용인들에게 맡기고, 제가 대신 회의 결과를 담은 서신을 전달하기 위해 심복과 함께 베르티움으로 향하게 되었습니다."

"그랬군."

카시스는 거기서 한 박자 말을 멈춘 뒤 다시금 입을 열었다.

"그런데 제가 도착하자마자 목격한 것은 베르티움의 인형이 록사나 아그리체 양을 공격하는 모습이었습니다."

조금 전과 비슷한 소음이 다시금 청중 사이에 맴돌았다. 이미 어제 저녁 입에서 입으로 암암리에 전해 들었던 이야기이긴 하지만 그래도 이렇게 카시스의 입으로 직접 듣게 되니 심중에 와닿는 정도가 다른 모양이었다.

"그래서 제가 인형의 신병을 구속하고 그 이후 아그리체 양을 보호 하게 된 것이 이번 일의 대략적인 경위입니다."

카시스는 그때 동행했던 심복도 같은 광경을 목격했으니 필요하다 면 증명할 수 있을 것이라고 덧붙였다.

"베르티움의 인형이 왜 아그리체 양을 공격하고 있었지?"

"아그리체 양을 베르티움에 붙잡아 두기 위해서라고 들었습니다 만……. 이 부분에 대한 자세한 정황은 아그리체 양에게 직접 듣는 것이 나을 듯합니다."

발언한 사람이 청의 귀공자인 카시스라는 사실 자체로도 신뢰성이 있었지만, 그가 페넬리안이고 내가 아그리체이기 때문에 더욱 공신력 이 더해지는 것 같았다.

모두가 알다시피 페넬리안과 아그리체는 내내 서로에게 감정이 좋지 않던 상태였다. 그러니 그가 굳이 상황을 아그리체에 유리하게 만들기 위해 거짓된 말을 지어낼 이유가 없다고 생각하는 것도 무리는 아니었다.

"록사나 아그리체 양, 괜찮다면 설명해 주시게."

수장들을 포함한 사람들이 나를 쳐다보았다. 옆에서 제레미가 안쓰러운 눈으로 나를 보며 격려하듯이 손을 도닥였다. 아무래도 재미가 들린 것 같은 모양새라 나는 헛웃음을 삼켰다.

"저는 그때 황의 가문의 수장께 정식으로 초대를 받아 베르티움에 방문했습니다."

사용인들을 시켜 노엘에게 받았던 편지를 수장들에게 전달케 했다. 미간을 찌푸린 수장들이 초대장을 읽어 보았다.

사실 노엘이 부정하려면 자신은 이런 초대장을 보낸 적이 없다고 발뺌할 수도 있었다. 그렇게 되면 필적 감정을 따로 해 볼 수도 있지만, 내가 봤을 때 협박성 의도가 짙던 서신은 노엘 베르티움이 다른 사람에게 대필을 시킨 것 같았다. 그러니 어차피 이런 것이 증거로써 딱히 효력이 있지는 않을 것이다.

"서신에 적혀 있는 대로 저는 베르티움에서 제 혈육을 데리고 있다는 소식을 듣고 그곳에 가게 되었습니다."

하지만 나도 이런 종이 쪼가리는 이번 일에 별로 중요하다고 생각하지 않으니 딱히 상관없었다.

"제게 남은 가장 가까운 혈육은 어머니이고, 공교롭게도 겨울 이후 연락이 통하지 않게 되었기 때문에……. 처음에는 서신의 내용이 가리키는 가족이 당연히 제 어머니일 것이라 생각했지요."

사실 대회의장 안에 들어오기 전부터 짐작하고 있었다. 노엘 베르티움이 내 오빠의 시신으로 인형을 만들고, 닉스를 이용해 나를 위협한 정도로는 그에게 내가 바라는 만큼의 대가를 치르게 할 수 없었다.

역사상 지금껏 이런 식으로 다른 가문을 추궁한 전례 자체가 거의 없었다 해도 무방하다. 다섯 가문은 어떤 의미로 불가침 영역이나 마찬가지였다. 다섯 가문은 긴 역사 속에서 각자의 고유 권한을 인정하며 공생해 왔다.

물론 베르티움에서 인체 실험을 한 것은 다른 가문에서도 경시할 수 없는 일이었다. 설령 노엘이 당장 부정한다 해도 닉스의 몸이 수중에 있는 한 그것이 실제 사람의 육체라는 사실은 어떤 방법으로든 밝혀낼 수 있었다.

하지만 중요한 것은 그 후의 일이다.

그 누가, 베르티움에 어떤 처벌을 내릴 것인가?

베르티움의 인형술을 영구적으로 봉인하기라도 할 것인가?

더 이상 인체 실험을 강행하지 않겠다는 서약 정도는 받아 낼 수도 있을 것이다.

하지만 아실에 대한 것은 딱히 이제 와서 아그리체에 보상할 문제도 아니었다. 왜냐하면 베르티움의 인체 실험에 이용된 시체는 전 수장인 란트가 직접 넘긴 것이었으니까.

나를 위협한 문제 역시 노엘 베르티움이 끝까지 발뺌한다면 별도리가 있을 리 없었다. 설령 인정한다 해도 도의적 비난을 받을 뿐, 이 세계에서는 감옥에 간다거나 달리 재판을 통해 처벌을 받는다든가 하는 해결책도 없었다. 기껏해야 다른 가문에서 압력을 넣거나 개인적 보복을 하는 것이 전부인데, 생각할수록 참 막돼먹은 세계관이 아닐 수 없었다.

이러니 소설에서도 세상이 범죄의 온상이 되어서 실비아를 사이에 두고 미친놈들이 온갖 미친 짓을 다 저질렀지. 그래서 나도 애초에 이번 일로 베르티움에게서 닉스 이외의 대가를 받아 갈 수 있을 것이라고 기대하지 않았다.

"하지만 베르티움에서 보게 된 것은 제 어머니가 아니라 낯익은 얼굴을 한 소년이었습니다."

그러니 일단은 더러운 구정물 속에 발을 담그고 있던 건 아그리체뿐만이 아니었다는 점을 다른 사람들에게 인식시키는 것부터 시작하는 게 좋았다.

"노엘 베르티움은 그를 시체로 만든 인형이라고 말했죠."

내가 이 일로 얻어 가려 하는 건 또 있었다.

"한눈에 알아볼 수 있었습니다. 그는 분명……."

오늘 중요한 것은, '내 오빠의 몸을 가진 베르티움의 인형'이란 재료를 어떤 식으로 활용할 수 있느냐였다.

있는 그대로의 진실만 말해도 사람들의 관심을 끌 만한 자극적인 소재는 완성된다. 그렇다면 구태여 따로 거짓을 섞어 말할 필요는 없었다.

"열다섯 살에 아버지에 의해 폐기 처분 명령을 받고 죽은 제 오빠 아실이었습니다."

생경한 단어를 이용한 표현에 사람들이 술렁거렸다.

"폐기 처분? 란트에 의해 죽었다고?"

"네."

리셸이 미간을 찌푸리며 반문했다.

나는 그에 표정을 흐리며 대답했고, 뒤에 있는 이복형제들은 설마 내가 이런 이야기까지 꺼낼 줄 몰랐는지 당황해 동요하는 모습을 보였다. 물론 거기에 아랑곳할 내가 아니었다.

"가문 내의 일이라 이런 곳에서 입에 올리기 조심스럽지만……."

파동하는 공기를 느끼며 망설이는 척 말을 이었다.

"돌아가신 저희 아버지께서는, 본인의 마음에 차지 않는 아이를 불량품이라 이름 붙여 본보기로 사형시키는 일도 쉽게 하시던 분이었습니다."

아까에 비할 바 없이 대회의장 안이 시끄러워졌다. 경악 어린 웅성거림과 숨소리가 어지럽게 귓가에 메아리쳤다.

"불량품? 사형이라고?"

히아킨 휘페리온도 이런 것은 상상하지 못했는지 새된 음성으로 재확인했다. 바드리사는 말문이 막힌 사람처럼 나를 쳐다보고 있었다.

"실제로 저희 이복남매들 중 아버지에게 처분 선고를 받아 죽은 형제는 총 네 명입니다. 제 오빠인 아실도 그중 하나였지요."

"허……."

상당히 비상식적인 이야기였기에 믿기 어렵다는 표정을 짓는 사람들도 있었다. 하지만 평소와 달리 몸을 한껏 곧추세운 채 경직시키고 있는 아그리체 사람들의 모습을 보고, 누구도 지금 내가 한 말이 거짓이 아니냐고 따져 묻지 못했다.

"일반적으로 폐기 처분 당해 죽은 형제에게는 무덤을 만들어 주지 않습니다."

나는 담담한 목소리로 이어서 말했다.

"경계에 있는 마물 서식지에 시신을 가져가 버리거나 가문 내에 있는 마물 사육장 안에 던져 넣어 먹이로 삼게 하는 것이 보편적이죠."

"잠깐, 잠깐……."

히아킨 휘페리온이 몇 번이나 귀를 의심하는 표정을 짓다가 내 말을 가로막았다.

"지금 란트가 정말 제 자식들을 넷이나 죽였다는 건가?"

"네."

"게다가 시신을 마물에게 던져 주었다고?"

"그렇습니다."

폐기 처분 당하는 데에는 기준이 있어 매달 월례 평가를 치러야 한다는 사실이나, 그 시험의 내용 같은 것을 굳이 말할 필요는 없었다.

아그리체에서 태어나 배우는 것들이 무엇인지 다른 사람들에게 알리는 것은 오히려 좋지 않았다. 너무 깊이 알게 된다면 그들은 오히려 우리를 위험하다고 여겨 경계할 것이다.

"제 오빠인 아실의 경우, 아버지는 평소 그의 성격이 유약한 것을 마음에 들어 하지 않으셨습니다. 그 밖에도 저희들이 자신의 의견에 반하는 것을 참지 못하셨고요."

그릇 속에 담겨 있는 진실 중에 일부를 덜어낸 나머지를 보여 주는 것이 가장 합리적이었다. 물론 보이지 않는 곳에 덜어낸 부분이 좀 많긴 하지만.

"고작 그런 이유로 제 자식을……."

"저희들의 아버지는……."

나는 슬쩍 눈꺼풀을 내려 연약한 얼굴을 해 보였다.

"그런 이유로 충분히 자식을 죽일 수 있는 분이셨죠."

이제는 히아킨 휘페리온도 완전히 할 말을 잃은 얼굴이었다. 그 역시도 란트 아그리체를 알기에 내 말을 부정할 수는 없을 것이다.

바드리사도 무언가를 깨달은 듯이 제레미를 응시하고 있었다. 거래 건으로 만났을 때 제레미가 했던 말을 새삼스럽게 다시 떠올려 보고 이제야 그 의미를 진정으로 이해한 듯했다. 바드리사의 성격상, 이제 그녀는 우리를 가련히 보지 않을 수 없을 것이다.

"하지만 저도 설마 아버지가 죽은 자식들의 시신까지 이용해 베르티움에 실험체로 넘겨주었을 줄은 몰랐습니다. 그래서 베르티움에 있는 제 죽은 오빠의 인형을 본 데에 이어 황의 수장에게 직접 그 이야기를 들었을 때는……."

그러고 나서 속에서 무언가가 복받치는 듯이 말을 멈추고 입술을 꾹 깨물자 곳곳에서 탄식이 새어 나오는 것이 들렸다.

옆에서 제레미가 나 못지않게 애처로운 목소리로 말했다.

"누나……. 힘들면 그만 말해도 돼."

"난 괜찮아."

나는 희미하게 웃으며 내 팔을 잡은 제레미의 손을 부드럽게 덮었다. 그런 뒤 한 번 깊이 숨을 들이마시고 말했다.

"황의 수장은 제게 '루나'라 이름 붙이고 베르티움에서 함께 지내자고 했습니다. 제가 그것을 거부하자 제 오빠의 인형을 이용해 회유하는 척하며 독약을 먹이려 했지요. 그것마저 실패하자 제 시신이라도 갖겠다며 죽이려 들었습니다."

청중들 사이에서는 경악이 그치지 않았다. 그들은 나를 동정하다가 노엘 베르티움의 만행에 또 한 번 기겁하며 충격을 받은 것 같았다.

"그때 운 좋게 도움을 받지 않았으면 저도 지금쯤 제 오빠와 똑같은 처지가 되었을 것이라 생각합니다."

그렇게 말하며 카시스를 힐끗 쳐다봤다. 그 역시 딱딱하게 굳은 얼굴로 나를 응시하고 있었다.

아그리체의 사정을 대강 알고 있었다고는 하나 그의 앞에서 이런 식으로 내가 직접 말한 적은 없었다. 그래서인지 카시스는 지금껏 내가 본 것 중에 가장 차갑게 얼어붙은 표정을 짓고 있었다. 뭔가 나한테 하고 싶은 말이 많은 것 같은, 쉽게 설명하기 어려운 감정들이 얽힌 얼굴이었다.

"허, 이건 정말……."

수장들이 이 일을 어떻게 정리해야 좋을지 모르겠다는 듯이 말을 아꼈다. 생각보다 베르티움에서 있었던 일이 심각하다는 것을 알게 된 데다 거기에 얽인 아그리체의 속사정까지 듣게 되어 놀란 기색이 역력했다. 수장들뿐만이 아니라 다른 사람들 역시 마찬가지였다.

물론 이렇게 해도 내 말을 믿지 않고 의심하는 사람은 있을 것이다. 하지만 그들 역시 지금 이 자리에서 두 귀로 들은 내용을 쉽게 잊을 수는 없을 것이 분명했다.

일단 지금은 그 정도면 되었다. 어차피 내가 최종적으로 원하는 건 하루 이틀 만에 이룰 수 있는 게 아니었으니까.

"일단은…… 오늘의 청문회는 여기까지만 하지."

결국 오늘의 자리는 이대로 파하는 쪽으로 결론이 났다. 일단 사실 여부를 물을 당사자인 노엘 베르티움이 없으니 지금 더 길게 이야기를 끌고 나갈 수도 없었다. 무엇보다도, 지금 이 자리에 있는 모두가 혼란스러운 상태였다.

오늘의 청문회가 끝났다는 것을 수장들이 공표한 뒤 나는 자리에서 일어나 제레미의 손을 잡고 문으로 향했다.

다른 가문의 사람들이 회의장 밖으로 빠져나가는 아그리체 사람들을 수군거리며 지켜보았다. 아직은 조금이지만, 그래도 우리를 란트와 똑같은 아그리체로 묶어 보던 사람들의 시선이 약간 달라진 것처럼 느껴졌다. 앞으로도 나와 다른 이복형제들의 노력 여하에 따라 서서히 조금씩 더 변해 갈 수 있을 것이다. 죽은 란트 아그리체를 현재의 아그리체에서 도려내기 위한 첫 발짝을 이제 겨우 내디뎠을 뿐이니까.

머지않은 언젠가는 아그리체의 명패에 덕지덕지 묻어 있던 더러운 얼룩이 죽은 란트 아그리체와 함께 미명 뒤로 완전히 바스러지기를 바랐다. 그때까지 나도 해야 할 일이 많았다.

나는 처음 대회의장에 들어설 때처럼 제레미의 손을 잡고 문을 나섰다.

닉스는 감금당했던 방으로 바로 돌려 보내지지 않고 대회의장 옆에 있는 대기실에 머물고 있었다.

그가 노엘의 얼굴을 보는 것은 실로 오랜만이었다. 주인인 노엘의 곁을 이렇게 장기간 떠나 있는 건 처음이라 그런지 실제보다도 더 오랜 시간이 흐른 것 같은 기분이었다.

그래서인지 노엘도 그를 무척 반가워하는 것 같았다. 하지만 조금 전에 있었던 일을 상기하는 닉스의 얼굴은 밝지 않았다.

"닉스……!"

"닉스! 닉스를 또 어디로 숨기려는 거야! 닉스는 내 인형이야, 내 거라고!"

"당장, 닉스를, 이리, 내놔……!"

이상했다. 노엘이 그토록이나 간절하게 자신을 불러 찾는데…….
닉스는 그의 모습을 보고 오히려 강렬한 거부감을 느꼈다.

못 본 사이 노엘은 낯설 정도로 달라진 모습이었다. 원래도 인형을
만드느라 며칠간 밤잠을 설칠 때면 피폐한 몰골이 되곤 했지만 이건
그런 것과는 궤가 다른 것처럼 느껴졌다.

노엘의 손이 그를 반가워하며 끌어안는 것이 아니라 그대로 그의
살갗을 찢어 버릴 것만 같았다면 그것은 과한 망상일까?

아마도 그럴 것이다. 노엘은 기분이 상할 때면 자신이 만든 인형들
을 주저 없이 때려 부수곤 했지만 닉스에게는 그런 식의 폭력성을 드
러낸 적이 없었다. 어쩌면 그것은 닉스가 대체 불가능한 인형이기 때
문일지도 몰랐다.

닉스는 노엘의 인형술로 아실의 육체에서 처음 눈을 떴을 때부터
인간이 싫었다. 그것은 스스로도 영문을 알지 못할 염증 비슷한 혐오
감이었다.

그럼에도 자신 역시 반은 인간인 불완전한 존재라는 사실에 닉스는
줄곧 더러운 불쾌감을 느끼고 있었다. 그래서 종종 짓궂은 장난을 치는
척 노엘을 괴롭힐 때가 있었고, 단테는 그것을 알고 닉스를 경계했다.

하지만 노엘은 매일같이 얼굴을 맞대는 닉스의 악감정조차 알아차
리지 못할 정도로 해맑은 멍청이였다.

그런데 아까의 그 이상한 모습은 무엇이란 말인가. 안광으로 번들
거리던 노엘의 눈동자를 떠올리자 속이 거북해졌다.

게다가 단테는 왜 노엘과 함께 있지 않았던 거지?

"일어나라, 베르티움의 인형."

그때, 옆에서 닉스를 감시하고 있던 심복이 사슬을 잡아끌며 말했다. 밖에서 온 사람에게 무언가를 전해 듣고 난 뒤의 일이었다.

대기실을 빠져나와 움직이는 방향을 보니, 목적지는 조금 전 들렀던 대회의장이 아니라 원래 있던 방인 모양이었다.

닉스는 적잖이 안심했고, 그런 스스로가 이해되지 않아 얼굴을 구겼다.

"이봐, 좀 천천히 걸어."

그는 대회의장 안에 있던 수많은 사람들 앞에서 저도 모르게 노엘을 보고 움츠러들어 굴욕적인 모습을 보인 것을 상쇄시키려는 듯이 괜히 앞서 걷고 있는 심복들에게 사납게 말했다.

하지만 씨알도 먹히지 않았다. 오늘 닉스의 감시를 맡은 것은 페델리안의 심복들이었다. 아마 다른 가문이었다면 조금이나마 편의를 봐주었을 텐데, 페델리안의 심복들은 모조리 푸른 피가 흐를 것 같은 삭막한 놈들뿐이라 말이 통하지 않았다.

닉스는 신경질적으로 눈매를 구겼다. 하지만 뒤이어 어두운 복도의 끝에 서 있는 남자를 발견한 순간……. 닉스의 허세는 금세 흔적도 없이 사그라지고 말았다.

쿵!

심장이 순식간에 바닥까지 곤두박질쳤다가 이내 엇박자로 마구 뛰기 시작했다.

혹시 이번에도 환영을 보는 것일까?

그러나 아니었다.

검은 고목처럼 소리 없이 우뚝 서서 얼어붙은 붉은 눈동자로 닉스를 응시하고 있는 사람은 분명 데온 아그리체였다.

철컹!

닉스는 저도 모르게 발길을 멈추었다.

"뭐지?"

페넬리안의 심복이 그를 돌아보며 독촉하듯이 손에 잡은 사슬을 당겼다.

하지만 닉스는 발에 못이 박힌 것처럼 자리에서 꼼짝도 하지 않았다. 온몸에서 피가 빠져나가는 것처럼 등골이 시렸다. 비정상적으로 거칠어진 숨소리가 어지럽게 귓가에 울렸다. 저 섬뜩한 붉은 눈앞에서 닉스는 또다시 죽음을 목전에 둔 나약한 짐승이 되고 말았다.

"닉스."

그때 나타난 누군가가 밀도 높은 공기를 깨트리지 않았다면, 아마 닉스는 그대로 질식했을지도 몰랐다.

또각.

작은 발소리를 내며 다가온 사람은 록사나였다. 그녀는 직전까지 닉스의 시야에 닿아 있던 남자와 똑같이 검은 옷을 입고 있었고, 또 그에 못지않은 차가운 붉은 눈동자로 그를 보고 있었다.

하지만 록사나를 두 눈에 담는 순간, 닉스는 사막에서 한 방울의 비를 맛보기라도 한 것 같은 기분에 젖었다.

록사나의 눈길이 복도의 끝에 서 있는 사람에게 미끄러졌다.

두 쌍의 붉은 눈동자가 허공에서 마주쳤다. 닉스를 향하는 동안 줄곧 온기 없이 얼어 있던 남자의 얼굴에 서서히 실금이 가기 시작했다. 얼마간 미동 없이 서 있던 데온이 마침내 암흑 속에 스미듯이 사라졌다.

"왜 떨어?"

그 빈자리를 잠깐 조용히 응시하고 있던 록사나가 닉스에게 시선을 움직였다. 록사나의 얼굴은 표정 없이 차가웠고, 닉스의 귀에 닿은 음성 역시 마찬가지였다.

"왜 그를 두려워하는 거지?"

감정을 완전히 제거한 목소리였다. 그래서인지 그것은 데온 아그리체를 조금도 두려워할 필요가 없다는 다독임처럼 느껴지기도 했다. 물론 록사나의 말은 그런 다정한 위로의 의미가 절대로 아니었다.

"착각하지 마, 닉스. 그건 네 감정이 아니야."

록사나는 얼음장보다 시린 목소리로 닉스가 느낀 두려움을 부정했다. 놀랍게도 그 말은 지금까지 록사나 아그리체가 닉스에게 했던 그 어떤 말보다도 그의 심장을 아프게 후벼 팠다.

"내 앞에서 그런 식으로 아실 흉내를 내지 마."

닉스는 차갑게 읊조리는 록사나의 얼굴을 아까보다 한결 더 망연한 기분으로 바라보았다.

"가증스럽고 역겨워서 죽여 버리고 싶어지니까."

……이상했다. 대회의장에서 본 노엘도 이상하기는 마찬가지였지만 그보다는 자신이 더 이상했다.

언젠가부터 이 여자를 생각하면 이상하게 속이 따끔거렸다. 하지만 도저히 그 이유를 알 수가 없었다.

조용히 옆에 대기하고 서 있던 페넬리안의 심복이 다시금 닉스를 잡아끌었다. 닉스는 비틀거리면서 그를 따라 걸었다.

눈이 마주치면 또 속이 아릴 것 같아서, 등 뒤에 서 있는 여자를 돌아볼 수가 없었다.

카시스는 청문회가 끝나자마자 성탑 위에 올랐다.

대회의장에 있던 사람들은 각자의 숙소로 돌아갔다. 록사나도 카시스에게 시선 한번 주지 않고 제레미 아그리체와 함께 문을 빠져나갔다. 지난번 가스토르 숙소에 불이 났을 때와 마찬가지로, 어제부터 록사나는 카시스와 묘하게 거리를 두고 있었다.

분명 그가 데온 아그리체와 만난 이후부터였으니, 이유를 짐작하는 건 어렵지 않았다.

쏴아아. 숲이 약동하는 소리가 파도처럼 귓가에 밀려들었다.

한바탕 비가 쏟아질 것처럼 한낮임에도 날이 흐렸다. 달 조각 같은 금색 눈동자가 주변을 한 차례 기민하게 훑고 지나갔다. 오늘 새벽과 마찬가지로 살갗을 파고드는 공기가 묘하게 들떠 있었다.

단순히 기분 탓으로도 여길 수 있는 일이었지만 카시스는 그것을 쉬이 넘기지 않았다. 페넬리안의 후계자로서 공무를 맡아 처음 경계 수색에 나섰을 때부터 육감에 의지해야만 하는 상황에 맞닥뜨려 본 적은 수없이 많았다. 이런 껄끄러운 느낌을 대수롭지 않게 여겨 무시한 뒤에는 늘 성가신 일이 벌어지곤 했다.

무엇보다도 어제저녁부터 데온 아그리체의 움직임이 심상치 않았다. 카시스가 하루 종일 직접 그를 감시할 수는 없었기에, 대부분은 이시도르에게 역할을 맡기고 있었다. 하지만 데온 아그리체는 은신에 능해 가스토르의 화재 사건 때처럼 종종 이시도르를 따돌린 뒤 종적을 감추곤 했다.

그런데 어제는 꼭 일부러 보란 듯이 그를 감시하는 시선을 뒤에 단채 비어 있는 록사나의 방에 몸을 들였다. 그 사실을 한발 늦게 알게 된 카시스가 데온이 머무는 방에 들이닥쳤을 때, 그 자리에 남아 있는 건 용도를 알 수 없는 주술석 하나뿐이었다.

이후 데온 아그리체는 위그드라실 밖으로 빠져나가 모습을 감추었다. 그리고 나서 청문회가 열린 지금까지 카시스의 시야 안으로 들어오지 않았다. 하지만 카시스는 조금 전부터 다시 가까워진 데온 아그리체의 존재를 느낄 수 있었다.

그리고 지금.

위그드라실을 향해 다가오고 있는 위험한 기운이 카시스에게 막 감지되었다. 저 멀리서 움직이는 새까만 무언가가 성탑 위에서 희미하게 보였다. 바깥에서 느껴지는 불길한 기척이 분명 아까보다 가까워져 있었다.

멀리서 모래바람과 함께 몰려들고 있는 것은 분명 마물 떼였다.

카시스는 성탑 밑으로 빠르게 내려가 페델리안의 수하들이 모인 곳으로 향했다.

"비상사태다! 지금 당장 날 따라……."

사아아아아!

먹구름 사이로 막 드러난 해가 일식이라도 맞은 듯이 다시금 검게 가려진 것은 바로 그 순간이었다. 붉은 나비 떼가 머리 위를 가로질러 하늘을 뒤덮었다.

그것을 본 카시스의 얼굴이 얼어붙었다. 그는 뒤에서 부르는 소리도 무시하고 곧바로 자리를 박차 달리기 시작했다. 목적지는 당연히 저 붉은 나비의 주인이 있는 곳이었다.

닉스를 본 후 밖으로 나온 록사나는 저 멀리 무리 지은 마물 떼를 바라보았다.

'이렇게 보니 꼭 단내를 맡고 꼬여 드는 개미들 같네.'

습기 찬 바람에 머리카락이 자꾸만 얼굴에 엉겨 붙었다. 록사나는 다소의 귀찮음을 담은 손길로 그것을 옆으로 쓸어 넘겼다.

어제 그리젤다의 말을 듣고 방으로 돌아갔을 때, 바닥에는 깨진 화병과 짓밟힌 꽃이 널려 있었다. 굳이 확인하지 않아도, 그 안에 넣어 놨던 남은 주술석들이 사라졌다는 사실을 알 수 있었다. 그것을 가져간 데온이 무엇을 할지 예상하는 것도 어렵지 않았다.

위그드라실의 입구에 주술석을 뿌려 인근 서식지에 모인 마물들을 불러들인다.

가스토르의 숙소에 화재가 났던 것과 마찬가지로, 앞으로 이곳에 일어날 일 역시 록사나의 계획과 다르지 않다는 확신이 들었다.

그녀는 500년 전의 마물 사건을 비슷하게 재현할 생각을 하고 있었다. 마침 위그드라실에 백의 가문 소속인 마수사들도 와 있었으니 시기도 적절했다.

과거처럼 심각한 사태를 만들 생각까지는 없었지만 그래도 필연적으로 다치는 사람은 나올 것이다.

500년 전의 사건 이후 위그드라실에 똑같은 일을 방비한 주술진이 그려졌다고는 하지만 그때부터 지금까지도 다섯 가문 사이에 서로를 견제하는 체계적인 규율과 법칙은 정해져 있지 않았다. 5가문의 독단적인 체제는 그렇게 긴 시간 동안이나 이어져 내려와 그들을 각자의 위치에서 고이게 만들었다.

그러니 지금 대외적으로 알려진 아그리체와 페넬리안의 사건, 그리고 이번 인형술의 일로 경종이 울려진 지금이 변화를 불러올 가장 적절한 기회라고 생각했다.

'아니. 하지만 분명 그런 거창한 이유만은 아니었잖아.'

그때 머릿속에 울린 내면의 음성에, 목 밑에서 비릿한 내음이 물씬 올라왔다. 지금의 현상에 균열을 주고 싶었던 건 맞다. 그러나 그 속에 다른 이기적인 욕구가 전혀 없었다고 하면 거짓일 것이다.

그녀가 몸담은 아그리체를 다른 가문들과 다시 엇비슷한 위치로 만들 필요가 있으나 단기간에 그러기는 쉽지 않았다. 하여 대신에 그들을 아그리체가 있는 곳까지 끌어내려 균형을 맞추는 편이 가장 간단한 방법으로 보였노라고.

게다가 이유가 무엇이든 간에 이런 극단적인 일을 계획한 것은……
스스로도 모순적인 일이란 걸 사실은 알고 있었다. 란트 아그리체가 일구어 놓은 것을 파괴하려고 하는 자신이 란트 아그리체에게 배운 방식대로 움직이려 하다니.

그동안 위그드라실에서 보낸 나날은 그 남모를 망설임을 담고 있는 시간이기도 했다.

그리고 데온 아그리체는 여지없이 그런 그녀를 꿰뚫어 보았다. 얼마 전 일어났던 가스토르의 화재도, 그리고 지금 눈앞에 몰려든 마물 떼도, 꼭 록사나의 손으로 직접 벌인 일인 것처럼 한 점의 위화감도 없어 속에서 절로 쓴 물이 올라왔다.

인정하고 싶지 않았지만, 그들은 서로가 서로를 너무 잘 알고 있었다.

"……건방지게."

록사나의 얼굴에 하얀 성에꽃 같은 차디찬 미소가 피어났다.

역시 속이 뒤틀렸다. 화염에 휩싸인 건물을 눈앞에 두었을 때와 마찬가지로 마물들이 검게 우글거리며 몰려드는 꼴을 보니 속에서부터 역한 비린내가 풍겨 올랐다. 어떻게든 눈 앞에 펼쳐진 현상을 전면으로 부정하지 않고는 도저히 배겨낼 수가 없을 것 같았다.

데온 아그리체는 분명 어디선가 그녀를 지켜보고 있을 것이다. 얼마 전 밤, 록사나가 위그드라실 근처의 마물 서식지에 들렀을 때 그랬듯이.

그때 그녀는 밖으로 가지고 나온 주술석을 이용해 근처에 있는 마물들을 위그드라실 앞의 서식지로 불러들였다.

그런 록사나의 모습을 보고 데온은 역시 제 생각이 틀리지 않았다며 희열했을까?

록사나는 한숨을 내쉬듯이 쓰게 웃음 지었다.

화아아앗!

그녀는 한동안 제대로 쓸 일이 없었던 살육 나비들을 전부 불러들였다. 위그드라실 일대에 붉은 폭풍이 휘몰아쳤다. 그때쯤에는 건물 안에 있던 사람들도 바깥의 이변을 느끼고 놀랐다. 하지만 그것이 록사나가 한 일이라는 사실을 아는 사람은 지극히 소수에 불과했다.

화아악!

거대하게 몸을 부풀린 붉은 짐승이 거리를 좁히며 달려오는 마물 떼를 흉포하게 집어삼켰다. 지금 록사나가 하려는 일은 데온의 기대를 정면에서 무참하게 깨부수는 것이나 다름없었다.

나비들이 난동을 피울수록 몸에서 기력이 쭉쭉 빠져나가는 느낌이 들었다. 그래도 예전과 달리 독나비를 제어하는 게 어렵지는 않았다. 이건 분명 카시스 덕분이리라.

나비 몇 마리는 위그드라실 주변에 흩어져 있을 주술석의 피 냄새를 쫓아 움직였다. 일부는 록사나의 독나비에게 발견되기 전에 파손된 상태였다. 카시스와 그의 명령을 받고 움직인 페넬리안의 수하들이 한 일이었다.

위그드라실을 향해 다가오던 거대한 파도가 조용히 가라앉을 때까지 그리 긴 시간이 소요되지는 않았다. 건물 안에 있던 대부분의 사람들은 바깥에서 있었던 정확한 사건을 모른 채 그저 일대를 뒤덮었던 기이한 붉은 폭풍에 대해서만 시끄럽게 이야기했다.

"......"

록사나는 어둠 속에서 눈을 떴다. 그녀가 있는 곳은 건물 안이 아니었다. 비에 젖은 풀잎 냄새가 짙게 풍기는 걸 보니, 위그드라실의 경계 밖에 있는 숲이나 그 근처인 듯했다.

록사나는 누군가의 품에 끌어안겨 있었다.

"카시스."

조용히 이름을 부르자, 약간 서늘한 손이 록사나의 뺨에 닿았다. 옆얼굴을 얕게 문지르다가 천천히 뺨을 훑는 움직임이 조심스럽고 부드러웠다.

마지막으로 그녀를 향해 달려오는 카시스를 보았던 기억이 나서 지금 그와 함께 있는 게 의외라 여겨지지는 않았다. 달빛에 파르스름하게 물든 카시스의 얼굴이 가물한 시야에 들어왔다. 가까이에서 보니 그의 눈동자가 낮게 가라앉아 있는 것이 느껴졌다.

"내가 오래 잠들어 있었어?"

잠깐 상황을 파악하다가 잠긴 목소리로 묻자. 줄곧 굳게 다물려 있던 카시스의 입술이 마침내 느리게 열렸다.

"아니. 비가 내려서 날이 일찍 어두워진 것뿐이야."

자상했던 손길과 달리 삭막한 음성이었다. 록사나도 그것을 느꼈다. 하지만 내색하지 않고 손을 들어 뺨에 닿은 카시스의 손을 부드럽게 덮었다.

"……이러고 있으니까 옛날 생각 나네."

문득 떠오른 옛 기억에 설핏 웃음이 났다. 지난겨울 페델리안으로 가던 길에 이런 식으로 카시스의 보살핌을 받았던 것이 생각났다. 또 몇 년 전 아그리체에서 피를 토하고 쓰러진 그녀를 카시스가 이렇게 안아줬던 기억도 떠올랐다.

투둑……. 툭.

아직 부슬비가 내리는지, 물방울이 떨어지는 소리가 희미하게 들렸다. 지금 록사나와 카시스가 있는 곳은 무성한 나뭇잎이 덩굴처럼 서로 뒤엉켜 꼭 동굴 같은 모양을 이룬 곳이었다. 그래서 그들에게는 빗줄기가 닿지 않았다.

카시스가 록사나를 데리고 이곳에 온 것은, 위그드라실 밖이 치유 능력을 사용하기 훨씬 용이하기 때문이었다.

두 사람은 불과 두어 시간 전쯤 위그드라실의 결계 부근에서 있던 일을 따로 입을 열어 이야기하지 않았다.

잠깐 고요한 빗소리만이 그들이 있는 공간에 녹아들었다.

"사실은…… 당신도 이제 알고 있지?"

그러다 먼저 침묵을 깨고 말문을 연 것은 록사나였다.

"오늘 위그드라실에 마물을 부른 그 돌, 원래 내가 가져온 거야."

그녀의 목소리를 듣지 못한 것처럼 마주한 얼굴에는 변화가 없었다. 하지만 곧 뺨 위에서 움직이던 손길이 멈추어졌다.

"가스토르 숙소에 불을 낸 것도, 내가 한 일은 아니지만 나도 그렇게 할 생각이었어."

담담한 고해였다. 여전히 카시스의 손에 얼굴을 반쯤 묻은 채로 록사나가 입술을 뗐다.

"그러니까 예전에도 그렇고, 사실은 지금 이러고 있는 것도 전부 다 내 자업자득인 셈인데."

긴 금색 속눈썹이 카시스의 손가락을 간질이며 나붓이 내려앉았다가 다시 들어 올려졌다. 록사나는 고개를 기울여 카시스의 손에 좀 더 깊이 얼굴을 기댔다.

"실은 청문회에서도 말이야. 당신이 날 불쌍하게 여겨주길 바라서 일부러 그런 이야기를 꺼낸 이유도 있었어."

약아 빠진 마음이었다. 예전이라면 분명 달갑지 않게 여겼을 것이다.

하지만 지금은 카시스가 그녀를 가엾게 여겨 동정하는 것도 나쁘지 않다고 생각했다.

카시스에게 그녀를 안쓰럽게 여기는 마음이 있다면, 앞으로 무슨 일이 생겨도 그녀를 쉬이 저버리지 못할 테니까.

록사나는 마주한 눈을 올려다보며 속삭이듯이 물었다.

"내가 이런 사람이라 경멸할 거야?"

카시스는 록사나를 말없이 내려다보았다. 그의 기분은 아까부터 다소 가라앉은 상태였다. 이 복잡한 감정을 무어라 정의해 말해야 할지는 알 수 없었다. 다만 자기 자신에게 화가 나기도 하고, 이미 죽어 없어진 란트 아그리체에게 화가 나기도 했다. 그리고 아주 조금쯤은, 지금 그의 눈앞에 있는 사람에게 화가 난 것 같기도 했다. 하지만 록사나를 향한 것은 화보다는 다른 종류의 감정이 압도적으로 컸다.

카시스의 손을 붙잡고 있던 록사나의 손이 작게 움직였다. 피부 위에 온기를 스미게 하는 손가락의 움직임을 느끼며 카시스는 문득 데온 아그리체의 말을 떠올렸다.

록사나의 얼굴을 마주하는 동안 또 한 번 물살 같은 감정의 일렁임이 카시스를 스쳐 지나갔다.

"……내가 너에게 믿음을 주지 못했나."

이윽고 낮은 속삭임 뒤에 록사나의 얼굴에 닿아 있던 손이 떼어졌다. 성긴 음성이 작게 번지는 빗소리 사이로 단호하게 읊조려졌다.

"네가 무슨 일을 해도 내가 널 경멸할 일은 없어."

뒤이어 록사나의 손가락 사이사이에 온기가 스몄다. 하나처럼 얽힌 손이 꽉 죄었다. 록사나는 숨을 죽인 채 카시스의 눈을 들여다보았다.

"내가 아무렇지 않게 다른 사람들을 죽이고 이용하는 사람이어도 상관없다는 거야?"

"상관없어."

다시금 조금의 망설임도 없는 대답이 돌아왔다. 록사나의 입술이 꽉 다물렸다. 치미는 감정을 참듯이 찌푸려진 눈매에 부드러운 손길이 닿았다.

"하지만 넌 그런 사람이 아니잖아."

귓가에 나지막하게 속삭여지는 음성이 마음을 어루만지는 것 같았다.

"결국 오늘 마물들을 부른 것도 네가 한 일이 아니고, 가스토르의 숙소에 불을 내는 것도 사실은 바라지 않았잖아."

그때 불이 난 건물 앞에 서 있던 록사나의 얼굴을 보면 알 수 있었다. 게다가 오히려 오늘 그녀는 스스로의 몸은 생각도 않고 마물들을 혼자 막아 냈다. 카시스가 록사나에게 조금 화가 난 것도 사실 그래서였다.

"예전에 아그리체에서도……."

카시스는 오래된 기억을 상기하며 잠깐 말을 늦추었다.

"네가 나를 살렸어."

그는 움켜쥐고 있는 록사나의 손을 더 세게 힘주어 꽉 붙들었다.

"록사나. 넌 네가 생각하는 것과 다른 사람이야."

록사나는 스스로의 평가에 지나치게 박한 면이 있었다. 하지만 그런 자기혐오 비슷한 감정이 어디에서 비롯되었는지 짐작할 수 있었기에, 그는 이런 록사나를 볼 때마다 어쩔 수 없이 마음이 조금 먹먹해졌다.

카시스는 달래듯이 록사나의 이마에 부드럽게 입을 맞추었다. 그리고 전에 페델리안에서 그녀가 그에게 했던 말을 되돌려 주었다.

"그리고 이건 네가 나한테 했던 말인데. 뭐든 생각만으로 그치고 있다는 점에서 이미 훌륭한 거 아닌가."

그 말을 듣고 결국 록사나는 카시스를 따라 부스러진 웃음을 흘리고 말았다. 거짓말처럼 줄곧 무겁던 마음이 좀 가벼워졌다.

카시스는 록사나에게 이런 일을 계획한 이유를 묻지 않았다. 하지만 그녀가 결코 선량한 의도로 화재를 꾸미고 마물을 모으려 하지 않았다는 사실은 알고 있을 것이다.

"카시스. 나 말이야."

무슨 생각을 하는지 모를 얼굴로 물끄러미 카시스를 바라보던 록사나의 입술이 이윽고 작게 달싹여졌다.

"만약 당신이 언젠가 나한테 완전히 질리거나 지쳐서 날 떠나려고 하면……."

마침내 그 안에서 흘러나온 음성을 듣고 카시스는 눈매를 굳혔다. 하지만 그녀가 그를 보며 이어서 속삭인 말은 그 누구라도 미처 예상하지 못했을 만한 것이었다.

"내 손으로 당신을 죽여 버릴 거야."

그 내용은 가히 섬뜩하다 할 만했지만, 어째서인지 카시스의 귓가에 밀려든 그녀의 말은 살해 협박이 아니라 얼얼할 정도로 다디단 사랑 고백으로 들렸다. 그리고 아마도 그것은 사랑 고백이 맞을 것이다.

록사나가 깍지 낀 카시스의 손을 더 세게 잡아끌며 가까이 몸을 붙였다. 천천히 일으킨 상체를 앞으로 기울이자 금빛 머리칼이 카시스의 가슴 위로 물결처럼 흔들렸다.

카시스는 형언할 수 없는 기분으로 눈앞에 있는 붉은 눈동자를 마주했다.

"이미 알고는 있었지만 당신, 정말 운이 나쁘네."

달콤한 독을 바른 미소가 록사나의 얼굴에 피어났다.

"이 세상에 있는 수많은 사람들 중에서 하필이면 내 눈에 띄다니."

상대방을 위해서 놓아준다거나 하는 건 역시 그녀에게 어울리지 않았다.

"역시 나는 당신의 행복을 빌어 주면서 멋지게 보내주는 짓 같은 건 평생 못 할 거야."

예전에도 그랬지만, 이제는 더더욱 그렇게는 안 되었다. 어쩌면 록사나가 앞으로 선택하는 길은 최악 대신 차악일 뿐인지도 모른다.

란트 아그리체의 흔적들을 세상에서 모두 지우고 싶다고 생각했지만 결국은 그녀 역시 그의 방식에서 완전히 자유로울 수는 없었다.

록사나가 그토록 혐오해 왔던 아그리체는 이미 그녀의 일부가 되었다. 결국 록사나는 그것을 부정할 수 없었고, 어쩌면 그것이 그녀의 한계일지도 몰랐다.

그래도 옆에 이 사람이 있어 주기를 바랐다. 만약 그녀가 그로서는 결코 용납하지 못할 일을 저지른다 해도 그런 그녀를 거부하지 않고 계속 옆에서 안아 주기를 바랐다.

설령 카시스가 뿌리를 잘못 내린 나무처럼 그녀의 곁에서 나날이 말라 간다 해도, 죽을 때까지 놓아주지 않을 것이다. 그리하여 마지막에는 반드시 그녀의 품 안에서 최후를 맞게 하리라.

"카시스."

록사나는 이 사람을 자신의 옆에 영원히 붙잡아 둘 수 있는 방법을 본능처럼 알고 있었다. 하필 이런 상황에서 카시스에게 이와 같은 방법을 사용하는 것은 가히 비겁하다 할 만했지만 어쩌겠는가. 록사나 아그리체라는 여자가 원래 이런 것을.

그리하여 그녀는 결국 입술을 움직여 언제까지나 그를 족쇄처럼 옭아맬 말을 속삭였다.

"사랑해."

그런데 그 말을 처음으로 소리 내 입 밖으로 내뱉는 순간, 가슴 깊은 곳에서 무언가가 툭 터져 나가는 느낌이 들었다. 이런 감각은 이전에도 카시스의 앞에서 몇 번인가 느낀 적이 있는 것이었다.

언젠가부터 찰랑거리며 가슴 안에서 불어나 마침내는 한계까지 차오른 것이 더 이상 견디지 못하고 폭죽처럼 터져 나갔다. 목 끝에서 제멋대로 아우성치는 말을 억누르기 버거워, 록사나는 결국 한 번 더 속삭이고 말았다.

"……사랑해, 카시스."

아마도…….

그녀의 인생에 이처럼 진실한 고백은 다시 없을 것이다. 그리고 나자 또 견딜 수가 없어서 고개를 움직이고 말았다.

카시스는 얼어붙은 채로 록사나의 입술을 맞았다. 맞닿은 입술 사이로 독약 같은 달콤한 속삭임이 흘러들어왔다.

"당신이 죽는 순간까지 내 옆에 있어 줘."

가슴에 점차 밀려들기 시작하던 물살이 이내 격랑을 맞아 넘쳐났다.

"지금……."

카시스는 겹쳐진 손을 더 세게 움켜쥐며 감정의 범람을 고스란히 드러낸 음성을 뱉어냈다.

"지금 그런 말을 하는 건, 너무……."

반칙이지 않나.

단 한 마디의 말로 이렇게 쉽게 그를 지옥과 천국으로 오가게 만들수 있다니. 오직 록사나만이 할 수 있는 일이었다.

결국 카시스는 제 속에서 걷잡을 수 없이 치밀어 오르는 것들을 억누르는 데 실패하고 맞닿은 입술을 거칠게 집어삼켰다.

전에 그녀가 그를 제 것이라 지칭했을 때만큼이나 황홀했다. 설령 조금 전의 고백이 거짓이었어도 카시스는 씁쓸함과 비슷한 크기의 기쁨을 느꼈을 것이다. 하지만 지금 록사나의 말은 그녀의 온전한 진심이었고, 카시스는 그것을 느낄 수 있었다.

게다가 죽는 순간까지 옆에 있어 달라니. 만약 그가 떠나려 하면 차라리 제 손으로 죽이고 말 것이라니. 이처럼 달콤한 말이 세상 또 어디에 있을까.

어쩌면 데온 아그리체의 말이 맞았다. 카시스는 설령 록사나가 아무리 그의 심장을 잔인하게 찢어발긴다 해도, 숨이 멎는 순간까지 그녀를 끌어안은 팔을 놓지 못할 것이다.

"록사나."

카시스는 밭은 숨을 흩뿌리는 입술에 자신의 입술을 맞붙인 채로 팔에 힘을 줘 마주한 사람의 허리를 으스러지게 끌어당겼다.

"내가 더……."

그 역시도 말하고 나니 한 번으로는 한참 부족했다. 그래서 몇 번이나 질리지도 않고 같은 말을 속삭였다.

정말, 너를 너무나도 사랑한다고.

록사나는 별처럼 쏟아지는 말과 키스를 모조리 품에 끌어안았다. 아무리 포식해도 거기엔 과함이 없었다. 지금 맞닿은 사람을 꽉 껴안지 않고는, 도저히 견딜 수가 없었다.

그 순간만큼은 오직 단둘만의 세상이었다.

고요하게 가라앉은 공기 속에 소연한 기류가 안개처럼 번져 들었다. '그들'은 물살을 타고 이동하는 나뭇잎처럼 그 속에서 소리 없이 움직이고 있었다. 남서쪽의 경계를 넘어 들판을 지나, 마침내 위그드라실과 멀리 떨어진 마물 서식지에 그들의 발길이 닿았다.

키에엑!

흩어져 있던 마물들이 자신들의 땅을 침범한 침입자를 공격했다. 하지만 '그들'은 단지 그곳을 지나쳐 가려 했을 뿐, 주인의 명령을 완수하는 것 외에는 다른 그 무엇에도 관심이 없었다.

그러나 목표를 위해 방해물을 제거하는 것은 필수 불가결한 일이었다. 손이 있어야 할 자리에 대신 달린 날카로운 쇠붙이가 주저 없이 허공에 그어졌다.

키에에엑!

달려들던 마물들의 살이 갈라지고 숲에 피가 뿌려졌다. 한동안의 난투 끝에 '그들'은 고깃덩어리가 된 마물의 시체를 밟고 다시 앞으로 나아갔다.

얼마 후, 숲은 마치 아무 일도 없었던 것처럼 조용해졌다. 폭풍 전야처럼 잠잠하게 가라앉은 공기만이 불길하게 소용돌이치고 있었다.

밤이 오기 전 카시스는 자리에서 몸을 일으켰다. 감싸 안고 있던 허리에서 팔을 풀자 맞닿은 몸이 아주 작게 움직였다. 하얗게 드러난 어깨가 추워 보여서 조금 흘러내린 그의 망토를 다시 잘 여며 주었다.

록사나는 잠깐 잠이 든 상태였다. 지금 이곳이 밖이라는 것도, 또 그녀의 몸이 아직 완전히 회복되지 않았다는 것도 잊고 무리하게 만들어 버렸으니 이렇게 진이 빠진 것도 당연했다.

하지만 카시스로서도 어쩔 수 없는 일이었다. 거기에는 록사나의 탓도 있었다. 그런 사랑스러운 말을 들어 버렸는데, 어떻게 이 벅찬 마음을 표현하지 않고 배길 수 있단 말인가.

카시스는 옆에 누운 록사나의 얼굴을 가만히 응시했다. 전에, 무엇이든 그녀가 원하는 대로 하라고 말한 적이 있었다. 만약 그에게 해

주었으면 하는 일이 있다면 그것이 무엇이든 이루어 주기 위해 노력하겠다고도 했다.

얼마 전 데온 아그리체에게 한 말도 허세나 거짓이 아니었다. 그는 정말 지금 눈앞에 있는 사람과 함께 기꺼이 지옥 끝까지라도 떨어질 수 있었다. 록사나가 진심으로 그것을 원한다면.

카시스는 작게 비소했다.

그러니 사실은, 잘난 척 데온 아그리체를 비난할 자격이 그에게는 없었다. 사실은 자신 역시 그다지 다를 바 없을지도 몰랐다. 만약 카시스가 페델리안이 아니었다면 그 역시 데온 아그리체와 똑같아졌을지도 모른다.

카시스는 손을 뻗어 흐트러진 록사나의 머리카락을 느리게 훑었다. 머릿속에 오가는 상념만큼이나 질기고 복잡한 손길이었다. 그러다가 그는 손가락 사이에 휘감긴 머리카락을 들어 올려 거기에 입술을 묻었다. 그 후 시야에 드러난 록사나의 하얀 목덜미와 어깨에 차례로 입을 맞추었다.

"으음."

그러자 줄곧 감겨 있던 록사나의 눈꺼풀이 파르르 떨리다가 이내 서서히 들어 올려졌다.

"뭐야……. 내가 또 잠들었나 보네."

"몸은 좀 어때?"

록사나는 그게 지금 다른 사람도 아닌 당신이 물을 소리냐는 듯이 카시스를 쳐다보았다. 하지만 천천히 스스로의 몸을 점검해 보니 의외로 아까보다 상태가 나쁘지 않았다. 그녀가 잠든 동안 카시스가 회복시켜 놓은 것이 분명했다.

"많이 괜찮아졌어. 더 늦기 전에 이제 그만 돌아가야지."

분명 제레미가 걱정하고 있을 테니 밖에서 오랜 시간을 보낼 수는 없었다.

"피곤하면 눈을 더 붙여도 돼. 자는 동안 내가 방으로 데려다줄게."

부드러운 손길이 아직 잠기운을 완전히 떨쳐내지 못한 록사나의 얼굴을 쓸었다. 조금 혹했지만 록사나는 그냥 자리에서 일어났다.

"아니야. 당신 덕분에 몸 상태도 좋아졌으니까 같이 가."

여기가 정확히 어디인지는 몰라도 위그드라실까지는 그래도 거리가 좀 있을 텐데, 거기까지 카시스에게 안겨 가는 건 미안한 일이었다. 물론 이런 말을 하면 카시스는 전혀 신경 쓸 것 없다고 하겠지만.

그렇게 두 사람은 자리를 정리하고 함께 위그드라실로 돌아갔다. 낮에 무슨 일이 있었냐는 듯이 어둠이 깔린 위그드라실은 조용했다.

당연히 제레미는 오매불망 록사나를 기다리고 있었다. 록사나는 몸을 회복하자마자 돌아오길 잘했다고 생각하며 내내 그녀를 걱정하고 있던 제레미를 달래 주었다.

이후 제레미는 한결 편해진 얼굴로 방으로 돌아갔지만, 결국 그날 밤 록사나는 잠을 이루지 못했다. 그녀는 어둠이 깊은 창밖을 밤 동안 가라앉은 눈으로 바라보았다.

데온 아그리체의 시선은 느껴지지 않았다. 분명 앞으로는 가스토르의 화재 사건이나 아까의 마물 사건처럼, 록사나의 앞에서 그의 손길이 닿은 일은 벌어지지 않을 것이라는 확신이 들었다.

촤르륵!

록사나는 눈을 길게 감았다 뜬 뒤 이내 커튼을 쳐 시야를 완전히 차단했다.

데온 아그리체는 멀리서 떠오르는 새벽빛을 바라보았다. 그 고즈넉한 광경과 달리 데온의 속은 시끄러웠다.

그의 머릿속에는 어제 낮에 보았던 록사나의 모습이 지독할 정도로 선명하게 아로새겨져 있었다. 꼭 그를 비웃기라도 하듯이 눈앞을 뒤덮었던 붉은 나비 떼. 그 속에서 데온을 향해 날카롭게 박혀 들던 록사나의 그 감정 없는 차가운 눈빛도.

"데온. 이제 난 당신이 필요 없어."

그때 분명 록사나는, 얼마 전 붉은 장미 사이에서 데온의 심장을 인정사정없이 후벼 팠을 때보다 더 잔인한 방식으로 그를 또 한 번 부정했다. 그 순간 데온은 그의 안에 있던 무언가가 무참할 정도로 산산이 짓밟혀 부서지는 것 같은 느낌을 받았다.

또다시 가슴 안쪽에서 난폭한 감정이 득실거리며 일어났다. 속에서 날뛰는 충동은 이제 거의 한계에 다다라 있었다.

"넌 란트가 만들어 낸 괴물이야."
"나는 그런 너를 끔찍이 증오하고 경멸해."

꼭 저주처럼 귓가에 울리는 목소리에 데온은 나직하게 읊조렸다.
"시끄러워."

하지만 메아리치는 음성은 끝내 사라지지 않고 데온의 옆에서 끈질기게 제 존재를 과시했다.

"데온 아그리체. 록사나는 너를 원하지 않아."

마치 불에 달군 인두로 지져 새긴 낙인 같았다. 다시금 누구라도 죽여 버리고 싶은 살의가 치솟았다.

이런 감정을 해소하는 방법을 데온은 달리 알지 못했다. 그럼에도 데온이 이렇게 덫에 묶인 짐승처럼 옴짝달싹 못 하고 있는 것은 분명 록사나 때문이었다.

카시스 페델리안의 말처럼 이제껏 데온에게 부과된 역할은 무엇이든 부수고 망치는 것이었지, 무언가를 지키는 것이 아니었다. 누구도 데온 아그리체에게 그런 것을 요구한 적 없었다.

서서히 걷히는 밤의 장막 너머로 아득한 새벽빛이 번지는 것이 보였다.

어제, 록사나가 보란 듯이 데온이 한 일을 저지해 정면으로 그를 밀쳐낸 순간, 지금껏 그의 발밑을 간신히 지탱하고 있던 바닥이 우르르 무너져 버리는 것 같은 느낌이 들었다.

이대로라면 시에라가 원하던 것처럼, 데온은 록사나의 바람대로 죽을 것이다. 그녀의 개로서, 마지막까지 철저히 외면당한 채 한 줌의 관심도 얻지 못하고 더없이 허무하고 비참하게. 그것이 바로 록사나가 원하는 것이리라.

데온은 천천히 손을 들어 아무것도 없는 목 언저리를 쓸었다.

죽고 싶지 않다면 벗어나는 수밖에 없다. 하지만 무언가에 눈이 가

려진 것처럼 스스로 빠져나갈 길을 찾아낼 수가 없었다. 정작 시야에
는 이토록 찬연한 빛이 가득한데, 그가 서 있는 곳은 여전히 어둡고
깜깜했다.

검은 그림자가 박힌 붉은 눈동자가 눈앞의 하얀 어둠을 한참 동안
이나 바라보았다. 그리고 데온은 그리 오래지 않아 그의 발목을 끈질
기게 붙들고 있던 문제의 해답을 찾게 되었다.

해가 떠오르고 날이 바뀌었다. 새벽녘까지 부슬비가 내렸던 탓에
땅에는 촉촉한 물기가 스며 있었다.

어제 조기 종결된 청문회는 오늘 오후 중에 다시 열릴 예정이었다.

노엘은 오늘도 방에 혼자 틀어박혀 있었다. 어제의 난폭한 행동 때
문에 그의 방 문 앞을 지키고 선 사람의 수는 늘어난 상태였다.

사실 청문회 이후, 노엘이 닉스를 찾으며 방을 빠져나가려 시도한
일이 몇 차례 있었기 때문이기도 했다. 정해진 시간이 되자 그의 방으
로 점심 식사가 전달되었다. 하지만 노엘은 거기에 조금도 손을 대지
않았다. 초조하게 손톱을 물어뜯자 따닥거리는 소리가 조용한 방 안
에 작게 울렸다.

"닉스……."

어제 대회의장에서 닉스를 본 뒤로 노엘의 조급함은 극에 달했다.
청문회 같은 것은 예나 지금이나 여전히 그의 안중에 없었다.

"닉스를 만나야 돼. 그런데 왜……."

왜 방해하는 거지.

닉스는 내 건데.

단테를 살리기 위해서는 닉스가 필요한데.

애초에 그러려고 이 위그드라실에 온 것인데.

하지만 이미 빼앗긴 닉스를 다시 손에 넣는 것은 단테의 말대로 쉽지 않았다. 그래서 단테도 살아 있을 때 이런저런 대책을 준비했던 것이 아닌가. 물론 그것은 단테가 죽으면서 전부 무산되어 버렸고, 노엘은 당시에 닉스와 루나의 빈자리에 상심해 우느라 단테의 말을 모두 흘려들어 그가 계획했던 일이 무엇인지 알지 못했다.

다만 자신이 노엘 베르티움이기에 할 수 있는 일은 있었다. 그러나 이것이 잘하는 일인지는 확신이 없어, 베르티움을 떠난 후로 노엘은 나날이 초조해졌다.

하지만 그에게 잘했다고 칭찬해 줄 사람도, 이게 무슨 머저리 같은 짓이냐고 비난할 사람도 이제는 옆에 없었다.

노엘은 너덜너덜해진 손톱을 다시 물어뜯었다.

"단테…… 닉스……."

그래……. 일단은 닉스만 수중에 넣으면 된다. 지금은 그것 외에는 다른 그 무엇도 중요하지 않았다. 피가 배어난 손가락을 문 노엘의 눈에 광기와 닮은 으슥한 빛이 퍼져 나갔다.

어제 대회의장에서 있었던 일로, 위그드라실에 모인 사람들의 분위기는 한결 어수선해졌다.

그 중심에 있는 것은 당연히 아그리체였다. 사람들은 아그리체 사람들의 모습이 보일 때면 저들끼리 머리를 맞대고 무어라 수군거렸다. 꼭 그들이 눈에 들어오지 않을 때도 마찬가지였다.

당연히 다른 가문에서 아그리체를 대하는 태도가 하루아침에 크게 변한 것은 아니어서, 사람들은 여전히 아그리체에게 먼저 섣불리 다가가지 않았다. 하지만 전처럼 대놓고 반감을 드러내며 배척하는 분위기는 다소 옅어진 상태였다.

그런 와중에 아그리체의 '아'자만 나와도 유독 안색이 나빠지는 세 사람이 있었다. 그들의 공통점은 일전에 아그리체의 남매들과 내기를 걸고 카드놀이를 했던 휘페리온 사람들이라는 점이었다.

그때 이후로 그들은 줄곧 예민하게 신경이 곤두선 상태였다. 남에게 이야기하기 어려운 기묘한 일이 그들에게 매일같이 반복되고 있었기 때문이다.

그것은 항상 그들이 잠들어 있는 사이에 일어났기에 아침이 될 때마다 바짝 긴장한 채 주변을 살피는 것이 일과가 되었다.

처음에는 방 안에 있는 물건의 위치나 상태가 교묘하게 바뀌었다. 아침에 눈을 떠 보니 분명히 지난밤에는 멀쩡하게 벽에 걸려 있던 촛대의 양초가 허리부터 싹둑 동강 나 바닥에 떨어져 있거나, 화병에 얌전히 꽂혀 있던 꽃이 밤사이에 모두 뜯겨 있는 등의 일이 몇 번이나 반복되었다. 잠자리에 들기 전 침대 옆에 벗어 두었던 실내용 신이 어째서인지 손이나 발에 끼워져 있을 때도 있었다.

처음에는 정말 사소하고 자잘하다고 할 수 있는 일이었기 때문에 스스로의 건망증을 의심했다.

하지만 그런 이상 현상이 나날이 반복되고 또 점점 거리를 좁혀 오자, 그것이 우연이 아니란 사실을 깨달을 수밖에 없었다. 단체로 몽유

병이라도 발생한 게 아닌 이상, 자는 동안 손톱에 색색의 염료를 칠해놓는 일은 있을 수 없지 않은가?

그런 기묘한 일을 매일같이 겪었던 세 사람은 당연히 등골이 오싹해지는 것을 느낄 수밖에 없었다. 사용인을 닦달해 몇 번이나 방을 바꾸어도 그런 이상한 일은 지치지도 않고 항상 그들을 따라왔다.

방문을 몇 겹으로 철저히 잠가도 마찬가지였다. 오히려 놀리기라도 하듯이, 범인은 문의 자물쇠를 따서 잠들어 있는 그들의 잠옷 주머니 속에 넣어 두고 가는 짓까지 벌였다.

휘페리온의 세 사람은 그런 일을 할 만한 사람이 누구인지 알고 있었다. 이것은 분명 그 속이 시꺼먼 까마귀 같은 아그리체 놈들의 짓인 것이 틀림없었다.

그러나 그동안 매일 당한 일이라는 게 어디에 가서 말하기도 애매한 것들뿐인 데다, 또 그들이 범인이라는 물증도 없었기 때문에 나날이 속만 타들어 가는 실정이었다.

그래서 그들은 모두 상당한 수면 부족과 심신 피로에 시달리고 있었다. 모두의 화젯거리인 베르티움의 인형과 청문회에 관심을 가질 여유도 없었다.

어젯밤도 세 사람은 언제 그놈들이 올지 모른다는 압박감에 뜬눈으로 밤을 지새우다가 결국 피로를 이기지 못하고 깜빡 졸고 말았다.

그러다 퍼뜩 잠에서 깨어난 뒤, 꼭 장례라도 치르듯이 침대 위에 한가득 흩뿌려진 하얀 꽃들을 발견한 것으로 소름 끼치는 아침을 맞았다.

그래서 한 사람은 더 이상 견디지 못하겠다며 아예 의무실에 휴식을 취하러 간 상태였고, 나머지 두 사람은 자존심 때문에라도 아그리체에 굴하지 않는 모습을 보이기 위해 멀쩡한 척 정원의 다과 모임에 참석한 상황이었다.

"으윽……. 배, 배가……!"

그러던 중에, 그들 중 한 사람이 별안간 배를 움켜잡으며 자리에서 쓰러졌다.

"듀란……!"

당연히 정원은 금세 시끄러워졌다.

"헉, 무슨 일이에요?"

"갑자기 쓰러졌어요! 빨리 의원을……!"

주위에 있던 사람들이 놀라서 몰려들었다. 그중 한 사람은 특히 가까이 다가와 쓰러진 사람의 안부를 물었다.

"세상에. 괜찮으세요?"

하필 그것은 아그리체의 사람이었고, 그동안 당한 것이 있는 휘페리온의 삼인방 중 한 명은 눈이 뒤집혀서 앞으로 손을 뻗어 오는 사람을 매섭게 밀쳐냈다.

"손대지 마!"

"앗!"

다른 사람들은 휘페리온이 보인 난폭한 모습에 깜짝 놀랐다.

"왜 이러세요? 저는 그냥 걱정이 되어서 그랬을 뿐인데……."

"거짓말하지 마! 우리를 죽이려고 차에 독을 탄 게 너희들이잖아!"

"어멋! 그게 무슨 소리예요?"

정원에 가득 울려 퍼질 정도로 날카로운 일갈에 조금 전보다 한결 더 당혹감 어린 반문이 뒤따랐다.

하지만 휘페리온의 입장에서는 가증스러울 뿐이었다. 이 간악한 아그리체 놈들이 이제는 독살까지 시도한 것이 분명했다. 그렇지 않고

서야 왜 듀란이 이렇게 갑자기 고통을 호소하며 쓰러진단 말인가?

독이라는 소리를 들은 주변의 다른 사람들도 놀라서 숨을 들이마셨다. 개중에는 자신의 앞에 놓인 찻잔을 황급히 확인하거나 이미 마신 것을 토해 내려 하는 사람도 있었다.

"말도 안 돼. 어떻게 그런 억울한 누명을……!"

"그동안 매일 우리에게 이유 없이 시비를 걸었던 걸로도 모자란 거예요?"

"정말 더는 못 참아! 사람을 우습게 보는 것도 정도가 있지……!"

그 자리에 있던 아그리체의 사람들이 더 이상은 참지 못하겠다는 듯이 울컥하며 매섭게 들고 일어났다.

"처음 봤을 때부터 그렇게 우리를 눈엣가시처럼 여기면서 사사건건 걸고넘어지더니, 이번에도 우리한테 누명을 씌우려고 휘페리온에서 꾸민 일 아니야?"

"뭐?! 우리가 아그리체인 줄 알아?"

"우리가 뭘 어쨌다고! 휘페리온이야말로 지난번에도 그랬잖아!"

그때, 정원의 입구 쪽에서 누군가의 나직한 음성이 흘러들었다.

"아그리체가 차에 독을 탔다니."

의무실에 갔던 사용인들과 의원을 데리고 나타난 것은 싸늘하게 굳은 얼굴을 한 제레미였다.

"아그리체의 수장으로서 그런 발언은 가볍게 흘러넘길 수 없는데."

같은 시각, 위그드라실의 사용인들은 모두 각자의 위치에서 저마다 맡은 일을 하느라 바빴다. 세탁물 정리 담당인 사용인은 지금 막 새로 깨끗이 빨아서 말린 식탁보를 들고 연회장이 있는 건물 쪽으로 향하고 있었다.

그러던 중 그는 멀리서 다가오는 어떤 사람을 발견했다. 그것은 짙은 갈색 옷을 입은 남자였다. 그런데 어딘가 묘하게 움직임이 딱딱해 보여서, 혹시 불편한 곳이 있는 게 아닌가 싶은 마음에 사용인은 그에게 다가갔다.

이곳에서 일하기 시작한 지 얼마 되지 않아 아직 5가문의 사람들이 전부 눈에 익지는 않았던 탓에, 지금 눈앞에 있는 사람이 어느 가문 소속인지는 알 수 없었다.

"안녕하세요? 혹시 필요한 게 있으신가요?"

어느 정도 거리가 가까워졌을 때, 남자의 얼굴과 목덜미의 일부가 짙은 갈색으로 얼룩져 있는 것이 눈에 들어왔다. 그러고 보니 그의 옷도 무언가에 더럽혀졌을 뿐, 원래부터 이런 색깔인 것은 아닌 듯했다.

지금은 그쳤지만, 새벽까지 비가 왔던 탓인가? 물웅덩이가 고인 곳에 넘어지기라도 한 모양이다. 사용인은 그렇게 생각하며 손수건이라도 건네줄 생각으로 손을 움직였다.

한편, 눈앞에 있는 사람을 인지한 것은 상대방도 마찬가지였다. 하지만 마주한 이를 '방해물'로 받아들였다는 점이 달랐다. 처음 주인의 명령을 받았을 때부터 지금까지 '그것'의 머릿속을 잠식하고 있는 생각은 단 하나뿐이었다.

[닉스를 찾아. 그리고 내 눈앞에 데려와.]

그리고 이곳까지 이동하는 동안 지나왔던 마물 서식지에서 그랬던 것처럼, 지금 눈앞에 있는 사람을 보는 순간 또 다른 명령이 이명처럼 귓가에 울렸다.

[방해물은 제거해도 좋다.]

'그것'은 머릿속에 입력된 명령대로 움직였다.

"괜찮으시면 제게 손수건이 있으니 일단 이걸로라도 닦으……."

위로 들어 올려진 손은 앞으로 내민 것을 받아 드는 대신 눈앞에 있는 남자의 목을 주저 없이 그었다.

사악!

한순간의 일이었다.

후두둑!

푸르게 깔린 잔디 위에 붉은 비가 내렸다. 주인을 잃은 목이 허공을 날아 마침내 비릿한 피를 뿌리며 바닥에 떨어져 내렸다.

밑으로 허물어진 몸의 잘린 단면에서 흐른 피가 금세 주변에 웅덩이를 만들었다. 동시에 나풀거리며 떨어진 하얀 식탁보가 순식간에 붉게 젖어 들었다.

끼기긱.

방해물을 제거한 '그것'은 다시 첫 번째 명령을 이행하기 위해 움직였다. 한발 늦게 도착한 동료들이 그런 그의 뒤로 하나둘씩 모습을 드러내기 시작했다.

차라리 마물을 비롯한 외부 생명체가 위그드라실의 문턱을 넘었다면 경보가 울렸을 것이나, 짐승도 사람도 아닌 그들에게는 반응하지 않았다.

다만, 주술적 기능을 억제하는 위그드라실의 결계에 의해 일부 파손된 인형의 몸은 움직임이 어느 정도 굼떠진 상태였다. 머릿속에서는 노엘이 내린 명령이 뒤엉켜 시끄러운 소음을 내고 있었다.

위그드라실 안에 거대한 폭풍이 몰아치기 직전의 일이었다.

"독살이라니, 무슨 근거로 그런 말을 하는 거지?"

제레미가 나타나면서 정원에는 묘한 긴장감이 도사리기 시작했다. 하지만 제레미는 잔디 위에 쓰러진 사람을 보고 일단 당장의 시급한 일부터 해결하려는 듯이, 다른 말을 더 길게 하지는 않았다.

"의원."

제레미가 우연히 정원 앞에서 만나 동행한 사람을 나직하게 불러 독촉했다.

"멀뚱히 서 있지 말고 네가 해야 할 일을 해."

"예, 예!"

공기를 타고 흐르는 심상찮은 기류에 멈칫했던 의원이 후다닥 환자에게 다가갔다.

"사, 상태가 어때? 설마 듀란이 죽는 건 아니겠지?"

조금 전까지만 해도 아그리체를 향해 으르렁거리던 휘페리온의 일원이 의원을 붙잡고 급히 물었다.

의원은 심각한 얼굴을 한 채 쓰러진 사람의 상태를 면밀히 살폈다. 그러다 마침내 고개를 들고 대답했다.

"일단 심각한 상황은 아닌 듯하니 마음 놓으셔도 됩니다."

"정말인가?"

"네, 숨도 고르고 맥도 정상입니다. 자세한 건 지금부터 살펴보겠습니다."

그제야 팽팽하게 조여져 있던 공기가 약간 이완되었다. 그러는 동안 제레미는 주변을 훑으며 입을 열었다.

"쟨 왜 저러고 있어?"

그의 눈길이 닿은 곳은 아직도 비련의 여주인공처럼 잔디 위에 엎어져 있는 이복형제였다. 그것을 보고 가까이에 있던 남매들이 머쓱하게 다가가 그녀를 부축했다.

"악! 아파. 아무래도 발목을 삔 것 같으니까 살살 일으켜 줘."

신음하는 목소리가 굉장히 연약하고 애처롭게 들렸다. 하지만 지난날 휴게실에서 그녀가 사악하게 웃으며 칼을 가는 모습을 보았던 휘페리온으로서는 그 모습이 가증스럽게 느껴질 뿐이었다.

사실 그렇게 생각하는 건 다른 아그리체의 사람들도 마찬가지였다. 제레미도 속으로 코웃음을 쳤다. 고작 저런 솜털 같은 손에 한 번 밀쳐진 것으로 발목을 삐었다니. 별 말 같지도 않은 소리를 하고 있었다. 상황을 보니 역시 그의 이복형제들이 저 차에 무슨 짓을 한 게 분명했다.

과연 제레미의 짐작대로 사실 찻잔 속에는 독이 들어 있었다.

위그드라실 안의 어느 길목에는 복통을 야기하는 독초가 자라 있었다. 지난겨울 화합회 때 록사나가 발견했던 바로 그 독초였다.

생김새가 일반 잡초와 비슷했기 때문에 독초와 약초에 해박한 사람이 아니고서야 구분하기 어려웠지만, 폐기 처분 당하지 않고 지금까지 살아 있는 아그리체의 사람들 중에 그것을 알아보지 못하는 사람은 없었다. 어쨌든 간에, 그래서 이복형제 중 한 명이 그것을 우연히 발견해 휘페리온을 골려주는 데 이용하려고 한 것이었다.

위그드라실 안에는 이곳에 있는 수많은 사람들만큼이나 다양한 차 종류가 구비되어 있었다. 각 가문마다 선호하는 차는 모두 달랐고, 그중에서도 휘페리온의 세 사람은 근래 들어 피로 해소와 심신 안정에 좋은 차를 자주 마셨다.

찻잎을 보관하는 장소에 숨어 들어가 거기에 독초를 섞어 놓는 것은 그리 어려운 일이 아니었다. 독초라고 해 봤자 효과는 겨우 복통이 좀 이는 정도라, 그것을 독살이라고 생각할 사람은 매일 밤마다 끈질기게 일신상의 위협을 느꼈던 휘페리온의 세 사람 정도밖에 없을 것이었다.

"웃기지 마! 그렇게 무고한 척해 봤자 누가 믿을 줄 알고? 너희가 무슨 짓을 하지 않고서야 듀란이 이렇게 갑자기 쓰러질 리가 없잖아!"

하지만 사실 차를 마신 사람이 이렇게 기절하기까지 할 줄은 몰랐기 때문에 아그리체의 사람들도 내심 어리둥절해하고 있었다.

마침내 제레미가 굳게 다물려 있던 입술을 뗐다.

"독살이라니. 신성한 5가문의 친목회에서 감히 그런 음험한 마음을 품은 사람이 있다고 주장하는 건가."

굉장히 민감할 수밖에 없는 주제였기 때문에 정원 안의 분위기가 대번에 얼어붙었다.

"더군다나 그게 아그리체라고? 그렇게 생각하는 근거는 뭐지?"

"그야……."

"내 식솔들이 수상한 행동을 하는 걸 직접 목격이라도 한 건가? 너희들, 정원에 와서 이걸 만진 적 있어?"

제레미는 대답을 기다리지 않고 이복형제들에게 물었다.

"아니, 절대 없어!"

"알다시피 휘페리온과는 껄끄러워서 애초에 가까이 앉지도 않았는걸."

"오늘 이 일이 생기기 전까지는 말도 한마디 섞은 적 없어."

"맞아. 다른 가문에서도 다 봤으니까 확인해 봐도 돼."

아그리체의 남매들은 천연덕스럽게 대꾸했다.

"그럼 직접 본 것도 아니면서 의심하고 있다는 거군."

과연 그 말대로였기 때문에 주변에 있던 다른 사람들도 수군거렸다.

아그리체의 말처럼, 오늘뿐만이 아니라 평소에도 아그리체와 휘페리온이 가까이 있을 때는 극히 드물었다. 두 가문의 사람들이 얼굴을 마주할 때면 꼭 마찰이 일어났기 때문이다.

그리고 그 주체는 항상 휘페리온이었다. 특히 휘페리온의 저 두 사람은 얼마 전까지만 해도 아그리체의 사람들을 보면 빠짐없이 나서서 시비를 걸던 주범이었다.

"휘페리온에서는 지금 한 말에 책임질 수 있나? 우린 지금 장난할 기분이 아니니 신중히 대답해야 할 거야."

스산한 음성이 고막을 긁으며 새어들자, 그것을 정면에서 마주한 사람은 별수 없이 멈칫할 수밖에 없었다.

"저어……."

그때, 밑에서 의원이 입을 열어 왔다.

"말해."

제레미가 짤막하게 대꾸하자 조심스러운 목소리가 이어졌다.

"실례지만, 음독에 의한 증상인 것으로 보이지는 않습니다."

그 말을 듣고 휘페리온의 사람이 믿을 수 없다는 듯이 언성을 높였다.

"말도 안 돼! 제대로 진찰한 게 맞아?"

"예에, 자세한 건 의무실로 환자를 옮긴 다음에 봐야 알 수 있겠지만……. 일단 지금으로서는 절대 음독 반응은 아닌 것 같고, 단순히 기가 약해져 의식을 잃은 것으로 보입니다."

"뭐?"

"근래에 잠을 잘 이루지 못한 데다 피로가 누적되어 몸이 허약해진 탓이라고 사료됩니다만. 쉽게 말해서 다른 외부적인 요인으로 기절한 것이 아니라, 그저 육체가 휴식을 취하는 중이라 할 수 있겠습니다."

그 말을 듣고 그래도 혹시 하는 마음을 가지고 있던 다른 가문의 사람들이 안도하며 가슴을 쓸어내렸다. 하지만 휘페리온의 사람은 아직도 납득되지 않은 듯이 분기탱천하여 소리쳤다.

"의원! 너도 아그리체와 한통속이지?"

"아니, 그게 무슨 말씀이십니까!"

난데없는 모함에 의원이 펄쩍 뛰었다.

"독이 아니라니 말도 안 돼!"

"왜 말이 안 된다는 거지? 이 찻잔에 꼭 독이 들어야만 하는 이유라도 있나?"

제레미가 눈을 내리깔며 물었다. 주변에서도 조금씩 이상함을 느끼는 사람들이 나오는 것 같았다.

"독이 아니어도…… 애초에 듀란이 이렇게 된 건 다 네놈들 때문이야!"

하지만 계속해서 우기는 말에 결국 제레미는 눈살을 찌푸리고 말았다. 그 광경을 지켜보고 있던 사람들의 반응 역시 별반 다르지 않았다.

"너희들이 매일 우리를 괴롭혔잖아!"

"아까부터 도가 지나치군. 아그리체에서 왜 그런 일을 하지?"

"너희들이, 너희들이 우리를 거슬려 하고 있으니까!"

매일 밤마다 밀려드는 압박감에 극도로 예민해지고 심신이 피로해져 신경 쇠약에 걸린 것은 지금 바닥에 쓰러져 있는 사람만이 아니었다.

게다가 독살의 위협까지 느낀 그는 불안감에 휩싸여 자신이 무슨 말을 하는지도 모른 채로 횡설수설했다. 그에 제레미가 고개를 비스듬히 기울이며 말했다.

"오히려 반대가 아닌가 싶은데. 친목회가 시작된 이후로 우리를 볼 때마다 못마땅함을 드러내던 건 휘페리온이 아니었던가."

그것 역시 다른 가문의 사람들 모두 동의하는 부분이었다.

"어떻게 생각하십니까?"

제레미가 슬쩍 뒤를 돌아보며 다시 입을 열었다.

"휘페리온은 아그리체에 상당히 유감이 많은 모양입니다, 백의 수장님."

그 자리에는 소식을 듣고 온 히아킨 휘페리온이 서 있었다. 그는 얼추 상황을 파악한 뒤 난색을 표하며 쯧 혀를 찼다.

"내 가솔이 터무니없는 소리를 했나 보군."

"수장님!"

"네놈은 떠들어야 할 때와 닥쳐야 할 때도 구분을 못 하느냐?"

히아킨의 서늘한 일갈에 억울함을 토로하던 사람이 입을 다물었다.

"떠들 기운이 남았다면 듀란이나 의무실에 데려다주도록 해."

지금까지 휘페리온의 가솔들이 이런 식으로 크고 작게 아그리체를 걸고넘어진 일이 친목회 동안 한두 번 있던 것도 아니었기 때문에 히아킨은 상당한 성가심과 곤란함을 느끼고 있었다.

"의원. 듀란이 독을 마셔서 쓰러진 게 아닌 것이 확실한가?"

"그, 그렇습니다."

"그래도 혹시 모르니 찻잔은 조사를 하는 게 좋을 것 같군."

그에 제레미가 슬쩍 입매를 비틀었다. 그의 뒤에 서 있던 이복형제들도 내심 비웃음 지었다. 건물 안에 있는 찻잎은 이미 다른 이복형제가 처리했고, 일정 온도 이상으로 우러난 찻물에서는 지금 사용한 독의 성분을 검출할 수 없었다. 그러니 문제 될 건 아무것도 없었다.

히아킨이 유감스러운 낯으로 제레미를 돌아보며 말했다.

"아그리체를 의심하는 게 아니라, 이런 일은 확실히 마무리 짓는 게 모두에게 좋으니 그러는 걸세. 이대로는 모두가 꺼림칙하지 않겠나?"

"예, 원하시는 대로 하시지요."

제레미는 순순히 수긍했다.

"지금까지 다른 가문에서 아그리체에 갖고 있던 인식이 어떤지는 익히 알고 있었습니다만……."

그러나 잇따라 그가 눈동자를 내리깔며 나직하게 읊조린 말은 듣는 이마저 동화시키고도 남을 정도의 침통한 감정을 담고 있었다.

"자꾸만 무고한 제 가족들이 이런 식으로 핍박받는 것을 보게 되니 참담함을 금할 수가 없습니다."

그 말을 듣고 히아킨이 움칫 눈매를 찌푸린 뒤 다독이듯이 말했다.

"그게 무슨 말인가, 자네. 누가 아그리체를 핍박한다고."

"그렇지 않아도 참혹한 죽음을 맞은 제 형님이 베르티움의 농간으로 죽어서까지 안식을 얻지 못하고 저렇게 모욕을 당하고 있는데……."

그 말을 듣고 히아킨은 낮게 침음했다. 제레미는 얼굴에 더욱 짙은 수심을 드리운 채로 말을 이었다.

"심지어 거기에 더해 가여운 제 누이마저 똑같은 변을 당할 뻔한 일로 저희 남매들은 요즘 헤아리기 어려운 고통을 느끼고 있습니다."

그에 주변의 분위기가 절로 엄숙해졌다. 아그리체의 다른 이복형제들도 덩달아 상심한 낯을 해 보였다.

"가뜩이나 제 식솔들은 친목회 동안 휘페리온과 있었던 잦은 마찰로 심신이 불안정한 상태입니다. 그래도 자칫 이번 모임의 취지를 퇴색시키기라도 할까, 속으로만 감정을 삭이며 참아 왔던 것인데."

물론 그동안 쌓인 한을 풀기라도 하듯이 아그리체 남매들은 요즘 밤마다 휘페리온을 가지고 노는 일에 열과 성을 다하고 있었지만, 일단 겉보기에는 그랬다.

"그런데 이번에는 이런 당치도 않은 독살 누명까지 쓸 뻔하다니."

그래서 히아킨도 묘하게 돌아가는 상황에 골치가 아파지는 것을 느꼈다. 더군다나 지금 그의 식솔이 경솔하게 발언한 독살 의혹은 가문 간의 문제로 번질 가능성이 농후한 심각한 사안이었다. 지금까지처럼 젊은이들의 단순 혈기에 의해 일어난 다툼으로 덮기에는 확실히 도가 지나쳤다.

"그건 내 식솔이 철이 없어 경솔히 입을 놀린 잘못이군. 실수를 뉘우치도록 충분한 주의를 주겠네."

히아킨은 틈 들이지 않고 꼬리를 자르는 것을 선택했다. 지금 이곳에는 듣는 귀가 너무 많았다. 여기서 말실수를 했다가는 나중에 난처한 상황에 처하게 될 수도 있었다. 그런 그의 생각을 알고 제레미는 속으로 냉소했다.

"단순 실수로 치부하고 넘어갈 사안은 이미 아닌 것 같습니다, 백의 수장님."

히아킨이 원하는 것처럼 이번 일을 얼렁뚱땅 그냥 넘길 마음은 없었다. 기껏 마련된 기회였으니 지금까지 자존심을 굽히고 엎드려 있던 만큼 더럽고 질기게 물고 늘어져 줄 생각이었다.

제레미는 아까의 히아킨이 그랬던 것처럼 유감스러운 얼굴을 해 보였다. 그것을 보고 히아킨이 표정을 굳히며 입을 열었다.

"자네 정말 그렇게 나올……."

"……꺄아악!"

바로 그때, 정원의 입구 쪽에서 날카로운 비명이 울렸다. 상당히 가까운 거리에서 들린 소리였기 때문에 정원 안에는 순식간에 살얼음 같은 침묵이 낮게 깔렸다.

제레미도 고개를 돌려 비명이 들려온 방향을 주시했다. 정원의 입구는 덩굴의 잎으로 이루어진 아치형 지붕에 덮여 있었다. 그 속은 현재 그림자에 가려져 어두웠다.

끼기긱. 마침내 부식된 철이 긁히는 것 같은 섬뜩한 작은 소음이 녹색 그림자를 뚫고 고막을 찔러 들어왔다.

"다들 뒤로 물러나."

본능적으로 무언가를 느낀 제레미가 팔을 들어 다른 이복형제들이 앞으로 나서지 못하게 막았다. 그러면서 그 역시도 한 발짝 뒤로 걸음을 물렸다.

물론 아그리체의 사람들은 그의 보호가 필요한 이들이 아니었다. 하지만 그동안 단련된 육감이 저 앞에 꺼림칙한 것이 있다고 속삭이고 있었다.

끼기긱……. 마침내 시야에 모습을 드러낸 것은 짙푸른 머리카락을 가진 여자였다. 그녀는 사용인들이 입는 것 같은 옷을 걸치고 있었다. 그리고 진흙탕에서 구르다 온 것처럼 지저분했다.

"바깥에 무슨 일이지? 조금 전의 그 비명은 뭔가?"

히아킨 휘페리온이 경계를 늦추지 않으며 물었다. 하지만 돌아오는 대답은 없었다. 그녀는 그저 기이할 정도로 무표정한 얼굴을 한 채로 정원 안에 있는 사람들을 한 차례 훑었을 뿐이었다.

모두가 이상함을 느꼈다. 다시 보니 그녀의 복장은 위그드라실 안에서 일하는 사람들과 달랐다.

그때, 여자의 더러운 소매 밑으로 빠져나온 무언가가 햇빛에 반사되어 반짝이는 것이 보였다.

"……수장님!"

정원의 입구에서 다급한 목소리가 들려온 것은 그 순간이었다.

"이 앞에 피를 흘리고 쓰러진 사람이 있어……."

차를 마시고 기절한 듀란을 막 의무실에 데려다주고 온 남자가 급히 정원 안쪽으로 들어서다가 입구 앞에 서 있던 여자의 등에 몸을 부딪쳤다.

유리알 같은 무감정한 눈동자가 휘익 옆으로 돌아갔다.

푸욱!

모두가 상황을 곧바로 인식하지 못했다.

"으, 헉……."

여자의 몸에 반쯤 가려진 남자가 동공을 크게 확장시킨 채 잘게 신음했다. 검은 소매가 작게 흔들린 직후, 피에 젖은 날붙이가 남자의 가슴팍에서 빠져나왔다.

후두둑…….

뒤이어 조금 전까지 여자의 손이 틀어박혀 있던 남자의 가슴께에서 붉은 피가 왈칵 쏟아져 내리기 시작했다.

제레미와 히아킨을 비롯한 사람들은 위그드라실에서 볼 것이라 상상하지 못했던 광경을 눈앞에 두고 경악했다.

끼기긱…… 끼긱. 가슴을 뚫린 남자가 경련하며 잔디 위로 쓰러진 것과 동시에, 기묘한 쇳소리를 내는 사람들이 이번에는 정원의 입구에서 무리 지어 들이닥쳤다.

곧 터져 나온 비명이 정원 안에 날카롭게 울려 퍼졌다.

"밤사이 비가 오더니, 지금도 날이 흐리군."

록사나는 회랑을 지나가다가 귓가로 흘러든 목소리에 고개를 돌렸다. 뒤에서 다가오고 있는 바드리사와 류자크가 시야에 들어왔다. 바드리사를 보필하듯이 뒤에 서 있던 류자크가 록사나에게 작게 고개를 숙여 인사해 보였다.

"오후 늦게는 날이 완전히 갤 거라고 하더군요."

록사나도 두 사람에게 고개를 살짝 숙여 인사를 돌려보냈다. 그러면서 그녀는 다시 고개를 돌려 힐끔 앞쪽을 확인했다.

조금 전, 저 멀리서 카시스가 지나갔다. 록사나는 그래서 회랑을 지나가다 말고 잠깐 걸음을 멈춘 채 그의 모습이 작아지는 것을 바라보고 있었다.

"긴 밤을 지새운 것 같은 얼굴인데."

바드리사가 잠깐 록사나의 얼굴을 살피더니 말했다.

"청문회 때문인가?"

록사나는 눈길을 살짝 내리깔며 대답했다.

"마음이 소란하여 잠을 잘 이루지 못한 것이 티가 나는 모양입니다."

그러나 바드리사는 동조하는 대신 입매를 끌어 올렸다.

"그리 심약한 사람으로 보이지는 않았는데."

어쩐지 말속에 뼈가 있었다. 록사나는 다시 시선을 들어 마주한 얼굴을 응시했다.

"보이는 것처럼 마냥 상심해 있기만 해서는 어찌 가문의 무게를 지탱하겠는가."

내포된 의미가 역력히 드러난 말이었다. 그것을 알아챈 록사나의 눈빛이 미묘하게 변했다. 바드리사는 록사나가 다른 사람들 앞에서 보였던 것과 달리 실제로는 깊이 상심한 상태가 아니며, 또 실제로 아그리체를 좌지우지하는 것이 록사나임을 알고 있다고 지금 그녀의 앞에서 말하고 있는 것이었다.

하지만 록사나는 바드리사의 그 말을 듣고 오히려 입술에 가느다란 미소를 그려 보였다.

"존경할 만한 혜안을 가지신 만큼, 저와 제 동생이 거짓을 말한 적이 없다는 사실도 알고 계시리라 믿습니다."

바드리사의 눈이 가늘게 떠졌다. 누이 쪽이 아우보다 확실히 예의가 발랐지만…… 맹랑하기로는 둘 다 마찬가지였다.

"그럼 전 들러야 할 곳이 있어 이만 실례하겠습니다."

록사나는 그렇게 인사한 뒤 먼저 자리에서 발길을 뗐다. 바드리사는 록사나를 붙잡지 않았다.

"아그리체 양."

잠시 후 뒤에서 류자크가 록사나를 불렀다. 바드리사는 이미 시야에서 사라진 뒤였다. 류자크는 어머니를 두고 록사나에게 할 말이 있어 쫓아온 듯했다. 그는 진중한 얼굴로 록사나를 보며 입을 열었다.

"지난 조언에 감사를 표합니다."

록사나는 일순간 류자크가 무엇을 말하는지 이해하지 못했다. 그러다가 문득, 얼마 전 두 가문의 협상 자리에 참석하는 건에 대해 첨언한 것이 기억났다. 그건 딱히 조언이라고 할 것도 아니었는데, 류자크는 참 견실한 사람이었다. 그 어머니에 그 아들이라고 해야 할지.

"아니에요. 도움이 되었다니 기쁘네요."

그러다 문득 류자크의 등 뒤로 지나가는 여인이 눈에 띄었다.

"휘페리온 양."

록사나는 그녀를 불렀다. 그 이유는 지금 판도라가 급히 향하는 곳이 어디인지 알고 있었기 때문이다.

"아그리체 양."

판도라가 멀리서 뒤돌아보았다.

"정원에 가시는 길인가요?"

록사나가 묻자 판도라의 낯빛에 곤혹감이 어렸다.

"아그리체 양도 소식을 들으셨나 보군요."

그 말대로, 록사나 역시 정원에서의 소식을 듣고 그곳에 가기 위해 회랑을 지나던 길이었다.

판도라는 점심 식사 이후부터 모습이 통 보이지 않는 오르카를 찾다가 정원에서 있었던 일을 전해 들었다. 어젯밤에도 수장인 히아킨은 오르카와 판도라에게 남은 친목회 동안 각별히 행동을 조심할 것을 명했다. 특히 오르카에게 거듭 얌전히 있을 것을 당부한 데 이어 판도라에게도 몰래 오르카의 감시를 맡겼다.

그래도 다행인지 불행인지 이번 일의 범인은 오르카가 아니었다.

그렇지 않아도 아그리체와 잦은 마찰을 일으켜 히아킨의 골치를 아프게 하던 가문의 철없는 사람들 중 하나가 아그리체를 상대로 독살 의혹을 주장했다고 한다.

"네, 저도 마침 그쪽으로 가던 길이었으니 동행하죠."

"정원에서 무슨 일이 있습니까?"

옆에 있던 류자크가 의문을 표했다.

"그게……."

판도라는 대답을 망설였다. 바로 그때, 록사나와 류자크의 시야에 이상한 광경이 들어왔다. 한 무리의 사람들이 판도라의 등 뒤에 있는 모퉁이에서 모습을 드러냈다. 그런데 그들의 온몸은 짙은 갈색으로 얼룩져 있었고, 움직임은 어딘가 부자연스러웠다.

끼기긱…….

귀에 묘한 소음이 스몄다. 록사나는 그들을 어디에선가 본 적이 있는 것 같은 기시감을 느꼈다. 순간, 그녀의 본능이 머릿속에서 경고음을 냈다.

"휘페리온 양, 뒤에……!"

그때 류자크가 무언가를 발견하고 눈을 부릅뜨며 큰 소리로 외쳤다. 판도라도 이상함을 느꼈는지 뒤를 돌아보았다.

휘익!

동시에 지면을 박차고 판도라에게 달려든 사람이 그녀를 향해 팔을 사선으로 그어 내렸다.

"무슨……!"

사악!

다행히 판도라는 마물 서식지를 전전하며 민첩함을 몸에 익힌 사람이었기 때문에 그 공격을 반사적으로 피해냈다. 대신에 반 정도 잘려나간 연청색 머리카락이 잔상처럼 허공에서 나부꼈다.

그 순간 록사나는 확신했다. 저것은 분명 베르티움의 인형이었다.

하지만 어째서 이곳에?

물론 지금은 한가하게 그런 생각을 할 때가 아니었다. 베르티움의 인형은 또다시 판도라를 공격하고 있었다. 록사나는 지체하지 않고 머리에 꽂고 있던 장신구를 뽑아냈다.

"뭐, 뭐야! 웬 놈들이냐! 내가 누구인 줄 알고 이런 짓을……!"

"휘페리온 양, 숙여요!"

콰직!

록사나의 손끝을 떠난 것이 날카로운 궤적을 그리며 인형의 이마 한가운데에 명중하는 것과 동시에, 판도라를 지나쳐 허공을 벤 칼날이 회랑에 있는 석조 기둥을 부쉈다.

"헉……!"

판도라와 류자크는 록사나가 던진 것이 한 치의 오차도 없는 놀라운 적중률을 보인 것과, 그녀가 망설임 없이 다른 사람에게 살수를 날린 것에 놀란 듯했다.

하지만 록사나는 이것이 단순한 시간 벌기밖에 안 된다는 사실을 알고 있었다. 방금 전부터 독나비들이 보내는 신호로 록사나의 머릿속이 시끄러웠다.

이마를 뚫린 인형이 일순간 고개를 젖히며 멈칫했다. 그러나 이미 예상하고 있었듯이, 단지 그뿐이었다.

휘익.

휘익.

휘익.

휘익.

그 순간, 그들을 보지 못한 것처럼 앞을 지나가고 있던 다른 인형들이 일제히 고개를 돌렸다. 록사나에게 이마를 뚫린 인형 역시 멀쩡히 서서 그들을 마주하고 있었다.

"맙소사……."

판도라와 류자크가 납득할 수 없는 상황에 말문이 막힌 듯이 신음했다.

그것이 신호탄이라도 된 것처럼 앞에 있던 인형들이 달려들었다. 록사나는 급히 나비들에게 신호를 보내며 소매 속에 숨겨 두었던 나이프와 다른 머리 장식을 뽑아 들었다.

"건물 안으로 접근하지 못하게 막아!"

"예!"

카시스는 살육이라고밖에 부를 수 없는 참상의 현장에 있었다. 곳곳에 부상을 입은 사람들이 신음하며 바닥에 쓰러져 있는 것이 보였다. 개중에는 이미 죽은 것처럼 움직임이 없는 이들도 있었다.

그 외에도 달아나는 사람과 그 뒤를 좇는 자들로, 불과 한 시간 전까지만 해도 더없이 고요하던 위그드라실은 혼란하게 변해 있었다.

어제의 일로 아직 경각심을 완전히 풀지 않은 페넬리안의 사람들이 오전 중에 주변을 한번 둘러볼 생각으로 나오지 않았다면 발견이 더 늦어질 뻔했다.

"각자 위치로 이동해. 당장!"

카시스가 심복들에게 명령하자마자 그들은 한시도 지체하지 않고 일사불란하게 움직였다.

"꺄아악!"

"사, 살려……."

촤악! 어느새인가 위그드라실 안에 소리 없이 침투한 '그들'은 앞을 가로막은 사람을 전부 도륙 낼 기세로 공격했다. 달아나는 사람도 놓치지 않고 따라가 손 대신 무기가 장착된 팔을 휘둘렀다. 그들이 지나는 자리마다 어김없이 자욱한 피 보라가 흩뿌려졌다.

위그드라실 안에 쳐들어온 것은 사람의 형상을 하고 있되 사람이 아니었다. 카시스는 이미 베르티움에서 그들과 비슷한 것을 본 적이 있었다.

'노엘 베르티움의 인형!'

눈앞에 있는 것들의 정체를 깨달은 것과 동시에 그는 이를 악물었다.

카시스는 그를 따라온 심복들에게 인형들이 이 자리를 벗어나지 못하게 막을 것을 명령하며 신속하게 앞으로 달려갔다. 무기고로 간 심복이 돌아올 때까지 마냥 기다리기만 할 수는 없었다.

베르티움의 전투 인형들은 지금 시야에 비치는 것만 해도 그 숫자가 최소 백은 되는 것 같았다. 베르티움에 이렇게 많은 인형 군단이 숨겨져 있었다니. 게다가 어떻게 눈에 띄지 않고 베르티움에서 위그드라실까지 이동할 수 있었던 것인지 납득이 되지 않았다.

혹시 근래 들어 느꼈던 주변의 위화감은 비단 마물들 때문만이 아니었단 말인가?

곳곳에서 밀어닥치는 처절한 비명은 숫제 거친 파도 소리 같았다. 소란을 듣고 온 사람들이 아비규환의 광경을 보고 질겁해 달아났다.

"으아악!"

카시스는 인형의 무기에 꿰뚫리기 직전이던 사용인을 밀쳐냈다. 그리고 손에 힘을 불어넣어 인형의 머리를 가격했다.

끼기기긱……!

인형이 기이한 쇳소리를 내며 경련했다. 하지만 마물과 달리 인형은 생명력을 갈취당하고도 죽지 않았다.

카시스의 낯빛이 한결 서늘해졌다. 인형은 본래 살아 있지만 살아 있는 것이 아니었기 때문에 이런 방법이 통하지 않는 것 같았다.

"방해물…… 제거……."

그래도 기능이 일부 망가지기는 했는지 인형이 여전히 몸을 경련하며 같은 말을 쉴 새 없이 반복해 중얼거렸다.

휘익!

카시스는 자신에게로 쇄도하는 팔을 가차 없이 꺾어 반대로 그것을 인형의 턱에 박아 넣었다. 인형의 턱을 부수며 정수리까지 관통한 송곳 같은 팔은 단단히 틀어박혀 더는 움직이지 않았다.

그럼에도 인형은 머리가 꿰뚫린 채로 또 다른 무기가 장착된 반대쪽 팔을 사선으로 내리그었다. 카시스는 신속하게 그것을 쳐내 옆에서 다가오던 다른 인형의 머리를 꿰뚫었다. 신체가 연결된 두 인형의 움직임이 굼떠졌다.

"막아!"

"인형들이 안으로 들어간다!"

그때, 방어를 뚫은 인형 몇 구가 건물 안쪽으로 들어서기 시작한 광경이 보였다. 맨손으로 저 많은 인형들의 움직임을 완전히 멈추게 하는 것은 불가능에 가까운 데다 수적인 한계도 있었기 때문에 틈이 생기는 것도 당연했다. 하지만 다행히 무기고에 갔던 심복들이 너무 늦지 않게 돌아왔다.

카시스는 이곳을 그들에게 맡기고 몸을 돌렸다. 그러던 중 왼쪽 손등에 따끔한 느낌이 들어 고개를 숙였다. 록사나의 붉은 나비가 그 위에 앉아 날개를 몇 번 팔랑였다. 위그드라실 안에서 혹시 모를 일에 대비해 록사나와 정해 놓은 수신호 중 하나였다.

이런 상황에서 이 수신호가 의미하는 바는…….

카시스는 이를 악물었다.

알고 있다.

록사나는 그의 보호를 필요로 하는 연약한 사람이 아니었다. 그러니 그녀를 믿고 자신에게 주어진 일을 해야 했다. 그럼에도 이성과 감성이 뒤엉켜 씨름하는 것은 어쩔 수 없었다.

손등에 앉아 있던 나비가 날아올라 붉은 궤적을 그리며 움직였다. 카시스는 눈을 한 번 질끈 감았다 뜬 뒤 앞으로 달려나갔다.

"시발……!"

제레미는 서둘러 손에 집히는 찻잔을 테이블 위에 내려쳐서 깨트렸다. 조금 전에 용맹하게 가장 먼저 앞으로 나서 적을 제압하려 시도한 가스토르 가문의 사람이 복부를 관통당한 것을 보았기 때문에 망설임의 시간은 짧았다.

콰과곽!

뒤이어 제레미의 손에서 표창처럼 날아간 유리 조각이 허공을 가로질러 가장 가까이에 있던 적의 안구에 정통으로 박혀 들었다.

하지만 이번에도 적은 아예 통증을 느끼지 못하는 것처럼 눈에 유리를 꽂은 채로 움직였다.

"저게 도대체 뭐야!"

"봤어? 무기를 손에 들고 있는 게 아니야!"

과연 그 말처럼 그들을 공격하고 있는 무기는 적의 손에 들린 것이 아니었다. 기괴하게도, 아예 적의 손과 팔 자체가 쇠붙이로 이루어져 있었다.

정원에는 이렇다 할 무기나 방어구도 없었기 때문에 적들에게서 몸을 보호할 수단이 마땅찮았다.

"너희들 도대체 누구야!"

"여기가 어디인 줄 알고!"

상황 파악을 아직 덜 한 몇 사람이 희게 질린 얼굴로 외쳤다. 물론 돌아오는 대답 따위는 없었다. 무언가를 길게 생각할 틈도 없었다. 정원 입구로 꾸역꾸역 밀려든 적들이 떼거지로 달려들기 시작했기 때문이다.

"으아아!"

퍼억!

다른 가문의 사람이 눈에 보이는 의자를 들어 적의 머리를 후려치는 것이 보였다. 하지만 그것은 그저 잠깐 고개를 옆으로 틀었을 뿐, 어떤 타격도 입지 않은 것처럼 주저 없이 다시 팔을 휘둘렀다. 단말마의 소리와 함께 눈앞에 피가 튀었다.

'진짜 뭐 이런 좆같은!'

제레미는 욕을 짓씹으며 옆에 있는 테이블을 집어 던졌다.

와장창! 콰앙!

그것은 순식간에 반으로 쪼개져 잔디 위를 나뒹굴었다.

서둘러 고개를 비틀자 뺨에 따끔한 감촉이 스쳐 지나갔다. 제레미도 지지 않고 위그드라실에 오자마자 방에 있던 촛대를 부러뜨려 날카롭게 만들어둔 것을 꺼내 들었다. 다른 이복형제들도 몰래 숨겨 두었던 것들을 소매나 치마 속에서 급히 꺼내고 있었다.

'저 새끼들, 언제 저런 걸 숨겨 두고 있었어?'

자신 역시 마찬가지인 주제에, 제레미는 이를 갈았다. 곁에는 다른 가문의 사람들도 있었지만 지금은 이것저것 따질 상황이 아니었다. 어차피 지금은 모두 정신이 없는 상황이었으니, 조금 전까지 정원의 테이블 위에 있던 소품이겠거니 하고 생각할 것이다.

'시발, 아니면 말고!'

"머리 숙여!"

제레미의 발이 옆에서 얼어붙어 있는 휘페리온 사람의 다리를 걸어 찼다. 넘어지는 몸 위로 피 묻은 칼날이 쉬익 소름 끼치는 소리를 내며 스쳐 지나갔다.

푸욱……!

곧바로 상대의 눈을 뚫고 들어간 제레미의 손이 처음에 목적했던 대로 깊숙한 안쪽까지 파고들었다. 그대로 두개골까지 부숴 놓을 작정이었다. 하지만 손끝에 닿은 감촉은 그가 경험으로 알고 있는 것과 달랐다. 제레미는 얼굴을 일그러뜨리며 팔을 뒤로 빼냈다.

홰액!

그의 턱을 꿰뚫을 듯이 아래서부터 바로 짓쳐 올라오는 무기를 민첩하게 피한 뒤 그대로 몸을 비틀어 적을 바닥에 내리꽂았다.

콰드득!

세게 힘을 줘서 확실히 팔을 잡아 뜯어냈다. 반대쪽 팔도 마찬가지였다. 조금 전까지만 해도 적의 팔이었던 것은 이제 제법 쓸 만한 무기가 되었다.

"야, 이거 받아!"

그는 그중 하나를 가까이에 있던 이복형제에게 던졌다. 옆에서 그 광경을 보고 있던 다른 가문의 사람이 당장에라도 구토를 할 것처럼 창백한 얼굴을 해 보였다. 하지만 아그리체의 사람들은 그대로 제레미가 한 일을 답습하기 시작했다.

일부 이복남매들은 아그리체에서 몰래 챙겨온 소지품 겸용 무기로 그나마 나은 수완을 발휘했다. 특히 샬럿은 허리에 묶은 리본 속에 숨겨 두었던 채찍을 꺼내 물 만난 고기처럼 신나게 휘갈겨 대고 있었다.

제레미는 그의 발에 짓밟힌 적의 두개골을 깨트리며 다시금 속으로 갖은 욕설을 읊조렸다. 지금까지 겉으로 보이는 부분이나마 아그리체의 인상을 열심히 세탁했는데 모두 무위로 돌아갔다. 하지만 이건 비상시였으니 어쩔 수 없는 일이었다.

그런데 바로 그때, 무언가가 그의 발목을 붙들었다.

"뭐야?"

끼긱…….

기막히게도, 지금 막 제레미의 손으로 양팔을 잡아 뜯고 머리를 깨부쉈던 적이 바닥에서 다시 몸을 일으키고 있었다.

"도대체 뭐야, 이것들은!"

바로 목을 그어 머리를 잘라냈으나, 그것은 또 그 상태 그대로 다리를 움직여 제레미에게 달려들었다.

제레미는 질겁해서 달려드는 몸뚱이를 발로 냅다 차 버렸다. 그 기괴한 모습을 본 다른 사람들의 얼굴에서도 핏기가 빠져나갔다.

다른 곳 역시 상황은 다르지 않았다.

"빌어먹을! 역시 베르티움의 인형인가……!"

다른 적을 상대하던 히아킨 휘페리온의 외침이 제레미의 귀를 찔러들었다. 제레미는 입안에 튄 피를 옆으로 거칠게 뱉어냈다.

어쩐지 아까 눈알을 후볐을 때 손끝에 닿던 감촉이 사람의 것과는 다르다 싶더니만.

무엇보다 중요한 건, 저것들이 고통을 느끼지 않는다는 것이었다. 아그리체에서도 장난감들이 약에 중독되어 통증을 느끼지 못하는 모습은 드물지 않게 보았지만 이건 그것과 달랐다. 저건 약 때문에 고통을 모르는 수준이 아니었다.

당연하지. 도대체 어느 인간이 목이 잘리고도 움직일 수 있단 말인가!

퍽! 퍼억! 콰직……!

제레미는 이제 다른 사람의 시선이고 뭐고 짜증이 치밀어서 또다시 그에게 달려드는 다른 인형들을 거의 때려 부술 기세로 공격했다.

도대체가, 인형 주제에 왜 쓸데없이 진짜 사람처럼 살을 베이면 피

가 튀는지 이해할 수가 없었다. 하지만 그것은 사람과 달리 징글맞게
도 죽지 않았다.

그렇다면 더 이상 이러고 있어 봤자였다. 게다가 지금 막, 그의 몸
에 붙어 있던 록사나의 나비에게서 신호가 왔다.

"여긴 너희들이 알아서 해!"

제레미는 더 이상 이곳에서 시간 낭비를 하지 않기로 결정하고, 주
위에 흩어진 이복형제들을 향해 외쳤다. 매정하다고도 할 수 있는 일
이었지만 원래 각자의 살길은 각자가 알아서 찾아야 하는 법이었다.
제레미는 대답도 반응도 기다리지 않고 정원을 빠져나가는 데에만 총
력을 기울였다.

마침내 그가 사라진 자리에서 제레미 다음으로 뛰어난 전투력을 자
랑하는 것은 단연코 아그리체의 사람들이었다.

"몸통만 남기고 다 부숴!"

그들은 인형들의 공격력을 완전히 제거하기 위해 아예 사지와 목을
몸에서 분리하기로 하고 바삐 움직였다. 아까 독살 누명을 쓰고 밀쳐
져 넘어진 일로 다리를 삐었다고 울먹이던 여자까지 신속하게 정원을
누비고 있었다.

전투력이 애초에 없어 일찌감치 뒤쪽에 숨어 있었거나 부상으로 더
는 싸울 수 없게 된 사람들은 쉴 새 없이 날렵하게 움직이는 아그리
체의 사람들을 넋을 놓고 바라보았다.

그러느라 아그리체 남매들 중 몇이 그런 그들을 탐스러운 먹잇감 보
듯이 힐끔거리는 것을 눈치채지 못했다.

'잠깐 인형들의 시선을 끌 미끼로 던져 주거나 공격을 막을 방패로
삼으면 용도가 딱일 것 같은데.'

하지만 남매들은 갈등 끝에 혀를 찬 뒤 우악스럽게 뒷덜미를 움켜 쥔 사람들을 앞이 아닌 뒤쪽으로 던져 버렸다.

"방해되니까 나서지 말고 뒤에서 얌전히 찌그러져 있어!"

지금 이 자리에 있는 사람들을 모조리 죽여 완전한 증거 인멸이 가능하다면 또 몰라도, 그것이 아닌 이상 나중에 뒤처리가 귀찮아질 가능성이 매우 농후했다.

자연스럽게 뒤에 있는 사람들을 그들이 보호하는 것 같은 모양새가 되었지만 정작 당사자들은 발밑에 걸리는 돌멩이를 걷어차서 치운 셈이었기 때문에 그런 상황을 인지하지 못했다.

한편, 히아킨 휘페리온은 갈등하고 있었다. 목을 잘라도 죽지 않는 인형들과 조금만 부상을 입어도 공격력을 잃는 인간은 애초에 싸움의 상대가 되지 않았다. 그가 갈등하는 동안에도 사람들은 하나둘씩 쓰러지고 있었다.

이제는 선택할 수밖에 없었다.

"다들 뒤로 물러나!"

결국 히아킨은 휘페리온에서 지금까지 수장과 후계자를 통해서만 철저하게 유지되고 있던 비밀을 제 손으로 깨고 말았다.

크와아악!

마침내 정원 안에 나타난 거대한 마물이 푸른 갈기를 휘날리며 앞에 있는 인형들을 공격하기 시작했다.

본격적으로 사건이 일어나기 직전, 노엘 베르티움이 머물고 있는 방은 조용했다. 점심 식사를 물린 뒤에는 아무도 그를 찾아오지 않아서, 노엘은 혼자 의자에 덩그러니 앉아 초조한 손길로 팔걸이를 긁고 있었다.

쿵.

그때, 문밖에서 육중한 소리가 들렸다. 무언가가 벽에 부딪히는 것 같은 소리는 두 차례에 걸쳐 들려왔다.

끼이익…….

그런 뒤 갑자기 문이 열렸다. 바깥에는 분명 보초가 서 있을 텐데 어째서인지 문틈으로 흘러들어 오는 공기가 아주 조용했다.

노엘은 비척거리며 자리에서 일어났다.

혹시 인형들이 온 걸까?

그는 베르티움을 떠나기 전에 소유하고 있는 모든 전투 인형들에게 명령을 내렸다. 그러니 지금쯤이면 그들이 이곳에 당도해야 마땅했다.

노엘의 손이 문고리를 잡아끌었다. 잠시 후 그가 발견한 것은 문 앞에 쓰러져 있는 보초들이었다. 그들에게 이렇다 할 외상은 보이지 않았다. 또, 개미 한 마리 돌아다니지 않는 것처럼 주위가 아주 조용했다.

그렇다면 인형들의 짓은 아닐 텐데 왜…….

노엘은 한동안 제대로 된 수면도 휴식도 취하지 못한 탓에 멍한 머릿속으로 의문을 떠올렸다. 하지만 머리가 뒤죽박죽으로 엉켜 있어서 생각을 오래 끌어가지는 못했다.

뿌연 뇌리에 자연스럽게 다시금 떠오른 것은 그가 위그드라실에 온 절대적인 목적이라 할 수 있는 존재의 얼굴이었다.

"닉스……."

노엘의 흐린 눈동자에 기이한 광채가 서렸다. 그는 자신의 인형을 찾아 비틀거리며 움직이기 시작했다. 그러는 동안 건물의 외벽을 타고 흘러든 요란한 소리가 파동처럼 전해져 왔다.

마침내 노엘의 걸음이 거의 뜀박질 수준으로 빨라졌다. 목적지는 역시 닉스가 있는 곳이었다.

데온 아그리체 역시 바깥의 소란을 알아차렸다.

그는 빛 한 점 새어들지 않는 방 안에 홀로 있었다. 의자에 몸을 깊숙이 묻고 앉아 손에 턱을 괴고 있던 그의 귓가에 중장비가 부딪치는 소리, 또 누군가가 크게 소리쳐 외치는 음성과 날카로운 비명이 섞인 소음이 밀려들었다.

지금은 낮이었지만 이렇게 어두운 방 안에 앉아 바깥의 시끄러운 소리에 조용히 귀를 기울이고 있으려니, 꼭 지난겨울의 아그리체로 돌아간 것만 같은 기분이 들었다.

데온은 천천히 자리에서 일어나 창가로 걸음을 옮겼다.

촤르륵.

팔을 움직여 두꺼운 커튼을 걷자 짙은 구름 사이로 비치는 햇빛이 시야를 찔러 들었다. 데온은 시선을 아래로 내리깔아 밑에서 벌어지는 광경을 지켜보았다.

그 눈빛이 지나치게 건조하여, 만약 지금 누군가 데온을 본다 해도 그의 시야에 담긴 광경이 잔혹한 살육의 현장이라고는 아무도 생각하지 못할 것이었다.

바깥에서 벌어지는 뜻밖의 장면은 데온의 흥미를 끌었지만 그것은 잠깐뿐이었다. 대치 중인 두 무리 중 한쪽이 목을 꿰뚫려도 아무렇지 않게 움직이는 모습이 특이했지만, 그것 역시 단지 그뿐이었다.

그러다 잠시 후, 데온의 시선이 그가 있는 곳에서 직각으로 위치한 옆쪽의 건물에 닿았다. 바쁘게 복도를 가로지르는 사람의 모습이 유리창에 투과되어 시야를 파고들었다.

노엘 베르티움.

위그드라실 안을 침범한 인형들.

저 건물 어딘가에 갇혀 있는 아실의 인형.

깊은 어둠이 서린 붉은 눈동자에 일순간 선명한 광채가 반짝였다. 한동안 창가에 머물러 있던 데온의 걸음이 마침내 자리에서 느리게 떼어졌다.

그는 위그드라실에 들어온 이후 줄곧 어디에도 닿지 못하고 침묵 속을 표류하고 있었다. 그러나 지금 막, 흐릿한 이정표가 일순간 눈앞에서 깜빡인 것 같은 느낌이 들었다.

데온은 문을 열어 엷은 빛이 고인 방을 나섰다. 그리고 그보다 한결 더 어두운 복도로 발을 들였다.

록사나는 쇄골에 걸려 있던 목걸이를 잡아 뜯었다. 끊어진 줄에서 떨어진 동그란 보석들이 차르륵 바닥에 흩뿌려졌다.

쏴아악!

깨진 단면에서 새어 나온 뿌연 연기가 금방 등 뒤로 자욱하게 퍼져 나갔다. 곧바로 그 안에서 '쾅!' 하고 폭발음을 내며 무언가가 터지는 소리가 들렸다.

"지, 지금 저 연기는 뭐죠? 떨어진 보석에서 나온 것 같은데……."

"기분 탓이에요."

"방금 거기에서 폭발음도……."

"그냥 우연이에요."

옆에 있던 판도라와 류자크가 얼떨떨하게 물었으나 록사나는 그들의 의문을 단칼에 잘라냈다. 그러면서 그녀는 연기를 뚫고 나온 인형들에게 남은 머리 장식을 뽑아 내던졌다. 그것은 육안으로 보이는 인형의 부위 중 가장 방어력이 약한 급소인 눈에 꽂혀 들어갔다.

급작스럽게 시력을 잃은 탓에 뒤쫓아 오던 인형들이 잠깐 주춤해 속도가 조금 늦추어졌다. 아까 경험해 본 결과 고막을 파열시켜 교란을 주는 방법이 가장 효과적이었지만 더 이상 쓸 만한 무기가 없어 하는 수 없었다.

달리는 상황에서도 변함없는 높은 명중률에 류자크와 판도라가 일순간 또 말문이 막힌 표정을 지었다. 어쨌거나 세 사람은 인형들의 움직임이 늦춰진 사이 건물 안으로 무사히 들어왔다.

이 인원으로 마땅한 대책도 없이 저 정도 수의 인형들을 상대하는 건 멍청한 짓이었다.

"문을 닫아요!"

그들은 안으로 들어오자마자 문을 굳게 닫았다. 문이 하도 육중해서 쉬운 일이 아니었다. 그래도 인형들이 안으로 밀어닥치기 전에 빗장까지 걸 수 있었다.

"전시실에 무기가 있습니다!"

세 사람은 등 뒤에서 들리는 쿵쿵거리는 소리를 들으며 다시 달렸다. 이대로 쭉 달려 좌측으로 꺾어지는 복도에 위치한 위그드라실의 전시실에는 유서 깊은 보검과 창 등이 곱게 보관되어 있었다.

"도대체 저 사람들은 뭐죠? 어떻게 감히 위그드라실에⋯⋯!"

"사람이 아니에요."

판도라가 잘린 머리카락을 나부끼며 록사나를 돌아보았다. 의구심이 어려 있던 그녀의 얼굴에 곧 깨달음이 스쳐 지나갔다.

"서, 설마 베르티움의 인형?"

그 직후 판도라는 할 말을 찾지 못한 사람처럼 어버버거렸다. 류자크의 얼굴도 딱딱하게 굳어 있었다.

사실 닉스가 아닌 베르티움의 인형을 이렇게 직접 상대하는 건 록사나도 처음이었다. 고통에도 반응하지 않는 저 무감각한 모습을 보니, 새삼스럽게 그들이 닉스와 얼마나 다른 존재들인지 느껴져 상황에 맞지 않는 조소가 새어 나왔다.

지이잉.

그 순간, 또다시 귀에 이명이 울리며 지끈거리는 두통이 이마를 쪼갤 듯이 파고들었다. 록사나는 아까부터 위그드라실 내부에 흩어 놓은 독나비들을 통해 상황을 살피고 있었다. 이렇게 여러 마리의 독나비와 실시간으로 시각을 공유하는 것은 몸에 무리가 가는 일이었고, 위그드라실 내에서는 더욱 그랬다.

인형들은 이미 위그드라실의 안팎으로 포진해 있었다. 어느새 각 건물의 깊숙한 안쪽까지 파고들어 간 인형들이 방문을 부수며 안을 확인하는 광경이 보였다. 그들의 행동은 꼭 누군가를 찾는 것 같았다.

흩어진 나비의 눈으로 확인한 다른 인형들의 움직임도 기이했다. 그들은 눈에 띄는 사람들을 모조리 공격했지만 그런 뒤에는 또 무언가를 찾듯이 눈을 굴렸다.

록사나는 카시스의 옆에 있는 나비에게 주의를 집중시켰다. 카시스는 숨어든 벌레를 박멸하듯이 마주치는 인형들을 차례대로 부숴 나가고 있었다. 그가 지나간 길에는 여지없이 파괴된 인형의 잔해가 그림자처럼 깔렸다.

하지만 복도를 돌파하는 그의 움직임은 어쩐지 인형들을 없애 주위에 있는 사람들을 지키는 것 말고 다른 목적이 있는 것처럼 느껴졌다.

록사나는 잘게 입술을 깨물었다.

'나는 괜찮으니까 올 필요 없다고 했는데.'

록사나의 시야가 건물의 안팎을 쉼 없이 오갔다. 도중에 마음을 바꾸기는 했지만, 불과 얼마 전까지만 해도 록사나는 이곳에 있는 사람들을 위험에 빠트릴 계획을 남몰래 세우고 있었다. 하지만 적어도 그녀는 이곳에 있는 사람들을 모조리 몰살시킬 생각까지는 아니었다.

노엘 베르티움은 어째서 이렇게까지 하는 것일까. 록사나는 위그드라실에 온 뒤부터 부쩍 불안정해 보이던 노엘 베르티움의 모습을 떠올리며 눈매를 굳혔다.

"따로 움직이죠. 전 들를 데가 있어요."

마침내 당도한 복도의 갈라지는 길목에서 록사나는 방향을 틀었다.

"잠깐……!"

판도라와 류자크가 급히 록사나를 불렀으나 이미 그녀는 멀어지고 있었다. 카시스와 그의 심복들이 갑작스러운 상황에서도 신속하게 대처한 덕분에 인형들이 모든 건물을 점령하지는 못했다. 그 덕분에 록사나도 방해받지 않고 움직일 수 있을 것 같았다.

제레미도 정원에서 벗어나 이쪽으로 오고 있는 것이 보였다. 그 모습이 어쩐지 위태로워 보여서 록사나는 나비에게 최대한 안전한 길로 그를 인도하도록 했다.

카시스에게도 나비가 붙어 있었지만 그를 록사나에게 인도하는 게 아니라는 사실을 알았는지, 옆에서 날아다니는 나비를 무시하고 독자적으로 움직이고 있었다.

닉스에게 시야를 전환하자, 그 역시 밖의 소란을 들었는지 방 안에서 혼자 이러지도 저러지도 못하고 방황하고 있는 광경이 눈에 들어왔다.

인형들의 움직임으로 보았을 때, 노엘 베르티움의 목적은 분명 닉스의 탈취일 것이다. 그러니 록사나는 그보다 먼저 닉스를 빼돌릴 생각이었다.

지이잉.

머리가 과부하된 탓에 순간적으로 시야가 뒤집히며 어지럼증이 밀어닥쳤다. 위그드라실의 주술진에 영향을 받는 상태에서 너무 무리하게 독나비의 힘을 써 교란이 온 것이었다.

촤라락!

그때, 갑자기 옆에서 무언가가 날아들어 록사나의 허리를 낚아챘다. 록사나는 반사적으로 손가락에 끼고 있는 반지를 건드려 튀어나온 날붙이를 거기에 박아 넣었다.

챙강!

하지만 그것은 허리를 감싼 것을 뚫지 못하고 부러져 나갔다. 곧바로 무언가가 그녀의 손목을 휘감아 제압했다. 직후 록사나는 놀라운 힘으로 들어 올려졌다.

발이 지면에서 떨어졌다. 불시에 기습당해 허공에서 몸을 묶인 채로 록사나는 눈살을 찌푸렸다.

"어디를 그렇게 급하게 가십니까? 록사나 양."

주변의 긴박한 상황과 달리 유유자적하기 짝이 없는 음성이 귓전을 때렸다. 그 목소리는 생각보다 멀리서 들렸다. 즉, 그는 지금 그녀의 허리를 붙들고 있는 장본인이 아니었다.

록사나는 그녀의 허리를 조이고 있는 단단한 초록 줄기에서 시선을 떼고 고개를 돌렸다.

"오르카 휘페리온."

서늘하게 굳은 음성이 눈앞에 나타난 남자의 이름을 읊조렸다. 그러자 그가 볕 좋은 날 들판으로 산책이라도 나온 듯이 해사하게 미소 지었다.

"안녕, 록사나 양. 좋은 오후지요?"

"전 어머니를 찾겠습니다!"

"전 아그리체 양에게 가 볼게요!"

전시실을 나와 류자크와 판도라는 헤어졌다. 류자크는 반대쪽에 위치한 통로를 통해 이 건물을 빠져나갈 생각이었다. 판도라는 류자크처럼 그녀의 보호가 필요한 가족이 있는 것도 아니었고, 록사나를 혼자 보낸 것이 마음에 걸려 그 뒤를 쫓기로 했다.

두 사람은 복도의 중간에서 갈라졌다.

쨍그랑!

그렇게 판도라 혼자 급히 복도를 가로지르고 있는데, 별안간 뒤에서 유리창이 깨지는 소리가 들렸다. 반사적으로 고개를 돌리자 눈에 들어온 것은, 누군가가 깨진 유리 조각과 함께 복도로 막 뛰어들고 있는 모습이었다.

지금 그녀가 있는 곳은 2층이었기 때문에 판도라는 순간적으로 눈을 의심했다. 검은 형체는 부서진 유리 조각 더미 위에서 벌떡 몸을 일으켰다. 혹시 저것도 인형은 아닐까 하는 의심이 들어 판도라는 일순간 긴장할 수밖에 없었다.

그때, 완전히 몸을 일으킨 검은 남자의 시선이 판도라에게 향했다. 그 얼굴이 피로 칠갑되어 있어서 처음에는 누구인지 몰랐다.

"뭘 봐."

하지만 그 아니꼬운 목소리를 듣고 마주한 남자가 인형이 아니라 사람이란 사실을 알았다. 그리고 그 목소리가 흑의 수장인 제레미 아그리체의 것이란 사실도.

지금까지 친목회 동안 보여 왔던 예의 바른 모습과 상당히 다른 태도였지만 오히려 이쪽이 본성인 양 위화감 하나 없이 잘 어울렸다.

제레미는 밖에서 인형의 머리를 발판으로 삼아 2층의 창틱을 붙잡고 여기로 기어 올라온 것이었다. 1층 창문을 깨면 인형들이 그 안으로 밀고 들어올 수도 있어 일부러 수고한 것이기도 했다.

그는 판도라를 무시하고 곧바로 그녀를 지나쳐 달려갔다. 판도라는 한발 늦게 정신을 차리고 얼른 제레미의 뒤를 따라 뛰었다.

"혹시 아그리체 양을 찾고 있어요?"

그 말에 제레미가 힐끗 뒤돌아보았다.

"아그리체 양은 조금 전에 이 앞으로 갔어요. 들를 곳이 있다고 했는데, 어디인지 알아요?"

하지만 그는 판도라의 물음에 대답할 가치가 없다는 듯이 그냥 그녀를 무시했다. 그래서 판도라도 얼굴을 한 번 구긴 뒤 그냥 말없이 달리기 시작했다. 어쩐지 제레미 아그리체가 록사나의 위치를 알 것이라는 막연한 확신이 들었다.

"앗!"

그러다 판도라와 제레미는 곧 눈앞에 나타난 두 갈래로 꺾어진 복도에서 다른 사람들과 마주쳤다. 그들은 두 사람을 보자마자 다급히 입을 열었다.

"그 피는……! 혹시 이 앞에도 그것들이 있습니까?"

"당장 부상 치료를……."

당연히 제레미는 그 말도 무시하고 쏜살같이 달려갔다. 다른 사람들도 엉겁결에 그 뒤를 따라 뛰었다.

"혹시 남문도 두 분이 닫으셨습니까?"

"저희는 보초를 서다가 밖에 문제가 생긴 것 같아서 확인하고 오는 길인데……."

"그것들이 건물 안까지 들어오지는 않았겠지요?"

그들은 궁금한 게 많은지 달리면서도 판도라에게 질문을 멈추지 않았다. 그녀는 그들의 물음에 아는 것을 간단하게 대답해 주었다.

판도라는 록사나가 어디로 갔는지 이제 알 것 같았다. 보초를 서는 중이었다는 그들의 말을 듣고, 그러고 보니 지금 이 건물에 베르티움의 인형인 닉스가 있는 것이 기억났다. 그녀는 보초들을 두고 좀 더 속력을 내 제레미의 옆에 따라붙었다.

제레미는 바싹 다가온 판도라를 거슬린다는 듯이 구겨진 눈으로 쳐다보았다. 그러다 문득, 그는 허공에서 물살처럼 흩날리는 저 연청색 머리카락과 그 사이로 드러난 이목구비 뚜렷한 얼굴을 어디에서 보았는지 기억해 냈다.

"너⋯⋯! 알았다, 뚱보 새 주인!"

지난날의 기억을 반추해 낸 제레미가 버럭 소리 질렀다. 판도라가
화들짝 놀라 헉 소리를 냈다.

"가, 갑자기 그게 무슨 소리예요? 무슨 말인지 모르겠는데요?"

"거짓말하지 마!"

판도라가 당황하자 기억 속에 어렴풋이 남아 있던 얼굴의 형상이
더욱 뚜렷해졌다. 그때도 그녀는 마물의 다리를 붙잡고 늘어진 제레
미를 보고 이런 얼굴을 했었다. 그런 뒤 그 빌어먹을 뚱보 새의 날개
로 그의 머리를 후려치고 도주했다.

"젠장, 지금은 바쁘니까 나중에 두고 보자!"

제레미는 이를 갈며 일단 나중을 기약했다. 지금은 록사나와 합류
하는 것이 우선이었다. 판도라는 계속 억울한 척 시치미를 떼면서도
슬금슬금 속도를 늦춰 제레미의 시야 밖에서 그를 쫓았다.

"시시해라. 저항은 조금 전의 그게 전부인가 보지요?"

오르카가 얄미울 정도로 느긋한 태도로 록사나에게 물었다. 기분
이 퍽 상쾌해 보이는 오르카와 달리 록사나의 기분은 급속도로 추락
하고 있었다.

당연한 일이었다. 록사나가 몸을 작게 움직이자 허리를 단단히 감
싸고 있는 굵직한 줄기가 한결 더 세게 조여들었다. 폐를 압박당한 탓
에 약간 숨이 막혔다.

줄기는 오르카의 뒤에 있는 마물에서부터 뻗어 나오고 있었다. 우뚝 솟은 그것의 몸통은 진흙처럼 끊임없이 녹아 밑으로 흘러내리는 중이었다. 그 위에는 검은 반점이 박힌 커다란 보라색 꽃이 피어 있었는데, 밑으로 뻗어져 나온 수많은 줄기들이 각각 살아 있는 생물처럼 하느작거리며 꿈틀거렸다. 뻐끔거리는 꽃잎의 한가운데에서는 끈적한 독액이 흘렀다.

한 떨기의 꽃처럼 미려한 아름다움을 자랑하는 오르카와 어울리는 듯 어울리지 않는, 화려하지만 그만큼 징그러운 마물이었다.

"백의 마수사. 이게 무슨 짓이지?"

먼저 예의를 버리고 이따위 짓을 벌인 건 오르카였으니 록사나도 그를 예우할 필요는 없었다.

'어떻게 위그드라실 안에서 마물을?'

그녀의 머릿속은 바삐 굴러가고 있었다. 오르카 휘페리온이 위그드라실 안에서 마물을 사용할 수 있다는 사실은 몰랐기 때문에 강렬한 의구심이 몰아쳤다.

"그야 이 모임은 친목회니까요."

오르카는 여전히 순진무구하게까지 보이는 맑은 낯빛을 한 채로 생긋 웃으며 말했다.

"그러니 록사나 양과 좀 더 돈독하게 친분을 다져 볼까 하고."

록사나는 치미는 분노를 짓눌렀다. 정말이지, 이놈이나 저놈이나 성가시기 짝이 없었다. 노엘 베르티움도 그렇고, 오르카 휘페리온도 그렇고. 개념을 밥 말아 먹은 건 피폐 소설 남주인공들의 종특인가? 어쩌면 이렇게 한결같이 짜증스러운 짓만 골라서 할까.

물론 류자크 가스토르는 일단 거기에서 제외였지만, 그렇다 해도 셋 중에 나머지 둘이 미친놈인 것은 변함이 없었다.

"한가한 소리를 하는군. 당신도 지금 바깥의 상황이 어떤지 알고 있을 텐데?"

"물론 알고 있죠. 그래서 이러는 건데요."

오르카가 배꽃 같은 웃음을 그리며 덧붙였다.

"아시면서."

그 고운 낯짝을 보는 동안 록사나는 간만에 정말 진심으로 짜증이 났다.

스륵.

꿈틀거리며 록사나에게 다가온 다른 줄기가 그녀의 얼굴을 핥듯이 훑어 내렸다. 줄기에서 배어 나오는 수액 같은 것이 피부에 끈적하게 묻어났다.

"그러고 있으니까 꼭 거미줄에 걸린 나비 같네요, 록사나 양."

록사나의 얼굴에 숨길 수 없는 혐오의 감정이 드러났다. 갑자기 소설 속에서 오르카가 실비아에게 행했던 그 변태적인 만행들이 떠오르며 거북한 불쾌감이 차오르기 시작했다.

"아무래도 독나비를 꺼내지 못해서 분한 것 같은데."

오르카는 록사나의 싸늘한 얼굴을 보며 오히려 즐거운 표정을 지었다.

"나도 아쉬워요. 페델리안에서 판도라에게 보였던 것 같은 모습을 가까이에서 또 감상하고 싶었는데 말이죠."

어느 정도 알고는 있었지만, 그는 정말 질 나쁜 악취미를 가지고 있었다.

"하지만 난 내 마물을 먹이로 주고 싶은 생각은 없으니까. 게다가 독나비가 있었으면 당신을 이렇게 붙잡지도 못했을 테고."

위그드라실에 있는 동안 오르카는 간혹 덫을 놓을 시점을 가늠하는 사람처럼 록사나를 몰래 주시하곤 했다. 표면적으로는 그녀에게 아무런 흥미도 관심도 없는 사람처럼 굴었지만 속내까지 그렇지는 않다는 것을 록사나는 일찍이 눈치챘다. 카시스도 마찬가지이기에 오르카를 감시했던 것이다.

오르카가 어느 정도의 집념을 가진 사람인지는 독나비를 향한 열정만 보아도 알 수 있었다.

"게다가 그동안 청의 귀공자의 방어가 좀 견고했어야 말이죠."

그러니 친목회 동안 한 번쯤은 손을 뻗어 오리라고 생각했지만…….

하필 그게 이 시점이라니.

"그렇게 빼앗길까 봐 걱정이 되면 어디에도 날아가지 못하게 새장 속에 가둬 놓기라도 할 것이지, 나 참."

오르카는 그렇게 말하며 약간 심술궂게 웃었다.

"그랬으면 나한테 이런 기회가 오지도 않았을 텐데."

마물의 줄기가 스르륵 목덜미로 미끄러져 옷자락 속으로 들어왔다. 그것은 살아 있는 뱀처럼 꿈틀거리며 움직였다. 살갗을 스치는 미끈한 감촉에 목 뒤가 소름으로 쭈뼛거렸다.

오르카는 제 감정에 도취된 음성으로 속삭였다.

"며칠 전부터 오늘만 손꼽아 기다린 보람이 있네요. 당신이 이렇게 내 손안에 들어왔으니."

그 순간 록사나의 눈매가 움찔했다. 오르카의 말은, 꼭 베르티움의 인형들이 쳐들어올 것을 미리 알고 있었다는 것처럼 들렸다.

록사나가 굳게 닫혀 있던 입술을 뗐다.

"당신, 오늘 일을 예상하고 있었군."

록사나의 생각이 맞다는 듯이 오르카가 눈꼬리를 휘었다.

위그드라실 안에서 마물을 버젓이 꺼내고 있는 것과 연관이 있는 건가. 오르카는 지나치게 멀쩡한 모습으로 마물을 마음대로 움직이고 있었다. 아무래도 그는 위그드라실의 주술에 영향을 아예 받지 않는 것 같았다. 게다가 그는 록사나가 닉스에게 향할 줄 미리 알고 있었던 것처럼 이 길목에서 나타났다.

"지금쯤 황의 수장은 그 인형을 만났을까요?"

오르카는 이 상황이 어지간히 재미있는 듯이 노래 가사를 읊는 듯한 어조로 말했다.

"죽은 오빠의 인형을 빼앗기고 싶지 않은 록사나 양의 마음도 이해는 하지만 말이죠. 이런 엄청난 짓을 해서라도 그 인형을 가져야만 하겠다는데, 그 갸륵한 정성을 외면하는 것도 도리는 아니잖아요. 그렇죠?"

오르카는 아까부터 개소리를 잘했다. 당연히 록사나는 오르카의 말에 동의하지 않았다.

하지만 오르카는 진심이었다. 애초에 조금 전 노엘 베르티움의 방문 앞을 지키고 있던 보초들을 쓰러뜨리고 문의 잠금장치까지 부숴 놓은 것은 오르카였다. 그러니 지금쯤이면 노엘이 닉스라는 그 인형을 찾았을지도 모른다.

노엘로서는 뜻한 바가 아니겠지만, 위그드라실 안에 인형 군단을 보내는 이런 과격한 짓을 해서 오르카에게 도움을 준 보답이었다.

자신은 록사나를 갖고, 노엘 베르티움은 록사나의 오빠의 시체로 만든 그 인형을 갖는다. 오르카는 무언가를 소유하고자 강렬히 욕망하는 노엘 베르티움의 그 눈먼 광기가 마음에 들었다.

록사나의 짐작대로 오르카는 위그드라실 안에서도 자유롭게 마물을 움직일 수 있었다. 과거의 학살 사건으로 위그드라실에서 힘을 봉인당한 지도 장장 500여 년이다. 그렇게 긴 시간 동안이나 휘페리온이 두 손을 가만히 놓고 아무런 대응책도 마련하지 않았을 리 없었다.

오르카는 특히 마물과의 감응 능력이 뛰어났다. 그래서 위그드라실의 주술이 통하지 않는 상태에서는 바깥에 풀어둔 마물과 소통하는 것도 가능했다.

그런 이유로, 오르카는 베르티움의 인형들이 이곳을 향해 움직이는 것을 며칠 전에 알아냈다. 어째서인지 바로 어제 대량의 마물들이 위그드라실을 향해 이동한 것도 당연히 눈치챌 수 있었다.

영문을 알 수 없는 일이었지만 어쨌든 오르카는 쾌재의 미소를 짓지 않을 수 없었다. 이거야말로 손대지 않고 코를 푸는 격이 아닌가. 소란 속에서라면 남들에게 들키지 않고 록사나 아그리체를 빼돌릴 수 있을 테니.

만약 록사나가 나서지만 않았다면, 오르카는 갑자기 찾아온 기회를 놓치지 않고 바로 어제 계획을 실행에 옮겼을 것이다.

하지만 위그드라실을 향해 다가오던 마물 떼는 붉은 폭풍에 먹혀 사라졌다. 하늘을 가득 뒤덮은 독나비 떼를 보고 오르카는 환희로 몸을 부르르 떨 수밖에 없었다.

역시 록사나 아그리체와 그녀의 독나비는 최고였다.

곧바로 카시스 페델리안이 나타나 어제의 기회는 아쉽게 날려 버리게 되었지만 상관없었다. 아직 기회가 한 번 더 남아 있었으니.

오르카는 포기를 아는 남자가 아니었다. 그래서 그는 조용히 숨을 죽이고 때를 기다렸다. 그리고 지금, 마침내 오르카는 그토록 열망하던 독나비의 주인을 눈앞에 두고 있었다.

"이렇게 정신없는 상황이라면 당신이 없어져도 나를 의심하진 않겠죠."

처음에는 독나비에만 관심이 있었는데, 이제는 둘 다 갖고 싶어졌다. 솔직히 자신의 앞에서 건방지게 구는 록사나 아그리체는 좀 마음에 들지 않았지만……

쉽게 고개를 숙이지 않는 고고한 생물을 제 밑에 굴복시키는 재미란 원래 그만큼 각별한 법이니까.

"당신, 정말 제정신이 아니네."

이런 상황에서는 마땅히 분노나 두려움을 내비칠 만도 한데, 록사나는 여전히 서늘한 낯을 한 채로 오르카를 향해 말했다.

"장담하는데 이런 짓을 벌인 걸 후회할 거야."

"글쎄, 물론 카시스 페델리안은 날 의심할지도 모르지만요."

오르카는 상관없다는 듯이 빙글거렸다.

"그래도 오늘 이후로는 아무도 당신을 찾아내지 못할 테니 부질없는 짓이지 않을까요?"

록사나는 눈앞에 있는 사람과의 거리를 가늠했다. 지금 그녀가 소지하고 있는 무기는 귀걸이에 장착된 독침과 채찍 형식의 팔찌뿐이었다. 인형들과 달리 오르카에게는 분명 통할 것이다.

하지만 양쪽 손목을 결박당한 상태인 데다, 그게 아니더라도 오르카의 민첩성으로 미루어 짐작했을 때 이 거리에서 공격을 피해 낼 가능성은 8할 이상.

그렇다면 좀 더 확실한 방법은?

오르카는 독나비를 이용하지 못하는 록사나를 쉽게 보고 있었다. 한껏 의기양양해져서 조금 전까지 나불거리며 지껄이던 말만 들어 봐도 알 수 있었다.

그래도 신중함은 여전한지, 그는 마물에 묶여 있는 그녀에게 일정 거리 이상 다가오지 않았다.

다시금 저 멀리서 소음이 얕은 진동처럼 전해져 왔다. 록사나는 아직 연결되어 있는 나비를 통해 이 건물에 닉스를 노리는 자들이 침입한 것을 확인했다. 이런 곳에서 오르카 따위에게 시간을 낭비할 틈이 없었다.

록사나는 다소 비위가 상하더라도 가장 효과적이고 확실한 방법을 사용하기로 했다.

쉬이익!

그때, 록사나의 앞으로 다가온 마물이 꽃가루 같은 것을 분사했다. 록사나는 불쾌감에 숨을 참았지만 그중 일부는 호흡기를 통해 폐까지 들어갔다.

"조금만 잠들어 있어요, 록사나 양."

오르카가 짐짓 다정하게 속삭였다.

"눈을 뜨면 당신을 위한 아름다운 새장 속일 테니까."

여전히 차가운 빛을 발하며 가늘게 좁혀지던 록사나의 붉은 눈이 마침내 완전히 감겼다. 어두워진 시야로 어느 복도를 달리고 있는 제레미와 그의 뒤를 따라오고 있는 사람들의 모습이 가물가물하게 비쳤다. 기울어지는 고개를 따라 금빛 머리칼이 출렁였다.

록사나가 의식을 잃은 것을 확신한 뒤에야 오르카는 자리에서 걸음을 뗐다. 이제야 독나비의 주인이 완전히 그의 품에 떨어졌다. 고양감이 차올랐지만 지금은 그것을 만끽할 때가 아니었다. 사람인지 인형인지는 모르겠으나, 어쨌든 무언가가 이쪽을 향해 빠른 속도로 접근하고 있는 것이 느껴졌다.

마물은 눈에 띄니 일단 지금은 다시 모습을 감추게 하는 것이 나을 듯했다. 그럴 생각으로 오르카는 마물에게서 록사나를 받아 들기 위해 그녀에게 겁 없이 가까이 다가갔다.

열 걸음.

아홉 걸음.

여덟 걸음.

한 발짝씩 줄어든 거리가 마침내 완전히 좁혀졌다. 오르카가 마물에게 아직 손목을 결박당한 록사나를 안아 들었다. 굳게 잠겨 있던 금빛 속눈썹이 위로 번쩍 들린 것은 바로 그때였다.

싸늘하게 빛나는 붉은 눈동자와 시선이 맞부딪친 순간, 오르카는 그녀에게 수면 독이 전혀 들지 않았다는 사실을 깨달았다.

"어떻게……! 컥!"

록사나는 바로 코앞에 있는 오르카의 멱살을 손에 단단히 틀어잡고 힘을 줘 세게 끌어당겼다. 오르카는 방심한 사이에 목을 졸려 고개를 수그릴 수밖에 없었다.

록사나는 오르카가 대응하기 전에 움직였다. 이어서 벌어진 일에 오르카는 조금 전과 다른 의미로 숨이 턱 막히는 것을 느꼈다.

연약한 살갗에 닿은 입술은 그의 목을 조르고 있는 우악스러운 손길과 달리 녹아내릴 것처럼 부드러웠다. 하지만 그것은 결코 키스라고 부를 수 있는 행위가 아니었다. 록사나는 오르카의 입술을 포악하게 느껴질 정도로 사정없이 짓씹어 벌렸다.

"읍! 우읍……!"

록사나의 몸안에 고여 있던 독기가 맞닿은 입술을 타고 흘러 들어가 오르카의 숨통을 조이기 시작했다. 오르카는 미처 예상치 못한 일에 당황해 넋이 빠져 있다가 곧 자신의 몸에 나타난 이상 징후를 깨달았다.

좌라락!

그는 곧장 마물을 이용해 록사나를 떼어 내려 했지만 그를 붙든 손길이 어찌나 억센지, 결국은 오르카도 멱살을 잡힌 채로 록사나와 함께 질질 끌려가고 말았다.

"허억, 읍……!"

오르카가 비틀거리며 록사나를 밀어내려 버둥거렸다. 하지만 그를 단단히 틀어쥔 손에서 옴짝달싹할 수가 없었다. 이미 그의 몸에는 빠르게 마비 증상이 나타나고 있었다.

그러다 문득 록사나는 혀에 걸리는 무언가를 발견했다. 일순간 붉은 눈동자에 이채가 스쳐 지나갔다. 그것을 거칠게 물어뜯자 손목과 허리를 감싸고 있던 마물의 줄기가 느슨해졌다.

더 이상 오르카에게 볼일이 없어진 록사나가 맞닿은 몸을 가차 없이 밀쳐냈다.

"으, 우욱……."

이윽고 오르카는 뻣뻣이 굳은 손을 들어 입을 막으며 주춤주춤 뒷걸음질 쳤다. 그런 그의 앞으로 붉은 핏물이 그림자처럼 고였다. 입을 막은 그의 손은 이미 쏟아지는 피 때문에 새빨갛게 변해 있었다.

오르카의 앞에 선 록사나의 입술도 피로 더욱 붉게 젖어 있는 상태였다. 그녀는 휘청이는 오르카를 빙설 같은 눈으로 응시하며 턱을 타고 흐르는 핏줄기를 손등으로 훔쳐냈다.

오르카의 뒤에서 마물이 포효했다. 하지만 이제 그는 마물에게 아무 명령도 내릴 수 없었다.

록사나는 입에 물고 있던 것을 꺼냈다. 그것은 피어싱 형태로 제작

된 작은 보석이었다. 조금 전까지만 해도 오르카의 혀에 박혀 있던 것이기도 했다. 록사나가 워낙에 사정을 봐주지 않고 난폭하게 뜯어낸 탓에 살점도 일부 붙어 있었다.

그녀가 베르티움에 갔을 때 눈에 보이지 않는 곳에 주술이 새겨진 보석을 감추었던 것처럼, 오르카 역시 마물과의 계약을 새긴 보석을 입안에 숨기고 있었다.

"정말이지……."

록사나는 고개를 돌려 아직도 입안에 고인 피와 타액을 뱉어냈다.

"생각했던 것보다 더 별 볼 일 없는 인간이잖아."

그리고 꾸역꾸역 피를 뱉어 내고 있는 오르카를 깔아 보았다.

"이깟 추잡한 잔재주 따위밖에 없으면서 날 강제로 어떻게 해 보려고 하다니."

그는 후들거리는 몸을 벽에 기댄 채로 록사나를 쳐다보았다. 오르카의 눈이 전에 없이 분노로 벌겠다. 오르카는 독에 중독되어 비틀거리면서도 록사나에게 손을 뻗었다. 그것을 피할 수도 있었지만 마침 다가오는 발소리가 들려서 그녀는 그냥 순순히 당해 주었다.

"너……."

록사나는 조금 전에 그녀가 오르카에게 그랬던 것처럼 멱살을 잡혀 벽에 처박혔다.

"이러고도 무사할 줄……."

오르카의 으르렁거리는 음성이 앞에서 들려왔으나 혀를 물어뜯긴 탓에 발음이 상당히 뭉개져 있었다.

"누나!"

복도의 꺾인 곳 너머에서 제레미가 나타났다. 나비의 인도를 받아 도중에 길을 헤매지 않고 곧바로 그녀가 있는 곳을 찾아낸 모양이었다.

"아그리체 양!"

제레미의 뒤에는 판도라와 다른 사람 서너 명도 함께 있었다. 마지막에 독나비로 확인한 그대로였다.

"잠깐!"

"마물……!"

그들은 곧 오르카의 옆에 있는 마물을 보고 경악해 외쳤다. 오직 제레미만이 마물을 보고도 속도를 늦추지 않고 오르카에게 붙잡혀 있는 록사나를 향해 달려왔다.

"너 이 새끼!"

제레미는 무서운 속도로 접근해 그대로 오르카를 갈겨 버렸다.

그렇지 않아도 출혈이 컸던 데다 독 때문에 기절 직전인 듯하던 오르카는 그길로 쓰러져 의식을 잃었다. 누가 봐도 마지막의 상황은 오르카가 가해자, 그리고 록사나가 피해자로 보였다.

오르카는 마물까지 꺼내 놓고 록사나를 벽에 밀어붙인 채 겁박하고 있었다. 게다가 록사나의 입가에는 피가 묻어 있는 데다, 지금 막 쓰러진 오르카도 무언가에 물어뜯기기라도 한 것처럼 입에서 피를 흘리고 있는 중이었다. 록사나의 상의 옷깃도 약간 벌어져 흐트러져 있었다. 오르카가 강제로 록사나를 어떻게 해 보려다 당한 것이 확실해 보이는 모습이었다.

"이 개새끼가! 감히 누구를 건드려!"

제레미는 광분하여 그를 죽일 기세로 걷어차며 난동을 피웠다. 사람들도 파렴치한 것을 보듯이 바닥에 쓰러진 오르카를 내려다보고 있었다.

"오르카! 도대체 어떻게 이런 일을……! 게다가 이 마물은 또 뭐……!"

판도라도 오르카와 그의 마물을 보고 어떤 반응을 먼저 보여야 할지 모르겠다는 듯이 말을 잇지 못했다. 얼굴을 보아하니 아마도 판도라는 위그드라실 안에서 마물의 사용을 자유롭게 만드는 주술이 있다는 사실을 몰랐던 것 같았다. 같은 가문에, 같은 마수사인데도 그런 것을 보면, 오르카는 후계자이기 때문에 이 보석을 지니고 있었던 것일 가능성이 컸다.

"잠깐 빌릴게요."

록사나는 판도라가 들고 있던 무기를 **빼냈다.** 판도라는 순간적으로 그녀가 오르카에게 피의 복수를 하려는 줄 알고 당황했다.

록사나의 심정을 이해하면서도 오르카는 일단 그녀의 사촌이었기 때문에, 만약 지금 눈앞에서 그를 죽이려 하면 막아야 할지 말아야 할지, 이성과 감성 사이의…….

"제레미, 가자."

하지만 록사나는 그대로 오르카를 지나쳤다. 당연하다는 듯이 그 뒤를 제레미가 따랐다.

아까 록사나는 카시스에게 그녀가 있는 곳으로 오지 말라는 수신호를 보냈다. 그러면서 동행할 사람으로 제레미를 선택한 이유는, 그가 아그리체 소속이기 때문이었다.

록사나는 다시금 독나비에 주의를 집중했다. 나비가 보여 주는 광경 속에서 닉스는 그녀가 알고 있는 두 남자를 눈앞에 두고 있었다. 그것은 노엘과 데온이었다.

인형들은 3층까지 기어 올라가 있었다. 최단 거리를 계산해 건물과 건물 사이로 연결된 중앙 통로를 향해 달리던 도중 눈에 띄는 것을 하나 더 잡아 부수고 있을 때, 카시스의 앞에 한 무리의 사람들이 나타났다.

"오빠!"

거기에는 실비아도 있었다. 건물 안에 있던 사람들이 모여 인형들의 파괴와 부상자들의 구출에 나섰다고 한다. 쟌느는 또 다른 사람들과 함께 구조된 사람들을 치료하며 보호하고 있다고 했다.

때마침 막 복도로 들어서던 인형이 한 구 더 있었으나 사람이 여럿인 데다, 그들 역시 인형들과 싸우는 데 어느 정도 익숙해져서 그런지 비교적 쉽게 제압할 수 있었다.

카시스는 사람들이 인형의 팔을 분리한 다음 움직이지 못하게 꽁꽁 묶는 것을 보며 실비아에게 물었다.

"실비아, 아버지는?"

"저쪽에 계셔!"

인형을 묶어 두는 것보다는 사지와 머리를 따로 분해해 부수는 것이 확실할 테지만 외양이 사람이기 때문에 곤란한 모양이었다. 그래도 전투력은 확실히 상실한 것처럼 보이니 문제는 없을 듯했다.

예상대로 실비아와 쟌느 옆에는 리셀이 있으니, 그들을 두고 가도 안심이 되었다.

"아직 인형들이 남아 있으니까 조심해!"

그는 실비아에게 당부하며 곧바로 봄을 돌렸다. 실비아는 혼자 떠나는 카시스를 말리려다가 곧 그가 어디로 가려는 것인지 알아차리고 말을 바꾸었다.

"오빠도 조심해!"

카시스는 부서진 인형의 잔해가 남은 복도를 내달렸다. 록사나는 그에게 자신이 있는 곳으로 오지 말라는 의사를 전했지만 카시스는 그 말을 따를 수 없었다.

물론 그녀가 능히 제 한 몸을 지킬 수 있는 사람임을 알고 있었다. 하지만 사실을 직시하는 것과 마음을 놓는 것은 또 다른 문제였다.

나비가 쓸데없는 짓을 한다는 듯이 카시스의 주위에서 맴돌았다. 카시스는 그것을 무시했다.

다행히 어제 그는 록사나에게 자신의 기운을 아낌없이 불어넣었다. 그 정도라면 자가 치유력도 상승했을 테니, 카시스로서는 그것만이 조금이나마 위안이 되었다. 물론 록사나가 조금이라도 다치는 경우는 상상도 하고 싶지 않았지만 말이다.

독나비가 록사나의 곁으로 그를 인도해 주면 좋겠지만, 아무래도 그럴 생각은 없는 것 같았다. 그래서 카시스는 눈앞의 장애물을 헤치고 그녀가 있을 것이라 예상되는 장소를 혼자 짐작해 그곳으로 바삐 걸음을 옮겼다.

닉스가 있는 옆 건물을 향해서였다.

퍼억! 쾅!

누군가 문을 부수고 들어왔다. 닉스는 밖에서 들려오는 소리에 긴장하고 있다가, 이내 시야에 들어온 얼굴을 확인하고 놀라 외치고 말았다.

"어떻게 너희들이 여기에!"

끼긱. 기기긱.

기묘한 소리를 내는 베르티움의 인형들이 방 안에 묶여 있는 닉스를 발견하고 그에게 다가왔다.

챙강!

곧바로 고정되어 있던 쇠사슬이 박살 났다. 그들은 닉스를 데리고 방을 빠져나갔다. 모든 일이 너무 순식간에 일어나서 닉스는 조금 정신이 없었다. 인형들은 구속구로 사지가 결박된 그를 거의 질질 끌고 갔다.

"잠깐……."

불편함에 무어라 한 소리 할까 싶었지만 상황이 급박함을 알고 닉스는 그냥 입을 다물었다. 게다가 전투 인형들은 애초에 의사소통 능력이 부족해서 대화가 거의 통하지 않았다.

인형들이 따르는 것은 오직 노엘뿐이니, 이런 일을 벌인 사람이 누구인지는 굳이 묻지 않아도 뻔했다. 노엘이 그를 구하기 위해서 다른 인형들을 보낸 것이 틀림없었다.

그럼 아까부터 들려오던 바깥의 소음도 그래서인가?

수습이 가능한 일인가 싶어 염려가 되면서도 한편으로는 마음 한 구석에 감동이 차오르기도 했다. 어제 청문회 자리에서는 역시 그가 노엘을 오해한 모양이었다. 그때, 노엘의 눈빛에서 전에 없던 어둡고 질척한 무언가를 발견하고 거부감을 느꼈었는데, 역시 그건 닉스를 향한 감정이 아니었던 듯했다.

인형들은 노엘이 어디에 있는지 아는 것처럼 주저 없이 닉스를 끌고 이동했다. 통로가 가까운지, 벽에 걸린 촛대의 불이 잘게 흔들렸다. 그것은 창 하나 없이 막힌 벽면에 어딘가 불길하게 느껴지는 검은 그림자를 짙게 드리웠다.

그러다 갑작스럽게 시야가 탁 트인 공간이 나타났다. 옆 건물로 바로 통하도록 연결된 중앙 통로였다. 창문 하나 없던 복도와 달리 이곳은 벽면을 비롯해 바닥과 천장까지 모두 유리로 되어 있었다. 그래서 그 속으로 발을 한 발짝 내딛자마자 눈부신 빛이 머리 위로 쏟아져 내렸다. 흐린 날씨였기 때문에 애초에 그리 강한 빛은 아니었지만, 닉스는 그것을 무척 밝다고 느꼈다.

닉스가 일순간 주춤거리자 인형들이 또 그를 붙잡아 끌었다. 한시도 허비하는 것을 용납하지 못하는 것처럼, 뒤에 있는 인형들도 닉스를 밀어 댔다.

끼긱.

수리를 필요로 하는 인형들에게서 새어 나오는 기묘한 소리가 닉스의 신경을 날카롭게 만들었다.

"닉스!"

불현듯 익숙한 음성이 고막을 찢을 것처럼 저 앞에서부터 날아들었다. 닉스는 그 소리를 따라 고개를 들었다.

"노엘……."

그런데 어째서일까. 빛 속에서 달려오는 노엘을 보는 순간, 가슴 깊은 곳에서 어제와 같은 강렬한 거부감이 치밀어 올랐다.

여전한 껄끄러움과 여전한…….

오싹거림.

닉스는 무심코 자신을 향해 뻗어져 오는 노엘의 손을 피하고 말았다. 그것으로도 모자라, 그는 몇 발자국이나 뒷걸음질 쳐 노엘과 거리를 벌렸다. 그렇지 않아도 불안정한 걸음을 옮기던 노엘은 그에 헛손질을 하며 비틀거렸다.

처음에 닉스는 당황했고, 노엘은 영문을 몰라 멍한 시선을 들어 올렸다. 그러다 이내 상황을 깨달은 뒤, 노엘의 얼굴에 서서히 잔물결 같은 감정의 파동이 일기 시작했다.

"왜…… 왜 피하는 거야?"

종국에는 뜨거운 열이 노엘을 휩쓸었다. 열기가 몰린 눈두덩이가 화끈거렸다. 그보다 더 깊은 속은 폭발한 용암으로 뒤덮인 것처럼 끓고 있었다.

"이제야……."

한계까지 몰린 초조함이 극심한 분노로 변하는 것은 순식간이었다.

"이제야 겨우 만났는데."

노엘은 감히 자신의 손길을 피한 닉스에게 이루 말할 수 없는 울분을 느꼈다.

"노엘, 그게……."

"이제야 겨우 손에 넣을 수 있게 됐는데……!"

닉스는 저도 모르게 변명하려 했다. 하지만 노엘은 그럴 기회를 주지 않았다.

"잡아!"

달군 쇠 같은 음성이 인형들에게 명령했다. 닉스는 덤벼드는 인형들에게 반사적으로 저항하려 했지만, 그의 공격성에 반응해 구속구가 작동하는 바람에 결국 맥없이 붙들리고 말았다.

"이게 무슨 짓이야……!"

인형들은 그를 바닥에 처박았다.

"당장 이거 못 놔? 노엘······!"

닉스는 차가운 유리에 뺨을 눌린 채로 부릅뜬 눈을 움직여 노엘을 쏘아보았다. 노엘은 그 서슬 퍼런 눈길을 받고 일순간 움찔하다가 궤변을 토해냈다.

"네가 나빠! 네가 나를 피하니까······!"

날카로운 육감이 전조도 없이 닉스를 관통한 것은 바로 그 순간이었다. 등줄기를 타고 흐르는 어떤 불길한 예감에 그는 잠깐 몸을 떨었다.

"너······ 날 구하러 온 게 아니지?"

마침내 일그러진 닉스의 입술에서 낮고 거친 성마른 음성이 토해져 나왔다.

그 순간, 노엘의 동공이 작게 흔들렸다.

"나는······."

더듬거리는 목소리가 바짝 메말라 갈라진 노엘의 입술에서 새어 나왔다. 뒤이어 닉스의 고막을 찔러 든 말은 생각했던 것보다 더 현실감이 없어서, 그는 지금 자신이 무엇을 들은 것인지 도무지 이해할 수가 없어졌다.

"네 심장이 필요해."

"뭐······?"

잠깐. 뭐가 필요하다고?

심장?

지금 심장이라고 그랬나?

설마, 잘못 들었겠지······.

그리고 다시금 눈이 마주친 순간, 노엘의 얼굴에 지금까지와 다른 감정이 배어들었다. 그는 닉스의 앞에 서둘러 더 가까이 다가와 몸을 숙였다. 급격히 좁혀진 거리감에 닉스가 일순간 흠칫했으나 노엘은 알아차리지 못한 것 같았다.

"닉스. 단테가……."

그는 지금 닉스를 포박해 바닥에 짓누르도록 명령한 것이 자신이란 사실도 잊은 것 같았다.

"단테가 주, 죽었어."

"그건 또 무슨……."

"내가 발견했을 때는 목이 이상하게 꺾여서, 숨도 안 쉬고, 몸도 너무 차갑고……."

노엘의 목소리는 제 가족이나 친구에게 하소연하듯이 감정적이었다.

사실상 노엘은 단테가 죽고 나서 지금 처음으로 누군가에게 제 충격과 고통을 토로할 기회를 찾은 것이나 마찬가지였다. 애초에 그가 곁에 두고 감정을 공유하던 것은 단테와 닉스밖에 없었으니, 당연하다면 당연했다.

"그래서 내가 어떻게든 다시 움직이게 만들려고 했는데, 어떻게 해도 안 돼서……."

노엘은 횡설수설하며 두서없는 이야기를 계속 늘어놓았다. 그럴수록 그의 목소리는 점점 더 격양되어 갔고, 급기야는 얼굴을 일그러뜨리며 울먹이기까지 했다.

그동안의 마음고생을 증명하듯이 노엘의 얼굴은 엉망이었다. 그가 닉스 앞에서 참지 못해 쏟아부은 말들도 그에 못지않게 엉망진창이었고 말이다.

하지만 닉스가 맥락을 파악할 정도는 되었다. 단테의 죽음은 닉스에게도 충격이었다. 이제야 노엘의 이상하던 모습이 이해가 갔다. 항상 그의 옆에 붙어 다니던 단테가 왜 청문회 동안 보이지 않았는지도 이제 알 수 있었다.

그러나 깨진 파편처럼 귓가에 흩어져 버석거리는 말을 들을수록 닉스의 가슴속에는 노엘과 다른 감정이 쌓여 가고 있었다.

"그, 그렇지만 괜찮아."

그런 닉스를 아는지 모르는지, 노엘은 맹목적으로까지 느껴지는 눈으로 그를 똑바로 직시하며 뒷덜미를 스산하게 만드는 말을 속삭였다.

"닉스, 네가 있으니까, 이젠 괜찮아."

노엘의 얼굴에는 어제 보았던 것과 동일한 광기가 박혀 있었다. 번들거리는 안광이 파랗게 느껴질 정도로 강렬히 빛났다.

노엘이 내뱉은 말의 의미를 알고 나자 등줄기를 타고 흐르는 소름을 감출 수가 없었다. 그러니까 지금······.

"네 심장만 있으면, 그러면 단테도 돌아올 거야."

지금 그의 심장을 뽑아서 단테에게 주겠다는 건가?

닉스 대신 단테를 인형으로 만들기 위해서?

그렇게 하면 그는 죽을 텐데······?

"닉스, 너는 내 인형이잖아. 그러니까 날 이해해 주겠지? 그렇지?"

노엘이 절박한 눈으로 닉스를 내려다보았다. 애초에 그의 동의 따위는 구할 생각도 없었던 주제에, 퍽 간절한 음성이었다. 저도 모르게 일순간 동정심이 들 정도로 딱해 보이는 얼굴이기도 했다.

닉스는 저도 모르게 달달 떨리는 이를 꽉 깨물었다. 애초에 그는 노엘을 정말 진심을 다해 마음 깊이 주인으로 섬기고 있던 것도 아니었다. 그런데도 지금 이 순간, 견디기 어려울 정도로 치가 떨렸다.

결국은······.

결국은 그에게 예정된 끝도 이런 것이었던가.

아무리 예쁘다 하며 아껴 주어도, 그 귀애는 주인이 심심풀이로 기르는 애완동물에게 주어지는 애정과 다르지 않다는 것을 알고 있었다.

노엘의 심사가 뒤틀릴 때마다 그의 손에 부서져 나가는 인형들을 보면서 '나는 그들과 다르다'며 자위했지만, 사실은 그다지 다르지도 않다는 사실 역시 모르고 있지 않았다.

그래서였다. 그래서 닉스는 전부터 그런 노엘이, 정말 치가 떨리도록…….

"……웃기지 마."

비릿한 피 맛이 느껴질 정도로 꽉 깨문 입술에서 억눌린 음성이 새어 나왔다. 닉스는 짓씹듯이 읊조리며 형형한 눈빛으로 노엘을 꿰뚫었다.

"웃기지 마, 병신 새끼……!"

저 좋을 대로 그를 만들어 놓고 이제 와서 쓸모가 다하니 죽이려 하는가? 제 마음대로 그를 살렸다가 죽였다가……. 애초에 이렇게 태어난 것 역시 그가 원한 것도 아니었는데!

뜨거운 불로 심장을 지진 것처럼 속이 새까맣게 타들어 갔다. 전신이 휘몰아치는 분노로 달달 떨리고 눈앞이 벌게졌다.

"내 심장을 뽑아 간다고?"

분명 닉스의 시작은 노엘 베르티움이었다. 하지만 그렇다 해서 삶의 마지막까지 그에 의해 결정지어질 필요가 있는가?

"네가 뭔데."

이래서 인간이 싫었다. 이래서 인간이 끔찍하게 혐오스러웠다. 그들은 늘 그를 벌레 취급하고, 늘 그를 제멋대로 휘두르려 했다. 그러고 나서는 쓸모없는 쓰레기 취급하며 그를, 그를…….

"아버지, 저…… 저 죽고 싶지 않아요."

눈앞에 기묘한 환상이 피어올랐다. 벌써 수십 번은 꿈에서 본 것 같은 지겨운 광경이었다.

"살려 주세요. 살려 주세요, 아버지. 제발…… 제발 살려 주세요……."

수치심도 잊고 오로지 살고 싶다는 욕망에 짓눌려 그는 매달렸다. 이런 애원이 통할 리 없다는 사실을 알면서도 필사적이었다.

하지만 눈앞에 있는 사람은 성가시다는 듯이 다리에 매달린 그를 동정 한 점 깃들지 않은 매정한 발길로 걷어찼다. 그때 맞아 상처 난 왼쪽 눈이 지금도 불에 타는 듯이 쑤셔 왔다.

눈앞에 번지는 핏물 사이로 검은 그림자가 나타났다. 환영의 끝에서 늘 그렇듯이, 그를 죽이러 다가오는 사신의 모습이었다. 눈을 감았다가 뜨자 그 검은 괴물의 얼굴은 노엘의 것으로 변했다.

"네가 뭔데 나를 멋대로 죽이겠다는 거야."

차가운 불길이 머리끝에서부터 발끝까지 전부 집어삼켰다.

……그래. 더 이상은 용납할 수 없었다.

"누구 마음대로."

이번만큼은, 그의 마지막을 감히 타인이 결정짓도록 놔두지는 않을 것이다.

그런 것은…….

"누구 마음대로……!"

그런 것은 지난 삶 한 번으로 족했다!

닉스는 온 힘을 다해 인형들을 뿌리치고 노엘에게 덤벼들었다.

철컹!

또 구속구가 발동되었지만 애초에 닉스는 온전한 생물이 아니었다. 그래서 그 효과는 완전하지 못했고, 더군다나 지금 그는 이성을 잃어 혈관을 타고 흐르는 통증조차 느끼지 못하고 있었다.

노엘이 인형들에게 마지막으로 내린 명령은 닉스를 붙잡으라는 것이었기 때문에, 그들은 그를 공격하는 대신 사로잡으려고 했다.

노엘은 갑작스러운 상황에 놀라 곧바로 반응을 보이지 못했다. 하지만 닉스의 손이 닿기 전에 인형들이 그를 붙잡는 데 성공했다.

당연히 닉스도 순순히 당하고 있지만은 않았다.

철컥! 휘익!

그는 구속구에 연결된 사슬을 눈앞에 있는 인형의 목에 걸고 바닥을 박찼다. 졸지에 지지대가 된 인형이 휘청거렸다.

쾅!

닉스는 유리 벽을 다시 한번 발로 차며 유연하게 몸을 비틀었다. 양옆에서 그를 구속하고 있던 인형들에게서 몸을 뺀 닉스가 사슬로 목을 감고 있는 인형의 뒤에 달라붙었다. 그런 후 그는 한쪽 손을 내려 인형의 팔을 움켜잡았다. 닉스에게 붙들린 인형의 팔이 노엘을 향해 쇄도했다.

"뭐, 뭐 하고 있는 거야! 빨리 닉스를 막아!"

콰과곽!

노엘이 주저앉아 일격을 피해내는 것과 동시에 머리 위에서 무서운 소리가 울렸다. 노엘 대신 충격을 받아 낸 유리에 작게 금이 갔다.

인형들이 닉스에게 달려들었다. 다만 닉스가 매달려 있는 인형은 아직 행동 방향을 정하지 못한 것 같았다.

그사이 닉스는 마음대로 인형을 움직여 다른 인형들을 막아냈다. 하지만 인형들의 방어가 제법 단단해 그의 공격은 노엘에게는 닿지 못했다.

노엘은 설마 닉스가 이럴 줄은 몰랐다는 듯이, 여전히 벽에 기대 주저앉은 채로 망연히 그를 바라보고 있었다. 하지만 우습지도 않은 일이었다. 먼저 그를 죽이려던 것은 노엘이었으니까.

닉스에게 있어서는 생애 첫 번째 배반이었다. 그를 만든 창조주에게 버림받은 것이기도 했고, 반대로 그런 주인을 그가 버리는 것이기도 했다.

지금 닉스를 잠식한 것은 이제껏 그가 알지 못하던 감정이었다. 하지만 어째서인지 이미 어딘가에 나 있던 덜 아문 흉터를 들쑤시기라도 한 것처럼 속 깊은 곳이 못 견디도록 아려 왔다.

참을 수 없이 화가 나고 또 서러워서, 이 감정을 지금 당장 어디에라도 터트리지 않고는 죽을 것만 같았다.

챙!

비슷한 강도로 맞부딪친 무기가 부러져 나갔다. 잘린 금속 조각이 유리창을 맞고 튕겼다.

노엘은 자신을 죽이기 위해 혈안이 된 닉스를 멍하니 바라보다가 자신의 근처에 떨어진 그 파편을 시야에 담았다. 마침내 주춤거리는 손길이 그것을 붙잡았다.

챙강! 챙!

닉스는 인형들의 총공격을 막아내느라 정신이 없었다. 게다가 이제는 그가 매달린 인형도 자신이 할 수 있는 일을 찾았는지, 등에 붙은 닉스를 벽에 쳐 대고 있었다.

쿵, 쿠웅!

파직!

몇 번이나 거대한 힘을 받아 낸 유리 벽에서 파삭거리는 불길한 소리가 울렸다. 닉스의 입술이 다시금 악물렸다.

콰앙!

그는 몸을 크게 비틀어 반대로 목을 조르고 있던 인형을 벽에 강하게 처박았다.

쨍그랑!

그 순간, 한쪽 벽면을 차지하고 있던 유리가 마침내 깨지며 인형이 균형을 잃었다. 닉스는 거기에 같이 휩쓸릴 뻔하다가, 신속히 팔을 풀어 그 자리에서 벗어났다.

닉스에게서 떨어져 나간 인형이 밑으로 추락했다. 순간적으로 몰려든 강풍에 닉스는 비틀거리며 뒤로 물러났다.

푸욱!

"크윽!"

그 순간, 옆구리에 굵직한 통증이 박혀 들었다. 고개를 돌리자 하얗게 질린 얼굴로 닉스를 바라보고 있는 노엘이 시야에 비쳤다. 그가 들고 있는 금속 조각을 타고 닉스의 몸에서 울컥거리며 새어 나온 피가 흘렀다. 닉스의 입에서 거친 음성이 토해져 나왔다.

"노엘 베르티움……!"

그는 곧바로 노엘을 후려치려 했으나, 겁에 질린 녹색 눈동자를 보는 순간 저도 모르게 팔을 멈추었다.

"니, 닉스를 잡아! 움직이지 못하게 해!"

노엘은 그 찰나의 틈을 놓치지 않았다. 닉스가 반격하기 전에 인형들이 먼저 그를 아까처럼 바닥에 처박았다.

"나도, 나도 어쩔 수 없어!"

있는 힘을 다해 발버둥 치자 노엘이 금속 조각을 뽑아낸 부위에서 피가 왈칵 샜다. 인형들과 달리 체력의 한계를 가지고 있는 데다 부상까지 입은 닉스는 아까처럼 그들을 뿌리치지 못했다.

"애초에 너를 만든 건 나잖아. 그러니까 널 어떻게 하든 그것도 내 마음이야……!"

노엘은 누구에게 말하는 것인지 모를 말을 변명처럼 정신없이 지껄여 댔다.

"그러니까, 그러니까……!"

그는 피에 젖은 손을 덜덜 떨면서도 들고 있는 쇠붙이를 다시금 고쳐 잡았다. 노엘은 이대로 그의 심장을 빼내 가려는 것 같았다.

"노엘……! 네가! 네가 어떻게 나한테……!"

닉스의 악에 받친 음성이 바닥에 흩어진 깨진 유리 조각 위로 피처럼 토해져 내렸다. 그러나 이 모든 것이 실로 부질없었다.

그의 꿈과 환영 안에 항상 존재했던 검은 남자가 시선 끝에 맺힌 것은 바로 그 순간이었다.

사방에 흩뿌려진 유리에 반사된 빛이 남자의 얼굴에 기묘한 음영을 드리웠다.

이것은 환영인가.

꿈에서 죽기 직전이면 늘 나타나곤 했던 저 검은 괴물의 모습을 이렇게 또 보게 되다니.

그렇다면 이제는 정말 끝이라는 건가. 정말로 나는 지금 죽음을 목전에 두고 있는가. 그래서 저런 헛것을 보는 것인가.

하지만 그것은 환영이 아니었다. 데온은 핏발이 서다 못해 독기에 찬 눈을 하고 처절하게 저항하는 닉스를 바라보았다. 눈앞의 역동적이고 긴박감 넘치는 광경과 달리, 데온이 서 있는 곳의 공기는 한없이 고요하고 정적이기만 했다.

바람에 흩날리는 검은 머리칼 아래로 드러난 그의 무기질적인 눈동자가 바닥에 짓눌려 추하게 발버둥 치는 소년을 조용히 담아냈다.

데온의 기억 속에 있는 아실은 늘 멍청할 정도로 속없어 보이는 얼굴로 웃거나, 깊은 절망과 공포에 빠진 눈으로 그를 올려다보며 울고 있었다.

그가 살아 있는 인간일 때도 그러했고, 죽어서 인형이 된 뒤에도 크게 다르지 않았다. 자신을 죽이려는 자에게조차 칼끝 한 번 겨누지 못할 정도로, 아실은 한심할 만큼 나약했다.

데온은 이해할 수 없었지만 아마도 그것이 록사나가 사랑한 그의 순수일 것이다. 연민과 애처로움의 감정과도 비슷하지만 그것과는 또 다른, 소중히 보듬어 아껴 주고 싶은 욕망을 들게 하는 연약함.

물론 데온은 단 한 번도 그런 것을 보고 따스한 감정을 느껴 본 적이 없었다. 그러나 분명 아실에게 남은 록사나의 미련은 그런 부분 때문일 것이라 생각했다.

하지만 지금…….

"날 위해서 죽어 줘, 닉스."

"웃기지 마, 노엘 베르티움……!"

'그 아실'은 데온을 일순간 감흥하게 할 만큼 강한 악심으로 가득 찬 얼굴을 한 채로 처절하게 외치고 있었다. 지금의 아실에게서는 더이상 과거의 잔상이 느껴지지 않았다.

타락한 순백.

살아생전에는 단 한 순간도 데온과 닮은 적 없던 아실이…… 믿을수 없게도 지금 이 순간에는 그와 같은 '아그리체'로 보였다. 이미 죽어서, 움직이는 시신이 된 지금에서야, 마침내.

순간 기이한 전율이 데온의 몸을 타고 흘렀다. 그리고 그 감각은 낯선 아실의 모습만큼이나 낯선 것이었다.

눈앞에 있는 소년을 보는 동안 데온의 심장 가장 깊은 곳에 자리한공허가 얇게 파동했다. 무언가가 가물가물하게 눈앞에서 어른거렸다. 그것은 손에 잡힐 듯, 잡히지 않을 듯, 흐린 빛을 점멸시키며 데온을이끌었다.

홰액! 콰앙!

별안간 닉스를 덮치고 있던 악력이 떨어져 나갔다. 그의 심장을 겨누고 있던 노엘도 강한 힘에 의해 밀쳐져 아직 깨지지 않은 유리 벽에처박혔다. 무언가가 부서지고 깨지는 소리가 연달아 울렸다. 가까이에서 폭사하는 선연한 소음에 고막이 다 얼얼했다.

그것은 걷잡을 수 없이 거세게 휘몰아치는 검은 폭풍이었다. 주변의 모든 것을 파괴해 버리고 종국에는 그 자신조차 먼지처럼 흔적도없이 지워 버릴 재해 같은 힘.

어느새 다가온 환영 속의 괴물이 닉스에게 물었다.

[살고 싶나?]

시야가 온통 무채색이었다. 사방으로 튀는 핏물과 괴물의 눈동자만이 오직 살아 있는 색을 가지고 있었다. 귀에 아우성치는 소리 역시 그것과 같은 짙붉은 색이었다. 재가 흩날리는 것처럼 눈앞이 뿌옜다.

'살고 싶어.'

지금 이것이 현실인지 아닌지조차 구분이 되지 않는 몽롱한 상태에서 닉스는 대답했다.

[그걸 방해하는 자들을 전부 죽여서라도?]

이것은 죽음 직전에 보는 환상인가?

'나는……'

무의식의 가장 깊은 곳까지 침투한 괴물의 목소리가 마침내 닉스의 근원에 닿았다.

닉스는 다시 한번 대답했다. 그러자 괴물이 웃었다.

귀까지 찢어진 입에서 그를 비웃는 소리가 요란하게 울렸다. 살갗까지 따갑게 만들 정도로 아주 날카롭고, 또 당장에라도 구역질이 날 것처럼 짙은 비린내를 머금은 웃음소리였다.

찢어진 공간에서 붉은 피가 울컥울컥 흘러내렸다. 그것은 바닥에서부터 빠른 속도로 차올라 마침내 닉스의 호흡마저 막으며 그를 머리 끝까지 집어삼켰다.

소리 없는 아우성이 작은 기포가 되어 범람하는 피의 홍수 속에 무참히 가라앉았다.

[그럼 죽여라.]

[죽여.]

[네 앞을 가로막는 건 전부 죽여버려.]

[그게 우리의 방식이니까.]

검은 유령. 검은 괴물. 검은 악마. 검은 사신.

실제인지 환각인지 구분조차 되지 않는 그것이 닉스의 몸을 휘감았다. 닉스는 자의인지 타의인지조차 모른 채 홀린 것처럼 몸을 움직였다.

그래…….

살려 달라고 비참하게 애원하는 일은 한 번으로 족했다. 초라하게 무릎 꿇려 스스로의 무력함을 뼈저리게 느끼며 우는 일도 이제는 지겨웠다.

다시 한번 그 구둣발에 걷어차이지 않으려면, 그가 죽여야만 한다.

그러지 않으면…….

그러지 않으면 그가 죽을 테니까……!

"니…… 닉스…….."

문득 실낱같은 음성이 귓가를 스쳐 지나갔다. 눈앞을 가리고 있던 검은 안개가 서서히 걷혔다. 그 직후 시야에 드러난 광경에 닉스는 불현듯 움직임을 멈추었다.

온몸이 처참하게 난도질된 노엘이 그의 밑에 깔려서 신음조차 흘리지 못하며 경련하듯이 사지를 떨고 있었다. 주위에 자욱하게 고인 지독한 피비린내가 그제야 코끝으로 훅 스며들었다. 깨진 유리 조각을 세게 움켜쥔 손에 뒤늦게 예리한 통증이 밀려들었다.

닉스의 손은 온통 피투성이였다. 하지만 그의 얼굴과 몸을 적시고, 그것으로도 모자라 바닥에까지 퍼져 나가고 있는 피는 분명 노엘의 것이었다. 그것을 깨닫자 순간적으로 손에서 힘이 풀렸다.

아……?

내가 지금 뭘 하고 있는 거지?

초점 없는 닉스의 눈이 흔들렸다. 그는 상체를 들썩이며 입술 밖으로 피를 울컥 토해내는 노엘을 보고 받은 숨을 헐떡였다.

닉스일 때의 살인은 분명 쉬웠다. 하지만 지금 그는 분명 온전한 '닉스'라 할 수 없었고……. 지금의 그를 대부분 차지하고 있는 것은 닉스라기보다는 오히려…….

게다가 그런 이유가 아니더라도, 노엘은 다른 누구도 아닌 닉스의…….

"아실."

바로 그 순간이었다. 언제부터 이렇게 가까이 있었던 것인지, 불과 서너 걸음 정도 떨어진 곳에 소리 없이 서 있던 남자가 나직하게 읊조렸다.

그 이름을 듣는 순간……. 닉스는 벼락처럼 등줄기에 꽂혀 든 희열로 몸을 떨고 말았다.

"뭘 망설이고 있지?"

아, 이 같은 모순이 또 어디에 있을까?

과거에 그를 죽였던 자에게, 비로소 처음으로 그의 존재를 긍정 받았다. 여동생인 록사나조차도 그토록 잔인하게 그를 부정했었는데. 이제는 그 누구도 그를 그 이름으로 불러 주지 않는데,

스스로조차 그 자신이 누구인지 알 수 없게 되어 버린 지금…….

닉스는 인형이 된 이후 생전 처음으로 어린애처럼 소리 내며 얼굴이 엉망이 될 때까지 오열하고 싶어졌다.

"그 손을 멈추면 네가 죽는다."

허공에서 붉게 찢어진 입이 그런 그를 다시금 시끄럽게 비웃었다.

하지만 닉스의 앞에 선 남자는 여전히 웃음 한 조각 찾아보기 어려운 시린 얼굴로 그를 내려다보고 있을 뿐이었다.

"그러니 네 숨이 다하기 전에……."

유리 조각을 든 그의 손 위로 싸늘한 체온이 덮어 왔다. 뼛속까지 스미는 한기에 몸이 떨릴 정도로 추웠다. 모질게 느껴질 정도로 단호한 힘에 이끌려 닉스의 손은 다시금 노엘의 심장을 겨누었다.

"죽여."

그것이야말로 네가 진정으로 바라는 일이라고 악마가 속삭였다. 닉스는 환희인지 절망인지 모를 거대한 감정에 집어삼켜져, 저도 모르게 웃으면서 울었다.

곧이어 눈앞에 그 어느 때보다 선명한 붉은 피가 튀어 올랐다.

록사나는 중앙 통로에 이르러 걸음을 멈추었다.

휘이잉.

옆에서 불어온 바람이 그녀의 머리카락을 헝클였다. 역한 피 냄새가 후각에 달라붙었다.

제레미는 지금 그녀와 함께 있지 않았다. 여기까지 오는 동안 마주친 다른 인형들을 상대하는 중이었기 때문이다.

록사나는 닉스가 방을 떠나기 전 그에게 붙여 둔 나비를 통해 그들이 어디로 이동했는지 알 수 있었다. 그래서 길을 헤매지 않고 곧장 이곳을 찾아냈다.

그동안 닉스가 겪은 일 또한 나비의 시야로 얼추 목격할 수 있었다.

그래서 이미 예상하고는 있었지만, 실제로 그녀의 눈앞에 드러난 광경은 간접적으로 본 것보다 훨씬 강렬했다.

얼마나 주위를 난장판으로 만들었는지, 중앙 통로의 유리는 거의다 깨져 있었다. 바닥 역시 위태롭게 금이 가 있기는 마찬가지인지라, 록사나는 복도가 끝나는 지점에서 더 이상 앞으로 움직이지 못하고 발길을 멈추었다. 가장자리에 겨우 남은 골조 위에는 깨진 유리의 파편이 수북이 박혀 있었다.

세 사람은 통로 한가운데에 가장 큰 균열이 생긴 유리 바닥 위를 딛고 있는 중이었다. 바닥에 눕혀진 노엘의 몸을 타고 흐른 피가 옆으로 넓게 퍼져 나갔다. 눈물을 흘리며 망연히 주저앉은 닉스의 옆에는 데온이 있었다.

록사나가 왔을 때 막 시야에 비친 장면은 노엘의 가슴팍에 꽂힌 날카로운 유리 조각을 데온이 뽑아 드는 것이었다. 록사나가 얼어붙은 얼굴로 자리에 굳은 순간, 데온도 그녀를 발견했다.

데온의 얼굴은 여느 때처럼 표정 없이 차가웠다. 하지만 그의 옆에 감도는 고요함은 어쩐지 평소와 느낌이 조금 달라서 그것이 묘하게 마음에 걸렸다.

……노엘 베르티움을 죽인 건가?

둘 중 누가?

중간부터 나비의 연결이 끊겨 누구의 소행인지 확신할 수가 없었다. 닉스도 록사나의 존재를 깨달은 듯, 충혈된 눈을 움직였다. 눈물과 피로 엉망이 된 얼굴을 한 채, 그가 떨리는 입술을 달싹였다.

"사…… 사나야."

심장에 맺힐 정도로 여린 음성이었다. 눈보라처럼 꽃비가 내리던 베르티움에서, 그때도 그는 그녀를 이렇게 불렀다. 누구도 그의 앞에서 록사나를 그렇게 칭한 적 없음에도, 당연하다는 것처럼.

"나, 으, 내가……."

온몸이 피로 범벅된 닉스가 굵은 눈물을 떨어뜨리며 흐느꼈다. 도대체 무엇이 서러워 저렇게 우는지 몰랐다.

아실이 열세 살일 때, 그를 탐탁지 않게 보던 란트가 어느 날 작은 새끼 짐승을 그에게 선물한 적이 있었다. 아실은 아버지에게서 처음으로 받은 선물에 기뻐하며 그것을 소중히 아꼈다.

1년 뒤, 아실에게만 내려진 명령은 그 짐승을 그의 손으로 직접 해부해 죽이는 것이었다. 아실은 울면서 자신이 손수 이름을 붙이고 먹이를 주고 털을 빗겨 키우던 짐승의 배를 갈라 죽였다.

란트는 짐승의 잔해를 마물의 밥으로 던져 주게 시켰다. 그날 아실은 방으로 돌아와 꼭 지금 같은 얼굴을 하고 울었다.

어째서 그 기억이 지금 떠오른 것일까.

여전히 교활한 인형. 불리한 상황임을 알고 또다시 아실인 척 그녀의 앞에서 저렇게 연기를 하고 있는가.

하지만 그렇게 생각하면서도 어째서인지 록사나는 그런 그를 보며 입술 한 번 달싹이지 못했다.

……줄곧 그가 거슬렸다.

긴장하면 괜히 손으로 콧잔등을 어루만지고, 곤란한 상황에서는 왼쪽 눈가를 찡그리며 주먹을 쥐고 손가락으로 엄지를 긁는다. 그 밖의 자잘한 습관들 따위도 닉스가 알 리 없을 텐데, 그는 지나치리만큼 아실의 흉내를 잘 냈다.

그래서 더 냉담하게 굴었다. 그렇게 하지 않으면 일전에 베르티움에서 그랬던 것처럼, 일순간이나마 그를 진짜 아실과 착각할 것 같았다. 그럼 또 스스로를 용서할 수 없을 것 같아서.

그런데 왜 '저것'은 지금 그녀의 앞에서 저렇게 아실과 똑같은 얼굴을 하고 울고 있나.

데온은 자리에 못 박힌 것처럼 굳어 닉스를 바라보는 록사나를 시야에 담으며 비로소 깨달았다. 지금 자신이 무엇을 해야 하는지를.

구름이 걷히고, 시야에 반짝이는 광채가 맺혔다. 록사나는 닉스의 뒤에서 피에 젖은 손이 움직이는 것을 보았다.

"아실을 죽인 걸 후회하지 않아."

아그리체에서의 마지막 날 데온과 나누었던 대화가 문득 머릿속에 떠오른 것은 바로 그 순간이었다.

"다시 그때로 돌아가도 난 망설임 없이 그놈을 또 죽일 거야."

록사나는 다른 생각을 더 할 겨를도 없이 반사적으로 손을 움직였다. 파악! 쩅강!

데온의 손에 들려 있던 것을 산산조각 낸 무기가 그의 뒤로 날아가 박혔다. 붉은 핏방울이 깨진 유리 조각과 함께 허공에 흩어졌다.

"다만 이번에는 네가 보는 앞에서 직접 그놈의 목을 치겠지."

"······멈춰!"

그러나 데온은 조금도 주저하지 않고 조금 전까지 록사나의 손에 들려 있다가 지금 막 제 얼굴 옆에 박힌 무기를 손에 쥐었다.

"멈춰, 데온……!"

록사나는 앞으로 급히 뛰쳐나갔다. 그렇지 않아도 군데군데 금이 가 있던 유리 바닥이 그녀의 걸음이 내디뎌지는 곳마다 균열을 더해 갔다.

흐느껴 울던 닉스가 머리 위에 드리워진 짙은 그림자를 향해 고개를 돌렸다. 그 위로 사신의 낫이 내리박혔다.

간발의 차였다. 록사나가 팔에서 채찍을 풀어 데온의 손목을 휘감아 당겼다. 덕분에 방향이 약간 틀어져, 닉스는 아슬아슬하게 자신을 향한 공격을 피해 낼 수 있었다.

어느새 다가온 록사나가 그 앞을 가로막았다. 바람에 나부끼는 금빛 머리칼이 시야에서 빛과 함께 부서졌다. 닉스는 자신의 앞을 지키고 선 뒷모습을 눈물에 젖은 눈으로 멍하니 올려다보았다.

데온은 곧장 억센 손길로 자신의 손목에 감긴 채찍을 강하게 잡아당겼다. 그는 방해물인 록사나를 바로 베지는 않았다. 하지만 앞으로 끌려온 그녀를 붙잡아 가차 없이 뒤쪽으로 내던졌다.

콰앙!

록사나는 통로 뒤의 벽에 처박히다시피 몸을 세게 부딪쳐 튕겨 나온 채로 신음을 삼켰다. 그런 그녀를 뒤로하고 데온은 다시금 닉스에게 다가섰다.

4년 전, 록사나는 아실의 환각을 눈앞에 두고 데온에게 말했다.

"너 따위의 손에 아실을 두 번 죽게 하지는 않을 거야."

그러나 보라.

지금 데온의 눈앞에는 이렇게 다시 살아 돌아온 아실이 있었고, 데온은 또 한 번 그를 죽일 기회를 갖게 되었다.

조금 전 나타난 록사나가 흐느끼는 아실을 아연한 눈빛으로 바라보는 것을 시야에 담은 순간. 데온은 지금 자신이 원하는 일이 이것이란 사실을 깨달았다.

록사나가 보는 앞에서, 다시 한번 아실을 죽이는 것.

"록사나!"

막 그 자리에 당도한 카시스가 옆 건물로 이어진 통로 쪽에서 날아와 벽에 처박히는 록사나의 모습을 목격했다. 그는 단숨에 달려가 그녀의 상태를 살폈다.

다행히 록사나는 무사했다. 조금 전의 일로 오른팔이 탈골되고 발목에 금이 가긴 했지만 체내에 남아 있던 치유력으로 카시스가 손을 쓰기도 전에 금방 회복되었다.

뒤이어 그의 눈길이 조금 전 록사나가 나타났던 통로로 곧장 옮겨 붙었다. 바로 상황을 파악한 카시스의 눈에서 불길이 일렁였다.

"데온 아그리체……!"

곧 그의 몸이 닉스를 공격하고 있는 데온을 향해 튕기듯이 쏘아져 나갔다. 록사나도 바로 이를 악물며 몸을 일으켰다.

챙강!

카시스는 인형의 잔여물로 보이는 쇠붙이를 바닥에서 주워 들어 데온과 맞붙었다. 데온은 닉스를 공격하다가 카시스에게 방해받아 손을 멈출 수밖에 없었다.

"비켜라, 카시스 페델리안!"

카시스는 데온의 서늘한 일갈에도 주저하지 않고 다시 그를 공격했다. 데온이 록사나를 다치게 하는 것을 불사하면서까지 이루려는 것은 닉스를 죽이는 일인 것 같았다. 그리고 록사나는 그것을 원하지 않는 듯했다.

그렇다면 카시스가 해야 할 일도 정해져 있었다.

"너야말로 당장 물러나……!"

게다가 그런 이유가 아니더라도, 조금 전 록사나를 내던진 것은 지금 그의 눈앞에 있는 남자인 것이 분명했기에.

카시스는 사선으로 내리그어지는 공격을 막아내며 반대쪽 손을 뻗어 데온의 심장부를 가격했다. 일전에 위그드라실 밖에서 느낀 적 있던 것과 동일한 감각이 데온의 심장을 휘감았다.

"또 잔재주를 부리는군!"

데온은 상체를 비틀며 지체없이 카시스를 베었다.

캉!

금속성의 물질들이 부딪쳐 내는 날카로운 소음과 번쩍이는 광채가 사방에 흩어진 유리에 반사되었다.

하지만 데온은 그대로 카시스를 죽이는 데 집중하지 않고 뒤쪽에 있는 닉스를 노렸다.

카시스의 생각대로 데온은 지금 카시스를 상대할 마음이 없었다. 그의 관심을 온통 독차지하고 있는 것은 눈앞에 있는 아실뿐이었다.

"당장 그만둬, 데온……!"

씹어뱉는 듯한 록사나의 음성이 고막을 파고들었다. 하지만 그것조차 데온을 멈추게 하지는 못했다.

이 끝에 무엇이 있을지 그는 알지 못했다. 그러나 다시 한번 아실을 죽이면, 그때는 알 수 있을 것 같았다.

카시스와 몇 차례 공방이 오갔다. 빛에 반사되는 온갖 것들로 시야가 온통 어지럽게 반짝였다.

무작정 눈앞에 있는 사람을 닥치는 대로 공격하고 있는 데온에 비해 닉스까지 보호하며 싸워야 하는 카시스의 움직임에 제약이 많은 것이 당연했다. 게다가 닉스는 아까부터 넋을 빼놓고 있어, 자리에서 도망조차 치지 못하고 있었다.

그들이 내딛는 자리마다 체중과 충격을 이기지 못한 유리가 점점 크게 균열을 넓혀 갔다. 그래서 록사나는 그들에게 가까이 접근하지 못했다.

그녀가 가지고 있는 독침은 데온에게 통하지 않을 것이니 무용지물이었다. 결국 록사나는 세 사람과 좀 더 거리를 좁힌 뒤 다시 채찍을 휘둘렀다.

이번에는 데온이 아니라 닉스를 향해서였다.

사악!

닉스의 팔을 휘어 감아 끌어당기자마자 카시스의 빈틈을 파고든 예리한 날의 단면이 닉스의 어깨를 스쳐 지나갔다. 손아귀에 힘을 줘 닉스를 그 자리에서 빼내며 록사나는 속으로 욕을 삼켜 냈다.

왜 자신이 지금 닉스 따위를 돕고 있는 것인지 이해가 되지 않았다. 그렇지만……. 그를 이대로 데온에게 죽게 놔둘 수는 없었다. 단지 그뿐이었다.

채찍에 팔을 휘감겨 딸려 온 닉스가 균형을 잃고 록사나의 옆에 나뒹굴었다.

그때, 두 사람의 뒤로 베르티움의 인형이 나타났다. 그것은 바닥에 있는 닉스와, 그의 옆에 있는 록사나를 번갈아 망막에 담아냈다. 인형은 록사나를 방해물로 인식했다. 뒤쪽에서 빠르게 접근하는 기척을 느끼고 록사나가 고개를 돌렸다.

파삭!

그 순간, 인형까지 더해진 하중을 이기지 못한 통로의 유리 바닥에서 불길한 소리가 울렸다. 록사나는 반사적으로 팔을 뻗어 옆에 있는 닉스를 거칠게 밀쳐냈다. 그러는 바람에 정작 그녀 자신은 몸을 피할 기회를 놓쳤다.

"록사나!"

마찬가지로 인형을 발견한 카시스가 급히 손에 들고 있던 무기를 던졌다. 그러는 바람에 미처 막아내지 못한 데온의 무기가 카시스의 어깨를 관통했다.

퍼억!

다행히 록사나의 뒤에 바싹 다가와 있던 인형은 카시스가 투척한 것에 꿰뚫려 뒤로 밀려났다. 하지만 통로로 밀려들고 있는 인형은 한 구가 아니었다.

다른 때라면 카시스가 벌어 준 잠깐의 시간으로 충분히 공격을 피할 수 있었을 것이다. 그러나 록사나가 밀쳐낸 닉스의 몸이 통로가 끝나는 지점 너머로 내동댕이쳐지자마자 더 이상의 부하를 이기지 못한 바닥이 깨져 나가기 시작했다.

와장창!

록사나는 딛고 있는 지면이 밑으로 푹 꺼져 균형을 잃은 와중에도 채찍을 휘둘러 가장 가까이에 있는 인형 한 구를 옆으로 치워 냈다. 하지만 마지막으로 달려든 인형이 그녀의 목을 잘라 버리려는 듯이 공격하는 것은 미처 막지 못했다.

모두 한순간에 일어난 일이었다. 데온도 카시스의 외침이 귓전을 때린 순간 뒤돌아 록사나에게 일어나고 있는 일을 시야에 담았다. 카시스와 데온은 동시에 움직였다. 거의 무의식중에 몸이 움직였다고 해도 좋았다. 그러나 록사나와 좀 더 가까운 거리에 있던 데온이 한발 더 빨랐다.

"내 아들을 죽인 네가 내 딸을 위해서는 죽을 수도 있다는 걸 아니까."

왜 하필 그때 그 저주 같은 말이 또 한 번 귓가에 메아리쳤는지는 모른다.

"그래, 내 딸에게 가렴."

"내 딸에게 가서……."

다만 그 순간만큼은 그의 머릿속을 온통 꽉 채우고 있던 아실과 지금껏 상대하고 있던 카시스조차 잊고, 정말 아무 생각 없이 저절로 팔과 다리가 움직였다. 어쩐지 느리게 흐르는 것 같은 시간 속에서, 바람에 나부끼는 금빛 머리칼이 가까워졌다.

"언제든 그 아이를 위해 죽어. 그러라고 살려 준 목숨이니까."

그는 허물어지는 바닥과 함께 뒤로 기우는 록사나의 몸에 곧장 손을 뻗었다. 근접한 날붙이에서 서늘한 한기가 느껴졌다. 바로 다음 순간 서걱, 하는 소리와 함께 무언가가 잘려나갔다.

록사나는 눈앞에서 포말처럼 튀는 붉은 핏물을 보았다. 그녀의 몸을 끌어당기던 힘이 사라졌다. 하지만 록사나는 이미 데온에 의해 인형의 사정거리 밖으로 밀려 나갔고, 그런 그녀의 몸을 카시스가 받아냈다.

데온이 오른팔을 들어 인형의 머리를 자르는 것과 동시에 유리 바닥 전체가 완전히 부서졌다. 그들 모두는 반짝이는 유리 조각과 함께 밑으로 추락했다. 지금 그들이 있는 곳은 건물의 꼭대기 층이라 높이가 상당했고, 밑에는 어느새 닉스를 발견한 인형들이 모여 있었다.

록사나는 입을 열어 무슨 말인가를 외치려 했지만 그 말은 파도처럼 거세게 밀려드는 바람 속에 삼켜졌다. 카시스는 이를 꽉 물며 손에 닿은 사람을 다급히 바짝 끌어당겨 감싸 안았다.

"사……."

록사나에 의해 안전한 곳으로 내동댕이쳐졌던 닉스도 눈 앞에 펼쳐진 광경을 보았다.

"사나야……!"

온갖 소음들이 허공에서 잘게 부서졌다.

콰앙!

높은 곳에서 떨어져 바닥에 처박힐 때의 충격은 대부분 카시스가 받아냈다. 온몸의 뼈가 으스러지는 것 같은 끔찍한 격통이 몰려들었지만 신음하고 있을 여유 따위가 없었다.

머리 위에서는 깨진 유리가 위협적으로 쏟아지고 있었고, 옆에 모여든 인형들은 기다렸다는 듯이 팔을 치켜들었다. 그것을 완전히 피해내는 것은 이미 불가능해 보였다. 카시스는 록사나에게 가해질 위험을 최소화하기 위해 곧바로 그녀를 감싼 채 몸을 옆으로 굴렸다.

푹! 푸욱!

위에서 비처럼 쏟아져 내린 유리가 록사나를 장벽처럼 덮은 등에 박혀 들었다. 그러나 주위에 몰려 있던 인형들이 가장 먼저 가한 공격은 다른 누군가가 막아냈다.

"카시스……!"

록사나가 소리치며 급히 고개를 들었다. 모든 일이 너무 급박하게 돌아가서 상황을 파악하기 어려웠다. 카시스의 몸이 그녀를 굳건히 덮고 있어 더욱 그랬다.

카시스는 신음을 억누르며 록사나를 안고 서둘러 자리에서 몸을 일으켰다. 록사나는 무심코 카시스의 어깨에 손을 올렸다가, 그 끝에 걸리는 단단한 이물질에 멈칫했다. 그것이 유리 조각이라는 것을 깨달은 그녀의 얼굴이 희게 질렸다. 몸에 이물질이 박힌 상태이기 때문에 카시스는 몸을 치유시키지 못하고 있는 것 같았다.

챙! 챙강!

불현듯, 가까이에서 울리는 날카로운 마찰음이 고막을 찔러 들었다. 그녀에게는 무기로 삼을 만한 것이 아무것도 없었다. 그것은 카시스 역시 마찬가지였다. 그렇기 때문에 그는 서둘러 인형들이 있는 위험한 장소로부터 거리를 벌리고 있었다.

뒤이어 록사나가 카시스의 어깨너머로 보게 된 것은 데온이 주위에서 공격해 오는 인형들을 부수고 있는 광경이었다.

그가 움직이는 자리마다 붉은 피가 한 움큼씩 고였다. 데온 역시 떨어질 때의 충격을 완전히 이겨 내지 못했는지 움직임이 상당히 위태로워 보였다. 하지만 록사나의 시선을 무엇보다 강렬히 사로잡은 것은…….

록사나는 조금 전 통로 위에서 자신의 몸을 잡아끌어 카시스가 있는 곳으로 밀쳐냈던 강한 힘을 기억해 냈다.

바로 그 손이, 지금의 데온에게서는 사라져 있었다. 팔꿈치 밑에서 잘린 왼팔의 단면에서 끊임없이 흘러내리는 피가 그의 움직임을 따라 주위에 붉은 자국을 흩뿌렸다.

록사나는 숨을 멈춘 채로 그 모습을 바라보았다.

"이쪽에도 있다!"

소란을 듣고 온 다른 사람들이 함께 인형을 파괴하기 시작했다.

한편, 위에서 그들의 모습을 내려다보고 있던 닉스는 멍한 머릿속으로 생각했다.

아까부터 도대체 무슨 일이 벌어지고 있는 걸까?

잘 모르겠다. 하지만 한 가지 확실한 것은…….

조금 전 록사나가 그를 위험에서 구해 내고 대신 저 밑으로 떨어졌다는 것이었다. 다행히 록사나는 다친 곳이 없는 것 같았지만, 그 전에도 그녀는 데온의 손에서 닉스를 구하기 위해 그에게 맞섰었다.

그 순간 닉스는 깨달았다. 그가 이곳에 있으면 그의 여동생이 위험해진다. 데온 아그리체는 아직 닉스를 포기한 것이 아니었으므로.

지금 막 마지막 인형을 부순 남자가 비틀거리면서도 고개를 들어 시선을 똑바로 마주해 온 순간, 닉스는 확신할 수 있었다. 저 괴물은, 분명 그의 숨이 완전히 끊어지는 순간까지 포기하지 않을 것이다.

닉스는 밑에 있는 록사나의 모습을 마지막으로 시야에 담은 뒤, 이내 눈물이 흥건한 얼굴로 입술을 짓씹으며 자리에서 일어났다.

곧 닉스의 모습이 그곳에서 완전히 사라졌다. 그 직후 데온은 다시 고개를 내려 눈앞에 있는 사람에게 눈길을 옮겼다.

카시스는 상황이 완전히 종결되어 주변이 안전해지고 나서야 록사나를 놓아주었다. 그의 부상을 치료하기 위해 사람들이 급히 다가갔다. 데온에게도 같은 이유로 접근한 사람이 있었으나 그는 자리에서 꼼짝도 하지 않았다.

고개를 돌린 데온과 시선이 마주친 순간, 아래로 늘어진 록사나의 손이 미동했다.

"누나!"

문득 저 위에서, 찢어질 듯한 제레미의 목소리가 울렸다. 그것이 신호탄이라도 된 것처럼 데온이 다리를 움직였다.

"가지 마."

동시에 록사나의 입술에서 갈라진 시린 음성이 내뱉어졌다. 순간, 앞에 있는 사람이 멈춰 섰다.

"가지 마, 데온 아그리체."

3년 전, 카시스를 아그리체에서 내보내던 밤. 그때도 그녀는 밤중에 찾아온 그에게 지금처럼 말했었다.

당시의 데온은 카시스를 찾아 죽이려 했다. 그리고 분명 지금의 그는 사라진 닉스의 뒤를 쫓으려 하고 있었다.

록사나는 자신이 데온 아그리체를 누구보다 잘 알고 있다고 생각했다. 지금도 그녀는 그가 무엇을 생각하고 있는지 어쩐지 알 것 같았다.

늘 그랬다. 데온과는 직접 말로 하지 않아도, 그 안에 든 속내를 투영해 들여다보는 것이 가능했다.

그것은 데온 아그리체가 그녀의 소유이기 때문일까? 비록 지금까지 그것을 인정하고 싶었던 적은 단 한 순간도 없었지만.

또 한 번, 아까 그녀의 몸을 붙잡았던 손의 온기가 살갗을 파고드는 느낌이 들었다. 지금도 데온의 팔에서 떨어지고 있는 피가 시야를 붉게 물들였다.

흐려지는 과거의 기억 위로 현재의 시간이 섞여들었다.

"*당신은 나를 못 죽여.*"

이번에는 붉은 장미가 흐드러지던 위그드라실의 정원에서 데온과
단둘이 얼굴을 맞댔던 날의 잔상이었다.

"*그렇다고 지금 여기서 분풀이하듯이 다른 사람을 대신 죽일 수도 없지.*
내가 허락하지 않는 이상은."

그날, 록사나는 말했다.

"*한 가닥 얇은 끈으로 겨우 유지되고 있는 당신과 내 관계가……*"
"*그때야말로 완전히 끝난다는 걸 누구보다도 당신이 잘 알고 있을 거야.*"

그리고…….

데온 아그리체는 지금 이 순간, 바로 그때의 대답을 앞두고 있었다.

이건 위그드라실에 들어와 록사나의 허락 없이 그가 저질렀던 다
른 두 일과는 종류가 달랐다. 어쨌거나 그것은, 데온 나름대로 록사
나의 의지를 따르는 일이라 생각해 취한 행동이었으므로.

문득, 데온의 입가에 실낱같은 미소가 스쳐 지나갔다. 그것은 록사
나에게 있어서도 굉장히 낯선 것이었기 때문에, 그녀는 시선을 멈출
수밖에 없었다.

"……그 여자의 말, 전부 헛소리라고 생각했는데."

아까부터 굳게 닫혀 있던 그의 입술이 열렸다.

"그게 아니었다는 걸 이제는 알겠군."

나지막하게 읊조려지는 음성과 깨진 유리에 반사된 빛이 허공에서 어지럽게 유영했다. 록사나는 그의 말이 무슨 의미인지 알아듣지 못했다.

그렇지만…….

"그래도 역시 나한테 더 어울리는 건 이런 거지."

허공에 나부끼는 머리카락 사이로 바람결에 섞인 속삭임이 흘러들었다.

"……너와 그 여자의 말처럼, 아무래도 나는 정말 너를 죽일 수는 없는 모양이니까."

두 쌍의 붉은 눈동자가 맞부딪치며 시선이 한데 얽혀들었다. 하지만 그 순간이 의미하는 것은 마침내의 단절. 완전한 종결의 선언이었다.

"그러니 다른 방법으로 끝을 내는 수밖에."

철컹.

착각처럼, 족쇄가 풀리는 듯한 소리가 귓가에 어른거렸다. 더 이상 주저하지 않고 데온이 몸을 돌렸다. 록사나는 결국 그를 붙잡지 못했다.

"황의 수장!"

"이게 도대체……!"

거의 동시에 위쪽의 통로에 당도한 사람들이 온몸이 넝마처럼 갈기갈기 찢긴 노엘 베르티움을 발견하고 아연실색하는 소리가 들렸다.

노엘은 난리통에도 밑으로 떨어지지 않고, 통로 가장자리의 아직 깨지지 않고 남은 유리 바닥 위에 아슬아슬하게 몸을 걸치고 있었다.

잠시 후 노엘 베르티움을 옮겨 상태를 살핀 사람이 위에서 소리쳤다.

"아직 숨이 붙어 있어!"

록사나는 데온이 사라진 자리를 잠깐 시간이 멈춘 것처럼 바라보다가 이내 시선을 끊어내듯이 고개를 돌렸다. 다시금 카시스를 향한 붉은 눈동자에 일순간 희미한 흔들림이 서리며, 동시에 온갖 감정들이 그 안에서 뒤섞여 깨져 나갔다.

카시스는 그런 록사나의 얼굴을 바라보았다. 그의 시선이 데온 아그리체가 서 있던 자리에 남은 핏자국과, 데온의 모습이 사라진 방향을 좇았다. 곧 카시스의 잇새에 지그시 힘이 들어갔다.

어느덧 밑으로 내려온 제레미가 황급히 록사나에게 뛰어오는 것이 보였다. 다른 곳의 상황도 어느 정도 정리가 되어 가는지, 바람을 타고 밀려드는 소음이 아까보다 한결 가라앉아 있었다.

한 차례의 거센 폭풍이 지나가고 난 뒤, 위그드라실에는 참혹하게 부서진 평화의 잔해만이 남았다. 두 마리의 짐승이 스스로 목줄을 끊고 각자의 주인을 배반한 날의 일이었다.

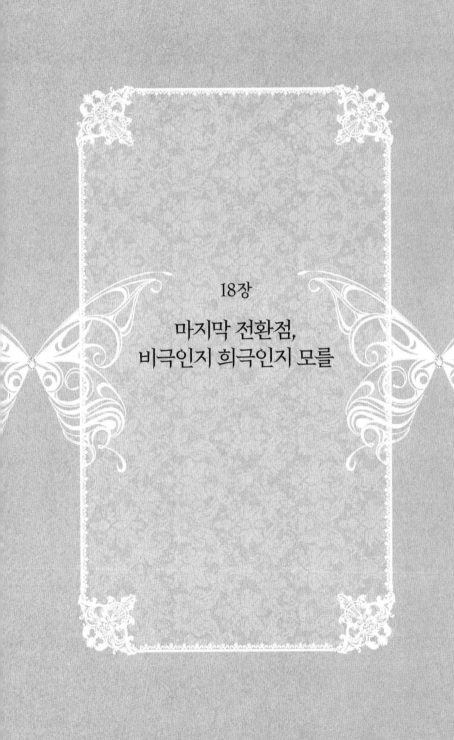

18장

마지막 전환점,
비극인지 희극인지 모를

위그드라실은 그 어느 때보다 적막했다.

폭풍은 한바탕 지나가고 난 뒤였지만 아직 사건이 완전히 종결된 것은 아니었다. 워낙에 엄청난 일이었다 보니, 아직 뒤처리할 것이 많이 남아 있었다.

인형들이 쓸고 간 자리를 정리하는 것도 고역이었다. 사상자가 많이 나온 만큼 곳곳에 널린 인형과 사람의 잔해를 수습하는 것은 보통 일이 아니었다. 눈앞에 펼쳐진 신랄한 광경에 참지 못해 구토하는 사람도 많았다.

"감히 이따위 짓을 벌이다니 미친놈이 아닌가?"

사상 초유의 사태를 맞아 수장들이 긴급히 한자리에 모였다.

"이런 새까만 속을 숨겨 두고 있었다니, 정신 나간 놈이라고밖에는! 노엘 베르티움에게 반드시 대가를 치르게 해야 하네."

히아킨 휘페리온이 테이블을 거칠게 내려치며 언성을 높였다. 분노를 태우며 강력히 주장하는 그의 말을 듣고 바드리사 가스토르가 조용히 입을 열었다.

"거기에는 동의하네만, 새까만 속을 숨겨 두고 있던 건 휘페리온도 마찬가지 아닌가?"

그에 히아킨이 얼굴을 굳혔다.

"위그드라실 안에서 마물을 불러들일 수 있다는 걸 지금까지 그렇게 감쪽같이 숨기고 있었을 줄이야."

히아킨을 향한 바드리사의 눈동자가 날카롭게 빛났다. 그녀가 지금 질책하고자 하는 건 단순히 휘페리온에서 마물에 대한 것을 숨기고 있었던 점이 아니었다.

"그래도 백번 양보해서 그건 그럴 수 있다고 쳐. 하지만 왜 좀 더 일찍 마물을 꺼내지 않았지?"

물론 인형들의 학살극이 빨리 막을 내리는 데 히아킨의 마물이 일조한 부분도 있었지만, 문제는 그의 대응에 이미 늦은 감이 없잖아 있다는 것이었다.

"휘페리온에서 비밀을 숨기려고 전전긍긍하면서 이것저것 재고 망설이지만 않았다면 지금보다 사상자 수가 절반은 줄었을 거야."

매서운 일침이었다. 이번 사태가 벌어졌을 때 가장 먼저 용기 있게 앞장서 적들을 저지하려 했던 사람 중 상당수는 가스토르 소속이었다. 그래서 이번 사상자 중에서는 가스토르의 피해자가 가장 많았다.

"……그 부분에 대해서는 할 말이 없군."

그러니 바드리사의 비난도 납득할 수 있었지만 히아킨도 그 말을 그냥 가만히 앉아 듣고만 있을 수는 없었다.

"하지만 가스토르도 이번 난장판 속에서 보니 짐에서 상당히 위험한 게 발견되었던데."

이번에는 바드리사의 입이 다물렸다.

"위그드라실 안에 약을 반입하다니, 기가 막히는군. 친목회 동안 가스토르와 어울리다가 거기에 덩달아 손을 대는 사람이 타 가문에서 나오면 이 일을 어떻게 책임질 생각이었지?"

인형들이 온갖 곳을 뒤지며 휩쓰는 동안 가스토르의 짐에 일부 섞여 있던 마약도 겉으로 드러나게 되었다. 얼마 전 화재 때 아그리체의 도움으로 가스토르의 치부가 발각되는 일 없이 무사히 넘어갔던 게 무색해지는 순간이었다.

"위험한 속을 감추고 있던 건 아그리체도 마찬가지지."

히아킨은 가스토르를 지적하는 데 그치지 않고 아그리체까지 겨냥했다.

"내가 정원에서 두 눈으로 똑똑히 봤네. 다들 몸에 무기를 숨겨 놨지? 위그드라실이 비무장 지대인 것을 모르지 않을 텐데. 역시 뱀에게서 난 건 뱀 새끼일 수밖에 없단 건가. 음흉한 것이 란트와 쏙 닮았군."

그 예리한 시선을 마주하며 제레미가 침착하게 대꾸했다.

"무기라기엔 조잡한 소지품일 뿐입니다. 제 형제들은 모두 성정이 소심하고 잔걱정들이 많아 혹시 모를 위급 사항에 대비한 것일 뿐이지요. 물론 마물을 숨겨 두고 있던 휘페리온에 비하면 한참 부족한 대비였음을 이번 기회에 절감했습니다."

한 수 배웠다는 듯이 겸양을 떠는 척하는 그 모습을 보고 히아킨이 눈을 선득하게 빛냈다.

"그리고 제 형제들이 위급한 상황에서도 최선을 다해 약자들을 보호하려 노력하는 동안 휘페리온의 후계자 된 이가 뒤에서 무엇을 하려 했는지를 생각하면, 지금 백의 수장께서 저희를 비난하실 자격은 없다고 생각됩니다만."

제레미가 차갑게 덧붙인 말에 히아킨이 바드득 이를 갈았다.

"그러고 보니 원래 오늘 외부 경비를 서는 것도 휘페리온의 차례가 아니었던가? 혹시 휘페리온의 후계자가 몹쓸 짓을 저지르려고 경비를 물린 건 아닌지 의심스러운데."

미간을 찌푸린 바드리사까지 한마디 더하자 히아킨의 얼굴이 더 일그러졌다. 하지만 그는 거기에서 더 이상 다른 말을 얹지는 않았다. 결국은 모두에게 흠집만 남긴 친목회였다. 오늘 일로 구린 속이 탄로 나지 않은 것은 페델리안뿐이었다.

마침내 히아킨이 의자에 깊숙이 몸을 기대며 입매를 비틀었다.

"무섭구먼. 이러다 란트 아그리체처럼 나도 페델리안에 단죄당하는 게 아닌가."

지난겨울 아그리체와 페델리안 사이에 있었던 일이 휘페리온에게 손해될 것이 없다 하여 따로 문제 삼지 않을 땐 언제고, 그가 이제 와서 이죽거렸다.

"……뭔가 착각하고 있군."

리셸은 서느렇게 언 얼굴로 그런 히아킨을 마주했다.

"페델리안은 지난겨울의 일을 단 한 번도 자랑으로 여긴 적 없네."

낮게 가라앉은 음성이 날 선 공기 속을 유영했다. 히아킨이 지금 구태여 그때의 일을 끄집어내는 이유를 모르지 않았다. 하지만 리셸은 나는 너희와 다르노라 부정하는 대신 그저 담담히 그 일을 자신의 과오라 인정했다.

"그건 분명 페델리안의 사적인 원한에 의한 보복이었지. 그 점을 부정할 생각은 없어. 합당한 이유가 있었다고 하나 그것을 해갈하는 방법마저 정당했다 여기지는 않아."

물론 그래도 그는 어떻게 해서든 란트 아그리체를 죽이고야 말았을 테고, 설령 다시 과거의 그날로 돌아간다 해도 똑같이 아들이 하려는 일을 지지하고야 말았겠지만.

"그러니 굳이 잘잘못을 따지자면 지금 이 자리에서 떳떳할 수 있는 사람이 누가 있겠나."

살얼음판을 기듯이 바짝 곤두서 있던 공기가 낮게 침몰했다.

"사감에 빠져 가장 시급한 일이 무엇인지 잊지 말도록 하지."

잠시 후 바드리사가 경직된 공기를 깨트리며 다시 말문을 열었다.

"위그드라실 밖으로 인형이 몇 구 빠져나간 것 같다 하니 지금은 그것을 처리하는 문제가 시급해."

"애초에 베르티움에서 벌인 일이니 황의 수장에게 일을 쉽게 해결할 다른 방법이 있지 않을까 싶은데…… 꼴이 저래서야."

모두들 몸이 걸레짝처럼 찢겨 아직도 의식이 없는 노엘 베르티움을 생각하며 미간을 좁혔다.

"황의 수장이 이런 미친 짓거리를 저지른 이유가 정녕 그 반시체인 인형 때문이란 말인가? 그게 뭐라고 그렇게까지 집착을."

"그 인형도 소란통에 밖으로 빠져나간 모양이던데요."

"노엘 베르티움을 저렇게 만든 것도 그 인형인 것 같다고 하더군."

"베르티움의 인형은 모조리 찾아 부숴 버려야 해! 그것들은 세상에 있어서는 안 되는 것들이야."

다른 수장들의 시선이 한 차례 제레미에게 머물렀다. 하지만 그들 중 누구도 베르티움의 인형을 모조리 부숴야 한다는 히아킨의 주장에 반대하지 않았다. 제레미도 도주한 닉스와 그를 쫓아간 데온을 생각하며 불편한 얼굴로 입을 굳게 다물었다.

곧 베르티움의 인형들을 쫓기 위한 추격대가 꾸려졌다.

“수장님, 나오셨습니까.”

회의실을 나서는 히아킨의 옆으로 심복들이 따라붙었다.

“오르카는 아직 의식이 없습니다.”

심복의 입에서 나온 이름을 듣고 히아킨은 씹어뱉듯이 읊조렸다.

“못난 놈. 고작 여자 하나 어쩌지 못해서 마물까지 꺼내 이 사달을 내?”

조카인 오르카가 무슨 짓을 하려다가 이 지경이 되었는지, 히아킨도 이야기를 전해 들었다.

참으로 기가 찼다. 어릴 때부터 온갖 사고를 쳐도 두둔하며 아껴 왔던 대가가 이것이란 말인가?

더군다나 오늘 있었던 일은 위그드라실 안에 있는 모두가 위험했을 정도의 엄청난 대사건이었다. 휘페리온에도 죽거나 다친 사람이 상당수 나왔다.

그런데 후계자라는 놈이 제 가문의 일원을 보호하지는 못할망정, 그 시간에 한가롭게 여자나 강제로 어떻게 해 보려고 시도하고 있었단다.

그 어처구니없는 소식을 듣는 순간, 히아킨은 오르카를 상대로 가늘게 유지되어 왔던 인내심이 비로소 완전히 끊어졌음을 느꼈다.

위그드라실 안에 있던 의원은 이미 죽어 버려 제대로 된 진찰을 할 수는 없었지만 오르카의 상태를 보면 중독이 의심스러웠다. 미심쩍은 구석이 있는 일이었으니 가문의 힘을 동원해 진상을 파악하려면 그럴 수도 있었다.

하지만 이제 히아킨은 오르카에게 완전히 정이 떨어져, 그를 위해 더 이상 어떤 노력도 기울이고 싶지 않아졌다. 정확히 말하면, 이제 오르카의 뒤를 닦아 주는 것에 질렸다고 하는 편이 맞았다.

애초에 오르카부터 가문을 보호할 일말의 생각조차 없지 않았던가. 그런데 가문에서 그런 놈을 보호해 줄 의무가 어디에 있단 말인가?

"이제부터 그놈은 내 후계자가 아니다. 그러니 누구도 내 앞에서 그 수치스러운 이름을 꺼내지 마라."

히아킨의 형형한 눈빛이 어찌나 서슬 퍼렇던지, 그의 뒤로 따라붙었던 심복들은 오르카에 대한 말을 차마 또다시 입에 담지 못했다.

추격대가 한창 준비 중일 때, 노엘 베르티움이 의식을 되찾았다.

그를 깨운 것은 리셸이었다. 리셸은 평소 가문의 능력을 사용하는 것에 회의적이었다. 그러나 이 경우 노엘을 깨워 위그드라실 밖으로 빠져나간 인형들의 기능을 멈추게 하는 것이 가능하다면, 그쪽이 불필요한 희생자를 줄일 수 있는 최선의 방법이라고 판단했다.

하지만 기대와 달리 노엘은 이미 위그드라실을 벗어난 인형들을 조종할 수 없었다. 게다가 그는 제대로 의사소통이 되는 상태도 아니었다.

노엘은 눈을 떠 정신을 차리자마자 거의 오열하다시피 섧게 흐느껴 울었다. 비록 리셸이 그를 회복시키기는 했지만 그것은 완전한 치료가 아니었다.

단지 노엘은 정신을 되찾아 겨우 말을 할 수 있을 정도로만 몸이 회복되었을 뿐, 여전히 심각한 부상을 입을 상태였다.

난도질당하다시피 참혹하게 찢긴 그의 온몸에는 붕대가 휘감겨 있었고, 그것은 상처에서 흘러나온 피로 이미 흠뻑 젖어 있었다.

하지만 노엘은 단순히 몸이 아파서 우는 것 같지 않았다. 그는 굉장한 정신적 충격을 받은 것 같은 모습이었다. 단테와 닉스의 이름을 번갈아 중얼거리며 우는 모습이 상당히 불쌍하고 애처로워 보였다.

수장들이 닦달하자 노엘은 흐느끼면서도 웅얼거리며 설명했다. 그는 인형과 근접했을 때만 명령을 내릴 수 있다고 했다.

노엘이 위그드라실에 오기 전 인형들에게 입력한 명령은 '닉스를 찾아 데려오라'는 것이었으니, 위그드라실을 빠져나간 인형들도 분명 그를 쫓아갔을 것이라고 했다.

"왜 그렇게까지 그 인형에게 집착하는 거지?"

수장들이 의구심을 느끼며 묻자 노엘의 입에서 더듬더듬 흘러나온 말은 너무 횡설수설한 데다 울음에 반쯤 먹혀 발음을 알아듣기 어려웠다. 몸 상태가 워낙에 나쁜 탓에 목소리가 잔뜩 메마르고 갈라져 있기도 했다.

그리고 가까스로 알아들은 그의 말은 상상했던 것보다 더 기가 막혔다.

그 소식은 록사나의 귀에도 들어갔다.

심복 단테가 죽어서, 인형술에 성공한 닉스의 심장을 그에게 이식해 다시 살리려 했다는 이야기를 듣고 나니 노엘 베르티움의 극단적인 기행이 이제야 이해가 갔다.

추격대의 준비에 더욱 박차가 가해졌다. 문제는 인형들이 위그드라실 안에서 그랬던 것처럼 밖에서도 방해물로 여겨지는 사람들을 모조리 죽일 것이라는 점이었다. 위그드라실 안의 정리가 마무리되기도 전에 서둘러 중장비로 무장한 사람들이 모였다.

베르티움의 인형들을 모두 찾아 부수는 것이 목적이었다. 목표물에는 닉스 역시 포함되어 있었다.

"누나. 추격대가 곧 출발할 것 같아."

상황을 엿보고 온 제레미가 록사나에게 다가와 소리 죽여 속삭였다.

"우리도 따로 움직일까?"

록사나의 눈이 낮게 가라앉았다. 마지막으로 보았던 닉스와 데온의 모습이 눈앞에 안개처럼 이지러졌다.

데온은 분명 닉스를 쫓아갔을 것이다. 둘 다 부상을 입은 몸이었으니 멀리 가지는 못했을 것이 분명했다.

처음에 그녀는 닉스와 데온의 일을 아그리체에서 해결해야 할 가문 내의 문제라 생각했다. 그래서 카시스에게도 도움을 요청하지 않았고, 그 대신 제레미만 데려갔던 것이다.

그러나 이제 이 일은 조용히 해결할 수 있는 수준을 넘어섰다.

"아니. 굳이 찾을 필요 없어."

록사나는 냉정하게 대답했다. 추격대는 닉스를 발견하는 순간 곧장 그를 처리할 것이다. 하지만 그 전에 데온이 먼저 닉스를 죽일 수도 있다. 혹은, 이미 작지 않은 부상을 입고 있는 데온 역시 그 과정에서 무사할 수 없을지도 모른다.

그래도 상관없다. 어쩌면, 차라리 눈에 보이지 않는 곳에서 둘 다 죽어 버리는 편이 가장…….

그러나 록사나는 그 상념의 끝에서 주먹을 쥔 손에 지그시 힘을 주고 말았다. 손바닥을 세게 파고든 손톱이 부러질 것처럼 휘어졌다.

불과 한두 시간 전쯤, 그 시각, 그 장소에서……. 산란하는 햇빛 조각과 함께 추락하기 직전 데온의 손에 붙들렸던 부분이 다시금 타들어 가는 것처럼 쓰려왔다.

눈앞에서 그의 팔이 잘려나가던 순간과, 그녀를 뒤로 밀쳐내던 강한 힘이 순식간에 사라진 그 순간의 선득한 감각도 함께 쓸려 왔다.

"사나야⋯⋯!"

그리고 머리 위에서 날카롭게 귓전을 울리던 닉스의 그 외침과⋯⋯.

"⋯⋯아무래도 나는 정말 너를 죽일 수는 없는 모양이니까."
"그러니 다른 방법으로 끝을 내는 수밖에."

마지막 순간 시야에 부스러지던 미소와 함께 귓가에 번져 들던 그 나직한 목소리도.

하지만 지금 그런 것을 떠올리면 안 된다. 록사나는 속에서부터 서서히 차오르는 것들을 밟아 짓눌렀다.

제레미의 시선이 록사나의 싸늘하게 식은 얼굴을 응시하다가, 이내 느슨히 힘이 풀어지는 그녀의 손을 스쳐 지나갔다.

"그럼 난 나가 볼게, 누나."

아그리체 내에서는 그래도 사망자가 없었지만 부상을 입은 형제들은 있었고, 그 밖에도 아직 위그드라실의 내부 정리도 한참 남은 실정이었기 때문에 수장인 그가 가 보아야 했다.

하지만 그 전에 들를 곳이 있었다. 막 문을 열고 밖으로 나서던 제레미가 그 앞에 서 있는 사람을 발견하고 멈칫했다.

제레미는 조용히 물러났다. 그 자리에 다른 사람이 들어섰다.

"록사나."

문이 닫히고, 나직한 음성이 창가에 선 록사나를 불렀다. 그제야 그녀의 시선이 움직였다.

"카시스."

창문 앞에 멈추어 있던 걸음이 한 발짝 옮겨졌다. 하지만 그녀의 발길은 더 이상 이어지지 않고 거기에서 멈추었다. 록사나는 피투성이이던 카시스의 어깨와 등을 떠올리며 입술을 깨물었다.

카시스도 곧 출발할 추격대에 속해 있었다. 그 역시도 부상을 입었지만 세 무리로 나누어질 추격대를 이끌 만한 마땅한 사람이 없어 결국 앞으로 나서게 되었다. 의원이 없어 제대로 된 치료를 받지 못한 것은 카시스도 마찬가지였다.

물론 그에게는 놀라운 회복력이 있어 데온에게 관통당한 어깨나, 추락하면서 찢기고 부러진 부분 등은 대부분 저절로 치료가 되었다.

하지만 여유가 없어 대충 조치한 등에는 아직 유리 조각이 박혀 있을 위험성이 있어 치유력을 사용하지 못하고 있었다.

그 모든 상처는 결국 그녀 때문에 생긴 것이었다.

"미안해."

록사나가 굳은 얼굴로 읊조렸다. 카시스는 그런 그녀를 잠깐 말없이 바라보았다. 록사나는 카시스에게 가책을 느끼는 것 같았다.

"사과할 일도, 사과받을 일도 아니야."

하지만 카시스에게 있어서 그녀를 혼자 내버려 두지 못했던 것은 너무도 당연한 일이었다.

그리고……. 카시스는 록사나를 지키기 위해 당연하다는 듯이 움직였던 또 다른 사람을 생각했다.

카시스의 눈동자가 설핏 아래로 내리깔렸다. 지금 그의 앞에 있는 사람의 마음을 산란하게 만드는 이유가 한 가지만이 아님을 알고 있었다.

지금 록사나가 느끼는 무거운 감정도 카시스에 대한 미안함 하나뿐이 아님을 알았다. 그리고 그를 향한 미안함마저도 한 종류가 아니라는 것 역시도.

그것을 그냥 모른 척할 수도 있었다.

"추격대의 준비가 끝났어. 이제 출발할 거야."

하지만 카시스는 눈을 한 번 길게 감았다 뜬 뒤, 록사나를 향해 입을 열었다.

"그래도 상관없어?"

카시스의 시선이 록사나를 직시했다. 록사나는 지금 그가 그녀에게 말하고자 하는 것이 무엇인지 깨달았다.

"상관없어."

한 치의 주저함도 없는 대답이 뒤따랐다. 꼭 정해진 답을 읊는 것처럼 조금의 망설임도 느껴지지 않는 무감한 음성이었다. 하지만 오히려 그렇기 때문에 카시스는 다시 한번 물을 수밖에 없었다.

"데온 아그리체가 닉스를 죽이는 건?"

"이젠 상관 안 해."

"그럼 닉스나 다른 사람이 데온 아그리체를 죽이는 건?"

이번에도 록사나는 냉철하게 느껴질 정도의 단호함으로 목에서 맴도는 감정을 잘라냈다.

"그것도 상관없어."

만약 추격대가 닉스를 발견했을 때 아직 그가 살아 있다면, 분명 그

전에 데온 아그리체라는 방해물을 맞닥뜨려야 할 것이다. 그는 자신 외의 다른 사람이 닉스를 죽이는 것을 용납하지 않으려는 것 같았으니.

하지만 데온 아그리체는 추락할 때 부상을 입은 데다 팔까지 잘려 출혈이 큰 상태로 닉스의 뒤를 쫓았다. 그러니 반대로 닉스나 추격대에게 데온이 당할 수도 있었다.

카시스는 다시 입을 다문 채로 록사나에게 미동 없는 시선을 보냈다. 그의 표정에는 변화가 없어, 지금 무엇을 생각하고 있는지 쉬이 짐작하기가 어려웠다.

저벅.

불현듯, 카시스가 문가에 멈춰 있던 걸음을 뗐다. 빠르지도 느리지도 않은 발걸음이었지만, 그것은 머뭇거림 없이 곧게 이어졌다.

어느새 성큼 가까워진 두 사람의 그림자가 겹쳐졌다. 카시스가 고개를 기울여 그녀의 입술을 베어 물었다. 그러는 바람에 덩달아 뒤로 젖혀진 록사나의 얼굴과 목덜미를 단단한 손이 받쳤다. 벌어진 입술 사이를 파고든 혀가 안쪽을 거칠게 헤집었다.

"록사나."

하지만 그것은 지극히 짧은 순간이었다. 곧이어 얕게 맞닿은 입술을 타고 단호한 속삭임이 흘러들었다.

"가."

지척에서 눈이 마주쳤다. 정면으로 응시해 오는 금색 눈동자가 그녀의 얼굴을 감싼 손길만큼이나 단단하고 곧았다.

"지금이 아니면 앞으로 두 번 다시 기회는 없어."

그 강렬한 눈빛이 마치 영혼까지 꿰뚫는 것 같았다.

"그러니까 가."

카시스가 다시금 단호하게 읊조린 순간, 록사나는 심장 안쪽이 꽉 조여드는 것을 느끼며 저도 모르게 눈꺼풀을 잘게 떨고 말았다. 아까부터 그녀의 머릿속에 부유하던 생각을…… 누구의 앞에서도 입 밖에 낼 마음이 없었다.

이것은 분명 그녀답지 않은 미련이었다. 게다가 이런 상황에서는 그런 생각을 하는 것 자체만으로도 면목이 없다고 느껴지기도 했다. 그러니 애초에 그런 마음이 없는 것처럼 그녀 자신부터 외면해 줄 셈이었다.

하지만 지금 이대로 있으면 분명 앞으로도 계속 이 미련을 등 뒤의 발자국처럼 매달고 가야 할 것이란 사실을 어렴풋이 예감하고 있었다.

그런데 마치 그녀의 마음을 들여다보기라도 한 것처럼 지금 카시스가 등을 떠밀어 주었다.

"지금 바로 가서……."

얼굴을 감싼 뜨거운 손이, 귓가에 흘러드는 곧은 음성이, 그리고 조금의 흔들림도 없이 정면으로 마주해 오는 눈빛이 더 이상 그녀가 외면하는 것을 허락하지 않았다.

"스스로 납득할 수 있는 결말을 내고 와."

파문이 일던 붉은 눈동자가 마침내 고요하게 가라앉았다. 록사나는 입술을 지그시 깨물었다.

곧 그녀가 고개를 들어 조금 전의 카시스처럼 그에게 짧지만 강하게 입을 맞추었다. 그런 뒤 그녀는 지금까지의 망설임을 깨끗이 던져 버리고 곧바로 그 자리를 떠났다.

위그드라실 밖으로 나온 록사나는 곧장 독나비를 풀었다.

'그들을 찾아서 어떻게 하려고?'

마음 깊은 곳에서 조롱 어린 물음이 울렸다. 록사나는 대답했다.

'나도 몰라.'

하지만 그녀는 선택했고, 이제는 그 길의 끝을 향해 곧장 앞으로 나아가야만 했다.

곧 독나비가 신호를 보내왔다. 록사나는 그것을 따라 주저 없이 달렸다. 거의 동시에 위그드라실을 나선 카시스도 추격대를 이끌고 이동했다.

먼저 수색에 동원되었던 휘페리온의 마물이 인형들의 흔적을 찾아냈다. 추격대는 서둘러 그 뒤를 쫓았다. 그들의 최우선 목적은 다른 사람들을 공격할 위험이 있는 베르티움의 인형을 부수는 것이었고, 카시스는 자신의 책임을 소홀히 할 생각이 없었다.

카시스가 이끄는 추격대는 가장 많은 인형들이 밀집된 북서쪽으로 향했다. 닉스와 데온 아그리체가 있을 것이라 예상되는 것도 같은 방향이었다.

추격 끝에 위그드라실을 빠져나온 베르티움의 인형들을 발견했다. 아까 기습당했을 때와 달리 이번에는 단단히 무장한 사람들이 인형들을 가차 없이 분해했다. 인형들이 흩어져 있었기 때문에 그들을 모두 찾아 부수는 데에는 다소의 시간이 소요되었다.

북서쪽에 포진한 인형의 기능을 완전히 멈추게 한 다음 고개를 들었을 때, 어느덧 하늘에는 해가 저물고 있었다. 추격대는 마지막으로 닉스를 찾아 발길을 독촉했다.

카시스는 손을 그어 소지하고 있던 돌에 피를 묻혔다. 그것은 데온 아그리체의 방에 남아 있던 록사나의 주술석이었다. 가까운 서식지에 있던 마물들이 금방 떼를 지어 몰려들었다.

"마물이다!"

"갑자기 마물이 어디서⋯⋯!"

중장비로 무장한 사람들은 인형과 마찬가지로 마물도 어렵지 않게 도륙 냈다. 다만 마물들이 끊임없이 몰려들었기 때문에 그 자리에서 발목을 붙잡혀 더 이상 앞으로 나아가지 못했다.

저 앞에 닉스와 데온 아그리체, 그리고 록사나가 있을 것이다. 그러니 카시스는 이 중 누구도 그녀를 방해하지 못하게 할 것이었다.

촤악!

그는 선득하게 눈을 빛내며 앞으로 달려드는 마물을 동강 냈다.

낮과 밤의 경계.

붉은 노을이 시선 끝에서 핏물처럼 질척하게 흘러내리고 있는 시간이었다.

'왜 나는 지금 아실을 쫓고 있는가?'

데온 아그리체는 스스로에게 질문했다. 지혈을 따로 하지 않아 피를 많이 흘린 탓인지 평소에 비해 머리 회전이 느렸다.

눈앞의 풍경과 몸을 스치는 공기, 그리고 지금 이 순간을 이루고 있는 시간도 아주 느리게 흐르는 느낌이었다. 그 속에서 데온은 피비린내 섞인 숨을 깊게 들이마셨다.

'그가 시작점이니까.'

아실 아그리체. 데온이 태어나 처음으로 제 손에 피를 묻혀 죽인 사람.

록사나 아그리체. 그 아실의 여동생.

그전까지, 데온에게 있어서 그들은 세상 다른 모든 것과 마찬가지로 그저 의미 없이 스쳐 지나가는 아그리체의 부산물 중 하나였을 뿐이었다.

데온은 아실을 죽일 때 별다른 감정적 동요를 느끼지도 않았다. 그것은 명백한 데온의 첫 살인이었지만 거부감이나 두려움 같은 감정을 느끼기에 그는 너무나 메말라 있었다.

그의 이복형이 아버지의 다리에 매달려 우는 그 처절한 모습을 보고서도, 데온은 그저 볼썽사납다고 무감하게 생각했을 뿐이었다.

다만 그날을 기점으로 눈에 보이지 않는 내면의 무언가가 아주 미약하게 달라졌다는 것을 느꼈다. 하지만 그것은 종이의 앞면과 뒷면을 뒤집어 놓은 것만큼의 실낱같은 변화였다.

그래서 데온은 그런 감각을 금방 지워 버렸다. 그 후로도 가끔씩 저택 내에서 아실의 어머니와 여동생을 보았지만 데온은 그전까지 그랬던 것처럼 그들을 없는 사람처럼 무시했다.

하지만 그리 오래지 않아 대만찬 자리에서 록사나를 보게 된 것은 데온으로서도 미처 예상하지 못했던 특이한 일이었다.

아버지가 진저리칠 정도로 쓸모없고 약하기 짝이 없었던 아실과 달리, 록사나는 그때부터 이미 거의 완성된 아그리체였다.

그 작은 여자아이는 어딘가 기묘한 구석이 있었다. 록사나는 아실과도 다르고, 다른 아그리체의 형제들과도 어딘가 달랐다.

그 차이가 무엇인지 정확히 정의 내려 설명할 수는 없었지만, 어쨌든 그 묘한 간극을 데온은 기민하게 알아차렸다. 그리고 록사나는 분명 데온에게 강렬한 적대감을 품고 있었다.

하지만 어디선가 전해져 오는 찌를 듯한 살의를 알아차린 데온이 그녀 쪽으로 조용히 눈길을 돌릴 때면, 록사나는 그런 감정을 금방 다시 능숙하게 숨겼다.

그것이 사실 때문이라는 것을 깨달았을 때, 데온의 안에서는 지금까지 자신에게 있었는지조차 몰랐던 낯선 감정이 싹을 틔웠다.

그 감정과 가장 근접한 단어는 호기심이었다. 록사나가 열다섯 살의 마지막 월례 평가를 치르던 날 감독관을 자처한 것도 그런 이유 때문이었다.

그리고 그날, 데온은 어찌 보면 그의 인생의 처음이자 마지막 전환점이라 할 만한 것을 맞이하게 되었다.

쏴아아…….

문득 멀리서 불어온 바람이 데온의 머리칼을 헝클어뜨렸다. 무릎까지 웃자란 풀이 바람에 휩쓸려 일제히 넘실거리는 광경이 숫제 거세게 파도치는 바다 같았다. 황혼에 물든 농도 짙은 공기가 숨을 한 번 들이마실 때마다 폐부 깊숙이 들어찼다.

그 속에서 마침내 데온은 닉스를 발견했다. 파도치는 들판의 한가운데에서 부스러질 듯이 반짝이는 금빛 머리칼이 두 눈에 찌를 듯이 박혀 들었다.

부상 때문에 추격이 늦어진 탓에 여기까지 뒤따라오는 데 생각보다 시간을 많이 할애하게 되었다. 닉스 역시 데온의 존재를 알아차린 듯이 자리에 멈추어 섰다.

곧 그가 낙조를 등진 채 뒤돌아보았다.

"왜……."

닉스는 기필코 여기까지 자신을 쫓아온 데온을 보고 부스러진 숨을 내뱉었다.

"왜 날 가만히 내버려 두지 않는 거야?"

전부 다 지겨웠다. 끝나지 않는 악몽도, 지옥 끝까지라도 그를 뒤따라올 것이 분명한 저 데온 아그리체라는 괴물도.

닉스는 이미 그의 주인이던 노엘을 이 손으로 난도질했다. 더 이상 그는 누구도 죽이고 싶지 않았다.

하지만 저 괴물은 그의 뒤에 그림자처럼 달라붙어 끊임없이 종용했다.

쏴아아.

시야에 번져 든 낙조가 어지럽게 일그러졌다. 그 한가운데에 우뚝 솟은 검은 그림자가 점차 거리를 좁혀 왔다. 귓가에 괴물의 목소리가 울렸다.

'둘 중 하나, 혹은 둘 다 죽기 전까지 끝은 없다'고.

닉스는 이를 꽉 물었다. 줄곧 열다섯에 머물러 있던 소년의 매끈한 턱이 팽팽하게 조여졌다. 붉게 물든 공기가 숨 막히게 고인 그곳에서 마침내 두 사람은 격돌했다.

카앙!

위그드라실에서 빠져나오기 전에 이미 이 순간을 예상하고 무기를 들고 나왔는지, 닉스는 맨손이 아니었다. 아까 건물의 통로 위에서 넋을 놓고 망연히 데온이 하는 양을 바라만 보고 있던 그는 어디에도 없었다.

닉스는 지금, 진심으로 사력을 다해 데온을 공격했다. 살기 위해서, 그리고 지금 눈앞에 있는 데온을 죽이기 위해서.

닉스가 이처럼 이를 악물고 누군가를 향한 살의를 태우는 광경을 보는 것은, 데온으로 하여금 희열 비슷한 감정을 느끼게 했다.

록사나는 분명 이곳으로 올 것이다. 막연한 예감이었지만, 데온은 확신할 수 있었다. 지금도 그녀가 아주 가까이에 있다는 것이 느껴졌다.

챙강! 챙!

그날, 아실의 환각을 눈앞에 두고 록사나는 울었다.

"꺼져, 데온."

"너 따위의 손에 아실을 두 번 죽게 하지는 않을 거야."

그래, 바로 그 순간이었다. 불꽃처럼 타오르는 눈동자가 정면에서 그를 꿰뚫었던 바로 그 한순간. 데온은 눈앞에서 유성 조각처럼 떨어져 내리는 그 반짝이는 눈물에서 어쩐지 시선을 뗄 수가 없었다. 무채색이던 그의 세상이 처음으로 선명한 색채를 입은 순간이었다.

왜 그녀만이 특별했는지, 그 이유는 여전히 알 수 없었다. 단지 그때 본 그 눈물만이 그에게 유일하게 의미가 있었고, 그때의 기억을 되짚어 떠올리는 것만으로도 속에서 갈급한 허기가 이는 것 같았다.

그 후 데온은 스스로도 납득하지 못할 집요함으로, 지금까지 그랬던 것보다 더욱 끈질기게 록사나를 시선으로 좇았다.

그러다가 문득 그는 궁금해졌다.

왜 록사나는 수치스럽게 폐기 처분 당해 죽은 아실 따위를 위해 눈물을 흘렸을까?

아실에게 그럴 만한 가치가 있는 것인가?

데온은 아직도 그 답을 알지 못했다. 그런 면에서 데온은 록사나가 경멸하는 아버지 란트와 생각 이상으로 많이 닮아 있는지도 몰랐다.

그는 자식도 형제도 아무런 거리낌 없이 죽이는 인간이었고, 그것은 데온도 마찬가지였다. 그러니 자신의 최후 또한 그와 비슷할 것이라고, 데온은 오래전부터 그렇게 건조하게 예상하고 있었다.

그리고 이렇게 다시금 아실과 마주한 지금, 데온은 또 궁금해졌다. 만약 지금 또 한 번 아실이 죽는다면, 그녀는 다시 그때처럼 눈물을 흘릴까? 더 이상 예전과 같은 아실이 아니게 된 지금에도, 록사나는 그를 위해 울어 줄까?

그 아실이⋯⋯. 이제는 그녀가 그토록 혐오해 마지않는 다른 아그리체의 형제들과 데온 쪽에 가까워졌다고 해도.

사악!

닉스의 손에 들린 무기가 데온의 가슴을 비스듬히 베었다. 데온도 손을 움직여 닉스의 허리를 찢어 냈다. 동시에 피가 솟구쳤다.

데온은 일그러진 닉스의 얼굴을 보며 이번에는 그의 심장을 관통할 생각으로 팔을 치켜들었다. 죽은 아실은 분명 록사나의 세상에서 가장 아름답게 빛나고 있는 존재일 것이다. 가장 깨끗하고 아름다울 때 죽어, 그 상태 그대로 그녀의 기억 속에 영영 박제되었기 때문이다.

그러니 어떤 의미로, 죽은 사람은 재가 되어 이 세상에서 영원히 사라지는 것임과 동시에 누군가의 안에 영원불멸하게 남겨진다고도 할 수 있을 것이다.

아⋯⋯.

그 순간, 데온은 이제야 자신이 원하는 것이 무엇인지를 알 수 있을 것 같았다. 록사나의 소중한 사람을 죽이면, 그녀는 절대 그를 용서하지 않을 것이다.

그래.

데온이 바라는 것은 바로 그것이었다.

지금, 아실을 죽인 뒤⋯⋯.

챙강!

록사나의 손에 죽는 것.

화아앗!

깨달음의 순간, 눈앞에 거대한 나비 떼가 날아들었다.

"……!"

귓가에 누구의 것인지 모를 음성이 아우성쳤다.

바로 지금. 지금이 바로 그가 오랫동안 기다려 왔던 순간이었다. 록사나가 그에게서 아실을 지키러 온 바로 이 순간.

모든 것을 휩쓸 듯이 덮쳐 오는 붉은 폭풍 속에서 데온은 비로소 충족감에 젖어 웃었다. 4년 전 록사나의 눈물을 보았던 날부터 줄곧 그의 가슴 속에 시시한 의문으로 남아 있던 것.

'만약 내가 죽어도, 누군가 저렇게 슬퍼해 줄까?'

─아니.

'만약 내가 죽어도, 누군가 나를 위해 저렇게 뜨거운 눈물을 흘려 줄까?'

─그것 역시…… 아니.

이제야 예전부터 저 멀리서 흐릿하게 깜빡이며 어른거리던 빛에 손이 닿았다. 사실 데온이 정말 보고 싶었던 것은 아실을 위해 우는 록사나의 모습 같은 것이 아니었다.

그래, 시에라의 말이 맞았다.

그는 록사나를 죽일 수 없었다. 그렇다면 차라리 그녀의 손에 죽고 싶었다. 그것으로 그녀의 안에서 영원히 지워지지 않을 흉터가 되고 싶었다. 그렇게 되면 이 깊은 공허도 비로소 채워질 것 같았다.

아득해지는 시야 너머로 모든 것이 흐려져 갔다. 조금 전까지 서로의 심장을 노리고 있던 사람도, 마침내 저 멀리서 황혼을 등지고 나타난 사람도.

데온은 무기를 들고 있던 손에서 힘을 풀었다. 예리한 날붙이가 그의 눈을 찌를 것처럼 목전까지 다가들었다. 하지만 곧 그마저도 붉은 폭풍우에 휩쓸렸다.

그의 생에 이토록 감미로운 순간은 또 없었다. 곧 다가올 온몸을 뜯기는 고통조차 기꺼이 웃으며 받아들일 수 있을 것 같았다.

데온은 록사나의 붉은 나비 떼에 집어삼켜지며 눈을 감았다.

마침내 맞이하게 된 종막.

그에게는 과분할 정도로, 더할 나위 없이 완벽한 끝이었다.

푸드덕!

문득, 한 무리의 새 떼가 붉은 하늘을 가르며 날아올랐다. 머리 위에서 지저귀는 소리를 따라 시에라는 고개를 들었다. 노을에 주홍빛으로 물든 머리카락이 미적지근한 바람을 타고 흩날렸다.

……괜한 기분일까.

어쩐지 저 멀리서부터 묘하게 날카로운 공기의 파동이 전해져 오는 것 같았다. 아까부터 뺨을 스치는 바람이 어딘가 어수선하게 느껴졌다.

시에라는 들고 있는 바구니를 고쳐 잡으며 바람이 불어오는 곳을 응시했다.

"시에라, 저녁 식사 준비 다 됐어! 어서 들어와!"

건물 안에서 그녀를 부르는 마리아의 음성이 들려왔다. 그 후로도 얼마간 푸른 눈동자는 석양이 지는 곳을 떠날 줄 몰랐다. 하지만 결국 그 안에 비쳐든 것은 고즈넉한 해 질 녘의 풍경뿐이었다.

결국 시에라는 다시금 자신을 재촉하는 목소리를 따라 지는 해를 등지고 뒤돌아 자리를 떠났다.

쏴아아…….

고요한 바람이 그 빈자리에서 이후로도 오랫동안 맴돌았다.

19장

이야기의 끝과 시작

사건이 일어나고 얼마간의 시간이 지났다.

위그드라실은 언제 수많은 사람들로 북적였냐는 양 한산해져 있었다. 끔찍한 일이 일어났던 그 장소에 누구도 오래 머물고 싶어 하지 않았기 때문이다.

그러나 움직이기 어려울 정도의 부상을 입은 사람들은 각자의 가문으로 돌아가지 못하고 어쩔 수 없이 그 자리에 남을 수밖에 없었다. 다른 곳에서 급히 데려온 의원들이 다친 사람들을 치료했다.

그 밖의 부상자들을 돌보기 위해 남아 있기로 한 일부 사람들을 제외하고는 모두 치를 떨며 뒤도 돌아보지 않고 핏자국이 낭자한 위그드라실을 떠났다.

노엘 베르티움도 위그드라실에 남은 부상자 중 하나였다. 특히 그는 거동조차 하지 못할 정도의 심각한 부상을 입은 사람 중 하나였기 때문에 당연히 위그드라실의 땅을 벗어날 수 없었다.

문제는 인형들이 일으킨 학살극의 주범인 노엘에게 극렬한 반감을 가진 사람들이 위그드라실 안에 많았다는 것이다. 그래서 사건이 끝난 이후 가장 큰 위험 앞에 노출된 사람은 반대로 노엘이 되었다.

사람들을 위그드라실에서 급히 내보냈던 이유 중 하나도 노엘 베르티움에게 분노하며 들고일어난 이들이 지나치게 많아서였다.

그나마 위그드라실을 탈출한 인형들을 뒤쫓았던 추격대가 사망자 없이 임무를 완수하고 돌아온 것이 다행이었다. 부상을 입은 사람도 일부 있지만 그 정도는 미미했다.

만약 또다시 죽거나 크게 다치는 사람들이 나왔다면, 이번에야말로 사람들은 폭동이라도 일으켜 노엘을 끌어내 죽였을지도 몰랐다.

노엘 베르티움이 이런 일을 벌였던 궁극적인 목표인 닉스도 죽은 것으로 확인되었다.

추격대가 발견했을 때, 그는 이미 숨이 끊어진 채 마물들 사이에 파묻혀 있었다. 게다가 육체가 심각하게 훼손되어 있기까지 한 상태였다. 특히 얼굴 부분이 심하게 뭉개져 알아보기 힘들 지경이었다.

하지만 닉스의 흔적이 그 자리에서 완전히 끊긴 데다, 근방을 아무리 뒤져도 다른 인형은 발견되지 않았기 때문에 결국 그것은 닉스가 맞는 것으로 결론지어졌다.

계속 의식이 오락가락하다가 때마침 깨어난 닉스의 주인 노엘과 살아생전 그의 여동생이었던 록사나 등, 닉스의 신체 특징을 잘 아는 사람들에게 차례로 확인한 결과이기도 했다.

아마도 위그드라실을 떠나 도주하던 중에 갑작스럽게 몰려든 마물 떼에게 당한 것 같다고 사람들은 추측했다.

그것이 약 닷새 전의 일이었다.

"준비가 끝났습니다."

"그래. 곧 갈게."

사용인이 물러난 뒤, 판도라는 등 뒤에 있는 건물을 마지막으로 한 번 올려다보았다. 그녀의 얼굴은 썩 밝지 못했다.

판도라는 이제 위그드라실을 떠날 예정이었다. 그녀는 진작 휘페리온으로 돌아간 가문의 다른 사람들과 달리 아직 위그드라실에 남아 있었다.

바로 오르카 때문이었다. 그는 사건 당일 기절한 뒤로 줄곧 정신을 차리지 못했다. 온몸이 고열로 끓는 것과 반대로 입에서 새어 나오는 숨결은 얼음장처럼 찼고, 열에 시달리며 환각이라도 보는 것처럼 가끔 헛소리를 지껄이기도 했다.

의원들이 오르카를 살폈으나 한결같이 원인을 알 수가 없다며 고개를 저었다. 그들은 중독이 의심스럽긴 하지만 아닐 수도 있다며 긴가민가한 얼굴로 고개를 갸웃거렸다. 그들이 알기로는 오르카 같은 증상을 야기하는 독이 세상에 없다는 것이었다.

그러면서 그들은 어쩌면 그냥 위그드라실 내에서 마물을 소환하고 거기에 더해 그것을 강제로 역소환당하기까지 한 여파로 부작용이 나타난 것일 수도 있다는 결론을 내렸다.

휘페리온의 수장인 히아킨 역시 정말 오르카에게 완전히 신경을 껐기 때문에 판도라도 더 나설 수 없었다.

그러던 중, 오르카가 가까스로 정신을 차린 것이 바로 어젯밤이었다. 판도라는 미우나 고우나 제 사촌인 오르카를 염려해 그의 방에 들렀다.

"그 여자…… 어디 있어? 가만두지 않을…….."

하지만 그는 정신을 차리자마자 곧장 눈을 뒤집으며 록사나에 대한 적의를 불태웠다. 혀를 다친 탓에 발음이 엉망이었지만 오르카가 몇 번이나 같은 말을 되풀이했기 때문에 곧 그 의미를 파악할 수 있었다.

그런 그를 보고 판도라는 참담한 심정을 느껴야만 했다.

"할 말은 그게 다야? 너, 지금 네가 어떤 상황인지나 알아?"

그것은 오르카에 대한 실망과 분노, 그리고 어찌할 수 없는 답답함을 동반한 복잡한 감정이었다. 무언가에 한번 몰두하기 시작하면 주변의 다른 것은 전부 잊는 습성 때문인지, 그는 지금 자신이 어떤 처지인지도 모르는 것 같았다.

"록사나 아그리체…… 당장……."

오르카는 여전히 록사나만 불러 찾았다. 그런 걸 보면 혹시 오르카가 이렇게 된 게 록사나 때문인가 싶었지만, 또 다른 한편으로는 단지 그녀가 제 뜻대로 되지 않은 것이 분해서 이러는 것 같기도 했다.

하지만 어느 쪽이든 간에, 애초에 먼저 나쁜 의도로 접근한 건 오르카가 아니었던가?

위그드라실이 아수라장이 된 그런 긴박한 상황에서 마물까지 대동하고 록사나를 몰래 찾아간 건 아무리 봐도 수상하다고밖에 할 수 없었다.

게다가 두 사람을 발견한 당시에 록사나의 몸에는 오르카의 마물

의 것으로 보이는 식물 수액도 묻어 있었다. 그러니 솔직히 오르카가
이런 꼴이 된 것은 자업자득이라고 할 수 있었다.

그래도 증상이 심상치 않은 것 같아 걱정했는데, 눈을 뜨자마자 이렇
게 록사나 아그리체를 찾는 걸 보니 당장 죽을 상태는 아닌 모양이었다.

판도라는 지금까지와 달리 다소 싸늘하게 변한 눈빛으로 오르카를
보며 말했다.

"네가 소란을 틈타 다른 가문의 여자를 강제로 어떻게 해 보려 하다가 걸
렸다는 소문이 위그드라실 안에 퍼졌어. 정신을 차렸으면 일단 그것부터 해
명하는 게 좋을 거야. 오해가 있으면 그렇다고 하고."

지금 오르카가 당면한 가장 큰 문제는 후계자 자리를 박탈당했다
는 사실이었다. 그러니 일단 치욕적인 오명이라도 벗어 급한 불부터
끄고, 나중에라도 히아킨의 마음이 다시 돌아서기를 바라는 것이 최
선이었다.

그래서 만약 오해가 있다면 풀고, 오해가 아니라 사실이라면…….

"그 계집…… 죽여 버릴…… 거야."

"너 정말……."

하지만 오르카는 판도라의 말이 귀에 들어오지 않는 것처럼 여전히
혼잣말을 중얼거릴 뿐이었다. 그러다가 그는 다시 의식을 잃고 기절
했다. 판도라는 어쩌다가 이 지경이 되었는지 알 수가 없어 착잡한 심
정으로 머리를 감쌌다.

며칠 전, 히아킨은 이제부터 자신에게 후계자가 없음을 공표하고, 그가 수장직에서 물러날 때까지 그 자리는 공석일 것이라 말했다.

그 말을 듣고 휘페리온의 사람들은 위그드라실 내에 조용히 떠도는 오르카에 대한 소문이 어느 정도 사실임을 깨달을 수밖에 없었다.

원래부터 오르카는 가문 밖에 있을 때가 더 잦아 휘페리온 내에서도 친분이 있는 사람이 드물었다. 그런데 더군다나 이번에는 마물을 부릴 수 있었음에도 불구하고 위험한 상황에서 그들을 외면한 데다, 불미스러운 일로 수장인 히아킨에게 버림받았다는 낙인까지 찍혔다.

그러니 그런 오르카를 곱게 보는 사람이 휘페리온 안에 있을 리가 만무했다. 그나마 그동안 미운 정이 든 것이 있어 판도라 혼자 오르카를 챙기기는 했지만, 그녀 역시 이번 일로 그에게 정이 떨어진 것은 마찬가지였다.

그리고 오늘, 판도라는 오르카를 데리고 휘페리온으로 돌아갈 생각이었다.

그 후로도 오르카는 비몽사몽간에 눈을 뜰 때마다 록사나에 대한 적의를 표출했지만 침대에서 일어나지도 못하는 상태로 그가 무언가를 하기란 애초에 불가능했다.

"오르카는?"

"다시 의식을 잃은 상태입니다."

판도라는 오르카가 타고 있는 마차를 보았다. 그녀의 얼굴이 아까보다도 한층 더 어두웠다.

"이제 휘페리온으로 돌아가십니까?"

그러다 문득 등 뒤에서 남자의 목소리가 들려왔다. 그 목소리의 주인이 누구인지를 깨닫고 판도라는 흠칫 어깨를 떨었다.

"흑의 수장."

뒤돌아서자 시야에 들어오는 것은 아직 위그드라실에 남아 있던 사람 중 한 명인 제레미였다.

"오르카 휘페리온도 같이?"

"……네."

그는 껄렁한 자세로 다가와 잠깐 마차 근처에서 기웃거리다가, 오르카가 탔을 것으로 추정되는 문을 툭 걷어찼다.

'……시비를 걸러 온 건가?'

하지만 제레미는 거기에서 다른 짓을 더 하지는 않고 판도라에게 눈길을 돌렸다.

"뭐, 다른 볼일은 아니고. 지나가다가 우연히 보이기에 조심히 돌아가시라고 인사차 와 봤습니다."

"그러시군요. 감사……."

"그리고 안에 있는 사람이 깨어나면 앞으로 죽는 날까지 뒤통수 조심하라는 말도 좀 전해 주시고."

"……."

침묵하는 판도라를 보며 제레미가 웃었다. 물론 그 웃음은 진짜 웃음이 아니었다. 판도라도 그것을 알고 굳은 입꼬리를 억지로 들어 올렸다. 잠깐의 망설임 끝에 판도라의 입술이 작게 달싹여졌다.

"저, 아그리체 양은……."

"우리 누나에 대해 그쪽이 궁금해할 것도 없고."

하지만 그녀가 입을 열자마자 제레미가 말을 싹둑 잘라냈다. 아무래도 그는 판도라를 오르카와 한데 묶어서 생각하는 것 같았다.

친목회 동안 휘페리온과 아그리체의 감정이 서로 좋지 않았던 것은 사실인 데다 또 막판에 오르카의 일까지 있었으니 휘페리온이라면 학을 떼는 제레미의 태도도 이해할 수 있었다.

하지만 판도라로서는 조금 억울한 기분이 드는 것도 사실이었다.

물론 페넬리안에서 록사나와 있었던 일이나, 지난겨울에 아그리체에 무단으로 침입해 들어가 마물 사육장을 뒤진 데 이어 제레미를 공격하기까지 한 전적이 남아 있긴 했지만 말이다.

"아그리체와 휘페리온의 관계에 지금은 다소 거리가 생겼지만……."

갑자기 양심이 좀 쑤시는 느낌이어서 판도라는 조금 불편한 기분으로 말을 이었다.

"그래도 앞으로 반드시 회복할 기회가 생기리라 믿어요."

어찌 보면 희망 사항이나 마찬가지였다.

제레미는 단박에 판도라의 말을 헛소리 취급하는 눈빛으로 쳐다보았다. 그는 지금도 마차의 문을 열고 오르카의 머리채를 잡아 밖으로 끌어낸 다음 곤죽이 되도록 패고 싶은 마음을 참고 있었다. 아마 록사나의 말만 없었다면 오르카 휘페리온도 제 손으로 죽여 버렸을 것이다.

제레미는 그런 충동을 지금까지 잘 억누르고 있는 자신을 속으로 자화자찬하는 중이었다.

사실 제레미도 판도라가 록사나에게 호의적이라는 사실을 알았다. 오르카와 록사나의 일은 두 가문의 암묵적인 동의하에 여기서 더 불거지지 않았지만, 오히려 판도라가 더 안절부절못하며 면목 없어 하는 것도 알았다.

솔직히 제레미는 갑자기 어디서 튀어나온 여자가 록사나에게 친한 척을 하며 들이대는 것이 몹시 마음에 들지 않았다.

뭐, 그래도…….

얼마 전 인형 사태가 터져 제 한 몸 간수하기도 어려웠을 때, 록사 나를 걱정해 그녀를 도우러 가려고 했던 건 그리 나쁜 인상으로 남아 있지 않았다.

물론 뚱보 새의 일을 계속 발뺌하는 건 짜증스러웠지만.

"아, 뭐. 앞으로 500년 뒤쯤을 말하는 거라면 모르는 일이긴 하니 까요."

갑자기 판도라를 상대하는 게 귀찮아져서 제레미는 떫게 말한 뒤 다른 인사 없이 뒤돌아섰다. 판도라는 어쩐지 조금 아쉬운 기분으로 멀어지는 제레미의 뒷모습을 바라보았다.

이미 친목회는 끝났고, 그녀가 더 이상 이곳에 남아 있을 이유는 없었다. 원래 판도라도 평소에 오르카처럼 마물 서식지를 전전하며 생활하곤 했으니 앞으로도 이런 모임에 참석할 일은 극히 드물 것이다. 게다가 지금의 분위기로 봐서는 앞으로 또 언제 이런 자리가 생길지 알 수 없었다.

애초에 그리 반긴 적 없던 친목회임에도 막상 이런 식으로 끝이 나자 어쩐지 마음 한편이 심란해졌다. 판도라는 어수선한 마음을 갈무리하고 마차에 올랐다.

곧 판도라와 오르카가 속한 소규모의 행렬이 위그드라실에서 멀어졌다.

어쩐지 판도라는…….

앞으로 오르카와 함께 또다시 지금처럼 나란히 이 땅을 밟는 일은 없을 것이라는 막연한 예감이 들었다.

판도라와 헤어진 뒤 제레미도 미리 준비시켜 두었던 마차에 올라탔다. 이쪽에서의 일도 얼추 마무리되었으니 록사나를 만나러 갈 생각이었다.

그녀는 제레미보다 하루 일찍인 어제, 위그드라실을 떠났다. 그래서 제레미도 지금 그녀가 있을 중립 구역으로 향하는 중이었다.

그런데 손에 얼굴을 괸 채 창밖을 바라보는 제레미의 표정은 이제 곧 록사나를 만난다는 설렘보다 이유 모를 불퉁함으로 물들어 있었다.

"……역시 그냥 다 뒈져 버리는 편이 좋았을 텐데."

제레미는 손바닥에 뺨을 찌그러트린 채로 중얼거렸다. 물론 이 자리에 록사나가 없기에 꺼낸 속마음이었다. 닷새 전까지만 해도 어떻게든 록사나를 돕고 싶어 앞장섰던 것이 자신이면서도 정작 이런 상황이 되자 영 신경질이 나면서 심사가 뒤틀렸다.

물론 록사나가 원치 않으니 당장에라도 발광할 것처럼 근질거리는 손을 직접 움직일 생각은 없었지만…….

역시 시건방진 데온 자식도, 같잖은 가짜 아실도, 짜증 나는 청의 개새끼도 다 치워 버리고 세상에 록사나와 자신, 단둘만 남게 되면 여한이 없을 것 같다는 욕망이 자꾸만 가슴속에서 꿈틀거렸다.

"아씨, 난 너무 착해."

결국 제레미는 오늘도 무럭무럭 혼자 속에서 싹을 틔운 검은 마음을 밟아 죽이며 철퍼덕 옆으로 몸을 눕혔다.

잡생각 말고 잠이나 자야겠다. 그렇지 않아도 요 며칠 동안 통 못 잤더니 피곤한데. 빨리 록사나가 있는 곳에 도착했으면 좋겠다고 생각하며 제레미는 눈을 감았다.

중립 구역의 시가지는 고요했다.

위그드라실과 다섯 가문들에는 많은 일이 있었지만 지금까지 항상 그래왔듯이, 소시민들의 삶은 대개 지배 계층의 삶과는 교차점 없이 이어지게 마련이었다.

그래서 그들은 불과 며칠 전까지만 해도 위그드라실을 빠져나온 인형들 때문에 자신들의 삶이 바람 앞의 등불처럼 위태롭게 아롱거렸다는 사실조차 몰랐다.

"베스."

그리고 여기, 평온함을 가장한 살얼음판 위에 선 사람들이 있었다.

식탁 앞에 앉아 접시 위의 음식을 포크로 뒤적이며 사나운 기운을 조용히 흩날리고 있던 마리아가 마침내 입을 열었다.

"왜 날이 갈수록 식단이 부실해지는 것 같지?"

애처럼 무슨 투정인가 싶었지만, 마리아가 베스를 타박하는 이유는 자신의 식탐 때문이 아니었다.

"이러다 시에라의 건강이 상하기라도 하면 네가 책임질 거야?"

서늘한 시선이 식탁의 옆쪽에 앉아 빨래를 마친 옷가지를 개는 중인 베스에게 날아가 박혔다.

아그리체에 살 때는 마리아의 시선이 스치기만 해도 가슴이 선득해지는 것을 느끼곤 했지만, 이제는 제법 간이 커진 모양이었다. 베스는 스스로 듣기에도 꽤 담담한 목소리로 대꾸했다.

"매끼 식단은 영양의 균형을 생각하며 짜고 있어요. 마리아 님도 처음에 오셨을 때 칭찬해 주셨잖아요."

그 말에 마리아가 눈썹을 꿈틀거렸다. 그녀가 이곳에 온 지도 벌써 상당한 시간이 흘렀다. 마리아는 데온 때문에 계속 애꿎은 장소만 떠돌며 허탕을 치다가, 결국 불굴의 의지로 시에라가 있는 곳을 찾아내는 데 성공했다. 그 후로 그녀는 당연하다는 듯이 이곳에 눌어붙어 다른 세 사람과 함께 지내고 있었다.

마리아는 자신이 없는 동안 시에라를 각별히 보필한 에밀리와 베스를 기특하게 생각했다. 하지만 그것도 얼마 전까지였다. 마리아는 며칠 전부터 기분이 매우 저조해 예민해진 상태였고, 그런 이유로 그녀는 오늘도 베스에게 불신 어린 눈초리를 보내며 다른 것을 트집 잡았다.

"영양만 생각하지 말고 맛도 좀 고려를 하란 말이야. 네가 만든 음식이 시에라의 입맛에 안 맞는 것 아니야? 요즘 하루에 한 끼 정도는 꼭 식사를 거르는 것 같은데."

"아니에요. 얼마 전까지는 꼬박꼬박 식사 시간마다 끼니를 챙기셨던 걸 마리아 님도 아시잖아요. 제가 요리한 게 맛있다고 늘 칭찬도 해 주셨고요."

베스는 그런 마리아를 상대로 차분하게 말을 이었다.

"요즘은 식욕이 없다고 하셔서 제가 늦게라도 따로 간단한 요깃거리를 챙겨 드리고 있으니 너무 염려 마세요. 혹시라도 시에라 님께 억지로 식사를 강요하지는 마시고요. 전에도 그러다 체하신 적이 있으니까요."

베스는 전에 아그리체에 살 때 마리아의 티타임에서 실수를 한 죄로 죽을 뻔한 적이 있었다. 그때 옆에 있던 시에라에 의해 구사일생하긴 했으나, 마리아에 대한 두려움은 그녀의 머리에 똑똑히 각인되었다. 물론 마리아는 그전부터 충분히 무서운 주인이었지만 말이다.

그래서 사실 그녀가 여기까지 시에라를 찾아왔을 때는 유령이라도 본 것처럼 질겁하지 않을 수 없었다. 마리아와 한 공간에서 생활해야 하는 것 때문에 처음 한동안은 밤마다 잠을 설칠 정도였다.

하지만 확실히 그동안 여러 일을 겪으며 대범해지긴 한 것인지, 베스는 이제 전처럼 마리아가 마냥 무섭지만은 않았다. 그 무시무시한 아그리체에서 벗어난 탓일까. 아니면 아그리체에서 마님들의 시중을 들 때는 상상도 못 했던 소박한 일상을 지금 이렇게 그녀들과 공유하고 있는 탓일까?

"그리고 화장수 말이야. 내가 화단에 심은 약초를 섞어 만든 게 맞아?"

그래도 이제는 제법 마리아가 평범한 사람처럼 보였다.

"예. 알려 주신 방법대로 제조했습니다."

"아니, 내가 알려 준 방법으로 만들었다면 요즘 시에라의 피부가 그렇게 거칠어졌을 리가 없어. 2.4 : 7.6이 아니라 2 : 8, 아니면 3 : 7 비율로 네가 잘못 섞은 것 아니야?"

무엇보다도 그녀는 베스와 소소한 공통점이 있었다. 바로 시에라에게 사족을 못 쓴다는 점이었다. 마리아의 예리한 지적에 베스는 하던 일을 잠시 멈추고 이번에는 정말 단호한 어조로 말했다.

"아니에요. 정확히 2.4 : 7.6 비율로 섞어서 만들었어요. 거기에 시에라 님의 피부에 유독 잘 받는 페로나 꿀도 구해서 다섯 방울 넣었죠. 마리아 님이 처음에 말씀해 주신 누아바 꿀은 시에라 님에게는 별다른 효과가 없었어요."

아그리체에서부터 가장 가까이에서 시에라의 시중을 들어 왔던 하녀답게 자부심이 넘치는 발언이었다. 그에 마리아의 눈썹이 아까보다 한결 거세게 꿈틀거리며 요동쳤다.

"그럼 시에라의 백옥 같은 피부가 왜 그렇게 상했는데!"

그녀는 심기가 사나움을 여실히 드러내며 베스에게 따져 물었다. 그리고 이어진 베스의 답변에 더욱 기분이 저조해지고 말았다.

"요즘 불면증이 도지셔서 그래요. 마리아 님은 항상 눕자마자 바로 잠드시니 잘 모르셨겠지만요."

베스는 평소처럼 온순하고 예의 바르게 말했지만 어째서인지 마리아는 그런 그녀를 보며 기분이 나빠졌다.

삭, 사악.

벽 앞쪽에 앉아 있던 에밀리가 평소에 항상 소지하고 있는 단도의 날을 다듬으며 같잖은 일로 맞서는 두 사람의 모습을 무미건조하게 지켜보았다.

"시에라의 불면증이 도졌다고? 어쩐지 잠자리가 불편해 보이더니."

마리아는 기어이 다시 베스를 공격할 말을 찾았다.

"내가 시에라한테 쓰는 건 그게 뭐든 돈 아끼지 말랬지? 돈은 나한테 얼마든지 있다고 했잖아. 당장 시에라가 쓰는 침구랑 가구부터 바꿔. 아니…… 역시 집을 아예 새로 지을까?"

베스는 언젠가부터 그랬듯이 그런 마리아의 말을 한 귀로 흘려들었다. 물론 마리아라면 자신의 생각을 곧장 실행에 옮기고도 남았다. 하지만 지금 마리아가 말한 것은 이미 시에라에게 거절당해 그녀 혼자서만 미련을 남기고 있는 사안이었다. 이제는 시에라도 마리아를 상대로 제법 단호한 면이 생겨서, 예전처럼 그녀에게 마냥 끌려다니기만 하지는 않았다.

그리고 마리아는 의외로 그런 시에라에게 무른 구석이 있었다. 그래서 시에라가 단호하게 싫다고 거절하는 일은 하지 않았다.

베스는 아까부터 마리아가 괜히 딴소리를 하는 이유가 무엇인지 알고 있었다. 그래서 저도 모르게 한숨을 폭 내쉬고 말았다.

"시에라 님의 상태가 안 좋은 이유가 뭔지는, 마리아 님도 이미 알고 계시잖아요."

베스가 지나가듯이 읊조린 순간 마리아의 입이 일자로 딱 다물렸다. 잠시 후 마리아가 아까보다 두 배는 싸늘해진 눈으로 베스를 보며 손에 들고 있던 포크를 식탁 위에 내려놓았다.

"너 때문에 입맛이 떨어졌어."

물론 그녀는 곱게 자리에서 일어나지 않았다.

쨍그랑!

마리아의 팔에 쓸려나간 접시가 곧 바닥에 떨어져 깨졌다. 마리아가 어느 정도 성질을 부릴 것은 충분히 예상하긴 했지만, 그래도 아직 냉기가 도사리는 그녀의 눈빛을 정면으로 마주하는 것은 조금 무서웠다.

"죄송합니다, 마리아 님."

베스는 자신이 과하게 건방졌다는 사실을 깨닫고 찔끔해서 얼른 사죄했다. 혹시 기분이 수틀려 이대로 포크를 자신의 목에 박아 넣는 것은 아닐까 싶었지만 마리아는 그러지 않았다.

그녀는 그저 베스를 한 번 노려본 뒤 옷자락을 휘날리며 그 자리에서 벗어났다.

마리아가 향한 곳은 집 안에 있는 가장 구석진 방이었다. 그녀는 노크도 하지 않고 방문을 벌컥 열고 들어갔다. 그리고 침대에 누워 있는 사람을 매서운 눈길로 노려보았다.

하지만 그는 마리아의 시선을 느끼지 못하는 것처럼 자리에서 꼼짝도 하지 않았다. 의식이 없는 상태였으니 당연하다면 당연했다.

결국 마리아는 눈살을 찌푸리며 시선을 거두고 다소 신경질적인 걸음을 앞으로 옮겼다.

"도대체가, 갑자기 이게 무슨 일이람."

침대에 누워 있는 사람은 그녀의 아들인 데온이었다. 며칠 전 록사나가 피범벅이 된 데온을 데려왔을 때, 집에 있던 모두가 깜짝 놀랄 수밖에 없었다.

록사나는 자세한 설명도 없이 그저 데온을 던져둔 뒤에 또다시 사라졌다. 팔 한 짝은 또 어디에 두고 왔는지, 지금도 텅 비어 있는 데온의 왼팔을 보니 그래도 자식은 자식이라고 마음이 아주 조금은 심란했다.

물론 그보다 확연히 큰 감정은 못마땅함이었다.

"너 때문에 시에라가 불편해하잖아."

이걸 그냥 내쫓을 수도 없고.

물론 데온은 마리아의 아들이었지만 그녀에게는 모성애라 할 만한 것이 별로 없었다. 그래서 지금도 데온을 시에라의 시선에 닿지 않는 곳에 던져 버리고 싶은 마음이 굴뚝같았다.

게다가 아들놈의 뜬금없는 고약한 심술 때문에 시에라를 찾아 애꿎은 곳만 한참을 뒤졌던 것을 생각하면 괘씸한 마음이 들기도 했다.

하지만 어머니로서의 최소한의 도리로, 그래도 데온이 깨어날 때까지는 참아 줄 생각이었다.

'그러려면 이 녀석이 얼른 눈을 떠야 하는데.'

문득, 혹시 데온이 이미 정신을 차렸으면서 아닌 척하는 게 아닐까 하는 의심이 들어 손을 뻗어 보았다. 확실한 효과를 위해 손길에 살기까지 담았다.

하지만 그녀의 손이 목을 조이는 동안에도 데온은 미동조차 없었다. 이렇게까지 무방비한 아들의 모습은 처음이라 마리아는 어쩐지 낯선 기분이 들었다.

결국 마리아는 다소 멋쩍게 데온에게서 손을 떼고 뒤로 물러났다.

"데온. 빨리 일어나렴. 네가 사라져 줘야 시에라가 마음 편하게 지낼 것 아냐."

그렇게 상대방이 듣고 있는지 아닌지 확신할 수 없는 말을 혼자 중얼거린 뒤 마리아는 방에서 빠져나갔다.

록사나가 찾아온 것은 잠시 후였다.

"사나야!"

닷새 만에 얼굴을 비친 록사나를 보고 가장 먼저 시에라가 자리에서 몸을 일으켰다. 아까부터 옆에 앉아 시에라의 눈치를 보고 있던 마리아도, 다른 일을 하고 있던 에밀리와 베스도 손을 멈추고 의자에서 일어났다.

"기별도 없이 죄송해요."

록사나는 담담한 얼굴로 입을 열었다. 곧 그녀의 시선이 향하는 곳을 알아차리고 마리아가 말했다.

"데온은 아직 안 깨어났어."

뒤이어 록사나의 걸음이 시선이 머물던 곳으로 움직여졌다. 그녀는 데온의 방으로 가서 의식이 없는 그를 차가운 눈으로 물끄러미 내려다보았다.

직접 그를 보러 온 것은 닷새 만이었다. 하지만 그동안 록사나는 가끔 독나비로 데온의 상태를 지켜봤었다. 데온의 몸을 훑던 붉은 눈동자가 왼팔이 있어야 할 자리에 유독 오래 머물렀다.

록사나는 방에 오래 있지 않고 문을 나섰다.

"내일 다시 올게요."

무언가 다른 바쁜 일이 있는 것인지, 그녀는 곧바로 이곳을 떠나려 했다.

"사나야."

그런 록사나를 시에라가 불러 세웠다.

"도대체 무슨 일이 있었던 거니? 데온은 왜 저렇게 된 거고?"

마리아도 궁금했던 것을 시에라가 대신 물었다. 그녀의 목소리에는 염려가 담겨 있었다. 데온이 이렇게 큰 부상을 입고 록사나와 함께 돌아온 만큼, 혹여나 딸에게도 위험한 일이 생긴 것은 아닐까 걱정하는 기색이었다.

록사나는 잠깐 시에라의 얼굴을 말없이 응시했다. 그러다 이내 록사나의 시선이 슬쩍 아래로 내리깔렸다.

그녀는 위그드라실에서 있었던 일을 대략적으로 설명했다. 하지만 록사나의 이야기에는 가장 중요한 내용이 빠져 있었다.

그것만 듣고도 네 사람은 놀랐다.

"세상에. 사나 넌, 다친 데 없고?"

"네, 저는……."

그 대답에서 어떤 여운이 느껴진 탓이었을까. 록사나의 말을 들은 사람들은 데온이 저렇게 다쳐서 의식 불명 상태인 이유가 록사나 때문이란 사실을 불현듯 깨달았다.

시에라는 얼굴을 굳혔고, 베스는 당혹감과 놀라움을 감추지 못했다. 마리아도 말문이 막힌 듯이 입술을 달싹였다. 에밀리만이 겉으로 드러나는 반응 없이 다만 그녀의 주인인 록사나의 얼굴을 살폈다.

"그 아이가 어디 쉽게 죽을 애니?"

록사나가 떠나고 난 뒤 마리아는 아그리체를 떠날 때 제레미와 나누었던 대화를 문득 떠올렸다.

"그리고 데온은 자기 죽을 자리 정도는 스스로 결정할 수 있는 아이잖니."

그때는 별생각 없이 했던 말이었는데, 지금에 와서는 새삼 다른 감상이 들었다. 록사나를 보내고 문 앞에 한동안 우두커니 서 있던 시에라가 먼저 발길을 돌려 방으로 돌아갔다. 에밀리와 베스도 시에라와 마리아의 얼굴을 번갈아 살핀 뒤 조용히 물러났다. 잠시 후 마리아는 형언할 수 없는 기분으로 닫힌 방문을 바라보았다.

데온은 마리아의 하나뿐인 아들이었지만 그녀는 그에 대해 잘 몰랐다. 그래도 어쩐지…….

데온이 아직까지 깨어나지 않고 있는 이유를 알 것 같았다.

"……멍청한 녀석."

마리아는 그렇게 듣는 이 없는 말을 작게 읊조렸다. 지금 속에서 얕게 물살 치는 감정이 낯설어서, 마리아 스스로도 그것이 무엇인지 잘 알 수가 없었다.

록사나는 시에라의 집에서 나와 중립 구역 내부를 가로질렀다. 발길이 닿은 곳은 중립 구역의 경계에 가까이 위치해 있는 작은 저택으로, 걸어서 한 시간 정도 걸리는 거리에 있었다.

목적지에 도착해 문을 열고 안으로 들어가자마자 그리젤다의 모습이 보였다. 그녀는 의자에 거꾸로 앉아 등받이에 올린 팔에 얼굴을 괴고 졸고 있다가 록사나의 기척을 느끼고 번쩍 눈을 떴다.

"왔어?"

언제 졸았냐는 듯이 또렷한 눈빛과 자연스러운 말투였지만 록사나한테는 통하지 않았다.

"그냥 들어가서 자."

하지만 그리젤다는 굽어 있던 등을 꼿꼿이 펴며 단호하게 답했다.

"난 혼자 있을 때 아니면 안 자."

록사나가 여기에 온 것은 어제였고, 간밤에는 그녀 역시 그리젤다와 함께 잠을 자지 않았다. 하지만 그리젤다는 록사나보다 확연히 피로해 보이는 낯빛이었다.

물론 겉으로는 그런 티가 잘 나지 않았지만 오랫동안 그녀를 보아 온 록사나는 알아차릴 수 있었다. 그래서 아마 자신이 오기 전부터 밤을 새웠으리라 예상했는데, 지금 그리젤다의 말을 들어보니 역시나였다.

아마도 그녀는 이곳에 머무는 닷새간 거의 한숨도 못 잤을 것이다. 저 주술진이 그려진 문 안에 있는 사람 때문에. 과연 아그리체 사람다운 고질병이라 생각하며 록사나도 두 번 권하지 않았다.

"상태는?"

"호전 없음."

록사나의 물음에 그리젤다가 짧막하게 답변하며 자리에서 몸을 일으켰다.

"너도 먹을래?"

"뭘?"

"각성제."

"난 필요 없어."

"그래, 넌 괜찮아 보이네. 난 좀 먹어야겠어."

이미 웬만한 약물에는 면역이 있어 어중간해서는 소용이 없었기 때문에 그리젤다는 순도 100%로 농축한 각성제를 열두 알이나 생으로 씹어 먹었다.

지금 그들이 있는 곳은 지난겨울 아그리체를 떠난 이후 그리젤다가 한동안 머물렀다던 은신처였다. 그리젤다가 각성제를 씹어 먹는 동안 록사나는 주술진이 그려진 방문을 열었다.

그런 그녀를 보고 그리젤다가 혀를 찼다.

"참, 아무리 오래 알고 지내도 사람 속은 전부 알기 어렵다더니. 내 여동생한테 자학하는 취미가 있을 줄이야."

록사나는 들으란 듯이 중얼거리는 그리젤다의 말을 무시했다.

"……또 너야?"

그녀는 귓가에 자그마하게 울리는 목소리를 들으며 문을 닫았다. 방 안에 있던 사람이 록사나와 눈이 마주치자마자 갈라진 입술을 뗐다.

"다시 문 열고 나가. 내 눈앞에서 꺼지라고."

뾰족한 내용과 달리 그 목소리에는 기운이 없었다. 이불로 몸을 둘둘 감고 있어 겨우 턱 언저리만 보이는 그 사람은 바로 닉스였다.

"……오늘은 대화가 가능한 상태인가 보네."

록사나는 잠깐 아무 말 없이 그를 물끄러미 쳐다보다가 말했다. 그러자 닉스가 한 차례 입술을 꾹 깨물었다. 그리고 이내 그 사이로 딱딱하게 굳은 음성을 흘려보냈다.

"너랑은 할 얘기 없어."

알려진 바와 달리 닉스는 죽지 않았다.

닷새 전, 록사나는 서로를 공격하는 중인 데온과 닉스를 발견하고 독나비를 이용해 그들을 막아섰다. 가까이 다가갔을 때, 두 사람은 모두 쓰러져 있었다. 이미 상태가 만신창이였던 데다 독나비의 강한 환각 효과를 정면에서 맞기까지 했으니 더 버티지 못하고 기절한 것도 당연했다.

그들을 데리고 자리를 떠나려 할 때 그리젤다가 때맞춰 록사나를 찾아왔다. 그녀는 제레미의 말을 듣고 록사나를 돕기 위해 여기까지 뒤쫓아 왔다고 했다.

나중에 온 추격대가 발견한 것은 위장된 닉스의 가짜 시신이었고, 그것은 그리젤다가 가져온 인형들의 신체 조각으로 꾸며진 것이었다.

상황이 여의치 않아 일단 가장 가까운 거리에 있는 시에라의 주거지에 데온을 맡겼다. 지금 생각하면 썩 좋은 선택은 아니었던 것 같지만, 그때는 생각나는 게 거기밖에 없었다.

데온과 닉스를 같은 장소에 둬도 위험하지 않을지 확신이 서지 않았다. 게다가 이대로 닉스를 시에라에게 보여도 될지, 거기에 대해서도 망설임이 생겼다. 고민을 오래 할 시간이 없었기 때문에 결국 데온만 어머니에게 맡기고, 닉스는 그리젤다의 은신처에 두었다.

아까도 록사나는 시에라에게 닉스에 대한 이야기를 하지 않았다. 닉스의 존재가 어머니에게 고통일지 위안일지 알 수 없었기 때문이다.

게다가 아직 그녀도 그를 아실로 인정한 것이 아니었다. 닉스 스스로도 혼란스러워하는 것 같았다.

록사나가 이곳에 왔던 어제 이후로 그는 그녀를 볼 때마다 태도를 변화시켰다. 그는 어떤 때 록사나를 아실로서 대했고, 어떤 때는 닉스로서 대했다. 닉스는 그녀를 몹시 반가워하다가도, 또 울면서 미안하다고 사과했고, 그러다가도 그녀를 밀쳐내며 거부감을 표출했다.

"그래."

그리고 지금은…….

"그럼 딱 하나만 물어볼게."

록사나는 어쩌면 무의미할지도 모를 물음을 그에게 던졌다.

"너, 아실이야?"

처음으로 던진 직접적인 물음에 닉스가 숨을 얕게 들이켜는 소리가 들렸다. 록사나는 가만히 그의 대답을 기다렸다.

여전히 이불을 뒤집어쓴 채로 닉스가 침묵했다. 이불 속에 감추어진 그의 눈동자가 마주한 얼굴을 들여다보았다.

지금 그를 응시하는 록사나의 얼굴은 속내를 가늠하기 어려울 정도로 고요했지만……. 어쩐지 지금의 그녀라면 그의 대답이 어느 쪽이든 온전히 믿어 줄 것만 같았다.

"……짜증 나."

잠시 후 닉스의 입에서 나지막한 속삭임이 내뱉어졌다. 마침내 흘러내린 이불 사이로 드러난 형형한 눈빛이 록사나에게 쏘아져 박혔다.

"내가 어딜 봐서 그 얼간이라는 거야?"

하도 울어서 짓무른 눈가가 붉었다. 비로소 완전히 드러난 그의 얼굴은 더 이상 열다섯 살 소년의 모습이 아니었다. 전보다 성장한 닉스가 충혈된 눈으로 제 앞에 미동 없이 서 있는 록사나를 노려보았다.

두드러진 변화는 또 있었다. 그리젤다가 주술을 새긴 방에 그를 둔 이유. 그리고 닉스가 이불을 꽁꽁 뒤집어쓰고 자신의 모습을 감추고 있던 이유.

"그딴 역겨운 이름으로 날 부르지 마."

그가 악문 잇새로 한 마디, 한 마디를 내뱉을 때마다 금이 간 것처럼 갈라진 얼굴에서 피부 조각이 떨어져 내렸다.

"난 닉스니까."

성장하기 시작한 닉스의 육체는 빠른 속도로 붕괴하고 있었다. 꼭 이번 일 때문에 생긴 현상은 아니었다. 사실 조짐은 전부터 있었다. 처음 아실의 악몽을 꾸기 시작했을 때부터.

록사나는 닉스를 보며 어머니에게 그를 데려가지 않은 것이 잘한 선택이라고 생각했다. 이런 닉스의 모습을 그녀에게 보여 줄 수는 없었으니까. 자신도 지금 닉스를 보면서 이런 기분이 드는데, 어머니가 이 것을 버텨 낼 리 없었다.

록사나는 조용히 닉스를 응시하다가 느리게 입술을 뗐다.

"그래, 닉스."

정말 그의 말이 맞다고 생각하는 건지, 아니면 그녀도 단지 그렇게 믿고 싶은 것뿐인지.

"넌 아실이 아니야."

그저 그녀는 그가 바라는 대로 말해주었다. 순간 닉스의 표정이 변했다. 하지만 곧바로 닉스가 다시 머리 위로 이불을 뒤집어써서 록사나는 그의 얼굴을 오래 보지는 못했다.

록사나는 닉스를 둔 채 혼자 방을 빠져나왔다.

"쟤, 네가 없는 동안에도 계속 울었어."

아까처럼 의자에 앉아 있던 그리젤다가 방문을 열고 나온 록사나를 보며 지나가듯이 말했다. 방음이 잘되지 않는 좁은 집이라 안에서 닉스와 록사나가 나눈 대화를 들은 모양이었다.

전처럼 반응을 떠보려는 의도거나 그녀를 놀릴 셈으로 던진 말이라면 차라리 무시했을 것이다. 하지만 그리젤다는 드물게도 진지했다.

"내가 봤을 때는 지금 쟤, 네 앞에서 일부러……."

"알아."

록사나는 짤막하게 읊조려 그리젤다의 말을 끊은 뒤 그녀의 앞을 스쳐 지나갔다. 등 뒤로 조용한 시선이 따라붙었다.

록사나는 무표정한 얼굴로 남은 의자에 가서 앉았다.

벌컥!

"사나 누나, 나 왔어!"

그때, 제레미가 문을 열고 집 안으로 들어왔다. 뒤쪽에 있던 그리젤다가 '왜 내 집이 점점 너희 집 같아지는지 모르겠다'며 구시렁거렸다.

물론 낯짝이 두꺼운 제레미는 그리젤다의 말을 무시하고 록사나 앞으로 한달음에 달려왔다.

"어서 와, 제레미. 정리는 잘 끝났어?"

"어, 대충."

다른 가문들과 마찬가지로 그들도 일단은 아그리체로 돌아가 가문을 재정비할 계획이었다.

제레미가 록사나한테 더 가까이 다가와서 속닥거렸다.

"오르카 휘페리온이랑 판도라 휘페리온도 가문으로 돌아갔어."

아, 오르카 휘페리온.

그제야 록사나는 잠깐 잊고 있던 이름을 상기해 냈다. 닉스와 데온의 문제로 정신이 없어서 그의 존재 자체를 한동안 잊고 있었다.

그녀의 몸에 고인 독에 직접 당한 것이라 웬만한 약으로는 중화되지도 않을 텐데 결국은 그냥 휘페리온으로 돌아간 건가.

그래도 얼핏 들었던 오르카의 상태를 떠올려 보니 당장 죽을 것 같지는 않았다. 나중에라도 오르카가 잘못을 반성하면 아그리체에서 따로 조제하는 해독약을 거래할 생각도 있었는데 그런 날이 올지는 알 수가 없었다.

일단 그 문제는 제쳐 두기로 하고 록사나는 제레미에게 다른 것을 물었다.

"노엘 베르티움은?"

"어제랑 똑같아."

그녀는 제레미의 대답을 듣고 침대에 누워 멀거니 창밖만 바라보던 노엘을 떠올렸다.

닷새 전, 록사나는 데온과 닉스를 시에라와 그리젤다에게 각각 맡기고 다시 위그드라실로 들어갔다. 그리고 애초에 그곳을 벗어났던 적이 없는 것처럼 행동했다.

그 후 추격대가 가져온 가짜 닉스의 시신을 보고 뻔뻔하게 그것이 진짜 닉스라고 증언했다.

의외인 것은, 노엘 역시 그것이 닉스라는 데 동의했다는 점이었다.

그러나 다른 사람도 아닌 노엘이 자신이 만들어 낸 인형의 가짜 육신과 닉스를 이루고 있는 진짜 사람의 몸을 구분하지 못할 리가 없다고 생각했다.

어쩐지 노엘은 다시 깨어난 뒤로 모든 일에 의욕을 잃은 듯이 보였는데, 그래서 닉스 역시 완전히 포기한 것일까?

아니면 다른 속셈이 있는 건가?

……어쩌면 굳이 나서지 않아도 망가지기 시작한 닉스가 먼저 자신을 필요로 하며 찾아올 것이라 생각하는지도 몰랐다.

"그 인형은 좀 어때? 나도 안에 들어가 봐도 되나?"

옆에서 록사나의 표정을 살피던 제레미가 넌지시 물었다.

"아니……. 그러지 않는 게 좋겠어."

록사나는 깨진 석고 조각처럼 여기저기 금이 가기 시작한 닉스의 몸을 떠올렸다. 그리젤다가 만든 치유의 주술진 안에서도 진행 속도를 늦추는 것만이 최선이었다.

닉스를 만든 노엘이라면 해결법을 알고 있지 않을까 싶은 생각이 들어 어젯밤에 그의 앞에서 흘리듯이 말을 꺼내 본 적이 있었다.

닉스는 록사나의 말을 듣고 동요했다. 하지만 그는 노엘을 만나는 것을 거부했다. 록사나도 그 후로는 다시 같은 말을 하지 않았다.

그녀의 눈동자가 아래로 얕게 내리깔렸다.

붉은 노을이 지던 그날 저녁, 카시스의 말을 듣고 찾아간 그 들판에서. 결국 그녀는 무의미한 짓을 한 건지도 몰랐다.

"......"

그러던 어느 순간, 작은 소리가 귓가에 번졌다. 제레미와 그리젤다도 그것을 들은 듯이 슬쩍 시선을 옆으로 움직였다.

끊어질 듯이 이어지는 가느다란 흐느낌. 록사나는 그것이 들리지 않는 것처럼 눈을 감았다.

그 시각, 카시스도 위그드라실 밖에 있었다.

그는 다섯 가문의 대표로 위그드라실과 노엘의 소식을 전하기 위해 베르티움에 들렀다가 다시 귀환하는 중이었다.

카시스가 막 도착했을 때, 아직 위그드라실의 소식을 알 리가 없는데도 베르티움의 분위기는 아주 삭막하고 침체되어 있었다.

베르티움의 사람들은 후원 쪽에 위치한 별채에 모여 있었는데, 다가오는 발소리를 듣고 어째서인지 굉장히 긴장한 낯으로 있다가 카시스의 얼굴을 보고 이상할 정도로 안심했다.

카시스는 소기의 목적대로 그들에게 이번 사건에 대해 전달했다. 베르티움의 사람들은 충격을 감추지 못하며 아연해했다.

하지만 그들은 곧 노엘이 그런 짓을 저지른 것에 대해 그럴 만도 하다고 납득하는 기색이었다. 단테를 죽인 사람을 찾기 위해 노엘이 그들을 고문한 적도 있다고 했다.

그들은 노엘의 처우가 결정되기까지 베르티움을 봉쇄하겠다는 말에 쉽게 수긍했다. 일단 한동안 노엘 베르티움이 이곳에 올 일이 없다는 소식에 하나같이 마음을 놓은 눈치였다.

그래도 어느 정도 평정을 되찾은 뒤에는 노엘이 벌인 일 때문에 혹시 그들까지 덩달아 불똥을 맞는 것은 아닌지 불안해진 것 같았다.

별채 안은 금방 수군거리는 소리로 가득 찼다. 위그드라실에서 함께 온 사람들이 카시스의 손짓을 받고 각자의 위치로 이동했다.

카시스는 후원을 떠나 본관으로 움직였다. 먼저 배치한 심복들이 위그드라실에서 보았던 것과 같은 인형들을 포함해 다른 위험한 요소가 없는지 건물 안을 샅샅이 수색하고 있었다.

"주인님께서는 출타 중이십니다. 응접실로 안내해 드릴까요?"

베르티움에는 아직 인형이 남아 있었다. 다른 사람들은 사용인으로 보이는 그들을 진짜 사람이라 생각하는 것 같았다. 위그드라실에서 난전을 벌였던 인형들보다 생김새나 움직임 등이 훨씬 정교했으니 그럴 만도 했다.

다행히 노엘이 전투력이 조금이라도 있는 인형들은 모조리 위그드라실로 보냈기 때문인지 이곳에 남은 인형들에게는 위험한 기능이 있는 것 같지 않았다. 그래도 혹시 모르니 심복들에게 사용인들이 전부 인형임을 밝히고 그들을 따로 격리시키도록 했다.

그 후 카시스는 다시 걸었다. 찾는 것이 어디에 있는지 몰라 저택 안의 방들을 여럿 확인한 끝에 그는 마침내 단테의 시신을 발견해 냈다.

단테는 정체를 알 수 없는 액체로 가득 찬 유리관 안에 누워 있었다. 아마도 부패를 막는 장치인 듯했다. 주변에는 여러 실험을 거친 듯한 인형의 신체 조각들과 용도를 알 수 없는 주술진이 그려진 종이가 흩어져 있었다.

"……"

카시스의 눈길이 잠시 주위를 훑다가 이내 관 위에 머물렀다. 지금 이 안에 누워 있는 남자는 노엘 베르티움이 자신 때문에 무슨 짓을 저질렀는지 모를 것이다.

방 안에 엉망으로 널브러진 다른 인형들의 파편과 관 속에 온전한 상태로 고이 눕혀진 단테의 상태가 대비되어 묘한 느낌을 풍겼다.

처음에는 단테의 시신을 확인하고 그것을 처리할 생각이었다. 하지만 카시스는 결국 단테를 관 속에 그대로 놔둔 채 방을 나섰다.

"오빠, 이제 와?"

베르티움을 떠나 위그드라실에 다시 도착했을 때, 바삐 움직이고 있던 실비아가 가장 먼저 카시스를 맞아 주었다. 페델리안의 사람들은 아직 가문으로 돌아가지 않고 위그드라실에 남아 부상자들을 돌보는 일과 지난 사건의 뒤처리 등을 맡고 있었다.

원래는 위그드라실의 사용인들이 해야 할 일이었지만 이번 일로 사람들이 대거 죽어 나간 데다, 또 피해 상황이 워낙에 컸기 때문에 각각의 가문에 있던 사용인들을 불러 모아도 일손이 많이 부족했다.

"사람들이 많이 줄었네."

카시스는 잠깐 주변을 둘러보며 말했다. 그는 추격대와 함께 위그드라실 바깥으로 빠져나간 인형들을 모두 정리한 후 얼마 지나지 않아 곧바로 베르티움으로 가야 했다. 그렇게 카시스가 자리를 비운 사이에 위그드라실은 한산해져 있었다.

"거의 다 자기 가문으로 돌아갔어. 록사나 언니도 사흘 전에 나갔고, 흑의 수장도 남은 사람들 챙겨서 갔어."

실비아는 그러면서 덧붙였다.

"오르카 휘페리온도 없고."

실비아도 오르카에 대한 소문을 들어 알고 있었다. 비록 위그드라실 안에 암암리에 퍼진 소문에는 록사나의 이름이 없었지만 실비아는 감으로 소문의 주인공이 누구인지를 눈치챘다.

카시스의 눈에 일순간 한기가 스쳐 지나갔다. 다행인지 불행인지, 카시스가 그 일을 알았을 때 오르카는 이미 누가 따로 손을 쓸 필요조차 없는 상태였다.

카시스는 그의 몸을 잠식한 독이 록사나의 것과 동일하다는 사실을 어렵지 않게 알아차렸다. 이미 그녀 스스로 해결한 문제에 그가 끼어드는 것을 록사나가 달갑지 않게 여길지 몰라 일단 카시스는 위그드라실을 떠나기 전까지 오르카를 내버려 두었다. 그때만큼 아그리체의 문제에서 부외자나 마찬가지인 자신의 위치가 언짢게 느껴졌을 때가 없었다.

그래도 록사나가 곧 위그드라실을 떠날 것이란 사실을 카시스도 알고 있었다. 그래서 베르티움에 다녀오면 따로 오르카를 볼 기회가 생길 것이라 생각했다. 그런데 이렇게 빨리 자리를 뜰 줄은.

어쩐지 아쉬운 마음이 든 것은 혼자만의 비밀이었다.

"오빠."

앞에서 왠지 꾸물거리던 실비아가 카시스를 부른 것은 그때였다.

"닉스…… 정말 죽었어?"

머뭇거리며 꺼낸 물음을 듣고 카시스는 잠깐 침묵했다. 그러다 그는 입을 열었다.

"글쎄."

"그 말은……!"

"떨어진다."

그러다 이내 카시스가 내뱉듯이 흘린 말을 듣고 실비아가 두 눈을 동그랗게 떴다. 동요하는 마음이 행동으로까지 이어져 하마터면 들고 있던 것들을 바닥에 떨어뜨릴 뻔했다.

카시스가 그것을 붙잡아 실비아에게 넘기는 대신 자연스럽게 받아 들었다.

"부상자들은 좀 어때?"

실비아는 조금 전에 했던 이야기를 좀 더 하고 싶은 기색이었다. 하지만 카시스가 더 이상 말해주지 않을 것을 알고 일단은 이쯤에서 만족하기로 하고 포기했다.

"조금씩 나아지고 있는 사람도 있고, 아닌 사람도 있어. 다 그렇지 뭐."

실비아의 표정이 별로 좋지 못했다. 상황이 심각한 것은 카시스도 알고 있었기 때문에 그런 실비아를 이해할 수 있었다.

어쨌거나 그동안 곱게 자라 왔던 실비아가 험한 꼴을 보는 것 같아 마음이 쓰였으나 리셸과 쟌느는 위그드라실에 남겠다고 완강하게 주장하는 그녀를 말리지 않았다. 카시스도 마찬가지였다.

그는 실비아의 짐을 대신 든 채로 함께 의무실로 향했다. 다친 사람이 워낙에 많아서 의무실이 있는 건물 자체가 아예 병동으로 쓰이고 있다고 해도 무방했다.

페델리안에는 치유 능력이 있었지만 그들은 그것을 사용하지 않았다. 리셸이 힘을 사용하지 않는 것은 역시나 카시스가 살면서 누누이 들어 왔던 이유와 같았다.

사람은 순리대로 살아야 한다는 것. 카시스가 알기로 리셸이 사사로이 힘을 사용한 것은 어릴 때 실비아를 살렸을 때가 유일했다. 그리고 리셸은 그 일 역시 내내 마음에 낙인처럼 새겨 두고 있었다.

며칠 전 빈사 상태의 노엘 베르티움을 깨운 이유도 인형들로 인한 더 많은 피해가 생기는 것을 막기 위해서였을 뿐, 리셸은 노엘에게 그 이상의 치료를 더 하지는 않았다. 게다가 이런 상황에서 힘을 잘못 사용했다가는 자칫 더 큰 혼란과 불화의 싹이 될 수도 있었다.

의무실에 도착하자마자 곳곳에서 고통에 젖은 소리가 들려왔다. 실비아의 안색이 한결 어두워졌다.

실비아는 리셸과 카시스 같은 치유 능력을 사용하지 못했다. 그녀에게 계승된 페델리안의 힘은 기본적인 정화 능력뿐이었기 때문이다. 그녀는 그 사실이 은근히 아쉬운 모양이었다. 어차피 치유 능력이 있었더라도 아버지인 리셸과 페델리안의 방침에 따라 그것을 사용하는 일이 허락되지 않았을 텐데도 말이다. 물론 카시스 같은 이단도 있었지만.

사실은 리셸과 카시스 모두 한편으로는 모순적이라는 것을 알고 있었다.

고결한 청. 정의의 수호자. 공명정대하고 청렴결백한 심판자.

지금까지 페델리안을 수식해 왔던 말이었으나 결국 그들은 눈앞에서 죽어 가는 이들을 외면하고 있었다.

"그럼 난 들어가 볼게."

"실비아."

카시스는 자신이 들고 있던 물건을 옮겨 받는 실비아의 손을 잡았다. 한 번도 해 본 적이 없는 일이었지만 어쩌면 같은 페델리안인 실비아에게라면 가능할지도 몰랐다.

곧 맞닿은 손을 통해 카시스의 힘이 일부 전달되었다.

"설마 이거……."

실비아도 그것이 무엇인지를 눈치챘다. 그녀는 깜짝 놀라 두 눈을 동그랗게 떴다.

카시스는 무슨 일이 있었냐는 듯이 실비아의 손을 놓고 물건을 넘겨주었다.

실비아는 카시스의 뜻을 알아차리고 뺨을 약간 상기시켰다. 잠깐 주위를 두리번거리며 살핀 그녀가 카시스에게 소리를 낮추어 속닥거렸다.

"고마워. 안 들키게 조심해서 아껴 쓸게."

결의가 깃든 눈빛을 보니 힘을 허투루 사용하는 일도, 또 리셸이 우려하는 일도 없을 것 같았다. 카시스는 실비아를 안으로 들여보낸 뒤 자리를 떠났다.

그 후 그는 다시 위그드라실을 벗어났다. 베르티움으로 떠나기 직전까지 카시스는 록사나와 제대로 된 이야기를 나누지 못했다. 그럴 겨를이 없었기 때문이었다.

그래서 그날 록사나와 데온, 닉스 사이에 무슨 일이 있었는지도 그녀의 입으로 듣지 못했다. 하지만 카시스는 위그드라실을 떠난 록사나가 바로 아그리체로 돌아가지 않았다는 사실을 알고 있었다. 거기에 더해 데온 아그리체와 닉스가 지금 어떤 상태인지도 알았다.

록사나는 아마 끝까지 카시스에게 그런 이야기를 할 생각이 없었을 것이다.

그것 역시 그녀의 선택임을 알았다.

그렇다면 이것은 카시스의 선택이다.

햇볕을 받은 금색 눈동자가 금속성의 느낌으로 빛났다. 카시스는 중립 구역의 시가지 쪽으로 향했다.

데온 아그리체는 꿈을 꾸고 있었다.

이런 시절이 있었는지조차 까마득한 과거, 그가 지금보다 한참은
어렸을 때의 기억이었다.

그때, 데온은 교육을 받으러 가던 길에 우연히 누군가와 마주쳤다.
금빛 머리칼과 푸른 눈을 가진 천사 같은 남자아이. 시선이 마주치자
마자 그가 다가와 웃으며 데온의 머리를 쓰다듬었다. 이복형인 아실
이었다.

불쾌함을 표하며 손을 쳐 내도 되었지만 데온은 그 행위에 아무런
감정도 느끼지 못했기 때문에 그를 그냥 놔두었다.

돌아서기 전, 아실은 데온의 손에 사탕을 쥐여 주었다. 다른 동생
들에게는 비밀이라는 말과 함께. 데온은 눈앞에서 해사하게 웃는 그
의 얼굴을 무표정한 얼굴로 올려다보았다.

아실이 시야에서 사라진 뒤, 데온은 다시 걸음을 옮기며 손에 쥐어
져 있던 사탕을 잔디밭에 버렸다.

그렇게 걷다가 뒤쪽에서 인기척이 느껴져 슬쩍 고개를 돌려 보니, 그
가 버린 사탕을 주워 들고 있는 여자아이가 눈에 들어왔다. 눈이 마주
치는 순간, 데온보다 어리던 여자아이는 순식간에 열다섯 살의 소녀로
변모했다. 모닥불처럼 빛나는 붉은 눈동자가 그를 정면에서 응시했다.

증오, 원망, 분노, 좌절, 슬픔.

데온으로서는 단 한 번도 느껴본 적 없는 감정들로 가득 찬 그 눈
이 그대로 그를 집어삼킬 것만 같았다. 데온은 이 장면을 알고 있었

다. 마침내 투명한 눈물방울이 그녀의 창백한 뺨 위로 흘러내려 턱 밑으로까지 굴러떨어졌다.

그것을 보는데…….

이상하게도 조금 심장이 저려왔다. 스스로도 이해할 수 없는 통증이라, 데온은 무심코 가슴께에 손을 올렸다. 하지만 손끝에 닿은 것은 텅 빈 구멍뿐이었다.

그때, 그와 마주 보고 있던 소녀가 입을 열었다.

—…….

그러나 데온의 귀에는 아무 소리도 닿지 않았다. 그러는 동안에도 시야에 비치는 눈물은 여전했고, 데온은 저도 모르게 그것을 향해 손을 뻗었다.

바로 그 순간, 순식간에 홍수처럼 불어난 눈물이 데온을 집어삼켰다. 입을 벌리자 정리되지 않은 말 대신 하얀 물거품이 밖으로 토해져 나왔다.

이것이 죽음인가?

깊은 심해 속으로 한없이 가라앉아 가며 데온은 생각했다.

—아니.

바로 그때, 귓가에 나지막한 음성이 새어들었다. 금방이라도 사라질 듯이 아주 자그마하고 가느다란 목소리였다. 마침내 닿은 소녀의 음성에 데온은 숨을 죽인 채 귀를 기울였다.

—이런 편안한 죽음은 당신에게 어울리지 않잖아.

파드득!

얼핏 귓가에 무언가가 날갯짓하는 것 같은 소란한 소리가 울렸다. 하얀 물거품을 헤치고 피보라 같은 붉은 파도가 그에게 밀려들었다.

'아, 그렇구나.'

데온은 그제야 귓가에 속삭여진 목소리에 깃든 의미가 무엇인지 깨달았다. 그 후 그는 설핏 웃고 말았다. 야트막한 웃음이 심해 속에서 하얗게 흩어졌다.

'그래⋯⋯. 네가 바라는 게 그런 거라면.'

데온은 순응하듯이 몸에서 힘을 풀었다.

파드득!

곧 붉은 나비 떼가 거친 파도처럼 밀려들어 데온을 휩쓸었다.

우걱우걱!

아드득!

그것은 숨결 한 조각 남기지 않고 머리끝에서부터 발끝까지 그를 모조리 먹어치웠다. 아득한 저 멀리서 흔들림 없이 그를 바라보고 있는 붉은 눈동자가 가물거리는 시야에 비쳤다.

이것이야말로 데온 아그리체에게 어울리는 죽음이라고, 그 무정한 눈빛이 말하고 있었다.

사실 이것은 벌써 몇 번이나 되풀이되고 있는 꿈이었다. 하지만 데온은 여기에서 벗어나고 싶은 마음도, 그럴 의지도 가지고 있지 않았다.

곧 시야에서 반짝이던 작은 빛이 완전히 점멸했다. 그리고 또 한 번의 꿈과 죽음의 시작. 데온은 끝없는 환각과 과거의 기억 속에서 눈을 감았다.

나른한 오후.

좁은 방 안의 정경은 고요하고도 평화로웠다. 열린 창문에서 들어오는 바람에 얇은 커튼이 흔들리고, 그 앞에 있는 침대의 하얀 이불 위에는 밝은 햇빛이 내려앉았다.

"……."

카시스는 조용한 방 안에 혼자 잠든 것처럼 누운 남자를 말없이 내려다보았다. 저택 안에는 다른 사람들도 있었지만 아무도 모르게 여기까지 들어오는 것은 그리 어렵지 않았다.

데온 아그리체.

처음 만난 순간부터 적이었던 남자.

그가 지금 카시스의 앞에 무방비한 모습으로 누워 있었다. 움직임 없이 눈을 감고 있는 얼굴이 퍽 평온해 보였다. 그러나 카시스는 그의 몸에서 감돌고 있는 죽음의 기운을 읽어 냈다. 카시스가 이곳에 서 있는 동안에도 그것은 시시각각 짙어지는 중이었다.

슬쩍 눈길을 움직이자, 창가에 놓인 화초 위에 붉은 나비 한 마리가 앉아 있는 모습이 시야에 들어왔다.

카시스의 조용한 시선이 거기에 얼마간 머물렀다.

"데온 아그리체."

이윽고 작게 벌어진 카시스의 입술에서 나지막한 음성이 새어 나왔다. 꼭 잠든 사람을 깨우려는 듯한 부름이었다.

하지만 여전히 돌아오는 반응은 없었고, 카시스는 고개를 돌려 그런 데온을 서늘한 눈으로 응시했다.

그날, 반짝이며 부서지는 유리 조각 사이에서 한 치의 망설임도 없이 록사나를 그에게 밀쳐냈던 남자의 모습이 겹쳐졌다.

"이렇게 혼자 만족하며 죽을 생각인가."

카시스는 지금 데온 아그리체가 어떤 심경일지 어렴풋하게나마 짐작할 수 있을 것 같았다.

"만약 당신이 언젠가 나한테 완전히 질리거나 지쳐서 날 떠나려고 하면……."

얼마 전 록사나가 그에게 그렇게 속삭였을 때.

"내 손으로 당신을 죽여 버릴 거야."

카시스가 느꼈던 감정과 분명 완전히 같지는 않겠지만 아주 다를 것도 없지 않겠는가. 자신을 희생해 록사나를 위험에서 구하고, 그녀가 보는 앞에서 생의 마지막 순간을 맞으려 하다니.

지나치게 완벽한 끝이라고밖에 말할 수 없었다. 그러니 데온도 지금 이토록 어떤 미련도 느껴지지 않는 편안한 얼굴을 하고 있는 것이리라.

그것을 보는 카시스의 눈동자가 가라앉았다. 사실 카시스는 그날 록사나를 보내고 싶지 않았다. 데온 아그리체와 닉스가 서로를 죽이든 말든, 기실 그에게는 상관없는 일이었다.

아니, 오히려 그들이 일시에 사라지는 것은 그의 입장에서 반길 만한 일이라 여겨지기도 했다. 그들은 록사나의 손가락에 박힌 가시 같은 존재였다. 그래서 종종 카시스는 그것을 흔적도 없이 제거해 버리고 싶은 충동을 느꼈다.

하지만 록사나는 그것을 바라지 않았고, 그녀의 허락이 없는 한 그는 제멋대로 움직일 수가 없었다. 그러니 그런 두 사람이 서로를 배척하다가 함께 몰락한다면 카시스로서는 나쁠 것이 없는 일이었다.

하지만…….

정작 그런 순간이 눈앞에 닥치게 되자 카시스는 조금도 기꺼운 마음이 들지 않았다. 그조차도 그럴진대, 이대로 그들이 최후를 맞을 경우 록사나가 이 일을 쉽게 떨쳐내지 못할 것은 자명했다.

게다가 하필이면 그들의 마지막 모습이 그녀의 심장을 깊숙이 찌를 수밖에 없는 것들이어서. 그래서 카시스는 그날 록사나를 그들에게 보낼 수밖에 없었다.

그 후 무슨 일이 있었는지 카시스는 직접 목격하지 못했다. 하지만 이토록 평온한 데온의 얼굴을 보니, 어떤 식으로든 그의 마지막을 차지한 것이 록사나였다는 사실만큼은 알 수 있을 것 같았다.

그리고 그것은 카시스가 바라지 않는 일이었다.

"착각하지 마, 데온 아그리체."

나지막한 읊조림이 조용히 누워 있는 남자의 위로 서리처럼 흩뿌려졌다.

"나는 널 위해 록사나를 보낸 게 아니야."

사실을 말하자면, 데온 아그리체가 이대로 죽는 것도 사는 것도 카시스로서는 내키지 않는 일이었다.

"그런데 이대로 혼자만 만족하고 죽겠다니."

하지만 지금 이것이 록사나가 원하던 끝이 아니라는 사실을 알기에.

"그건 너무 이기적이라고 생각하지 않나?"

그래서 카시스는 데온 아그리체의 죽음을 용납할 수 없었다.

곧 카시스의 손이 침대에 누워 있는 사람을 향해 뻗어졌다. 이대로 데온 아그리체의 목을 조른다 한들 그를 막을 사람은 아무도 없었다.

사실 지금 이 순간에도 그런 충동을 아예 느끼지 않는 것은 아니었다. 지금 눈앞에 있는 사람은 카시스와 몇 번이나 살의를 품고 맞붙은 적이 있었던 그의 대적자였으므로.

마침내 카시스의 서늘한 손이 데온 아그리체의 몸에 닿았다. 록사나에게 가장 큰 위협이라 생각했던 남자가 그의 눈앞에서 그녀를 지켜 내던 광경이 아직도 두 눈에 선했다. 그날의 잔상은 카시스의 뇌리에 깊숙이 박혀 잊히지 않고 있었다.

그렇기 때문에 카시스는 결정했다. 만약 카시스가 본 데온 아그리체의 마지막이 다른 모습이었다면, 지금 이 자리에 이렇게 그가 서 있을 일은 없었을 것이다.

그리고…….

카시스를 움직이게 한 또 다른 이유는 제법 이기적인 것이라 할 만했다. 카시스는 자조 섞인 냉소를 지으며 손에 힘을 불어넣었다.

만약 데온 아그리체가 지금 이대로 죽는다면, 어떤 의미로든 록사나의 안에 오랫동안 지워지지 않을 기억으로 새겨질 것이 분명했기에.

화아앗.

맞닿은 곳으로 깨끗한 기운이 흘러 들어갔다.

일전에 두 차례 그와 맞붙는 동안 **빼앗아** 갔던 것을 다시 돌려주는 일.

카시스가 할 일은 딱 거기까지였다. 언젠가 그의 손으로 갈취했던 생명력이 다시 데온의 몸으로 흘러 들어갔다. 주변에 자욱하게 고여 있던 죽음의 기운이 서서히 옅어졌다.

카시스는 창가에 있는 붉은 나비를 마지막으로 한 번 시야에 담았다. 그 후 그는 그대로 뒤돌아 그 자리를 떠났다.

그때, 록사나는 그리젤다의 은신처에 머물고 있었다.

그러다 나비에게서 신호가 온 순간, 록사나의 눈매가 움찔 떨렸다. 그녀는 조용히 독나비와 시각을 공유했다.

분명 데온의 방에 있는 것은 카시스였다. 록사나는 그에게 데온에 대해 말한 적이 없었다. 카시스는 금방 베르티움으로 떠났고, 그 직전에도 각자의 가문의 일에 신경을 쓰느라 바빠 대화를 나눌 틈이 없었으니 당연했다.

하지만 지금 카시스는 분명 데온이 있는 시에라의 저택에 있었다. 그것도 아무도 몰래 그 안으로 들어가 데온을 마주하고 있는 중이었다.

독나비의 눈을 통해 카시스의 손이 데온에게 뻗어지는 광경이 보였다. '혹시 죽이려는 것은 아닐까?' 하는 생각은 애초에 하지 않았다. 록사나가 아는 카시스는 그런 일을 할 사람이 아니기 때문이었다.

그리고 역시나…….

뒤이은 그의 행동을 보고 록사나는 무릎 위에 올려 둔 손을 지그시 움켜쥐고 말았다. 그녀의 숨소리가 더욱 작게 잦아들었다.

마침내 카시스가 데온에게서 손을 떼고 뒤돌아서기 전, 일순간 눈이 마주쳤다. 카시스는 록사나가 방에 둔 독나비를 한 번 응시한 뒤 그 자리를 떠났다.

록사나는 나비와의 연결을 끊고 나서도 한동안 자리에 가만히 앉아 있었다. 그녀의 시선이 닉스가 있는 방의 문으로 옮겨 갔다.

마지막 순간 그녀와 시각을 공유한 독나비를 향했던 카시스의 시선이 무엇을 의미하는지 어쩐지 알 것 같았다. 잠시 후, 마침내 록사나가 자리에서 몸을 일으켰다.

"나 잠깐 나갔다 올게."

"나도 같이 가."

제레미가 목적지도 묻지 않고 당연하다는 듯이 그녀의 뒤를 따랐다. 그리젤다는 그러거나 말거나 상관없다는 양 건성으로 손을 휘저었다.

록사나와 제레미가 여기에서 머무는 동안 각성제도 떨어지고, 결국 그리젤다는 별수 없이 수마의 유혹에 지고 말았다. 비록 쪽잠일 뿐이었지만 그래도 간간이 수면을 취한 그녀는 전보다 확연히 낯빛이 좋아져 있었다.

록사나와 제레미는 그리젤다를 뒤로하고 함께 시에라의 집으로 향했다.

"아, 뭐야. 마리아 아줌마도 여기 있었어?"

"어머, 오늘은 제레미도 같이 왔구나."

목적지에 도착해 문을 열고 들어가자마자 마리아가 그들을 맞아 주었다.

그녀가 이곳에 있는 줄 몰랐던 제레미가 질겁한 표정을 지었다. 그는 정말 시에라가 있는 곳을 찾아낸 마리아의 집념에 새삼 놀라고 말았다.

"사나야, 어서 오렴."

마리아의 옆에 있던 시에라도 록사나를 반겨 주었다. 안에 있던 사람들의 반응을 보아 하니 조금 전에 이곳에 카시스가 다녀간 사실은 누구도 모르는 것 같았다.

록사나는 곧장 걸음을 옮겼다.

"오늘도 들어가 보려고?"

그녀의 발길이 향하는 곳을 본 시에라가 조용히 입을 열었다.

"오전에 의원이 다녀갔단다. 환자의 상태가 점점 안 좋아지고 있다고 했어."

그렇게 말하는 시에라의 목소리는 무덤덤하게 느껴질 정도로 단조로웠고, 거기에는 은근히 쌀쌀한 기운도 배어 있었다.

하지만 그녀의 표정은 어딘가 묘하게 가라앉아 있었다. 옆에 있던 마리아도 그런 시에라를 보고 걱정스러운 표정을 지었다.

다만 그것은 아들인 데온을 향한 감정인지, 수척해진 시에라를 향한 감정인지 불분명했다.

"괜찮아요."

록사나는 문고리에 손을 대며 고개를 돌렸다. 그리고 자신을 쳐다보는 사람들을 향해 말했다.

"오늘은 깨어날 테니까."

다른 이들로서는 의미를 알 수 없는 확신이었다. 하지만 거기에서는 어쩐지 기이한 신뢰가 전해졌다.

록사나는 다시 고개를 앞으로 돌린 뒤 손에 잡힌 문고리를 잡아 돌렸다. 곧 카시스의 기운이 희미하게 남은 방의 문이 열렸다.

데온은 여전히 심연 속을 헤매고 있었다.

붉은 나비 떼에게 파편 한 조각 남지 않을 정도로 온몸을 전부 찢어 먹혀 죽고, 또다시 살아나 같은 일을 수도 없이 반복했다.

그 시작과 끝에는 항상 록사나가 있었다. 데온은 여지없이 그의 앞에서 눈물을 흘리고 있는 열다섯의 소녀를 바라보다가 불가항력적으로 손을 뻗었다.

지금까지 록사나가 그 손끝에 닿은 적은 단 한 번도 없었다.

그런데 놀랍게도…….

이번에는 그의 손이 마주한 소녀의 눈물에 닿았다. 체온이 낮은 싸늘한 손가락 끝에 따스한 온기가 스몄다. 그 순간, 울고 있던 소녀가 젊은 여인으로 변모했다. 마찬가지로 어른이 된 데온이 그런 그녀를 말없이 바라보았다.

어느새 그는 낯선 듯, 낯익은 방 안에 누워 있었다.

살랑.

창가에 걸린 커튼이 흔들렸다. 데온은 느리게 눈꺼풀을 내렸다가 들어 올리기를 반복했다. 가물가물한 시야로 희미한 빛줄기가 새어들었다.

어째서인지 손가락 하나 까딱할 수가 없었지만 애당초 움직이고 싶은 마음도 없었으므로 상관없었다. 상당히 실제 같은 감각이었으나 그래 봤자 이것 역시 꿈의 연장일 것이다.

그렇지 않고서야 눈앞에 록사나가 있을 리 없었으니까.

"뻔뻔해."

아니나 다를까, 여느 때와 같은 차가운 눈으로 그를 내려다보고 있던 록사나가 입술을 떼 온도 낮은 목소리를 내뱉었다.

"그렇게 제멋대로 죽으려 하다니."

설령 그렇다 해도 이것이 새로운 종류의 꿈인 것은 명백했다. 과거가 아닌 미래의 장면이라니. 귀에 흘러든 말로 미루어 짐작했을 때, 지금의 시점은 노을이 지던 그 평원에서 록사나의 독나비에 집어삼켜졌던 이후인 것이 분명했다.

그럼 여긴 천국인가?

아니…….

그럴 리가 없었다.

아실도 아닌 그가 죽어서 천국 같은 곳에 갈 수 있을 리가 없었다. 차라리 지옥에 떨어져 영원히 끝나지 않는 환각의 늪에 빠져 있는 것이라면 또 몰라도.

"내가 아직 허락하지 않았는데, 당신이 누구 마음대로 죽으려고 해?"

그렇다면 이건 정말 현실 같은 허상이었다. 귓가에 얽히는 음성도, 시야에 맺힌 얼굴도 모두 진짜처럼 생생했다. 그래서 데온은 저도 모르게 얕은 웃음소리를 내뱉고 말았다.

머리맡에 앉아 있던 록사나가 그런 그를 말없이 응시했다.

햇빛에 부서지는 금빛 머리칼.

고요한 붉은 눈동자.

코끝에 감기는 희미한 향기.

열린 창문에서 들어오는 미온한 바람까지도.

꿈, 혹은 환각이라는 것을 입증이라도 하듯이 지독히도 따뜻하고 온화한 풍경이었다.

그러나 데온의 생각과 달리 이것은 꿈이 아니었다. 록사나는 침대에 누워 있는 데온을 내려다보았다. 지금의 그는 어린아이의 손짓 한 번으로도 쉽게 죽일 수 있을 것처럼 무력해 보였다. 금방이라도 죽을 것 같던 상태에서는 벗어나 있었지만 그래도 아직 그의 몸은 완전히 회복된 것이 아니었다. 그래서인지 데온은 지금도 자리에 가만히 누워 눈을 감았다 뜨는 것만이 고작인 것 같았다.

데온의 입가에 보일 듯 말 듯 희미하게 스쳐 지나간 낯선 미소가 얼마 전의 일을 떠올리게 했다. 그때, 분명 데온은 그녀의 나비 떼에 휩싸여 웃었다.

"데온 아그리체."

잠시 후 어쩐지 아득하게 느껴지는 목소리가 다시금 데온의 귓가에 울렸다. 그리고 마침내 고막을 파고든 속삭임이 데온의 심장 깊은 곳마저 관통하며 뚫고 지나갔다.

"난 당신이 죽을 때 눈물 한 방울 흘려 주지 않을 거야."

기억 속에 남아 있던 과거의 잔재가 깊은 수면 아래에서 떠오른 것은 그때였다.

"데온. 당신이 정말 원하는 게 뭔지 내가 모를 거라고 생각했어?"

록사나가 아그리체에서 카시스 페넬리안을 내보냈던 그 밤의 일이 기억의 저편을 스쳐 지나갔다.

"데온. 지금까지 당신 속에 들어 있던 생각이 뭔지 내가 맞혀 볼까?"

잔잔한 음성이 햇빛에 섞여 공기 중에 녹아내렸다.

"당신은 사실 아실을 부러워하고 있었지."

그러나 얼핏 부드럽게까지 느껴지는 그 나지막한 음성은 갈퀴처럼 날카롭게 데온의 안을 헤집었다.

차라리 그를 비웃기 위한 신랄한 어투였다면 나았을까?

이것은 일전에 록사나의 어머니인 시에라가 그의 앞에서 용감하게 지껄였던 것보다도 더한 헛소리였다.

"당신이 갖지 못한 걸 그는 가지고 있으니까."

그런데 정말 이해할 수 없게도…….

데온은 그 말에 아무런 반박도 하지 못했다. 그런 그를 보고 록사나가 후우, 한숨을 내뱉듯이 웃었다.

"정곡을 찔린 것 같은 얼굴이네."

어째서인지, 누군가가 심장을 꽉 움켜쥐는 것 같은 감각이 일순간 그를 스쳐 지나갔다.

"당신이 내 옆에 있고 싶어 했던 이유가 뭔지 알아."

적요한 목소리가 데온의 위로 내려앉았다. 예전에도 그랬듯이, 이번에도 그녀는 그조차도 모르는 것을 알고 있다고 말했다.

"그건 아마 내가 당신을 곁에 두었던 이유와 같겠지."

하지만 데온은 그 말에 납득하지 못해 움찔 눈매를 좁히고 말았다.

"말했었잖아. 당신과 나는 닮은 부분이 있는지도 모르겠다고."

록사나는 지금 그에게 무슨 말을 하는 것일까?

그녀가 데온을 곁에 둔 이유는 분명 가까이에서 그에게 복수하기 위해서일 것이다. 데온은 그것을 알면서도 록사나의 손에 직접 제 목줄을 쥐여 주었다.

그러나 데온이 그런 선택을 한 것은 록사나를 옆에서 괴롭히고 싶어서가 아니었다. 그럼 무슨 이유 때문이냐고 묻는다면…….

그것 역시 명쾌하게 대답할 수는 없었지만. 그래도 분명 베일 너머에 존재하는 두 사람의 속내가 같을 수는 없다고 생각했다.

하지만 이어서 록사나의 눈을 마주하는 순간, 줄곧 얼어 있던 데온의 심장에 야트막한 파문이 일기 시작했다.

꼭 아그리체에서 보냈던 마지막 밤 같았다. 마치 그때처럼 록사나는 데온을 앞에 두고도 가시투성이의 말을 쏟아 내지 않고 고요한 얼굴로 그를 마주했다.

그러나 그녀의 눈빛에는 스스로를 향한 자조와 냉소가 옅게 배어 있었다. 그동안 누구에게도 이런 말을 한 적이 없었다. 일단 록사나 스스로도 자신의 기저에 깔린 마음을 인정하고 싶지 않았으니까.

데온 아그리체를 생각하면 경멸과 증오심, 그리고 혐오감이 습관처럼 가장 먼저 밀려들었다. 하지만 그러고 난 후에는 파도가 물러난 자리에 남아 버석거리는 모래알처럼, 모순적인 감정이 가슴속에서 정처 없이 맴돌았다.

"그 사람과 네 관계는 어딘가 기묘해."

언젠가 카시스가 그녀에게 말했던 것은 틀리지 않았다. 분명 데온 아그리체는 록사나에게 있어서 생각만큼 그리 단순한 존재가 아니었다.

어릴 때부터 데온이 너무 미워서, 할 수만 있다면 이 손으로 그를 죽여 버리고 싶다고 생각했던 적도 많았다.

처음에는 분명 그렇게 시작했다. 하지만 사실 그것이 전부인 것은 아니었다. 록사나는 더 이상 부정할 수 없게 된 자신의 나약함을 처음으로 고백했다.

"……결국은 혼자이고 싶지 않았던 거야. 당신도, 나도."

참으로 우습고 한심한 이유였다.

아그리체에서 사는 동안 그녀는 한시도 무섭고 두렵지 않았던 적이 없었다. 하지만 마음을 터놓고 기댈 수 있는 사람도, 믿고 의지할 수 있는 사람도 아무도 없어서, 그녀는 언제나 혼자여야만 했다.

스스로 강해지지 않으면 살아남을 수 없었다. 그래서 홀로 문을 걸어 잠그고 울던 밤을 잊은 것처럼, 날이 밝으면 다시 아무렇지 않은 척 사람들의 앞에서 웃었다. 쉴 곳 하나 없는 아그리체의 저택은 한여름에도 살갗이 얼어붙을 것처럼 더없이 춥게만 느껴졌다.

데온 아그리체는 언젠가부터 그런 그녀의 뒤에 그림자처럼 서 있던 남자였다.

이미 오래전부터 그와는 가족도, 친구도 될 수 없는 관계였다. 하지만 록사나는 그런 그를 보며 다른 누구에게서도 느껴보지 못했던 확신을 한 가지 가질 수 있었다.

이 사람은, 분명 그녀가 죽는 순간까지 늘 이 자리에 있을 것이다.

살아오면서 그것이 지긋지긋하게 느껴질 때도 수없이 있었다. 그래도 지옥 같은 아그리체에서 가끔씩 견디기 어려울 만큼 숨 막히는 고독감에 허덕일 때면, 그 지겨운 시선조차 위로가 될 때가 있었다.

알고 있다. 이것은 지독한 모순이었다. 그 당시, 록사나에게는 영원한 제 편이라 할 만한 사람이 아무도 없었지만 영원한 적이라 부를 수 있는 사람은 존재했다.

그렇다 한들 아실을 죽인 데온을 받아들인 것은 아니었다. 마음을 열어 그를 제 사람처럼 여기며 의지했던 것도 아니었다.

그래도……. 적어도 그가 있는 한은 죽는 날까지 이 추운 곳에 혼자이게 되는 일은 없을 것이라고, 그런 생각을 했었다.

"하필이면 외로움을 해소할 상대로 서로를 골랐다는 게 당신과 내가 어리석은 인간들이라는 증거일 거야."

그리고 록사나는 데온 역시 자신과 비슷한 감정을 안고 있었다는 사실을 알고 있었다. 이 바보 같은 남자는 아직도 그것을 모르고 있는 것 같았지만.

"데온. 나는 당신을 증오해."

그를 향한 감정에는 여전히 변함이 없었다.

하지만……. 거기에는 언젠가부터 다른 무언가가 함께 자라나 있었다.

"내 오빠를 죽인 당신을, 어쩌면 나는 죽는 순간까지 용서하지 못할지도 몰라."

그녀의 생각대로 데온은 록사나의 말을 완전히 이해하지 못해 혼란을 느끼고 있었다. 다만, 지금 록사나가 한 말만큼은 데온에게 있어 새삼스러울 것이 없는 내용이었다.

애초에 그는 록사나의 용서를 바랐던 적도 없었다. 오히려 영원히 사라지지 않을 증오로나마 그녀의 안에 남을 수 있다면, 데온은 차라리 그것을 기뻐할 것이다.

그러나 록사나의 말을 듣는 동안 아주 조금.

어쩐지 아주 조금, 속이 아려 왔다.

나지막하게 흩뿌려지는 그녀의 목소리가 깨진 유리 조각이 되어 그를 찌르는 것 같았다.

"그러니 데온, 당신은 아직 죽으면 안 돼."

이제 데온은 지금 이것이 꿈도 환상도 아니라는 사실을 알 것 같았다. 이토록 선연한 통증이 꿈일 수는 없었다. 그에 도출된 결론은 명확했다.

결국, 데온은 그날 록사나의 손에 죽지 못한 것이다. 그리고 그녀는 또다시 그에게 목줄을 채워 눈에 띄지 않는 곳에 방치할 생각인 것이 분명했다.

데온이 그녀의 시야 밖에서 혼자 죽을 때까지.

그렇게 생각하자, 가슴속에 차 있던 것이 손에 쥔 모래알처럼 빠른 속도로 흘러내리기 시작했다. 그 자리에 원래부터 머물러 있던 공허함이 밀려들어 왔다.

하지만 다음 순간 그의 고막을 찔러 든 것은 예상과 다른 말이었다.

"이대로 대가도 지불하지 않고 내 손에 죽겠다니. 그것만큼 뻔뻔한 얘기가 어디에 있어?"

데온은 무의식중에 숨을 죽였다. 그리고 이어질 록사나의 말에 귀를 기울였다.

"당신은 아직 나한테 아무것도 주지 않았어."

마주한 눈동자가 여전히 시렸다.

"그러니 아직 당신은 죽을 자격이 없어."

그녀의 목소리 역시 그 눈빛만큼이나 차가웠다.

"내가……."

하지만 데온에게 그 말은 곁에 있어도 된다는 허락으로 받아들여졌다.

"더 이상 필요 없다고 하지 않았던가?"

록사나의 눈빛이 아주 살짝 변했다. 그 안에는 데온으로서는 쉽게 가늠하기 어려운 감정이 담겨 있었다.

그것을 어디에선가 본 것 같다고 어렴풋이 생각하다가……. 데온은 그 눈빛이 시에라의 것과 닮아 있다는 사실을 깨달았다.

"지금까지의 데온 아그리체는 필요 없어."

록사나도 결국 그들에게 가장 익숙한 아그리체의 방식으로 이야기했다.

"하지만 앞으로의 당신이라면 또 모르지."

다시금 목소리가 아득하게 멀어졌다.

"그러니 좀 더 살아."

눈앞에 보이는 신형도 흐리게 이지러졌다.

"네가 지금보다 죽일 가치가 있는 사람이 되면, 그때 내 손으로 너를 끝내줄게."

눈꺼풀 사이에 맺힌 록사나의 모습이 서서히 멀어졌다. 산개하는 빛 속에서 마침내 시야에 비친 모든 것이 새하얗게 부서졌다.

그 모든 것이 아득하게 눈이 부셨다.

까마득한 빛 속에 잠겨 가며 데온은 눈을 감았다. 곧 새하얀 어둠이 그를 감싸 안았다. 그러나 지금까지 꾸었던 것 같은 꿈은 다시 찾아오지 않아서, 데온은 아주 오랫동안 조용한 잠에 들 수 있었다.

"카시스 페델리안?"

그리젤다는 뜻밖의 방문자를 보고 눈을 의심했다.

"여긴 어떻게 알고 찾아온 거야?"

카시스는 그런 그리젤다를 지나쳐 실내로 들어섰다.

"정보 수집에 능한 사람은 아그리체에만 있는 게 아니지."

흘리듯이 내뱉은 카시스의 말을 듣고 그리젤다는 왠지 자존심이 상해서 미간을 구겼다. 요즘 닉스의 일에 집중하느라 한동안 주변의 일에 소홀했던 탓이었다. 카시스 페델리안에게 은거지를 들키고 심지어 문 앞까지 버젓이 찾아오는 동안 낌새조차 느끼지 못하다니.

"록사나는 없는데."

혹시 록사나는 알고 있었나? 만약 그렇다면 미리 귀띔이라도 해줄 것이지, 치사하다는 생각이 들었다.

"알고 있어."

그리젤다의 말에 카시스가 짤막하게 대꾸했다. 다음 순간, 그녀는 그가 이곳에 누구를 보러 온 것인지 눈치챘다.

"설마 인형을 처리하러 온 거야?"

카시스의 시선이 주술이 새겨진 문에 닿았다.

"그럼 난 막을 수밖에 없는데."

"죽이러 온 게 아니야."

카시스는 그렇게 말한 뒤 문이 있는 곳으로 발길을 옮기기 시작했다. 그리젤다는 잠깐 고민했지만 결국 그를 막아서지 않았다.

달칵.

마침내 카시스의 손이 문고리를 돌려 밀었다. 방문을 열자 구석진 곳에 이불을 대충 뒤집어쓴 채 몸을 웅크리고 있는 사람이 보였다.

문이 열리는 소리에 그가 부스스 고개를 돌렸다. 카시스의 얼굴이 조금 굳어졌다. 데온 아그리체에게서 느꼈던 것보다 심한 사향이 방 안에 숨이 막힐 정도로 농도 짙게 깔려 있었다.

"너는…… 카시스 페델리안?"

닉스도 방문객의 정체를 확인하고 흠칫하며 상체를 일으켰다. 갑작스러운 움직임에 이불이 흘러내려 닉스의 얼굴이 밖으로 완전히 드러났다. 그러다 그는 카시스의 시선을 느끼고 곧바로 다시 손을 움직여 이불을 뒤집어썼다.

하지만 카시스는 이미 닉스의 얼굴을 본 뒤였다. 차마 이런 것까지는 예상하지 못했기 때문에 카시스로서도 쉽게 할 말을 찾지 못할 수밖에 없었다.

이윽고 그의 걸음이 닉스에게로 옮겨졌다.

"가까이 오지 마."

그러자 닉스가 더욱 구석진 곳으로 몸을 처박으며 사납게 일갈했다. 그 모습이 꼭 부상을 입고 숨어서 으르렁거리는 들짐승 같았다.

"해치러 온 게 아니니 그렇게 경계할 필요 없어."

그래서 카시스도 슬쩍 미간을 좁히며 조금 전 그리젤다에게 했던 것과 같은 말을 반복하고 말았다.

닉스도 카시스의 말이 진심이라는 것을 느낀 것 같았다. 이불 속에서 조용히 카시스를 주시하는 시선이 느껴졌다.

카시스는 다시 닉스에게 다가갔다. 그리고 손을 뻗어 그의 얼굴을 가리고 있는 이불을 걷어 냈다. 역시 닉스의 외양은 카시스가 기억하고 있던 것과 달랐다. 열다섯의 소년은 이제 스무 살 정도로 보이는 청년이 되어 있었다.

하지만 카시스의 눈길을 붙든 것은 그것 말고 다른 부분이었다. 이불 밖으로 드러난 닉스의 얼굴과 손 등은 군데군데 균열이 가서 부서지고 있는 상태였다. 무엇보다도, 그에게서는 지독한 죽음의 기운이 흘러나오고 있었다.

무릎을 굽혀 몸을 낮춘 카시스의 손이 다시 앞으로 움직여졌다. 손과 손이 맞닿은 순간, 카시스를 쳐다보고 있던 닉스가 물었다.

"날 살려 주려고?"

카시스는 대답하지 않았다.

"왜? 넌 날 죽이고 싶어 했잖아."

맞닿은 손을 따라 치유의 기운이 흘러 들어갔다. 하지만 그것은 지난번과 달리 닉스의 안에 스미지 않고 그대로 허공에 흩어져 버렸다.

카시스의 얼굴이 딱딱하게 굳어졌다. 그것을 가만히 보고 있던 닉스가 손을 뒤로 빼냈다.

"소용없나 보네."

사실 자신의 상태가 어떤지는 닉스가 가장 잘 알았다. 그의 몸은 이제 회복이 불가능할 정도로까지 망가져 있었다. 애초에 시체였던 몸이었으니 당연하다고도 할 수 있는 일이었다.

죽어 있던 육체가 왜 이제 와서 다시 성장하기 시작한 것인지는 몰랐지만, 그러면서 그의 몸은 빠르게 붕괴되어 가고 있었다.

"……노엘 베르티움이라면."

한동안 말이 없던 카시스가 무겁게 다물려 있던 입술을 다시 뗐다.

"고칠 수 있을지도."

"못 해."

하지만 닉스는 그의 말이 끝맺어지기도 전에 끊어냈다. 얼굴에 틀어박히는 시선을 느끼며 닉스는 양손으로 눈을 가렸다.

곧 비식거리는 웃음소리가 닉스의 입에서 새어 나왔다. 그는 순전히 지금의 상황이 너무 우스워서 웃고 말았다. 그냥 지금 자신이 처한 현실 자체가 너무 꼴사나웠다.

차라리 그날, 노엘이나 데온 아그리체의 손에 죽었어야 했나?

아니…….

그렇게 따진다면 오래전 란트의 손에 죽었던 것으로 끝냈어야 했을지도 모른다. 이렇게 인형으로 다시 살아나는 일 없이.

그때도, 지금도…… 단지 살고 싶어서.

그저 살고 싶어서 그토록 추하게 발버둥 쳤던 것인데.

오늘 이렇게 카시스 페델리안과 얼굴을 마주 보고 있는 상황도 이상했고, 그가 자신을 살리고자 노력하고 있는 것은 더더욱 이상했다.

사실 지금까지 그들 사이에 있었던 일을 생각하면, 지금 이 상황이 두 사람 모두에게 상당히 껄끄럽고 기묘하게 느껴질 만도 했다.

분명 닉스를 대하는 카시스의 태도가 변한 이유는 록사나 때문일 것이다. 그녀가 그의 죽음을 바라지 않기 때문에.

상념의 고리가 그녀에게로 옮겨 간 순간, 닉스는 저도 모르게 입술을 꾹 깨물고 말았다.

사실은 그 역시도 도무지 알 수가 없었다. 자신이 아실인지, 닉스인지, 아니면 둘 다인지.

분명한 사실은, 아실의 기억이 뒤섞인 그는 더 이상 온전한 닉스가 아니라는 것이었다.

록사나를 보면 그런 혼란하고 복잡한 마음이 기다렸다는 듯이 터져 나왔다. 못 견디게 그립고, 애달프고, 또 서러운 이 감정은 원래 닉스가 모르던 것이었다.

록사나는 왜 데온 아그리체의 손에서 그를 구한 것일까? 그냥 그때 죽게 내버려 두지 않고.

하지만 곧 닉스는 자괴감을 느끼며 스스로를 향해 욕지거리를 하고 말았다.

왜긴 왜겠는가.

그가 록사나 앞에서 '아실'로 행동했으니 그렇지.

머저리. 병신.

닉스는 속으로 욕을 읊조리며 이를 악물었다. 젠장. 어쩌면 벌을 받는지도 몰랐다. 닉스로 사는 동안 너무 못된 짓을 많이 해서, 이제 와 그것을 부메랑처럼 돌려받는 것이다.

　베르티움에 있을 때에도 그는 록사나에게 독을 먹이고, 그것으로도 모자라서 그녀를 죽이려 했다. 그 일을 생각하면 너무 고통스럽고 괴로워서 미쳐 버릴 것 같았다.

　그것은 분명 아실의 감정이었다. 닉스는 록사나 앞에서 너무도 간절하게 아실이고 싶었다. 하지만 그만큼이나 처절할 정도로…….

　그는 록사나의 앞에서 아실이고 싶지 않았다. 바보같이 그를 버리지도 죽이지도 않고, 방에 몸의 붕괴 속도를 늦추는 주술까지 새겨 놓으며 그의 죽음을 막고 있는 그녀이기에 더더욱.

　어느새 닉스는 울고 있었다.

　“……난 닉스야.”

　어차피 그는 곧 죽을 것이다.

　“아실이 아니야.”

　그렇다면 이번에는…….

　“나는…….”

　반드시 닉스로서 죽어야만 했다. 그의 두 번째 죽음이 누군가의 가슴에 사무치는 일이 없도록.

　이것 역시 결국은 아실의 마음이다. 이제 닉스는 정말 자신이 누구인지 알 수가 없었다. 하지만 이제 와서는 그런 것 따위, 어느 쪽이어도 상관이 없었다.

　“……그래.”

　카시스는 눈물을 하염없이 떨어뜨리며 흐느끼는 닉스를 바라보다가 이윽고 조용히 읊조렸다.

　“너는 닉스다.”

하지만 어째서인지 그 말은, 닉스에게는 반대의 의미로 들렸다. 얼마 전 록사나가 그의 앞에서 속삭였던 말과 마찬가지로.

물론 그것 역시 단순한 그의 바람이 부른 착각일 뿐인지도 모르지만.

완전한 아실도, 완전한 닉스도 아닌 남자는 그럼에도 슬픔과 기쁨을 동시에 느끼며 울었다. 그런 자신이 여전히 꼴사납게 여겨졌지만 이제는 그것 역시 아무려면 어떠냐는 생각을 하면서. 밖에는 마침 그의 울음을 들려주기 싫은 사람도 없었기에 오랜만에 문틈으로 소리가 새어 나갈 걱정을 하지 않고 마음껏 울 수 있었다.

그리고 마침내 그는 결정했다.

자신의 마지막을.

이번에는 스스로가 원하는 방식으로 끝을 내자고.

얼마간의 시간이 지난 후 록사나와 제레미는 원래 머물던 그리젤다의 저택에 도착했다. 그리젤다는 어쩐지 밝지 않은 얼굴로 그들을 맞았다.

그것을 이상하게 여긴 제레미가 연유를 묻자 그녀는 조금 머뭇거리다가, 깜빡 잠이 든 사이에 닉스가 사라졌노라고 말했다. 그 후 은신처 주위를 백방으로 뒤졌으나 결국은 그를 찾지 못했다는 말을 듣고 제레미는 질겁했다.

그는 빨리 사람을 모아서 주변을 수색할 것을 주장했다. 혼자 밖으로 나간 닉스가 위험한 짓을 저지르거나 다른 가문의 사람들 눈에 띌 것을 경계하는 것 같았다.

하지만 그런 제레미와 달리 록사나는 무슨 생각을 하는지 모를 표정 없는 얼굴로 그리젤다를 가만히 쳐다보았다. 그리젤다의 말과 달리 집 안에는 누군가가 몰래 빠져나간 흔적이 없었고, 그녀의 얼굴 역시 갑작스러운 상황에 대한 난처함이나 곤혹감이 아닌 다른 어두운 감정으로 엷게 물들어 있었다.

마침내 록사나의 시선이 낮게 내리깔렸다. 곧 그녀는 닉스를 찾기 위해 서둘러 뛰쳐나가려는 제레미에게 '그럴 필요 없다'는 말을 짧게 남긴 뒤 아그리체로 돌아갈 채비를 시작했다.

제레미는 록사나의 결정에 의문과 당혹감을 동시에 느꼈다. 그러나 록사나는 의견을 번복할 생각이 없어 보였고, 그리젤다도 어째서인지 미적지근한 태도로 그녀를 말리지 않았다.

그리하여 그들은 그날 저녁 아그리체로 향하는 마차에 올랐다. 록사나가 다시 아그리체의 땅을 밟은 것은 근 한 계절 만의 일이었다.

"누나, 내 손 잡고 내려."

나는 제레미의 에스코트를 받으며 마차에서 내려섰다. 영영 돌아오지 않을 생각으로 떠났던 아그리체에 이렇게 다시 돌아온 기분은 기묘했다. 자리에 서서 주위를 천천히 둘러보는 나를 향해 제레미가 말했다.

"그게, 아직 군데군데 복구가 덜 돼서."

제레미의 말마따나, 아그리체 내부에는 아직 지난겨울의 황폐한 모습이 남아 있었다.

"그래서 미관상 보기 싫은 부분도 있을 텐데……. 그래도 금방 고칠 거야!"

상황에 좀 안 맞긴 했지만 제레미는 내심 들뜬 것 같았다. 조금 전까지만 해도 마차 안에서 내내 내 눈치를 살피더니. 내가 아그리체로 돌아와 신이 난 것이 너무 명백하게 드러나 보였다.

그런 한편으로 제레미의 눈빛에는 약간의 초조함이 묻어나 있었다. 기껏 돌아온 내가 전과 달리 초라한 아그리체에 실망해 마음을 바꾸기라도 할까 조금 우려하는 기색이었다.

나는 그런 제레미를 안심시켜 주기 위해 말했다.

"아니야. 생각보다 정리가 잘 돼 있어서 놀라고 있었어."

그러자 제레미의 표정이 한결 밝아졌다. 나는 그의 손을 붙잡고 먼저 앞으로 걸음을 내디뎠다.

"그리고 아그리체에는 네가 있으니까. 그런 건 상관없어."

맞잡은 손을 타고 제레미의 동요가 전해져 왔다. 곧 내 손에 가해지는 악력이 한결 강해졌다. 옆에서 풍기는 분위기가 왜인지 몽글몽글해진 것 같은 느낌이 들었다. 제레미와 나는 손을 꼭 붙잡고 건물을 향해 걸었다.

소식을 듣고 나온 사용인들이 일제히 고개 숙여 인사했다. 전보다 수가 확연히 줄긴 했지만 그래도 생각보다는 아그리체에 아직 남아 있는 사람이 많았다.

덩달아 밑으로 내려온 몇몇 이복형제들도 나와 제레미에게 어색하게 인사를 건넸다. 개중에는 제레미의 얼굴을 보고 못 볼 걸 본 듯이 더부룩한 표정을 지으며 뒤돌아서는 이들도 있었다. 제레미가 무게감 따위는 모조리 던져 버린 낯으로 방실방실 웃고 있었으니 그럴 만도 했다.

"록사나 아가씨!"

그때, 누군가 내 앞으로 뛰쳐나왔다. 나도 기억하고 있는 얼굴이어서 그에게 알은 척을 했다.

"요안. 아그리체에 남아 있었네."

란트가 살아 있을 적에 줄곧 지하 감옥의 문지기를 맡았던 남자였다. 카시스가 잡혀 왔을 때 처음 안면을 튼 이후로 종종 저택 안에서 마주칠 때마다 인사를 받아 주곤 했는데, 란트가 죽은 이후에도 떠나지 않고 용케 아직까지도 아그리체에서 일하고 있는 모양이었다.

"네! 록사나 아가씨께서 돌아오실 줄 알았습니다."

그는 나를 보고 상당히 감격한 것 같았다.

"넌 뭔데 우리 누나한테 친한 척이야?"

반대로 제레미는 갑자기 튀어나온 요안이 마음에 들지 않는 듯이 얼굴을 구겼다.

"죄, 죄송합니다, 수장님. 록사나 아가씨께서 돌아오신 것이 기뻐서 저도 모르게 건방지게 굴었습니다."

"너 이 새끼……. 오늘은 좋은 날이니까 그냥 넘어가지만 앞으로 조심해. 알았어?"

"예!"

하지만 요안의 말을 들은 뒤, 막 사나워지려고 하던 제레미의 기세가 약간 수그러들었다. 아무래도 내가 아그리체에 돌아와 기뻐서 그랬다는 소리에 동질감이라도 느낀 것 같았다. 제레미는 언제 요안을 향해 눈을 부라렸냐는 듯이 순하디순한 얼굴로 나를 돌아보며 물었다.

"누나, 피곤할 텐데 일단 방에 가서 쉴래?"

나는 일단 고개를 끄덕였다.

"그래. 너도 좀 쉬어."

"내가 누나 방 매일 청소해 놓으라고 지시해 놨거든. 그러니까 깨끗할 거야."

역시 제레미는 얼마 전까지만 해도 닉스 때문에 심각했던 것도 잊은 모양이었다. 나는 뿌듯해하는 제레미에게 고맙다고 말하며 웃어 보였다. 그러자 제레미의 입꼬리가 들썩거렸다.

제레미는 곧장 방으로 돌아가지 않고 이복형제들에게 들르겠다고 했다. 그가 없는 사이에 혹시 별다른 일은 없었는지 확인하기 위해서인 것 같았다.

굳이 나를 방까지 데려다주겠다고 하는 제레미를 거절하고 혼자 계단을 올랐다.

또각.

잠시 후, 조용한 복도에 내 발소리만이 가득 울려 퍼졌다. 지난날이 건물까지는 불길이 닿지 않아서 그런지 시야에 닿는 모든 곳이 깨끗했다. 겨울 이전보다 아그리체에 머물고 있는 사람의 수가 월등히 줄어든 탓에 괜스레 실내가 더 넓게 느껴지기도 했다.

……그래서인가.

어쩐지 아그리체가 조금 낯설게 느껴졌다. 이 안에 들어와 걷는 동안 예전과는 어딘가 다른 고요한 공기가 온몸을 스쳐 지나갔다. 그러다 불현듯 나는 이 낯선 분위기 속에 안온함이 배어 있다는 사실을 깨달았다.

쏴아.

열린 창문에서 나뭇잎이 바람에 흔들리는 소리가 밀려들었다. 잘게 흩날리는 내 머리카락이 시야에서 가늘게 반짝거렸다. 그 사이에서 나는 창밖으로 시선을 움직였다.

"……그런가."

아그리체는 더 이상 매분 매초 긴장하며 지내야 하는 장소가 아니었다. 단지 그것만으로도, 이곳은 이토록 낯선 색채를 입고 내가 모르던 세상이 되었다.

쏴아아…….

나는 한참 동안이나 그 자리에 가만히 서서 녹색 해일이 일렁이는 창밖을 바라보았다. 차마 그 어떤 말로도 정확히 형용하기 어려운 기분을 안고서.

그날 저녁에는 제레미와 단둘이 늦은 식사를 했다. 원래 아그리체의 사람들은 각자 끼니를 때우는 것이 보편적이었기 때문에 다른 형제들은 부르지 않았다. 이제 와서 새삼스럽게 가족 흉내를 내며 친목을 도모하는 것은 나나 다른 이복형제들 모두에게 어울리지 않았다.

제레미는 최대한 오래 내 옆에 붙어 있고 싶어 했지만 아무래도 그동안의 피로가 많이 쌓였을 것 같아서 나는 그를 일찍 방으로 돌려보냈다.

겨울부터도 계속 혼자 무리했던 데다, 위그드라실에서도 신경 쓸 일이 많았으니 제레미도 충분한 휴식을 취할 필요가 있었다.

게다가 아그리체에서 이렇게 머물 수 있는 것도 며칠뿐이었다. 각 가문의 수장들은 얼마 후 또다시 위그드라실에 모여야만 했다. 그곳에서 전에 없던 대회의가 열릴 예정이었기 때문이다.

끼이익.

제레미를 보내고 나서 조금 더 시간이 흐른 뒤, 나도 방을 빠져나왔다. 제레미의 말대로 방은 매일 청소를 한 듯이 깨끗했다.

하지만 경첩이 약간 뻑뻑해져 있었는지, 천천히 문을 열자 전에 없던 날카로운 쇳소리가 울렸다. 아무도 모르게 조용히 방을 빠져나갈 생각이었는데 갑자기 소리가 나서 순간적으로 움직임을 멈추었다.

그래도 바깥에 느껴지는 인기척은 없었다. 제레미가 알게 되면 왠지 관리 소홀을 이유로 사용인들에게 경을 칠 것 같았다. 그러기 전에 문에 기름칠을 하도록 일러둬야겠다고 생각하며 나는 복도로 나섰다.

이렇게 밤중에 아그리체의 내부를 혼자 걷고 있으려니 더욱이 지난 겨울의 일이 생각났다. 나는 느리게 걸음을 옮겨 아그리체를 떠나기 전의 마지막 밤에 머물렀던 란트의 집무실로 향했다.

제레미는 수장이 되어서도 이곳에 들어왔던 적이 없는 것 같았다. 나는 집무실에 들어와 한동안 누구도 사용했던 흔적이 없는 실내의 모습을 한 차례 둘러보았다.

불을 켜지 않은 상태였기에 시야가 어두웠지만 이 정도는 금방 익숙해져서 곧 어려움 없이 움직일 수 있었다. 나는 방의 한구석에 있는 장식장에서 술병과 술잔을 꺼내 예전에 그랬듯이 책상에 가서 앉았다.

이곳 역시 평소에 청소는 꾸준히 해 두었던 건지, 잔이 새것처럼 깨끗했다. 술병을 들어 잔에 술을 따랐다. 창밖의 불빛을 보며 쓴 액체를 한 모금 머금으니 정말 몇 달 전으로 시간이 돌아간 것 같았다.

그러다 문득 시답잖은 생각이 들었다. 아, 그러고 보니 그날 걸치고 있던 카시스의 겉옷은 어디로 갔을까? 분명 어딘가에 떨어뜨린 게 확실한데 그게 어디인지 기억이 나지 않았다. 뭐…… 이미 잃어버린 시

일도 꽤 지나서, 지금 생각나 봐야 찾지도 못하겠지만.

생각보다 잔은 금방 비워졌다. 나는 또다시 그 안에 술을 따랐다.

창밖의 풍경도, 이 방의 적막함도, 그리고 지금 내가 이곳에서 하고 있는 일도, 겨울의 기억을 저절로 떠올리게 할 정도로 그때와 비슷했다.

하지만 실상 그 당시와는 많은 것이 달랐다.

그럼 좀 더 홀가분한 기분이어야 하는데…….

이상하게도 오래전에 얹힌 것이 아직 내려가지 않은 것처럼 속이 묘하게 답답했다.

그렇게 술병을 반 정도 비워 어느 정도 술기운이 올라왔을 때, 기다렸던 손님이 찾아왔다.

"한 잔 줄까?"

여전히 창밖을 바라보며 나는 지금 막 소리 없이 문을 열고 들어온 사람을 향해 물었다. 이것 역시 지난겨울과 같은 상황이었다. 하지만 창문에 비친 것은 그때와 다른 사람이었다.

"왜 혼자 마시고 있어?"

잠깐의 공백 뒤에 나직한 목소리가 울렸다. 천천히 다가오는 발소리와 함께 그의 옷자락에 묻어온 바깥의 공기가 코끝을 스쳤다.

"당신을 기다리고 있었지."

그를 이곳까지 인도한 나비가 내게 날아와 주위를 배회하다가 술잔 위에 내려앉았다. 나는 고개를 돌려 내 앞에 선 남자를 시야에 담았다.

가까이 다가온 카시스가 걸음을 멈추고 나를 내려다보았다. 그의 시선이 내 얼굴을 조용히 훑었다. 나는 내 속까지 들여다보려는 듯이 내 눈을 가만히 주시하는 카시스를 피하지 않고 물었다.

"어디로 들어왔어?"

"그때 그 비밀 통로."

"정말?"

"아니."

내가 카시스를 발견한 것은 조금 전 그가 막 이 건물 안으로 들어섰을 때였다. 그래서 그가 어떻게 아그리체 안으로 들어왔는지 궁금해졌다.

예전의 비밀 통로를 이용했다는 말에 북쪽 경계의 대마물 서식지를 가로질러 왔다는 것인 줄 알고 놀랄 뻔했는데, 다행히 농담이었던 모양이다.

하지만 카시스의 이어진 말을 듣고 나는 헛웃음을 짓고 말았다.

"정문 쪽 보안이 취약하던데."

이래서 등잔 밑이 어둡다는 건가? 설마 당당하게 정문으로 들어왔을 줄이야. 아무래도 저택 주변의 경비를 강화해야 할 듯했다. 물론 카시스에게는 별로 소용없을 것 같은 느낌이긴 하지만.

그 후 우리는 잠깐 말없이 서로의 시선을 마주했다. 이렇게 그와 얼굴을 맞대는 것은 오랜만인 것 같았다. 물론 독나비를 통해 간접적으로 그를 본 적은 있었지만, 이렇게 직접 만나는 것은 위그드라실에서 이후로 처음이었으니까 말이다.

나는 카시스가 중립 구역에서 데온과 닉스를 찾아갔던 것을 알고 있었다. 하지만 거기에 대해서는 아무 말도 하지 않았다. 카시스도 마찬가지로 내게 그 일에 대해 입을 열지 않았다.

"지금 이 방, 어디인지 알아?"

그러다 이내 나는 지나가듯이 말을 흘렸다. 카시스의 눈길이 한 차레 주변을 훑었다.

"수장의 집무실인가."

그는 방 안의 모습을 보고 어렵지 않게 유추해 낸 듯했다. 나는 카시스를 보며 입술 끝을 살며시 끌어 올렸다.

"……우리, 여기서 재미있는 거 할까?"

다시 눈이 마주쳤다.

나는 카시스의 반응을 기다리지 않고 의자에서 몸을 일으켰다. 그런데 한 발짝씩 앞으로 내디딜수록 시야에 비친 것들이 어지럽게 뒤엉키기 시작했다. 별로 많이 마시지 않았다고 생각했는데 생각보다도 훨씬 독한 술이었던 모양이다.

갑자기 눈앞이 핑 돌아서 한순간 휘청이고 말았다. 그런 나를 카시스가 붙들었다.

"록사나……."

무슨 말인가를 하려는 듯이 막 입술을 뗀 카시스에게 몸을 더 가까이 기댔다. 무심코 붙잡은 카시스의 옷깃을 더 꽉 움켜쥐고 이마를 그의 가슴팍에 댄 채로 나는 잠깐 움직이지 않았다.

"여기, 란트가 쓰던 방이야."

잠시 후 조용히 고개를 들자 줄곧 나를 응시하고 있었던 듯한 카시스와 허공에서 시선이 얽혔다.

"그 사람……."

내가 정말 술에 취하긴 한 모양이다.

"지금도 여기에서 날 보고 있어."

아까부터 카시스의 등 뒤로 죽은 란트 아그리체의 모습이 보이는 것을 보면.

어둠 속에 우두커니 선 검은 악귀가 원념 가득한 눈으로 나를 노려보았다. 나는 섬뜩하게 빛나는 붉은 눈동자를 피하지 않고 그것을 정면으로 마주했다.

"그러니까, 카시스."

카시스에게서 풍겨 나오는 기운이 약간 변했다. 내 말이 그에게서도 어떤 동요를 불러일으킨 것 같았다. 나는 란트에게서 시선을 떼고 다시 카시스를 시야에 담았다. 그리고 지금 내가 무슨 말을 하고 싶은지 나 자신도 정확히 모르는 상태로 그에게 속삭였다.

"지금 나한테 키스해."

앞뒤 맥락이 없는 이상한 말이었다. 하지만 카시스는 거기에 황당함이나 의문을 표하지 않았다. 꼭 내가 무슨 마음으로 이런 말을 하는지 이해한 것 같았다. 물론 단순한 내 착각일 뿐인지도 모르지만.

서늘히 굳은 그의 얼굴에 창밖에서 번진 불빛이 물들었다. 나는 마주한 금색 눈동자가 광원처럼 빛나는 것을 보며 설핏 웃었다.

그런 뒤 카시스를 기다리지 않고 먼저 고개를 들어 그에게 입을 맞췄다. 얕게 겹쳐진 입술에서 온기가 스몄다.

카시스에게서는 잠깐 아무런 움직임도 느껴지지 않았다. 그러다 이내 억눌린 듯한 낮은 숨결이 내 입술을 간질인 직후, 그가 고개를 기울여 내게 더욱 깊숙이 키스해 왔다. 허리를 감싼 팔이 더 세게 조여졌다.

나는 입술을 벌려 카시스를 맞아들였다. 몸이 뒤로 기울면서 내 손에 걸린 술잔이 옆으로 쓰러졌다. 그것은 바닥으로까지 굴러떨어졌지만 밑에는 카펫이 깔려 있어서 깨지지는 않았다.

책상의 한구석에 쏟아진 붉은 액체가 내 옷자락도 조금 적셨다. 하지만 그런 것은 어떻게 되어도 상관없었다.

카시스는 내가 원하는 대로 조금의 틈도 없이 내 입술을 삼켜 물어 짙게 키스했다. 그 움직임이 다소 거칠었지만 차라리 그게 좋았다.

눈앞이 점점 어지러워지는 이유가 지속되는 키스로 숨이 가빠져서 그런 건지, 아니면 몸에서 치솟는 열로 덩달아 술기운이 강해져서 그런 건지 알 수가 없었다.

나는 카시스의 목에 팔을 감아 그를 더 바짝 끌어당겼다. 등 뒤로 서늘한 한기가 흐르는 책상이 닿았다. 하지만 바로 앞에는 불길처럼 뜨거운 체온이 있어 그것을 갈구하며 맞닿은 몸에 더 매달렸다.

다리를 올려 카시스의 허리에 감자 일순간 그가 멈칫했다. 하지만 여기까지만 하고 그만둘 생각은 없었다. 나는 뒤엉킨 혀를 아프지 않게 깨물며 손을 움직여 카시스의 목덜미를 훑어 내렸다.

잠깐 멈춰 있던 카시스도 다시 움직이기 시작했다. 뜨거운 손이 내 몸을 타고 흘러내려 갔다. 조금 전까지 언제 뜸을 들였냐는 듯이 거침없는 손길이 맨 살갗에 닿았다.

마찬가지로 체온 높은 입술이 내 턱에 낙인을 찍고 내려가 목에 촘촘한 흔적을 새기며 밑으로 길을 만들었다. 몸을 가리고 있던 천 조각이 벗겨지는데도 한기 대신 열기가 밀려들었다.

온몸을 집어삼킬 것처럼 거칠고 거대한 폭풍우가 나를 휩쓰는 것 같았다. 하지만 그것을 집어삼킨 것은 나였다. 나는 카시스의 모든 것을 탐욕스럽게 먹어 치웠다.

흐린 시야에 어둠이 번졌다. 오직 그 속에 박힌 붉은 눈동자만이 멀리서도 선명하게 빛나고 있었다.

나는 가파른 숨을 헐떡이며 카시스의 어깨에 얼굴을 묻은 채로 웃었다. 아, 이렇게 저열한 쾌감이 치솟을 줄 알았다면 란트가 살아 있을 때도 보여 줄 걸 그랬다.

나는 지금 란트에게서 빼앗은 전리품을 그의 유령이 보는 앞에서 내 것으로 취하고 있었다. 물론 카시스는 내게 있어서 그런 저급한 단어로 지칭할 수 있는 사람이 아니었지만.

하지만 아그리체의 시각으로 보았을 때, 카시스는 내가 란트에게서 처음으로 빼앗아 가지는 데 성공한 사람이라고 할 수 있었다.

게다가 그는 란트가 살아생전 그토록 이를 갈며 죽이고 싶어 했던 리셸 페델리안의 아들이었다. 그리고 나는, 란트의 딸이었다. 그것도 그를 배신해 죽음으로 몰아간.

이 얼마나 멋진 조합이란 말인가?

이러니 어떻게 내가 웃음을 참을 수 있겠는가?

어지러운 머리에 황홀할 정도로 강렬한 쾌감이 들어찼다. 등줄기를 타고 흐르는 전율로 몸이 떨릴 지경이었다.

어쨌거나 내 육신의 피를 절반 정도 물려준 아버지의 유령을 앞에 두고, 그의 공간이라 할 수 있는 곳에서 그의 원수나 다름없는 남자와 몸을 섞으며 이런 감정을 느끼다니.

어쩌면 나는 미친 건지도 몰랐다.

하지만…….

지금 이 순간 이 자리에 있는 것은 나였고, 또 지금 이 순간 이렇게 살아 있는 것 또한 바로 나였다.

그래. 결국 나는 승리했다.

끝이 없을 것 같던 이 처절한 싸움에서.

지금 이 순간에서야 겨우 그것을 실감했다. 그러자 뒤늦게 주체할 수 없는 승리감이 밀려들었다. 그 속에 머리끝부터 발끝까지 집어삼켜진 채로 나는 허우적거렸다.

"······지 마."

그러다 불현듯이, 끝이 조금 갈라진 음성이 귓가에 고였다. 상체를 조금 들어 올려 내게서 몸을 뗀 카시스가 나를 내려다보며 다시 한번 이상한 말을 했다.

"울지 마."

나를 바라보는 카시스의 얼굴에 서린 감정을 보고 나는 더욱 이해할 수 없는 기분이 되었다. 나는 분명 승리감에 도취되어 웃고 있었는데, 무슨 말일까?

잇새에 지그시 힘을 준 듯, 카시스의 턱이 단단해졌다. 곧 그가 손을 들어 천천히 내 눈가를 훑었다. 그의 손가락이 닿는 곳에 축축한 느낌이 들어서 그제야 내가 눈물을 흘리고 있었다는 사실을 깨달았다.

······이상했다.

이런 순간에, 왜 눈물이 나는 거지.

아, 어쩌면 얼마 전까지 함께 지내던 닉스의 눈물이 옮은 건지도 몰랐다. 그는 인형 주제에 퍽 잘 울었으니까.

그리젤다의 은신처에 머무는 동안에도 얼마나 밤낮없이 울어 대는지, 거기에서 지내는 동안 하루도 잠을 제대로 잘 수 없을 지경이었다. 그러다 이내 나는 조금 전 카시스가 그런 것처럼 이를 지그시 악물고 말았다.

멍청한 인형.

닉스는 내가 없는 사이에 떠났다. 카시스가 그를 만났던 것이 확실한데 결국 이렇게 된 것을 보면, 닉스의 몸은 회복될 가망이 없는 것이 분명했다.

그러니 아마도 이 멍청한 인형은 자신이 죽는 모습을 내게 보이고 싶지 않아서 소리 없이 사라진 것일 테다. 이제 그는 정말 아실처럼 생각하고 행동하는 듯했으니.

닉스가 진짜 되살아난 아실인지, 아니면 단지 자아의 혼란을 느끼고 있는 인형일 뿐인지, 나는 몰랐다. 하지만 굳이 그것을 따져 알고 싶은 마음도 없었다.

차라리 닉스가 주장했듯이, 이대로 그를 인형이라 생각하는 편이 나았다. 어찌 보면 내 입장에서는 닉스가 사라져 준 것이 더 편한 일이었다.

어차피 내가 굳이 찾지 않아도 그는 금방 죽을 터였고, 눈앞에서 숨이 멎어 가는 닉스의 모습을 보는 것은 나로서도 찜찜할 것 같았으니까.

그런데도…….

"이상해."

왜인지 지금 이것이 내가 원하는 게 아닌 것 같은 기분이 자꾸만 들었다. 나는 정말 그런 이유 때문에 닉스의 뒤를 쫓지 않은 것인가?

"분명 나는 이겼는데……."

나는 누구에게 하는 말인지 모를 말을 중얼거렸다.

"왜 아직도 이렇게 비어 있는 거지?"

여전히 속이 허전했다. 마치 나한테 구멍이 뚫린 부분이 있어서 아무리 애를 써도 이대로 영원히 그 안이 가득 차는 일은 없을 것만 같았다.

카시스가 눈물을 닦아 주던 손을 움직여 내 얼굴을 쓸었다. 울고 있는 나를 비쳐 내고 있는 그의 눈동자에 얼핏 고통을 닮은 감정이 스쳐 지나갔다.

곧 카시스가 고개를 숙여 내 눈가에 입을 맞췄다. 살갗 위로 깃털처럼 따스하고 부드러운 온기가 스몄다.

"넌 비어 있지 않아."

이어서 나직한 음성이 귓가를 간질였다.

"그래도 허전함이 느껴진다면……."

카시스가 계속 내게 속삭였다.

"앞으로 채워 가면 돼."

이제부터 하나씩 같이 채워 가자고. 그리고 그리 오래지 않아 분명 내 안이 넘칠 정도로 가득 차게 될 거라고. 어쩐지 카시스가 거듭 그렇게 말해주니 정말 그럴 수 있을 것 같았다.

나는 다정한 속삭임을 들으며 그를 더 세게 끌어안았다. 오직 나를 위해서만 존재하는 품 안에 안겨 있는 동안 어둠 속에 잠겨 있던 붉은 눈동자도 사라졌다.

카시스와 나는 그 후로도 한참 동안이나 말없이 서로를 끌어안고 있었다. 그래도 맞닿은 몸으로 수많은 말들이 전해져 왔다.

창밖에서 빛나는 별들만큼이나 찬연한 언어들이 심장 위로 쏟아져 내리는 것 같았다.

어둠이 깊은 밤.

그러나 암흑이 짙을수록 그것을 비추는 빛 역시 밝아지는 법이었으니. 그러니 분명 이 밤을 몰아내고 다가올 새벽은, 그 어느 때보다 세상을 눈부시게 비춰 올 것이었다.

다음 날 눈을 떴을 때, 나는 내 방의 침대에 누워 있었다. 카시스는 이미 돌아갔는지 보이지 않았다.

잠깐 자리에 누운 채로 창밖에서 들어오는 햇빛을 바라보았다. 오늘은 날이 화창한지 방 안에 가득 고인 햇빛이 유독 환했다. 카시스와 좀 더 나누고 싶은 이야기가 많았는데 이제야 뒤늦게 아쉬운 마음이 들었다. 카시스도 페넬리안에서 다른 할 일이 많을 텐데 이 시점에 아그리체까지 왔던 것은 분명 나를 염려해서일 것이다.

이윽고 나는 침대에서 몸을 일으켰다. 그 후 화장대로 가서 거울을 확인했다. 그래도 다행히 얼굴에 어젯밤의 흔적이 남아 있지는 않았다. 눈에 부기조차 없는 데다 오히려 몸이 가뿐한 것을 보았을 때, 아무래도 카시스가 조치를 취해 주고 간 것 같았다.

거울에 비친 내 얼굴이 평소와 다름없는 것을 확인하고 나는 눈을 한 번 길게 감았다 떴다. 그리고 거울 속의 서늘한 얼굴을 뒤로한 채 돌아섰다.

청승을 떠는 것은 어제 하루로 충분했다. 이미 지금까지의 내가 걸어온 길은 아무리 발버둥 친다 해도 바꿀 수 없는 것이었다. 게다가 과거의 잔해에 붙잡혀 있기에는 앞으로의 내가 걸어가야 할 길이 너무 길었다.

그러니 이제는 앞만 보고 가도록 하자고.

그렇게 생각하며 나는 걸음을 내디뎌 굳게 닫혀 있던 방문을 열었다.

얼마 후, 나와 제레미는 함께 위그드라실로 향했다. 그새 정리가 많이 마무리된 위그드라실의 내부는 제법 깨끗했다.

하지만 애초에 우리가 이곳을 떠난 지 그리 긴 시간이 지난 것도 아니었기 때문에 그 밖에 별다른 감응은 들지 않았다.

그러고 보니 부상자들이 아직 다른 건물에 머물고 있을 것이었다. 위그드라실을 떠나기 전에 얼핏 듣기로 실비아가 여기에 남아 있을 예정이라고 했던 것 같은데, 나중에 시간이 날 때 그녀에게 한번 들러 봐야겠다는 생각이 들었다.

"너, '공동'이라는 단어가 얼마나 멋진 건지 알아?"

그때, 옆에서 제레미의 목소리가 들려왔다. 나한테 말하는 것은 아니었다. 그는 아까부터 옆에 있는 시종과 대화하는 중이었다. 제레미는 우리가 꼭 소풍이라도 온 것처럼 신이 나 있었다. 사실 아그리체를 떠나기 이틀 전부터 그는 줄곧 그랬다.

"이제부터 누나랑 내가 같은 곳에 서서, 같은 곳을 보고, 같은 생각을 하면서, 같이 행동한다는 의미거든."

"예에……."

"이게 얼마나 대단하고 근사한 건지, 짐작이 되냔 말이야."

그는 우리를 대회의장으로 안내하는 중인 시종을 붙잡고 저런 소리를 하고 있었다. 사실 저건 대화라고 할 수도 없었다. 또다시 제레미는 대답을 기다리지 않고 혼자서 자문자답했다.

"훗. 하긴, 당연히 모르겠지. 이건 이 세상에서 오직 딱 한 사람, 나만 알 수 있는 거니까."

누가 묻지도 않았는데 거들먹거리는 이 모습을 다른 사람이 본다면 그를 이상한 인간이라고 생각할지도 몰랐다. 시종은 아까부터 지겹도록 반복되는 제레미의 말을 들으며 표정 관리에 어려움을 겪고 있었다.

아무래도 이번 인형 사건 때문에 위그드라실의 사용인 자리가 많이 비어서 새로 고용된 사람인 것 같았는데, 처음부터 고생이 많았다.

"제레미, 이대로는 조금 늦을 것 같으니 걸음을 좀 서두르자."

"응, 누나!"

늘 그래왔듯이 오늘도 제레미는 내 말에 해맑게 넙죽넙죽 대답을 잘했다. 시종의 옆에 붙어 그를 괴롭히던 제레미가 나한테 한 발짝 더 바짝 다가와 붙었다.

원래는 시종이 앞에서 우리를 안내해야 했지만 그는 아까 나를 처음 본 이후로 머리가 고장 난 듯이 굴었다. 지금도 그는 자신의 본분을 잊고 멍청히 제레미와 내 뒤꽁무니를 졸졸 따라오는 중이었다. 그가 위그드라실에서 처음 일하는 사람임을 내가 알 수 있었던 이유이기도 했다.

그래도 제레미가 꾸준히 말을 거는 동안 상태가 좀 나아졌었는데…….

지금 내 목소리를 듣고 반사적으로 고개를 들어 나와 눈이 마주친 이후로 시종은 다시 넋이 빠진 얼굴이 되어 있었다.

대회의장의 위치를 이미 알고 있었으니 망정이니, 아니었으면 제레미가 짜증을 내고도 남았을 상황이었다. 물론 그런 이유가 아니더라도 원래 제레미는 저렇게 나한테서 한시도 시선을 떼지 못하는 시종을 당장에 면박 주어 내치고도 남을 성격이었다.

하지만 지금 제레미는 몹시도 기분이 좋은 상태였다. 아마 그의 인생에서 한 손에 꼽힐 정도가 아닐까 싶을 만큼.

제레미가 왜 이러는지 이유를 모르는 게 아니어서, 나는 웃어야 할지 말아야 할지 알 수 없는 기분을 안고 고개를 작게 저으며 앞서 걸었다.

오늘 열릴 대회의를 위해 각 가문의 수장들과 후계자들이 다시 한 자리에 모일 예정이었다. 제레미와 내가 약속된 시간에 촉박하게 도착했기 때문에 이미 다른 가문은 모두 대회의장에 들어가 있는 것 같았다.

이번에 생긴 일이 500년 전에 벌어졌던 휘페리온의 마물 사건처럼 역사에 남을 정도의 엄청난 사태였던 만큼, 이번 자리에서는 대대적인 논의가 오갈 예정이었다.

잠시 후, 제레미와 나는 목적지에 도착했다. 굳게 닫힌 채 우뚝 서 있는 커다란 문을 앞에 두고 우리는 걸음을 멈추었다. 그제야 정신을 차린 듯이 시종이 후다닥 앞으로 달려왔다.

"뭐 해?"

그런데 막 회의장의 문을 여는 그를 보고 제레미가 눈썹을 치켜들었다. 그에 시종이 흠칫하며 뒤돌아보았다.

"예?"

"지금 뭐 하냐고. 제일 중요한 걸 잊었잖아."

제레미의 서늘한 시선을 받은 시종이 허둥지둥했다. 나도 의문을 느끼고 제레미에게 물었다.

"뭘 말이야?"

바로 그때, 내 목소리를 들은 시종이 드디어 무언가를 깨달았다는 듯이 '아!' 하고 소리 냈다. 제레미가 그를 향해 고개를 끄덕였다.

마침내 시종이 아까보다 기합이 들어간 얼굴을 하고 반쯤 연 문을 더욱 당차게 밀치며 우렁찬 목소리로 외쳤다.

"흑의 가문의 공동 수장이신 제레미 아그리체 님과 록사나 아그리체 님이 도착하셨습니다!"

그 순간 나는 작게 침음할 수밖에 없었다.

제레미…….

아까 시종에게 속닥거린 게 자랑만이 아니었단 말인가?

할 말을 잃고 있는 나를 향해 제레미가 손을 내밀었다.

"누나, 들어가자."

티 한 점 없는 그의 얼굴에는 더없이 뿌듯한 미소만이 걸려 있었다. 그것을 보자 정말 못 말리겠다는 생각이 들었다.

결국 나도 그를 향해 피식 웃으며 눈앞에 내밀어진 손을 잡았다. 그렇게 우리는 함께 걸음을 맞추어 활짝 열린 문 안으로 들어섰다.

그 안에는 각 가문의 수장과 후계자들이 자리해 있었다. 그들은 뜬금없이 요란하게 등장한 우리를 보고 이게 뭐냐는 듯한 표정을 짓고 있었다.

가장 먼저 카시스와 눈이 마주쳤다. 그가 나를 보고 여트막한 웃음을 입술 끝에 걸었다.

청의 페델리안 가문에서는 리셸과 카시스가.

적의 가스토르 가문에서는 바드리사와 류자크가.

백의 휘페리온 가문에서는 히아킨과 함께, 뜻밖에도 판도라가 와 있었다.

그녀는 나와 제레미를 보고 어쩐지 조금 멋쩍은 표정을 지었다.

황의 베르티움 가문의 수장인 노엘은 아직 침대 신세를 져야 하는 상태인 데다 오늘 회의에 참석할 자격은 없었기에 지금 이곳에 자리하지 않았다.

대신에 바짝 긴장한 얼굴을 하고 있는 낯선 남자가 베르티움의 다른 사람들을 대표해 온 듯, 황의 가문의 자리에 앉아 있었다.

제레미와 나는 우리를 위해 마련된 좌석을 향해 걸어갔다. 열린 창문 밖에서 흘러든 바람과 함께 이제 막 돋아난 싱그러운 초록 잎사귀의 냄새가 섞여 들어왔다.

노랗게 익은 햇볕이 시야에 아낌없이 흩뿌려졌다.

어느새 시간이 흘러 성큼 다가온 신록의 계절.

또 한 번의 새로운 시작점이었다.

20장

에필로그

또 다른 시작 직후의 이야기

몹시도 맑고 화창한 초여름의 오전.

마리아의 얼굴은 밝게 개 있었다. 그 환한 표정에서부터 알 수 있듯이 요즘 그녀의 기분은 매우 좋은 상태였다. 바로 아들인 데온이 혼수상태에서 깨어났기 때문이었다.

"베스, 약을 이리 주렴."

오늘도 마리아는 직접 데온에게 약을 가져다주려 하고 있었다. 베스는 데온이 깨어난 이후 마리아의 명으로 그에게 먹일 온갖 보약을 준비해 놔야만 했다.

"시킨 대로 했겠지?"

"예. 정량의 다섯 배예요."

마리아는 그야말로 데온을 당장에라도 일으켜 세울 심산인 양 그에게 공을 들였다.

"그런데…… 약효가 너무 과하지는 않을까요?"

"데온한테는 웬만한 약이 통하지 않으니 이 정도는 되어야 해. 그리고 좀 과하면 어떠니. 전부 몸에 좋은 것들만 모아서 달인 약인데."

"네……."

"앞으로도 데온에게 들어가는 약은 뭐든 아끼지 말도록 하렴. 그래야 하루빨리 자리를 털고 일어날 것 아냐."

누가 보았더라면 실로 감동적인 모정이라 생각했을지도 몰랐다. 하지만 베스는 마리아의 속셈이 무엇인지 알고 남몰래 혀를 찼다.

사실 마리아는 어서 데온을 이 집에서 치워 버릴 생각으로 들떠 있었다. 지금 이렇게 하루라도 빨리 데온을 낫게 하려고 애쓰는 이유도 어서 그를 집에서 내보내고 싶어서였다. 그러고 나서 이번에야말로 시에라와 오붓하게 평온한 나날을 보낼 생각으로 마리아는 마음이 급했다.

"베스, 혼자 있니?"

그렇게 마리아가 데온의 방으로 갔을 때, 시에라가 나타났다.

"네, 시에라 님. 혹시 다른 시키실 일이라도 있으신가요?"

"아니, 그런 건 아니란다. 에밀리가 보이지 않아서 물어본 거야."

"에밀리라면 아마……."

베스의 말을 듣고 시에라는 집 밖으로 나섰다.

에밀리는 요즘따라 종종 자리를 비웠다. 물론 자주는 아니었고, 아주 가끔이라 할 만했지만 록사나의 명에 따라 늘 시에라의 곁을 지키던 그녀답지 않은 일이었다.

조금 걸어가자 사위가 탁 트인 들판이 나타났다. 에밀리는 그중 가장 지대가 높은 곳에 서서 먼 곳을 바라보고 있었다.

"에밀리, 혼자 뭘 하고 있니?"

시에라의 목소리를 듣고 에밀리가 고개를 돌렸다. 그녀는 곧바로 시에라에게 다가와 머리를 숙였다.

"멋대로 자리를 비워서 죄송합니다, 마님."

"난 혼낼 생각으로 온 게 아닌데."

그러자 에밀리가 조금 전 시에라가 물은 것을 상기한 듯 착실하게 대답했다.

"잠시 바람을 쐬고 있었습니다. 마리아 님과 베스가 있으니 잠깐이라면 괜찮을 거라고 생각했는데 제가 잘못 판단한 것 같네요."

그녀는 여전히 표정 없는 얼굴을 한 채로 스스로의 행동을 반성했다.

"아무리 가까운 거리여도 이렇게 혼자 움직이시는 건 위험할 수 있으니 다음에는 꼭 베스라도 옆에 두셔야 합니다."

그러면서 덧붙이는 말을 듣고 시에라는 희미하게 웃었다.

"사나도 그렇고 너도 나를 과보호하는 경향이 있어."

그녀는 에밀리의 앞에 서서 주변을 둘러보았다. 낮게 부는 바람이 무릎 언저리까지 올라온 풀을 쓸며 지나갔다.

"에밀리."

"네, 마님."

"너도 이곳에 머문 지 오래되었구나."

그 말에서 무언가를 느낀 탓이었을까. 에밀리는 내리깔고 있던 시선을 들어 시에라의 얼굴을 마주했다.

시에라도 눈길을 움직여 에밀리를 바라보았다. 그리고 여전히 엷은 미소를 띤 입술을 벌려 질문했다.

"내게 할 말이 없니?"

에밀리의 눈동자가 조용히 마주한 얼굴을 응시했다. 그러다 마침내 굳게 닫혀 있던 에밀리의 입술이 열렸다.

"……죄송합니다."

갑작스러운 사과였지만 그녀의 마음을 진작부터 눈치채고 있던 시에라는 당황하지 않았다.

고요한 낮은 음성이 풀잎 위를 스쳐 지나갔다.

"록사나 아가씨의 명을…… 더는 지키지 못할 것 같습니다."

록사나가 아그리체를 떠날 때 에밀리에게 명령한 것은 무슨 일이 있어도 시에라의 옆에서 그녀를 지키라는 것이었다. 지금까지 에밀리는 주인의 명을 충직하게 이행했다.

하지만…….

이곳에 찾아온 록사나를 다시 만난 뒤부터 에밀리의 마음에는 얇은 바람이 일기 시작했다.

역시 그녀가 있어야 할 곳은 여기가 아니었다.

록사나가 떠난 자리를 날마다 바라보며 생각하다가, 마침내 에밀리는 혼자 결정을 내렸다.

결국은 맡은 소임을 다하지 못하고 명령에 불복종하는 것이었으니, 시에라가 그녀를 꾸짖거나 건방지다고 욕해도 당연하다고 생각했다.

"왜 사과하지? 네 주인은 내가 아니잖니."

하지만 시에라는 오히려 에밀리를 보며 부드럽게 웃어 주었다.

"가도 된단다, 에밀리."

그 자애롭고 따스한 얼굴을 보다가 에밀리는 고개를 숙였다.

"록사나에게도 안부 전해 주렴."

따스한 초여름의 바람이 장난스럽게 그들의 머리를 훑으며 달아났다.

그렇게 에밀리는 그녀의 단 하나뿐인 주인이 있는 곳으로 돌아가기 위해 길을 떠났다.

밝은 햇살이 그런 그녀를 다정하게 배웅해 주고 있었다.

데온은 침대에 기대앉아 창밖을 바라보았다. 이렇게 하는 일 없는 일상을 보내는 것은 지난겨울 이후 두 번째였지만 이런 생활에는 영 적응이 되지 않았다.

그의 머리맡에는 마리아가 두고 간 약이 놓여 있었다. 마리아는 시종일관 자신을 무시하는 데온에게 억지로 약을 먹이려 시도하다가 결국은 포기하고 방을 나섰다.

갑자기 열과 성을 다해 그의 수발을 들려 하는 마리아가 낯설었다. 하지만 그것이 자신을 위해서가 아니란 사실을 알고 있었기 때문에 데온은 동요하지 않았다.

몸의 회복은 더뎠지만 그래도 매일 조금씩 나아지고 있는 상태였다.

물론 위그드라실에서 잘려나간 왼팔은 다시 회복될 수 없었다. 주술을 이용한다면 잘린 팔을 붙이는 것도 가능할지 모르겠지만, 그것도 신체의 조각을 보존하고 있을 경우에 한했다.

그의 왼팔은 그날의 난리통 속에서 다른 인형들의 잔해와 함께 처리되었을 확률이 높았다.

데온은 붕대가 감긴 팔을 힐끗 내려다보았다.

아그리체 사람에게 있어 신체의 일부를 잃는 것은 대단히 치명적인 약점에 해당했다. 하지만 이상하게도…… 그날 인형들의 공격에 잘려나간 것이 자신의 팔이라 차라리 다행이라는 생각이 들었다.

그러다 문득 데온은 아실의 인형이 어떻게 되었을지 궁금해졌다. 그날, 붉은 노을이 지는 들판 위에서 그와 대치했을 때, 분명 먼저 손에서 힘을 푼 것은 데온이었다.

그를 향해 달려들던 날카로운 쇠붙이가 살갗에 닿던 느낌이 아직도 생생했다.

비록 바로 그 순간 록사나의 독나비에 휩쓸려 모든 감각이 아득해지기는 했지만, 설마 그때 아실의 인형이 죽었을 리는 없다고 생각했다.

……데온마저 살렸던 록사나였으니까.

꼭 그런 이유가 아니더라도, 어쩐지 그 아실의 인형이 지금 살아 있는 게 확실하다는 막연한 느낌이 들었다.

그럼 록사나는 지금 그와 함께 있는 것일까?

이곳에서 지내는 동안 데온은 시에라를 본 적이 있었다. 그 얼굴을 확인했을 때, 아무래도 그녀는 아실의 인형에 대해 아직 모르는 듯했다. 물론 데온이 아는 록사나라면 시에라에게 그런 것을 말하지 않을 법도 했지만 말이다.

살랑.

열린 창문에서 들어온 바람이 방 안을 맴돌았다. 하얀 커튼이 물살처럼 시야에서 흔들렸다.

그것을 보자 얼마 전 이곳을 찾아왔었던 록사나의 모습이 또다시 눈앞에 희미하게 나타났다가 눈을 한 번 깜빡인 순간 흔적도 없이 종적을 감추었다.

……데온 스스로도 자신이 뻔뻔하다고 생각했지만. 그래도 그는 여전히 록사나의 곁에 있고 싶었다.

하지만 이상하게도, 더 이상은 그녀의 옆에 있는 다른 사람을 죽이고 싶은 마음이 들지 않았다.

어쩐지 그날, 데온의 속에 진득하게 고여 있던 독도 어디론가 한 움큼 빠져나간 것 같았다.

어쩌면 록사나는 그런 데온의 속을 꿰뚫어 보고, 앞으로의 그라면 그녀에게 필요한 일이 있을지도 모른다고 말한 것일지도 몰랐다.

그러나 기실 지금까지의 데온이 저지른 일은 앞으로도 결코 사라질 리 없는 것이었다. 그가 자신의 손으로 록사나의 오빠인 아실을 죽인 것은 불변의 과거였으니까. 그래도 록사나는 데온에게 옆에 있어도 된다고 허락해 주었다.

그리고 지금, 데온은 정말 어울리지 않게도…….

"그러니 좀 더 살아."

그런 그녀를 위해 살고 싶어졌다. 이번에는 정말 그녀에게 필요한 존재가 되어서. 록사나의 말처럼 앞으로 평생 동안 그녀에게 용서받을 수 없다 해도.

"네가 지금보다 죽일 가치가 있는 사람이 되면, 그때 내 손으로 너를 끝내 줄게."

그리하여 오래전부터 스스로도 모르는 새 어깨 위에 짊어지고 있던 이 무거운 죄의 형벌을 비로소 맞이하게 되는 날이 올 때까지.

그날이 오면 데온은 기꺼이 록사나의 앞에 무릎을 꿇고 그녀에게 목을 내어 줄 것이었다.

아실의 죽음 앞에서 보였던 것 같은 눈물을 그녀가 흘려 주기를 감히 바라지는 않았다.

대신에…….

언젠가 다가올 그 날, 차라리 록사나가 그녀의 손에 죽어 가는 그를 보며 기쁘게 웃어 주었으면 좋겠다고……. 이번에도 역시 지독히도 어울리지 않는 생각을 하면서 데온은 창밖의 하늘을 바라보았다.

끝을 헤아릴 수 없을 정도로 한없이 짙은 파랑.

그 푸른빛이 데온을 비추고 있었다. 그 선명한 파란빛에 어쩐지 눈앞이 아득해져서, 결국 데온은 창밖을 오래 보지 못하고 고개를 돌리고 말았다.

위그드라실에서의 대회의는 장장 사흘간이나 이어졌다. 유독 길게 느껴졌던 시간이 지나고 난 후, 한자리에 모였던 각 가문의 대표들은 다시 뿔뿔이 흩어졌다.

록사나와 제레미도 위그드라실을 떠나기 위해 미리 대기시켜 두었던 마차가 있는 장소로 이동했다.

"늦었군."

그런데 그곳에는 먼저 와 있던 다른 사람이 있었다.

아그리체의 마차에 기대듯이 서 있던 카시스가 눈앞에 나타난 두 사람을 보고 상체를 똑바로 세웠다. 록사나도 그를 보고 걸음을 멈추었다.

꼭 그들을 기다렸던 것처럼 맞이하는 카시스를 향해 제레미가 황당함을 담은 목소리를 내뱉었다.

"뭐야? 그쪽이 왜 여기에 있어?"

"당연히 동행하려고 기다린 것 아니겠나."

"각자 갈 길이 다른데 동행이라니?"

록사나와의 오붓한 시간을 기다렸던 제레미는 왈칵 짜증이 났다.

하지만 그가 얼굴을 구기거나 말거나, 카시스는 담담한 어투로 대꾸했다.

"어차피 지금 바로 아그리체로 돌아갈 것도 아니잖아."

그 말에 제레미가 입을 딱 다물었다.

혹시 록사나가 카시스에게 말한 것이 아닌가 하는 생각에 약간 시무룩해져서 고개를 돌렸으나, 다음 순간 확인한 록사나의 얼굴에도 난처함이 어려 있었다.

"……어떻게 알았어?"

록사나가 카시스에게 동행을 권한 것이 아니란걸 알고 제레미는 금방 기운을 되찾았다.

사실 그들은 위그드라실에서의 일이 끝나면 닉스를 찾으러 갈 생각이었다. 그가 이미 죽었다면 시신이라도 회수하고, 살아 있다면…….

그 후의 일은 그때 가서 생각해 보기로 했다.

"어떻게 모를 수 있겠어."

록사나의 물음을 받고 카시스는 부스러질 듯이 낮은 웃음을 내뱉고 말았다.

그녀는 처음 만난 순간부터 늘 그랬다.

3년 전 아그리체에서도 록사나는 란트의 손에서 그를 구했다.

지난겨울에는 대치하는 아그리체와 페델리안의 사람들 사이에 독나비를 보내 불필요한 사상자가 나오지 않도록 막았고, 이번 위그드라실에서도 앞장서 마물을 막은 데 이어 인형 때문에 위험에 처한 다른 이들에게 카시스를 보내려 했다. 그리고 그 후에도 끝내 데온과 닉스를 살리기 위해 움직였다.

그런 그녀이기에.

분명 이번에도 닉스를 쉽게 포기하지 않으리라 생각했다. 그런 록사나에게 어쩔 수 없이 안쓰럽고 애처로운 마음이 들기도 했다.

그래도 한 가지 다행인 것은, 닉스를 마지막에 보았을 때 아예 성과가 없는 것은 아니었다는 점이다. 비록 치유는 되지 않았지만 닉스의 몸은 지금 주술 없이도 붕괴 속도가 늦추어져 있을 것이었다. 그러니 아직은 살아 있을 가능성이 컸다.

카시스는 쓴웃음을 지워 내며 록사나를 마주했다.

문득 페넬리안에서 그녀와 함께 보냈던 시간들이 뇌리를 스쳐 지나갔다. 그리 오래전의 일이 아닌데도 어쩐지 당시의 기억이 멀게 느껴졌다.

그때 카시스는 록사나가 어디에 있든, 그녀를 반드시 찾아내 다시 자신의 곁으로 데려올 것이라고 했다. 닉스를 데리고 베르티움에서 빠져나올 때도 그녀에게 원하는 것은 무엇이든 하라고 말했었다. 그리고 언제나 그녀의 옆에 있겠다고도 약속했다.

하지만 결국 지금 록사나는 아그리체에, 카시스는 페넬리안에 있어야 하는 것이 그들의 현실이었다.

그들은 각자의 위치에서 할 일들이 있었고, 카시스는 록사나가 걸어가는 길을 막고 싶지 않았다.

그래서 그는 마음을 굳혔다.

록사나가 카시스가 있는 곳으로 올 수 없다면, 그가 그녀의 옆으로 갈 생각이었다. 지금 당장 해야 할 일을 끝내서 어느 정도 상황이 정리되고 나면.

얼마 전 아그리체에 록사나를 만나기 위해 찾아갔을 때, 카시스는 그런 결심을 했다.

"그래도 내가 있는 게 도움이 될 거야. 닉스에게 아직 내 기운이 남아 있을 수도 있으니까."

카시스는 록사나를 직시하며 말했다.

"그러니 같이 가게 해 줘."

그러자 그의 얼굴에 말 없는 시선이 잠시 머물렀다. 그러다가 마침내 록사나가 어쩔 수 없다는 듯이 후우, 한숨과 닮은 작은 웃음을 흘렸다.

곧 그녀의 시선이 옆에 있던 제레미에게 향했다.

"미안, 제레미. 카시스도 동행해도 괜찮을까?"

"그…… 럼. 누나 뜻대로 해."

옆에 있던 제레미가 순간 하늘이 무너진 것 같은 표정을 지었다. 그래도 그는 록사나가 자신을 돌아보는 순간 가까스로 미소 짓는 데 성공했다.

물론 록사나의 시선이 다시 옮겨진 뒤에 갑자기 끼어든 카시스를 죽일 듯이 노려보긴 했지만 말이다.

"그럼 가자. 더 늦기 전에."

결국 세 사람은 함께 위그드라실을 떠나는 마차에 올랐다.

록사나는 가끔 그녀를 둘러싼 이 이야기가 비극인지 희극인지 헷갈릴 때가 있었다.

하지만 삶이란 본디 어느 한쪽으로 명확히 구분 지을 수 없는 법이었다. 죽기 전까지는 그 무엇 하나 완전히 끝나지 않는 것이기 때문에.

다만 폐허가 된 땅에도 어김없이 다음 계절은 찾아왔고, 메마른 대지에도 다시 싹을 틔워 소생하는 것들이 있었다. 밤의 어둠이 끝나고 다시 찾아온 눈부신 빛 속에서, 그렇게 그들은 새로운 출발을 위한 첫걸음을 앞으로 내디뎠다.

무언가를 시작하기에 좋은 날씨였다.

〈완결〉